LA SINFONÍA DEL TIEMPO

LA SINFONÍA DEL TIEMPO

ÁLVARO ARBINA

Papel certificado por el Forest Stewardship Council®

Primera edición: marzo de 2018
Primera reimpresión: marzo de 2018

© Álvaro Arbina, 2018
© 2018, Penguin Random House Grupo Editorial, S. A. U.
Travessera de Gràcia, 47-49. 08021 Barcelona

Printed in Spain – Impreso en España

ISBN: 978-84-666-6276-5
Depósito legal: B-274-2018

Compuesto en Infillibres S. L.

Impreso en Liberdúplex
Sant Llorenç d'Hortons (Barcelona)

BS 6 2 7 6 5

Penguin
Random House
Grupo Editorial

A ama
A Sara
A aita

Presta atención.

No te dejes seducir por los sonidos externos, por la hojarasca que corretea fuera, por el cántico de la lluvia, por el soplido tenue de la brisa al pedir cobijo en el umbral. Olvídate de tu propio cansancio, del sueño, del hilo invisible con que tira de tus párpados. Olvídate de tus propios sonidos, de tu corazón, de tu aliento tangible en las noches de invierno. Olvídate del caudal de tus propios pensamientos, del enredo de la memoria y la imaginación, que siempre encuentran resquicios por los que colarse en todas las historias. Olvídate de lo que puedas olvidar y solo presta atención.

Comenzaremos por el inicio de esta historia, si es que existe alguna con inicio. Ahora bien, te lo advierto: será una historia fantasma, que no cuenta la verdad, una historia tan embustera como cualquier otra. Será una estrella, una más entre las miles que contemplamos cada noche, que surcan el universo durante miles de años, hasta llegar a nosotros convertidas en luz, en fantasmas, contando algo que sucedió hace mucho tiempo.

Si decides sumergirte en esta historia, por favor, presta atención.

1

Waterloo Station, Londres, 2 de febrero de 1914

Era inevitable, solo la mujer permanecía inmóvil.

La locomotora aguardaba entre vapores de humo y agua, con sus carrillos piafando como corceles de acero, aprisionados bajo la cubierta acristalada de Waterloo Station. Entrevistos en la bruma, los pasajeros ascendían a los vagones, que se perdían en la distancia de las vías, donde el invierno descolgaba una fina cortina de nieve. Una vez más, la enorme máquina rugió, alentada por los silbatos del jefe de estación. Se retorcía de dolor, la pobre bestia, cuando comenzó con su arrastre de los vagones, entre chirriar de ruedas y crujir de ejes, hasta desaparecer en el horizonte baldío de hangares y trenes abandonados.

Poco después otra locomotora asomó en el espejismo de la anterior, donde las vías se fugaban, respirando aquellas máquinas de viajeros. Se detuvo con su tempestad de vapor, con sus pitidos y su incesante vaivén de corrientes humanas, envueltas por nieblas que olían a electricidad y combustible. Y de nuevo el lento emprender, las despedidas, el traqueteo apagándose en la lejanía, los perfiles de la estación emergiendo de las nebulosas huidizas.

Era inevitable, Waterloo Station exhalaba su aliento eterno, un océano oscilante de trenes y almas anónimas que iban y venían, como el reloj del andén y sus agujas malditas. Y ella permanecía inmóvil. Sola. Esperando.

Cerró los ojos, conteniendo el temblor de sus párpados, de sus mejillas, de sus manos desnudas al proteger su vientre. Un cálido aliento calmó sus escalofríos. El sol rojizo asomaba al oeste, sobre el bosque desdibujado de factorías y chimeneas, y convertía la nieve en mariposas de luz.

—¿Se encuentra usted bien?

El jefe de estación la observaba, corpulento, con su recio gabán de botones dorados, su bigote grueso y la mirada mansa bajo la gorra ferroviaria. Extrajo un reloj de plata y consultó la hora.

—Son más de las cinco, señora. Lleva aquí desde el amanecer. ¿A quién espera?

La mujer parpadeó, lentamente, al compás de la nieve. Sus dedos se angustiaron, aferrados al abrigo, protegiendo el vientre.

—A mi esposo.

Elsa Craig volvió al día siguiente y aguardó inmóvil, bajo su abrigo de *tweed*, como una isla varada en el discurrir del mundo. Aún sobrevivían los rescoldos de la primera espera, esa emoción siempre nueva, que resplandecía en cada trozo de su universo, como si cada una de sus piezas, hasta la más insulsa, estuviera iluminada por una luz interior. Tal vez fuese digno llamarla por su nombre, al menos en aquel instante fugaz, cuando la primera locomotora abrió sus entrañas y ella buscó el sol de todas sus estrellas, aquel rostro sonriente que debía haber emergido, el de su reciente esposo.

Felicidad. Ella también oscilaba, participaba en el vaivén de la estación, de las horas y del mundo. Se había fugado con el primer oleaje ferroviario y había vuelto, algo más frágil, con el siguiente. Y así, en incólume constancia, iba y venía, desprendiéndose de Elsa Craig, hasta extinguirse en cenizas.

El reloj de cuatro caras pendía de la cubierta, confuso entre la maraña de cables y vigas, con sus agujas de bronce empujando los días. Elsa continuó allí, anclándose en el andén cada mañana, sin conciencia del tiempo, presenciando llegadas de la compañía South Western Railway, que unía Waterloo Station, en el corazón de Londres, con Portsmouth y las ciudades del sur.

Benjamin Craig había viajado a París, embarcando en la ciudad portuaria con intención de buscar fortuna en la célebre Galerie Vollard, donde habían expuesto Cézanne, Van Gogh y Picasso, o en cualquier galería de arte que salpicara sus calles de ensueño. Tres semanas escudriñando cualquier oportunidad, como la marea de escritores, poetas, pintores y artistas de cualquier índole que vagaban entre sus bulevares glamurosos, mientras la ciudad devoraba sus bolsillos y los abocaba a una inhóspita habitación sin estufa, en alguna callejuela apartada de Le Marais. Tres semanas consumidas días antes, la primera mañana de gélida espera. El 2 de febrero, como rotulaba en su billete de vuelta. Elsa lo recordaba con claridad.

Su entereza se apagó antes que la esperanza. Los operarios de la estación la vieron desplomarse al séptimo día, sin previo aviso, con la mano aferrada al vientre.

2

Avingdon Street, Londres, 8 de febrero de 1914

El atardecer fulguraba en la amplia vidriera, arrancando tintes cobrizos a las molduras de hierro repujado. La luz se filtraba en el horizonte, a través de un desgarrón de las nubes, y se colaba en su pequeña buhardilla de Avingdon Street, como si nada escapase a su ojo dorado, ni siquiera su cálido hogar, escondido e insignificante en mitad de la jungla londinense. Elsa percibió el reflejo de su rostro al acercarse al cristal, fundiéndose con el vasto panorama de la ciudad.

El Támesis exhalaba su incesante niebla, desdibujando muelles, puentes de acero y arboladuras de embarcaciones. Más allá, Londres emergía de sus orillas brumosas como un bosque infinito, perdido en su propia inmensidad, con miles de construcciones y columnas de humo, hacinadas, superpuestas, engullidas entre sí. Retazos de viviendas, de fundiciones, de hornos, de cobertizos y talleres, parecían alzarse con un alma gris, inmune a la luz del cielo, que se recortaba por las agujas de iglesias y chimeneas.

De vez en cuando, como una nota discordante en el caótico perfil, asomaban aislados símbolos de belleza, lo más destacado del ingenio humano, que había goteado allí su arquitectura más esplendorosa. La cúpula de la catedral de St. Paul, los muros feudales de la Torre de Londres, la urna vidriada del Crystal Palace, el cercano Palacio de Westminster y la Torre del Reloj con sus formas góticas y estilizadas punzando el cielo como lanzas de flecha. En su custodiado interior bombeaba el corazón del Imperio, un músculo insaciable, que bebía de una quinta parte del mundo, esquilmando a India, Canadá, Australia y gran parte de África. Sin embargo, lejos de glorias victorianas del pasado, aquel febrero de 1914 el gobierno liberal del ministro Asquith languidecía ante una lluvia de plagas. Huelgas de obreros, de carboneros, de marinos y estibadores, movimientos sufragistas con campañas ensordecedoras a favor del voto de la mujer, militantes que rompían ventanas en los distritos y usaban ácido para quemar sus lemas en los campos de golf, huelgas de hambre en prisión, y crisis de identidad nacional como la de Ulster, con la autonomía de Irlanda y la inquietante sombra de una guerra civil. Y como de costumbre, en la Cámara de los Comunes de Westminster, frente a la buhardilla de los Craig, mientras Elsa perdía la mirada en divagaciones inciertas lejos de cualquier asunto político, los *tories* conservadores estrujaban la soga, cortando el aliento de la gran democracia de Europa, fieles a su arraigada fórmula de gobierno. La de la oposición acérrima, en ocasiones a costa del sentido común.

El silbido del samovar la despertó de su letargo. Elsa se volvió, temblorosa aún bajo el suéter de bordado inglés, y buscó revivir con la tacita de té humeante. Se acomodó en el sillón de terciopelo verdemar, arrimándose las piernas al pecho, encogida junto al fogón como una niña huérfana, mientras la mirada vagaba por aquella salita convertida en taller. Allí, en aquel cobijo de ladrillos negruzcos, entre libros, pinceles, frascos de pintura, barnices y aceites de linaza, había tropezado con el sabor de la vida. De nuevo, tras años de paladar dormido.

Sus ojos fondearon en el escritorio, que la aguardaba en su rincón deslucido por el polvo. Jamás lo había abandonado, desde que arribara a aquel hogar y compartiera sus días junto a las pinceladas silenciosas de Benjamin. Allí, entre crepitares de chimenea y olores de lienzo, Elsa desempeñaba lo que mejor sabía: deslizaba cuartillas en el tambor de la Smith Premier y conjuraba imágenes. Rebuscaba en su interior, absorta en el incesante eco del tecleo, cosechando lo sembrado por años de vida propia y vida ajena, implacable, como una ladrona de emociones. Peleaba cada palabra, cada frase, escribía y reescribía con la ansiedad del último suspiro, en un desahogo oculto que la purgaba por dentro.

Nacida en 1883 en el seno de una gran familia de industriales vascos, había emigrado de su país a los veinticinco años, tras una infancia restringida, educada por las monjas y guiada por las confesiones del párroco hasta en las mayores nimiedades, en un camino plácido e inmutable hacia el matrimonio que adormecía cualquier espíritu emprendedor y que valoraba como pecado todo anhelo de emancipación. Tras el incidente que trastocó su vida, sus padres le permitieron marchar en un vapor de la Compañía Trasatlántica, dejándola fundirse en el horizonte, como una fugitiva de la vida burguesa que huía hacia el olvido.

Y olvidar es lo que había buscado en el St Hugh's College, primera universidad femenina de Oxford. Se había graduado en literatura inglesa, tras años de jornadas absortas de estudio, sin conciencia de un tiempo que no penetraba en su celda del *college*, llenando su mente con nuevas palabras, con gramática, con sintaxis, con teoría lingüística, presionando los recuerdos hacia el exterior. Un sueño al principio virtuoso, el de esclarecer los entresijos de la lengua de Jane Austen, de Charles Dickens, de Oscar Wilde, el de emular su magia con las páginas, el de hacer sentir a otros lo que ella sintió con sus obras, halladas en la adolescencia. Un sueño convertido después en necesidad, en desahogo ávido, en sueño desfigurado. Al graduarse, manifestaba un dominio tan deslumbrante, una lucidez tan diáfana, que la lengua aprendida parecía desaparecer al emplearla, relegándose a un segundo plano, dejando que los juicios más profundos brotaran con fluidez, sin trabas, sin filtros torpes, como un fiel reflejo de su primera imagen. Escribía para diarios y revistas, con reportajes y crónicas de sociedad, y participaba en publicaciones periódicas, con relatos breves y novelas seccionadas por fascículos, de gran acogida entre el público londinense.

Benjamin era pintor impresionista, estudioso de Monet, enamorado y retratista incansable de la campiña inglesa. Un paisaje anodino y melancólico a ojos de Elsa, que él sin embargo contemplaba durante horas, en algún cobijo rural de Surrey Hills, escudriñando con obstinación el ardid misterioso de la luz, de las estaciones, arrancando tintes de belleza inexistente a senderos acolchados de hojarasca, a piedras, a arbustos, a prados verdes, a cielos cubiertos. Cuanto más insípido fuera el día, más ahínco manifestaba. Aquel era su cometido, extraer el esplendor de las cosas, extirpar el jugo insondable de la vida. Y se entregaba a él con locura, aunque tuviera que malvender sus obras en alguna galería de baja estofa, a precios irrisorios que subsanaba como transportista en los almacenes Harrods.

Se conocieron en el Coliseum Theatre, en la Navidad de 1910, cuando El Gran Lafayette, uno de los ilusionistas más excéntricos vistos jamás en Londres, asombró al mundo con su obra *El Carnaval de Magia*. Coincidieron en asientos contiguos y algo se agitó en ellos aun sin verse, solo con el magnetismo de sus cuerpos, con el calor imaginado de una presencia cercana. Se sucedían las bailarinas, los telépatas, las proyecciones de *bioscopio*, los trucos de cazapalomas, de prestidigitación, de apariciones y desapariciones; el público estallaba en aplausos, en carcajadas, en rodillas golpeadas con fruición. Ellos, en cambio, atendían a las sutilezas del otro, atentos al más ínfimo gesto, un cambio de postura, una leve inclinación, un fugaz roce de brazos. Se miraron al finalizar, y al día siguiente, en la misma función y en el mismo asiento, volvieron a coincidir.

Benjamin Craig emergió en su vida y realizó lo impensable: acopló con minuciosidad de relojero los resortes que movían a Elsa, como si se apoyara en instrucciones ocultas, en planos desconocidos con bosquejos de su interior. Despertó regiones delicadas de su memoria, y le enseñó de nuevo a tejer confianza, a entrelazarse con hilos de intimidad. Por primera vez desde la infancia, la guio por debajo del crepúsculo fulgurante, en campiñas dispersas de Richmond Park, a las afueras de Londres, hasta empacharse de estrellas como dos adolescentes. Fueron meses de sutil acercamiento, de inmersión en un sueño de ojos abiertos, con paseos por Hyde Park y Oxford Street, con adquisiciones en los almacenes de Brompton Road, con noches de fantasía en el Royal Opera House y amaneceres compartidos en prados húmedos de rocío, cuando el mundo parecía no haber sido aún hollado.

Una ruta de pasos instintivos que se alargó durante meses, y que le llevó a amarla allí, en aquel camastro anodino de Avingdon Street. Lo hizo con tal devoción y ternura, con pausas tan bien medidas, que ella dejó destaparse de corpiños, fajas y broches de ajustador, hasta mostrar su cuerpo desnudo y horizontal, oculto durante años. Benjamin transitó por su piel temblorosa, en silencio magnético, bajo el leve resplandor de la ciudad, agrietando con caricias la áspera coraza que preservaba su alma. Propagó sus besos con paciencia, hasta cubrir cada poro, cada palmo de sus intimidades, hasta alejar los fantasmas del pasado y prender en ella nuevos besos, roces mutuos y alientos compartidos. Aquella noche, Benjamin Craig liberó a la verdadera Elsa, como un ilusionista de los teatros con sus bellas ayudantes sumergidas en tanques de agua. Realizó lo imposible para ella y lo posible para alguien como él, creyente por naturaleza y consciente de que los milagros viven de la perspectiva. Reavivó una felicidad extinta, destapó a la mujer necesitada de ternura que nunca había dejado de ser.

Fue tiempo después, en aquel vaivén de la vida que se tragó dos años y un casamiento breve, con presencia acotada de las dos familias en una parroquia de Pentonville, cuando Elsa creyó enfermar. La fría humedad del Támesis, la luz del día, los hedores de la calle, todo parecía causa de fragilidad, de arcadas, vómitos y sopores eternos. Hasta que los síntomas se hicieron evidentes y ella supo que estaba embarazada.

Soy feliz.

Las dos palabras que encierran la esencia del mundo. Tan quebradizas, tan poderosas.

Elsa las habría pronunciado, de no ser por el temor a verlas desvanecerse. Porque son de vaivén sigiloso, surgen y se esfuman a hurtadillas, arrastrando consigo un rumor de serena alegría, que solo se percibe cuando ya no está. Pero Benjamin lo hizo por ella, y sus atenciones se realzaron con caricias renovadas, palabras dulces y el oído adosado a la piel tersa de su vientre, como si fuera una puerta hacia su mejor obra de arte.

—Ya lo oigo —decía.

—Aún es pronto, Benjamin. La imaginación te traiciona.

—Bendita imaginación que traiciona siempre.

—Son mis tripas.

—Me encantan tus tripas, querida. Cocinaré algo.

Hizo suyas las riendas domésticas, a pesar de la oposición de Elsa, y sembró la buhardilla de propósitos para el futuro, con nombres de niño y de niña y fantasías irrealizables de una villa ajardinada, en el ilustre barrio de Kensington, donde pudieran crecer al aire libre. Elsa intuía, sin embargo, que la felicidad se ofende al ser desvelada, pero se dejó llevar por aquellos días de alucinación irresistible, de soñar despierto.

Comenzó a la tercera semana, tras una extensa jornada de acarreos en los almacenes. Benjamin jamás mostraba indicios de fatiga, a pesar de las ampollas y las muecas de dolor, y cada día su retorno encendía las luces de la casa con chispazos de alegría. Aquella noche lluviosa y fronteriza a la Navidad de 1913 algo cambió, como si de pronto un mecanismo oculto en su cabeza se hubiera activado. Volvió con la mirada ausente y un silencio evasivo, la gorra y el blusón empapados, chorreando goterones de entusiasmo que quedaban tras sus pasos en charcas perdidas. Mantuvo sus atenciones y su ternura, pero se apoyaban en la inercia de la rutina y sus dedos parecían abstraerse en lejanas cavilaciones al recorrer el cuerpo de Elsa. Y cuando ella le preguntó por su desazón, él le respondió con una sonrisa forzada, de pobre intérprete. Y así se sucedieron días inciertos, hasta que el cambio en Benjamin pareció asentarse, y se acostumbraron al extraño distanciamiento, sin risas ni susurros, sin menciones apasionadas a la maternidad de Elsa.

Y al fin se lo pidió. Quería cumplir el más primitivo de sus sueños: buscar fortuna en las galerías de París. Desvelar al menos la auténtica validez de su gran inquietud, de su particular exploración del mundo. Su otro amor. Sus lienzos.

Habían colmado su mente desde la más tierna infancia, hasta convertirlo en Benjamin Craig, el hombre que había enseñado a Elsa a vivir de nuevo. Y ella, que se debía a él en toda su esencia, no pudo negarse. Lo respaldó con plenitud, a pesar de sus inquietudes, y le ayudó a seleccionar sus mejores obras, a embalarlas con papel de estraza y transportarlas a Waterloo Station.

Le escribió diez días después, desde una modesta pensión en Montmartre. Sus palabras llegaron frías, parcas en detalles, como enfermizas por el viaje. Apenas hablaba de un cuarto minúsculo y sin estufa, de extravíos por los vericuetos de París, de búsquedas infructuosas, de visitas a galerías y encuentros con marchantes de arte. Evitaba ahondar en vicisitudes y parecía correr, buscando el final de la misiva. En aquel último aliento, sin embargo, se liberaba en un arrebato de ternura, donde los ojos de Elsa acariciaron, por fin, al verdadero Benjamin. Un deseo desaforado de volver junto a su vientre, el 2 de febrero, decía, con un deje algo melancólico que ella atribuyó a sus estériles rastreos.

Después vino el silencio.

Elsa despertó en la buhardilla de Avingdon Street, encogida en el sillón, con el té frío y el alma trémula. La noche penetraba por la vidriera y se replegaba a su alrededor, tiñendo de sombras cada rincón, hasta la lumbre púrpura de la chimenea. Desechó la tacita de *Earl Grey*, extinto su aromático aceite de bergamota, y apenas deslizó unos pasos hasta el lecho matrimonial. Buscó el cobijo de sus sábanas, sin desprenderse del suéter inglés y sin esperanza de entrar en calor.

Era la última noche. La última espera.

3

Fleet Street, Londres, 9 de febrero de 1914

La sede del *Daily Courier* se enclavaba en la bulliciosa Fleet Street, entre locales festoneados de carteles publicitarios y riadas de carruajes, tranvías de dos pisos, vehículos cromados Rolls-Royce y ómnibus motorizados. Elsa se adentró en el lóbrego portal, tras la inclinación del portero, con el estómago hormigueándole de inquietud y olores mezclados de pienso y carburantes.

El diario se sumergía en tinieblas tejidas por el aliento Dunhill de los redactores. Trabajaban con frenesí, absortos en el incesante tecleo de las máquinas de escribir, en cadencia opuesta al humo que pendía sobre ellos. La mayoría eran jóvenes de cabello abrillantado, chaleco y cuello oprimido por la corbata, que nutrían de contenidos al insaciable diario, entre vaivenes de cuartillas y timbres de teléfono.

Los periódicos londinenses extendían sus tentáculos por el mundo, en conexiones de telégrafo, de ferrocarril y de barcos de vapor. Los sucesos se convertían al instante en noticia, esparciéndose por el globo con la inmediatez de la electricidad, de las ondas de radio, gracias a los nuevos canales de comunicación que gestionaban las agencias de prensa.

Elsa respiró hondo, buscando ahuyentar las náuseas, y

cruzó la sala hacia el despacho del subdirector, un cubil acristalado que se enclavaba al fondo. Sus pasos acallaron la escuadrilla de Underwoods, y sintió las miradas y los cuchicheos bajo la luz eléctrica de las lámparas. Como de costumbre, dejó una estela de silbidos, admiraciones y gestos obscenos, con referencias a la gracilidad de sus pechos, sus caderas y sus piernas, y a todo lo que serían capaces de hacer con ella si accediera a los cariños de sus pretendientes.

El subdirector Robert Boyle se recostaba tras el escritorio, con su formidable panza, sujetos los pulgares en los bolsillos del chaleco. Su despacho, que hacía las veces de fumadero de habanos y cigarrillos, aglutinaba el rancio olor a humanidad de toda la redacción.

—Baje eso a la imprenta y que lo entren en plancha —gritó hacia una presencia velada, que se cruzó con Elsa al esfumarse del cubículo—. Y cierre la maldita puerta.

El silencio selló la burbuja y ambos quedaron dentro. Él escrutándola con detenimiento, mientras se retorcía el grueso bigote, alzándose las puntas con deleite. Ella de pie, seria y altiva bajo su sombrero y su sencillo traje sastre de *tweed*, con blusa plisada, sin encajes.

—Nuestra pequeña estrella de la ficción por entregas —murmuró el subdirector, rebajando su oratoria dominante hasta un tierno susurro, mientras le indicaba asiento con la desenvoltura apática de quien no cesa de recibir visitas—. La echamos en falta, señora Craig. Nos dejó huérfanos sin su columna dominical. Nuestros subscriptores la reclaman.

Elsa se acomodó con cautela, la espalda erguida y las manos unidas en el bolso de lino, con cierre y bastidor de baquelita.

—Busque redactores a la altura —aconsejó—. De los que no se extravíen ante una falda.

Sonrió el veterano directivo y señaló a la redacción, vagamente, sin desplazar un ápice su cuerpo.

—Escasean, créame, y eso que el panorama es colorido: guerras lejanas, crónicas de huelgas y edificios incendiados por sufragistas. El estrato social se comprime, señora Craig, los salarios ascienden y las jóvenes como usted van a la universidad. Y sin embargo, no cesan en su empeño. Cuanto más progresan, más insisten en la falta de progreso.

—Las jóvenes como yo buscan el derecho al voto y la opción de rentabilizar su intelecto como el de cualquier hombre —puntualizó Elsa, alentando en el subdirector una sonrisa lasciva, como si la resistencia, por parte del sexo opuesto, generara en él un oscuro placer.

—A pesar de las últimas mediciones de la ciencia —replicó él—, que nos confirman superiores debido al mayor tamaño de nuestro cerebro.

—Y sitúan a las ballenas en el primer escalón de la inteligencia.

Sonrió aún más el subdirector, pensativo, mientras se retorcía el bigote con desorientada fruición.

—Admiro su descaro, señora Craig. Por eso gusta a la gente. Reconsideraría sus primas si reanuda sus colaboraciones con nosotros.

Elsa movió despacio la cabeza, con gesto lento y negativo, mientras observaba a su interlocutor destripar un paquete de cigarrillos Lucky Strike. Robert Boyle era un mercenario de la prensa, una sanguijuela de noticias, capaz de vender a su madre por una exclusiva sonora. Conocía las entretelas más profundas en el arte de extraer información y sabía, como pocos, que la realidad del mundo es una historia novelada por individuos como él. Enfilaba el *Daily Courier* hacia el sensacionalismo pueril, consciente de que las guerras lejanas, las hambrunas y las epidemias coloniales eran sucesos insignificantes para el ciudadano europeo, olvidados enseguida por el incesante correteo de las páginas de la Historia. La guerra de los bóeres, la ruso-japonesa, la de los Balcanes, eran incidentes bárbaros, propios del extrarradio de Europa, en lugares primitivos donde aún no alcanzaba el progreso, y apenas penetraban en la existencia de la civilización aburguesada, que contemplaba las noticias bélicas con el mismo desapego que las páginas deportivas.

—Tengo nuevos asuntos que atender, subdirector.

—Desde luego, me consta la discreción de su nuevo trabajo. —Robert Boyle prendió su cigarrillo y se reincorporó en el asiento, sonriendo humo—. *Coran Deo*, sola ante Dios. Siempre ha sido una solitaria felina, si me permite la osadía del atributo. Me encantaría leer lo que tiene entre manos.

—Sabe que no estoy aquí por eso —respondió Elsa, desoyendo los halagos repulsivos del subdirector—. Necesito sus recursos. Contacté con su secretaria hace tres días. Espero que me ayude.

—Ya lo he hecho, señora Craig. Su impecable pluma sedujo a muchos lectores, servidor el primero. Las deudas con usted pesan sobre mi conciencia.

Guardó silencio, escrutando a Elsa con avezada sagacidad, tras la nebulosa del pitillo. Ella mantuvo una cauta rigidez, consciente de que el subdirector acechaba su reacción. Finalmente él se inclinó sobre la mesa, y tras un breve quejido de gavetas, extrajo un pequeño informe.

—Su esposo, Benjamin Craig, viajó a París el 14 de enero —recitó—. Por motivos laborales. Con billete de vuelta abonado, de la compañía South Western Railway, trayecto Portsmouth-Waterloo Station, para el 2 de febrero. Corríjame si me equivoco.

Elsa asintió, reprimiendo una desazón de inquietud que se agitaba en su estómago.

—Contactó con usted vía correspondencia, notificándole, entre aspectos de índole personal, que se hospedaba en la pensión Mon Amour, Rue de Clichy, distrito Montmartre.

El subdirector alzó la vista e inclinó, por vez primera, su vasto armazón sobre la mesa. La observó con tierna compasión, más allá de su trasfondo mordaz, como quien observa a una niña huérfana que pide caridad en la calle. Una expresión que irritó a Elsa más que cualquier picardía obscena, y que la empujó a solidificar su semblante, ocultando todo indicio de turbación. Tras un breve silencio, Robert Boyle señaló hacia el teléfono mural Ericsson, con llamadas por magneto y sonería incorporada, que colgaba tras su gabinete, entre cascarillas de papel damasco.

—Conectamos con una centralita parisina. El Mon Amour, supuesto hospedaje de su esposo, carece de teléfono y tuvimos que contratar los servicios de una agencia.

—Le abonaré el coste a la salida —dijo Elsa, con un chasquido de manos nerviosas sobre el cierre de baquelita.

—No consta ningún huésped con el nombre de su esposo, señora Craig. Ni ha constado en el último mes.

Elsa dejó el bolso entreabierto, con la mirada suspendida en algún oscuro recoveco del entablado, junto a sus botines de cordones, rectos y unidos.

—Temo decirle que Benjamin Craig no fue del todo sincero con usted.

—¿Algo más, subdirector?

Había erguido el mentón, con orgullo silencioso, apuntalando el titubeo de su dignidad. El otro abordó el peso de toda su mirada, con amargura cómplice.

—¿Está embarazada, señora Craig?

—¿Por qué lo dice?

Era una pregunta estúpida, que la desarmó de golpe. Y ambos se percataron al instante.

—Algunos suelen desertar, ya sabe. Les abruma el cometido.

—No es el caso de Benjamin. Se lo puedo asegurar.

—¿Apoyó su causa artística económicamente?

—No es asunto de su incumbencia, subdirector.

Elsa se levantó, recomponiendo su sombrero de fieltro, sencillo y al estilo *cloche*. Abrió de nuevo el bolso, sofocada, mientras buscaba respirar en el aire viciado del cubículo.

—Dígame cuánto le debo.

El subdirector la estudiaba reflexivo, la mirada velada por las nebulosas Lucky Strike, sin atisbos de viejo malévolo.

—Aún le debo yo a usted, señora Craig.

Elsa se volvió, asintiendo en señal de agradecimiento, y encaró la salida del despacho.

—No se deje amedrentar —oyó tras ella—. Al salir, me

refiero. La mayoría llorarían a los pies de su madre por menos de lo que está pasando usted.

Elsa caminaba con angustia por el paseo orillado del Támesis, de vuelta a Avingdon Street. Bajo las farolas pendían islas de luz ambarina, surcadas por sombras fugaces, hombres y mujeres como ella que se movían con frenesí, como si se les escapara la vida. La noche se replegaba junto a las aceras, más allá de las verjas de hierro, en los jardines privados, en las arboledas y en los cementerios de las iglesias, entre susurros de hojas y ramas.

Un vago desasosiego la envolvía desde atrás, como una sombra húmeda y errante que ascendía del río. La marea baja destapaba sus tesoros, y atraía siluetas de pícaros que revolvían el barro hediondo en busca de soga, huesos, clavos de cobre y bolsillos de cadáveres sumergidos. Sus pasos resonaban quedos, como el eco de la conversación con Robert Boyle, que se adhería a ella con la redundancia de un gramófono.

Cuatrocientas libras, habría sido la respuesta. Su pequeña y a la vez considerable aportación al sueño de Benjamin. Diez sueldos como transportista en los almacenes Harrods.

Al llegar a su residencia, Elsa saludó al portero, uniformado y con guardapolvo a rayas, que adecentaba con un plumero los faroles de la portería. Walter Raleigh era un anciano encorvado, padre de cuatro hijos y abuelo de diez niños, con demasiados años de angustias en silencio, donde cada día es una nueva pugna y donde la memoria se escribe en la cara. La correspondía siempre con la misma sonrisa presta y afable a pesar de las horas intempestivas, de las crudezas del cielo, del cansancio y la oxidación de la vida.

Aquella noche, sin embargo, algo cambió.

Su expresión titubeó bajo la sombra de la visera. No hubo sonrisas, ni comentarios alegres, solo un descenso apresurado por la escalerilla.

—Aguarde, señora Craig.

Se retiró la gorra de paño escocés y alzó la mirada, con el

retraimiento de una vida al servicio de los demás. Titubeó, y comenzó a estrujar la gorra con manos de angustia.

—Walter, querido, ¿se encuentra bien?

—Discúlpeme usted de antemano. Se lo ruego por mis nietos.

Introdujo la mano en el bolsillo del guardapolvo y extendió un pliego arrugado.

—Es para usted, señora. Solo he seguido sus instrucciones.

—¿Sus instrucciones?

—Las de su marido, señora. —La voz de Walter temblaba—. Debía esperar a hoy, 9 de febrero, en caso de que él no regresara.

Elsa contempló el pliego en papel de fina cuadrícula, el mismo que empleaba en su libreta de notas. Lo sostuvo, perpleja y sin desplegarlo aún, con el portero encogido frente a ella como un niño atrapado tras una fechoría.

—Discúlpeme de nuevo, señora Craig. Él me lo hizo prometer.

Sin llegar a abrirla, conteniéndose, Elsa le preguntó:

—¿Le dijo Benjamin algo más?

—No, señora. Líbreme Dios si fuera así y no lo dijera.

Se observaron, brevemente, en la noche húmeda.

—¿Le pareció a usted que volvería?

El viejo portero vaciló. Sus labios secos y agrietados tropezaron, temerosos, buscando una respuesta que apaciguara los estragos de la sinceridad.

—Estaba... estaba nervioso —balbució—. Más de lo habitual. Volverá, señora. Volverá. Benjamin es un gran hombre. Y la quiere, estoy seguro de que la quiere.

Su mirada se trabó con la de ella, que se mantenía imperturbable en el umbral de la puerta.

—Debería habérmelo dicho, Walter.

—Lo último que quisiera es hacerle daño, señora Craig. Jamás me lo perdonaría.

Sus palabras se perdieron en la sombra del portal, tras los pasos de Elsa.

4

Waterloo Station, Londres, 10 de febrero de 1914

La locomotora de la South Western Railway rugió entre vapores de humo y comenzó a deslizarse por las vías. Elsa se refugió en el compartimento, absorta en el suave traqueteo y el cálido aliento de la calefacción, mientras abandonaban Londres, atravesando el bosque de fábricas y chimeneas que lo volvían eterno. Poco a poco, los despojos ferroviarios de las vías muertas se fueron desvaneciendo en el océano verdoso, inmenso, de la campiña inglesa. Islas de bosques, de granjas, de castillos abandonados, surgían entre telarañas de bruma, como espejismos mudos, perdidos en la distancia.

Su rostro desfallecía en el reflejo de la ventanilla, entrevisto en el paisaje, ojeroso y débil a pesar de sus esfuerzos por acicalarse dignamente, con el empolvado rosa y la vaselina brillante de los párpados. La decisión se había fraguado durante una noche larga y tenebrosa. Al amanecer, Elsa aguardaba en la estación, con los maletines de viaje y el billete, recién expedido, entre sus guantes de cuero.

Los postes desfilaban con rapidez de cine ante la ventanilla. Sus hilos subían y bajaban en un movimiento eterno, dibujando sobre el paisaje con líneas de telégrafo. Eran pocas las ocasiones como aquella en las que asomaban las «arterias del mundo». Así las había llamado Elsa en un reportaje sobre las nuevas comunicaciones que escribió para la revista social *Punch*. Mecanismos invisibles que controlaban el discurrir de la vida moderna y que crecían en extensión y complejidad, convirtiendo a los humanos en seres acomodados y dependientes, seres que jamás se preguntarían por el misterio que se escondía tras su voz cruzando el océano mientras esta lo siguiera haciendo.

Tras cuarenta años de sosiego en Europa, sin sobresaltos, sin guerras en tierra propia, la ciencia había desbrozado los grandes misterios de la naturaleza, encogiendo el mundo y acercando horizontes, vomitando un incesante reguero de inventos y técnicas revolucionarias que vigorizaban la industria y la economía de los grandes países. Con un solo aleteo, la humanidad rozaba cotas divinas, rebasando cualquier logro cosechado desde sus orígenes. Las aeronaves y la conquista del éter, la electricidad, la radiotelegrafía y la transmisión de la palabra terrenal por todo el planeta, la desintegración del átomo, las vacunas contra la peste, la rabia y la difteria, los hogares con agua corriente, sin lumbres ni hollines que los incendiaran. Los nuevos descubrimientos simplificaban la vida, la limpiaban de estorbos y la volvían fluida, acelerada y acomodada al mismo tiempo.

La máquina de la South Western Railway hizo parada en las estaciones de Tootin y Guildford. El compartimento se llenó de pasajeros, que puntearon su silencio con cuchicheos y murmullos. Elsa contempló a una niña, la carita inmaculada y el cabello dorado, que danzaba libre entre las dos filas de asientos, recién desenvuelta del abrigo. Parecía radiante, ondeando por fin sus faldas de organdí, acampanadas y sujetas a la espalda con vistosos lazos. La madre sonreía al jugueteo de su hija y contribuía asiéndole de la mano para que ella girara y riera. El padre buscaba un instante de reposo, desviando la mirada en el paisaje, sudoroso tras el ajetreo de las maletas. Él también sonrió ante el regocijo de su hija, que atraía a todos al universo de sus fantasías.

Elsa arqueó los labios, complacida, y no cerró los ojos hasta que la niña dejó de jugar. Benjamin conservaba aquella misma frescura alegre, innata, que no parecía dañada por la vida ni profanada por los años. Ella siempre se preguntó dónde guardaba sus heridas. Recordaba el día en que le mostró los fragmentos iniciales de su nueva obra. Su primera novela, donde pretendía entregar, por fin, cada fragmento de su ser, cada pieza de humanidad que llevara dentro, y que las dudosas prioridades del *Daily Courier* y los diarios y revistas donde había colaborado jamás le habían permitido.

—Solo son apuntes —le explicó—. Aún están inconexos.

Él asintió, severo, y sacrificó sus retinas con una atención extrema, inclinado sobre las cuartillas, mientras ella lo observaba, ansiosa por conocer su veredicto. Entonces se volvió, entusiasmado.

—¿Y bien? ¿Qué te ha parecido?

Benjamin sonrió, enigmático.

—Deja que te retrate.

Elsa se quejó, riéndose. Le pedía una simple valoración, aunque sus ojos, excitados de pronto, la contradecían, divertidos ante el misterio. Pinceló su rostro reflejado en una charca helada, sin impurezas, sin grietas, tan cristalizada como un espejo inmaculado. Solo la cicatriz de su mejilla, que había nacido con ella y que Benjamin adoraba cada vez que encontraba ocasión.

—Así es tu escritura —le dijo—. Un reflejo perfecto de ti misma. De todo lo que hay en ti y en el mundo.

Elsa abrió los ojos, desvelada por su propia sonrisa. La locomotora traqueteaba, rítmica y eterna. La niña dormía, en brazos de su madre. Abrió el bolso que descansaba en su regazo y extrajo su libreta de notas. Las tapas crujieron y corretearon páginas e ideas, hasta detenerse lentamente en la única marcada, con el pliego arrugado del portero encajado en ella.

La letra de Benjamin se deslizó como la niña, bella y fluida, un grácil bailoteo sobre el papel. Solo una dirección. Solo palabras frías, impropias de él.

Pensión Margaret, 37 de Castle Street,
Southsea, Portsmouth

El cielo plomizo se cernía sobre los tejados y robaba el color a la ciudad portuaria de Portsmouth. La pensión Margaret languidecía entre casuchas ennegrecidas de hollín, en una callejuela angosta, desértica, cercana a los antiguos muelles de Camber. Elsa cruzó el adoquinado, cargada con sus maletines de cuero, mientras oía el traqueteo de la calesa, que se alejaba a sus espaldas hasta perderse entre los vericuetos de la ciudad.

La puerta tintineó al cerrarse, desvelando un silencio abandonado, que parecía anclado allí durante años. Aguardó en el recibidor, entre paredes de salitre oculto por grabados portuarios y luces fantasmales de lámparas de aceite. Las piernas le temblaban de flaqueza y ansiedad.

—Bienvenida a nuestra casa —dijo una voz—. El cuarto de la buhardilla está recién aseado. Con vistas al puerto y a la iglesia de St. Thomas de Canterbury.

La mujer se asomó al pie de la escalera y avivó la achacosa estufa que irradiaba en una esquina. Debía de rondar los cuarenta, era descarnada y seca, con traje rayado de sarga y mandil blanco. Se adecentó los rulos de la cabeza, algo desaliñados bajo la pañoleta, con ese aire doméstico de quien vive solo, sin visitas ni hospedaje, salvo los gatos indigentes de la calle.

—Dos libras la noche y baño de sales incluido.

—No venía aquí por eso —respondió Elsa, algo dubitativa—. Al menos de momento.

La mujer, que debía de ser la señora Margaret, o su heredera dada la decadencia del hostal, frunció el ceño, confusa ante la extraña aleación de respuesta y equipaje. Optó por la resistencia.

—Serán dos libras de todos modos.

—Busco a mi esposo, señora Margaret. —La voz le tembló—. Creo que se hospeda aquí.

La mujer la observó con desconfianza mientras sopesaba la información.

—¿Y quién lo pregunta?

—Elsa Craig.

Margaret la escrutó sin disimulo, y finalmente pareció

asentir, con la severidad de un sastre al que asignan la búsqueda del atuendo a medida. Desapareció tras el mostrador, con ruidoso trajinar, y estampó sobre él un pesado libro de registros que levantó un nimbo de polvo. Indagó entre las páginas, acartonadas de humedad, hasta que se detuvo en un solo nombre, que figuraba solitario.

—Benjamin Craig —afirmó.

El corazón de Elsa retumbó en su pecho, y su soplo candente alcanzó cada apéndice de su cuerpo, como un torrente de fuego.

—¿Se encuentra aquí?

Margaret alzó los ojos, escrutándola con recelo.

—No exactamente. Al menos, hace tiempo que no lo veo. Me parece que estuvo un par de noches, y luego desapareció.

—Entonces, ¿ya no figura hospedado aquí?

—En teoría sí... —La mujer vaciló, entrecerrando la mirada, con serias dificultades para catalogar el caso—. Su esposo es un huésped de lo más singular, señora Craig.

—¿Singular?

—Entró el 14 de enero con abultado equipaje. Cuadros, supuse, por las dimensiones y el celo que empleó en subirlos a la habitación. Lo figuré marchante de arte, o pintor, o tal vez ladrón, de los que atracan museos y residencias privadas y después los exportan al extranjero, al mercado negro.

—Pintor impresionista —respondió Elsa, cortando sus conjeturas de correveidile.

—Ah, vaya, no se ofenda, señora Craig. Que por aquí transitan individuos de todo tipo y con los años una se cura de espantos. Además, su marido no tenía aspecto de malhechor. Lo recuerdo alto y bastante guapo por cierto, si me permite la osadía. Tenía un aire a Max Linder, el actor, con esa mirada penetrante de galán francés. En fin, qué le voy a decir a usted.

Elsa asintió, ignorando la minuciosa descripción.

—Es libre de pensar lo que desee. En su casa y en todas partes. ¿Sabe qué hizo mientras estuvo aquí?

—Nada. Esperar, creo. —Margaret suavizó su expresión, con una sonrisa de tierna caridad, algo sombría y gratificante en el fondo, de quien halla placer en la soledad de otros—. Por si le sirve de algo, señora, mientras estuvo aquí no le vi en compañía. Y eso que la oferta de faldas es amplia en una ciudad portuaria como esta.

Elsa volvió a obviar el comentario, aunque lo agradeció en su intimidad.

—¿Y después?

—Después se esfumó, como le digo. Dos días después ya no estaba aquí. Se llevó las llaves de la habitación. Aún no la he abierto, lo esperaba hasta ayer.

—¿Hasta ayer? ¿Dijo que volvería?

—No lo dijo. Tampoco hablaba mucho, y eso que intenté darle conversación. Me refiero a su dormitorio. Lo alquiló hasta el 9 de febrero y pagó por adelantado nada más llegar.

Elsa sintió el vértigo de un abismo, que se abrió bajo su estómago. Se retiró el sombrero *cloche*, con lazo negro, que se le ceñía a la cabeza y la hacía sentirse bajo cobijo, con la mirada parcialmente cubierta.

—¿Podríamos ver la habitación? —preguntó.

La puerta se entreabrió como la losa de un sepulcro, quejumbrosa, con un soplido espeso de aire sedimentado. La estancia se hundía en las tinieblas y se desperezó ante la luz mortecina del pasillo. Asomaron sombras mudas, indefinidas, al fondo del cuarto. No había ventanas. El ambiente hedía a cerrado y humedad. Margaret se quedó en el umbral, inmóvil, con la llave maestra entre las manos.

—Dios mío —musitó, algo temerosa—. El resto de los cuartos no muestran este aspecto. Se lo aseguro.

—¿Prefiere que entre yo primero?

—Sí, por favor. Adelante.

Los pasos de Elsa crujieron sobre el entarimado del suelo, cubierto por un manto impecable de polvo. Oyó la respiración agitada de la casera, que había retrocedido hasta el pasillo. Se mantuvo inmóvil, acostumbrándose a la penumbra hendida, hasta que sus ojos comenzaron a perfilar aquellas sombras, repartidas por toda la habitación.

Se acercó a los bultos, de ángulos rectos y cubiertos por mantas deshilachadas que parecían mortajas. El aire viciado, o tal vez la certeza de lo que iba a encontrar, la sofocó repentinamente. Contuvo las náuseas y respiró hondo.

—¿Está usted bien? ¿Quiere un vaso de agua?

Retiró las mantas, despertando el papel de estraza que envolvía los bultos como el tejido cutáneo de un ser vivo. Suspiró, dominando el vahído de su cabeza, que se le perdía. Los óleos de Benjamin.

Se contaban por decenas e infestaban la habitación, rodeando el camastro y el quinqué de la mesilla. Elsa quedó inerte, sujeta a la pared y con la mirada perdida en algún incierto recoveco de la estancia. El sueño del pintor, la búsqueda de una oportunidad, las fantasiosas galerías de París. La carta de Benjamin. Una mentira.

Alguien prendió la mecha de petróleo, junto a ella.

—Señora Craig —susurró Margaret.

—¿Sí?

—Hay un sobre. Encima de la cama.

Destacaba sobre la colcha como una gaviota en el cielo, centrado con minuciosidad, solitario, expectante hasta ser descubierto. Elsa se acercó; las cuatro letras de su nombre latían bajo el quinqué, con destellos de tinta. Era un sobre grande, tamaño cuartilla, y pesó mucho más que un simple papel cuando Elsa lo sostuvo entre sus manos. Despegó el adhesivo, abrió los ojos. Una lámina de vidrio, barnizada y envuelta con esmero, surgió ante ella.

—Parece de los tiempos de la reina Victoria, por lo menos —observó Margaret.

El retrato era antiguo, con los bordes quemados y una extrema nitidez en el rostro, que se diluía en el fondo como si la gravedad del pasado lo arrastrara hacia él. Un niño de cara asustada miraba al objetivo, los ojos bien abiertos, como si buscara en él los secretos del universo.

—Las placas vidriadas dejaron de emplearse hace tiempo.

—¿Quién cree que será? —preguntó Margaret.

Elsa guardó silencio, con el estupor enmarañándole la mente, como un encaje desordenado de bolillos. La placa no era lo único que contenía el sobre. Había un sinsentido más, otra pieza dislocada de aquella maquinaria de acertijos. Un pasaje de la Compañía Trasatlántica para un vapor de pabellón español, con destino a Bilbao y embarque a las cuatro y media de esa misma tarde.

La costa cantábrica, la ensenada de Altzuri, la casona Mendíbil.

El lugar donde Elsa saludó al mundo y descubrió sus primeros secretos. Los únicos insólitos de su vida, porque después le parecía que surgían reincidentes, como una melodía ya escuchada. Tenían pensado ir, a su vuelta de París. Para visitar a los padres de Elsa y anunciarles el embarazo. Lo habían planeado al principio, entre risas de fantasía, cuando supieron que serían tres en Avingdon Street.

—Aún hay algo más, señora Craig.

—¿Cómo dice?

—Un pequeño detalle que no le he mencionado. —Margaret la miraba con gesto grave, algo pavorosa—. Aguarde un momento, por favor.

Desapareció por el pasillo, dejando a Elsa con la pregunta en los labios. Asomó poco después, la figura retraída por el rubor, los rulos descolocados, las pantuflas *croquet* barriendo el polvo y un telegrama entre las manos.

—Llegó hace quince días, el 25 de enero. No acostumbro a recibir telegramas, y menos de la Compañía Atlántica. Entonces no entendí su significado, acabo de comprender que era para usted.

Elsa desplegó la misiva, con el sello de la Oficina de Correos y Telégrafos de Portsmouth, Hampshire. Sus ojos acariciaron el mensaje de Benjamin, entrecortado, robótico, desfigurado por aquel sistema encriptado que permitía las comunicaciones inmediatas.

Siento que sea así, querida. Lo he intentado. Ahora tendrás que hacerlo por ti misma. Ten cuidado, no son lo que parecen. Búscanos en la casa vieja. Siempre tuyo, Benjamin Craig.

—Su marido es muy enigmático —mencionó Margaret, nerviosa, calmando con palabras la gravedad del momento—. Siempre los he preferido con misterio, a la larga resulta más divertido. ¿No le parece?

Salieron cincuenta libras del bolso de baquelita.

—¿Le importaría conservar los óleos?

Margaret la miró a los ojos, seria, y sus manos atraparon el dinero con rapidez, como la lengua de una rana.

—No me sea como su querido Max Linder. Vuelva a por ellos. Si se demora los colgaré por la pensión.

Las nubes comenzaron a gotear lágrimas de alquitrán, cebadas por la carbonilla de las chimeneas y los carrillos de acero. El fragor de los muelles se inquietó, como si temiera el castigo del cielo, al que intoxicaba sin piedad. Elsa descendió del pequeño tranvía, cuyas vías morían frente a la bahía. Arrimó sus maletines de cuero, temerosa de hurtos, y desplegó el paraguas, donde comenzó la sinfonía de golpeteos.

El puerto de Portsmouth se recluía en el condado de Hampshire, al sur de Inglaterra, protegido por la isla de Wight y el torvo cinturón de fortalezas que ceñía la bahía. Sus aguas aceitosas, saturadas de combustible y desperdicios, lamían los muelles, donde convivía la flota acerada de la Royal Navy, refugiada allí desde la Edad Media, con buques y vapores mercantiles, cargueros de carbón, pesqueros y nostalgias obsoletas del pasado, como el navío de línea *HMS Victory*, insignia nacional del almirante Nelson y verdugo de la escuadra francoespañola en la batalla de Trafalgar de 1805.

A lo lejos, en el horizonte confuso de baluartes, astilleros, grúas y andamiajes, asomaban varias islas de metal, con torres y minaretes que avanzaban por la bahía lentamente, con pesadez sombría. Los temibles *dreadnoughts* emprendían su patrulla por el Canal de la Mancha, como una manada de monstruos marinos de la Prehistoria. Una visión paradójica, cuando se consideraban los titanes del futuro, el acorazado definitivo e inhundible, tan alejado de los majestuosos navíos del pasado, con sus apilamientos de puentes y la enredada belleza de sus velámenes. Como añadidas al festín, asomaron las nuevas bandadas de pájaros de acero, amaestradas por la Royal Naval Air Service, que se unían a la escuadrilla rumbo al Atlántico. Las escupió uno de los portaaviones, y sobrevolaron la bahía con graznidos de motores, arrancando de los muelles miradas de exaltación.

Elsa alzó la vista, recelosa ante el estruendo de las aeronaves, y las vio perderse en el mar de nubes. Las industrias aeronáuticas resollaban ante la demanda de los países, en especial Inglaterra, Francia y Alemania, inmersos en la carrera por la conquista de los cielos. Se rumoreaba que una guerra inminente los fraccionaría, como sucedía en África y las colonias. A ella le costaba comprender tan encarnizada lucha por un territorio infinito, que se extendía hacia los confines del universo. Le apenaba que el genio y el vigor de la humanidad, desde las cabezas pensantes en sus laboratorios hasta los brazos ejecutores en las fábricas, destinara sus esfuerzos a crear instrumentos de guerra. Aquel maravilloso artefacto, perseguido y soñado por la raza humana durante siglos, que permitía contemplar el mundo desde el aire, adentrarse en la soberbia región de las nubes, entender el misterio de la lluvia, de los rayos, de los truenos, y quién sabía, tal vez conducirlos a la Luna y las estrellas, era fabricado en masa con el fin de abatir a sus propios hermanos.

Avanzó por la corriente sombría de viajeros, pescadores y marineros, presurosos ante la inminente tormenta. *El Cantábrico*, un buque mixto de carga y pasaje, con tres mástiles y chimenea en el centro, fondeaba somnoliento bajo la lluvia, su cascarón de acero carcomido por el óxido.

Elsa se detuvo, refugiada bajo el sombrero, amarrada al equipaje y al paraguas, que ya chorreaba trozos de cielo. Contempló la lenta procesión que engullía el vapor de la Compañía Trasatlántica, un campo húmedo de paraguas, chisteras y sombreros de encaje, agolpados en la plataforma y mecidos con torpeza por la brisa marina.

Sintió un estremecimiento, un soplido de aire oceánico, que penetró hasta sus pulmones y la dejó desvalida, desnuda, con una presencia inquietante rondando bajo su piel, como una caricia febril. Tal vez fuera la soledad, esa compañía siniestra que vive dentro de uno y en ocasiones es olvidada, pero que jamás desaparece. O tal vez fuera el miedo, o tal vez el miedo a la soledad.

5

Vapor El Cantábrico, *océano Atlántico,*
11 de febrero de 1914

La bruma blanquecina dormía sobre el mar, confundiendo el horizonte, diluyendo el cielo y evaporando el agua. El viento silbaba sobre la cubierta de *El Cantábrico,* ondeando las banderolas y los ropajes, jugando con las gaviotas, componiendo una sutil sinfonía con la voz mansa de las olas, que rompían contra el casco en miles de quejidos.

La costa cantábrica asomó a lo lejos, sombría, oculta entre jirones de niebla. Se extendía como un cordel sobre el mar, con acantilados salvajes y playas pedregosas que se definían a medida que el vapor se acercaba al abra de Bilbao, donde desembocaba la ría del Nervión.

Elsa se mecía junto a la barandilla de estribor, entre pasajeros silenciosos que sucumbían al hipnotismo de la tierra asomando en el horizonte. Una leve algarabía chirriaba tras ellos, a lo lejos, más allá del trinquete. El viento traía las excitadas voces de las jóvenes, un grupo del Queen's College en viaje de estudios. Se apiñaban ante las directrices del fotógrafo, nerviosas e intimidadas, sin despegar la vista de su máquina de fuelle que, de un instante a otro y sin avisar, inmortalizaría para siempre sus rostros lozanos.

Elsa sonrió con envidia honesta, mientras evocaba sus tiempos de exaltación universitaria. Percibía en ellas esa calma segura, confiada, de las muchachas risueñas y curiosas que osan moldear su vida lejos del dominio paternal. Una fe categórica en la ausencia de maldad, que se extendía entre las jóvenes burguesas y que incitaba a las excursiones aventuradas, sin institutriz y sin miedo a chismorreos. La bicicleta, el automóvil y los ferrocarriles eléctricos habían encogido la Tierra, volviéndola menos inhóspita y más accesible, despertando el deseo de viajar, de sentir la curiosidad de conocer mundo. Salvo los más pobres, las familias salían de casa los domingos, visitaban las montañas, los lagos, el mar, que ya no eran tan lejanos como antes. Las vacaciones en el extranjero dejaban de ser un privilegio inalcanzable y se esparcían por la nueva sociedad europea, por los círculos pequeñoburgueses, por las familias de empleados de banca y pequeños industriales.

Elsa aguardó a que concluyeran, a que las jóvenes se dispersaran por la cubierta y el fotógrafo, un hombre de mediana edad y grueso de carnes, con tirantes en los pantalones y sudor en la frente, recogiera su maquinaria. Se acercó a él. Rozaba el sobre de la placa vidriada, la mano en su bolso, vacilando, sintiendo un temor insólito entre las muchachas del Queen's College. Temía pensar, solo pensar, en lo que sus retinas habían sostenido las últimas horas. Temía un silencio, una suspensión del tiempo, una ausencia de estímulos, de distracciones, que desataran el libre albedrío de su mente. Temía a la cilindrada del vapor, a que agrietara el océano para devolverla a su hogar. Temía asumir aquel trastorno repentino de las cosas, de la realidad, del telegrama de Benjamin y su desvariada sucesión de mensajes. Temía acercarse al fotógrafo y preguntarle por el retrato del niño.

Aún sonreía cuando se presentó ante él, empachado de encantos y adulaciones, con la mirada ausente en el eco afectuoso de las jovencitas. La correspondió con entusiasmo, convencido de que la fortuna sonríe en andanadas.

—Me gustaría hacerle una consulta, si no le supone excesiva molestia.

—Molestias ninguna, señora.

Elsa extrajo el retrato, sosteniéndolo con sumo celo, y se lo entregó al fotógrafo.

—¿Qué podría decirme sobre esto?

Lo examinó con ojo experto, recreándose más allá de lo necesario, fingiendo calibrar sus particularidades, que al parecer encerraban una seria dificultad. Después miró a Elsa de reojo, estudiando aquella presencia afrutada, de ojos grandes y oscuros, que también lo estudiaba, posiblemente con mayor atino.

—Sin duda alguna, emplearon una técnica antigua, la del colodión húmedo. —Inclinó la placa, reflexivo, convertido de pronto en enciclopedia andante—. No era sencilla, señora, se valían de laboratorios portátiles, carromatos cubiertos por lonas que protegían el revelado. Quedó obsoleta a partir de 1888, con la patente de George Eastman y su cámara Kodak, que sustituyó la técnica del colodión por las instantáneas y los carretes que conocemos.

—¿Sabe los años que tiene?

—Por la corrosión de los bordes y la tonalidad sepia de la placa, cincuenta años. Entre 1860 y 1870, aproximadamente. —Esbozó una sonrisa amarilla, de fumador empedernido—. Ese niño ya no es lo que era, señora.

Le devolvió la placa y Elsa contempló el rostro asustadizo del niño, perdido en las brumas del pasado, como si albergara la certeza de que miraba hacia una ventana eterna. Los retratos, decía Benjamin en sus visitas a la National Gallery, son el mayor arrimo hacia los viajes en el tiempo.

—Le agradezco su ayuda.

—Por usted no se merece, señora. —La observaba sin disimulo, percatado tal vez de la inutilidad de su fortuna con el sexo opuesto, que no cuajaba—. ¿Viaja sola?

Elsa acorazó la mirada y se recogió la rosca del cabello, que bailaba suelta, rozándole en la mejilla.

—No —respondió—. Viajo con mi marido.

—Por supuesto. —El fotógrafo se caló la gorra, en retirada—. Dele saludos de mi parte.

—Descuide.

Elsa intentó desprenderse de los tentáculos del fotógrafo y buscó alejarse hasta la barandilla de proa, caminando con pesadez frente al viento. El sirimiri velaba unas aguas oscilantes, de plata líquida, que se domaban en el contramuelle y la muralla del rompeolas, donde colisionaban en nubes de espuma. Los motores redujeron la marcha y su estruendo se tornó en un breve mugir, mientras se internaban en la ría del Nervión, salpicada aquí y allá por embarcaciones solitarias, entre montañas sombrías donde humeaban las primeras poblaciones: Santurce, Portugalete y Algorta.

Elsa esparció la mirada con la vaguedad nostálgica de quien retorna al hogar de la infancia. Allí, en aquella tierra arcaica, mitológica, había creado sus primeros recuerdos, libre, inocente, mientras se dejaba trozos de alma con el despilfarro emocional de la niñez.

El puente colgante de Vizcaya los acogió bajo su colosal estructura metálica, de hierro laminado, inaugurada en 1893 como símbolo de la ingeniería moderna, que permitía unir las dos orillas sin entorpecer la navegación. Más allá de sus torres y su plataforma pendiente de manojos de cables, por donde cruzaban autocares y calesas, carretas de bueyes y pasajeros llegados en el tren de Portugalete, se extendía el Nervión, que penetraba en el territorio vasco a lo largo de seis millas, entre cumbres inhóspitas, hasta llegar a Bilbao. En sus orillas se apiñaban los asentamientos industriales, con sus bosques de chimeneas y techumbres fabriles, sumergidas en remolinos de humaredas.

En la ribera de la derecha, los altos hornos alzaban sus torres de fundición, vigilantes sobre los cobertizos donde hormigueaban las cuadrillas de obreros. Sus voces llegaban rasgadas por el viento, entre fragores de industria, martilleos, resoplidos de máquinas y mugidos de los convertidores de acero, que rociaban los talleres de chispas y escorias. Junto a los muelles y las grúas reposaban los vapores, exhaustos tras la travesía, dejándose hacer por los descargadores que subían de sus bodegas tanques colmados de carbón inglés. Los deslizaban por rieles aéreos para verterlos junto a las fábricas, que los engullían como gigantes insaciables. El proceso culminaba con las vagonetas rebosantes de hierro, que descendían por las vías de ferrocarril procedentes de las canteras y arrojaban su rojo mineral en los vientres vacíos de los buques. Era la mecánica del muelle, que aspiraba y exhalaba sin cesar, entregando el hierro de sus montañas y adquiriendo el carbón extranjero. El férreo lazo que unía las dos tierras de Elsa, desde los tiempos de las primeras industrias.

El aire, viciado por el hollín de las fábricas, buscaba alivio en la orilla opuesta, donde la ría encontraba el contrapunto necesario, bañando sus aguas en las faldas limpias, en la paz de los campos aún vírgenes, intactos sus caseríos, tal y como habían surcado los últimos siglos. Elsa sintió cruzar un puente invisible, alzado por el ingenio oculto de la naturaleza, que ejercía de balanza sobre la ría. Las mujeres lavaban ropajes en la orilla, aliviando su tarea con *zortzikos* y cánticos a la Goizeko Izarra, la estrella de la mañana. Sus trapos se bañaban en aguas sangrientas, corrompidas por el mineral férrico de las fábricas, y apenas recordaban el día en que fueron cristalinas.

La proximidad de la villa se evidenció con el tráfico de la ría; remolcadores de gabarras, balandros de cabotaje, yates de ricos y enormes vapores con chimeneas de acero que se cruzaban ante ellos en imperceptible movimiento. Tras un breve recodo, asomó un inmenso bosque de chimeneas de ladrillo y de hierro, oculto entre las brumas: la villa de Bilbao.

Pasaron junto al muelle de los astilleros, con vapores y bergantines en dique seco, acometidos sus esqueletos por cuadrillas de armadores. Tras ellos brotaba el incipiente Ensanche, aún fragmentario, con altos edificios neoclásicos, hoteles y caserones desperdigados por el campo. Componían la avanzadilla de las poblaciones modernas, con sus geometrías rígidas, sus paseos arenosos, sus parquecillos de arboledas tiernas y la nueva estación de ferrocarril.

El buque finalizó su travesía en los muelles de Uribiarte. El puerto transitaba con su mansedumbre diaria, algo melancólica bajo el sirimiri, entre pilotos, *arrantzales* y la afanosa labor de las mujeres rederas y las *neskatilas*, que cargaban con cestas de carbón y fardos de bacalao. El estómago de Elsa, agitado por la travesía, tamborileaba de nerviosismo ante su inminente retorno a casa. El pasaje descendió con la torpeza de un niño aprendiendo a caminar, pisando una tierra de insólita quietud, zarandeado aún por el reflejo engañoso del oleaje. Elsa avanzó hacia la calzada, donde aguardaba una silenciosa retahíla de coches de punto y autocares de alquiler. El primer chófer, apoyado sobre la portezuela cromada de un Renault, Tipo AG, con gorra de piloto y guardapolvo chorreante, se reincorporó solícito, lanzando su cigarrillo como un meteoro azulado.

—Buenos días, señora. —Recogió su equipaje con presteza y lo alzó a la techumbre del automóvil, ensogándolo con firmeza bajo una lona estanca.

Elsa se refugió en su interior y suspiró aliviada en aquella calma seca, con aroma a cuero. El chófer giró la manivela del cigüeñal, hasta que el Renault ronroneó con sus pistones y cilindros.

—Le informo de las nuevas tarifas municipales. —Señaló un ingenio voluminoso y acoplado a la portezuela, que tintineaba con el traqueteo—. Para viajeros individuales, 1,25 pesetas cada mil metros. El taxímetro se encarga de registrarlo.

Elsa asintió, absorta en la ventanilla. Un hombre de piel azabache la miraba desde fuera, impávido entre el gentío del puerto. La lluvia espoleaba a toda alma. A toda salvo la de él. Sintió un escalofrío.

—¿Adónde la llevo?

—A la ensenada de Altzuri.

El chófer suspiró, diligente, retirándose la gorra y alisándose un cabello exiguo.

—Le va a esquilmar el bolsillo, señora. La ruta es tortuosa hasta esa región de la costa. Con esta lluvia, échele al menos una hora. Y eso si no hay desmontes.

El automóvil se internó en el corazón de Bilbao, atravesando el puente del Arenal, tembloroso bajo el peso de tranvías y carretas. El paso unía el Ensanche, nuevo refugio de las clases acomodadas, con el núcleo de la antigua villa. Allí, hacinados en torno a las Siete Calles, con sus casitas apiñadas y sus iglesias salitrosas, vivían los chimbos, los bilbaínos de raíz, que habían conocido las oleadas de inmigrantes castellanos seducidos por la prosperidad de las minas. En menos de cuarenta años, la villa y las riberas habían vivido una expansión demográfica sin precedentes, pasando de dieciocho mil a cien mil almas. El origen del cambio se hallaba en sir Henry Bessemer, un ingeniero inglés que revolucionó el mundo en 1855 con un proceso siderúrgico de refinado, capaz de reproducir acero en cantidades industriales y de construir grandes buques, puentes, ferrocarriles y rascacielos. Su sistema requería de un mineral concreto, con bajas proporciones de fósforo y azufre, un hierro escaso en el mundo y abundante en la costa cantábrica. A partir de entonces la fiebre del hierro se había concentrado en la ría del Nervión, cambiando para siempre la vida de sus habitantes.

—¿Es usted de por aquí? ¿O está de visita?

Pasaron junto al Teatro Arriaga, que reflejaba en las aguas su ostentosa arquitectura, y rodearon la villa por el paseo del Arenal.

—Ambas cosas —respondió Elsa. Las hileras de plátanos desfilaban con rapidez ante la ventanilla, entremezclándose con los mástiles y chimeneas de los buques atracados en la orilla. El taxista pareció sonreír, distendido en su conducción, habituado al coloquio. Porque un taxista sin coloquio es un contrasentido, una quimera.

—¿Lleva mucho sin venir?

—Siete años.

Siete años sin volver a Altzuri. Dos años y medio sin ver a sus padres, desde su casamiento con Benjamin.

—Vaya, entonces no está al tanto.

—¿Al tanto de qué?

—Al tanto de lo de siempre. El asunto está engorroso, señora. Discrepancias en el Partido Liberal, ya sabe, tras el asesinato del presidente Canalejas hace dos años. El conde de

Romanones tuvo que dimitir en octubre, sin apoyos y aislado, y el rey proclamó nuevo gobierno, esta vez conservador y con Eduardo Dato al timón. Hasta las nuevas elecciones de marzo. Las tenemos a la vuelta de la esquina.

Elsa asintió ante aquella melodía redundante. Era escéptica a toda novedad política, que existía gracias a la memoria colectiva, averiada de nacimiento y acostumbrada a olvidar. La Restauración, con sus treinta años de sosiego, había inyectado el anhelo de una vida fluida, sin grandes altibajos, que huía de las agitaciones del siglo anterior, de las revueltas y las guerras civiles. Sin embargo, tras su máscara de calma, el goteo de los años transformaba la humanidad, lentamente, en un avance imperceptible y constante. Las ciudades se ensanchaban, la industria crecía con nuevas empresas familiares y modestas, las clases obreras se vigorizaban, con sindicatos y huelgas constantes, las jornadas laborales se reducían, la educación se sofisticaba, los géneros se equilibraban. Un cambio social sin respuesta en el sistema político, arraigado aún en tiempos pretéritos. Los partidos viejos, liberales y conservadores, se amarraban a los sólidos pilares de la Restauración al amparo de Su Majestad el Rey Alfonso XIII, y se equilibraban en programas y principios, obstruyendo el progreso democrático que la sociedad, con sus voces indirectas, exigía desde principios de siglo. Un total de once gobiernos y ocho presidentes, entre 1902 y 1907, con profundas crisis internas, huelgas, mítines y atentados, que continuaba a pesar de la muerte del presidente Canalejas, asesinado por un anarquista en diciembre de 1912.

—La política y su antojo por encontrar problemas —murmuró Elsa—. El mismo melodrama que entretiene al público.

El chófer rio, complacido ante su interlocutora, que le pareció tan discreta como afilada. Se alejaban de la villa, ascendiendo por las pendientes boscosas de Begoña, traqueteando entre montañas y valles, por caminos de hayedos y robles, como catedrales selváticas. De vez en cuando asomaban retazos de la costa, con ensenadas y playas ocultas en la lejanía. En aquellos claros y veladas por la lluvia, se distinguían siluetas de aldeanos, removiendo sus terrones arcillosos, entre caseríos y chacolines humeantes. Los recuerdos despertaban en Elsa lentamente, al compás del taxímetro y del goteo incesante en la ventanilla, que comenzaba a embarullarse, colérico. Un viaje al pasado, a tiempos que había buscado olvidar. Un retorno al hogar que, paradójicamente, necesitaba más que nunca, como cuando era niña y corría asustada al atardecer, al amparo de sus muros y perseguida por el ardid travieso de la luz, que alargaba las sombras de los árboles para engullirla, quién sabía con qué intención, ni hacia dónde.

—Santa Madre de Dios —murmuró el chófer, deteniendo el automóvil—. Engorro el que tenemos aquí.

El trayecto se desvanecía bajo la tormenta, tan densa ya que los faros del Renault apenas la perforaban. Un rebaño de vacas cortaba el camino, lentas y pesadas bajo los gritos y los palos del pastor.

—Disculpe, señora. Tendremos que esperar. Nos sobran procesiones de ganado.

—No se preocupe, estoy familiarizada.

—¿En qué parte de la ensenada la dejo? ¿En el pueblo de Altzuri?

—En Villa Zulueta, si es posible.

El chófer se volvió, los ojos abiertos bajo la gorra de plato.

—¿La del camino al monte?

Elsa asintió, en la oscuridad del automóvil.

—Donde el antiguo caserío Mendíbil.

El desfile de mugidos liberó la calzada y el chófer despertó al Renault. La varilla del parabrisas languidecía bajo la lluvia.

—Dicen que la señora Zulueta enfermó hace algún tiempo —comentó, absorto en la conducción.

—¿Cómo ha dicho?

—El mal de vivir, señora, ya sabe. La tuberculosis.

Elsa procuró dominar el latido de sus sentimientos, aunque fueron ellos los que la dominaron.

—¿Amelia de Zulueta?

—La misma. ¿De qué conoce a la familia?

Su pregunta se extinguió bajo los bramidos del cielo, sin encontrar respuesta.

—Ya hemos llegado, señora.

Asomó bajo los cielos de plomo. El contorno espectral de un palacio, sepultado en la bruma. Se erigía hacia lo alto con su torreón lóbrego y solitario, sus arcos en punta y sus vidrieras ojivales, agrietadas por el ramaje desnudo de castaños y sauces, que se balanceaban con furia. Construida treinta años antes, en aquel balcón natural de las alturas que envolvían la ensenada de Altzuri, Villa Zulueta parecía un navío neogótico, varado en la arboleda. Más allá de la casona, abajo, en los arenales de Altzuri, la calzada de la costa parecía diluirse bajo el aguacero, con el desvío a Zulueta serpenteando por las faldas boscosas, hasta morir en sus muros.

—Déjeme aquí, por favor.

Le abonó las treinta pesetas que marcaba el taxímetro, que el chófer guardó con sumo esmero, fantaseando con la excursión al circo del sábado, había dicho durante el trayecto, con su mujer y sus cinco hijos. Después se encaramó a la techumbre del automóvil y desató el equipaje, desplegando el paraguas con diligencia antes de abrirle la portezuela. Al levantarse, Elsa sintió que la mente la abandonaba, llevándose la vista consigo, fugitivas ambas por un instante.

Una mano rugosa la sostuvo con firmeza. Abrió los ojos, el chófer la escrutaba de cerca, bajo el estruendoso tamborileo del paraguas.

—¿Se encuentra usted bien?

Elsa asintió, recuperando el dominio sobre su cuerpo.

—Las curvas debilitan y una no se da cuenta.

La acompañó hasta la verja, que desafiaba al cielo con sus puntas de flecha.

—Cuídese, señora.

—Y usted disfrute del circo.

El chofer agitó el cigüeñal y despertó el motor, despidiéndose con una sonrisa. Elsa aguardó a que el Renault se perdiera en la distancia, pendiente abajo, en suave ronroneo bajo el túnel boscoso. Sus faros se llevaron algo más que la luz. La dejaron sin compañía, con la opresión onírica de la tempestad que tronaba a lo lejos, sobre la ensenada y sus playas. Su sonido acallaba cualquier otro y aislaba a las almas sin refugio.

Se apresuró a cargar con sus maletines de cuero, que desbancaron al paraguas de sus manos y lo lanzaron al suelo. Lo abandonó, apaleada por la lluvia. La verja chirrió al abrirse y se le escapó recién liberada, balanceada por el viento que ascendía de la costa. Tosió, destemplada. El sendero fluctuaba hacia el caserón. Se adentró en el jardín, secundada por los quejidos de la verja y su incesante golpeteo. A ambos lados, entre la vegetación, surgían estatuas de mármol ennegrecido, fuentes ahogadas, bancos de piedra y arriates de flores. Olía a sal, a hojas, a agua. Sentía el cuello entumecido, las mejillas frías, el cabello y las prendas, traje, blusa, faja y sostén, ahítas de agua, adheridas a los pliegues de su cuerpo. La humedad le robaba el aliento.

Distinguió los ventanales encendidos, que parecían lidiar con el aguacero obstinado en sofocarlos. Sintió en las mejillas una humedad cálida, que no era del cielo, y una prisa repentina, tan ingenua como incomprensible, la empujó a correr. Su hogar seguía en el mundo y ella lo necesitaba, más que nunca.

6

Villa Zulueta, costa cantábrica, 11 de febrero de 1914

La rigidez del mayordomo, con su cuello alto de librea, se descompuso al abrir la puerta, como su mirada y su lengua, habituada a intervenciones tan frías como pertinentes, y jamás en euskera, su habla natal.

—*Jaungoiko maitea! Begoñako Ama Birjina!* ¡Elsa!

Titilaron los globos de gas, las luces incandescentes y los apliques eléctricos, como animados por su entusiasmo. El vestíbulo, cálido y sereno, parecía un cobijo subterráneo. Elsa avanzó vacilante, sin sangre en las venas. Sintió la sedosidad de unos guantes que le requerían el equipaje, y las palabras intranquilas del mayordomo, que la veía empapada y trémula.

Los recuerdos despertaban con una nitidez hiriente, que se diluía en el contorno de su visión como en los vapores de un sueño, donde todo es tan real como inconcebible. Le venían retazos inconexos, como hojas desprendidas por el viento, que mezclaban presente y pasado. El olor de las castañas en los braseros, las vidrieras policromadas, la escalera con balaustres de hierro, que se ondulaban hacia el piso superior como fluyendo por un viento que no entraba en la casa. El abrazo solemne de Lope, su único hermano, que se había convertido en un hombre esbelto y distinguido, con el bigote enhiesto y la sonrisa abierta de quien se siente a gusto en su piel y en el mundo. Su beso en la mejilla, la misma aureola sombría en sus pupilas, ese doble fondo que había nacido con él y lo había acompañado siempre. Las preguntas, las novedades, las extrañezas, el nombre de Benjamin, que no cesaba de revolotear a su alrededor.

El amparo de una mantellina. Las palabras que entonces articularon sus labios, flemáticas, desligadas de ella misma, incapaz de percatarse de que perdía el dominio sobre su propio cuerpo.

—¿Dónde está *ama*? ¿Y *aita*?

La pregunta arrancó un silencio brusco. Alentados por la invocación, sus pasos no tardaron en oírse en los escalones. Apenas eran un murmullo, el espejismo de un firme descenso por los peldaños de roble.

La tuberculosis había esquilmado su ímpetu incansable y apenas deslizaba los pies bajo su camisero de seda, amplio y con el talle en las caderas, cubierto por un sencillo chal de encaje y pasamanería dorada. Lo único que perduraba de su retrato de bodas eran los ojos de miel diáfana y su altivez de nación, ilusiones de un pasado donde rezumaba carácter y gobernaba la casa como patrón de barco.

Amelia de Zulueta abrió los brazos, sin dejar de mirarla, trémula y con lágrimas en las mejillas. Elsa la vio acercarse, tan consumida por los estragos de un tiempo demasiado vil y presuroso, tan menuda, tan frágil y desvalida, que ella misma dejó de serlo y la estrechó con fuerza entre sus brazos. Se despojó así de su coraza de silencios, y dejó a su *ama* acurrucarse dentro de ella para llorar como una niña en el ocaso, para sentir su ardor salino como si fuera el suyo propio y caer también en el llanto.

—¿Y Benjamin?

La voz de su madre emergió profunda, y Elsa la sintió un eco de su propio vientre, como si fuera el propio hijo que preguntaba por su padre. Calló. No encontró las palabras porque no existían. Por eso estaba allí. Y Amelia de Zulueta, a pesar de su declive, con el rostro apretado contra el pecho de su hija, supo descifrar, en aquel silencio, en aquel abrazo que se estrechaba, el atisbo de una respuesta. Y la apretó más. Y volvió a sentirse madre.

Las gotas del cielo impactaban contra el cristal y parecían llorar sobre las vistas de la ensenada. Allí y pendiente abajo, el mar entraba con dulzura, serpenteando por el arenal en una caricia a la tierra. Las montañas se abrían, dejando paso en aquel oasis de amor, extraño en una costa salvaje, donde el oleaje y los riscos se batían con furia. A un lado de la embocadura, gris y melancólico, se apiñaba el pueblo de Altzuri, con sus callejuelas tortuosas y protegidas de los vientos por el islote de Gazteluzahar, el castillo viejo, que se adentraba en el mar con su puente de dos arcos. En el muelle del pueblo, entre vapores de niebla desprendidos del agua, las embarcaciones se mecían con suavidad, dormitando junto a las casitas de los pescadores, cuyos vivos colores parecían desteñirse bajo la lluvia.

Gabriel de Zulueta meditaba ante la vidriera, absorto en el cántico del agua sobre el cristal. La luz contorneaba su perfil recio, de pie y junto al escritorio, con el bigote frondoso y una infinita corteza de arrugas que se prensaban en su mirada entornada.

Era uno de los grandes empresarios del norte, conocido por su aportación humanitaria en la construcción de hospitales, escuelas, hospicios y en el adoquinado de numerosas calles en pueblos y barriadas obreras. Su hegemonía abarcaba montañas, minas y canteras, con altos hornos y fundiciones que ardían junto a las rías, fabricando acero y cebando la flota de vapores que esperaban en los muelles tras descargar la hulla inglesa. Producía riadas de carriles, de puentes, de cañones, de navíos de guerra, poseía fábricas de armas y de explosivos, inmuebles palaciegos en el Ensanche, invertía en bancos y compañías de caminos y ferrocarriles, y atraía, con todo ello, los intereses de los que gobernaban en Madrid, que lo agasajaban en busca de préstamos y financiaciones que aliviaran su maltrecho Tesoro, hasta convertirlo en uno de los principales candidatos del Partido Conservador a las elecciones de marzo.

—Lo encontraremos. —Su mirada acuosa se volvió hacia Elsa, que se arropaba con prendas antiguas y un café humeante entre las manos—. Volverá de donde esté.

—Tal vez no quiera volver —intervino Lope desde el sofá inglés, absorto en la placidez de su veguero—. No sería la primera vez, ni la última, que alguien abandona a su mujer.

—En ese caso sería su propia voluntad. —El entarimado crujía bajo la osamenta de don Gabriel, que se detuvo absorto en la chimenea de mármol pulido—. Pero no así, con mentiras, huyendo como un cobarde, sin mirarla a los ojos y afrontar una marcha digna.

—Nos abandonamos entre nosotros, padre, es ley de vida. Si no es ahora, será al final.

—La muerte justifica toda marcha. Nadie abandona a nadie.

—No me ha abandonado. —Elsa se levantó del sillón, soltando a su madre para acercarse a la vidriera.

—No nos conoces, Elsa —insistió Lope—. Los hombres sufrimos en silencio hasta detonar, tal vez no hayas sabido verlo.

—Claro que lo hubiera sabido. Vuestro silencio es torpe, y más el de Benjamin.

Calló, abstraída en el paisaje, como si albergara la respuesta a sus cavilaciones. Las nubes parecían deshilacharse y una línea de luz, tan vertical que no parecía de trazo natural, se coló por un resquicio.

—Fue demasiado rápido. Hubo algo que le hizo marchar. Algo repentino.

—¿Conoció a alguien, tal vez?

—Tal vez —murmuró Elsa, ensimismada—. No lo sé.

—¿Una mujer?

—Lope, por favor —lo reprendió Amelia desde el sillón.

—Las infidelidades necesitan tiempo —dijo Elsa.

—¿Para decantarse quieres decir? —Su hermano sonreía con sorna.

Elsa asintió, indiferente.

—Benjamin no habría sido capaz. No sabía mentirme.

—Y sin embargo acabó haciéndolo.

—No con eso. Él conocía la diferencia.

—Te dejó un billete Portsmouth-Bilbao. Te invitó a volver a casa.

Elsa entornó la mirada, pensativa. Sintió la voz profunda de su padre, junto a ella en la vidriera, observando lo mismo que sus ojos.

—¿Hay algo más por contar, hija?

La ría resplandecía bajo el rayo de luz. Las nubes de vapor se volvían cobrizas y correteaban por los muelles, las playas y los riscos fantasmales de Gazteluzahar, alentadas por la brisa. El aliento de Elsa empañaba el cristal. Se recreó en él, como una niña al descubrir las formas de su propio aire, imaginando que, tal vez, también le empañaba la mente y le impedía descifrar las palabras de Benjamin.

París, el sueño de las galerías, los óleos abandonados, el pasaje a Bilbao. Lo había relatado poco antes, en el silencio de sus padres y su hermano, temiendo sus expresiones de compasión, sus palabras de asilo, detestándose a sí misma por estar allí, por sentir la necesidad de estar allí, envuelta en mantas y rodeada de su familia.

El retrato. El telegrama. La ventana de su antiguo dormitorio, a la que se había asomado tras cambiarse de ropa. El viento que soplaba desde el mar y agitaba el bosque de sombras del jardín. Los muros que habían emergido al fondo, tras las brumas, tras las ramas mordidas por el invierno. El caserío Mendíbil, abandonado treinta años antes por la familia al construirse la casona Zulueta, donde habían nacido su padre y sus ancestros, hasta penetrar trescientos años en el pasado. «La casa vieja.» Así la había llamado Benjamin en su telegrama. «Búscanos en la casa vieja.»

Aquello se lo había guardado.

Se volvió y sintió la mirada gris de su padre, con esa mezcla de intuición fatigada, de quien sabe la respuesta y solo le queda oírla. Terminó en su madre, la buscó en el sillón, esa expresión similar, más expectante y menos serena, como si ambos supieran lo que estaba a punto de decir, como si, al nacer Elsa, alguien les hubiera entregado su historia.

—Estoy embarazada.

La encontró sentada frente al tocador, junto al brasero y las ventanas, recogiéndose con tenacillas el cabello de acero azul. El dormitorio era amplio y sombrío, con un lecho estampado de lirios y cabezal de caoba cubana. Don Gabriel se acercó a su silueta. Era ligera, frágil, sin las carnosidades del pasado, solo esqueleto y piel bajo el camisón. Esqueleto bello, sin embargo. Por eso había envejecido con dignidad, con altivez, siempre hermosa a pesar de los cambios hacia la decadencia. Acarició su cuello de cisne viejo, así lo llamaba el empresario, porque conservaba la elegancia de los primeros años y le atraía tanto como entonces. Amelia se inclinó, en un gesto instintivo que la alejó de él, rehuyendo el contacto. Lo encubrió al instante, prolongando el movimiento hasta levantarse, como si esa fuera su finalidad original.

—Estoy cansada, Gabriel. No requiero atenciones.

El día se plagaba de sinrazones minúsculas como aquella, una batalla silenciosa que ambos fingían no librar. Don Gabriel no sabía vivir un instante sin ella, o sin pensar en ella, y a pesar de la ausencia de ternuras, sospechaba que el sentimiento era recíproco. Treinta años compartiendo lecho y rutinas domésticas habían erigido una dependencia mutua, de dos seres alejados que se necesitaban para vivir.

—Solo te las devuelvo, querida. Recuerda cuando enfermé de pulmonía. —Había pasado en cama seis semanas, con una grave fluxión en el pecho, a base de jarabes y emplastos del doctor, y ella lo había acompañado día y noche, junto a la cabecera, infatigable.

—Los fantasmas vuelven a esta casa, Gabriel.

Amelia se había desplazado en silencio y reposaba sobre el lecho, sentada, con los pies desnudos y el frasco de vinagre de sidra entre las manos. Su mirada se perdía en sombríos rincones donde no había nada.

—Los fantasmas —repitió—. Elsa está embarazada. Y él ha desaparecido.

Gabriel atenuó la luz del quinqué y la ayudó a acostarse, arropándola como a una niña. Fuera, la noche se cernía sobre la ensenada.

—Esta vez los mantendremos alejados —le susurró él.

—Siempre han estado aquí. Conmigo. Nunca nos han dejado.

Gabriel comprobó el calor de su frente y le acercó el rosario, entrelazándoselo con ternura entre los dedos.

—No son ilusiones de una enferma —le reprendió ella.

—Lo sé, querida. —La dejó en la cama y se acercó a la puerta, con andar cansado—. Volveré tarde, aún tengo trabajo pendiente.

—Esas elecciones te robarán la salud. Y a nuestra edad la salud está ansiosa por marcharse.

—No olvides el remedio de vinagre.

Cerró la puerta y Amelia quedó sola, la mirada de ámbar añejo dilatada bajo la luz del quinqué. Las sombras danzaban a su alrededor, embrujadas, mudas, en un aquelarre incesante. El silencio se aposentó sobre ella y sintió la necesidad de hacer algo con él. Como otras noches. Y tal vez más que nunca.

Sus pies se estremecieron a pesar de la alfombra, con el frío dentro y no fuera de la piel. Caminó hasta la gaveta de nogal macizo y se inclinó sobre ella, empujándola, arrastrándola apenas con un hálito de fuerza, hasta liberar el entarimado del suelo. Se arrodilló, fatigada, y palpó la madera con la certidumbre de un invidente, hasta encontrar el punto exacto y golpear sobre él. Cedió la tabla y asomó un pequeño cofre, oculto en el entramado de las vigas.

Los pulmones le silbaban como soplillos con rendijas. Acarició la cubierta, sus adornos tallados en guirnaldas de flores. La abrió y un leve chasquido, con esa sonoridad fascinante, tal vez imaginada, de lo que se oculta en secreto y emerge a la luz, le mostró sus recuerdos más preciados, tanto que los conservaba fuera de su mente, por si la memoria decidía marcharse.

Contempló los sobres, las cartas, los sellos exóticos, la letra audaz y las palabras de esperanza ya muerta, como si fueran amuletos, billetes de vuelta al amor de una juventud perdida. Contempló los retratos, corroídos de años y oscuridad. Lloró ante aquellos dos rostros, repetidos una y otra vez, estampados allí, en aquella parodia de la inmortalidad. Acarició las mismas sonrisas, alegres y despreocupadas, seducidas por el canto frágil del amor, ignorantes de su separación inminente, de que al cabo de los años, sería Amelia, y solo ella, la que se enfrentaría al testimonio del ayer.

7

Villa Zulueta, ensenada de Altzuri,
14 de febrero de 1914

Las callejuelas de Altzuri eran estrechas y empinadas, cubiertas por una franja de cielo, que se alejaba en la distancia como un río torturado por los aleros. Las casas se sucedían con melancólica musicalidad, entre portales blasonados, balcones de madera, ropa tendida y huecos en sombra. Atardecía, y Elsa paseaba por su silencioso adoquinado, convencida de que los nuevos recuerdos serían iguales a los viejos, porque el pueblo de Altzuri aún perduraba anclado en el tiempo, como sus pesqueros al mar.

El rumor del oleaje se deslizaba entre las casas, donde asomaban escenas mudas y solitarias: la aldeana que volvía del puerto con la vendeja cargada, su saludo, «*Arratsaldeon* Jose Mari», al pastor que conducía su rebaño, los cacareos de un corral, los olores a heno, humedad y sal, los chillidos de las golondrinas al rozar los tejados, las lanchas que interceptaban el paso, abandonadas en la calle y atestadas de aparejos.

Los corredores daban al muelle, como si buscaran respirar en la amplitud del mar. Las casas de pescadores bailaban allí en vivos colores, con sus balcones y galerías de madera, salpicadas por camisas de paño, medias, impermeables, aparejos, corchos y anzuelos. De los bajos, de los almacenes de carbón y las tabernas, donde olía a sardina frita y atún guisado, salía un murmullo recogido, de marineros abrevando y cantando, ahogando sus penas de mar.

Más allá de Altzuri, de su iglesia románica, de su puerto y su bosque de mástiles, pesqueros y *txalupas*, Elsa divisó la ermita de Gazteluzahar, entre brumas que velaban la cumbre del islote, con la senda escalonada que serpenteaba por el peñón y lo unía a la costa por un estrecho puente de dos arcos. Expulsaba un reguero de fieles, la mayoría mujeres con mantillas negras, viudas de capitanes y marinos. El séquito se detuvo bajo el pórtico, solemne ante dos siluetas blancas que bailaban el *aurresku*. Elsa quiso irse antes de que descendieran al pueblo, de vuelta a la iglesia, antes de que la reconocieran y reavivaran los rumores y cuchicheos del pasado: «La hija de los Zulueta. La inglesa. La viuda de Sabino.»

Penetró de nuevo en las callejuelas, en dirección opuesta, hasta buscar la salida del pueblo y el sendero que ascendía al monte, el que daba nombre al viejo caserío de su familia: Mendíbil. La finca de los Zulueta, con la casona nueva y la vieja, se elevaba sobre la ensenada de Altzuri, en los altos que la envolvían y arrinconaban contra el Cantábrico, ocultándola en la costa.

Sabino Errasti comenzó a visitarla en Villa Zulueta, tras conocerse en la romería de Begoña, cuando ella apenas tenía los dieciocho y no sabía calibrar lo que le mostraba la vida. Noche tras noche hablaban en el pórtico, entre susurros maniatados y tentativas de caricias, con la puerta entreabierta para que sus padres pudieran escucharlos, hasta que don Gabriel la llamaba a cenar. A los veinte, Sabino obtuvo el privilegio de entrar en casa y compartir la mesa de los Zulueta, severo, solemne y sin sonreír a Elsa, acicalado con la pulcritud que su condición como hijo de patrón de quechemarín le permitía, mientras respondía a las preguntas ceremoniales sobre los medios que disponía para el matrimonio. A los veintidós, tras innumerables encuentros de etiqueta, todos idénticos, tan impersonales y encorsetados como el primero, tan naturales para todos como el campaneo de las horas canónicas, se fijó el día de la boda. Elsa aún recordaba el desconcierto, el vértigo atroz de verse con el vestido de novia y sentir que todos sus gestos, que todas sus palabras habían adquirido ya, antes del matrimonio, una tristeza de hastío conyugal. Su decepción pronto sobrepasó los límites de la infelicidad, con un esposo que se levantaba de noche y volvía de noche, extinta su ternura, su elocuencia, con el roce silencioso y seco de un amor mezquino, en el que a ninguno de los dos se le ocurría desprenderse de la ropa antes de empezar. Sabino no tardó en marcarla tras sus retornos con aliento a ginebra, primero con una mano áspera y desnuda, después con la hebilla del cinturón. La golpeaba en el rostro, en la espalda, en las nalgas, en los senos, hasta jadear de vergüenza al principio, hasta desplomarse de puro agotamiento al final. La culpaba de la ausencia de un vástago, de su dolor, de su vida miserable, de obligarle a hundir sus penas en la taberna; la encerró en casa, la obligó a ocultar los cardenales, la forzó con saña y la habituó a dormirse a base de golpes. Hasta la noche del incidente, en que el brasero prendió el cortinaje, y la colcha el dormitorio, y Elsa salió de la casa mientras el dormitorio quemaba a su esposo dormido, borracho, que murió asfixiado por el humo, antes de que le alcanzaran las llamas.

Las pendientes boscosas exhalaban alientos de tiniebla y envolvían los torreones góticos de Zulueta como enredaderas de vapor. Pululaban las figuras de los hombres de su padre, que vigilaban la finca y asomaban de vez en cuando, en la distancia, entre la vegetación que acometía la verja. No eran los únicos que trabajaban para él. La mayoría servía en los gabinetes que regentaba en la ciudad de Bilbao, en las fundiciones, en las minas, en los hoteles y en los establecimientos textiles. Eran individuos silenciosos, de rostro grave y mirada escrutadora, que habituaban a escoltarle en cada uno de sus viajes.

Elsa cruzó la verja de la finca y se adentró en el jardín, bajo rayos de luz crepuscular que aún se filtraban entre las copas de los castaños. Sus pasos dejaron atrás el gran palacio y caminaron con el viento, entre miles de susurros que correteaban por la hierba, invisibles, hasta el viejo caserío que languidecía al final, al otro lado del jardín. El caserío Mendíbil. La casa vieja.

Parecía engullido por la tierra, con grietas y trepadoras que mordían sus muros y la techumbre, combada por la gravedad del tiempo. Una bandada de murciélagos aleteó de la cornisa, entre silbidos fantasmagóricos.

—La señora Craig. Mi pequeña Elsa de siempre.

La voz emergió a su espalda, desde la fronda de hortensias y avellanos de brujas que florecían en invierno. Cosme, el viejo jardinero, le sonreía con la mirada nívea. Se acercó, encorvado y con andar achacoso, retirando con caricias las flores que le interceptaban, cuya posición exacta parecía conocer con precisión. Elsa, que jamás había conocido a sus abuelos, lo abrazó como lo había hecho siempre, con el cariño de una nieta.

—¿Cómo me has reconocido? —preguntó.

—Sigues siendo la niña que andaba con pasos dulces.

Elsa rio, sintiendo en las mejillas sus yemas de pergamino, apenas un roce amable que miraba más que muchos ojos.

—Dejé de ser niña hace mucho tiempo.

—Será entonces por la niña que llevas dentro.

Había descendido hasta su vientre, con caricias de respeto infinito. Se estremecía más que la propia piel de Elsa, sonriendo ambos ante aquel atisbo de vida. Cosme servía en la casa desde los tiempos de la primera guerra civil, siendo aún un niño, cuando vivían los bisabuelos de Elsa. A lo largo de los años, su silencio atento había estado presente en cada suceso, en cada intimidad de la familia. Le abandonó la vista una buena mañana, cuando se despertó sin ver el sol. Elsa lo recordaba junto a Matilde, su esposa fallecida, ambos en el jardín como dos pajarillos, ella guiándole de la mano, enseñándole a ver de nuevo, él como un adulto convertido en niño. Ahora vivía en el antiguo caserío de la familia y caminaba por la casa y los jardines como una sombra desapercibida, siguiendo misteriosos designios que debían mantener aquello en funcionamiento, como si hubiera un engranaje oculto, el mecanismo de algún reloj tras sus muros y arbustos. «Nuestro querido Cosme —decía don Gabriel—, es el libro donde se escribe la historia de nuestra familia.»

—¿Niña? —preguntó Elsa, sonriente.

Cosme elevó su figura corpulenta, que evocaba al armazón de un árbol con la dulzura de un jilguero entre sus ramas. Sabía lo de Benjamin, los secretos de la familia corrían como la pólvora entre los miembros del servicio, a pesar de su aislamiento como guardián del antiguo caserío. La contempló como si no fuera invidente, con la ternura orgullosa de un abuelo, modulando su sonrisa en un matiz enigmático.

—Acompáñame, Elsa. Quiero enseñarte algo.

Sintió una leve sacudida, tal vez una patada, o tal vez la inquietud de ver cómo el anciano se dirigía al interior del caserío. Elsa miró hacia atrás, hacia Villa Zulueta y sus luces encendidas. Buscó en su bolso la libreta donde guardaba el telegrama de Benjamin. La rozó, sin llegar a extraerla. «Búscanos en la casa vieja.» Había esperado tres días, hasta que amainaran los efectos de su llegada, para acercarse a aquel umbral. Siguió a Cosme con un aleteo inquieto, hacia el portón blasonado con el escudo de los Mendíbil, y se adentró en su interior como en un túnel del tiempo.

Una penumbra azulada lo velaba todo, sugiriendo apenas los trazos de una escalera y un fogón, con cacerolas que colgaban entre manojos de cebollas y ajos. El jardinero la guio por los peldaños, hacia el piso superior y su angosto pasillo.

—Deambulaste durante años por los recovecos de esta casa. ¿Lo recuerdas?

Elsa asintió, deslizando los dedos por las paredes, reviviendo sus exploraciones por aquel laberinto de puertas cerradas.

—A *aita* no le gustaba que anduviéramos por aquí arriba.

—Y por eso no dejabais de venir —murmuró Cosme, arrastrando los pies en la oscuridad—. Esta casa despertaba en él demasiados recuerdos. Aquí vivieron los Mendíbil desde tiempos muy antiguos, cuando en Altzuri aún se arponeaban ballenas francas. Antes de que tu padre adoptara el apellido Zulueta, el de su madre.

El anciano se detuvo ante la última puerta, con un tintineo de llaves que surgieron de sus manos. Aguardó, sumergido en pensamientos que Elsa no supo descifrar. Un vahído de aire gélido siseaba por el orificio de la cerradura. Insertó la llave.

—¿Recuerdas lo que se ocultaba tras la última puerta?

La guio hacia el interior y una laguna de oscuridad se abrió ante ellos, insondable. Elsa la miró con aprensión.

—El cuarto prohibido —murmuró.

Cosme descorrió las cortinas de un ventanuco. El atardecer escarbó en las sombras del cuarto, y destapó una estancia de paredes desconchadas y tablones de roble, donde se percibían las huellas de un camastro que debió de desvanecerse en polvo muchos años antes.

—En este cuarto vivió el tío de tu padre, Vicente, antes de que se lo llevaran los carlistas y lo fusilaran en el monte. Jamás te cansabas de oír su historia.

Elsa dio unos pasos, vacilante, absorta en los arañazos del suelo.

—Decías que habitaba su espíritu y el de todos mis antepasados. Cuentos de hadas para una niña. Sería extraño que me cansara.

El jardinero la contemplaba desde el ventanuco, aunque su mirada sin pupilas se esparcía en todas direcciones.

—Hace muchos años —relató—, las luces de este cuarto prendían en mitad de la noche. Cuando estaba cerrado con llave.

—Y se oían voces y pasos. Y nadie vio nada jamás.

—Y provenían de ahí. Del Armario del Tiempo.

Elsa siguió la certera indicación de su brazo, y distinguió las sombras de un enorme armazón de madera, oculto en un rincón de la estancia, incrustado en sus muros, donde la débil claridad del atardecer apenas llegaba. Se acercó, cautivada ante aquel titán de roble. Contempló su madera ennegrecida y tallada en hojas de acanto, con infinidad de cajones y gavetas, ornamentados con símbolos marinos, de origen desconocido.

—¿Por qué ahora? Nunca me dejaste verlo.

Sus palabras se extinguieron en la estancia, sin hallar respuesta. Buscó a Cosme con la mirada, pero el viejo jardinero había desaparecido, otorgándole un momento de intimidad, de reencuentro con sus fantasías del pasado. Se volvió, nerviosa, y tras pensarlo un instante, acercó los dedos hacia aquel gigante dormido. Navegó por su piel de madera y creyó sentir un pálpito de vida, como un espejismo del pasado, un eco inquietante de caricias anteriores a la suya.

Soltó la mano, creyendo quemarse por el latido repentino. Lo contempló de cerca, cautivada y temerosa, y siguió sus hebras, sus aristas pulidas y curvadas, los dibujos de espectros marinos, de bergantines encallados, de cielos estrellados. Tras un breve vacilar, atraída por el magnetismo de aquel ser viviente, acercó el oído. Insistió más allá del silencio, esperando, convencida de que se ocultaba en él un alma recóndita. Entonces creyó oír un leve murmullo, una historia susurrada, de caracola varada en la playa, con la seducción irresistible de lo que no se entiende.

Por algún misterioso designio, tal vez el hechizo de aquel lugar, las manos de Elsa comenzaron a destripar todos los cajones. «Búscanos en la casa vieja.» Los arrastraba hacia sí y comprobaba sus entrañas vacías. Los abría y cerraba, cada vez más ansiosa, más asustada, hasta que alcanzó el último de la izquierda. Hasta comprobar que, aquel sí, despertaba con alma en su interior.

Un sobre. Cerrado con un sello de lacre, cuyo grabado fulguró bajo la luz del atardecer: el dibujo de una silueta etérea, sin rostro, sin miembros. Un fantasma.

Lo envolvía un aura difusa, que lindaba con los límites del lacre, como un círculo numerado o un reloj ancestral, sin agujas, solo la silueta en el centro. Elsa lo abrió, despegando el sello y su símbolo del fantasma. Sentía el corazón en la garganta, los latidos tan dolorosos y frenéticos, que parecían golpes en una puerta. El contenido pesaba y reconoció sus formas antes de verlas. Suspiró, incrédula. Otra placa de vidrio, otro retrato.

Un hombre de mediana edad la contempló desde el pasado. La mirada inmortal, curtida en mil tempestades y cielos plácidos. El chaquetón azul con hileras de botones, de piloto marino. Al contrario que el niño, posaba de cuerpo entero, de pie ante la cámara, con las ruinas de una iglesia a su espalda. Mostraba algo entre sus manos. Lo adelantaba hacia el objetivo. Una cuartilla blanca, de papel grueso, iluminado por la luz del sol. Había una frase inscrita en ella, casi engullida por la inestable exposición de la fotografía. Elsa acercó la mirada, hasta sentir que sus pupilas se enturbiaban.

Leyó y su pecho cedió ante los latidos, ante los golpes en la puerta.

Hola Elsa. Soy tu padre.

Lo encontró en la banqueta de la cocina, sentado y hundido de hombros, junto a una pequeña palmatoria. El viento gemía entre rendijas y chimeneas, avivaba la llama, removía las sombras de su rostro.

—Ya no me gustan los juegos de hadas, Cosme.

El jardinero parecía agotado y selló los ojos con la mansedumbre de un anciano. La buscó junto a él, navegando en su oscuridad hasta encontrar sus manos, que sostenían la placa de vidrio.

—¿Quién es este hombre?

Cosme guardó silencio y Elsa insistió, buscando en su bolso de baquelita. Extrajo el retrato del niño, el que había encontrado en la pensión de Portsmouth, y lo posó sobre las palmas del anciano, a pesar de que no pudiera verlo.

—Es el mismo, ¿verdad? El mismo rostro. La misma mirada.

Cosme la contempló, con infinita ternura.

—Los retratos, querida mía, son el mayor arrimo hacia los viajes en el tiempo.

Elsa sintió una sacudida. Sus recuerdos trazaron la sonrisa de Benjamin, y el eco de sus palabras al perderse por los corredores de la National Gallery. «Ni George Wells y Jules Verne con sus novelas futuristas, ni las divagaciones científicas, ni los médiums y rituales espiritistas. Todos son intentos estériles,

Elsa. Nadie se ha acercado a la inmortalidad tanto como las pinturas rupestres de Altamira y su dilatada descendencia.»

—Eso lo decía Benjamin.

Pensó en enseñarle el telegrama. El anciano hundió el rostro, ocultando su sincera aflicción. Una voz hiriente emanó de las sombras, menguada por la vergüenza.

—Perdóname, Elsa. Perdona mi silencio.

—¿Qué está pasando, Cosme?

—Son demasiados años. Tal vez haya llegado el momento.

—¿Quién es este hombre?

El viejo jardinero titubeó, la lengua trabada entre sentimientos.

—Tu madre... tienes que hablar con ella.

Elsa aguardó, incrédula, negada ante lo inverosímil, con los dos retratos en las manos. Un niño y un hombre. La misma mirada. «Hola Elsa, soy tu padre.»

—No puede ser verdad, Cosme.

—No digas dónde lo has encontrado. No hables del Armario del Tiempo.

Amelia cosía con la lentitud de una aprendiz que insiste en el pedal de la Singer por vez primera, a pesar de tantísimos remiendos, de tantísimas horas ante la máquina, a pesar de no recordar siquiera el día en que fue aprendiz de verdad. Se encorvaba ante la luz del candelabro eléctrico, en un rincón de la sala de estar, con el cabello recogido y una mantellina sobre los hombros. Sonrió al verla llegar, la mirada dilatada por los espejuelos.

—Dios mío, hija mía. Con lo rápido que remendaba antes.

Elsa contempló su figura menguada como la de una niña, y titubeó al percibir, en la expresión tranquila de su madre, que no existía inocencia más peligrosa que la de su edad. Su propia indecisión la delató y Amelia amansó su sonrisa.

—Siéntate, Elsa.

Le acercó la banqueta y palmeó sobre ella con una desenvoltura cariñosa, maternal, de quien percibe las inquietudes de una hija y se dispone, solícita, a escucharlas. Y Elsa vaciló de nuevo, como una moza ignorante de que su historia ya ha sido vivida. En aquella ocasión, sin embargo, su madre no esperaba las palabras que manaron de su boca.

—*Ama*, ¿quién es este hombre?

Los ojos de Amelia siguieron la placa de vidrio, enlazados por hilos invisibles, hasta sentirla posarse en su regazo. Se perdió en un silencio incalculable, mientras contemplaba al desconocido como si fuera el único espejo posible de su propio rostro, la única mirada que sus ojos deseaban encontrar. El hechizo se prolongó hasta esfumarse cuando Amelia recobró la conciencia del tiempo, inconsciente de que su alma se había abierto, como las ventanas de una estancia viciada, ante su propia hija.

—*Ama*, escúchame. Mira lo que sostiene entre sus manos. La inscripción.

El retrato comenzó a temblar, acometido por las manos de Amelia, que se convulsionaban con réplicas del pasado. Elsa contuvo sus muñecas de hueso, hasta calmarla.

—*Ama*, ¿es cierto lo que pone?

No la escuchaba, parecía extraviada en recuerdos demasiado pesados, que gravitaban en su cabeza como los astros de un universo, arrastrándola con su magnetismo y alejándola del presente, como en una demencia senil. Elsa le acercó la otra placa, el retrato del niño, buscando devolverla a la realidad.

—Es el mismo, ¿verdad, *ama*?

Su madre rompió a llorar.

—Dios mío, Arnaud...

—¿Arnaud?

—Entonces todavía no lo conocía. Tendría diez o doce años.

Amelia alzó la mirada, como alentada por una lucidez repentina. Elsa encontró en sus pupilas una sombra profunda, que parecía enquistada en lo más recóndito de su médula, como una costra oculta de vieja vergüenza.

—Mi mayor enfermedad es no habértelo contado.

Le robaron la voz aquellas palabras que tronaron a sentencia, y Elsa no supo qué decir hasta que otra voz, grave y desapasionada, irrumpió en la estancia para cubrir su silencio.

—Se llamaba Arnaud Mendíbil.

Las observaba desde el umbral, con un habano humeando en su mano izquierda, velando su rostro y desplegándose sobre él, en la techumbre sombría. Gabriel de Zulueta. Su padre. ¿Su padre?

—Ven conmigo, Elsa. Quiero mostrarte algo.

El silencio fue una sombra que caminó junto a ellos. Elsa pudo oír sus pisadas susurrando entre las hojas pendiente abajo, por el sendero. Las luces de Altzuri titilaban a lo lejos, en la oscuridad, bajo un horizonte desgarrado que la noche pronto cosería.

El cementerio de los Mendíbil se erigía cerca de la finca, tras una tapia infestada de musgos y madreselvas. Gabriel la guio entre lápidas y mausoleos, el farol oscilante bajo su brazo, hasta que lo posó sobre una losa de granito, oculta al final de la hilera. Su luz despertó el grabado. Las letras mordían el mineral, arcaicas, ancestrales, somnolientas, entre silbidos de brisa marina.

ARNAUD MENDÍBIL
1852-1883

1883. El año en que nació Elsa.

Gabriel respiraba a su lado, silencioso a pesar de sus pulmones, que exhalaban como máquinas de fuelle. Un ramillete de geranios descansaba sobre el granito.

—Son de tu madre —señaló.

—¿Desde cuándo lo sabes?

—Dejó pasar unos años desde el incidente hasta empezar a traerlas. Nunca me lo ha confesado, pero sé que no deja que se marchiten.

Elsa guardó silencio, aterida por la oscuridad. Sin saberlo, había cedido ante aquella realidad inconcebible, una vez más. Las preguntas revoloteaban a su alrededor, como la orquesta estridente de las cigarras. Por qué, cómo, cuándo. Comenzó a temblar. Pronto sintió el recio gabán de su padre, de su padre, posarse sobre sus hombros con suavidad.

—La vida a veces se trastorna.

Fue lo único que dijo, o que supo decir. Prudente, cauto, sin incurrir más allá. Con la edad suficiente para saber lo poco que uno sabe.

—Entonces, soy la única de mis hermanos —murmuró Elsa.

«Entonces, no soy tu hija.»

Gabriel guardó silencio, la camisa ondeando en la penumbra.

—Tu madre esperó a que crecieras para decírtelo. Era su decisión, yo jamás quise intervenir.

—Pero se acostumbró al silencio.

—Tenía miedo. Y los años convirtieron la espera en ley.

Elsa sintió la mirada de Gabriel, refugiada en la oscuridad.

—¿Dónde has encontrado los retratos? —le preguntó.

—Los he recibido por correo.

—¿Hoy mismo?

Asintió, insegura de su propio engaño, consciente de la intuición de un hombre como su padre.

—No lo entiendo —murmuró, en un intento por acallar el silencio—. ¿Por qué el retrato? ¿Por qué la cuartilla con mi nombre? ¿Por qué lo dejó dicho así?

—Tu padre era un hombre singular —respondió Gabriel—. Tenía una máquina de fuelle. Experimentaba con ella.

—¿Y por qué ahora?

Respiraba Gabriel junto a ella, pensativo.

—No lo sé, hija.

—¿Lo conociste?

—Sí, lo conocí —calló, silencioso—. ¿Sabes quién envía los retratos?

Elsa negó con la cabeza, como si el lenguaje no verbal mitigara los estragos de la mentira. Sin embargo, la corriente de aquellas preguntas la guio, irremediablemente, a la orilla de sus propias preguntas.

—¿Crees que tiene algo que ver con la desaparición de Benjamin?

—¿Lo crees tú, hija?

Elsa clavó la mirada en la tumba, temblorosa y arrepentida de su pregunta, guardando un silencio que se dilató más de lo deseado. Pensó en Benjamin, y en el rastro inexplicable de su desaparición. Pensó en el telegrama, en los cuadros, en su mentira sobre París. Pensó en el Armario del Tiempo, y en los dos retratos de Arnaud Mendíbil. El primero se lo había dejado Benjamin, en la pensión. El segundo le había dicho que lo buscara en la casa vieja. «Siento que sea así, querida. Lo he intentado. Ahora tendrás que hacerlo por ti misma. Ten cuidado, no son lo que parecen. Búscanos en la casa vieja.» Búscanos. ¿Era aquello lo que tenía que buscar para encontrarlo a él? ¿La verdad sobre su padre?

«¿Crees que tiene algo que ver con la desaparición de Benjamin?» Su pregunta volvía a ella.

—No lo sé —se obligó a decir—. Es extraño, demasiado casual. Puede que haya una relación.

—La vida es redundante. Aunque a todos nos parezca nueva.

Elsa miró a Gabriel, firme y corpulento junto a ella, inmune al frío bajo la camisa almidonada.

—¿Qué quieres decir?

Las pupilas grises del empresario se cobijaron en la tumba.

—Arnaud Mendíbil no está aquí, Elsa. Él también desapareció cuando tu madre estaba embarazada.

Le abrió la puerta en camisa y tirantes, sin el uniforme de librea, con ojeras y un bebé lacrimoso entre sus brazos. El mayordomo adquirió con presteza su altivez servil, mitigando la sorpresa de encontrarse al señor de la casa. Nadie lo esperaba allí, en los dormitorios del servicio, en plena noche.

—Disculpe, señor Zulueta. Es una sorpresa verle por aquí.

—Discúlpame a mí, Aezio. Por interrumpir tu sueño.

El mayordomo mecía a su hijo, el tercero a sus cuarenta años.

—Ya ve que de sueño poco, señor.

Gabriel de Zulueta sonrió, la mirada ausente en asuntos propios.

—Solo será una pregunta, Aezio. Y te dejaré descansar.

—Descuide, lo que haga falta. Dígame usted.

—¿Entre la correspondencia de hoy había algo para mi hija Elsa?

El mayordomo alzó las cejas y miró hacia arriba, como si buscara en la memoria.

—Tres cartas y dos telegramas. Todo para usted y su hijo Lope. Nada para su hija.

—¿Ha recibido algo Elsa desde que llegó?

Aezio negó, con absoluta certeza.

—Estaré atento, si es lo que desea.

Por un instante, la mirada gris de Gabriel pareció acerarse con crudeza, brevemente, al enlazarse con la del mayordomo.

—Infórmame de cualquier variación al respecto. Y sé discreto, por favor.

Aezio asintió, con firmeza casi marcial, sintiendo que le atravesaban la mirada.

—Tomaos el día libre —dijo Gabriel entonces—. Tú y tu esposa.

El gesto atrapó al mayordomo por sorpresa, y su voz quedó suspendida en la penumbra del pasillo, donde se había sumergido la silueta del señor.

—Gracias —murmuró.

8

Suburbio de Whitechapel, Londres,
15 de febrero de 1914

El Chesire Cheese parecía sepultado bajo el tabaco brumoso de los clientes. Conversaban en reposo, entre pintas de cerveza y aromas de té, abrigados junto a los veladores y la barra, en claro reproche a la estufa que rojeaba en un rincón. Buscaban aquel oasis de salas sombrías, donde la voz, como los candiles de aceite, se desvanecía nada más brotar, sorbida por el aire del local.

John Bell desvió la mirada más allá de la vidriera. El invierno descolgaba su luz exigua sobre Cruched Friars, un callejón fronterizo a Whitechapel, el afamado suburbio del otoño del terror. Ladrillos renegridos por el hollín, gatos indigentes, gente anónima de tránsito raudo y vista anclada al adoquín, componían un cobijo discreto, idóneo para sus labores más reservadas. Lejos quedaba su oficina de Whitehall Court, en Westminster, sede del cuartel general del SIS, el Servicio de Inteligencia Secreto, donde latía el corazón gubernamental de Londres, con la Oficina de Guerra, el Almirantazgo y el Foreign Office.

Tras su instrucción en la Real Academia Militar de Woolwich y el comisionado en la artillería real, el cambio de siglo le había destinado a Sudáfrica, a la segunda guerra de los bóeres, con ascenso precoz a teniente y desempeños en tareas diplomáticas. Tras el fin de hostilidades, su dominio de lenguas lo había llevado a infiltrarse entre los bóeres y las fuerzas coloniales alemanas de África del Sudeste, participando en operaciones de inteligencia y conspirando en las sublevaciones nativas de 1904. Años después, sir Mansfield Cumming, director del SIS, lo reclutaba como responsable del departamento de Seguridad y Contraespionaje.

Los servicios de inteligencia británicos habían nacido cinco años antes, en 1909, con la necesidad de recabar información sobre la construcción naval en Alemania. Desde el siglo anterior, la *Weltpolitik*, la política mundial de Guillermo II, con su aliado austrohúngaro, intimidaba el dominio colonial británico y requería voz en China, en Sudáfrica y en el Imperio otomano. Como medida culminante, el Reichstag, el Parlamento Imperial, había aprobado la Ley Naval de 1900 para construir una flota de acorazados de corto alcance destinada a operaciones en el mar del Norte, buscando presionar a Gran Bretaña de cara a pactos y concesiones en futuras crisis. La opinión pública inglesa desconfiaba del incipiente Imperio alemán, proliferaban los rumores sobre redes de espías y saboteadores del káiser en Gran Bretaña, y como consecuencia, el Parlamento de Westminster había aprobado estrictas medidas de respuesta.

John Bell lo vio acceder al local, el rostro aterido por el frío, las patillas tudescas, unidas en el bigote, y la mirada ladina, que navegó por la nebulosa de tabaco hasta encontrarle al fondo, junto a la vidriera.

—Disculpe la demora, señor Bell.

John extendió su cajetilla de Lucky Strike y el recién llegado aceptó agradecido, mientras se retiraba bombín y capa, con esclavina deslucida y adornos del tiempo en las bordaduras.

—¿Cómo se encuentra, señor Calamy?

—La información corre por la calle, ya sabe usted. Y la calle es fría y húmeda como la muerte. Una larga exposición le aboca a uno a estragos insospechados.

—Dolor de huesos, imagino.

—Artrosis prematura, que es peor.

John Bell rio, la mirada distraída en los rapaces desaliñados de la calle.

—A mí me suena a lo mismo.

—Está usted en lo cierto. Elija un buen nombre y no incurra más allá. No hay quien le embauque, señor Bell.

Barrett Calamy acercó su silla a la caduca estufa y pidió un té negro. Era un hombre viudo, frisando los cincuenta, sin descendencia ni fortuna, que vivía de la calle como recadista de chismorreos y habladurías. Dominaba cada recoveco de la ciudad, desde los bajos fondos hasta las altas esferas, gracias a su sagacidad detectivesca y su elegante desenvoltura, que lo secundaban para extraer información. Su don de gentes, estimado por individuos discretos como John Bell, tenía recompensa económica exigua, y lo abocaba a guardar las apariencias. Sus pocos trajes eran viejos y holgados, y debía conservarlos con sumo esmero a base de planchados diarios, porque ocultaban la soledad de un mísero cuchitril, la opresión del alquiler, la caridad de unas buenas vecinas que le renacían del hambre muchas noches con cálidos pucheros.

—¿Qué me trae esta semana? —preguntó John.

—Las sufragistas planean nuevos incendios —mencionó Calamy, la mirada velada por el cigarrillo—. Hay discrepancias en el ejército, oficiales que se niegan a sofocar las revueltas de Ulster y dimisiones de calado en el Estado Mayor. Supongo que estará al corriente.

El agente Bell asintió con apatía rutinaria. La autonomía de Irlanda y la sombra de una guerra civil revoloteaban en su oficina, día y noche.

—Los economistas alertan del eclipse británico, que cede ante la pujanza de Estados Unidos y Alemania —prosiguió Calamy—. Nuestro *statu quo* en el extranjero es de dominio público. Se publican artículos y los rumores corren por la calle, ya sabe. Máxime cuando el ambiente está caldeado.

—Antes que en la calle prefiero que lo sepan en el Reichstag alemán.

Barrett Calamy sorbió en la taza de té. Sobresalían sus mangas de camisa, blanqueadas con tiza en los bordes.

—Allí conocen hasta el talle de Margot, la esposa del primer ministro.

Sonrió John Bell, aspirando un nuevo cigarrillo.

—Me consta que en París y San Petersburgo manejan la misma información. Aunque sean nuestros aliados.

—La Triple Entente goza de tan buen nombre como mi artrosis. Si la Rusia de Nicolás II simpatiza con Francia y, por ende, nosotros simpatizamos con ellos, es gracias a sus préstamos para financiar la red ferroviaria rusa. Nuestra amistad es tan volátil como la que se encuentra en los burdeles.

—Pero sirve para que Alemania se sienta aislada.

Calamy asintió. La diplomacia del káiser buscaba alianzas allá donde pudieran surgir, primero con los británicos y después contra ellos, en vanos intentos por deshilar acuerdos entre Londres, San Petersburgo y París, que resolvieron sus diferencias durante las disputas de Extremo Oriente y de África. En 1907, tras la primera crisis marroquí, donde Alemania no logró frustrar los intentos franceses de establecer su protectorado, firmaban la Triple Entente, contrapeso europeo a la alianza austroalemana e italiana de 1882, que cercaba a Francia y mitigaba sus ambiciones de recuperar Alsacia y Lorena, perdidas ante Alemania en la guerra de 1871.

—Si se acostumbran a la decadencia británica —mencionó el informador—, pronto nos aislarán a nosotros. Aún dominamos una quinta parte del globo, nuestros protectorados cantan como sirenas.

John Bell se evadía más allá de la vidriera, entre brumas de Lucky Strike.

—Pocos ministros se han visto afectados por tantas plagas y en tan breve espacio de tiempo —apuntó—. Arduo gobierno el de Asquith y los liberales.

En aquel invierno de 1914, la placidez de la era victoriana rozaba la decadencia. La juventud de John, como la de muchos otros de clase media, había fluido sin grandes altibajos, con emociones pequeñas y transiciones imperceptibles. Tras años de paz y prosperidad, la certeza de un porvenir seguro había impregnado a las grandes masas, con hogares, negocios y tierras que se heredaban sin contratiempos entre generaciones, que se aseguraban contra incendios y robos, contra granizadas y tempestades. Al igual que los terratenientes, las clases obreras se suscribían a rentas vitalicias para la vejez, con pólizas reservadas a las dotes de las hijas y entierros pagados por adelantado. Todos anhelaban la seguridad, una necesidad casi febril, por empalizar la vida hasta la última brecha, contra cualquier adversidad del destino. Un futuro sin inquietudes para un presente feliz, decía la consigna de principios de siglo. Palabras ansiosas, como si en la intimidad de cada individuo se rumiara un vago temor, esa certeza imprecisa que asienta toda existencia: la tormenta tras la calma, la lluvia tras el sol, la muerte tras la vida.

Y bajo aquel espejismo de felicidad se ocultaba el codicioso rugir de los imperios, que habían amasado años de prosperidad, de poder, de acelerado progreso y orgullo nacional. Convertidos en organismos vivos, como seres únicos, con la misma naturaleza incólume del hormigueo humano que los componía, los países se revolvían dentro de sus fronteras, inquietos, hastiados de calma, deseosos de salir y jugar con su fortaleza. Acumulaban años de crisis diplomáticas, de intereses vitales que ensanchaban hasta rozar unos con otros, resueltos al límite como en la Conferencia de Londres de 1912, con motivo de la crisis de los Balcanes. Parecían globos de paz, inflados durante medio siglo, elevados al cielo, dilatados sus tejidos hasta límites insospechados que tentaban al estallido.

Barrett Calamy solicitó un par de salchichas con panceta. Se encogía en el velador con aire desgarbado, a pesar de su minucioso propósito de guardar las apariencias.

—¿Trae algo sobre mi petición explícita?

Mostró Calamy una dentadura azafranada, sin muelas, pero sonriente y complacida, revelando que albergaba información de interés. Buscó en el interior de su capa y extrajo un ejemplar atrasado del *Daily Courier*.

—Robert Boyle, el subdirector de la redacción, es un

hombre rentable si se le afloja la lengua con el brebaje preciso. Solo hay que acertar. En su caso, whisky escocés, Red Label para ser exactos.

—¿De qué rentabilidad hablamos?

—Confirma sus sospechas: paradero desconocido de Benjamin Craig. Desde el 16 de enero.

—¿Y ella?

—Ella lo busca, como es lógico. Conoce usted sus relatos y artículos de opinión. Una pluma afilada, portentosa. Alguien así no se queda en casa, de brazos cruzados, en espera de su esposo. Y estando encinta menos aún.

—¿Encinta?

Calamy alzó las manos, de uñas violáceas por largas noches de frío, como restando relevancia al asunto.

—Información sesgada, señor Bell. Conjeturas de un panzudo en estado de embriaguez.

—Un panzudo sin filtros. No lo pillará más sincero.

Sonrió para sí el informador, divertido, como si hallara un matiz jocoso en aquel comentario.

—La mujer salió de Londres el 10 de febrero. Al día siguiente partía en un vapor de la compañía Trasatlántica con ruta Portsmouth-Bilbao. Casualidades de la vida, ella nació allí.

El agente Bell asintió, como si estuviera al corriente de la aclaración.

—¿Lo considera una retirada en busca de refugio?

Calamy negó, fruncido el ceño, mientras prensaba su cigarrillo en el cenicero.

—Lo dudo. Su padre, Gabriel de Zulueta, es dueño de un emporio siderúrgico que va más allá de todo lo que tenga que ver con la fundición. Una cuenta bancaria considerable, respecto a la que el término «solvente» resulta un tímido eufemismo.

—Político, además de otras funciones —afirmó John, acentuando «otras» con especial hincapié.

—Diputado de peso entre los conservadores —añadió Calamy—. Algunos lo postulan como candidato tras las elecciones españolas de marzo. La situación allí también está caldeada. Nadie se libra al parecer.

—¿Cree que ha vuelto en busca de recursos familiares?

Se encogió de hombros el informador.

—Eso creo, para encontrar a su marido. Los tentáculos del apellido Zulueta son largos y numerosos. En fin, es una teoría. Marca de la casa, ya sabe usted.

John Bell tomaba notas en una libreta de cuero añejo, tan desapegado como eficaz.

—Tengo sus teorías en alta estima, señor Calamy. Por eso recurro a usted.

—Vaya, se lo agradezco.

La mirada del informador se perdía en el candente aperitivo que el dueño del local había dispuesto sobre el velador. No tardó en abalanzarse sobre él, tenedor y cuchillo en mano, desatendidas sus apariencias de falsa distinción.

—¿Y a qué se debe su interés? —preguntó de visible buen humor—. Parece un asunto familiar. De ahí a la seguridad nacional hay cierto recorrido. —Detuvo el masticar, como alumbrado por una idea—. ¿No será un flirteo del pasado? No lo considero a usted de esos, señor Bell.

Compuso el aludido media sonrisa, absorto aún en sus anotaciones.

—Me alivia que no lo considere.

—Y entonces, ¿cuál es el motivo?

John cerró las tapas de la libreta y la guardó en el bolsillo del gabán. Apoyó los codos sobre el velador, evitando las marcas pringosas de cerveza. El cigarrillo le sobrevivía entre los dedos, humeante, a pesar de las operaciones.

—La desaparición del esposo —murmuró—. Tal vez esté relacionada con otro asunto que sí nos interesa. Desde hace un tiempo.

Calamy lo observaba, pensativo, con brillos de grasilla en el mentón. Su interés en el plato se había esfumado, limpio como la vajilla de una boda.

—¿Asuntos de espionaje? —preguntó.

—Otra desaparición. Tiene que ver con la familia de ella.

—¿Los Zulueta?

—Antes, Mendíbil. Cambiaron de apellido hace treinta años, al florecer los negocios familiares.

El informador se removió, inquieto, con el estómago aún vacío, a pesar de la panceta.

—Vaya, se me escapó el detalle.

—No es de carácter público. Un secreto familiar, más bien.

—¿Y a qué se debió el cambio?

John Bell se recostó, ensombreciendo la mirada azabache, lejos de candiles y luces míseras de invierno.

—Sufrieron cierto incidente —informó—. Hace muchos años. Concretamente, el año en que nació la mujer que usted debía investigar.

—¿La señora Craig?

—Elsa Craig. Año 1883.

Barrett Calamy irguió su espalda, con una curiosidad extrema, casi infantil.

—¿Qué sucedió?

Los interrumpió el dueño del local, que paseaba por las mesas exigiendo el pago de las consumiciones. Calamy hurgó en sus bolsillos, con expresión cultivada de extrañeza, como si se hubiera olvidado el dinero en casa. Le invitó John Bell, como de costumbre.

—Me lo retira de los honorarios, si le parece.

Asintió el agente, restando importancia al asunto, que parecía angustiar en exceso a su informador.

—Señor Calamy, quisiera proponerle a usted algo.

—Yo por usted, señor Bell, hago lo que haga falta.

—Necesitamos un secretario en el departamento de Seguridad y Contraespionaje. No estaría de más que se presentara al puesto. Si muevo algunos hilos, podría facilitarle el acceso.

Barrett Calamy lo miró, mudo.

—¿Qué me dice? —preguntó John—. Son cien libras al mes.

La agudeza dialéctica del informador se había trabado. Miró alrededor, incrédulo, la barbilla temblorosa. Finalmente, ancló sus ojos en los de John. Asintió. La mirada se le deshacía de gratitud.

9

Villa Zulueta, ensenada de Altzuri,
15 de febrero de 1914

Elsa adecuó la presión del quinqué con el émbolo de la baquelita, abrió la espita y el gas floreció en el cristal esmerilado de la lámpara. Una luz áurea y vieja, de petróleo, escarbó en la penumbra de su antiguo cuarto.

Junto a ella, despertaban los testigos de su intimidad juvenil, ignorados durante su ausencia, aguardando su retorno como pacientes servidores. El galán de noche, el pequeño escritorio secreter de nogal macizo, el armario de doble espejo con su vestuario obsoleto, las muñecas con rostros de *sorgiñas* y la vieja estantería con libros hurtados de la biblioteca familiar, que aún olía a papel ancestral, a polvo y a magia. Se recordaba a sí misma, años antes, acariciando aquellos tomos que ocultaban mundos interminables por explorar, cediendo al encanto susurrado de sus títulos, a las pieles encuadernadas, a los nombres magníficos de sus autores, Austen, Verne, Dumas, May, Twain, Stevenson, impresos en letras doradas y con el mismo aire fantasioso de sus personajes, como si ellos también pertenecieran a los universos magnéticos que describían. Tal vez fuera aquel, y no otro, el germen de su empeño por convertirse en escritora. Cruzar el umbral hacia aquella vida de ensueño. Sentir que se inscribía entre aquellas páginas, diluida en tinta, arropada como si fuera entre sábanas, como si se prestara a dormir entre cuentos de hadas.

Por eso sintió alivio, e incluso ilusión, en su más hondo interior y a pesar de todo lo sucedido, cuando tuvo que marcharse a Londres porque ya no podía seguir en Altzuri. Primero la tragedia de Sabino, el escándalo, el funeral, el desconsuelo de la familia, respetada en un pueblo que no juzgaba a los hombres dentro de sus casas, después las habladurías, las miradas de rechazo, la ausencia de saludos. Se recluyó tras los muros de Zulueta, repudiada por el mundo, por el contraído mundo de Altzuri, buscando arroparse entre sus libros, como una mujer que necesitaba volver a sentirse niña. Sus padres aceptaron en silencio, resignados, sin atisbar mejor escapatoria que la de dejarla marchar, cuando ella les habló de literatura inglesa, de la universidad para mujeres, del St Hugh's College de Oxford. A los pocos meses embarcaba en un vapor de la Compañía Trasatlántica, vestida de negro y sin la desesperanza del luto. Buscando huir, buscando olvidar, buscando refugiarse en su más primitivo sueño. Con temor, con incertidumbre. Con alivio e ilusión.

Se levantó de la cama, sintiendo el cosquilleo del entarimado, que le erizó la piel y avivó la tirantez de sus senos, sensibles al tacto y al roce del camisón. Los efectos del embarazo cambiaban con los días, su cuerpo le exigía con urgencia algo dulce para no desvanecerse y brotes de sueño repentinos tiraban de sus párpados continuamente, sumiéndola en sopores profundos y desubicados. Sin embargo, a pesar de aquella fragilidad, albergaba la certidumbre de una recompensa cuando diera a luz. Se imaginaba junto a su hijo, fuerte y joven, nutrida por él como en sutil correspondencia a los meses de embarazo, revitalizada por su existencia cuando aprendiera a gatear, y a caminar, como si descubriera la vida de nuevo al tiempo que él la descubría a su lado.

El amanecer clareaba más allá de la vidriera, sobre las ramas del jardín y la mancha sombría de la casa vieja. Elsa se aproximó al pequeño escritorio, abrigada con un suéter de bordado inglés, la mirada somnolienta. Acarició las teclas esmaltadas de la Bennett de 1910, pequeña y más manejable que la Smith Premier, que había viajado con ella desde Avingdon Street y aún aguardaba, huérfana de cuartillas. Añoraba el incesante eco del tecleo, el conjuro de letras que llevaba semanas sin producir. Winston Hastings, editor del departamento de ficción de la revista donde publicaba por fascículos, le había escrito pocos días antes de abandonar Londres, inquieto ante la demora en la nueva entrega de su novela. Los lectores aguardaban y ella no tenía jugo que extraer.

Terminó de acicalarse frente al armario de doble espejo, rizándose el cabello con las tenacillas de su madre. Le cayó caudaloso, como una cascada de hilos castaños. La noche anterior, allí mismo, frente a su propio reflejo, había percibido el olor a almizcle de su padre, que desprendía allá por donde pasaba, como una estela innata. Desde que fuera niña, Gabriel entraba en su cuarto cuando ella estaba ausente, no por el turbio fisgoneo de controlar a una hija adolescente, sino para deleitarse a solas y contemplar el orden fresco de sus cosas, de sus libros de escuela, de su uniforme planchado sobre la silla, para aspirar su dulce olor femenino y sentir la alegría de su presencia en casa. La ternura de un padre incapaz de mostrarla ante su hija. Así se lo había descrito Amelia infinidad de veces, cuando Elsa se quejaba de que *aita* curioseaba entre sus cosas.

Aita. Aquella palabra desafinaba por vez primera en su vida. Parecía cargada de inquietud, de angustia, de incertidumbre. Sentía pavor al pronunciarla, incluso al pensar en ella, y sentía aún más pavor al presentir que sería así para siempre.

Salió del cuarto a la penumbra dorada de la galería, poblada por óleos renacentistas de santos y figuras fabulosas. El amanecer se insinuaba por la bóveda acristalada de Villa Zulueta, amenazando la quietud que envolvía los dormitorios. Elsa descendió por la escalinata de mármol, sobrecogida por el silencio de aquellas horas, donde apenas se percibía el lejano bregar del servicio en las cocinas.

Un manto de escarcha cubría el jardín cuando salió al exterior, vedado aún a los vicios de la noche. Parecía un reino fantástico, como de glaciación lejana, tan bello como efímero, que se desvanecería en un espejismo ante los rayos del sol.

La vio caminar entre el follaje blanco, su aliento convertido en brumas por el frío. Abrigada hasta el mentón, buscaba el aire puro de las primeras luces, recomendado por el doctor para sanear sus pulmones marchitos.

—*Egun on, ama.*

—*Egun on, maitea.* No esperaba encontrarte a estas horas.

—Yo en cambio a ti sí.

Amelia dibujó una sonrisa trémula, mientras se centraba en sus pasos, en las raíces emergidas como estorbos en el sendero.

—Soy predecible —musitó, con el rosario entre las manos—. A mi edad, el hábito es el único amarre a la realidad. Por no hablar del doctor Etxenike y su tratamiento.

—He oído que es firme como un sargento.

—Peor. No hay quien se salte sus indicaciones. Cuando era niña los capataces de las minas parecían dulces supervisores a su lado.

Rio Elsa, sujetando a su madre del brazo, mientras paseaban por el túnel gélido. La infancia de Amelia Espejo, su apellido de soltera, había finalizado tan precozmente que a veces vacilaba con haberla conocido. Una escuela fugaz, una miseria que la llevó a las minas antes de aprender a leer, a trabajos extenuantes de dieciséis horas diarias, donde se le desollaban las manos de acarrear pedruscos con las vagonetas y los carros. Creció con las penurias obreras y se aclimató a ellas antes de convertirse en mujer, despertando antes del alba y ascendiendo a los yacimientos medio dormida, junto a otros niños, con el pico y el azadón partiéndole la espalda, con esa alucinación de la infancia donde todo parece natural, hasta la mirada grave, adulta, de un rostro infantil y olvidado de sonreír.

Y por eso había insistido con tenacidad en la educación de sus hijos. Especialmente en las niñas, en Elsa, que necesitaban todo el intelecto de los niños, además de su propia perseverancia, para encontrar una vida que no estuviera a la sombra del hombre. Aunque luego cayeran, generación tras generación, bajo el peso de un marido benévolo o cruel, de la monotonía de los deberes domésticos, desapercibidos y poco agradecidos, que parecían regirse por un reglamento ancestral, grabado de nacimiento en la mente de todo niño y toda niña.

—Ha vuelto a entrar en mi cuarto.

—¿Quién?

Elsa necesitó varias pisadas de silencio, para obligarse a contestar.

—*Aita*.

—No dudes en seguir llamándole así, hija. Sigue siendo tu padre.

—No es por eso, *ama*.

Elsa vaciló, su coraza parecía evaporarse ante su madre, con una facilidad inaudita, como si las uniera un vínculo que nacía del pasado, cuando ella aún era una niña sin las trabas absurdas de la vida, cuando pensaba, sentía y hablaba con insospechada fluidez.

—Temo que las cosas cambien.

—Y quién no, hija. Vivimos con un solo temor. Y es a que las cosas cambien.

Amelia buscó asiento en un banco empedrado, bajo la bóveda de castaños y sauces que goteaban ante la luz del sol. Se protegieron con varias mantillas y respiraron el aire fresco del amanecer. La casa vieja asomaba al fondo del jardín, esquiva entre las ramas. Ninguna la miró.

—Al principio me prometí que te lo contaría —dijo Amelia, tras un silencio prolongado—. Pero después, cuando creciste, no encontré motivos para cambiar la costumbre de no contártelo.

Su voz se esparcía en una nube de vapor, esculpida por el frío. Elsa guardó silencio, sintiendo lo mismo que aquellos días, desde que descubriera que era hija de otro hombre. Quería a su madre más y menos que antes, más porque era imposible no quererla, y porque conocía su fragilidad, los secretos de sus miedos. Y menos porque la había acompañado durante treinta y un años sin contarle que no era hija de su padre.

—Una madre no debería disculparse ante su hija —murmuró.

—Pero sí hablar para hacerla entender. Para que comprenda que ser madre significa cometer errores.

A lo lejos, las campanas tañeron sobre la ensenada. Aquellas notas eran la voz del pueblo, su única expresión sonora, convertida por el tiempo en ecos metálicos del pasado.

—Quiero saber lo que pasó, *ama*. Sé que Arnaud Mendíbil no está bajo su tumba. Quiero saber por qué me habéis ocultado su existencia.

Amelia se mantuvo imperturbable, con la mirada acuosa, el iris corroído y muy adentro en sus pensamientos, lejos de los efectos de la luz.

—En el sobre del retrato, en el lacre, había grabado un reloj de sol —mencionó—. La primera medición del tiempo.

—Los relojes de sol llevan soles en el centro, *ama*. No un fantasma.

—El fantasma del pasado. —Amelia temblaba—. El pasado siempre vuelve, hija, especialmente a mi edad, cuando está más vivo que el presente.

—¿Qué significado tiene el símbolo?

Las manos de Amelia se aferraban a la culebrilla del rosario, donde asomaba una cruz de madera.

—Sé de dónde has extraído eso, hija. Yo también conozco el Armario del Tiempo.

Elsa la miró, sorprendida.

—Pensaba que era un secreto entre Cosme y yo.

—Llevo muchos años viviendo aquí. Aunque Gabriel desconoce los efectos sobrenaturales de ese lugar.

—¿Sobrenaturales? Son cuentos de hadas, *ama*.

Amelia pareció esgrimir una sonrisa, enigmática y salerosa.

—Viniendo de la avanzadilla del mundo, hija, deberías estar al corriente de los nuevos brotes del espiritismo. Sus descubrimientos confirman lo dicho durante siglos por la Iglesia. Aunque se consideren enemigos, todos hablan de lo mismo.

—¿Y de qué hablan?

—De que hay hilos que nos unen con el más allá.

—La ciencia no dice lo mismo, *ama*.

—La ciencia es joven y desvergonzada. Pronto aprenderá que no existe explicación para todo.

Elsa contempló las manos de su madre, firmes y seguras, a pesar de las falanges marchitas como ramas de otoño.

—Entonces, ¿tú también lo crees? —le preguntó.

—Lo creo yo y lo creyó tu padre, Arnaud Mendíbil, mucho antes que yo. Por eso sé que extrajiste ese retrato suyo del armario. Porque de lo contrario sería imposible que él lo supiera.

—¿Que supiera el qué?

—Que ibas a ser niña. Y que te llamarías Elsa. Porque él murió en 1883, antes de que nacieras.

Elsa sintió un escalofrío, una corriente de aire gélido que se coló entre la urdimbre de la mantilla. «Hola, Elsa. Soy tu padre.» Cayó en la cuenta. Se levantó, airada, el corazón golpeándole en el pecho, como un ariete.

—No puede ser, *ama*. Es un disparate.

Amelia la contempló, serena, inmune a la agitación de su hija, como si conociera el origen de su angustia y solo tuviera que aguardar a que la comprensión calara por sí sola.

—Primero Benjamin. Ahora esto —dijo Elsa, sin aliento en la voz—. No lo entiendo, *ama*. No entiendo nada. ¿Por qué así? ¿Por qué la fotografía? ¿Por qué mi nombre? ¿Por qué el armario?

—Tal vez haya una relación, hija. Los fantasmas siempre vuelven. El Armario del Tiempo solo es un intermediario. Un mensajero entre nosotros y ellos.

Elsa miró a su madre, la vio tan calmada, tan segura de sí misma, que por primera vez en su vida creyó que se le interrumpía la cordura.

—*Aita* me dijo que él había desaparecido.

—Murió, hija. Viste su tumba.

—Sé que está vacía, *ama*.

Amelia visitaba el cementerio cada día. Elsa supo que sus palabras la dañarían, aunque su madre no lo mostró.

—A veces los veo —musitó.

—¿A quienes?

—A los fantasmas. —Su madre la miró—. Le veo a él, en sueños. Me asomo a la ventana en plena noche, y ahí está, contemplándome desde el jardín.

—¿Ves a *aita*?

—Sí.

A Elsa se le estremeció la nuca, y los costados de la espalda, como en una corriente eléctrica.

—Son solo sueños, *ama*.

Amelia sonrió, dispersa en las frondas del jardín.

—¿El retrato del niño también lo encontraste en el armario? —preguntó.

Elsa calló, trabada por las dudas.

—Me lo dejó Benjamin. Después de irse.

—¿Benjamin te dejó un retrato de Arnaud?

Elsa desvió la mirada, entrecerrándola ante la luz del sol. Finalmente asintió, indecisa.

—Creo que hay una relación. Pero Benjamin no ha muerto. Ni me ha abandonado.

—Tu padre tampoco nos abandonó.

La voz de su madre se había endurecido, como si hubieran escarbado en su memoria y en su dignidad.

—Lo siento, *ama*. No pretendía...

Sintió su mano, que se posó sobre la suya.

—No pasa nada, hija.

Las unió el silencio, mientras despertaba el día más allá del jardín. Y entonces Amelia se levantó, buscando su mirada mientras sostenía sus manos con la ternura sólida de una madre. Elsa sintió el rosario, enroscado entre sus dedos.

—Ahora tienes que cuidarte, hija. Portas dos vidas y vivís solo de una. Cuando sucedió el incidente, yo estaba embarazada y creí que también te perdía a ti.

I

Caserío Mendíbil, ensenada de Altzuri, 1852-verano de 1862

Presta atención.

No te dejes seducir por los sonidos externos, por la hojarasca que corretea fuera, por el cántico de la lluvia, por el soplido tenue de la brisa al pedir cobijo en el umbral. Olvídate de tu propio cansancio, del sueño, del hilo invisible con que tira de tus párpados. Olvídate de tus propios sonidos, de tu corazón, de tu aliento tangible en las noches de invierno. Olvídate del caudal de tus propios pensamientos, del enredo de la memoria y la imaginación, que siempre encuentran resquicios por los que colarse en todas las historias. Olvídate de lo que puedas olvidar y solo presta atención.

Comenzaremos por el inicio de esta historia, si es que existe alguna con inicio. Ahora bien, te lo advierto: será una historia fantasma, que no cuenta la verdad, una historia tan embustera como cualquier otra. Será una estrella, una más entre las miles que contemplamos cada noche, que surcan el universo durante miles de años, hasta llegar a nosotros convertidas en luz, en fantasmas, contando algo que sucedió hace mucho tiempo.

Si decides sumergirte en esta historia, por favor, presta atención.

Nadie olvidaba la noche en que su padre lo trajo a casa. La cólera del cielo ahogó la ensenada de Altzuri, sumiéndola en un silencio que se ocultó bajo la lluvia, bajo el viento que gemía a través de rendijas y chimeneas, entre silbidos fantasmagóricos. Era el castigo del cielo, aquella bóveda invisible que soportaba las preguntas de la Tierra, y que maldijo la llegada impura de aquel niño extranjero, aquel hijo del pecado y la flaqueza humana. Un amor prohibido que había pagado su madre poco antes, al dar a luz en un cobertizo de Saint Étienne de Baigorry, en la frontera con Francia, dejándose la vida por su hijo, como si solo fuera uno el lugar para los dos en el mundo.

Arnaud, aquel era su nombre. Lo había exhalado en su último suspiro, convertida ya en espíritu, cuando cedió el cuerpo del recién nacido al hombre que había amado en la clandestinidad, Félix Mendíbil. Ambos, padre e hijo, lloraron de vuelta al caserío familiar, en la densa oscuridad del carruaje, avanzando a través del diluvio.

Bastardo. Su padre jamás llegó a confesárselo, pero aquel fue su segundo nombre. Así lo bautizó su madrastra cuando los vio aparecer en el recio vestíbulo, empapados, con lágrimas suyas y de cielo, todas mezcladas. Y así lo sentiría Arnaud en el rencor de su mirada, y en la de muchos otros, durante el resto de su vida. Doña Hilaria jamás llegaría a tocarle, ni siquiera en aquellos primeros años de la infancia, como tampoco lo hacía con su padre desde algún día incierto, olvidado, después de que tuvieran a su primer y único hijo, Gabriel Mendíbil, tres años mayor que Arnaud. Se habían desprendido uno del otro, con la lentitud y la inconsciencia del paso del tiempo, hasta formar un matrimonio marchito, de tronco hueco y podrido, enlazado únicamente por el poder de sus apellidos. Mendíbil y Zulueta.

Félix Mendíbil descendía de una familia de labradores, asentada en los altos de Altzuri desde el siglo XV, a las afueras del pueblo, con varias fanegas de tierra dispersas por la montaña. Una sucesión monótona de generaciones alrededor del caserío Mendíbil, camino del monte, entre sudores de laya y pastoreo, hasta que el abuelo Gregorio, el padre de Félix, resolvió abandonar a sus hermanos y probar fortuna lejos de su tierra. Comenzó como gabarrero en la ría de Bilbao, labor delicada en aquel torrente revoltoso y de bajo fondo que hacía zozobrar las embarcaciones. Prosperó con celeridad, transportando bacalao, madera y viajeros con pasaje en los buques que no entraban en la ría, sirviendo de intermediario obligado para cualquier tráfico entre Bilbao y los muelles de la costa, en la zona de Portugalete. Adquirió un pequeño balandro de cabotaje, y lo capitaneó comerciando por el Cantábrico, primero con productos textiles, alimenticios y suntuarios que adquiría en Bayona, y después como tratante de vena y hierro. Junto a otros comerciantes de renombre, abasteció a los dispersos centros siderúrgicos del norte de España con el rico mineral del criadero de Somorrostro, al oeste de Bilbao. Sin embargo, su verdadera fortuna brotó durante la guerra civil de 1833, con el alza del precio del trigo y la escasez de numerosos productos en la villa sitiada, que le llevaron al abastecimiento de los ejércitos liberales cercados por los carlistas. Su flota aumentó, con varios quechemarines y pataches, embarcaciones ligeras de cabotaje que comerciaban por la costa, y navegó hasta que un día se lo tragó la galerna, junto a los acantilados de Gazteluzahar.

Le sucedió el propio Félix, único descendiente después de que Vicente, su hermano, con matrícula de la escuela de Bermeo y patrón de un balandro de cabotaje, perdiera sus días fusilado durante la guerra. Desde entonces, había administrado el negocio estableciéndose en el caserío, abandonado por sus primos. Su enlace con doña Hilaria, hija del ilustre marqués de Zulueta, dueño de varias ferrerías en el interior, surgió promovido por la prosperidad que traería a la empresa, que se repartió a partes iguales entre marido y mujer.

La madrastra de Arnaud era una mujer devota, que repartía su tiempo entre la Iglesia y las confesiones diarias, y periódicas visitas a las principales familias del señorío. En casa, contemplaba el goteo de las horas desde su sillón tapizado de terciopelo, en la sala de estar, donde tejía labores de lana mientras en su regazo descansaba un menudo pequinés de ojos saltones y nariz chata. Desde allí, con su cabello recogido y jaspeado de canas prematuras, su tez pálida y su mantellina de lana protegiéndole los hombros, despachaba su soberbia autoridad, haciendo y deshaciendo, manipulando al servicio de la casa, a su esposo y a la empresa de la que formaba parte. Cuando hablaba, su voz parecía desengañada de cuanto la rodeaba, un hastío perpetuo que la acompañaba siempre y que a Arnaud, que en el inicio de esta historia sumaba los diez años, le parecía que ocultaba una tristeza profunda, solo visible a veces, cuando se creía sola y perdía la mirada en algún rincón de la sala de estar.

Los domingos después de misa invitaba a casa al cura don Silverio, su hermano, mayor que ella y segundo.vástago de los Zulueta. Un hombre que frisaba los cincuenta, de atavío impecable, con sotana y manteo negros meticulosamente alisados, sombrero de teja y monóculo de concha sostenido sobre su ojo izquierdo. Según decían, había sido enclaustrado en la adolescencia, por orden de su padre, tras ser sorprendido entre las pajas de un gallinero, retozando con una campesina a la que proclamó como su prometida. El incidente se acalló con los años, capaces de volteos inverosímiles, y Silverio sustituyó su amor terrenal por el divino, embarcándose en una vida peregrina y exótica como misionero en Puerto Rico y capellán de la Compañía Trasatlántica. A su regreso, la estrecha relación con su hermana le hizo arribar en Altzuri, recogiendo el testigo del difunto párroco para guiar el rebaño de la comunidad.

Aquel verano de 1862, las sobremesas se extendían hasta el atardecer, entre humaredas de veguero, aromas de café y tacitas de porcelana inglesa, mientras Félix pugnaba en solitario contra las posturas inflexibles de los hermanos Zulueta. Arnaud, obligado por su madrastra a retirarse concluida la comida, espiaba tras el aparador, deseando intervenir en defensa de su padre, que le parecía acorralado, a pesar de que no entendiera el significado de sus palabras.

—¿Qué me dice de la escasez de algodón, don Félix? —insistía el párroco—. Dicen que la guerra de Secesión norteamericana está dañando las industrias textiles, en especial la catalana.

—Por lo que parece, la contienda se decanta a favor de los esclavistas del sur, que son los dueños de las principales plantaciones.

—Lo que nos favorece, ¿no es así?

—Según prioridades, padre. Si los abolicionistas del norte se restablecen y terminan con la esclavitud, la mano de obra se encarecerá, los precios subirán y la crisis catalana se extenderá a otros sectores. Sin embargo, habrán logrado un país más libre, sin abusos ni represiones entre distintas razas.

—¿Prefiere la victoria de los estados del Norte? —se alarmaba don Silverio, con el monóculo fieramente incrustado en la ceja, mientras indicaba a la sirvienta, botella de tapón esmerilado en mano, que regara su copa de vino.

—Padre, ustedes mismos afirman que todos los hombres son iguales ante Dios, esos esclavos también.

—Agravaría sumamente la crisis interna de nuestro país —intervino entonces doña Hilaria. Sus dedos largos acariciaban el lomo del pequinés, a quien sí permitía quedarse, además de Gabriel, el hermano de Arnaud, que gozaba del favor de su madre y presenciaba la conversación en silencio, junto a ella.

—El descontento por el régimen de la reina Isabel, más bien —se defendió Félix, recostado en el sillón y sujetos sus pulgares en los bolsillos del chaleco—. Si la economía continúa con su progreso, es gracias al empuje de Europa con sus nuevas industrias, y no al hacer del gobierno.

Arnaud desconocía el origen de las palabras de su padre. Más tarde descubriría que su acerada respuesta hacía referencia a la degradada vida política y moral del país. Una descarada cacería de poder que se había prolongado durante veinte años, desde el fin de la guerra civil en 1840, con infidelidades y escándalos diarios en el seno real, militares insubordinados, oligarquías especuladoras, políticos corruptos y estafas electorales. Al incierto amparo de su católica Majestad, el pueblo había presenciado con impotencia el desvergonzado baile de poderes que esta había permitido. Dos partidos, uno liberal y el otro moderado, que se habían alternado en el gobierno entre sobornos a banqueros y farsas electoralistas con votos comprados, en un proceso vicioso como el ciclo de las estaciones. Cuando se agotaba la potestad de unos por su dudoso hacer, entraban los otros, que despedían al antiguo funcionariado y lo sustituían por uno propio.

—No pretenderá un retorno de los liberales —se escandalizó don Silverio—, como hicieron en 1841 y 1854 con sus pronunciamientos militares. Nos dejaron sin aduanas en el interior, por no hablar de nuestros derechos forales. Sus actos alimentan las tensiones con los carlistas y nadie desea otra guerra.

Félix se alisó la crencha, que lucía impecable a pesar del sudor que descendía por su rostro, asomando al abismo del bigote de guías y el mentón rasurado. Su veguero languidecía en la copa, ahogado en los restos del vino.

—Trasladaron las aduanas a la costa y eso beneficia el comercio exterior, padre —respondió.

—Para los burgueses como usted, sí —atajó el párroco—. Pero no para las zonas rurales y su comercio interior. Los vascos necesitamos gobiernos que confirmen nuestros fueros.

—Gobiernos moderados dice usted, que usan el poder para conspirar y pronunciarse, pisotean las libertades como la de imprenta y la electoral, y bombardean las barriadas de obreros cuando estos se manifiestan. ¿O tal vez se refiere a su amigo el pretendiente Carlos, «Dios, Patria y Rey», un orden que interesa a la Iglesia?

—Le recuerdo mi postura durante la guerra, don Félix. A pesar de coincidir en ideas con los carlistas, jamás apoyé a esos párrocos que se lanzaron al monte con boina roja y trabuco, a fusilar liberales.

—Disculpe si le he ofendido, padre. Lo que pretendo es el cese de este despilfarro de gobierno. Los caprichos de la reina, los amantes que coloca en el poder, esos militares y políticos sobornados, son todos los mismos, camarilla interesada que rodea a la corona.

—Silverio, ya conoces la naturaleza progresista de mi esposo —intervino doña Hilaria—. Se niega a ver lo que esos radicales pretenden hacer con el país.

—Pues, perdone que le diga, don Félix, pero ocasiones han tenido. Mire ahora la Unión Liberal y su desvergonzado gobierno.

—Yo soy partidario de la decencia, padre. Se pueden llamar como quieran: moderados, carlistas, liberales, progresistas o demócratas, dirigentes todos que se turnan para modificar solo la fachada, sin que nada cambie en realidad.

Tras la angustia de las sobremesas, Arnaud aguardaba a su padre, el mejor acompañante para salir afuera y hacer preguntas al mundo. Su expectación se inflaba hasta que él comenzaba a hablar, mientras paseaban por los jardines y las huertas, alejándose del caserío, de oídos indiscretos y lenguas inquisitorias. Y a medida que lo hacía, Félix descubría, en el silencio atento de su hijo, en su mirada ansiosa por conocer, que se nutriría de sus palabras como quien se nutre de la única verdad de la vida, y que esta pasaría a ser su realidad a partir de entonces, su íntima percepción de la mecánica que mueve a la especie humana. Las historias se entremezclaban con la brisa del mar, que ascendía tibia de la ensenada y correteaba entre las hojas y la hierba, como cientos de pisadas invisibles. En aquellas tardes de verano, Arnaud aprendió que los recuerdos, las vidas de los que ya no estaban, la memoria colectiva, dependían en su integridad de las voces que las revivían. Su padre y los frailes salesianos de la escuela a la que acudía en Bilbao hablaban de lo mismo, pero parecían contar historias diferentes.

Arnaud supo así cómo su bisabuelo, labrador, guerrillero e incorruptible liberal, de cuyas emboscadas en la guerra contra el francés ya había oído hablar, murió ante un pelotón de fusilamiento, una fría noche de 1817, tras rebelarse en conspiración contra el absolutismo de Fernando VII. Lo hizo cuando el Rey Deseado, así lo llamaban los frailes en sus lecciones al retratar con ardor su triunfal retorno tras la guerra, donde había sido, según sus palabras, vilmente secuestrado por Napoleón, decidió abolir la Constitución, disolver las Cortes, cerrar las universidades e implantar un estado policial que reprimió cualquier intento de insurrección liberal. El Rey Infame, en palabras de su padre, había gozado en realidad de un retiro dorado en el castillo de Vallençay, a costa del Emperador, entre fiestas, cacerías y burdeles de baja estofa. Y a su vuelta había pisoteado, en perversa traición, los frutos cosechados por aquellos que combatieron al francés creyendo hacerlo por la libertad, entre ellos el bisabuelo de Arnaud.

Vinieron entonces dos décadas de salvaje absolutismo, con conspiraciones y rebeliones liberales reprimidas brutalmente, y con el declive en Ultramar y la pérdida de las colonias americanas que, en una epidemia de alzamientos independentistas, parcelaron el antiguo Nuevo Mundo. Un reinado, el de Fernando VII, interrumpido solo por el Trienio Liberal, tras la sublevación de Riego de 1820, que obligó al rey a jurar la Constitución abolida en 1814. Un sueño cumplido, el de los liberales reprimidos, que sorprendió por su regusto amargo y no tardó en convertirse en un desorden de gobierno donde no hubo quién para manejar el poder, y donde los excesos y la demagogia terminaron por ofender al pueblo. Tres años de fraude y desilusión para los que apoyaron al principio la sublevación liberal, esos mismos que respiraron aliviados cuando, desde Europa, se envió a un ejército francés, conocido como los Cien Mil Hijos de San Luis, para liberar al rey de su prisión en Cádiz y reinstaurarle en el trono hasta su muerte en 1833. Y mientras tanto el pueblo, cansado de guerras, sublevaciones y hambruna, se evadía con indiferencia en su subyugante vida de labrador, entre misas dominicales, verbenas y corridas de toros. Dejando pasar los años y olvidando deprisa.

—Y así, hijo mío, llegamos a una nueva guerra —continuó su padre—. Esta vez entre nosotros, y durante siete años.

—La guerra civil. Donde el abuelo se enriqueció comerciando con trigo.

—Y donde murió tu tío Vicente. Entonces éramos humildes comerciantes, pero nuestro destino cambió con el gobierno de la viuda María Cristina, reina regente hasta que la heredera, Isabel, adquiriera la mayoría de edad.

El pequeño Arnaud entonces no lo sabía, pero su padre le habló de una historia mil veces repetida. De cómo las tensiones dinásticas, tan frecuentes en las familias de sangre azul, derivaban en una guerra, ese viejo arte de matarse entre las masas por las rencillas y ambiciones de unos pocos. Las grietas del gobierno fernandino, que habían dividido la sociedad en dos, terminaron por definir los bandos carlista e isabelino. Los primeros defendían al pretendiente Carlos, hermano del difunto rey, y eran partidarios de trono y altar, con el apoyo de la Iglesia y las regiones de las vascongadas, de Navarra, Aragón y Cataluña, que se aferraban a lo tradicional en un intento de mantener sus ancestrales fueros. Los segundos confiaban en que la heredera Isabel trajera la modernidad al país; aglutinaban a la burguesía, conscientes de que su porvenir se hallaba en el progreso, y a una compleja paleta de nuevas ideologías liberales: progresistas, republicanas y demócratas. Así comenzó otro periodo de odio, represalias y fusilamientos, donde surgieron nombres como Zumalacárregui, Cabrera y Espartero, sitios como el de Bilbao y batallas como la de Luchana, que terminó con el Abrazo de Vergara y puso fin a las hostilidades.

—Siete años que no sirvieron para nada, salvo para sembrar los camposantos de nuevos nombres, como el de tu tío. Y para alimentar el odio entre la gente.

—El cuarto prohibido —susurró entonces Arnaud, con la voz encogida.

Mientras anochecía, entre aquellas lecciones que compensaban la influencia de los frailes, su padre lo había conducido al interior de la casa, ascendiendo las escaleras retorcidas en silencio, con pasos cautelosos que buscaban pasar desapercibidos. Se detuvieron arriba, en el viejo *mandio*, el pajar, que ya no lo era porque medio siglo antes lo habían fragmentado en un laberinto de cuartos, cuando la familia dejó de trabajar la tierra. Allí, en el largo y oscuro pasillo, frente a la puerta de aquel cuarto al que jamás había entrado, comenzaba otro universo, una región desconocida, un vacío frustrante en el mapa que Arnaud trazaba desde que pudiera corretear por el valle y saciar su espíritu aventurero. Lo había intentado llenar con la imaginación, aquella tinta traicionera que agrandaba el vacío y lo convertía, si cabía, en más fascinante aún.

—Como sabes, aquí vivió tu tío Vicente, antes de que se lo llevaran los carlistas y lo fusilaran en el monte. —Las palabras de su padre chirriaron junto a la puerta, que mostró una estancia abandonada, suspendida en el tiempo.

La débil luz del quinqué despertó un museo olvidado. El manto de polvo cubría una infinita muestra de piezas navales, dispuestas en el suelo y sobre mesas, junto a un camastro raído. Descubrieron antiguas cartas de navegación, corroídas por el tiempo, con extraños dibujos de ballenas, delfines, galeones y monstruos marinos simbolizando el mar. Examinaron planos de corrientes y vientos, dibujos de sondas, brújulas primitivas, relojes de arena, astrolabios, sextantes, fanales y un nocturlabio, aquel fascinante ingenio de cobre que, según su padre, medía la altura de la estrella Polar para indicar las horas de la noche.

—*Aita*, ¿por qué no podemos subir aquí? ¿Es verdad lo que dice Gabriel, que aún habita el espíritu del tío?

Félix contempló a su hijo, que hablaba mientras paseaba entre los fósiles de metal, escrutándolos con pavor, sin soltarle de la mano.

—Mira, hijo, el Armario del Tiempo —señaló un enorme armazón de roble sombrío, oculto en un rincón de la estancia, incrustado en la pared—. Algún día te contaré su secreto y entonces sabrás por qué no podemos subir aquí.

A pesar de los años que vendrían después, a pesar del inevitable vaivén del tiempo y sus vicisitudes, Arnaud recordaría a su padre como el hombre que sembró su infancia de secretos. Con él aprendería a descubrirlos, abriéndolos como la cáscara de un fruto, dibujando juntos el mapa de una vida. A escondidas de su madrastra, Félix le surtiría, desde edad muy temprana, de lecturas secretas que encargaba en Bilbao: leyendas orientales, epopeyas medievales, libros de caballerías, modernas novelas de la literatura europea, hazañas de la guerra civil. En palabras suyas, encerraban la memoria del mundo, la dulce estela de la imaginación y la fantasía, que a lo largo de los siglos y al calor de la lumbre había confortado el alma de cada generación.

Al acostarse, siempre que estaba en casa, su *aita* le ayudaba a conciliar el sueño con los recuerdos de su madre. Sus palabras se vertían en su imaginación, como tinta líquida, y dibujaban un rostro dulce, una sonrisa tierna, de alguien que Arnaud jamás había visto. Cuando el pequeño cerraba los ojos, sentía la cercanía de una presencia nueva, el calor de una persona sentada junto a él, en el lecho. Entonces le hablaba, con la convicción de una vida que se abre al mundo, relatándole los hechos del día, las correrías del colegio, durmiéndose en sus propias palabras y olvidándose de su padre, que le escuchaba aún desde el umbral de la puerta, con lágrimas en los ojos.

Algunas noches de aquel verano de 1862, Félix despertaba a sus dos hijos antes del alba, consciente de que los quejidos soñolientos pronto se tornarían en voces excitadas. Trepaban por las montañas que rodeaban Altzuri, casi a oscuras, desechando los senderos y sumergiéndose en los bosques, aspirando el húmedo aroma de helechos y brezos, hasta llegar a las cimas peladas cuando despuntaba el alba. Allí retomaban el aliento y disfrutaban de la quietud del amanecer, ese instante de brisa adormecida y mágico silencio. Eran tres siluetas que contemplaban junto a la Tierra el maravilloso cuadro de la luz, sus primeras pinceladas sobre el cielo. Algunos días, la niebla se extendía bajo las montañas en la inmensidad de un océano vaporoso, cubriendo el paisaje en halos de misterio, como un reino fantástico de oleaje detenido. Las cimas más afortunadas cogían aire y asomaban en islas verdosas, al contrario que Altzuri y los sombríos pueblos de la costa, sumergidos en las profundidades.

—Mirad, los nuevos vapores.

Félix daba largas chupadas a la pipa, que había extraído de la *txapela*, boina de lana que, los días de excursión, sustituía a la chistera. Señalaba hacia el mar, donde las brumas se abrían, hacia aquellas extrañas naves que comenzaban a invadirlo, rechazando el regalo del viento para deslizarse sobre las aguas.

—Las arboladuras de lona caerán en desuso —decía—, y morirá el tiempo de la vela, el único que ha conocido la humanidad.

—¿Cómo pueden nadar sin que les sople el cielo? —preguntaba Arnaud.

—Les sopla el vapor, mentecato. —Gabriel suspiraba ante la fatigosa inquietud de su hermano, que jamás se saciaba.

—¿Y de dónde sale el vapor?

El pequeño Arnaud contemplaba el avance de aquellos barcos, sus titánicas ruedas de paleta, que rayaban el agua en estelas infinitas. A sus ojos, parecían caseríos flotantes, con sus enormes chimeneas desprendiendo hollín, manchando un horizonte que siempre había estado limpio.

Su hermano y él eran diferentes. Gabriel se contentaba con la superficie de las cosas, contemplaba el mar y no pensaba en lo que ocultaban sus profundidades. Arnaud necesitaba escarbar, descubrir las entrañas y el corazón de todo aquello que pareciera vivo. A sus ojos, el mundo se impregnaba de magia, aquella fuerza invisible que hacía que los árboles crecieran, que el sol se moviera y dejara paso a la luna. Pronto adquirió conciencia de que su mayor propósito en la vida era aquel, buscar lo que no se veía y se escondía detrás de todo.

—El vapor sale gracias a la ciencia y a la industria —contestó su padre, que captó también la mirada de Gabriel, a pesar del aburrimiento que se empeñaba en mostrar.

—¿Quiénes son la ciencia y la industria? —insistió Arnaud, inquieto ante aquella sonrisa que su *aita* dibujaba a menudo y que al pequeño le cautivaba, porque parecía guardar mucho por contar.

—La nueva revolución que cambiará nuestras vidas.

Se despegó de la pipa y señaló con ella las lejanas embarcaciones, hijas del matrimonio entre ciencia e industria. Les desveló entonces el misterio de sus entrañas, que engullían el carbón de mil hogares para convertirlo en vapor, aquella sustancia que movía la rueda y que les daba el nombre.

La fiebre por aquella invención irrumpió en tierra firme con mayor ímpetu que en el mar. Aquel verano, *aita* los llevó a ver la locomotora, una bestia de estruendo quejumbroso que había agigantado los pasos del hombre, empequeñeciendo el mundo y acercando las ciudades entre sí. La contemplaron por vez primera en el viaducto de Ormáiztegi, el día de la inauguración de la línea Imperial, que unía Madrid y Hendaya, construida por la Compañía de los Caminos de Hierro del Norte donde Félix poseía varias acciones. Disfrutaron de aquellas excursiones durante muchos días, entre preguntas de Arnaud y protestas de Gabriel, que parecía fastidiado por el hechizo que unía a su padre con su hermano, esa pasión por la mecánica de las cosas que él a veces también sentía, y que no sabía cómo mostrar. Entonces se rebelaba, proclamando su aburrimiento y sus ganas de regresar a casa, al amparo de doña Hilaria y la amplitud de su cuarto, un palacio en comparación con el pequeño habitáculo de Arnaud, que dormía en la planta baja, cerca del zaguán.

Allí se rodeaba Gabriel de sus chismes y juguetes nuevos, que después heredaba su hermano pequeño, cuando terminaban obsoletos, sin piezas y con el alma partida. Jamás preguntó a su madre por aquella jerarquía impuesta por ella, y que Félix, al menos entre los muros de Mendíbil, no se atrevía a cuestionar. Con el tiempo lo descubrió por sí mismo: Arnaud, al que creía su hermano, no pertenecía a la familia.

La mayoría de los días, la dedicación a la empresa impedía a Félix guiar a sus hijos en sus expediciones por territorio desconocido. Muchas veces acudía a Bilbao y se ausentaba durante varias jornadas. Volvía con individuos extranjeros, hombres de lengua y atuendo extraño, a los que mostraba sus fanegas, muchas cedidas tras el matrimonio y arrendadas a familias campesinas. Paseaban con la vista anclada al suelo, inclinándose para examinar la tierra, para comentarla, para olerla y desmenuzarla entre los dedos. A veces señalaban los pedruscos de algún macizo y se acercaban a él desbrozando malezas y matojos con el ímpetu de un explorador, para detenerse en sus paredes y palparlas como al lomo de un purasangre de carreras.

—¿Buscan un tesoro?

—Buscan cosas de mayores.

Aquellos días, ante la escasez de niños de su edad y el insistir obstinado de *aita*, Gabriel llevaba a Arnaud con sus amigos, la mayoría hijos de pescadores y *baserritarras*, gentes del campo. Se reunían en cuadrillas, y corrían por Altzuri como golondrinas por el cielo, juntos, sin separarse, dejando tras de sí una estela alocada de chillidos e inquietudes. El cuerpo de Arnaud, aún enclenque y tierno, desentonaba entre las figuras estilizadas del grupo, precipitadas hacia la madurez, y lo convertía en objeto de burlas y pequeños abusos. Gabriel reía al principio junto a los demás, contemplándolo como un impuesto irremediable al que tenía que someterse su medio hermano. Sin embargo, su postura cambió el día en que lo desnudaron en mitad del arenal de la ensenada y simularon abandonarlo allí, escondiéndose tras los matojos de las dunas, tras una persecución en la que el pequeño no recuperó sus ropas. Aguardaron entre cuchicheos divertidos y pequeñas risitas mientras oían el llanto débil del niño, que se había quedado inmóvil, sin atreverse a salir de la playa por vergüenza a que le vieran en el pueblo. Después vino el silencio, y nadie reprendió a Gabriel cuando salió antes de lo planeado y comenzó a vestir a su hermano. Todos vieron cómo arropaba aquella figura encogida, que temblaba en la playa, frente a la inmensidad del mar.

Los niños adaptaban sus diversiones a los caprichos del tiempo, cada estación albergaba sus propios juegos. Los inviernos los pasaban en algún caserío, entre cuajadas y chocolate caliente, saliendo a jugar a molinillos y carreras de barcos, que se armaban en las corrientes llovedizas de la calle. Con el buen tiempo, las excursiones se extendían al mar, a los arenales y peñascos, donde recogían conchas, piedrecitas y restos de espuma, donde veían a los pescadores de caña, siempre pacientes y silenciosos, extraer, al final de un aparejo, los ojos miopes de un pulpo. A veces se aventuraban al otro lado de Gazteluzahar, a su rostro oculto, aquel que los marineros temían ver desde el mar. Deambulaban entre sus rocas pizarrosas, buscando carramarros y centollos, en un continuo sobresalto por el oleaje esmeralda, que allí los embestía con furia. En verano se bañaban en la entrada del puerto, entre chapuzones, gritos, saltos por las gabarras y carreras salvajes por los muelles. Al atardecer, inconscientes de su desahogo, terminaban sentados en la escollera, envueltos en un silencio plácido mientras contemplaban el lento retornar de los pesqueros y *txalupas*, fatigados tras largas jornadas en el mar.

Volvían a los hogares al anochecer, mientras el cielo se derretía en colores. En la soledad del camino a Mendíbil, Arnaud preguntaba a su medio hermano por los misterios que corrían en la cuadrilla, palabras enigmáticas que todos, salvo él, parecían conocer.

—¿A qué jugaremos de mayores con las niñas?

—A tener hijos.

—Tasio dice que haremos lo mismo que el caballo con la yegua. ¿Tendremos que bajar a la cuadra?

Gabriel guardaba silencio, disfrazando su ignorancia con un suspiro de hastío. Las preguntas también se removían en su mente, y se imaginó a sus padres, descendiendo las escaleras en mitad de la noche, silenciosos.

—Hoy le he devuelto la aguadilla a Josetxo. Pronto no necesitaré tu ayuda.

El impuesto de novato había disminuido gracias a la intervención de Gabriel. Desde el suceso del arenal, acechaba tras los pasos de su medio hermano, como una sombra paternal, interponiéndose en cualquier intento de abuso. En ocasiones, su tenaz protección había concluido en riñas con sus propios amigos, que se excedían con aguadillas angustiosas o robos de tarteras en las excursiones al monte.

—Siempre necesitarás mi ayuda —respondía Gabriel, hablando con palabras de su madre—. Saben que eres ilegítimo, un hijo del pecado, de la debilidad de *aita*. No deberías estar aquí, y por eso te castigan.

—Me castigan porque soy pequeño. Y porque mis barcos vencen a los suyos.

Mister Rawlins era un ingeniero inglés de cabello abrillantado y engomado bigote, cercano a los cuarenta, que chapurreaba un castellano agudo, con acento chistoso. Lucía un variado surtido de levitas, camisas de cuello almidonado y calcetines bordados, repuestos cada día, tras las exploraciones polvorientas que realizaba con Félix. Su extrema pulcritud asombraba a los niños y a las mujeres del servicio, que pugnaban por lavar sus lustrosos ropajes de paño inglés, con olor a esencia de rosas. Lo acogieron en Mendíbil durante varias semanas, y sus afables ocurrencias pronto encandilaron a los hermanos, que aprendieron nuevas palabras en inglés, aquel idioma que estudiaban bajo la tutela del maestro Goikoetxea, al salir de la escuela.

—*Aita*, ¿de dónde viene mister Rawlins?

—Viene de Londres, la capital del mundo. Allí nació la industria.

Sus palabras aletearon en la imaginación de Arnaud, que surcó mares y montañas hasta alcanzar la ciudad de Londres, en los confines del mundo. La industria, que significaba invención y descubrimiento, es decir, el aire que respiraba, provenía de un lugar en concreto.

—¿Todo lo nuevo viene de allí? —preguntó el pequeño, sintiendo que su concepción de la vida se trastocaba sin piedad, que se derribaba como un castillo de naipes.

—Casi todo.

A partir de entonces, el mapa de Arnaud se volvió pequeño. O más bien, la cuartilla imaginaria donde lo dibujaba se había dilatado, convirtiéndose en un pliego inmenso, inabarcable. Sus trazos, delineados con esmero desde que tuviera memoria, parecían encogidos, insignificantes. El desván de Mendíbil y el Armario del Tiempo eran nimiedades. Aquel nuevo vacío se llamaba Londres.

Y fue otro mapa lo que les enseñó mister Rawlins, el día en que él y su padre los reunieron a todos sobre la recia mesa del comedor para hablarles del misterio de sus expediciones, de su obsesión por la Tierra.

—Les presento un plano de la costa cantábrica, queridos amigos. —Desplegó la obra cartográfica, tras ceder bastón y chistera a una de las sirvientas—. Cortesía de la Cardiff Iron Company, con la que mantengo estrecha relación.

Arnaud admiró aquel mapa, minuciosamente detallado, con infinidad de líneas de diversa naturaleza, continuas y discontinuas, dobles y punteadas, reflejando la vista que debía de tener el cielo. Se fijó en la autoría de la obra, de un francés que firmaba como Jerome F. Lille, y se lo imaginó allá arriba, entre las nubes, asomado a la ventanilla de su carruaje alado, dibujando y tomando notas.

—Un fiel estudio de nuestra Tierra —añadió Félix con la voz conmovida, alzando a sus hijos sobre la mesa, para que vieran mejor—. Fijaos en el detalle, y a lo largo de cincuenta millas.

Los trazos acertaban al representar la orografía de la costa cantábrica; podían distinguirse las montañas y los valles boscosos, las costas escarpadas, las playas amables, las rías mansas. Formaban una dulce comunión, apartándose en gentil respeto, desdoblando sus líneas para no entorpecerse, para mantener la esencia del dibujo de la Tierra, labrado con la paciencia de los siglos. Por un instante, Arnaud sintió que volaba sobre sí mismo, sobre su caserío y sobre Altzuri.

Entonces cayó en la cuenta, en las manchas que mancillaban aquella armonía.

—¿Qué es esto? —señaló.

—Eso, amigo mío, es la finalidad de este documento —respondió mister Rawlins, tan excitado como Félix—. Los planos de las minas. Fíjense, aparecen los yacimientos existentes y los previstos. Como ven, puede apreciarse la magnitud de este proyecto, el futuro de su país está aquí.

Doña Hilaria lo contemplaba desde la distancia, con el mentón altivo y la mirada escéptica.

—¿Han comprobado la valía de nuestras tierras?

—Desde luego, señora. —El ingeniero se volvió, centrando su atención en la mujer, sabedor de la potestad que ejercía en la empresa de los Mendíbil—. Lo que sospechábamos, son ricas en hierro. En concreto vena y campanil, los minerales más solicitados.

—¿Nos harán ricos? —preguntó Gabriel, con la cabeza sumergida en el mapa, al igual que Arnaud.

Félix rio, revolviendo el cabello de su hijo, como si sus palabras hubieran desbordado un gran entusiasmo que deseaba compartir. El nuevo mundo, dijo, se construía con hierro, y la tierra vasca, rica en aquella materia del futuro, estaba promoviendo la incipiente exportación del mineral. Mientras ellos hablaban, surgían nuevas sociedades mineras y siderúrgicas, compañías como la de Santa Ana de Bolueta o los hermanos Ybarra, que erigían fábricas de fundición y explotaban nuevos yacimientos en el entorno de Bilbao. Las montañas entregaban su carne de hierro, en forma de mineral, y se procesaba en las fraguas de los hornos, que lo convertían en lingotes y barras de hierro dulce. Después cebaban los vapores ingleses, que aguardaban en los muelles inmediatos a las fábricas, tras haber descargado el carbón británico que las alimentaba. Era un fértil intercambio de intereses entre naciones.

—El gobierno acaba de aprobar un arancel que beneficia la exportación —añadió vibrante—, rebajando los derechos a la salida de hierro y a la entrada de carbón extranjero. Es nuestra oportunidad, y debemos aprovecharla.

Arnaud atendía las palabras de su padre; muchas extrañas e irreconocibles, a pesar de que parecían construidas con la materia de los sueños. Entonces lo desconocía, pero aludía al nuevo edicto del Estado, que suprimía el real gravado por cada quintal de vena exportada, liberando la salida del mineral y animando así a muchos empresarios, entre ellos su padre. Por primera vez, se vio excluido del contagio de su voz, que sí atrapaba a Gabriel, e incluso a doña Hilaria, cuya mirada brillaba con singular avidez.

El pequeño guardó silencio, confuso ante la admiración de su padre por los trazos mineros, incapaz de entender el origen de su entusiasmo. Aquellas líneas nuevas, negras y gruesas como manchas, infringían la ley del mapa, y se dibujaban sobre las demás, ensuciándolas con desprecio. Se imaginó al dibujante francés F. Lille, llorando ante la ventanilla mientras contemplaba, impotente desde su altura distante, la extensión de aquella plaga humana. Parecía una epidemia invisible, negruzca, que carcomía el manto verdoso de la tierra vasca. Su orografía ancestral, inviolada durante siglos, se desfiguraba por aquellas pequeñas mordeduras, que se extendían alrededor de las entradas de mar, en las montañosas riberas. Sus fantasías se entremezclaban con el plano, y podía distinguir la ría de Bilbao, gravemente agredida, con su margen izquierda atestada de minas. Alcanzó a leer los nombres de Somorrostro, de Galdames, Gueñes, Baracaldo, Begoña, Abando, todos ellos yacimientos recientes, que arrancaban las suaves vestiduras de los valles y las montañas para acceder a su preciada carne.

—Nos asociaremos con mister Rawlins y sus acerías inglesas —pronunció su padre—. Sus expertos ingenieros nos ayudarán en la explotación de nuestras tierras.

—¿Enfermarán nuestras montañas? —preguntó Arnaud.

—¿Cómo dices, hijo?

El pequeño se encogió, refugiando la vista en sus abarcas, cohibido ante el silencio que había provocado. Sintió la mirada inquisitoria de su madrastra, clavada en él. Una mano callosa acarició su mejilla con ternura, precediendo a los ojos de su padre, que descendieron hasta los suyos.

—Nuestra familia ha vivido gracias a la tierra, Arnaud. Nacemos sobre ella, la tocamos continuamente, está ahí para nosotros.

Félix alzó el mentón de su hijo, y buscó entrelazar sus miradas.

—En dos semanas viajaremos a Londres para estudiar el proceder de las fundiciones. Como comprenderás, necesitaré el consejo y la cercanía de mis dos herederos.

Sus palabras sonrieron, contagiando, aquella vez sí, los sueños de Arnaud.

Aquella noche, el pequeño se acostó con la esperanza de que su padre lo visitara antes de dormirse. Quería que le hablara de la capital del mundo, donde vivían Ciencia e Industria, aquel matrimonio que cambiaría la vida de los Mendíbil. Lo esperó, paciente, luchando contra el sueño, hasta que oyó su voz a través de las paredes, incapaz de entenderla porque parecía brotar bajo el agua. Doña Hilaria y él se lanzaban frases acaloradas en la sala de estar. Sucedía a veces, y rompían su habitual vínculo de conversaciones aisladas y moribundas.

Arnaud comprendió que no lo visitaría y se desprendió lentamente de aquella discusión, contentándose con idealizar en solitario su viaje a Londres hasta sumergirse, lentamente, en un plácido dormir.

—*Aita* y *ama* me envían a un colegio de Londres. Aprenderé allí todos los secretos del mundo. —Gabriel lo despertó con aquella luz, tras irrumpir en su cuartucho y zarandear su cuerpo bajo las sábanas—. Tú volverás y yo me quedaré allí. Me lo acaban de contar.

Arnaud salió tras él, con la somnolencia arrebatada. Su hermano saltaba y correteaba, dejando tras de sí una estela de alegría que al pequeño le parecía manchada de negro.

—*Aita*...

—Tu padre ha salido con mister Rawlins. No lo busques.

Doña Hilaria le cortó el paso, mirándole desde lo alto de la escalera. Su rostro flotaba en la penumbra, donde no llegaba la luz soleada del ventanuco. Se ocultaba en su blusa de seda, con chorreras de encaje también negras y el rosario entre los dedos, enroscado como una culebra sobre la balaustrada de hierro.

—Un bastardo como tú jamás será su heredero.

II

Londres, verano de 1862

Respecto al episodio del viaje a Londres, me considero incapaz de exponer una narración a la altura, y por ello me disculparé de antemano. La mirada de un niño carece de membranas y absorbe el mundo como si nada pudiera escapar a sus ojos, incapaces de regular la ingente cantidad de sucesos que desfilan ante él. Sería pretencioso, e incluso irresponsable por mi parte, describir la ciudad de las ciudades, su extravagante inmensidad, su indescifrable maraña de absurdidades y contradicciones, desde la perspectiva ávida de alguien como Arnaud, que se abría a la vida sin haber descubierto aún la indiferencia, el rechazo hacia lo conocido, ese regalo de la madurez que más adelante desteñiría su vida.

Sin lugar a dudas, un relato fiel, un seguimiento minucioso de su recorrido, nos ahogaría en cada vivencia, y esta historia sería de verdad la historia interminable. Su mirada nos hablaría del pasaje adquirido en Bilbao, en un vapor de la Compañía Trasatlántica, un lujoso ferri de ochenta metros de eslora y quince de manga, medido una y mil veces con sus propios pasos, estudiada una y mil veces la rotación de sus titánicas ruedas de paleta, que espumaban el agua y la quebraban en estelas infinitas. Nos hablaría de la inmensidad del océano, que contemplaba por vez primera desde dentro, del íntimo pavor y la enorme sensación de pequeñez que sentiría ante aquella presencia terrible y seductora, de la belleza de las arboladuras de otros navíos al perfilarse en el horizonte, del perfil de las islas británicas, de la ensenada del Támesis y las innumerables embarcaciones que lo surcaban. La entrada a Londres junto a Arnaud sería extenuante; las aguas de sus muelles, tan angostas que habían olvidado cómo reflejar, donde fondeaban millares de buques, vapores, cargueros de carbón, veleros, dragas y barcazas repletas de inmundicias que despedían hedores agrios y penetrantes.

Desfalleceríamos al entrar en la ciudad interminable, entre gritos emocionados de Arnaud y Gabriel, que apenas contenían sus cuerpecillos con ansias de comerse el mundo, y sus preguntas insaciables sobre aquel bosque inmenso de casitas tan ennegrecidas que parecían incendiadas, con cúpulas y campanarios sumidos en brumas, desdibujados en sombras vagas, con fábricas y chimeneas monstruosas arrojando al cielo sus humaredas negras. Pasarían los días y conoceríamos la noche en Londres, el mágico destello de millones de lámparas de gas, sus auras vaporosas y palpitantes como estrellas terráqueas, que parecían descendidas del cielo, insípido y oscuro, huérfano tras el hurto de una ciudad ladrona. Incluso La Torre del Reloj, hito majestuoso del Palacio de Westminster, se levantaría como una aguja hacia el crepúsculo nublado, compadeciéndose de él, regalando a la noche su luna numerada.

Y así, a ojos de los tres viajeros, Arnaud, Gabriel e incluso su *aita*, contagiado de la avidez exploradora de sus hijos, terminaríamos abatidos y apenas habríamos acariciado la corteza de aquella ciudad que parecía erigida de historias. Londres los acogió en una estancia dorada, recluida en la mansión de mister Rawlins, en el ilustre barrio de West End, entre opulentos banquetes de empresarios y aristócratas, paseos por Hyde Park y Oxford Street, y visitas a la Cámara de los Lores y al gran almacén Harrods.

Sin embargo, a pesar de tamaña concentración de sucesos novedosos, en la memoria del joven Arnaud, que bullía como una sala de máquinas, quedarían grabadas con especial solidez las noches de ilusionismo en el Royal Opera House. Un teatro repleto de gente, un telón color burdeos abriéndose sobre el escenario iluminado, un hombre distinguido, pulcramente trajeado que, tras un enigmático discurso, comenzaba a levitar objetos, que desaparecían con el chasquido de sus dedos. Tuvo la fortuna de presenciar la obra *The Haunted Man and the Ghost's Bargain*, de Charles Dickens, que se representó aquel año y acabaría dando la vuelta al mundo y a su propia cabeza, conmoviendo a todos con la sorpresiva aparición del Fantasma de Pepper, un truco de prestidigitación que hacía manifestarse, en un extremo del escenario y a la vista de todos, con una clarividencia que espantaba, la figura de un espectro. Arnaud meditó y preguntó durante largo tiempo, en su ignorancia infantil, debatiéndose él también, como los adultos que le rodeaban, entre la versión espiritista, que los consideraba una invocación real, y la de los pragmáticos que ansiaban conocer el origen de aquel efecto, aclamado por público y científicos, colegas de los que, según decían, eran los verdaderos artífices tras el escenario, los ingenieros Henry Dirks y John Pepper. Incluso el reconocido físico Michael Faraday acudió a la representación en repetidas ocasiones invadido por la curiosidad, en un intento por descifrar el incomprensible método detrás del fantasma.

La percepción gloriosa que Arnaud, Gabriel, e incluso su padre, los tres expedicionarios, tenían de aquella descomunal congregación de seres humanos, se desmoronó el día en que acudieron a visitar la fundición de mister Rawlins, en el distrito obrero de Shoredich. El carruaje partió de su alojamiento dorado, dirección oeste, y traqueteó por Kensington High Street, un oasis tranquilo y exuberante, con viviendas de lujo bordeando el frondoso Hyde Park. El corazón de la ciudad los engulló en Piccadilly Circus, y los amplios bulevares dieron paso a calles aprisionadas por un urbanismo ingente, que contraía aceras y transeúntes, volcándolos sobre el tráfico de la calzada. Avanzaron con lentitud exasperante, entorpecidos por la compacta fila de fastuosos carruajes, ligeras calesas, landós particulares, berlinas y cabriolés, atestados tranvías de dos pisos y carros repletos de sacos y cestas. El trayecto se moderó al rebasar la catedral de St. Paul's, rodeada por barrios de clase media, y terminó por distorsionarse una vez cruzada Old Street, la frontera invisible del distrito de Shoredich.

Surgió tras la estela negruzca de una locomotora, que invadió la calle con su quejumbroso estruendo. Un suburbio de barracones sombríos, apretujados en callejuelas lodosas, infectas de piltrafas. La ventanilla cedió ante la pestilencia que destilaba el lugar, contrayendo el olfato de los Mendíbil con hedores que penetraban en la cabeza. Arnaud, que a pesar de sentirse un expedicionario digno de la Edad de Oro aún no conocía el verdadero Londres, se adhirió al cristal con una curiosidad extraña, un pavor atrayente, desconocido para él, que le arrastraba a fisgonear la vida desplegada en las calles.

Ante él desfilaban masas de hombres, mujeres y niños con aspecto enfermo, como en los libros de piratas y naufragios, donde se ilustraban figuras demacradas que sucumbían en islas perdidas del océano, donde no había con qué subsistir. Atestaban las calzadas, ensombrecidas sus miradas bajo la gorra y el blusón, entre carros colmados de residuos y tenderetes con mercancías que hedían a podrido, husmeadas por perros sarnosos y acometidas por enjambres de moscas. Los huecos de las casas parecían gritar, con altercados y mujeres sucias que salían de las tabernas, sus pechos derramados sobre los escotes, que Arnaud supuso serían *sorgiñas* inglesas, porque se arrimaban al carruaje ofreciendo lo que les diera en gana a cambio de treinta chelines.

Arnaud se despegó de la ventanilla, que se había vuelto repelente, y pensó en Altzuri, en la silenciosa vida que poblaba sus callejuelas, en la quietud de sus muelles, en el retorno plácido de gabarras y *txalupas*, perfiladas sobre el atardecer. Se amparó en aquella sensación, en la certeza del hogar aguardando su vuelta, y volvió a pegarse a la ventanilla. La pobreza se derramaba sobre su mirada, y lo hacía con la contundencia de verse ante una presa cándida, que descubría el Londres oculto y se preguntaba por qué todos allí parecían náufragos, cuando la isla británica era más grande y próspera de lo que Arnaud sería jamás capaz de imaginar.

—*Aita*, ¿es esto la industria? —Gabriel se refugiaba en el carruaje, alejado de la ventanilla. Su voz, firme y segura cuando hablaba a solas con Arnaud, parecía en aquel instante la de un pajarillo asustado.

Los niños observaron a su padre, que parecía tan apesadumbrado como ellos. Aguardaron una respuesta, ignorantes de que el hombre de todas las respuestas muchas veces no sabía encontrarlas. En aquella ocasión no aplicó sustituta que satisficiera la inocencia de sus hijos. Su voz se deshiló en un murmullo, como si él también descubriera algo en aquel vertedero secreto de la reina Victoria y sus asistentes de la Cámara de los Comunes.

—Cuanto mayor resplandor, mayor suciedad.

Aunque Arnaud lo desconociera, eran palabras repetidas del abuelo de los Mendíbil, enigmáticas reflexiones salidas más de sus pensamientos que de su boca, cuando volvía del mar siendo Félix un niño y se sentaban todos al calor de la lumbre. Tal vez fuera aquel, y no otro, el verdadero aprendizaje de su incursión en la capital de los imperios, que simplificaba, de manera admirable, la compleja maraña que enredaba a la sociedad.

La fábrica de mister Rawlins parecía un castillo feudal, con sus torreones de acero y ladrillo sumergiéndose en la bruma del cielo, como si buscaran en ella una huida al pasado. Se erguía intrigante y majestuosa, entre remolinos de humo propagándose hacia las alturas, en mitad de una planicie negruzca del distrito de Shoredich, amurallada y cubierta de polvo de hulla y residuos de mineral. A sus pies corrían los carriles, entrecruzándose en una compleja red de vías férreas, innumerables agujas y plataformas móviles para los cambios de dirección. Las locomotoras llegaban con frecuencia, lastradas de hierro, carbón, coque y otras mercancías. Se detenían en los descargaderos adyacentes a la fábrica, y las grúas desplazaban sus brazos de acero para alzar los tanques colmados de combustible y verterlos en los trituradores de carbón. Allí, entre los montículos negros, mujeres de cuerpos tiznados y ojos enrojecidos bregaban imperceptibles entre el mineral.

—Una vez desmenuzado, el carbón se carga en aquellas vagonetas —explicaba mister Rawlins, ataviado como una piedra preciosa en mitad de su castillo negro, mientras guiaba a los asistentes por su gran fundición. El ingeniero alemán, los dos empresarios franceses, el párroco anglicano del distrito y los tres Mendíbil, absorbían con diversa capacidad cuanto veían y escuchaban.

—Después se destinan a los hornos de producir coque —continuó—, donde el carbón pierde su contenido de alquitrán y amoniaco.

—El coque alimenta su fábrica, y le da la fuerza para convertir nuestro mineral de hierro en acero —susurraba Félix a sus hijos, mientras seguían al inglés al interior de la fundición.

—¿Qué es acero?

—La materia del futuro.

Les invadió un calor asfixiante que segó cualquier cuchicheo y provocó leves quejidos de sorpresa entre los visitantes. Arnaud boqueó, sintiendo que se sumergía en las entrañas de un volcán. Por dentro, la nave parecía el vientre de un navío de vapor, depositado panza arriba, con su maquinaria engrasada y funcionando con estruendo. Sus costillas sobrevolaban la fábrica, de escasos pilares, dibujando una telaraña de hierro remachado que cedía solo ante los altos hornos, las torres gemelas que rasgaban la cubierta para elevarse a los cielos.

—A ellos rendimos culto —exclamó el inglés con visible orgullo, para hacerse oír—. En sus entrañas se engendra la maravilla.

Arnaud contemplaba aquellas construcciones que, adornadas por las palabras de mister Rawlins, parecían efigies divinas, con plataformas móviles que ascendían por sus paredes de ladrillo hasta alcanzar las bocas, donde vertían las cargas de mineral y combustible. Cada horno engullía tres mil kilos de hierro, mil quinientos de coque y quinientos de caliza, que descendían por el cañón, cociéndose lentamente hasta formar el metal. A sus pies nacía una red de canales y surcos horadados en la tierra compacta de la fundición, que se perdían por la nave entre máquinas y hornos pequeños.

—Cuidado, el suelo irradia calor, aunque es ignífugo.

—¿Ignífugo? —preguntó Gabriel.

—Significa que no arderá.

Arnaud sintió que se ahogaba, que el calor oprimía su cuerpo y le evaporaba el cerebro. Pudo ver el agobio en los ojos de su hermano, y en los de su padre, que le sonrió entre gotas de sudor, con la chistera retirada y el plastrón levemente desahogado.

Alrededor de los hornos, en la penumbra de las máquinas, asomaban siluetas encorvadas, rostros confundidos en la oscuridad. Eran los obreros, que trabajaban con inercia sumisa, como seres automatizados e inmunes a la temperatura asfixiante. Sus cuerpos se consumían en pieles quebradas, cubiertas solo por largos mandiles de cuero, que mostraban el rastro de horrorosas quemaduras. Mister Rawlins les informó: realizaban turnos de catorce horas, con un descanso de dos en medio.

—Fíjense, caballeros, comienza el espectáculo.

Señalaba a uno de los operarios, que hurgaba con una palanca en el zócalo del horno. Abrió un pequeño agujero en la tierra ignífuga, y entonces el titán de ladrillo comenzó a sangrar. Asomó primero una estrella rojiza, cegadora, que suspendió a todos en un silencio expectante, como si allí mismo, ante sus propios ojos, se fuera a manifestar el misterio de la creación, la forja del universo. Apenas un parpadeo y el espejismo se esfumó. La luz se había derramado en un arroyo rojizo, que corrió chisporroteando por los canales de la tierra.

—Primero sale la escoria, después vendrá el metal.

Arnaud contempló, maravillado, el deslumbrante dibujo de la luz, sus trazas geométricas deslizándose por los canales, entre los pies de los obreros que las evitaban con indiferente destreza. El hierro brotaba con ruidoso gorgoteo, avanzando como una masa lodosa hasta alcanzar los moldes de enfriamiento donde se cubría de escarcha.

—Aquellos otros canales se desvían a los convertidores.

Mister Rawlins aludía a los tanques anclados en vagonetas, que llevarían el mineral a los convertidores para transformarlo en acero. Se oyó el pitido de la locomotora y sus ruedas iniciaron un traqueteo inquieto por las vías, arrastrando los tanques rebosantes de líquido rojo.

—*Aita*, tengo sed. —Gabriel se quejaba, asiendo de la mano a su padre que, a pesar de su visible exudación, parecía maravillado por el lugar.

—Enseguida salimos, hijo. Enseguida salimos.

—Ahora, si tienen la bondad de seguirme, les mostraré nuestro gran tesoro —pronunciaba el inglés—. El nuevo ingenio de Henry Bessemer que revolucionará el mundo.

Sus palabras se ahogaron al entrar en la nave adyacente, el taller de los convertidores: unas campanas enormes, que recibían el líquido de las vagonetas y se elevaban hasta la techumbre, buscando el aire exterior donde poder dispersar sus chorros de chispas. El metal en ebullición rugía en su interior con gran estruendo, zarandeando la estructura de la fábrica y haciendo temblar la tierra.

Aquellas máquinas de hierro, que parecían autómatas de otro planeta, habían sido alumbradas seis años antes, en 1856, y en su presentación muchos las calificaron como el descubrimiento industrial del siglo. Las principales empresas siderúrgicas de Europa compraron la patente y se invirtieron grandes fortunas en aquellos hornos que convertían mineral de hierro en acero. Una nueva aleación de inconcebible ligereza y resistencia, capaz de erigir obras de ingeniería hasta entonces impensables.

—Los puentes volarán sobre los ríos y los edificios rascarán el cielo —susurró Félix a sus hijos—. Las ciudades del futuro engullirán nuestra materia y nosotros estaremos ahí para saciarlas.

—Los problemas surgieron en los años posteriores al invento —relataba mister Rawlins—. El acero resultante era quebradizo, muy alejado de la firmeza lograda en su presentación, y los industriales acusaron a Bessemer de estafador. Contrariado, se refugió en sus acerías de Sheffield en 1860, y no tardó en descifrar el origen del enigma, que residía en la naturaleza del mineral. Debía ser libre de fósforo, un tipo de hierro que escaseaba en la Tierra y cuya existencia se conocía solo en dos lugares: las montañas de Suecia y la costa cantábrica. —El ingeniero sonrió a Félix con la amplitud de quienes comparten los mismos sueños—. Albergáis un tesoro en vuestra tierra. Construiremos el mundo con ella.

Unos obreros ocultos volteaban las campanas con calculada frecuencia, derramando así el acero líquido, que se solidificaba en moldes de forma cónica. Surgían entonces lingotes blanquecinos, como bloques de hielo que palpitaban con luz interior, y eran conducidos en carros hasta el taller de laminación. Allí se moldeaban bajo series de cilindros, que los prensaban sin compasión, estirándolos en ruidosos quejidos, hasta convertirlos en vigas incandescentes con forma de raíl.

El primero en ceder ante la temperatura volcánica fue el ingeniero alemán, que se tambaleó y cayó de bruces contra el suelo. Mister Rawlins interrumpió sus exposiciones, que mantenían a Arnaud en un estado aletargado, aturdido por el incesante estruendo del taller. El párroco, que sudaba copiosamente, asistió al afectado y lo reincorporó lentamente.

—Sería conveniente salir al exterior, caballeros.

Arnaud acogió la propuesta con alivio, a pesar de sentir que acababa de presenciar algo grandioso, en aquel castillo de hierro, perdido entre los vericuetos de Londres. Sonó la sirena y un grupo de trabajadores los siguió al exterior, donde sintieron que la vida renacía. Arnaud observó sus pieles desnudas, expuestas al contraste del frío, aún humeantes bajo los mandiles de cuero.

—Descansan, comen y en dos horas regresan al trabajo —aclaró mister Rawlins—. Mantenerlos despiertos es fundamental para una producción eficaz.

Los vieron caminar como tropas en retirada, arrastrándose hasta un hangar abierto a la inclemencia del viento, con goteras tintineando en su oscuro interior. Buscaron acomodo en un camastro común, engullido por la penumbra y el polvo de carbón que se esparcía alrededor de la fundición como plaga volcánica. Apiñaron sus cuerpos y compartieron varios gabanes ajados, que cubrían los sudores ateridos, el roce áspero y mugriento del jergón. El lugar se sumió en el silencio, quebrado por las toses aisladas de los trabajadores, indiferentes al grupo de caballeros que los observaban desde el umbral.

Salieron del recinto poco después, bastionado por un murete de ladrillo que lo separaba de las calles atestadas del distrito. El cochero los aguardaba en el pescante, elevado entre la multitud con su casaca verde y su sombrero de copa baja y escarapela, acompañado por el joven palafrenero que trabajaba en la cuadra de la residencia Rawlins. En raudo gesto, el lacayo saltó del pescante, desplegó el estribo y aguardó la llegada de los señores con la portezuela abierta.

—Mi querido Arnaud, ¿podrías decirme la hora?

Mister Rawlins posó la mano en el hombro del pequeño, preocupado por su silencio pensativo desde que abandonaran la fábrica. Arnaud tiró de la leontina y del bolsillo del chaleco extrajo un pequeño reloj de plata, regalo del afable ingeniero una semana antes, al recibirlos en su ciudad.

—Las doce y media.

—Muy bien, querido, muy bien. —Le palmeó la espalda, con su sonrisa exquisita—. Un hombre siempre ha de saber el tiempo en el que vive. —Y se acercó al resto de sus invitados, que se despedían en mitad de la calle.

Arnaud observó el reloj, y se abstrajo en el paciente progreso de las agujas, pensando en los obreros de la fábrica, en si ellos sabían el tiempo que vivían. Una vez más, no pudo evitar acercárselo al oído y escuchar su mecanismo de orfebrería.

Sintió un impacto brusco que le sacudió la mano. Aturdido, abrió la palma, desplegándola ante sus ojos. El reloj había desaparecido.

Alzó la mirada y cazó la figura borrosa de un niño que se escabullía entre el gentío.

—¡Mi reloj!

Corrió tras él, y oyó la voz de su padre, los gritos del párroco, antes de zambullirse en la corriente impetuosa que se agitaba en las calles. Chapoteó en el barro, entre burbujeos humanos, esquivando seres imponentes, pasos gigantes y agresivos, faldas y pantalones embarrados, miradas sucias, bocas desdentadas, manos feroces que trataban de sujetarle. Siguió la estela del ladrón, su cuerpo escurridizo moviéndose en territorio conocido. Creyó perderle hasta que emergió en la otra orilla del río y lo vio desaparecer a lo lejos, en las profundidades de un callejón.

Dejó de correr, recuperando el resuello. Observó la quietud del lugar con la desconfianza de un conquistador al desembarcar en región inhóspita. Avanzó con una cautela inexplicable, tal vez la inquietud de sentirse en lugar silencioso y desolado, con el rumor del río bravo distanciándose a sus espaldas. Las casas parecían vacías, chozas desvencijadas, tugurios sombríos, tejavanas decrépitas y agujereadas. La vida allí parecía haber huido.

—¿Qué demonios haces, Arnaud?

Su padre lo detuvo, volcando su corazón en suspense. Respiraba agitado, con la preocupación impresa en su rostro.

—Ese niño me ha robado el reloj de mister Rawlins.

—Vámonos, hijo. Déjalo.

—Lo he visto entrar ahí. —Arnaud tiró de su padre, que pareció dudar ante la insistencia de su hijo—. Es mi reloj y ese niño no sabrá darle cuerda.

Lo arrastró pleno de convencimiento, negándose a renunciar después de su arriesgada aventura para llegar hasta allí. Se adentraron en un pequeño escondrijo al final del callejón, oculto de la luz como un ser cavernario. Apenas corría el viento y el olor a humanidad parecía estancado. Sus ojos se abrieron lentamente, disipando las tinieblas de la estancia, mostrando la silueta de un hombre demacrado, de pie, en mitad del reducto miserable.

Félix amarró a su hijo, acercándolo hacia sí y rodeándolo con su brazos. Arnaud se refugió en ellos, instintivamente, olvidado de su coraje.

—Solo queremos lo que es nuestro.

La mirada del individuo se hundía sobre los pómulos, en dos lagunas negras que no reflejaban nada, ni siquiera la luz taciturna del único ventanuco de la estancia. Su extrema delgadez lo hacía débil y peligroso al mismo tiempo. Vestía un traje gris, holgado y de bordes raídos, donde aún relucían dos botones labrados. No tenía camisa.

Distinguieron la agitación de varias figuras, amparadas tras él, bajo los muros desconchados y vacíos del hogar. La espalda de una mujer, inmóvil y asustada, arrodillada junto a un pequeño lecho de paja donde, cubiertos por retales de tela, lloriqueaban dos niños, desnudos como animales.

La voz del hombre deshilvanó la quietud de la habitación, un murmullo macilento y severo, que inquietó a Félix y Arnaud.

—Billy.

El niño asomó de su escondite y caminó hasta su padre con la cabeza encogida. Una mano callosa, con dedos fornidos y venosos, sostuvo la tierna barbilla del hijo. Las miradas de ambos se cruzaron, un leve atisbo de compasión, de piedad, de amor paternal, que se tajó con una feroz bofetada. El niño cayó al suelo, aturdido, sin conciencia para llorar. El padre se inclinó sobre él y recogió el reloj para devolvérselo a Arnaud.

—John Makenzie, inmigrante irlandés y tintorero de seda —explicaba el párroco de Shoredich, de vuelta al carruaje de Rawlins—. Lleva siete meses sin trabajo, dos sin pagar el alquiler. Buenos feligreses, honestos y devotos, una lástima que ya no acudan a la iglesia.

—¿Y eso por qué? —preguntó Arnaud, con el reloj entre las manos, incapaz de saber qué sentir, si alivio o desasosiego.

El párroco se detuvo entre el gentío y le habló con palabras sedosas, con delicadeza casi paternal, como si pretendiera dulcificar la crudeza de lo recién visto. Aludió al pecho desnudo del hombre, a la parálisis avergonzada de la mujer, a los hijos acurrucados, desnudos, escondidos en la penumbra, y dejó entonces que la comprensión se asentara en el pequeño Arnaud, consciente de que la realidad penetraba a raudales en su mente abierta en canal.

—Pronto ni siquiera podrá salir en busca de trabajo. Y su hijo... su hijo probablemente actuaba ordenado por él.

Aquel verano de 1862, la infancia de Arnaud se agrietó y comenzó el sutil desprendimiento de esa coraza dulce, esa separación entre los misterios de la inocencia y la cruda realidad con la que pugnaría el resto de su vida. Sin embargo, no fue el suceso en Shoredich lo que orientaría su irremediable avance hacia el destino, aquella ruta brumosa que lo aguardaba escrita con su nombre. Ni siquiera fue lo presenciado en la fábrica de Rawlins, ni la opulencia y el esplendor del Londres exhibicionista. Sería el último de los eventos de la visita de los Mendíbil lo que trazaría el inicio de esta historia, su verdadera razón de existir.

III

Oxford, verano de 1862

Los niños atendían las palabras de su padre, mientras mister Rawlins y su mayordomo adquirían billetes en una locomotora de la compañía Great Western Railway, que unía la estación de Paddington, al oeste de Londres, con el interior de la isla y el sur de Gales.

—Antes de volver a casa, nuestro anfitrión nos llevará a conocer la ciencia.

—¿La hermana de la industria?

—No, Arnaud. La madre de la industria.

La ciudad de Oxford acogía la reunión anual de la British Association for the Advancement of Science, organización fundada en 1831 por Charles Babbage, inventor de la calculadora mecánica. Al contrario que la soporífera y aristocrática Royal Society, aclaró mister Rawlins a su vuelta, la B.A.A.S. pretendía popularizar la ciencia gracias al interés incipiente de la prensa, que la cubría con determinación y estimulaba las financiaciones privadas. Sus eventos se prolongaban durante una semana, con exposiciones, conferencias y debates revolucionarios que atraían ingentes cantidades de público.

Comprenderás la trascendencia histórica del primer viaje de los niños en una locomotora, sus gritos de emoción, sus preguntas sin fin sobre el traqueteo constante, sobre los pitidos, sobre el origen de sus quejidos achacosos. Ahora bien, insisto en la dificultad de acompañar, con fidelidad absoluta, el discurrir de un niño con la voracidad de Arnaud, que apenas se contenía ante aquella máquina gigante y el inminente encuentro con la ciencia. Si me lo permites, eludiré los detalles que formaron parte de aquel viaje, y que convirtieron algo anodino y vulgar hoy en día en un suceso legendario, con méritos para lucir en los anales más gloriosos de las propulsiones a vapor.

Situada a sesenta millas al noroeste, Oxford se ocultaba en el corazón de la isla británica. A medida que Londres se desvanecía en la ventanilla a la que permanecían adheridos Arnaud y Gabriel, asomaba la campiña inglesa. Una inmensidad despoblada, con malezas de bruma, verdes prados, aisladas granjas de piedra y bosques fantásticos como el de Sherwood, guarida del infatigable Robin Hood. La luz allí parecía languidecer, como si traspasara un filtro enrarecido. Los niños alcanzaron la conclusión de que tal vez provenía del mar, en vez del cielo, y se degradaba al adentrarse en la isla, a lo largo del Támesis y la ciudad de Londres.

Arnaud contemplaba el rostro duplicado de Gabriel, uno firme y nítido, el otro volátil, diluido en el paisaje. Ambos coincidían en un silencio melancólico, tal vez inquieto. El final del viaje se acercaba y pronto tendrían que despedirse. Sus padres lo enviaban al extranjero, querían verle ingeniero, como los ingleses que empezaban a explotar las minas del Nervión. Era tendencia entre las clases altas, que los soñaban formándose en escuelas y casas elitistas de Francia, Suiza, Alemania e Inglaterra, para verlos retornar como caballeros distinguidos, con nuevos conocimientos que revolucionarían las minas. Arnaud lo imaginaba entre sabios maestros, aprendiendo los secretos del mundo, rellenando los vacíos de un mapa que se expandía sin parar.

La exaltación inicial de Gabriel, su alegría de verse elegido para el gran camino, ese sombrío placer de aventajar a su medio hermano, de provocarle envidia y regodearse en ella, parecía desvanecerse ante el vértigo de su nueva etapa. Arnaud creyó ver aquello, y por un instante la compasión apartó su honda envidia, que lo martirizaba desde que Gabriel le diera la noticia, desde que su rostro cubriera el de él en sus propios sueños.

Oxford asomó en el horizonte, bajo una luz de ámbar lánguido, como de otoño desubicado. Parecía una ciudad de ensueño, con cientos de agujas, torres y cúpulas brotando de las arboledas y los jardines. Admiraron la belleza sublime de las edificaciones, sus arcos en punta, sus vidrieras ojivales, sus cornisas y capiteles góticos, estilizados hacia el cielo como cuerpos de miel. Había algo fantasioso en aquella ciudad universitaria, algo irreal, tan deslumbrante que parecía extraído del universo de los cuentos. Tal vez se debía a que albergaba lo mejor de la concepción humana, que había depositado allí su arquitectura más esplendorosa, desde la Edad Media. Parecía no existir el extravío de las creaciones, ese escape de hermosura que se da entre la idea imaginada y la idea realizada, como si aquella ciudad fuera el fiel reflejo del origen de la creación.

—¿Dónde está la universidad? —preguntó Arnaud tras apearse en la pequeña estación.

Una carcajada jovial sacudió a mister Rawlins, que le palmeó la espalda mientras descargaban el equipaje.

—La universidad es la propia ciudad, querido.

Y así lo descubrieron mientras caminaban hacia su alojamiento por las animadas calles de la ciudad, ansiosas, coloreadas, festivas ante la celebración científica. Formaban un conjunto único, inseparable, una convivencia armoniosa alrededor de las calzadas empedradas. La universidad se componía de una veintena de *colleges* y varios *halls,* que actuaban con autonomía y disponían de su propia estructura interna, sus bibliotecas, residencias, alojamientos y actividades deportivas y sociales. Desde el siglo XII, había forjado reyes, santos, artistas y científicos, hasta convertirse en uno de los centros educativos más prestigiosos y antiguos del mundo anglosajón, con el permiso de Cambridge, *the other place*, el otro lugar, como decían ellos.

A medida que avanzaban, el pecho de Arnaud se inflaba

como un globo de emoción, deseoso de escapar y emprender el vuelo. Apretaba la mano de su padre, como si fuera la manivela con la que controlar la presión. Presentía la cercanía de la ciencia, ese misterio que, en aquel instante de su vida, colmaba su mente.

Los debates y las exposiciones se sucedieron durante toda la semana, dispersos por los edificios de la comunidad universitaria. El público, llegado en riadas desde Londres, acudía a los diferentes eventos alentado por el tema principal de aquel año: la lucha encarnizada entre la comunidad científica y los sectores más conservadores, con la Iglesia a la cabeza, que polemizaban sobre la reciente publicación del naturalista Charles Darwin, *El origen de las especies*. Aquel pequeño libreto postulaba, con numerosos ejemplos extraídos de la observación de la naturaleza, que toda especie viva había evolucionado a raíz de un antepasado común, y que los seres humanos compartían origen con cualquier animal. Aquello dinamitaba los viejos estamentos, las leyes divinas establecidas por otro libro, más viejo y voluminoso, intocable hasta entonces.

El debate más esperado tuvo lugar en el Museo de Historia Natural, y lo protagonizaron Thomas Huxley, defensor de la teoría darwinista, y el obispo de Oxford, Samuel Wilberforce. El museo, diseñado en 1853 por los arquitectos irlandeses Benjamin Woodward y Thomas Deane, era un edificio con envoltura clásica, heredera del estilo *Beaux Arts* de París, que asombró a los asistentes con una rebeldía neogótica oculta en sus entrañas.

—Esto, caballeros, es el futuro de la arquitectura —pronunció mister Rawlins al sumergirse en la sala central—. Fíjense, la cubierta es acristalada.

Arnaud se perdió en un espacio grandioso, una jungla interminable de pilares, abiertos como palmeras de hierro fundido y enredados en las alturas, cuarteando el cielo en telarañas de ramaje estructural. Siguieron a la concurrencia, que avanzaba con andar pasmado y tardó en distribuirse en las tres galerías de la sala, separadas por arcadas de piedra. El niño alzaba la vista, olvidado de sus pasos, sintiendo el amparo de aquella frondosidad artificiosa, que parecía albergar el rumor invisible de las hojas. La cubierta acristalada acercaba el cielo y contenía la lluvia, y se imaginó allí las noches estrelladas, los días ventosos de nubes corredizas, bailando sus sombras entre las exposiciones del museo.

Los atriles vacíos se erigían entre la multitud, que aguardaba entre rumores y cuchicheos. El público parecía contagiado por la revuelta científica que ensordecía el siglo. Una época única, había oído Arnaud aquellos días, revolucionaria, donde la ciencia crecía imparable, desafiando a Dios y los límites del conocimiento, saneando el aire viciado que, desde sus orígenes, había cegado al ser humano. Continuamente alumbraban nuevas ideas e inventos con el propósito de hacer la vida más sencilla y cómoda. Incluso surgían nuevas obras literarias futuristas que alentaban al pueblo, como los viajes a la Luna y al centro de la Tierra que, en aquellos años, pergeñaba la mente imaginativa de Jules Verne.

Además del pueblo, se reunían allí profesores de prestigio, científicos, filósofos, teólogos, empresarios siderúrgicos y políticos de la Cámara de los Comunes, la mayoría representantes de las dos principales fuerzas del parlamento inglés: los *whigs*, de tendencia liberal y reformista, y los *tories*, partidarios de una política más conservadora. Ambos eran partícipes de una incipiente fórmula de gobierno, que comenzaba a extenderse como una plaga por todos los países modernos: la de la oposición acérrima, en ocasiones a costa del sentido común.

La espera se demoraba, y el rumor del público se elevó, invadiendo el museo. Mister Rawlins discutía con un viejo conocido, un miembro de la Liga Comunista, aquel concepto nuevo que entonces pocos conocían, creado por Karl Marx y Fiedrich Engels en 1849 y que, más adelante, haría tambalear el mundo.

—Lo que usted ensalza con su labor, mister Rawlins, es la

división del trabajo llevada al extremo. El progreso de la industria aniquila la inteligencia y convierte al hombre en un engranaje más de la máquina.

—La industria alimenta al hombre y por eso acude a ella —se defendía mister Rawlins.

—¿Ha visitado las ciudades fabriles? ¿Ha contemplado la vida obrera de Birmingham, Manchester, Glasgow o Shelffield? ¿Ha concebido, en algún instante de su plácida vida, una idea precisa de la penuria moral que envuelve a esa capa de la sociedad? A Inglaterra no le queda más grandeza que la de su industria, y la industria, querido amigo, es la que se alimenta del hombre y no al revés.

—No me agote con sus ideas socialistas. ¿Qué es lo que pretenden con su organización radical? ¿El derecho universal, acaso? ¿El divorcio? ¿Que las mujeres vayan a la universidad o conserven sus bienes tras el matrimonio?

Los rumores se acallaron con la figura del moderador, que se alzó entre la multitud y pidió silencio. John Stevens Henslow, un sexagenario altivo, mentor de Darwin en Cambridge, anunció a los ponentes del congreso, entre ellos los esperados Huxley y el obispo Wilberforce, dos púgiles de la oratoria que, minutos más tarde, insertarían aquel día en las páginas principales de los libros de Historia, con un debate que daría la vuelta al globo por la dureza de sus palabras.

—No me importaría, en absoluto, descender de un gorila si es ahí donde se encuentra la verdad.

—¿Preferiría entonces, mister Huxley, descender de un mono por parte de padre o de madre?

—Preferiría descender de un simio antes que de un hombre como usted, señor obispo, que utiliza tan vilmente sus habilidades oratorias para destruir, con su autoridad, una discusión libre sobre lo que es o no verdad.

Esta sería una pequeña muestra de las delicias cruzadas aquel día, que escandalizaron al público e incluso provocaron varios desfallecimientos. Nosotros seguiremos al pequeño Arnaud, que se escabulló entre la multitud cuando comenzaba una lectura soporífera del artículo de John William Draper, iniciador del congreso, sobre el desarrollo intelectual en Europa a raíz de las ideas de mister Darwin.

Nadie se percató de la ausencia del niño, que se alejó del millar de asistentes y se perdió entre las galerías del museo. Él continuaba con su búsqueda personal, hastiado de que todos hablaran de la ciencia y ninguno la enseñara. Sintió que se sumergía en un laberinto selvático, que apagaba a su paso las voces del discurso. Las vitrinas con fósiles y los coloridos pájaros disecados parecían sacudirse a sus espaldas, como si cobraran vida para seguirle en su exploración.

Entonces percibió aquel murmullo distante, parecido al tictac de un reloj, pero de compás irregular, y el azar de sus pasos se desvaneció. Vagó por el museo, rastreando el origen de aquel mecanismo viviente que lo atraía con su melodía como el flautista de Hamelín. Lo encontró en un pequeño reservado, con la sugerencia irresistible de una puerta entreabierta.

El artefacto se anclaba en la pared, y traqueteaba a través de un ingenioso sistema fabricado con piezas de reloj, que se agitaban y movían un lápiz dispuesto en el extremo.

—Es el primer telégrafo. Diseñado por Samuel Morse en 1836.

Arnaud se tensó como mástil al viento. El individuo había aparecido a su lado, inclinándose junto al ingenio con la fascinación de un niño. Un rápido vistazo le reveló a un hombrecillo de mediana edad, seco de carnes y aspecto desaliñado. Apoyaba las manos en el pomo de un bastón, con las antiparras al borde de una nariz torcida y la cabellera en grave retroceso, un matojo enmarañado que aún mantenía la entereza en coronilla y patillas, con tal vigor que le daban el aire de un iluminado.

—¿Ves ese cable? —pronunció con un susurro, absorto en el artilugio—. Transmite flujo eléctrico, y eso hace que el lápiz se sacuda. Cuando no hay flujo el lápiz dibuja recto. Eso es el telégrafo.

Arnaud siguió su mirada, y comprobó el mecanismo aludido, que deslizaba el lápiz por una extensa página en blanco, alternando dibujos en línea recta con leves sacudidas que la rompían en picos.

—¿Para qué sirve?

—Para transmitir mensajes.

—¿Entre usted y yo?

El hombre rio, divertido, contagiando a Arnaud cuando perdió las antiparras, que se precipitaron al suelo. Las recogió con un movimiento fugaz, alentado por la carcajada del niño.

—Entre tú y yo cuando no estemos en el mismo cuarto, jovencito —aseguró mientras se calaba los anteojos, de nuevo en el precipicio de su nariz—. Gracias a esto, podríamos comunicarnos con alguien de Boston.

Arnaud, para quien Boston podía encerrarse en el cuarto contiguo, escudriñó al desconocido, que volvía a introducir la mirada en el telégrafo, como si aguardara un acontecimiento especial, tal vez la revelación de un secreto oculto.

—¿Cómo funciona? —le preguntó, atrayendo su atención, feliz por su interés.

—Verás, todo depende del ritmo de las sacudidas, que responden a un sistema binario. —Señaló con el bastón, agradado ante su inesperado público—. Fíjate en el dibujo: hay dos tipos de picos desviando la línea, los puntuales y los sostenidos, y se agrupan para formar letras y números. Un pico puntual y uno seguido significa «A». Dos picos puntuales, «I».

Tras unos instantes de reflexión, Arnaud comprendió el sistema que concebía las letras, y desvió su atención hacia el cable que inyectaba aquel flujo misterioso.

—¿Y la electricidad?

El otro sonrió con una mirada gris, afable bajo las cejas fecundas, casi cómicas al inflarse a través de las lentes.

—Oh... jovencito, eso ya es otro cantar. —Guardó silencio, consciente del interés que aumentaba, complacido—. Digamos que hay energías invisibles que corretean constantemente a nuestro alrededor. Algunas surcan el aire y otras tiemblan en la Tierra. La electricidad es una de ellas.

—¿Se puede ver? —insistió Arnaud, que buscó el origen

del cable, como si la electricidad reposara en un tonel de agua, al otro lado del muro.

—A veces sí. Los rayos son electricidad.

El hombrecillo guardó silencio y observó al niño, pensativo, encorvándose sobre el bastón. Entonces le ofreció la mano.

—Samuel Lowell Higgins, científico, historiador, pensador y profesor de estadística matemática en el Christ Church College. Mucho gusto en conocerte.

Arnaud estrechó su mano, intimidado ante la solemnidad de la presentación.

—Arnaud Mendíbil, estudiante y explorador. Mi padre es Félix Mendíbil y está en el debate. Dibujo un mapa del mundo y busco a la ciencia. El gusto es mío.

El profesor Higgins pareció asentir, satisfecho.

—Yo también busco a la ciencia. —Sus lentes de aumento guiñaron un ojo—. Ven, te enseñaré algo.

Salió por la puerta y, sin planteárselo, Arnaud corrió tras él. Para su sorpresa, Samuel L. Higgins caminaba con una profunda cojera, amparándose en el bastón. El niño aún lo desconocía, pero sufría una parálisis congénita en la pierna izquierda, torcida y atrofiada, que se balanceaba trazando un amplio arco, ladeando su cuerpo hacia el lado contrario. Vestía chaleco y pantalón a rayas, holgados sobre una osamenta enjuta, esquelética. Le guio por angostos pasillos de piedra, que tenían algo del silencio profundo y recogido de las catedrales.

—La ciencia es maravillosa, mi querido Arnaud. El más esplendoroso de los inventos humanos, si me permites la osadía. Nos catapultará más allá de nuestros propios límites, hasta dominar los misterios de la naturaleza. Lo verás, compañero, lo verás... lejos quedarán nuestros cavernarios y primitivos orígenes, esos a los que algunos se empeñan en seguir amarrados.

Se adentraron en una estancia oscura, en las entrañas laberínticas del museo, apenas iluminada por un quinqué de llama exangüe. En el centro había una silla, y enfrentada a ella, con un trípode de madera como soporte, una enorme máquina de fuelle. La rodeaba un laboratorio saturado de frascos con líquidos extraños, placas, pinceles, y demás instrumentos irreconocibles que desprendían vapores irritantes.

—¿Has oído hablar de la fotografía? —inquirió el profesor, perdiéndose en las tinieblas del cuarto. Arnaud se quedó inmóvil, silencioso, hasta que el rostro sonriente del científico brotó de nuevo junto al quinqué—. Significa escribir con la luz.

El hombrecillo se agitó, impaciente, y comenzó a relatarle los misterios de aquel descubrimiento. Lo hizo con extremo gozo, a la altura pasional que, en aquel instante, podía sentir Arnaud. Más tarde descubriría que su nuevo amigo, el profesor Samuel L. Higgins, anhelaba la compañía de alguien que le escuchara, aunque fuera un niño, y que no le hiciera sentirse un vidente majareta, ni se riera por sus andares de autómata averiado. Pero dejémoslo para más tarde, porque Arnaud tenía suficiente con mantener los ojos bien abiertos, tan abiertos como las ventanas del alma. Recibían una luz de palabras, que hablaban sobre la nueva invención de la ciencia, aquel extraño artilugio que absorbía el presente y lo plasmaba, como pintor en su lienzo, sobre una placa de vidrio impregnado en plata. Su funcionamiento lindaba con lo fantasioso. Una caja negra y un ojo vidriado que atrapaba los instantes, con un interior en sombra, donde entraba la luz para escribir.

—¿Qué hay dentro de la caja?

Higgins sonrió, recolocándose los anteojos con un movimiento absurdo, imperceptible, que los situaba casi en el mismo lugar, al borde de la nariz.

—Magia —respondió.

Y entonces se movió, con su andar renqueante, que tropezaba por el atropello de su entusiasmo. Arnaud lo siguió por el laboratorio a oscuras, entre estanterías vidriosas que reflejaban la llama tenue del quinqué. Se detuvieron frente a una mesa, ennegrecida por la corrosión de los compuestos del laboratorio. Observó al profesor, que reunió varios frascos e instrumentos de naturaleza extraña. Después vertió un líquido sombrío, con olor a alcohol y éter, llamado colodión, sobre una placa de vidrio, extendiéndolo hasta formar una fina película.

—Es importante que se mantenga húmedo, por lo que debemos darnos prisa. Ahora lo sensibilizaremos en plata.

La introdujeron en un estuche de madera, deslizándola por una rendija húmeda, del tamaño exacto de la placa, y volvieron junto a la máquina.

—Siéntate en el taburete, Arnaud. Así, gracias. Ahora espera.

El profesor se acercó a la extraña caja y abrió la tapa que protegía el ojo vidriado. Después se cubrió con una tela negra, y pronto su voz asomó sumergida, como si se hubiera introducido dentro de la máquina.

—Estoy enfocándote, para que salgas nítido... así, ya está. —Se asomó con una sonrisa, recolocó el tapón y acopló el estuche con la placa en la parte posterior de la caja—. Corre el cortinaje, compañero, y deja que entre la luz. Después toma asiento y sonríe.

Desapareció de nuevo bajo la tela, dejando su mano sobre el tapón, presta para retirarlo.

—Avísame cuando estés listo. —De nuevo, su voz sumergida.

—Estoy listo.

El ojo despertó ante él. Sintió una mirada profunda, subyugante, que le absorbía hacia los misterios de unas entrañas donde, estaba convencido, se escondían los secretos del universo.

—Ya está. —El ojo se cerró—. Puedes sentirte afortunado, con la nueva técnica de Scott Archer el proceso es más sencillo y menos costoso. Antes, con los daguerrotipos de los años treinta, las exposiciones podían durar hasta diez minutos.

—Se me ha olvidado sonreír.

—La primera vez intimida, es normal. Ahora atento, Arnaud, que viene lo mejor.

El profesor Higgins volvió a correr el cortinaje. La luz invasora, más que escaparse, pareció contraerse en la llama del quinqué, tímida y rojiza, aislada entre las brumas de la estancia. Extrajo el estuche de madera, que chirrió dolorido, y lo portó con la solemnidad de un ritual hasta la mesa del laboratorio. Retiró la placa, murmurando continuamente para sí.

—A ver... así, con cuidado, con cuidado. —Deslizó la placa con suavidad, deseosa ella de salir al exterior y mostrar su belleza inminente—. Bien, ya está.

La sumergió con extrema delicadeza en un recipiente de agua, dejando que flotara y removiéndola levemente, hasta que la dejó libre y se inclinó sobre ella. Entonces aguardó, expectante, sonriente, con la certeza absoluta de que algo genial iba a suceder, cediendo a su nuevo amigo un hueco junto a la mesa, en primera fila.

Y allí, bajo el oscilante líquido, se formó la escritura de la luz, que regaló a Arnaud su propio rostro.

—Magia —susurró.

El profesor le palmeó la espalda, visiblemente emocionado.

—La magia alberga sus secretos, Arnaud. Siempre esconde una respuesta, y es nuestra misión descubrirla.

—¿Como el Fantasma de Pepper?

Higgins guardó un silencio reflexivo, con la mirada gris en suspense, hasta que su cuerpo se puso en marcha como activado por un resorte, y acercó a la mesa un papel y un lápiz.

—El Fantasma de Pepper, como la escritura de la luz o la electricidad, esconde una ilusión oculta en sus entrañas. —Las palabras del profesor discurrían junto a su mano, que dibujaba sobre el papel con frenetismo inusitado. Sus trazos mostraron una estancia dividida en dos mitades. La primera se presentaba al espectador y contenía una mesa; la segunda, oculta del escenario, guardaba la silueta de un fantasma, colgado del techo. Dibujó un rectángulo invisible al espectador, que separaba las dos estancias diagonalmente—. Es un panel de vidrio. Cuando se ilumina...

Su exposición se detuvo, y soltó el lápiz con brusquedad.

Entonces miró a Arnaud y le formuló una pregunta trascendental, imprescindible para continuar, cuya respuesta inocente marcaría para siempre el discurrir de su vida.

—¿Quieres que continúe? ¿Quieres saber la verdad?

El pequeño sintió el peso de la pregunta, a pesar de su edad. «Saber o no saber, he aquí la cuestión.» Aquella frase resonó en su cabeza, aunque chirrió levemente, como si hubiera errado en alguna palabra. La había oído en el Opera Hall, en la tragedia de Hamlet, y no la recordaba con claridad.

—Claro —respondió.

Higgins asintió, y su rostro se iluminó de pronto con una sonrisa de bandera. Continuó el dibujo, en aquella ocasión con mayor ímpetu, si la física, concepto que Arnaud entonces desconocía, era capaz de permitírselo.

—El público solo ve una parte de la estancia, la de la mesa. Desconoce que existe ese panel de vidrio, aunque lo tenga ante sus ojos. Si iluminamos la mitad oculta de la estancia, idéntica a la de la mesa salvo por el fantasma, su imagen se reflejará en el panel. Si la iluminación es la adecuada y asoma lentamente, el público verá la aparición del espectro. Lo creerá real, pero solo será un reflejo.

Arnaud sonrió, iluminado, como el Fantasma de Pepper. Fue una sonrisa de verdad, como la de cualquier niño, de esas que se esbozan sin percatarse uno mismo. El profesor Higgins parecía albergar la misma cualidad, no sabía sonreír si no era de verdad.

—*Aita!*

El rostro de su padre respiró, y acogió a su hijo entre los brazos, suspirando de alivio. El pequeño sintió que lo liberaba de un extraño suspense, un sobresalto, como en las noches de tormenta. Desconocía la causa de su inquietud, pero lo abrazó en un intento por calmarle, por devolverle el favor de su tranquila presencia en la oscuridad de su cuarto, cuando no podía dormir. A su alrededor, la multitud se dispersaba tras el debate, interpretando sus pormenores con excitación.

Mister Rawlins contemplaba la escena, junto a varios caballeros de elegante porte, empresarios, científicos y profesores.

—Arnaud, hijo mío, ¿dónde demonios te habías metido?

El pequeño se volvió y señaló al profesor Higgins, que se acercaba con su andar laborioso. Parecía intimidado, incluso pálido en presencia de aquellos adultos, que comenzaron a murmurar ante su llegada.

—*Aita*, te presento a Samuel L. Higgins. Científico, pensador, historiador y profesor de estadística matemática. Él me ha enseñado lo que buscaba.

Sus palabras despertaron risotadas inexplicables entre los caballeros. Félix Mendíbil se acercó al recién llegado, estrechando su mano, algo aturdido.

—Gracias por compartir su sabiduría con mi hijo, profesor.

—Sus disparatadas teorías, más bien —murmuró alguien, incitando nuevas mofas y comentarios.

—Deje los trastornos de profeta para sus pizarras, mister Higgins.

—Su público ha menguado de estatura, profesor. ¿Ya no le escuchan en clase?

Arnaud contempló la figura amedrentada de Samuel L. Higgins, cercada por las burlas groseras de los caballeros, que lo achataban aún más, arqueando su espalda torcida, hundiendo su mirada en el bastón. Sintió la necesidad de arrojarse en su defensa, pero su padre contuvo todo intento de rescate cuando asió su mano y tiró de él.

—Vámonos, hijo.

Se resistió, pero su padre insistía. El profesor Higgins se distanciaba, aislado, como una isla de complicidad entre voces hostiles. Lo último que vio fueron sus ojos, que se alzaron fugazmente, sobre las antiparras, para dedicarle una sonrisa.

La sonrisa de su secreto. Una lámina de plata, barnizada y minuciosamente envuelta, oculta por Arnaud bajo su chaleco de seda. Un regalo de la luz, que había escrito su rostro, que lo había inmortalizado.

10

Villa Zulueta, ensenada de Altzuri,
16 de febrero de 1914

Las sirvientas se movían en silencio, como sombras blancas apenas entrevistas alrededor de la mesa. El desayuno de los Zulueta discurría sin voces, en sosiego matinal junto a las vidrieras soleadas. El pendular del reloj parecía perturbarse ante los tintineos de las tacitas de porcelana, humeantes de aroma a café recién hecho.

Gabriel de Zulueta dobló *El Noticiero Bilbaíno* y se retiró los quevedos, dejándolos al desaire sobre el mantel de encaje. Elsa observó sus ojeras, mientras buscaba rizos de mantequilla entre los cuencos de aceite y las jícaras de miel. Las elecciones de marzo y sus cometidos políticos absorbían la tranquilidad de su padre, con viajes continuos a Madrid y conversaciones encendidas al teléfono Skeleton de su despacho. A pesar de la fama benéfica y la ventajosa opinión pública de la que gozaba, motivo principal de su irrupción entre las alternativas a Eduardo Dato en el Partido Conservador, era acometido sin piedad por las protestas y las huelgas de los movimientos socialistas, que atribuían a los de su clase las desigualdades del mundo.

Elsa masticaba con mesura, reprimiendo el ímpetu de su apetito, que tras despertarse sin fuerzas la impulsaba a recuperarse como si hubiera perdido el fondo de su estómago. Era una presencia interna, invisible, que la hacía sentirse más viva, le hacía sentir su cuerpo, reparar continuamente en él, como si fuera el astro central de su universo. Se nutría de todo lo que ella le daba, tenía hambre si ella lo tenía, dormía si ella lo hacía, se agitaba, se estimulaba, se revolvía como un espejo de su propia vida, oculto en su interior. Vivía como ella, sentía como ella, a pesar de su aún pequeño corazón.

Pasaban los cinco días desde que llegara a Altzuri. Quince desde aquella mañana en la estación de Waterloo, esperando a la locomotora de la South Western Railway, proveniente de Portsmouth. Treinta desde que no supiera nada de Benjamin, desde que se fuera con sus lienzos para no volver. Oscilaba el reloj, resonando imparable en el silencio de la sala, empujando a los días, a las semanas. Elsa temía al tiempo y a la normalidad que imponía a las cosas. Temía caer en la resignación, en la parálisis de la espera, como lo hiciera su madre treinta años antes. Temía acostumbrarse a no saber nada de Benjamin, como tantas mujeres abandonadas. Temía convertirse ella también en madre, madre solitaria, madre de un hijo sin padre, y sentirse por ello indigna de ser feliz.

Amelia le había dado una sorpresa el día anterior, en ausencia de Gabriel y Lope, que habían viajado al Senado en Madrid, con la visita clandestina de un caballero singular, bigote y cabello encendidos como una llamarada, que paseó por los jardines con aires de alumbrado. Destacado médium, era conocido entre las familias pudientes de Bilbao por sus sesiones espiritistas, por los mensajes que extraía del más allá para alimentar el delirio de mujeres en luto. Elsa lo siguió junto a su madre, sintiendo en su abdomen una angustia aprensiva hacia el andar hechizado de aquel individuo, que perdía la mirada entre los castaños y los sauces y murmuraba para sí un sartal de conjeturas, hasta que se detuvo frente al caserío Mendíbil, temblando de fascinación, para anunciar su descubrimiento.

—Es ahí. Arriba. Lo he percibido.

—¿Cuándo será? —preguntó Amelia.

—La semana próxima —respondió el médium—. Con luna llena. Y en el interior de la casa.

—Preferiría cierta discreción. Mi esposo no está al corriente.

El otro asintió, altivo, con bastón de puño en plata y zapatos de charol.

—Serán cien pesetas. Cincuenta por adelantado.

El portón del caserío emitió un chirrido quejumbroso y de la penumbra interior surgió una silueta encorvada. Su mirada sin pupilas, que parecía esparcirse en todas direcciones, se clavó en la figura del médium.

—Los farsantes de su clase no atravesarán estos muros.

Amelia, que había destapado su faltriquera para realizar el desembolso, se adelantó hacia el invidente con una expresión enternecida, de vieja amistad.

—Cosme, por favor, sé comprensivo. Es la única manera de comunicarnos con él.

El viejo jardinero se aferraba a las jambas de piedra, con venas de hiedra, que sostenían el dintel y el escudo de los Mendíbil. Temblaba, la vista anclada al suelo, con la angustia de verse rodeado por amenazas invisibles.

—No mancillará lo que hay en esta casa.

Por vez primera, Elsa percibió en su amigo el abismo de no poder ver, de sentirse frágil, en clara desventaja con el mundo que le rodeaba. Permaneció allí, solo ante ellos, y Elsa, con la mano protegiendo su vientre, indispuesta y débil ante el inesperado trance, sintiendo que todo aquello, Benjamin, Arnaud, el armario y el médium, era demasiado para su otro pequeño corazón, terminó por acercarse a su madre para detener los diez duros que extraía de la faltriquera.

—Dejemos esto, *ama*. Por favor.

Le había seguido una noche agitada, con vueltas en el lecho y protestas de su abdomen, que parecía revolverse como si su interior no fuera habitable. Había despertado agotada, con mal recuerdo, sintiendo desfallecer al erguirse sobre sus pies, como sin sangre en el cuerpo. Aquella mañana de sol, mientras almorzaban, Elsa percibió la misma desazón cansada en su madre, que bebía café en silencio, sin mirarla a los ojos. La creyó arrepentida por el episodio del médium, o confusa, o consciente de pronto de que su fragilidad la volvía inocente, a pesar de los años. «Los fantasmas —decía—, los fantasmas están ahí, esperando a hablar con nosotros.»

El olor a almizcle de su padre la golpeó como impelido por una oleada. Elsa se desorientó, al percibir los pasos lentos que lo traían y que no eran los de Gabriel, sino los de su hermano Lope. Había desembocado en el comedor, tras su ausencia durante el desayuno, y tomó asiento junto a ella, levantándose las faldas de la levita con airoso gesto. Olía igual que su padre.

Elsa sintió su mirada, tierna, extrañamente compasiva, con aquel rastro sombrío que siempre la ensuciaba. Lope la contempló largamente, impoluto, con la crencha abrillantada, el bigote de guías y la corbata de raso bermellón. Pareció existir solo para ella, durante un tiempo que el reloj empleó para tocar los cuartos, lentamente, hasta el tañido grave y aislado de la campana.

—Ha llegado para ti.

Tiró de la leontina y del bolsillo del chaleco extrajo un pequeño sobre que deslizó por el mantel con una suavidad pausada, como en un desgarro de seda. Elsa lo vio llegar, sintiendo que era ella la que en realidad se había rasgado. Se quedó inmóvil, observando la carta con una incertidumbre tan irracional como el sentimiento que la inspiraba: el miedo.

Algo se agitó en su vientre cuando decidió moverse y comprobar el reverso. El remitente: una oficina de correos en el distrito de Montmartre, París.

Lo supo antes de verlo. El miedo. El miedo que lo predice todo, que tiñe de negro la imaginación.

Sus manos lo abrieron con una inercia maquinal, como si camparan a su libre albedrío, fugitivas de su dueña. Desplegaron la carta, la hicieron tiritar, sostuvieron aquella letra fluida, bella, danzante, inconfundible. Elsa leyó sin saber que leía y la voz de Benjamin penetró como un goteo tóxico. Letras, palabras, frases. Cuajaban en su retina y corroían los entresijos de su cuerpo, la maquinaria oculta que la movía, que la hacía despertar cada día, soñar cada noche. Aspiraron dentro de ella un alma que no tenían, con la impiedad de las termitas, mordisqueando cada resquicio de esperanza. Y continuaron incluso cuando Elsa se levantó, bajo la mirada confusa de su familia, dejando la carta abierta, sobre el mantel.

—No puede haber sido él.

Querida Elsa:

Jamás imaginé que acabaría escribiendo estas palabras. Me he aferrado a la esperanza, querida, de olvidar mis sentimientos confusos, de verlos convertidos en cenizas, en recuerdos sombríos. Los he forzado hasta límites insospechados, creyendo que así recuperaría la cordura y no una lucidez terrible que, a través de innumerables tormentos e incertidumbres, me ha conducido hasta aquí. Hasta este cuchitril sin estufa, desde donde te escribo con guantes de mendigo arropándome las manos.

Jamás lo imaginé, querida, pero el tiempo es capaz de voltear la vida, de invertir las cosas, de subir la tierra y bajar el cielo. El tiempo es capaz de conjurar lo inimaginable.

Al principio tuve la certeza de que compartiríamos la vida. Era una certeza férrea, Elsa, ciega de amor. Pero jamás llegué a pensar que todo cambiaría. De pronto me sentí distante, me había alejado de ti a lo largo de los meses, paulatinamente, sin percatarme de que lo hacía hasta que te sentí realmente lejos. Al principio creí que se debía al vaivén del matrimonio, a sus imperfecciones, a sus costes y sacrificios por despertar junto al mismo rostro, día tras día. Esperé, dejé pasar el tiempo, lo aboqué a la mutación del amor, al letargo de las primeras pasiones, y quise ensamblarme en él como en todo matrimonio consumado. Confiaba en mis padres, que murieron con el anillo de bodas. Confiaba en generaciones de esposos y esposas, confiaba en que mi incertidumbre fuera universal.

Creí que alejándome de verdad encontraría la respuesta. Y la he encontrado, querida, lejos de Avingdon Street. Forzar mis sentimientos solo traerá dolor, para nosotros, para esa criatura que nace en tus entrañas. Quiero cumplir mi primer sueño, Elsa, mi primer amor. Quiero explotar, por fin, las posibilidades de mi gran inquietud. Mi arte. Soy él, es él el que me hizo a mí, desde pequeño, hasta convertirme en el hombre que te hizo creer de nuevo en la vida. Espero que lo entiendas, ahora soy yo quien necesita creer, quien necesita algo nuevo, lejos de nuestro matrimonio consumido.

París devora los bolsillos, querida. Procuro reducir costes, pero mis intentos naufragan en la búsqueda de galerías y las citas con marchantes de arte, que se sienten desplegando favores como almas caritativas, y jamás invitan. Respecto al dinero que me prestaste, las cuatrocientas libras, una suma considerable con la que podré vivir varios meses, espero no tengas inconveniente en aguardar a que pueda devolvértela.

Sé que iniciaste una vida en Londres, querida mía. Tus estudios, tu trabajo, tu nuevo proyecto. Créeme, solo deseo tu bienestar y, dadas las circunstancias, creo que deberías aguardar en tu verdadero hogar, junto a tu familia, hasta que todo escampe y puedas vislumbrar tu porvenir con cierta lucidez. Londres no es buen lugar para una madre solitaria.

Siempre tuyo,

BENJAMIN

Quedó tras ella el silencio, en el comedor soleado. Salió de allí buscando un lugar remoto, aún sin hollar, donde no hubiera ojos que la miraran. Oyó la voz de su madre, que la llamaba. Vaciló al llegar al vestíbulo, miró a la escalera, al portón acristalado, al balanceo del jardín, al distante bregar del servicio en la cocina. Subió a su cuarto, apresurada sobre los peldaños, con una necesidad que la incitaba a correr, y lo cerró con llave. Desplegó el cortinaje de la ventana, buscó la penumbra, se ocultó en ella como si la luz también tuviera ojos. Como si el sol fuera amplitud, y la amplitud fuera mundo, y ella no quisiera estar en el mundo. Se desvistió, entre los viejos objetos de la infancia, que le evocaron de pronto la inocencia de una niña. Una niña que aún era, engañada, vulnerable ante un mundo demasiado cruel. Se refugió en su lecho con atropello, como si le urgiera cobijarse bajo las sábanas, en posición fetal como la vida que portaba dentro. Porque esa es la postura del cuerpo cuando solo se tiene a sí mismo.

«No puedes ser tú, Benjamin. Tú no has escrito eso. Dejaste los cuadros. No te los llevaste. No te fuiste a París.»

Y se desaguó en el mundo, como un río en el mar. Lloró en silencio, porque todo lo que salía de ella era silencioso, y porque ella no era de las que sacaban las cosas, a ella le salían cuando ya no podían estar dentro. Lloró sintiendo que no se vaciaría, que lo suyo era una bomba de agua, de lágrimas que se sustituían, en un caudal interminable. Lloró hasta el punto que ya no recordaría, hasta sumergirse en un limbo de sueños, donde la realidad saltaba fuera y dentro de su cuerpo, como una niña a la comba. Lloró hasta que se durmió así, llorando.

Después llegó la nada. Un sueño negro, vacío, como un cosmos visto desde dentro, que duró una eternidad y no duró nada, porque enseguida sintió la viscosidad que la despertó, y porque lo hizo con el extravío de haber dormido tiempo. Al principio la dejó estar, sintiéndose aún en el sueño y sin la conciencia de los recuerdos, de la carta y sus lágrimas al dormirse, plácida a pesar de la humedad espesa entre sus piernas. Inocente.

Y así se despertó, paulatinamente. Con la viscosidad. Con la humedad. Con las sábanas rojas. Con su pequeño corazón.

—Padre.

Gabriel de Zulueta parecía anclado a la vidriera, sus manos terciadas a la espalda, bajo el chaleco rayado de seda. Lope pudo percibir su mirada gris, imperturbable, reflejada en el cristal.

—Padre. Me has ordenado llamar.

El silencio engullía la estancia. Solo perduraba el leve rumor del reloj, incólume en su territorio del tiempo, donde podía suceder todo lo imaginable y sin embargo no trastornarse nada, ni un segundo. Lope sintió que todo lo engullía a él, el silencio, mientras esperaba la reacción de su padre.

—Mi hermana tenía que hacerse a la idea de que él no volverá.

Gabriel se volvió, el bigote frondoso, el iris más profundo que nunca, hundido bajo una lámina de agua gruesa. Sus pasos le acercaron hasta su hijo, que expulsaba su inquietud por la boca.

—Elsa no podía seguir así. Con la incertidumbre. Cuanto antes sucediera, mejor.

Le estampó la mano en la mejilla, con un garrotazo de callosidades viejas que lo llevaba todo consigo. Lope tentó con perder la cordura, y cayó al suelo para reincorporarse al instante, mitigando la humillación, los ojos muy abiertos, sorprendidos, como si no creyera lo que acababa de suceder. Y tampoco creyó que su padre volviera a pegarle, con el mismo arrebato frío que incluso también le hizo caer a él, junto a su hijo, perdido el equilibrio.

—Me lo pediste, padre. Me pediste que hiciera algo. Ese hombre no puede seguir por ahí sabiendo lo que sabe.

Lope gritaba escupiendo sangre. Y orgullo. Y vergüenza. Gabriel se reincorporó, apoyado en los bordes de la mesa. Anduvo hasta el umbral de la estancia, dejando atrás a su hijo, aún en el suelo.

—Lo ha perdido, Lope. Tu hermana acaba de perder a su hijo.

11

Calle de Alfonso XII, Madrid, 16 de febrero de 1914

El balcón pendía con vistas al parque clausurado del Retiro, que dormitaba bajo una noche limpia, estrellada. El último tranvía discurría por la calle, aparatoso como un paquidermo sonámbulo, dejando tras de sí una estela de quietud, de voces de serenos y rumor eléctrico de faroles.

La luz del ventanal se recortaba solitaria, como un cuadro insomne en la fachada neoclásica. Más allá del cristal, en la sala distinguida con frisos tallados y esculturas de bronce, los dos contertulios seleccionaban del humidificador ofrecido por el sirviente.

—¿Lo ha probado alguna vez?

El diputado estudiaba con atención un magnífico veguero estuchado, con vitola dorada.

—Probablemente —respondió a su anfitrión—. Sin duda, habano de tal factura merece antes una gran cena.

—El honor ya está hecho, entonces.

El joven sirviente, una vez realizado su cometido, se retiró en silencio, la tapa del humidificador cerrada en suave chasquido. Los ojos del ministro se entrecerraron de placer, mientras aspiraba el dulce vaho con atención de experto fumador.

—Dadas las circunstancias, el riesgo es elevado —murmuró, retomando la conversación.

—El riesgo siempre es elevado. Para todos —dijo el diputado, holgándose el corbatín con apática desenvoltura—. Se nos considera ciudadanos ejemplares, ya me entiende. Cualquier descuido y nos sancionan.

—Pero a nadie apuntan con amenazas. A nadie salvo a él.

El ministro hizo un gesto vago hacia el centro del velador. El sobre lacrado descansaba sobre el mantel de la mesa, entre copas y migajas. Distante de ambas manos, que lo evitaban con aversión, como si encerrara un contenido infeccioso.

—Es cuestión de contenerlas, señor ministro. Que no salgan a la luz hasta después de los comicios.

El joven sirviente volvió, botella de tapón esmerilado en mano, y regó las copas como una sombra silenciosa, desapercibida para los contertulios.

—Es nuestro aspirante a la alternativa de Dato —dijo el ministro—. Otro escándalo y no solo perdemos credibilidad dentro del partido. Tendríamos que ceder turno y dejar que gobiernen los liberales. El rey nos presionaría a ello. No puede arriesgarse a mantener la alternancia si la opinión pública nos sanciona.

El diputado se desperezó en la silla, el pulgar en el bolsillo del chaleco y la mirada entrecerrada.

—La gente olvida fácil —comentó, como si el asunto careciese de importancia—. Además, el encasillado ya está dispuesto. Doscientos veinte escaños para nuestro partido, sumando todas las facciones. Es demasiado tarde para volteos del rey.

El ministro paladeó la copa de coñac, absorto mientras su dulce quemazón le recorría la garganta.

—Si nos salpica lo que hay ahí —dijo señalando el sobre—, perdemos a nuestra principal alternativa de gobierno. Será difícil encontrar otro candidato que secunde los intereses de la facción. No solo es cuestión de contener las amenazas hasta después de las elecciones.

El otro desvió la mirada por el balcón, hacia la negrura insondable del Madrid nocturno. Asintió, deleitado en los vicios del coñac. Muchos datistas y mauristas titubeaban con unirse a la nueva facción. Su alternativa al gobierno atraía apoyos en el Partido Conservador, debilitando al propio Eduardo Dato, que según el encasillado continuaría en la presidencia a partir de las elecciones de marzo, e incluso a su principal rival dentro del partido, Maura. Escaseaban las jefaturas indiscutidas, y conocidos eran los fondos que el candidato de la nueva facción destinaba a la causa del partido, además de su fama benéfica en el norte, que acercaría a la opinión pública en caso de posicionarse en el gobierno.

—Tras las elecciones, el presidente Dato no gobernará durante mucho tiempo —vaticinó—. No le dejaremos. Entre nosotros y los *mauristas*, está cercado como un cervatillo en batida. Dimitirá antes del año próximo y entonces será nuestro momento.

—Es posible —respondió el ministro, recreado en la posibilidad inminente de que su facción controlara el partido—. Hagamos lo necesario por mantener a nuestro hombre limpio. Busquemos la raíz de esa obra del diablo.

—¿Cree que son del Partido Liberal? —preguntó el diputado—. ¿Anarquistas que buscan hundirle? ¿Nacionalistas vascos, tal vez?

—Dudo que encierre un motivo político. De ser así, *El Diario Universal* y la prensa más liberal estarían imprimiendo rótulos con su nombre.

—Entonces, ¿lo considera un motivo personal?

El ministro contemplaba el sello de lacre, pensativo, con cierta distancia.

—Posiblemente —murmuró.

Tocaba a medianoche la sonería Westminster del reloj, que se incorporó al fugaz escándalo de los campanarios y las iglesias, fuera y sobre el mar de tejas, todos al unísono como ladridos en la noche.

—Es hora de que me retire, señor ministro.

El anfitrión alzó la mano, en dirección al umbral de la sala.

—Sabino, el atavío del señor.

El sirviente acudió solícito y con andar solemne, provisto de la chistera, el gabán y el bastón del diputado.

—¿Concluirá la noche en casa? —preguntó el ministro, ahogando el veguero en el coñac.

—Siempre concluyo en casa —sonreía el otro, mientras se calaba el recio gabán, algo jocoso ante la pregunta—. Pero abrevaré por el camino, si es a lo que se refiere.

El ministro, con dejadez ventruda bajo la levita, rebasados los sesenta, se atusó el bigote canoso en el reflejo de la vidriera.

—¿Duerme la señora? —oyó decir al diputado

—Desde las ocho. Ha adquirido rutina de jaquecas y se retira antes de cenar.

El joven sirviente recogía los restos de la velada, sin rozar el sobre, entre las voces de los parlamentarios.

—Conozco una nueva mancebía cerca de Embajadores —comentaba el diputado—. Modistillas de cabello rubio y ojos azules, ya verá.

—Prefiero las damas del café Fornos, si no le importa.

—Le admiro, señor ministro. Reservado y clásico. Una virtud que escasea.

—Usted es joven. A mi edad se busca lo venerable.

El ministro guardó el sobre en el bolsillo del chaleco. Un sobre que los ojos del sirviente, vivos y raudos, habían grabado en sus retinas. Un sobre cerrado con lacre, donde refulgía el grabado de una silueta etérea, centrada dentro de un reloj de sol.

El sirviente Sabino Castelar abandonó la residencia del ministro despuntada el alba. Sombras de verjas y árboles se enredaban sobre el adoquinado de la calle Alfonso XII, a orillas del Retiro. Aquel febrero de 1914, el tráfico discurría en armonía por las calzadas de Madrid. Traqueteos de landós, mugidos de vacas, ronroneos de autocares y quejidos de tranvía convivían en el limbo de las épocas, donde lo nuevo aún se roza con lo antiguo, antes de que lo uno convierta a lo otro en obsoleto, antes de que lo relegue al olvido y le permita resurgir mucho después, transcurrido el tiempo suficiente para convertirse en reliquia.

Desembocó en la plaza de la Independencia, con la Puerta de Alcalá recluida en su isla entre calzadas, y encarada al oriente, con la esperanza de recibir a foráneos que cruzaran su umbral, un recinto vedado para todos salvo para el aliento del sol, que lo penetraba cada mañana. Las voces de los dos parlamentarios aún reverberaban en sus oídos, como reproducciones de gramófono. Sabino Castelar trató de conservarlas íntegras, tal y como hacía muchas noches de vigilia con reuniones clandestinas del ministro donde se resolvían más asuntos que en las Cortes. Las apilaba en la biblioteca de sus recuerdos, una sobre otra, tertulia tras tertulia, hasta componer su propio entramado de aquellas verdades ocultas, de aquellos engranajes que bregaban en el subsuelo y que movían la vida en las calles con el magnetismo de un imán, con el cálculo premeditado de un jugador de ajedrez.

La vieja política se aferraba a los sólidos pilares de la Restauración, al amparo de Su Majestad el rey Alfonso XIII, que permitía el viejo sistema de turno, el encasillado político, el reparto de escaños antes de las elecciones, la balanza de ideas que mantenía unido al país, liberales y conservadoras, ideas gritadas con vehemencia en los mítines y discursos, convertidas en humo al desmontarse la función. Un reposo largo, de más de cuarenta años, después de las revueltas y guerras civiles del siglo anterior, que había quedado desfasado ante los avances de la humanidad. Tras el descrédito colonial de Filipinas, Cuba y Puerto Rico en 1898, habían irrumpido hornadas políticas con discursos renovadores, acordes a los tiempos, manifestando la apatía del pueblo, la escasez de opinión, el achacoso y vacío armazón político, los vicios del sistema, el fraude de las elecciones y la corrupción. Socialistas como Pablo Iglesias, como Benito Pérez Galdós, motearon lentamente los graderíos del Senado y las Cortes, inyectando sabia nueva, espejismos de progreso. Denunciaban el caciquismo, las redes de influencia que garantizaban el reparto del poder, los pucherazos, la marginación a la que los sometía la monarquía, que ejercía de árbitro entre los dos viejos partidos, y abocaba a los nuevos a las zonas urbanas, donde el caciquismo era más frágil. Destapaban negocios turbios de la vieja política, controles indecentes de la prensa, sinrazones como la guerra colonial del Rif, que enviaba al matadero a reservistas pobres y defendía regiones como las minas de Beni Bu Ifrur, propiedad de la Compañía Española de Minas del Rif, una sociedad controlada por la Casa Güell, el marqués de Comillas y la familia del conde de Romanones, propietario a su vez de *El Diario Universal* y candidato a la presidencia del gobierno por el Partido Liberal.

A pesar de las nuevas líneas emergentes, el encasillado político se complejizaba hasta cotas insospechadas, con partidos fragmentados en facciones, faltos de disciplina y lealtad interna, con gobiernos en minoría y Cortes ingobernables. La presidencia de Eduardo Dato, proclamada por el rey en 1913, navegaba sin velamen ni carbón, ineficiente, sin apoyos ni potestad para implantar los proyectos reformadores que la sociedad exigía.

El paseo de Recoletos se desplegó ante él como un dominó intacto, con una hilada de acacias y chopos precipitándose hacia el norte, mordidos por el invierno. Avanzó por el bulevar arenado, entre desocupados paseantes que buscaban la quietud de los jardines. El Café Gijón se encajonaba junto al paseo, en el número 21. Lo buscó más allá de las vidrieras, entre los divanes de peluche, hasta divisarlo en los veladores del fondo. Hundía sus quevedos en *El Liberal*, sin faltar a su costumbre de cada mañana, un té negro, muy fuerte y al estilo inglés, que parecía atemperar la palidez enfermiza de su rostro. Sabino Castelar aguardó a que alzara la mirada y descubriera la suya. Cuando lo hizo, cruzó de nuevo el adoquinado y se encendió un cigarrillo, a la sombra de un álamo plateado.

Ernest Murray no era su verdadero nombre. Lo había conocido poco después de llegar a la capital, tres años antes, procedente de una región baldía de Caravaca de la Cruz, en Murcia, muerta para una juventud ávida como la de Sabino. Se veían allí, en aquel café apagado durante el invierno, para hablar de asuntos que los padres del joven, como la inmensa mayoría de los padres y de las familias que se aislaban en sus aldeas rurales, imbuidos en su trabajo y en sus desdichas diarias, ni siquiera llegaban a imaginar. Verdades que quizá sospecharon en algún descanso de sus vidas, en alguna tregua, en algún instante de lucidez en el que se sintieron piezas de ajedrez, simples peones que un jugador supremo aislaba en un rincón del tablero. Verdades que dejaron atrás enseguida, extraviadas en el laberinto de los días.

—¿El ministro ha cantado algo? —El inglés habló junto a él, el hongo recién calado, ensombreciendo su mirada, las manos y la barbilla enfundadas en el gabán.

—Mucho de lo de siempre —respondió Sabino—. Pero hay algo más. Algo nuevo.

—Ah, ¿sí?

El edificio de Telégrafos languidecía en las dependencias del Ministerio de Gobernación, en un angosto callejón con salida a la Plaza de Pontejos. Ernest Murray se adentró en el gabinete estrecho y lóbrego, de paredes quemadas por antiguos mecheros de mariposa que parecían enloquecer ante el traqueteo incesante de los telégrafos y las sonerías de teléfono.

La empleada de la ventanilla, una joven de mirada dulce y labia inocente, le sonrió al reconocerle.

—Aquí tiene su impreso habitual. Para Londres, vía cable de Bilbao.

Ernest recogió la misiva transoceánica, enseñando una dentadura de tizne pardusco de tabaco.

—Gracias, Marina.

Buscó un rincón calmado en un extremo del mostrador, alejado del estruendo mecánico de los aparatos y de las taquillas de conferencias telefónicas, donde las voces se entremezclaban a gritos urgentes. Desenfundó su estilográfica Parker y completó el telegrama con la soltura rutinaria de tres informes por semana.

09:30 horas. 16 de febrero 1914

Urgente

De Ernest Murray. Real Casa de Postas, Madrid

A John Bell. Oficinas de Whitehall Court, Westminster, Londres

El fantasma amenaza a Gabriel de Zulueta. El ministro está al corriente. Uno de los sobres, a su disposición.

12

Villa Zulueta, ensenada de Altzuri,
18 de febrero de 1914

La lluvia hostigaba los cristales, después se desfondaba, llorosa. Elsa permanecía de pie, en camisón, frente al armario de doble espejo. La cama limpia, sin pliegues y sin deshacer porque no podía tocarla, a pesar de que la hubieran repuesto, a pesar de que hubieran cambiado hasta el canapé. Habían pasado dos días, o eso creía. Dos días desde que despertara con las sábanas rojas. Dos días de insomnio, de ensoñación despierta, queriendo estar dormida, queriendo olvidar, queriendo volver semanas atrás, a Avingdon Street, cuando nada había pasado. Dos días encerrada en su cuarto, a oscuras, sin responder a las atenciones de sus padres, delirando, hablando en voz alta con sus recuerdos porque con la vida no podía. Dos días fantaseando con trastocar las leyes del tiempo, con infiltrarse por algún resquicio de su malla temporal, con huir al pasado, como una fugitiva del curso natural hacia el mañana. Dos días buscando la compañía de Benjamin, sus caricias en el vientre antes de que todo se precipitara, sus oídos escuchando los latidos de su pequeño corazón.

Los relámpagos cicatrizaban el cielo, lo troceaban en regiones negras. Elsa lo oía aullar en la lejanía, como un gigante mutilado. Sus heridas alumbraban el cuarto, con fogonazos repentinos y fugaces. Engullían la luz de petróleo, centelleaban en el cuerpo de Elsa, lo desvelaban, lo exponían en toda su plenitud, y desaparecían. Desaparecían con la presteza incomprensible de la electricidad.

Era un pálpito lejano, un latido acompasado de tempestad. Que mostraba y escondía. Que encendía y apagaba.

Luz. Silencio. Su camisón abierto, la piel tersa de su vientre, suave, ondulada por la gravedad del ombligo, que la atraía hacia sí, moldeándola como un torbellino, como un goteo solitario en una lámina de agua.

Noche. Y un rugido demorado, distante, más allá del cuerpo desnudo de Elsa en el espejo, y del ventanal, y de la ensenada de Altzuri. La imagen de su vientre grabada en la retina, como una visión que reverberaba. Y entonces sintió las yemas de Benjamin, su roce electrizante en la curva del cuello, en la cicatriz de la mejilla, su voz en las sombras, a sus espaldas, tumbados en la cama los dos. Habían hecho el amor, él se acababa de apartar, exhausto, y apenas recobrado el aliento retornaba con suavidad hacia ella, que permanecía inmóvil, en silencio, en posición fetal.

Luz. Silencio. Frente al espejo, de pie, las propias yemas de Elsa también rozaban su piel, se deslizaban, murmurantes, ascendían por sus senos y ella sentía el atisbo de una descarga al pasar por el pezón trémulo, que emitía un quejido de sorpresa, frágil y desvalido.

Noche. Rugido. Benjamin la volvió hacia sí. Sentía el vello de su pecho, que la empapaba con un rocío tibio, de pasión enfriada tras el clímax. Y sentía sus ojos cobrizos, ansiosos y cálidos, que miraban su rostro como si fuera lo único que deseaban mirar, como si fuera insuficiente conocerla allí y en aquel instante, y deseara también encontrarla en los tiempos en que aún no se conocían. Lo sentía insatisfecho, inquieto, castrado de amor, sin hallar el medio físico, humano, de cubrirla con sus sentimientos tal y como los llevaba dentro. Y él buscaba de nuevo en cada uno de sus labios, arriba y abajo, con el mismo ardor de la primera vez. Y ella no comprendía de dónde extraía las fuerzas, de dónde le ascendían la saliva y el aliento, tan agitados y repentinos que parecían la savia de un árbol que revive en primavera. Y ella sonreía.

Luz. Silencio. Elsa y su blancura de nácar. Elsa y su silueta desolada, de pie, en recorte impecable sobre el espejo del armario. Elsa y sus recuerdos, y el espejismo de ese vaho recóndito, invisible, que desprendía el cuerpo de él y la envolvía cuando dormían juntos. Elsa y las lágrimas que serpenteaban por su cuerpo desnudo, como regueros de tristeza.

Noche.

Se apoyó en el alféizar de piedra caliza, la mirada fija en el ventanal de su cuarto, que parecía un estanque de negrura insondable. El cántico de la lluvia se desvanecía en un rumor distante, a pesar de sentirla a solo un palmo, a través del cristal. Elsa esperó, mirando al jardín negro, mirando a la nada, porque nada era lo que tenía dentro para mirar.

La ventana se encendió en la lejanía. Y quedó allí, flotante, como una luna cuadrada.

Tardó en reaccionar, tardó en comprender el significado de aquella luz, de aquella ventana iluminada al final del jardín, en la casa vieja. Sus sentidos despertaron, lentamente, mientras recordaban, mientras establecían relaciones. La voz de Cosme. Los cuentos para una niña. El cuarto prohibido. Las luces que prendían en mitad de la noche, cuando estaba cerrado y sin llama dentro de él.

«Y se oían voces y pasos. Y nadie vio nada jamás.»

«A veces los veo, en mitad de la noche. Son solo sueños, *ama*.»

«Hola, Elsa. Soy tu padre.»

«Búscanos en la casa vieja.»

Se vistió con presteza, a medias, sin desprenderse del camisón. La blusa de bordado inglés, la falda plisada, el abrigo. Navegó en la penumbra de los pasillos, con pasos cautelosos que huían del crujido. Salió a los jardines, a la noche glacial, a la lluvia negra que mojaba con frío. Sintió el desamparo de no llevar paraguas, vaciló con volver, y de pronto se percató de su reflejo instintivo, de su hábito adquirido al sentirse madre, esa protección obcecada y precavida frente a las amenazas, esa angustia maravillosa de sentir que no solo era ella.

Continuó sin paraguas, sin faroles que iluminaran el sendero fluctuante. Ya no importaba.

La brisa correteaba desde el mar y mecía el bosque de sombras del jardín. Las ramas se agitaban y las hojas siseaban como serpientes en la oscuridad. Y más allá, al final del sendero, la luz. Solitaria.

El diluvio se filtraba por las rendijas, goteaba cerca y lejos, en el silencio, con una sinfonía rítmica de notas diferentes. La casa vieja chirriaba como un navío antiguo, varado en la tempestad, en un limbo de tiempos, de mundos paralelos. No se vislumbraba rastro de Cosme. Él no sabía lo de las sábanas rojas. Nadie en el servicio lo sabía. Se lo había oído decir a sus padres cuando entraban en su cuarto con intentos estériles, ridículos, de aliviarla: «Mantendremos el incidente en secreto. Lope se encargó de retirar las sábanas, el médico la supervisó en la más absoluta discreción, nadie en el servicio vio la sangre.» Sangre. Le trepaban las arcadas al oírlo.

Suspiró en el zaguán, sintiendo chorrear su abrigo en los tablones encerados del suelo, y ascendió hasta el piso superior. Escuchó su aliento agitado, que arrastraba desde los jardines y parecía desubicado en la quietud de la casa. La vio asomar en el resquicio de la última puerta. Del cuarto prohibido. Una línea de luz.

Aguardó al otro lado, avivando los oídos, forzándolos hasta imaginar que oía. Empujó la puerta. Estaba cerrada. Cosme tenía las llaves. Vaciló con despertarle, si es que estaba dormido, pero lo desechó porque desconocía cuál era su cuarto. Bajó entonces a los fogones, silenciosa, buscando y esperando no encontrarlas, y sin embargo allí estaban, pendiendo de la pared, visibles, entre manojos de cebollas. Campanillearon en su mano, mientras ascendía de nuevo y crujía en los tablones, mientras le oprimía la penumbra del pasillo y suspiraba ante la puerta.

Los goznes emitieron un tenue quejido y el cuarto la recibió iluminado, con un quinqué de petróleo sobre los tablones, en el centro. Solo el quinqué. Solo él entre las paredes desconchadas, con el ventanuco que daba al jardín. Solo él en el cuarto cerrado.

Tardó en reunir el coraje para mirarlo. Continuaba allí, incrustado en los muros, con su armazón de roble viejo, su ebanistería de símbolos marinos, su fachada ajedrezada con infinidad de cajones y gavetas.

Caminó hacia él, hasta sentir su presencia imponente. Navegó por sus hebras, por sus dibujos de espectros, de bergantines encallados, de cielos estrellados. Lo hizo con el corazón en redoble, mientras sus ojos descendían lentamente hasta el último cajón de la izquierda. Contuvo el aliento, prensó la dentadura, creyó sentir que se le fugaban los latidos. Deslizó el cajón con un susurro quejumbroso, hasta el golpeteo final.

El sobre la aguardaba anónimo y clandestino, idéntico al anterior. Lo contempló, sin atreverse a tocarlo, embrujada por el hechizo que parecía desprender, sintiendo que aún irradiaba el calor de otro mundo, de otra época. El lacre, el fantasma, el reloj de sol. Se inclinó para recogerlo. Sus yemas hollaron el rastro de seres vaporosos, convertidos en cenizas mucho tiempo atrás, extintos, vivos.

La misma mirada inmortal, el mismo cosmos de arrugas, el mismo rostro, el mismo hombre. Su padre. Arnaud Mendíbil. De pie, ante la cámara, posando en el mismo lugar, frente a la iglesia derruida, frente al pueblo de Altzuri. En 1883. La misma cuartilla de papel grueso. La misma letra escorada hacia delante, como arrastrada hacia el futuro. Hacia ella.

La verdad sigue oculta. Estaré ahí. Aunque tú no lo sepas. Aunque te sientas sola. Me encanta la cicatriz de tu mejilla. Nadie te abandonará, Elsa.

La volvió a leer. A leer. A leer.

Lloraba. Las letras irrumpían en sus ojos y salían de nuevo, cargadas de lágrimas, como ladronas de emociones. Se rozaba la mejilla, su cicatriz de nacimiento. Se la rozaba como si acabara de sentir el tacto de una caricia invisible, a través de los años, desde el pasado. Las letras solo eran un pretexto. Lloraba porque tenía que llorar. Y así se dejó llevar por lo inverosímil del Armario del Tiempo.

—No es posible —susurró.

—Casi todo es posible, tarde o temprano.

Cosme la observaba desde el umbral, bajo el cántico de la lluvia, que resonaba en las techumbres. Siempre ahí, omnipresente. Elsa no le ocultó el sonido de sus lágrimas. Mantenía su mano en la mejilla, como si se la acabara de abrir.

—¿Cómo lo pudo saber?

El anciano se encorvaba como un viejo árbol, inmóvil.

—De algún modo, lo predijo.

—¿Cómo ha llegado hasta aquí? —insistió ella, sosteniendo el retrato, señalando al cajón—. La luz estaba encendida. El cuarto cerrado.

Cosme alzó la mano, lentamente, hacia el Armario del Tiempo.

—Tal vez tu madre tenga razón, y sea un mensajero del más allá. O del pasado.

Elsa parpadeó, incapaz de entenderlo, sacudiéndose aquel manto de irrealidad.

—No quiero más mentiras, Cosme.

—Eso que sostienes ha salido del armario. No tengo nada que ver.

Elsa miró al anciano, incrédula, sintiéndose una niña acechada por fantasmas. Sintiéndose en un sueño, porque en un sueño era donde quería estar.

—¿La has encendido tú?

Negó el jardinero.

—Te he oído. Aprendí a compensar la ausencia de ojos.

—¿Qué sucedió en 1883? —preguntó Elsa.

El viejo jardinero acertó al mirarla.

—El mar, Elsa. Eso sucedió.

—¿Por eso mi madre no se acerca al mar?

—Es una larga historia. No soy yo quien debería contarla.

Cosme se acercó, lentamente, con la certidumbre de saber dónde pisaba, hasta alcanzar el armario, hasta acariciarlo como a un ser vivo, único, maravilloso.

—El mar es tan inexplicable como las estrellas —murmuró—, por eso se enredan muchas noches.

IV

Vaguada de Errekamendi, ensenada de Altzuri, 1867

—Nuestra tierra es un tesoro, hijo mío. Como hicieron nuestros antepasados, tenemos que vivir de ella.

Se lo dijo su padre mientras lo guiaba por territorio minero, bordeando la profunda zanja de una cantera. La pulcra esbeltez de su figura contrastaba con los sucios obreros, encorvados sobre los picos. Caminaba con gesto distinguido, observando los avances del trabajo mientras balanceaba el bastón al ritmo de sus pasos. Lucía chistera, levita y pantalón a rayas de excelente paño inglés, a juego con el chaleco, donde asomaba el brillo dorado de una cadena relojera.

Los mineros atacaban el muro sin contemplación, con sus picos y palancas, en un persistente repiqueteo que levantaba nubes de polvo. Parecían seres rocosos, tiznados de un rojo negruzco, sumisos bajo la vigilancia de los capataces. Su rítmico golpeteo apenas ahogaba las palabras de Félix Mendíbil, que brotaban vibrantes de emoción, como si el proyecto de su vida, el incesante rumiar de sus fantasías más íntimas, hablara a través de ellas.

—¿Oyes eso, hijo? Es campanil. Se le llama así por el sonido metálico que produce al romperse. Es la voz de la montaña, que canta para nosotros y nos concede su riqueza.

Arnaud escuchaba a su padre, que destilaba pasión mientras señalaba a los expertos ingenieros, enviados por mister

Rawlins para supervisar la extracción de los yacimientos en la vaguada de Errekamendi, a una legua de Altzuri, siguiendo la ría tierra adentro. Su entusiasmo lo alegraba y lo confundía a la vez. Cada vez que visitaban las minas, sentía sumergirse en pensamientos desleales, por verse incapaz de compartir, al menos en su plenitud, la dicha de su *aita*. Lo veía a él, entregado en cuerpo y alma a la empresa familiar, perdiendo sosiego y horas de reposo, ganando vejez en su cabello encanecido y su mirada ojerosa, fascinado en su sueño.

Y se veía a sí mismo, ocultando su desazón para no ensuciar la felicidad de su padre, sintiéndose inmerso en un engaño perpetuo, el de no compartir el proyecto de los Mendíbil. El paisaje de su infancia, aquel territorio boscoso donde brotaban los secretos, se había trastornado a un ritmo vertiginoso. Milenios de paciente formación, de tierras que se desplazan con lentitud, alzándose, plegándose, creando ríos, prados y bosques, desvanecidos en apenas cinco años, desde que volvieran de Londres e iniciaran la explotación de los yacimientos. Aquel polvo rojizo cegaba la vista y nadie, salvo él, parecía advertir el tinte sucio e insano del mineral de hierro.

Jamás llegaría a confesárselo a su padre, pero la montaña no cantaba, gritaba.

Mientras avanzaban, Arnaud contemplaba la dulce vaguada de Errekamendi, agonizando bajo la mano del hombre. Sus cumbres aparecían mutiladas, con sus esponjosos declives cercenados sin piedad por la piqueta y los explosivos. El lugar parecía un animal herido, tajado en su vientre, comenzando primero en las alturas, en las canteras donde se extraía el mineral, con explanadas, despeñaderos, graderíos y escalones de tierra férrea, donde apenas brotaba alguna planta enfermiza. Allí arriba, la tierra era corroída sin contemplación, una lepra humana que escarbaba en sus entrañas, destapando el esqueleto calcáreo, carcomiendo el fresco estrato que nutre la vida.

Después, los caminos mineros reptaban cuesta abajo, entre almacenes de barrenos y chabolas de peones, mancillando la hendidura del valle, su antiguo discurrir hacia la ría y el mar. Se distinguía la lenta procesión de los bueyes y los carros, que arrastraban el mineral de las canteras como hormigas laboriosas. La travesía surcaba la barriada de Errekamendi con sus casuchas ennegrecidas, y se perdía a los lejos, en la ría brumosa.

Allí, como un castillo feudal, asomaban las torres del alto horno de fundición, la gran obra de los Mendíbil, aislada en las llanuras de la ensenada, entre arenales y campos de cultivo. Sus chimeneas expulsaban un continuo aliento de vapores amarillentos, que se fundían en las nubes y velaban la desembocadura en el mar y la entrada al puerto en el pueblo de Altzuri, más allá, en el distante horizonte.

La nueva fábrica engullía el mineral de las canteras, fabricando lingotes de hierro colado mediante dos altos hornos, uno de carbón vegetal y otro de coque. El proceso se ultimaba en las refinerías y hornos bajos, con la conversión en hierro dulce y su elaboración en un tren de laminación. A pesar de ello, la técnica de Henry Bessemer se encontraba en fase de prueba, y eran muchos los problemas que aún entorpecían la producción. Los principales beneficios se obtenían mediante la venta directa del mineral, que se cargaba en caballerías, con destino hacia el interior, y en los vapores ingleses que dormían en la ría. Poco antes, de las entrañas de sus cascos habían salido grandes tanques colmados de carbón, procedentes de Cardiff, Newcastle, Swansea y Londres, de mejor calidad y más baratos que los vascos, para volcarse junto a los hornos, que los engullían como gigantes insaciables. Era la mecánica del muelle, que aspiraba y exhalaba sin cesar, entregando el hierro de sus montañas y adquiriendo el carbón extranjero.

Félix asentía a los informes de su infatigable secretario, don Hermes, que le acompañaba con pasos torpes y apresurados, vestido con sencillez, bombín y chaleco gris, y con una carpeta de cuero bajo el brazo, donde asomaban documentos, cuentas y poderes notariales. Su boca expulsaba un interminable torrente de palabras que alertaban sobre la complejidad del negocio minero y siderúrgico. Irregularidades del caudal de la ría que atravesaba la fábrica, lingotes que salían defectuosos y llenos de escoria, reparaciones de trenes de laminación y hornos de pudelado, búsquedas de técnicos capaces, de administradores y contratos de material ferroviario, y problemas de abastecimiento del carbón vegetal, que dependía de un propietario inglés de vapores que transportaba coque a Burdeos, Dunkerque y otros puertos franceses, y que exigía nuevos pagos por el riesgo que entrañaba navegar el colérico mar del Cantábrico.

—Llevamos año de mal agüero, señor. Las tempestades se ensañan en nuestra costa y los barcos naufragan. El señor Roosevelt ha perdido dos de sus naves y requiere una compensación por colaborar con nosotros.

—Eso ya no es un problema, don Hermes. Nuestra nueva adquisición lo solucionará.

—Insisto en lo precipitado de ese proceder al que hace referencia, señor. Le recuerdo que su inversión en los hornos supera el millón de reales, es casi el completo de su activo. Por no hablar de la crisis, del grave decaer de sus acciones en el Banco de Bilbao y en el Ferrocarril de Tudela, y las competencias vecinas que pretenden hundirle, la fábrica de Bolueta y los Hermanos Ybarra y Compañía, que abarcan la mitad de la producción vizcaína. Deberíamos reducir costes y exprimir la producción.

—¿Pretende moderar el salario de estos hombres?

—Deberíamos contratar obreros más cualificados. Además, sería necesario no interrumpir la producción, solicitando a las autoridades trabajar en los días festivos, primar la actividad de los hornos de segunda fusión sobre la del alto horno y reducir los capitales ajenos aumentando los propios.

—Eso es lo que haremos con nuestra nueva adquisición, aumentar nuestro propio capital.

Arnaud contemplaba a su padre, que desoía las palabras de don Hermes y se volvía hacia él con una sonrisa, para advertirle sobre los pinches de las minas, que llevaban a los barreneros sus cartuchos de dinamita. Desconocía la naturaleza de la nueva adquisición, y desestimó preguntárselo en aquel instante, aunque coincidía con la opinión cautelosa del secretario don Hermes. A pesar del nuevo negocio que emprendían, la crisis financiera continuaba con su implacable azote al país. Las graves pérdidas en las principales compañías ferroviarias arrastraban consigo bancos y sociedades de crédito, alimentando la prensa diaria con noticias de quiebras y hundimientos. La construcción de la línea férrea Tudela-Bilbao permanecía en suspense, y el pánico sacudía la costa, con centenares de inversores que veían el precio de sus acciones reducido de los cien a los cinco duros. A ello se añadían las funestas cosechas de los dos últimos años y la paralización del incipiente desarrollo urbano, con novedosos planes de ensanche, preocupaciones como la seguridad, la pavimentación, el alumbrado de gas, la higiene y el alcantarillado, atrapados en planos. Eran todos trances de naturaleza dispar, que se alimentaban mutuamente y se contagiaban como la peste, inflando el hartazgo general del país.

La monarquía de Isabel II prolongaba su falsa comedia, con un inestable baile de gobiernos, de políticas turbias, de constituciones incumplidas, de ayuntamientos corruptos y engaños electorales basados en el pueblo, el único que perdía nuevas generaciones en las quintas de Ultramar. Sublevaciones, represiones, fusilamientos, muchos hablaban de un golpe de Estado. Y se percibía la proximidad de un abismo.

Félix se había detenido frente a un balcón originado en la roca, tras dejar paso a una carreta de bueyes. Cebaba su pipa de barro, con la mirada entrecerrada sobre el paisaje, reflexivo. A pesar de la repentina enormidad de su empresa, sabía que su tesitura era delicada, y una leve agitación de gobiernos podía derribarla.

La incertidumbre lo seguía junto a su sombra, pero él sonreía, víctima del miedo, del miedo que se arropa con sonrisas.

—La fortuna nos sonríe —decía ante su hijo, como buscando justificarse, asegurarse, convencerse él también con palabras ahuyentadoras—. Nuestras venas son excepcionales y los ingleses las desean. Ellos nos traen su carbón, de mejor calidad que el nuestro, y nosotros les enviamos el hierro.

Nuestro joven Arnaud observó a su padre, que daba largas chupadas a la pipa, abstraída la mirada. Temía destapar su miedo.

—Les entregamos nuestra montaña, *aita* —lo dijo con palabras pequeñas, como siempre que dejaba ver la luz a sus sentimientos.

—Y a cambio, ellos nos entregan sus bosques, hijo.

—Pero yo no los veo.

Félix se volvió, posando la mano en su hombro, sonriéndole, ignorante del tormento que se desataba en el interior de su hijo.

—No tengas miedo, Arnaud. Nuestra vida cambiará a mejor, el mundo del futuro se construirá con el hierro de nuestra tierra.

El joven guardó silencio, desviando la mirada hacia el paisaje, para no enseñársela a su padre. Contempló la barriada de Errekamendi, sus míseras casuchas, aquellas callejuelas que a veces recorría a escondidas de su familia. Observaba a sus gentes, sintiendo una curiosidad extraña, atrayente, tan inexplicable como el mundo en el que, a sus quince años, seguía abriéndose paso, cada vez más complejo y confuso. A veces se prometía no volver, porque sus paseos alimentaban su desazón. Su padre había traído un trozo del Londres oculto, el infame, el de los distritos, para depositarlo allí, en su querida barriada.

Una voz sofocada, que ascendía por el camino minero, acalló sus pensamientos.

—Señor Mendíbil —jadeó el hombre, un capataz de las fábricas—. Perdimos otra nave, en el temporal del viernes. La vieron naufragar cerca de Plymouth. Sus luces se apagaron a medianoche.

Aquel día, al retornar de las minas, su padre y doña Hilaria despertaron de su habitual indiferencia y compensaron la ausencia de palabras de los últimos meses. Arnaud recibía ráfagas entrecortadas, distantes, del temporal, aquella vez humano, que se desataba en el salón. Se refugiaba en el cuarto prohibido, en el museo olvidado de su tío Vicente, entre piezas navales que palpitaban como seres vivos, bajo la luz ambarina del quinqué. Releía la última novela de Jules Verne, una traducción clandestina, reducida, que le había conseguido su *aita* sobre la edición francesa de *Voyage au centre de la Terre,* que había asombrado al público en 1864, alimentando sus fantasías ya encendidas. Trataba de alejarse de la discusión, sumergiéndose en las tinieblas de la Tierra, junto al joven Axel y el prestigioso profesor de mineralogía Otto Lidenbrock. Sin embargo, las voces del salón se interponían entre las de los personajes y tuvo que levantarse, incapaz de concentrarse.

Una vez más, terminó perdiéndose en aquel universo ignoto, de piezas marinas y mapas antiguos, dibujando con sus dedos en el polvo, destapando los cuerpos de bronce. Sus pasos vagaban, un contrasentido en aquel lugar plagado de ingenios para no perderse, para guiarle a su destino. Terminó donde lo hacía siempre, donde sabía iba a terminar, a pesar de su demora y sus vacilaciones. Porque él disfrutaba de aquel acercamiento al Armario del Tiempo.

Lo contempló, anónimo y clandestino, con su madera barnizada y tallada con ornamentos simbólicos, marinos, de significado desconocido. Se inclinó sobre el primer cajón de la izquierda y lo arrastró hacia sí.

En su interior despertó él mismo, su expresión inocente de 1862. Aquel cobijo era su escondite. Cogió la placa de vidrio, barnizada para protegerse del tiempo, y acercó su mirada a la suya. Aún sentía el pavor de aquella máquina, de aquel ojo subyugante por el que miraba la luz para escribir rostros. Aún oía la voz del profesor Higgins, sumergida bajo la tela negra, pidiéndole una sonrisa que no se atrevió a esbozar. Lo recordaba con su andar averiado, con sus palabras fervientes al mostrarle la ciencia, con sus dibujos frenéticos del Fantasma de Pepper, y con su repentino suspense al preguntarle, con la solemnidad de las preguntas esenciales, esas que solo se responden una vez en la vida, si se atrevía a saber. Y Arnaud, a pesar de haberlo hecho entonces, continuaba respondiéndole, mientras contemplaba el retrato y vivía en los recuerdos en la intimidad del cuarto prohibido. Lo hacía una y otra vez, año tras año desde que volvieran de Londres sin su medio hermano Gabriel. «Sí, quiero saber.»

Aún arrastraba el escozor de imaginarlo allí, en aquella isla, en la vanguardia de la humanidad, entre maestros y lecciones avanzadas, disipando a machetazos las brumas de lo desconocido. Allí debía estar Arnaud, en primera fila, adentrándose en la jungla de la modernidad. Jamás olvidaría la silueta encogida de su hermano, perfectamente acicalada, con el chaqué negro, el cuello postizo y los pantalones rayados recortándose sobre el perfil gótico del colegio inglés, que engullía niños a lo lejos, al final de un césped impoluto. Recordaba sus brazos inertes, larguiruchos, recibiendo el abrazo de *aita*. Y recordaba, compadecido a pesar de la envidia, su pavorosa mirada, el vértigo inclemente de verse ante una nueva vida, en un lugar distante, más allá del mar infinito.

Arnaud lo había visto cada año, cuando regresaba durante las vacaciones, salvo el último verano. Gabriel había surcado el océano Atlántico para formarse en las plantaciones de caña de azúcar que su tío Avelino, el hermano mayor de doña Hilaria, administraba en Cuba. Llevaba mucho sin verle y su mente, siempre revoloteadora, lo imaginaba convertido en un hombre distinguido, instruido por maestros elitistas, curtido en mil experiencias, con una vida fértil, dispersa por el mundo.

Un leve golpeteo, delicado como el de un pajarillo, cantó en la puerta del desván. Arnaud se volvió, sobresaltado. En la rendija entreabierta asomaba la figura corpulenta de Cosme, el amo de llaves. Servía en la casa desde los tiempos de la guerra civil, siendo un niño, cuando aún vivía el tío Vicente y los abuelos de Arnaud.

—¿Está usted bien? —Su voz, un dulce murmullo, parecía atenuarse bajo la de doña Hilaria, que atravesaba los muros como dagas afiladas. Contempló el retrato que Arnaud sostenía entre sus manos y no dijo nada. Con el permiso de Félix, Cosme se había convertido en su cómplice secreto, en su llave solícita para entrar en el cuarto prohibido, sellado, desde siempre, por orden de doña Hilaria. Arnaud le agradecía el gesto, por el riesgo que corría.

—Sí, gracias, Cosme.

El sirviente asintió, diligente.

—No se preocupe, queda poco para que amaine. Antes de marcharse, no olvide guardar su recuerdo en el armario. Yo me encargaré de cerrar el cuarto.

Dejó la puerta entreabierta y desapareció por el pasillo, disipándose el rumor imperceptible de sus pasos. Arnaud se acercó para cerrarla, pero las voces del salón le alcanzaron con la nitidez de una revelación.

—Es mi hijo, y tiene derecho a recibir los frutos de la Sociedad Mendíbil.

—El heredero es Gabriel, lleva años formándose para esto.

—Porque tú así lo quisiste.

—Dos matrículas en Eton College eran excesivas. Instruirás a Gabriel a su vuelta, para que te reemplace como principal gestor.

—La Escuela Especial de Náutica no es lugar para Arnaud.

—Necesitamos marinos capaces, pilotos propios y licenciados que no naufraguen con toneladas de mineral. Otra pérdida más y tendremos que endeudarnos.

—Jamás convertiré a mi hijo en un hombre de mar. Primero fue mi padre, y después mi hermano. No lo permitiré, Hilaria, no con Arnaud.

—Soy la accionista mayoritaria. Si te niegas, retiro los fondos de mi familia. Te hundirás solo, Félix.

La respuesta emergió de la escalera en penumbra y cortó, de cuajo, la airada conversación.

—Está bien, acepto. Estudiaré para piloto mercante.

Sus pasos habían descendido por los escalones, inaudibles, hasta interrumpirse en su boca. Sintió las miradas trastornadas, sorprendidas, orientarse hacia él con el magnetismo de una brújula. Primero fue su madrastra la que se recompuso en una sonrisa de suficiencia, de sombrío placer. Arnaud saboreó la rabia en sus labios mordidos, paladeó la resignación, la impotencia, la decepción, cuando su mirada se entrelazó con la silueta abatida que, junto a doña Hilaria, lo contemplaba en silencio. Su padre parecía estragado por una vejez repentina, como hechizado por un conjuro que lo catapultaba en el tiempo, que lo despojaba de vitalidad. Sus ojos eran dos lagunas de agua temblorosa, donde aún flotaban las palabras dolientes de su hijo.

Los carpinteros de la ribera zumbaban en el aire con sus hachas y azuelas, cortando los tablones, barrenándolos y armando las escotillas. Sus voces se elevaban al cielo con *zortzikos* y sones de tamboril, que aliviaban el tajo y parecían danzar con las nubes, espléndidas aquel día, como un archipiélago esponjoso, alegre junto al sol. Sobre el arenal de la ensenada, el bergantín goleta parecía un titán en nacimiento, con las costillas al aire, sujetas por puntales y martilladas por la cuadrilla de calafates que bullía a su alrededor, entre barrenos, mazos, gubias, gatos para alzar pesos y calderas negras llenas de alquitrán.

El astillero de los Hermanos Mikeldi se asentaba en los fangales negruzcos de la ría de Altzuri, junto al puente colgante y frente al puerto del pueblo. Eran media docena de barracones y almacenes, alzados en la arena con maderos salitrosos de naves desguazadas. A su alrededor se extendían los restos de una factoría en decadencia, con armazones inconclusos de barcazas, aparejos abandonados y roídos carriles de botadura descendiendo al agua.

—Cuando concluyan con la cubierta del esqueleto, emplearán las virutas de las tablas sobrantes para hervir el alquitrán y extenderlo por las hendiduras con los candiles de calafatear. Así se protege de filtraciones. —José Mari Mikeldi, único descendiente de la familia de armadores, los guiaba por las pasarelas de maderos, cubiertas por rémoras petrificadas y musgo húmedo, que enlazaban los almacenes cuando la marea subía. Los seguía su hijo Gregorio, de diez años, que algún día heredaría el astillero.

—¿Cumplirán los plazos, José Mari?

—Siempre los cumplimos, máxime en los tiempos que corren, don Félix, que el trabajo escasea.

Hermanos Mikeldi había vivido tiempos mejores, con producciones esplendorosas en los siglos XVII y XVIII, trabajando para la Armada y fabricando fragatas y galeones de generoso tonelaje. Tras la agonía de la guerra civil en 1833, la industria naval vasca había revivido gracias a las nuevas leyes de protección arancelaria y a la integración de la costa en el sistema aduanero de la Corona, que contribuía al comercio y al transporte marítimo. Sin embargo, su actividad se tambaleaba ante las nuevas industrias que bebían del vapor. Una sombra de inquietud erraba por los astilleros vascos, el mordaz susurro que vaticina el fin de una era. Lejos de las grandes arboladuras de la Marina, Hermanos Mikeldi se contentaba con trabajos menores de comerciantes y pescadores; lanchas, gabarras, lugres, paquebotes, cañoneras, goletas y a veces pequeños bergantines.

—Dos meses y se procede con el aparejo de goleta, el mesana y el trinquete que nos traen de Navarra, de la selva de Irati.

—¿Y la máquina de vapor? —preguntó Arnaud.

El armador, sudoroso bajo la humedad ardiente del arenal, con las perneras remangadas hasta la pantorrilla, interrumpió su discurso, algo desubicado por la pregunta, que le arrancaba de su mundo de madera. El joven lo observó con cierta melancolía, y lamentó lo inoportuno de su intervención.

—Las máquinas, caldera, chimeneas y hélice las instalan en Bilbao —le aclaró su padre—. Una vez los hombres de José Mari concluyan con su inestimable tarea.

—Ya verá usted, joven Arnaud —añadió el armador, agradecido por la cortesía de Félix—, cuando se licencie como piloto, navegará con el orgullo de la ribera.

—No lo dudo, José Mari. Honraré su obra allá donde me lleve.

Ambos, padre e hijo, cruzaban la ensenada por el puente oscilante, de vuelta al caserío. Su silencio se ocultaba entre los gemidos de las poleas, temerosas de caer sobre las aguas mansas, que se deslizaban hacia el mar sobre un lecho fangoso. Desde su consentimiento para hacerse hombre de mar, Arnaud había temido aquel silencio. No era íntegro, porque las palabras fluían entre los dos. Era preciso, limitado a todo lo que tuviera que ver con su decisión, como si aquel asunto exigiera un idioma inexistente. Su padre había sellado su decepción, guardándose las palabras mordientes de su hijo mientras discutía con Hilaria, y a partir del día siguiente su actitud había continuado el curso natural, como las aguas de Altzuri.

—Tendrás que pensar en un nombre para la botadura.

Arnaud alzó la mirada de la trocha pedregosa que ascendía al caserío.

—Lo pensaré —contestó.

Siguieron caminando por la vegetación luminosa, con pasos acompasados, susurrando entre las piedras.

—*Aita.*

—Dime, hijo.

—Me gustaría descubrir el mundo. Siempre lo he querido.

—Lo sé. Ahora tendrás la ocasión.

Las campanas de Altzuri repiquetearon la sexta, la hora del Ángelus, invadiendo la ensenada con sus voces metálicas, ancestrales.

—*Elsa.*

—¿Cómo dices, hijo?

—*Elsa.* Lo llamaré *Elsa.* Como el nombre de *ama.*

V

Villa de Bilbao, otoño de 1868

—¿Ha gozado de lecciones fructíferas, señorito Mendíbil?

Arnaud saludó al cochero de su padre, Tasio, que lo aguardaba en el pescante con la chistera inclinada. Los estudiantes emergían de la escuela en corrientes de rumores, y se dispersaban por las calles de la villa, como pequeños regueros.

—La clase de Goldacarena ha sido interesante —respondió, oscilando las ballestas al subirse al landó.

—¿Aritmética?

—Trigonometría. —Arnaud cerró la portezuela, dejando la ventanilla delantera abierta—. Llévame donde siempre, Tasio.

—Como desee. Y perdone que insista; sabe usted que no diré nada, pero don Félix debería estar al corriente de sus incursiones clandestinas a lo Hernán Cortés.

—No visito a salvajes, Tasio.

—Dios me libre de insinuar eso. No se crea usted, que uno no olvida sus orígenes. Lo digo por ahorrar malentendidos, que siempre es mejor enterarse por boca propia que por ajena.

El joven oyó el restallar del látigo y, en la leve penumbra del carricoche, se dejó mecer por el suave traqueteo de las ruedas.

Se iniciaba su segundo curso en la Escuela Especial de Náutica, donde se impartían los estudios para piloto de la Marina Mercante. La sede se emplazaba en el Instituto de Segunda Enseñanza de Bilbao, en la calle Iturribide, en un edificio neoclásico, elegante y sobrio, alzado en 1847 sobre el desamortizado convento de las religiosas de la Cruz.

Se alejaban de la villa, y el landó parecía bailar con el adoquín, contagiando el incesante bullir de su cabeza. Constantemente lo asaltaban los ecos recientes de las clases. Su fascinación crecía a medida que profundizaban en los entresijos de cada materia, una revelación tras otra, con respuestas que escondían nuevas preguntas, nuevos misterios que confirmaban sus sospechas: el mundo era eterno, inagotable y maravilloso. Sus labios murmuraban en la oscuridad, hilando en silencio teoremas de Aritmética, de Álgebra, de Geometría, leyes de Física, de Cosmología, de Pilotaje, de Maniobra, de Dibujo Hidrográfico.

Se adentraron en la región montañosa que cercaba la villa, serpenteando por el camino orillado de hayedos y robledales, bajo un cielo nostálgico, donde el otoño arrancaba la vida a los colores. Desde luego, aquella tarde de septiembre nuestro joven Arnaud desconocía el rostro oculto de su pasión encendida, que sellaba su destino y lo encauzaba, inexorablemente, hacia el acontecimiento atroz que terminaría por sacudir su existencia.

Mientras emergían a la costa y cruzaban el puente de Altzuri, Arnaud no reflexionaba sobre su avidez de mundo, sobre su fascinación por el otro lado de las cosas. Tenía suficiente con sentirlo, con dejarse embriagar por su aprendizaje, circunstancia que hacía correr el tiempo y el paisaje, ese que desfilaba en la ventanilla, ante sus ojos que veían sin ver. Así, en aquel estado de evasión, continuaron por la ribera arenosa, tierra adentro, dejando atrás el caserío Mendíbil, hasta la vaguada de Errekamendi.

—Aquí le dejo, Arnaud. —Las bestias se detuvieron a los pies del camino minero, junto a la ría chispeante y el rugir de los altos hornos, que emanaban sus alientos de humo como bestias insaciables—. No se demore demasiado.

—Descuida, Tasio. Volveré antes del anochecer, con la campanada de las Completas.

El joven descendió del landó, despidiéndose del cochero y encarando la ascensión a las canteras. En su parte baja, la vaguada conservaba tierras de labranza, aún vírgenes de la industria, donde humeaban los caseríos lejanos, con vacas silenciosas y aldeanos que detenían su labor para rezar el Ángelus de las Vísperas. La irrupción de las minas y el comercio inglés, a la puerta de sus hogares, había alimentado el rencor de los campesinos, que temían ver su vida engullida por la industria. Sin embargo, muchos subsanaban la crisis malvendiendo sus tierras a los empresarios burgueses, impotentes, a sabiendas de la estafa, ahogando sus penas después, en la iglesia y ante un cura que les hablaba de fueros y tradiciones, alimentando su inquina hacia lo nuevo.

La castidad del paisaje se degradaba con la altura, y Arnaud alcanzó la barriada un cuarto de legua después, con el cambio de turno. La única calle de Errekamendi era una cuesta tortuosa, sumergida en un fangal negruzco que serpenteaba hasta las canteras. La oprimían dos hileras de pequeñas casuchas, erigidas en paredones rojizos de mineral férrico, con balcones y techumbres de madera corroída por las lluvias. Los mineros retornaban con sus picos y azadones, arrastrándose con lentitud, y apenas saludaban a los chiquillos que aguardaban en las puertas. Las mujeres descendían con las carretas colmadas de mineral, guiando a los bueyes sumisos, que cabeceaban bajo los yugos de carnero. Para Arnaud, todo en aquel lugar parecía impregnado de escoria, como si la montaña, al sangrar bajo el pico y el barreno, arrojara sobre sus verdugos los desechos de su preciado mineral. Era un sudor mugriento, de brillo extinto, que emergía en los rostros y los ropajes de los habitantes, y manifestaba la certeza de que allí se respiraba y se comía inmundicia. Sin embargo, y a pesar de todo aquello, el joven acudía allí tres días por semana, a escondidas de su familia.

Sonaron varias cornetas en las alturas cercanas, inundando la barriada con inútiles llamadas de alarma. Primero emergió el temblor, martilleando los pies y zarandeando las raquíticas casuchas, y después estallaron las detonaciones, que asomaron a lo lejos, en las canteras, entre nubes de polvo rojo y piedras en lento vuelo. En la calle, la gente apenas alteró su quehacer, no hubo comentarios ni miradas al cielo. Era una indiferencia asentada, los barrenos de las minas disparaban varias veces al día, estremeciendo la vaguada con un persistente bombardeo. La montaña tronaba desde sus entrañas con gritos de guerra, repetidos hasta la saciedad, adheridos a la vida de los mineros hasta volverse inaudibles.

Por fin los vio. Descendían junto a un grupo de mineros, Gervasio Espejo y su hijo Santi, extenuados de partir los bloques arrancados por los barrenos, de acarrear pedruscos en las vagonetas y los carros, de azuzar a los caballos y a los bueyes.

Santi lo saludó con una breve inclinación de cabeza, rezagándose del grupo.

—¿Un chapuzón en la ría?

Su mejor amigo negó en silencio, suspirando. Aquella era su respuesta cada vez que se saludaban. Un suspiro. Y por eso Arnaud había dejado de preguntarle por su labor en las canteras, y lo recibía siempre con una propuesta de aventura.

—Tengo que ir a la cantina.

La mirada de Santi colgaba en su rostro, bajo la gorra.

—De acuerdo. Te acompaño.

—Vamos a casa antes, necesito la credencial para las raciones.

El hogar de los Espejo, una casucha más, arrinconada en la calle, parecía encogerse junto a sus moradores: pequeña y lóbrega, de vigas combadas y con un ventanuco de luz mortecina que apenas alcanzaba las paredes. Su madre, con delantal de arpillera y falda jalonada de remiendos, bregaba junto al fogón, atenta al hervor del puchero y a la verborrea de su marido.

—Esa maldita cantera nos enterrará a todos —farfullaba Gervasio.

Dos semanas antes se había producido un desprendimiento en las minas de Errekamendi. Los obreros habían trabajado con un vigor excepcional, intentando limpiar la avalancha de mineral. Salvaron a varios pinches de barrenos, ilesos y con la dinamita aún en las manos, pero la mayoría de los hallazgos fueron cadáveres. Muchos aún permanecían enterrados, jóvenes anónimos, de nombre desconocido, recién llegados a las minas y registrados por los capataces con sus apodos. En la barriada nadie los echaba en falta, pero en algún rincón de España tal vez los aguardaba alguna familia campesina, con la esperanza de su retorno dorado, un mísero ahorro que aliviara su maltrecha economía. Los infortunios eran habituales en las minas, y el recuerdo de los enterrados iba quedando atrás, relegado por nuevos accidentes que se cobraban la vida de nuevos mineros.

—Nosotros prosperamos la tierra con nuestra sangre. No los patronos, ni la miserable monarquía. Nosotros. Nos consumimos con el mineral para hacerlos ricos.

—Padre, ha venido Arnaud.

Gervasio, con blusón hasta las corvas y pantalón de sarga, ambos mugrientos, se volvió hacia los dos jóvenes, interrumpido en su salmodia. Era un hombre enjuto y de extrema delgadez, que le daba una falsa apariencia de fragilidad, desmentida por sus miembros nudosos y la expresión grave de su mirada.

—Hola, Arnaud. Perdóname, pero me importa poco quién sea tu padre. En mi casa tendrás que oírme, aunque no te guste.

—No hay problema, don Gervasio.

—Bien, chico. Así me gusta. Ya os lo dije, deberíamos organizar un congreso obrero, como hicieron en Londres hace cuatro años. Necesitamos una voz que suene. La de todos o nada.

Gervasio bebía de números atrasados de *El Obrero*, periódico catalán que defendía los intereses del proletariado y el derecho a la asociación, y lo pregonaba allá donde le permitían dar rienda suelta a su efervescencia. Hablaba de socialismo, de anarquismo, de republicanismo, de Marx, de Engels, de Bakunin, ideologías que, poniendo a Dios por testigo, aseguraba se extendían en aquel instante por toda Europa como un incendio. Nacían allá donde se asentaba la industria, como hijas engendradas de su propio vientre, un rebaño insurrecto que despertaba nuevos pensamientos e inventaba palabras como «sociedad» y «clases».

—La jerarquía del mundo no es inamovible. Lo demostraron los franceses en 1789, echándole lo que aquí les falta a muchos. Pero ya veréis, esta monarquía faldera, calzonera más bien, viendo los desfiles de mancebos que organiza la reina, no durará mucho. Os lo digo yo, que he oído cosas, y que sé lo de ese pacto belga, en Ostende, que firmaron el general Prim y otros demócratas y progresistas exiliados. Están a punto de saltar, como fieras al acecho. Tendremos otra de las gordas, como la del cincuenta y cuatro, y a ver si esta viene para quedarse.

—Padre.

—¿Qué quieres ahora, hijo?

—La credencial para la cantina.

—Ah, sí.

Gervasio se perdió en el cuartucho del fondo, donde dormía la familia. Un enorme camastro que compartían los cuatro, cubierto por dos jergones de hoja de maíz, algunas mantas raídas y almohadas de percal rameado. Allí transcurrían sus noches, juntos y apiñados, sin desprenderse de las ropas de trabajo, bajo aquel aire viciado que se espesaba con el vaho de los cuerpos. Muchas veces, en la comodidad de su caserío, Arnaud se sentía asolado por el recuerdo de aquel cuartucho, que le turbaba a pesar del tiempo y la costumbre. Se los imaginaba allí, entre los roces ásperos y mugrientos del jergón, entre sudores y alientos compartidos, con el calor estancado y atractivo para los pulgones anidados en las rugosidades del camastro.

—Arnaud, hijo —Herminia lo arrancó de sus divagaciones—, hoy tenemos alubias con patatas y algo de tocino. Por si quieres quedarte.

—Se lo agradezco, doña Herminia. Pero mis padres me esperan.

—Para la próxima, entonces.

Salieron de la miserable morada y ascendieron por la callejuela, mientras el sol se ocultaba tras las montañas.

—¿Y tu hermana? —preguntó Arnaud a su amigo.

—En la cantina, nos está esperando. Tenía que ayudar a la vieja de Arizpe, que no puede cargar con las raciones.

Caminaron en silencio, mientras la barriada se desertizaba, prendiéndose luces en los pequeños ventanucos. Atardecía y la vaguada de Errekamendi aunaba sus colores bajo la sombra de la noche.

—Mi padre no se inventa lo que dice, yo también he oído rumores. Los hombres hablan al bajar de la cantera.

—¿Y qué dicen?

—Que pronto habrá una revolución. Y que habrá un gobierno de progreso, y que tal vez prohíban las quintas.

Arnaud guardó silencio, compartiendo la inquietud de su amigo. Se aproximaban a la edad de reclutamiento y a la posibilidad del año de servicio en Ultramar. Aquel destino lejano que, según habladurías en la barriada, engullía a las nuevas generaciones y devolvía solo a unos pocos, muchos de ellos tullidos e inservibles, bajo desarrapados uniformes de rayadillo y con fiebres y enfermedades ignotas como el paludismo, la disentería o el dengue hemorrágico. Y desde luego así era, porque salpicaban las calles de las ciudades, arrinconados en las esquinas como vagabundos, pidiendo caridad a los indiferentes paseantes que solo veían a los desgraciados de una tropa derrotada, indigna de esa gloria remota, imperial, ese espejismo al que se aferraba una nación ignorante de su declive.

—Seguro que nos libramos, Santi. Ya lo verás.

El joven de los Espejo asintió, no demasiado convencido, mientras arrastraba su cuerpo frágil para el trabajo minero, de nuevo cuesta arriba. Meditaron juntos, compartiendo la cercanía de aquel temor. Su amistad era íntegra, joven y fresca, a pesar del secreto que Arnaud le ocultaba desde varias semanas antes, cuando le reveló a su padre su desazón.

«No te preocupes, hijo. Nuestro sistema foral nos protege

ante las quintas. Los jóvenes vascos están exentos de cumplir el servicio militar.»

«¿Y los jóvenes nacidos en Castilla?»

«Ellos tendrán que cumplir, Arnaud.»

«¿Y si el gobierno cambia los fueros?»

«El gobierno de su Majestad exime a los mozos quintados previo pago de cinco mil reales. En caso del infortunio, pagaré para librarte del servicio.»

La cantina se alzaba al fondo de la calle, respirando rumores y luces de taberna desde los bajos de la última casucha. Allí se almacenaban los víveres que entraban en la vaguada de Errekamendi, muchos desechados de villas y pueblos. Olía a rancho agrio, a salitre de pescado, y las paredes trasudaban la suciedad perpetua de la barriada. Los obreros aguardaban junto al estrecho mostrador mientras el cantinero, un hombre de mirada felina y cruda, que al mismo tiempo ejercía de *langileburu*, capataz, repartía los ranchos y despachaba los míseros jornales.

Arnaud paseó la mirada por la estancia sin encontrar a Amelia, la hermana de Santi. Su amigo se internó en la cola, aguardando su turno ante el cantinero, que ejercía su cometido con el aire codicioso de los usureros. Se refugiaba tras la ventanilla del mostrador, como si temiera la revuelta inminente de los mineros. Sus hijas trajinaban al fondo, en el almacén, entre hogazas de pan, sacos de alubias y patatas, toneles de sardinas, trozos colgantes de bacalao y tasajo americano, manojos de cebollas y ajos, conservas, hojalatas, ferreterías y baratijas oxidadas. Le entregaban el género con la misma avidez sórdida de su padre, lanzando miradas repulsivas a los mineros.

—Nos hace pagar el doble que en Bilbao y nos obliga a comprarle, porque al que no viene a su tienda le quita el trabajo en la cantera. El muy miserable.

Arnaud se volvió hacia aquella voz sólida, convencida de sí misma. Amelia observaba al cantinero junto a él, con los brazos cruzados sobre la blusa abotonada y la falda gris. Tenía una mirada grave, gastada, de juventud perdida, que producía en su rostro un efecto disonante, un contrasentido en sus rasgos dulces y tiernos, despejados en el cabello recogido. Era un misterio de efecto, que no era ni bello ni feo, pero un misterio, al fin y al cabo.

—Goza del favor de tu padre, aunque ni tu padre mismo lo sepa. Se aprovecha como las sanguijuelas.

—Mi padre no sabe muchas cosas —respondió Arnaud, algo intimidado—. Aunque hubo un tiempo en que tenía respuestas para todo.

—Cuando tú tenías preguntas para todo.

—Aún sigo teniéndolas.

—Y las tendrás hasta que llegue un día en que te dejen de importar.

Observó a la joven, sintiéndose confuso. Amelia fruncía su rostro de diecisiete años, sembrándolo de arrugas invisibles, empeñada en curtir aquella tez limpia, diáfana como las aguas de un río pedregoso, a pesar de vivir en la barriada, a pesar de la mugre, a pesar del polvo férrico y de las letrinas comunes.

Sus padres habían abandonado su tierra infecunda, en un pueblecito de Ávila, buscando la subsistencia en las industrias emergentes del norte. Bilbao y sus alrededores acogían oleadas de campesinos y jornaleros, desde familias unidas como la suya, que viajaban juntas con la idea de asentarse e iniciar una nueva vida, hasta seres solitarios y errantes, muchos de ellos presidiarios y fugitivos. Otras familias labradoras enviaban solo a los hombres, en busca de los soberbios jornales de siete reales, miseria en las ciudades y fortuna en los campos. Dejaban a las mujeres al cuidado de los cultivos de hierba y centeno y trabajaban en las minas durante el invierno, sobreviviendo hacinados en casas de peones. Después regresaban a sus aldeas durante el verano, para la cosecha y la siembra del año próximo.

—¿Cuánto habéis ganado hoy? —preguntó Arnaud al volver Santi con las raciones.

—Ocho reales —respondió su amigo.

—¿Solo?

—Siete reales mi padre, cuatro Santi, y dos mi madre y yo

por guiar los bueyes y tirar de las gabarras hasta el puerto —aclaró Amelia al salir—. Nos restan cinco por la comida y dos por el alquiler.

—Y los gastos del calzado —intervino Santi mientras descendían hacia su hogar, en la oscuridad creciente del anochecer—, que se lastima con el roce de la *vena* y el campanil, y los días de lluvia que, como no se trabaja, tampoco se cobra.

Un continuo desgaste, encorvado ante la piedra roja, escarbándola de sol a sol, con la impotencia de ver cómo el vigor juvenil, ese regalo de la vida que se escapa con los años, se consumía con precocidad en el pico y el azadón. Así era la vida de Santi, aunque él no supiera verlo, aunque solo lo percibiera Arnaud, que estudiaba en la Escuela de Náutica, que en aquel instante pensaba ya en volver con sus teoremas de Cosmología, que tenía un landó esperándole. Cada uno con su vida, visible solo para los demás.

—Bueno, yo ya me voy —dijo Arnaud cuando alcanzaron la casucha de los Espejo.

—¿No te quedas a cenar? —preguntó Amelia.

—Sus padres le esperan —terció Santi, entrando por la puerta—. Y ya llega tarde.

Su hermana asintió, observando con curiosidad al joven Mendíbil, que se había detenido sin llegar a despedirse.

—No me dejarán de importar —dijo entonces él—. Las preguntas y las respuestas. Por eso estudio, y por eso navegaré con mi propio barco.

Amelia guardó silencio, sonriendo en la penumbra azulada.

—El general Prim ha desembarcado en Cádiz para iniciar una sublevación —anunció su padre, con *El Imparcial* y *El Vascongado* turnándose en sus manos convulsas, tiznadas de tinta.

La noticia sacudió los cimientos del caserío Mendíbil, y el servicio revoloteó entre rumores que se extendían fuera, más allá de los muros, enredándose con otras habladurías hasta cubrir cada palmo de tierra, cada oído y cada boca.

—Dios mío, otra insurrección, otra vez el mismo enredo.

—Cuidado con los progresistas, que acechan tras los fueros.

—Si ya os lo digo, terminaremos con otra guerra. Tarde o temprano, ya lo veréis.

En las semanas posteriores, las imprentas escupieron ríos de tinta, con noticias que variaban en función de los periódicos y sus ideologías. Dirigida por el prestigioso general Prim, cabecilla de los exiliados progresistas, la sublevación se extendió por todo el país, secundada por juntas revolucionarias de naturaleza dispar, con militares, liberales, progresistas, republicanos y demócratas unidos en extraño pacto para derrocar a la monarquía, apoyados a su vez por campesinos arruinados y jornaleros en paro. Colisionaron el 28 de septiembre, en la batalla de Alcolea, Córdoba, y las tropas leales a la reina fueron derrotadas por el general Serrano, ese mismo espadón que había sofocado con anterioridad insurrecciones contra la reina.

—Dicen que su Católica Majestad ha cruzado la frontera.

—Estaba de vacaciones en Lekeitio, entre las sales y vapores de su balneario favorito.

—Menudo disgusto llevará la pobre, huyendo de su casa como una fugitiva.

—No le habrá resultado difícil: la acompaña Carlos Manfori, su última adquisición de alcoba.

—Un mancebo de pura sangre, por lo que he oído.

El triunfo de la revolución invadió ciudades y barriadas obreras: entre ellas, Bilbao y los yacimientos de Somorrostro, pero apenas salpicó las zonas rurales y pesqueras del norte, más religiosas y tradicionales. El silencio del campo y sus valles introvertidos contrastaba con el alborozo de las calles urbanas, con escenas de fraternidad, himnos de Riego, risas, aplausos y juntas revolucionarias que redactaban proclamas rebosantes de contenidos democráticos. Entonces pocos lo pensaron; la exaltación lo acallaba todo y las desavenencias se contenían al calor de cada lumbre, entre los muros y sin llegar a compartirse. Un inquieto carlismo rumiaba por los caseríos vascos, que veían peligrar sus ancestrales fueros ante los nuevos vendavales revolucionarios.

La barriada de Errekamendi parecía un bastión del júbilo, una isla festiva en mitad del lóbrego océano rural, a pesar de los turnos inamovibles y del constante tronar de los barrenos, que no cesaban. Arnaud acompañaba a su padre en una inspección rutinaria a las canteras, tras dejar el landó junto a las fundiciones. El aire parecía aseado, aligerado de miserias y pesadumbres, bañado en una ilusión de esperanza que pronto se desvanecería.

—*Aita*, ¿crees que terminarán con la monarquía de Isabel II?

—Ya lo han hecho, hijo. Está en el exilio.

—Pero volverá, ¿no crees? Tú mismo lo dijiste.

Para aquel entonces, Arnaud comenzaba a descifrar las enigmáticas referencias a las que a veces aludía su padre. Otra sublevación, prendida por el resentimiento de generales politizados y alejados del poder, ejecutada con proclamas vibrantes que buscaban el despertar del pueblo, esa herramienta de usar y tirar, en palabras de Félix, tan imprescindible como molesta. Su padre le hablaba de revoluciones como la de 1854, iniciada con el pronunciamiento progresista de Leopoldo O'Donnell y secundada por las zonas obreras, que terminaron por quedarse solas cuando el golpe militar se consumó. Surgían luego las huelgas generales, como la de los «ludistas» o rompedores de máquinas de 1855, que protestaron contra la mecanización de las nuevas industrias que convertían sus manos en inservibles. Finalmente, los movimientos eran despachados con metralla y fusilamientos por esos mismos gobiernos que los habían despertado y que ahora, en infame traición, apoyaban a los patronos, sus socios del dinero.

—El dinero es la sustancia del mundo, hijo. Otro invento humano concebido para depender de él.

—¿Por eso lo buscamos en las minas?

—Lo buscamos allá donde esté. Siempre ha sido huidizo y cambia de escondrijo.

—Aunque canta como las sirenas.

Félix contempló a su hijo, entre nebulosas de pipa que brotaban de sus aspiraciones rítmicas en la boquilla. Las extendió más de lo ordinario, reflexivo, mientras ascendían por la callejuela.

—Sí, como las sirenas —respondió—. Y por eso hay que saber escuchar. Como hicimos nosotros.

—Las sirenas enloquecen a los hombres —insistió Arnaud.

—Por eso hay que escucharlas con cuidado, hijo. El dinero es traicionero y jamás entenderá de personas. Su hechizo será el mismo para los pobres y para los ricos.

—Pero los pobres lo necesitan de verdad, *aita*. Y nosotros no.

Félix detuvo sus pasos y observó la boca de su hijo, confuso ante las palabras que fabricaba, contrariado al descubrir en ella los efectos de un tiempo que corría mucho más de lo que él creía. Absorbió con ansiedad los últimos rescoldos de tabaco.

—Hasta que dejen de ser pobres y lo necesiten como nosotros, Arnaud.

—Es difícil que dejen de ser pobres.

—Si nosotros lo necesitamos, es para que ellos dejen de serlo.

Las miradas de ambos se entrelazaron, asentando las palabras, que calaban dentro. Ya no había preguntas, ni respuestas, ya no había un mapa compartido. La vida los desligaba, con su lentitud inexorable, guiando a un hijo más allá del amparo de su padre.

—¡Arnaud!

La voz de Santi corría por el camino, cuesta abajo. Sostenía un panfleto con la mano en alto, hondeándolo al viento con orgullo, como una banderola, como un estandarte de los tercios enviados a Ultramar.

—Quieren abolir las quintas, Arnaud. Mira, mira, lee. ¡Aquí lo dicen!

Su amigo le tendió la octavilla, contagiado por el entusiasmo del boca a oreja, incitándole a hacer lo que él no sabía: leer.

El manifiesto proclamaba libertades como la de imprenta, la de reunión, la de asociación, la de enseñanza, la de culto, la industrial y la de comercio. Continuaba con la abolición de los derechos de puertas y consumos, de las quintas y de la pena de muerte, y terminaba con la defensa de la soberanía nacional y el sufragio universal masculino.

Arnaud no quiso rasgar la alegría de su amigo, que jadeaba, eufórico, su pecho apenas inflado bajo la camisa mugrienta y el tirante de los pantalones. Asintió, componiendo una leve sonrisa, que trataba de mitigar su secreta desconfianza hacia cualquier amanecer revolucionario.

—Tal vez haya suerte. Puede que nos libremos.

—Arnaud, no me has presentado a tu amigo.

La mirada de Félix requería una explicación. El joven minero se adelantó, embalado por la alegría y consciente de su grave falta al personarse sin permiso, temeroso incluso de haber ofendido a Arnaud, que ocultaba a su padre sus relaciones en la barriada.

—Disculpe mi atrevimiento, señor Mendíbil. Soy Santi, Santi Espejo.

—Es mi amigo, *aita*.

Félix asintió, escrutando la figura enclenque del obrero, menguada ante la presencia distinguida del patrón de Errekamendi.

—Ya veo, hijo. Ya veo. —Se retiró el guante y alargó una mano impoluta, que se estrechó contra las callosidades prematuras del joven—. Un placer conocerte, Santi Espejo.

—El placer es mío, señor.

Félix asintió, de nuevo, en cortesía mecánica y sin saber que asentía, con la mirada dispersa.

—Vamos, Arnaud. Don Hermes y los ingenieros nos esperan.

Tras la despedida aguardó varios minutos, paciente mientras ascendían.

—No me habías dicho nada, hijo.

—Lo siento, *aita*.

Tal vez sean caprichos de la vida, o casualidades que nos forzamos a ver, pero es bien sabido que las agitaciones se atraen como en los enjambres las moscas. Los días se convulsionaron hasta el colapso en octubre de 1868, cuando un grito de rebeldía procedente de Ultramar alteró el país. La prensa anunciaba una insurrección independentista en el pueblo de Yara y el comienzo de una guerra en la colonia de Cuba.

Las noticias se atropellaron en el caserío Mendíbil, como un torrente de pánico que agitó las cartas enviadas por Gabriel, y conservadas con sumo esmero por doña Hilaria en la mesita de su dormitorio. Tras licenciarse en Eton College, el medio hermano de Arnaud se formaba en los ingenios azucareros de su tío, cerca de Matanzas, en Cuba. Su ausencia enaltecía su figura, especialmente en la imaginación de su madre, que la mitificaba hasta convertirla en la de un mártir viviente. Era ella, por su fervorosa devoción, la más dada a los espejismos de la distancia.

Aquel fatídico día, el desafecto habitual de doña Hilaria se deshiló como nube al viento. Su mirada se dilató, en un éxtasis repentino, y su alma, siempre dormida, le brotó entera por la garganta.

—¡Bendito sea Dios! ¡Mi hijo!

Se retiró del comedor, con clamores al Supremo y anuncios apocalípticos. Su delirio se tornó en un desvarío silencioso, al sumergirse en la oración, frente a la palmatoria presidida por la imagen de Nuestra Señora de la Merced, en la capilla provisional de la casa. Don Silverio suspendió la misa matinal para acudir a su llamada y la socorrió con su proceder depurado, retirando su sombrero negro y de alas extendidas para inclinarse junto a ella con delicadeza y aires de terapeuta espiritual.

El imparcial hablaba de una insurrección independentista, con exposiciones que la lengua encendida de Félix convertía en duras críticas hacia el colonialismo. Cuba explotaba tras décadas de maltrato español, con el régimen absolutista de un capitán general que fomentaba la división de clases y los prejuicios raciales, que prohibía la libertad de prensa y el derecho de los cubanos a reunirse sin la supervisión de un jefe militar. Un ejercer que favorecía a la *sacarocracia*, los grandes propietarios de las plantaciones esclavistas de azúcar, como el tío de Gabriel, que imponían grandes impuestos a los habitantes de la isla y desviaban los fondos obtenidos a fines armamentísticos y desarrollos de nuevas colonias como las de Fernando Poo, asuntos todos ellos ajenos al interés cubano.

Los Mendíbil despacharon correos y aguardaron pensando en ellos, durante semanas que transcurrían vacías, succionadas por la espera. Arnaud dejó de visitar a los Espejo temporalmente, creyendo que debía permanecer junto a su padre. Ocultaba su vergüenza, porque sus pensamientos, en lugar de cruzar el océano, ascendían a Errekamendi.

En la península, el gobierno provisional convocó elecciones para Cortes Constituyentes y a principios de 1869 comenzó la verborrea propagandística de los mítines. Desde carlistas a republicanos, todos estaban dispuestos a probar fortuna en las urnas, con un sufragio universal primerizo. Los hombres acudieron en masa a votar, en pelotones dirigidos por curas. El fresco social que componía el país, con un claro predominio rural, tan dependiente como analfabeto, con gobernadores civiles sobornados para el amaño electoral, facilitó la victoria de Sagasta, el más hábil de los políticos en mover los hilos de la influencia moral, pasando a ocupar la presidencia del gobierno el general Prim.

El fugaz matrimonio de la revolución se descomponía, como una masa informe de ideologías y pensamientos dispares, demasiado compleja y tumultuosa para perdurar. Los grupos excluidos del poder, descontentos con el relevo de la reina, adquirieron sus posiciones en la oposición, dispuestos a tomar las armas. Los carlistas se prestaban a salir al campo, como en la guerra civil de los siete años. En Altzuri y otros pueblos de la costa asomaban las primeras boinas rojas: jóvenes carlistas enardecidos por curas radicales que comenzaban a dejarse ver y alteraban los bailes campestres y las romerías con su avidez de querella, siempre culminada en algún enfrentamiento que el alguacil debía sofocar.

En el otro extremo, el auge de las ideas republicanas, reforzadas por el crecimiento obrero y abandonadas por los militares que en septiembre las animaron a la lucha, se veían como siempre consumadas en manifestaciones, huelgas y enfrentamientos, especialmente en regiones de Cataluña, reprimidas brutalmente por el nuevo régimen.

Arnaud percibía una grave inquietud en los silencios evasivos de su padre, que parecía estragado por una vejez repentina. Lo habían percibido en las canteras. El entusiasmo de la revolución se había diluido en un espejismo redundante que, más allá de Errekamendi, y de Altzuri, y del gobierno de Prim, y de aquel año de 1869, iba y venía cada cierto tiempo, entre generaciones de obreros, con su cantinela engañosa. Había un descontento palpable en los semblantes hostiles de los mineros, que callaban al paso del patrón, encorvados sobre los picos y los azadones, y mascullaban a sus espaldas. Sus reacciones aún eran bisoñas, sin declaraciones abiertas, sin manifestaciones organizadas. La infección del movimiento obrero florecía en Errekamendi, uniéndose al carlismo como amenaza opuesta, estrangulando entre las dos los sueños de Félix Mendíbil.

Entonces apareció ella, un día de finales de enero, para sacudir la vida de nuestro joven Arnaud. Lo hizo en el caserío, resuelta y digna, con una elegancia inusual que enorgullecía a su humilde apariencia: Amelia Espejo.

—Mi hermano ha sido llamado a quintas.

Lo había sentenciado con la mirada grave, inmóvil sobre los ojos de Arnaud. El joven se había adelantado a sus padres, ocultándola de las miradas ávidas del servicio, más allá de los dominios del caserío, junto a la tapia que delimitaba la trocha hacia el puente de Altzuri.

—¿Cuándo? —preguntó.

—Hoy mismo. Los han reunido frente a la cantina, a todos los hombres entre dieciséis y cuarenta años, salvo a los vascos. —Amelia movía sus labios, húmedos y ligeramente atropellados. Apenas movía la mirada, de un ocre melancólico, que parecía haberse quedado con el otoño—. Han pronunciado su nombre y se lo han llevado dentro.

—¿Cómo está él?

—Asustado. Les han cogido medidas para el uniforme. Otros dicen que para la caja, donde vuelven la mayoría.

El joven alzó los ojos y los entrelazó con los de Amelia, que lo buscaban con insistencia. Se mantuvieron así, tejidos con inquietud, con temor, con pesar, durante un tiempo que esperó, paciente, observándolos interesado.

—Arnaud.

—Qué.

—Tu padre podría librarle del servicio.

Sintió que Amelia se acercaba sin moverse, que su rostro llenaba lo que la mirada del joven le ofrecía, cubriendo cada palmo de paisaje, de mar, de cielo cuarteado por almendros desnudos.

—El gobierno exime a los quintados por cinco mil reales. Tu padre podría.

Arnaud se tragó el orgullo de no ser nada sin su padre. Y más ante Amelia. Pendía de él como una pieza inválida, que no podía navegar por su propia cuenta, y sintió el amargor de masticarlo por vez primera en su vida. El orgullo le había aflorado en silencio, furtivo, mientras Arnaud apilaba años y sentía hacerse su lugar en el mundo. Y tal vez por morderlo de mal grado le dolió en la boca, como muela del juicio, mientras suplicaba a su padre.

—Claro, hijo.

Fue su respuesta, y le pareció que sería su respuesta de siempre, incondicional, a pesar de los vendavales que les llegarían pronto, de los rencores y del daño mutuo. Félix lo miró con inquietud. Arnaud le evitaba, el rostro herido de vergüenza. Su padre lo malinterpretó, lo creyó más honesto de lo que en realidad era, lo creyó como él.

—No te preocupes, ayudaremos a tu amigo Santi. No le pasará nada.

Doña Hilaria, que durante la incertidumbre cubana había adquirido el hábito de hablar a solas, en un estado febril de fascinación que la anclaba a la capilla, se negó con rotundidad a la petición de Félix.

—Cinco mil reales. ¿Piensas salvar a todos los mozos de las minas?

—Solo será al amigo de Arnaud. Santi Espejo.

—Precisamente por eso me niego.

—Lo pagaré de mi cuenta personal.

Doña Hilaria rio, sonoramente, ojerosa y desgreñada.

—¿Qué dirán las demás familias? —exclamó—. Un trato privilegiado creará desavenencias. Y ya las hay en las minas. Demasiadas. Y por culpa de tu flaqueza, de tu falta de mano firme para guiar ese rebaño de *maketos* y de muertos de hambre. Y así te tragarán, ya lo verás. Te llevarán a la tumba antes de tiempo, por débil y por cobarde.

Félix la miró como si no la entendiera, apartó los ojos, aturdido, volvió a mirarla. Le brotó un hilillo de voz tenue, quebrada, ridícula.

—Correré el riesgo.

—Si lo corres, retiraré mis acciones de la sociedad. Seré yo la que te hunda.

VI

Bergantín goleta Elsa, *ensenada del Támesis, primavera de 1873*

Era inevitable, el mar le corroía las pupilas. Parecía arrastrarle a una contemplación forzosa, mostrándole solo una mirada, la suya, que se extendía hacia el horizonte en un silencio infinito, y le acariciaba el alma en un lento desgastar, día tras día, hasta consumirle en un ser rendido y sin voluntad. Aquel mecer incesante, de oleajes rompiendo en el casco, de vientos incansables, esculpían su alma aún fresca y dócil, tan terráquea como la costa, endureciéndolo, acallándolo, convirtiéndolo en otro siervo marino.

Arnaud entornó los párpados hacia la desembocadura del Támesis. Las naves buscaban el cobijo de sus dársenas, correteando como roedores asustadizos, río arriba, enarboladas con todo su velamen. La tempestad las hostigaba en silencio, como una *txapela* rozando el océano, diez millas al este, con fogonazos repentinos y una quietud inquieta, la más temida por los marinos, la calma engañosa de la mar.

«La mar», así la habían llamado desde tiempos inmemoriales. Todos coincidían en sentirla como una mujer, caprichosa, enigmática y terrible, que los seducía con sus sonrisas y susurros, que los amenazaba y los exponía a la muerte, divirtiéndose ante su insignificancia.

—Vira al sudeste —murmuró el oficial de guardia—. Ya llega.

—¡Escuadrad vergas!

Mugía al viento la arboladura del *Elsa*, amurada a estribor, con sus aparejos tensos y el traqueteo espumoso de las paletas. El bergantín goleta de la Sociedad Mendíbil, mixto a vela y vapor, con eslora de cuarenta metros, manga de siete y puntal de cuatro, realizaba seis viajes al año cebado de mineral de Errekamendi y de algunos productos alimenticios para el comercio de cabotaje. Destinaba sus envíos en los muelles de Cardiff, Newcastle y Middlesbrough, donde eran despachados por ferrocarril hasta las principales fundiciones de las compañías copropietarias, la mayoría galesas y escocesas. En ocasiones, antes de su retorno al puerto de Altzuri, realizaba escalas intermedias en el mar Báltico, en Burdeos y puertos de la costa cantábrica, donde ejercía el cabotaje y cargaba sus bodegas con piezas de madera, coque y carbón.

Arnaud aguardó al cabeceo de la nave y descendió a sus entrañas. El estruendo de la sala de máquinas era ensordecedor. Los fogoneros, tiznados y sudorosos, cebaban las bocas de las calderas con palas de carbón, exponiéndose a la incesante y desmesurada oscilación de los motores, que con sus ensamblajes y manivelas en impecable engrasado arrastraban los cigüeñales de las paletas.

—¿Todo bien?

—Aquí todo bien.

—¿Habéis restablecido el segundo cilindro de popa?

—Sigue averiado, pero el propulsor funciona.

Arnaud asintió, la mirada absorta en la caldera cilíndrica Sistema Compound, que flaqueaba cuando rebasaban los siete nudos de crucero. Había completado sus estudios de pilotaje con viajes de agregado a Filipinas y a las Azores, hasta hacerse con la capitanía del *Elsa* un año antes, en 1872. A pesar de su exigua experiencia como primer piloto, el bergantín goleta se ensamblaba a su intuición de marino con la tersura de un potrillo domado, que evitaba galernas y torbellinos, que buscaba con sagacidad el impulso de vientos y corrientes.

Tras su retraído cavilar, Arnaud regresó al frescor de la cubierta. Tiraban las lonas de los garruchos y los estays, y las escotas seguían tensas bajo el ojo atento de la tripulación, que bregaba con eficiencia a pesar del cansancio, porque no hay mayor aliento que el soplido mudo de una tormenta. El Támesis los engullía, lentamente, con sus corrientes revueltas azotando los flancos. La tempestad los forzaba a buscar cobijo en los fondeaderos de Londres. La espera en tierra firme, lejos de casa y de la mar, lo sumía siempre en una honda apatía, donde hasta hablar suponía un sacrificio. Arnaud lo había percibido en los marinos más avezados y le inquietaba descubrirlo en sí mismo. Manos inutilizadas, miradas introspectivas, ese aire desubicado de verse sin la rutina subyugante de la cubierta, sin las tareas incesantes, sin el continuo cumplimiento del deber, sin ese anhelo diario de alcanzar puerto, que paradójicamente despierta de nuevo nada más consumirse, como un círculo vicioso, como un hechizo oceánico de imposible salida al que te encadena la madre de las sirenas.

Por aquel entonces, a los veintiún años, Arnaud aún era lo suficientemente joven como para no olvidarse a sí mismo, junto a su padre y con la audacia de la niñez, señalando los espacios en blanco de su mapa por resolver.

«Cuando sea mayor, quiero ir allí. Y allí.»

Y años después, el mar, ese gran camino a cualquier lugar, le costeaba su pasaje durmiéndole la mirada cuando desembarcaba en lugares nuevos. Y Arnaud, consciente de que aún se hallaba en el limbo de la juventud, en esa frontera donde aún se conserva el ímpetu de lidiar contra natura, oteaba el Támesis pensando en más allá, más allá incluso de Londres. En recuerdos que tentaban con apagarse. En Oxford y en aquel hombrecillo que le mostró la ciencia y le preguntó si quería saber la verdad.

Le pareció más silenciosa y melancólica, incluso encogida, y no tardó en atribuirlo a su propia mirada, que se había elevado desde la última vez. La ciudad de Oxford permanecía sumida en un letargo fantasioso, con calles empedradas, puertas de madera y rejas de hierro, que dejaban entrever los tersos jardines y las cúpulas góticas de los *colleges*. La encontró a las afueras de la población, junto al río, oculta tras exuberantes cercos de muérdago: la vivienda de Samuel L. Higgins se acurrucaba entre frondas de sauces y abedules, que se mecían con rumor manso, como una recién enviudada que buscaba pasar inadvertida. Las trepadoras serpenteaban por sus vidrieras ojivales, como regueros venosos que la nutrían y tiraban de ella, en un pacto silencioso que la sumergía bajo tierra.

Tocó la campanilla del portón, y su espera se demoró tanto que los campanarios de la ciudad decidieron secundarle con sus ecos, más allá de arboledas y jardines, en la distancia. Había preguntado por él en la catedral del Christ Church College, a los estudiantes del coro, provocando sonrisas y chismorreos con sorna.

—El profesor Higgins no sale de su madriguera.

Insistió en el timbre metálico, varias veces, hasta advertir el sonido de unos pasos, que se arrastraron tras la puerta, como barriendo el suelo. Samuel L. Higgins, científico, historiador, pensador y profesor de estadística matemática en el Christ Church College, asomó ante él, apoyado en su bastón, con el mismo matojo erizado en la coronilla y las mismas antiparras en el abismo de la nariz.

—Disculpe la demora, joven. ¿Qué desea?

Arnaud alargó su mano, que llegaba al profesor de nuevo, diez años después, más gruesa y menos casta, insensible al frío y sembrada de callosidades. No pudo evitar sonreír.

—Arnaud Mendíbil. Explorador. Dibujo un mapa del mundo y busco la verdad.

La mirada del profesor, que se entrecerraba crónica, ahíta de estudio en horas de dormir, se dilató con el desconcierto de un chiquillo. Alargó la mano, confuso, y se dejó estrechar mientras aún asentía, en convicción gradual, con los recuerdos abriéndose paso en su mente embutida.

—Vaya... —musitó—. Es toda una sorpresa.

—La sorpresa es mutua, profesor. No esperaba verme hoy aquí.

Higgins lo escrutó, acomodándose los quevedos, que tentaban a la gravedad. Volvía a entrecerrar los ojos, que se inflaban tras las lentes hasta proporciones inauditas.

—Ha cambiado usted, joven —mencionó, como alumbrado por un tiempo que no había pasado hasta aquel instante—. Lo recordaba más menudo y con menos vello facial.

—Percances del tiempo. La última vez tenía diez años.

—Desde luego —afirmó el profesor, algo indeciso—. ¿Es usted marino?

Examinaba sin reparo la tez tostada y desecada de Arnaud, el gorro de lona y el chaquetón azul marino, con las hileras de botones oxidados.

Asintió el joven.

—Comercio con la empresa de mi padre.

—Su padre, lo recuerdo, sí. Un hombre distinguido y gentil —asentía, algo descolocado en el umbral de la puerta—. Y dígame, ¿qué interés le trae por aquí?

—Volver a verle, profesor Higgins.

Parpadeó el matemático.

—¿Cómo dice?

Arnaud abrió la tapa de su costal de cuero y extrajo el retrato de 1862. Samuel L. Higgins contempló aquel rostro del pasado. Sonrió de pronto, divertido en ocurrencias lejanas.

—Ha cambiado usted, sí.

—Me enseñó la verdad detrás de las cosas. No quisiera olvidarlo. —Lo miró el profesor, mudo—. Por eso estoy aquí, si le parece bien.

Siguió mirándolo el matemático, sus pupilas grises, pasmadas y sin poder creer en la evidencia de lo que le llegaba desde los oídos. Balbució algo ininteligible y se quedó ahí, en palabras tartamudeadas. Arnaud entonces lo desconocía, pero Samuel L. Higgins había olvidado la calidez de la cercanía humana, de una conversación desinteresada, de una voz amable que no se mofara a sus espaldas al volver de las clases, mientras le trastabillaban con zancadillas y le apedreaban para que corriera hasta el cobijo de su casa, torcido, atrofiado, entre jadeos de jorobado y con su parálisis congénita luciendo en todo su esplendor.

—No hay mejor viaje en el tiempo que la fotografía, ¿sabía usted? Aunque se limite al pasado. Lo ideal sería fotografiar el porvenir. Entonces hablaríamos de un viaje íntegro en el tiempo, sin duda alguna.

El profesor Higgins lo guiaba por el laberinto frondoso de su casa, que más que un hogar parecía un invernáculo de ideas. Bajo la luz cálida de mil candiles, refulgía una selva de estanterías tupidas de libros, de mapas, de atlas, de globos terráqueos, de cuadernos y libros de notas, de tratados de matemáticas, de historia, de astronomía, de geografía, de ciencias naturales y una innumerable cantidad de disciplinas inexploradas. Había un rumor extraño y lejano, de origen desconocido, y por un instante Arnaud creyó que provenía de aquella jungla de pergaminos, como si el conocimiento derramado en ellos contuviera el palpitar del mundo.

—El mundo ha crecido, amigo mío, se ha expandido a medida que lo hacíamos nosotros, merced al afán insaciable por el descubrimiento de algunos pioneros y exploradores, que se adentraron en los confines de la era medieval, más allá del Atlántico, donde habitaban los monstruos marinos, donde las aguas se precipitaban en cascada hacia la nada del universo.

Junto a la voz del profesor resonaba de fondo una melodía, suave y recóndita, desde algún rincón de la casa. Arnaud erraba la mirada por los anaqueles de las bibliotecas, que exhibían planos cartográficos ordenados cronológicamente, cada vez más ensanchados, más detallados. Imaginaba el dibujo del mundo, aquel del que hablaba el profesor, su tinta líquida extendiéndose por los mapas con intrigante serenidad a lo largo de los siglos, y se preguntaba si de verdad crecía bajo la mano artífice del hombre, que lo inspeccionaba en sus más recónditas intimidades, que lo desvirgaba y lo volvía, paradójicamente, más pequeño.

—La ciencia, mi querido Arnaud —continuaba Higgins, que caminaba encorvado sobre su bastón—. La ciencia se oculta detrás de todo. Si nos rendimos a ella, desbrozaremos los últimos misterios del universo.

Sorteaban columnas de libros y encerados de pizarra, que asomaban en absoluto desorden, aquí y allá, sobre listones rodados y garabateados con tiza emborronada. Latían de números y ecuaciones, que se contorneaban como gusanos en indescifrables formulaciones y conjeturas, interrumpidas, repetidas hasta la saciedad, devastadas por la vigilia y la locura de la imaginación.

El profesor Higgins parecía animado por la inesperada compañía y expulsaba su soledad a borbotones, ignorante afortunado que pensaba que Arnaud estaba allí solo para eso, para escucharle.

—¿Recuerda el artefacto de Samuel Morse?

—El telégrafo —respondió el marino.

—Hace siete años, el barco más grande jamás construido, el *Great Eastern,* tendió el primer cable telegráfico que cruza el Atlántico. Podremos hablar con nuestro amigo de Boston, ¿qué le parece?

Arnaud asintió, recordando, contagiado por la sonrisa vetusta del profesor, que le miraba a través de las lentes, bajo sus cejas fecundas. Había oído hablar de aquel hito histórico que unía dos continentes, y que no había podido realizarse hasta la botadura de una nave capaz de transportar ocho mil millas náuticas de cable, extendidas a lo largo del lecho marino entre Irlanda y Terranova.

—No entiendo cómo no se desvanece en el océano —dijo Arnaud—. Mi voz se pierde al instante. ¿Por qué la del telégrafo no?

Higgins lo miró, eufórico ante la pregunta, mientras se aproximaban a la fuente de aquella melodía, una orquesta magistral que parecía reanudarse, de nuevo desde el principio. Abrió el cortinaje de una vidriera y el día penetró ansioso, como si llevara tiempo aguardando al otro lado del cristal.

—La luz, amigo mío. La luz cuenta historias que llegan desde muy lejos. Desde el sol y las estrellas. Si su voz se convirtiera en luz, también cruzaría el océano.

Junto a ellos, sobre un bufete polvoriento, resonaba un fonoautógrafo, que parecía encerrar dentro de sí una orquesta en miniatura. El profesor mostró con orgullo su novedosa adquisición, el último de los inventos franceses, reservado a laboratorios de acústica. Aquel cilindro de cartón parafinado absorbía los sonidos y los repetía después con una exactitud asombrosa, como una caracola terráquea.

—La luz camina en ondas. Como el sonido. Como el oleaje del mar —murmuró Higgins, absorto en el ingenio—. El fonoautógrafo de Leon Scott nos baña constantemente con ondas invisibles.

Arnaud deambuló la mirada por el estudio, rastreando aquel oleaje invisible. Las palabras del profesor alentaban su imaginación dormida. Navegó contracorriente, contra natura, sintiéndose de nuevo como había buscado no sentirse desde que emergiera al mundo veinte años antes: inocente, ingenuo, insignificante ante una vida mayúscula.

—¿Ese es el secreto? ¿Las ondas?

Sonrió Higgins, divertido, como un niño extraviado en el tiempo, en el cuerpecillo ramoso de un adulto.

—La magia alberga sus secretos, Arnaud.

Asintió el joven, la mirada aún en el vacío del aire, donde debían bailar las ondas.

—Descubrirlos tiene un precio —contestó.

—Y un regocijo oculto. Quien se acostumbra a mirar detrás de las cosas no se aburre fácilmente. Y aburrirse es besar a la muerte, amigo mío.

Arnaud sintió un vago desasosiego, que le sopló bajo el chaquetón.

—Siempre hay un número encubierto tras las cosas —insistió Higgins.

—Por lo que veo, en su casa no se molesta en encubrirlos.

El profesor rio, complacido ante la observación.

—El mundo se construye con números. Comprenderlos me ayuda a comprenderlo a él.

Arnaud señaló el caótico laboratorio atestado de números, algo sarcástico.

—¿Tanto revuelo causa intentar comprender el mundo?

—No se lo imagina usted.

Higgins recolocó el fonoautógrafo, frotándose las manos, impaciente, mientras aguardaba a que el prototipo reanudara la melodía.

—¿Busca en todo esto algo en concreto?

Lo miró el profesor, sus patillas erizadas, como llamaradas blancas.

—Claro, amigo mío. Y es una suerte que sea así.

Resonaba el aparato, algo estridente y rasgado respecto al posible sonido original.

—La grabé en 1870. A los chicos del coro, en la catedral del Christ Church College. Cinco años después del gran día.

—¿El gran día?

Asintió el profesor, solemne.

—El día en que tuve la idea.

Se encorvó ante la caracola de cartón, el oído atento, el dedo índice en alto, balanceándose, siguiendo el compás. Sonreía, como si se le revelara, de nuevo, algo maravilloso.

—Es la melodía de la humanidad, que resuena como el fonoautógrafo.

—¿Cómo dice?

El profesor se encajó las antiparras y le perforó con la mirada enorme, intensa, como dos globos tentando con el estallido.

—Tras el azar de la Historia se oculta un sentido profundo —dijo—. Sentí la intuición aquel gran día, hace ocho años, escudriñando las civilizaciones conocidas. Hay un ritmo acompasado, apenas un murmullo para el que sabe escuchar. El sonido de la Historia se repite, juega con agrupaciones de notas, como las sinfonías de Beethoven, como los chicos del coro, como los mirlos al amanecer.

Arnaud lo miraba absorto, sembrado en su sitio. El profesor resollaba, eufórico, aguardando su dictamen. Tras él danzaba la tiza de los encerados, en un festival de ecuaciones, de conjeturas matemáticas.

—Se refiere a los números —dijo el joven.

—Exacto. Están en todas partes. Usted está hecho de números. Solo hay que encontrar su sentido. El eslabón que ordena el caos. ¿Se da cuenta de la relevancia de todo esto?

—No exactamente.

Suspiró el profesor, mientras chorreaba por sus sienes sudor agitado. Una sombra de desengaño se cruzó por su mirada, que se había desinflado hasta caer de los cielos.

—Comprendo. Los alumnos suelen decir lo mismo.

—¿Lleva ocho años trabajando en una idea?

—Así es.

—¿Y qué es lo que busca?

Samuel L. Higgins aseveró su expresión.

—Entender el compás de la melodía y continuar la partitura. Antes de que suene por sí misma.

Arnaud lo recordó, las palabras del profesor: «no hay mejor viaje en el tiempo que la fotografía».

—¿Pretende fotografiar el futuro?

Asintió Higgins, algo indeciso.

—La ciencia no tiene horizontes, es nuestro deber explotar sus facultades.

Después guardó silencio, como si escuchara el eco de sus propias palabras. Terminó como de costumbre. Ocultó la mirada, encogido, con el gesto instintivo de un perro intimidado, aguardando el aluvión de bufonadas y sarcasmos. Pero no hubo nada, solo silencio, tal vez un vago rumiar de ideas que se entrelazaban.

—Entonces, según usted, profesor, aquel verano de 1862 la Tierra giró sobre sí misma para acercarnos. Un sinfín de números se confabularon para que nos conociéramos.

Los ojos de Higgins se elevaron, dilatados, sin dar crédito a lo que oía. Incapaces de predecir lo que acababa de suceder, tan diferente al resto de las ocasiones, al resto de las risotadas en los pupitres y los pasillos. Incapaces de predecirlo, a pesar de los números, a pesar del compás de la melodía, que entre ellos aquella vez no se repitió.

—Me gustaría volver a verle, si le parece bien —añadió Arnaud.

Samuel L. Higgins intentó balbucear algo indescifrable, pero se quedó ahí, mudo. La mirada se le deshacía de felicidad.

El bergantín goleta *Elsa* finalizó su travesía dos semanas después, en los muelles de Altzuri, en un lento y delicado amarrar a las vastas anillas de los malecones. Pronto lo envolvió el hormigueo de *arrantzales*, rederas y *neskatillas*, que reforzaban la descarga por cinco reales. Arnaud contemplaba la tarea desde la rueda del timón, mientras comprobaba los engranajes de la bitácora, que se había visto dañada en las dársenas de Londres.

Más allá, la ría discurría plácida hacia el interior, con la marea baja, jaspeada por gabarras que traían el mineral desde los muelles fluviales de la fábrica, en Errekamendi. Las mujeres las arrastraban desde las orillas, tirando de sirgas largas, hasta la desembocadura del puerto. Allí, junto al *Elsa*, aguardaban algunos quechemarines y pataches, embarcaciones ligeras de cabotaje que comerciaban por la costa, y los bergantines y vapores recién descargados de carbón inglés, prestos para el transporte del mineral al extranjero. Las tareas de los yacimientos no cesaban, a pesar de la guerra.

Tras la revolución de 1868 el nuevo régimen había tomado posiciones intermedias, prestándose a instaurar una monarquía democrática que satisficiera en vano los intereses de ambos extremos. Se reinstauró la libertad de enseñanza, con el retorno de los catedráticos expulsados por los gobiernos moderados y la apertura hacia Europa y sus nuevas corrientes intelectuales. Las ciencias naturales y las teorías darwinistas sobre la evolución habían penetrado en un claro desafío para la Iglesia y los sectores más conservadores, que cada vez se veían más acorralados.

Se estableció la peseta como moneda nacional, y germinaron los programas librecambistas, que reducían el arancel y fomentaban la inversión de capital extranjero en las minas vascas y asturianas, lo que produjo un espléndido progreso en la extracción y exportación de plomo, pirita de cobre, azogue, carbón y mineral de hierro, alentando los yacimientos de los Mendíbil, que prosperaban como la tensión de los mineros, cada vez más agrupados, más organizados en torno a partidos republicanos y asociaciones de trabajadores.

Sin embargo, la mayor urgencia del gobierno residía en la búsqueda de un nuevo rey. Excluidos los borbones, el presidente Prim acudió a las puertas de las cortes europeas en demanda de algún candidato, lo que provocó el incidente del «telegrama de Ems», empleado por Otto von Bismarck para instigar la guerra franco-prusiana. Las tensiones imperialistas hicieron sangrar Europa como en tiempos de Napoleón; Francia, recuperada y engrandecida tras la guerra de Crimea, veía amenazada su soberanía en la frontera alemana, ante el incipiente crecimiento de las influencias prusianas. Un año de batallas feroces que terminaron en el sitio de París de 1871, con la ciudad muriéndose de hambre y el armisticio de Versalles, que favorecía la unificación que Bismarck ansiaba: la formación del Imperio alemán.

Tras multitud de intentos, el elegido por Prim fue Amadeo de Saboya, duque de Aosta e hijo de Víctor Manuel II, rey de Italia. Un mal menor que solo descontentaba al papado y mantenía en calma a las demás coronas europeas. El nuevo rey entró en España como un desconocido foráneo, sin recibimientos clamorosos ni vítores de bienvenida, solo la noticia del reciente asesinato de Prim, por mano conspiradora, un atroz vaticinio de lo que le esperaba en la corte. Su reinado se convirtió entonces en una odisea insostenible. Boicoteado, aislado, hostigado a conciencia por la nobleza, por los partidarios de Isabel II y su hijo Alfonso, que le llamaban usurpador, por los insurrectos de Cuba y los republicanos federalistas, que enardecían aún más a los movimientos obreros, y por los carlistas, que habían visto en su figura la encarnación misma del insulto, una elección lejana que se anteponía a la suya y que terminó por impulsarlos a la definitiva sublevación. Así, durante la primavera de 1872, el pretendiente don Carlos avivaba los rescoldos de la vieja guerra civil y construía una nueva. Porque las guerras a veces se construyen, con premeditación fría y desde el exilio, como hiciera el difunto Prim cuatro años antes, desde el otro lado.

—Amadeo I ha puesto pies en polvorosa —susurró su padre el mismo día del regreso de Arnaud, bajo el pórtico de la iglesia de Altzuri—. Aposté con don Hermes a que duraba menos de tres años. Me debe cincuenta duros.

—Se veía venir.

La parroquia repicaba en el corazón del pueblo, inundando con su llamada cada recoveco de las montañas, donde los caseríos se desperdigaban entre jirones de niebla. Las calles recibían el caudal de los bautizados, que se reunían con sus ropas de los domingos en el pórtico de la iglesia. Ambos, padre e hijo, seguían a doña Hilaria al interior del templo, fresco y sombrío como las entrañas de una cueva.

—¿Y ahora qué? —preguntó Arnaud.

—Al día siguiente de su marcha, las mismas Cortes que le marginaron se constituyeron en Asamblea Nacional y proclamaron la Primera República de nuestra historia.

—¿Una república?

—Como lo oyes, hijo. Así, súbitamente, por decisión de una asamblea, sin fuerza política y social que la respalde, con los republicanos en minoría y los radicales, todavía monárquicos y sin tenerlo claro, pactando con ellos.

—¿Y los moderados?

—Callan y observan. Algunos, al ver tanto revuelo, han optado por adherirse a los carlistas.

—Demasiado precipitado, *aita*, no puede durar. Apuesta con don Hermes, seguro que muerde el anzuelo.

Rio Félix, algo nervioso, mientras buscaban asiento.

—No parece que vaya a durar. Aunque, si lo piensas bien, dada la situación actual, tiene cierto sentido. Los republicanos son los únicos capaces de sofocar los nuevos brotes de insurrección.

Asintió Arnaud, mirando de soslayo a su padre. Sus palabras brotaban inquietas, más de lo habitual. Entrelazaba las manos, como buscando calor bajo el recio gabán, que cada vez le venía más grande. Se iniciaba el oficio, sucediéndose los cánticos en lengua litúrgica que nadie entendía, con los silencios místicos que provocaba el sacerdote.

—¿Te refieres al movimiento federal y obrero?

Su padre afirmó con la cabeza, silencioso. El cabello le encanecía, sus ojeras parecían cardenales. La empresa Mendíbil le consumía, robándole días y noches.

—La nueva República calmará la situación en las barriadas. Y con menos sublevaciones que controlar, el gobierno podrá centrar sus fuerzas en la guerra civil, que este año parece más seria, sobre todo aquí, en el norte.

Guardaron silencio. Desde las alturas del púlpito, con su rostro severo bajo las oscilación de las velas, don Silverio desparramaba sobre los aldeanos la verdad perpetua, la palabra divina vertida en euskera. Su templo era la raíz del pueblo, de ella nacían las calles, como ramas retorcidas que afloraban pétalos de hogar. Y cada domingo recibía a los habitantes de Altzuri, renovando la savia, manteniendo despierta esa lucidez que languidecía ante las influencias de la nueva burguesía liberal, la de las ciudades y los vendavales revolucionarios de la ciencia.

—¿Hay nuevas de Cuba? —susurró Arnaud.

—Recibimos correspondencia la semana pasada. Gabriel sigue con su tío, en las plantaciones de azúcar de Matanzas.

Sumaban cinco años de guerra colonial, desde el grito de Yara. En 1869, el gobierno de Prim había enviado al general Domingo Dulce para que iniciara las reformas necesarias que acabaran con la sublevación. Pero se encontró con la radical oposición de la alta burguesía de La Habana, colonialistas españoles en su mayoría, dueños de la banca, de las navieras, del comercio y de la producción de tabaco, que no deseaban ceder ni un ápice de terreno frente a los grupos insurrectos.

—Esos oligarcas son los verdaderos dueños de la isla, expulsaron a todos los funcionarios nombrados por Prim, entre ellos a Domingo Dulce. Y te digo más, las otras lenguas, las que no se escuchan tanto, hablan de que fueron ellos los verdaderos artífices de su asesinato. Lo que tiene sentido, dadas las intenciones del difunto presidente de negociar con los insurgentes cubanos.

Arnaud refugió la mirada, que viajaba muy lejos, hasta aquella isla más allá del océano, imaginándose a su amigo Santi con su desarrapado uniforme de rayadillo, tal vez febril, tal vez lisiado, perdido en la selva junto a otros desgraciados. Se mordió la lengua, evitando recordar sus ojos de condenado el día que lo embarcaron. Había necesitado dos años para perdonar a su padre. Y aún le escocía.

—¿Y la guerra? —preguntó.

—Al parecer sigue su curso habitual. Un toma y daca que va ascendiendo en grados de violencia. La nueva más reciente: las políticas de «tierra quemada», cuyo único fin es matar de hambre, arrasando todo lo que asoma de la tierra.

—¿Crees que Gabriel volverá?

—Tu madre perjura que sí.

Don Silverio elevaba la voz, alcanzando el clímax de su liturgia, sobre la masa negra que le escuchaba.

—No os dejéis seducir por el canto proveniente de las ciudades —exclamaba—. Esos avances clamorosos, esas máquinas de vapor, la electricidad, las modas horrendas e ideas escandalosas sobre el origen de la humanidad, son farsas y engaños de corruptos. Vienen aquí para arrancar nuestras viejas ideas, las que nos unen, y reemplazarlas por sus teorías enviciadas. Combatamos al gobierno, luchemos por nuestras tradiciones. Dios, patria y rey.

Sus vibrantes exhortaciones se repetían cada domingo y provocaban un mutismo reflexivo, a veces acusador, que avivaba entre los labradores y pescadores el sentimiento de culpabilidad, de aversión hacia lo exterior, hacia Madrid, hacia Bilbao, hacia el hombre del dinero, el arrendador, el mercader, el patrón.

Al concluir el oficio, don Silverio fue avasallado por los creyentes, que lo felicitaron por el sermón, previa reverencia para besarle el anillo. Doña Hilaria se quedó con su hermano, mientras que Arnaud y su padre sortearon los corrillos de feligreses. Félix se había negado a pagar lo que muchos en el pueblo. El carlismo extirpaba hijos con sus levas y recolectaba apoyos en las zonas rurales como Altzuri. Debido a su incipiente expansión, los párrocos y sus partidarios más afines recorrían las puertas en busca de una nueva recaudación para apoyar la causa bélica, exigida por el pretendiente don Carlos: doscientos francos canjeados por un título definitivo de la Deuda Nacional Española, al tres por ciento de interés.

—Empiezan a faltar muchachos —murmuró su padre, mientras abandonaban el templo, arrastrando la mirada de campesinos y *arrantzales*, que desde hacía tiempo le negaban el saludo.

Su silueta se perfilaba en el sendero, con la mirada trepando las bóvedas de los castaños, que rumoreaban sobre ella con sus pelambreras verdosas.

—Es Amelia —dijo Félix, deteniéndose de golpe, a cierta distancia, mientras extraía su pipa de cáñamo—. Puedes ir yendo, hijo. Me quedo a fumar un rato.

—Bien, *aita*.

Félix evitaba verla, no porque la considerara importuna, sino porque se consideraba importuno a él mismo. Arnaud aún sentía las punzadas de aquel día. Aunque su padre creyera que lo había perdonado, aunque recobraran su vínculo perdido y volvieran a ser la isla compacta que habían sido siempre, aún arrastraba la certeza de que no había sido así. Sin embargo, había transcurrido el tiempo suficiente, días compartidos y días separados por el mar, para que Arnaud comprendiera que algunos vínculos sobreviven a pesar de los rencores, que se confinan en algún rincón como rescoldos encendidos, en una especie de amor viejo e inquebrantable que, aunque él aún lo desconociera, los terminaría por apagar.

Recordaba aquel día, el rosario fúnebre de reclutas, la nube de polvo, el interminable llanto de las madres que los seguían por el camino de la costa, hasta la estación de ferrocarril. Recordaba la escuálida estampa de Santi, agotada de temblar, con la infancia y el llanto extirpados en las minas, con una madurez prematura y mal formada, despedirse sin palabras, solo una mirada de abatido pavor, una mirada de patíbulo, de ahorcado inminente. Recordaba los ojos de Gervasio, carbonizados de cólera, hundidos de miseria, con un temblor animal que no miraba a su hijo, que miraba a Félix. Y recordaba a su padre, con su chistera y su bastón, distinguido ante el marchar de los mozos, con una serenidad que se diluiría poco después, en casa, cuando Arnaud le escupiera lo que en realidad pensaba. Que era un cobarde, un calzonazos, que se avergonzaba de llevar su sangre. Y recordaba, con singular nitidez, el silencio de él, su incapacidad para partirle la cara, su mudo sollozo poco después, al creerse solo, y el vivo desprecio que sintió Arnaud y que se apaciguó al oírle llorar, tiñéndose de una vaga solidaridad que aún no alcanzaba la ternura.

Amelia lo esperaba, paciente, planchando con sus abarcas los hierbajos del camino, con la misma saya y la misma mantellina de aquel día, desgastadas de tanto lavar. A ella también la recordaba, su mirada nostálgica, su piel pálida, su cabello tenue y recogido con tenacillas, que la envolvían con una belleza apagada, otoñal. Aquel día sintió perderla, como si la hubiera poseído en algún momento, como si le doliera creer que la perdía. No encontró sus ojos, ni su voz. La vio marcharse con su familia, y la vio aparecer tiempo después, para su sorpresa, visitándole en el caserío porque Arnaud no se atrevía a subir a la barriada. No dijo nada sobre aquel día. Selló la boca de Arnaud y esquivó hablar de ello hablando de todo lo demás, desde el principio, con la fluidez de un riachuelo que sortea la rocalla amontonada. Hablaron de pequeñeces domésticas, de entresijos del tiempo y la tierra, señalaron las nubes y alabaron sus pozos de nácar, donde asomaba el sol, con la emoción de dos niños que descubren un dibujo nuevo en el cielo, como si a su edad no lo hubieran visto ya mil veces. Volaron las estaciones y la hojarasca, voló un tiempo sin fechas ni horarios, y ellos continuaron viéndose, día tras día, en los bosques, en las montañas y en la playa, a veces sin cruzar palabra, solo compartiendo silencio, a veces merodeando en sueños e intimidades, con delicadeza, sin rozarse siquiera, sin sentir cómo sabía el calor del otro, sin un atisbo de ternura que los acercase más allá de sus propias voces. Y así habían hablado durante cuatro años, estancados por la espera, como en toda guerra. Habían hablado de todo, de todo salvo de Santi.

—Déjame adivinar: epístolas de San Pablo y carta de los Corintios.

Arnaud asintió, con una sonrisa vaga.

—La repite cada mes.

—Don Silverio no es hombre de innovaciones —repuso Amelia, mientras unían sus pasos, entre tapias esponjosas de flores—. Se inclina por la tradición, ya lo sabes.

—Por la guerra, concretamente. Exalta a los feligreses y los incita a echarse al monte.

Desembocaron en la calzada de la ría, caminando al compás del otro, mudos y en cavilaciones ignotas.

—Has tardado más de lo habitual. Creí que no volvías.

—Eso mismo pensaba yo. Una tormenta nos ancló en Londres.

Arnaud tanteó con hablarle del profesor Higgins, pero consideró que necesitaba un ánimo que no tenía, y lo dejó para más adelante. La ojeó de soslayo. Amelia esparcía la mirada por la ría en calma, las aves aleteando a lo lejos. Los días de reencuentro tras los viajes perfilaba una sonrisa tenue, inconsciente de que se le destapaba un plácido alivio al tenerlo de nuevo junto a ella. Arnaud sabía que el sosiego se le filtraba por un resquicio de su orgullo, que ocultaba toda intimidad referida a él, como un almacén de secretos. Siempre, cada vez que volvía del mar, buscaba aquel descuido en la coraza de Amelia, a la que Arnaud tenía prohibido el paso. Tal vez por eso lo buscaba, porque era su manera de mirar dentro de ella.

—Hoy han apuñalado a un pinche de barrenos.

—¿Altercado de taberna?

Amelia afirmó con la cabeza.

—Rivalizaba con otro por una mujer —murmuró—. Ahora queda el vencedor con su recompensa: podrá casarse y olvidarse del amor, si es que sabe lo que es.

Amelia evitó su mirada, a pesar de saber que él la buscaba. No era la primera vez que hablaba con aquel tono resignado, sincero o falso, provocativo, que tal vez buscaba una reacción en Arnaud. Su vida se confinaba al universo minero, donde el trabajo consumía la voluntad de los hombres, donde las mujeres aguardaban al cuidado de la vida doméstica, mientras ellos se marchitaban con el pico y el azadón, vaciándose por el jornal y ahogando los sueños frustrados en algún oscuro rincón de la taberna. Lo había visto en sus propios padres, que sin ser crueles eran incapaces de cualquier gesto o palabra de ternura, lo había percibido en los padres de Arnaud, o en los vecinos. Y él lo comprendía. Comprendía que ella pareciera impregnada hasta la médula de aquella desesperanza por un amor estéril. Lo comprendía y lo temía. Porque la de Arnaud no era una desesperanza, solo una paciente espera, de un amor que tenía que existir, más allá de los cuentos, de las fábulas, de las óperas y los sueños.

—Lo sabrá igual que un macho cabrío —dijo él—. Se le habrá subido a la cabeza el aire montuno de las minas.

Rio Amelia, a pesar del mal gusto de la gracia. Arnaud aprovechó el descuido para rozarle la mano, más allá de lo fortuito, en algo demorado que cruzó los límites de la caricia. La apartó él mismo, sintiendo la sacudida de una descarga eléctrica que le subió al corazón y le vibró con la resonancia de un tambor. Una simple mirada a Amelia le bastó para comprender que su tormenta tenía un alma gemela. No se dijeron nada, simplemente, siguieron caminando.

Lo percibieron antes de alcanzar la barriada. Un augurio funesto que se cernía como un nimbo de plomo sobre las montañas y las fundiciones. Demasiado silencio. Los interceptó una mujer menuda, que descendía teñida de gris, con expresión asustadiza y manos nerviosas sobre la saya y la toquilla. Asió a Amelia de los brazos, sin previo aviso, embrujada por una mirada fuera de sí. Su lengua confirmó el mal presagio.

—Han llegado noticias de Cuba.

Miró a Arnaud.

—Él no podrá subir. Gervasio está muy alterado. Hay huelga y algunos hombres han tomado la cantina.

VII

Campamento carlista, collado del Saúco,
sitio de Bilbao, primavera de 1874

Las tiendas se extendían en el fangal negruzco, entre humaredas y esqueletos de árboles descarnados por el invierno y la guerra. Deambulaban siluetas aquí y allá, envueltas en capotes, arrimadas al calor de la lumbre, matando el tiempo entre partidas de chapas y búsqueda de caracoles. Más allá, en los abismos del collado del Saúco, se precipitaba el tumultuoso oleaje de montañas, azuladas en la distancia, hasta perderse en el océano y en la desembocadura de la ría del Nervión, que las tropas carlistas cercaban desde febrero, aislando del mundo a la villa de Bilbao.

Arnaud daba largas caladas a la pipa de barro, abstraída la mirada en el aliento de la fogata. Sus compañeros de batallón murmuraban en voz queda, las barbas desaliñadas bajo las boinas rojas, los pies hundidos en el lodazal del campamento. Con el paso de los días, las vibrantes historias de los veteranos, los dignos combates de la anterior guerra civil, parecían diluirse en palabras sin sustancia. Los jóvenes los escuchaban con atención, buscando en sus fantasías bélicas esperanzas que los alejaran de la cruda realidad. Hasta iniciar el sitio, su guerra había sido un interminable desfile de días en silencio, de marchas forzadas bajo las inclemencias del tiempo, por tortuosos caminos donde no había presencia enemiga, por bosques, encanadas y montañas, por valles ocultos donde humeaban caseríos y donde los labradores, que hablaban un euskera ininteligible, detenían su labor para mirarlos vagamente, sin comprender aquel marchar de guerra entre paisajes de paz.

Conformaban una masa uniforme y compacta, que contrastaba con el íntimo pensamiento de cada soldado, donde bullía la diversidad más contradictoria. Carlistas de pura sangre y veteranos de la anterior guerra civil, algunos por férreos principios, otros por nostalgia del combate; jóvenes con hambre de aventura y alentados por la inevitable mitificación de la guerra; deshonrados sedientos de venganza, perezosos que buscaban no trabajar, desertores, bandidos, ladrones y asesinos que encontraban en la milicia un lugar donde poder saciar su espíritu delictivo. Y por último, los más perdidos, que en realidad eran la mayoría, alistados porque iban los demás.

Aparecieron en el caserío Mendíbil iniciado el verano de 1873. Las levas llevaban meses extendiendo su funesta lotería entre los hombres de dieciocho a cuarenta años. Muchas familias ofrecían a sus hijos como un digno aporte a la causa, por la religión y por Su Majestad el pretendiente don Carlos. Y ellos marchaban a la guerra, serios y obedientes, tras despedidas fatídicas, sin mirar atrás, a esa familia que los lloraba orgullosa. Algunos, en cambio, se escondían o huían a los montes. Otros se negaban a entregar a sus hijos. Su *aita* lo hizo, se negó con firmeza ante la comitiva militar, hasta que llegó don Silverio y lo amenazó con la excomunión, hasta que doña Hilaria también le intimidó con sus maquinaciones de arpía, hasta que Arnaud se obligó a presentarse voluntario, temiendo la sombra de una pena capital, sobre su cabeza y la de su padre.

El sitio carlista duraba un mes. En febrero, poco después de iniciarse el bombardeo, habían rechazado una tentativa de levantar el cerco, desde retaguardia y alentada por la escasez de suministros de la villa. Los refuerzos liberales, con batallones del gobierno y la infantería de la marina, habían desembarcado en Santander, embistiendo desde el oeste y asaltando las cumbres del valle de Somorrostro en repetidas ocasiones. Y desde arriba, en las estribaciones de Galdames, tras una marcha forzada desde los alrededores de Bilbao, incapaces de sostener las acometidas con la descarga de la fusilería, las tropas carlistas habían recurrido a los procedimientos más primitivos y bárbaros. Arnaud lo había visto en la lejanía, encogido en su trinchera de una cumbre adyacente. Soltaron vagonetas mineras, con sus ejes de hierro descendiendo como carros del infierno, saltando por el relieve, agravándose a cada impacto hasta romper las compactas filas de hombres. Se encallaron en el llano, hastiadas de sangre y envueltas en un silencio fúnebre, con un reguero de cuerpos tendidos tras de sí, deshilachados como trapos. Y al siguiente amanecer, con los estragos de la batalla aún en el rostro, se reunieron ambos bandos en campo neutral, en la divisoria del valle, para dar sepultura a los muertos e iniciar una tregua.

Desde entonces acumulaban el mes de espera. En el campamento del Saúco, entre las peñas altas de la sierra de Galdames, los días transcurrían con la lentitud y la monotonía de un sitio. Pendiente abajo, las avanzadillas carlistas infestaban las estribaciones de la sierra, en la vertiente este del valle de Somorrostro, talando sus faldas, salpicándolas con su presencia inquietante de humaredas, trincheras, baterías, fosos, caminos cubiertos y cortaduras de ferrocarril. En la frontera que separaba ambos bandos, entre los puebluchos y caseríos que orillaban el río del valle, los centinelas enemigos se familiarizaban entre ellos. Cuando anochecía, rompían la línea y charlaban amigablemente, preguntándose por familiares y amigos, deplorando juntos la guerra, compartiendo cigarrillos y ofreciéndose lumbre para matarse al amanecer siguiente, si era necesario y se ordenaba una nueva ofensiva.

Soplaba un viento hostil de cumbre, que silbaba entre las rendijas de las tiendas y aleteaba los andrajos tendidos. Despachaban misivas en una barraca cercana, ocupada por periodistas de *La Esperanza*, el diario monárquico. Arnaud se replegó en su capote, las manos insensibles de frío, sosteniendo la pipa que le había regalado su *aita* antes de partir. Desde que lo vistieran de uniforme, se ocultaba tan hondo como en los días de mar. Protegía del exterior lo más íntimo, lo mejor y más casto de sí mismo, no ya para sobrevivir, sino para no caer en la locura. Marcaba una divisoria, como las trincheras de la ría, resguardaba lo que aún le quedaba digno de conservar y lo separaba de aquel universo absurdo, de aquella monotonía ilusoria, de aquel sueño ebrio y alejado del mundo exterior que otorgaba un aire cotidiano de normalidad a las atrocidades más bizarras.

—Mendíbil, tiene visita en la cantina.

Lo llamaba el sargento del batallón, un individuo recio, de mirada felina bajo la boina, al que había visto abatir a un desertor en la primera ofensiva.

Su padre lo esperaba al final del campamento. Pulcro y distinguido entre los soldados, a pesar de aquella sutil decadencia que los relacionaba a ambos, cada uno con su particular guerra, y que cada vez era más acusada en la mirada ausente de su padre.

Sonrió al verle llegar y lo abrazó con fuerza.

—No tienes tan mala cara, hijo.

—La barba me lo encubre todo, *aita*.

Rio su padre y se mantuvo abrazado a Arnaud, sin moverse, como si le costara desprenderse de aquel vigor que su hijo desprendía. El viejo landó asomaba en la calzada, a lo lejos, por el descenso del puerto. Tasio se arrebujaba en el pescante y los saludó al ver que Arnaud alzaba la mano.

—¿Cómo está el camino desde Altzuri? —preguntó.

—Tenso, hijo, tenso. Boinas rojas por todas partes. Aunque me tomen por un reconocido liberal, aún mantengo contactos que me permiten llegar hasta aquí.

Caminaron sin rumbo fijo, hacia la salida del campamento, por un sendero que trepaba hacia una cumbre cercana, la Peña Helada, la llamaban, donde descendían las nubes para descansar. Félix resollaba con fatiga, apoyado en su nuevo bastón, que ocultaba en su interior un cañón cilíndrico, con pistón en el puño y cargado con un balín de caza. Lo había adquirido por seguridad, como defensa frente a las tensiones obreras. No tardó en proponerle asueto junto al abrevadero que empleaban las monturas de los oficiales. A sus pies, empequeñecidas desde su altura, humeaban las lonas carlistas, entre hormigueos de soldados. Más allá, en el horizonte, el mar se extendía con su infinita serenidad, como un espectador eterno, superviviente de los primeros tiempos, cuando el mundo era un lugar oscuro y desconocido.

—Él nunca cambia —dijo Arnaud, señalando el mar con apatía—. Me alegro de poder verlo desde la tienda, me recuerda que todo sigue igual.

Félix reposaba en el murete, junto a él, mientras respiraba el aire fresco de las alturas.

—Añoro nuestras trepadas nocturnas —murmuró—. Hablábamos del mar, como ahora. Erais tan pequeños que me sentía con respuestas para todo.

Arnaud rio vagamente, mirando a su padre.

—Ahora no hablas tanto.

—Ni tú preguntas tanto, hijo. —Félix sonreía—. Son contrariedades de ser padre. La audiencia cambia y uno tiene que medir sus palabras.

Arqueaba el bigote, con la mirada esparcida hacia dentro, hacia nostalgias que solo quedaban dentro de él. Arnaud se había acostumbrado a aquella expresión, que lo hacía replegarse en sí mismo, en su propia soledad. Era una melancolía inescrutable, que envolvía a su *aita* desde hacía años.

—¿Cómo están las cosas en Errekamendi?

Su padre se retiró la chistera, alisándose el cabello con fatiga.

—Revueltas. —Suspiró y alzó el bastón—. Ya no es seguro caminar por allí.

—¿Subes con escolta?

—Dos jóvenes del Cuerpo de Miqueletes —respondió—. Ya sabes cómo son los anarquistas y su propaganda por el hecho. Un atentado es más eficaz que la palabra.

Arnaud asintió, la mirada dispersa. En el cielo, las bandadas de golondrinas danzaban con unánime fluidez, como redes lanzadas de *arrantzales*.

—A veces viene Amelia —dijo entonces su padre.

Arnaud lo miró, sorprendido.

—¿A Mendíbil?

—Sí, a casa. Solemos hablar cuando no está Hilaria. Alguna vez, incluso hemos paseado por el arenal de Altzuri.

—No sabía que te hablaras con ella —confesó Arnaud.

—Apareció un día, poco después de que te reclutaran. Me preguntó por ti.

—¿Y de qué habláis, si puede saberse?

—De cómo eras antes de que te conociera. —Los ojos de su padre sonreían de ilusión—. Es una joven agradable.

Arnaud no dijo nada, pero le complacía oír aquello. Le complacía el brillo que aquella confesión arrancaba en la mirada de su padre.

—Hijo, hay una pregunta que desde hace tiempo he querido hacerte.

—Dime, *aita*.

Félix lo meditó unos instantes, las manos en la empuñadura del bastón. Las palabras le brotaron con pausa, calibradas, viejas desde que pensaban en salir.

—Cuando decidiste hacerte a la mar, ¿lo hiciste por ayudarme?

Arnaud desraizaba briznas de hierba, pensativo. Miró hacia el campamento, miró hacia el mar y negó con la cabeza. Supo que heriría a su padre.

—¿Compartías este maldito sueño mío? —insistió él.

Arnaud lo miró, incapaz de no hacerlo sin sentirse un miserable.

—No, *aita*. Nunca lo compartí. Lo hice por mis propios sueños. Me hice a la mar porque quería descubrir mundo. Como Gabriel.

Lo vio tragar la respuesta y aguardó una reacción. Comprobó que su angustia apenas era un soplo en la ventisca que comía por dentro a su padre.

—Me enorgullece que hicieras eso —dijo sin embargo—. Fuiste osado, espero que acertaras.

Había un extraño alivio en su voz que a Arnaud le pareció teñido de tristeza.

—No lo sé, *aita*. El mar tiene un precio. No es lo que pensaba.

—Nada es lo que se piensa a los diez años, hijo.

Callaron en un silencio resignado, un silencio de taberna, de cómplices bebedores. Entonces su padre le palmeó la espalda, sin decir nada, como en un apoyo discreto, casi campechano, entre dos camaradas. Arnaud había visto el mismo gesto un mes antes, tras la primera ofensiva republicana, entre dos infantes abatidos. Uno de ellos había perdido a su hermano.

La niebla reptaba por el collado, velando el campamento. Les llegó el retumbar lejano de cascos y distinguieron la silueta de un batidor, con misiva de la avanzada, que se detuvo frente al cuartel general del batallón. La carpa atrajo cientos de miradas, soldados que asomaban desde las tiendas, que se levantaban inquietos desde los grupos arrebujados al calor de la lumbre.

—Habrán divisado algo —murmuró Félix.

—Despliegues en las avanzadillas liberales —dijo Arnaud, levantándose con inquietud—. En la anterior ofensiva se iniciaron así. Tendré que irme, *aita*.

—Claro, hijo, claro. —A Félix le temblaba la voz.

El campamento despertaba de su letargo, con un vaivén agitado de jinetes con despachos, de oficiales y reclutas que apagaban hogueras, con esa cara de susto del que se despereza de golpe, tras días adormecidos con botas de vino.

—Espera, Arnaud.

El empresario de los Mendíbil se había detenido, sobre el fango. Bajo la mirada de su hijo, extrajo de su levita una libreta vieja, pequeña, tapizada en cuero. Sus manos la sostuvieron con solemnidad mientras sopesaban aquel objeto ínfimo, que parecía encogerse de insignificancia ante el arsenal bélico desplegado en la pradera.

—Esto es para ti.

Se lo tendió.

—¿Qué es?

—Es el diario de tu tío Vicente —respondió su padre con

la voz atragantada—. Hace años te prometí que algún día te lo contaría. El secreto del Armario del Tiempo está entre estas páginas.

Arnaud sintió que se le anudaba la garganta, que el temblor de su padre se trasladaba a sus manos. Lo miró. Él lo miraba también. Jamás le había visto tan feliz como lo creyó en aquel instante. A pesar del miedo, del miedo por su hijo, por él, por la guerra, por Errekamendi.

—Gracias, *aita*. Me había olvidado.

—No dudes en emplearlo alguna vez. Cuando lo necesites.

Arnaud rozó las páginas, tanteando con abrirlas.

—¿Por qué me lo das ahora?

Su padre sonrió. Le vibraron las palabras antes de salir.

—Tu madre me hizo prometer algo antes de morir, hijo. —Calló, tragando saliva, recomponiendo su voz. Sonaban a su alrededor los preámbulos de batalla—. Me dijo que te enseñara a querer saber.

Siguieron mirándose, él con sus cercos de insomnio, con su sonrisa de emoción, de cansancio. Arnaud con su sorpresa, con su conmoción, con la frase de su madre y sus mil preguntas. Ambos sintieron que debían hacer algo, pero se mordieron la voz, y la ternura, en la íntima coraza de cada uno.

—Cuídate, hijo.

Y así se fue, hacia el landó paciente de Tasio. Arnaud contempló a su padre, a su *aita*, alejarse con aquel magnetismo maldito a sus espaldas, aquel embrujo de su era, que atraía sobre él rencores inmerecidos de mineros y labradores, de republicanos y carlistas, de un hijo y una mujer, como un astro del universo que desplegaba luz y calor, noche y frío. A pesar de su imagen de empresario poderoso, de su aureola falsamente enriquecida entre los que le veían pasear por la ensenada y las minas, para Arnaud siempre sería el hombre débil y fuerte que había sembrado su infancia de secretos. El hombre del peso humano, el hombre de la condición terrestre, el hombre atrapado en los minúsculos miedos de la vida, el hombre quebradizo que él mismo, su propio hijo, había sancionado mil veces, por esa cobardía que terminaría por entender con los años, a medida que la presintiera en sí mismo, a medida que reviviera el recuerdo de su padre al contemplarse en el espejo.

Entonces, mientras observaba a su padre alejarse del campamento, Arnaud lo desconocía. Desconocía que ocho años más tarde, en 1883, con el mismo miedo atroz a sus espaldas, frente a un mar amansado rayano al ecuador, se sorprendería a sí mismo sonriendo igual que lo hacía su *aita* cuando le abrazaba, cuando compartía con él los recuerdos de *ama*, entre cuchicheos nocturnos. Lo haría al sentir que nacía una vida y que la amaba más que la suya propia, al sentir la certeza absoluta de que se entregaría por ella, sin el menor atisbo de cobardía. Entonces sí, entonces le entendería.

La columna avanzaba en la oscuridad, serpenteando por trochas y veredas que descendían por la sierra. Chapoteaban cientos de pisadas, en marchar sigiloso, bajo las espesuras del bosque, que chorreaban gotas de rocío ante el vaho compacto de los hombres. Arnaud contemplaba la extensa fila del 3.er batallón de Arratia, sus boinas ladeadas, sus fusiles Remington punzando la penumbra, a cuyas cazoletas y cañones arrancaba destellos de metal viejo la luz de las antorchas.

Habían formado en plena madrugada, sin probar el sueño, bajo una bóveda estrellada y silenciosa. Arnaud recordaba los rostros ojerosos, que iban y venían de las tiendas, los oficiales que gritaban, los soldados atropellados que efectuaban los preparativos de campaña. Nadie sabía nada. Nadie preguntaba. Solo un contagio masivo, repentino y precipitado, que mataba la espera y los empujaba a formar. Movimientos liberales al otro lado del valle, decían.

Amagaba con clarear más allá del ramaje oscuro. Las horas, como los pasos y las respiraciones agitadas, se perdían en la noche. De vez en cuando se oían susurros de viejas canciones en euskera, tarareadas entre dientes. Algunos conversaban en voz queda, para calmar la angustia. Arnaud, como la mayoría de los infantes, marchaba mudo, masticando sus propios pensamientos e inquietudes. Ninguno se preguntaba por su designio allí, caminando entre tinieblas, hacia algún parapeto cuyo nombre desconocían. Solo caminaban, tras el capote gris del soldado anterior, con la lengua dormida y la mente siempre en otro lugar, volando lejos, en recuerdos íntimos donde la vida continuaba su curso natural.

Asomaba un retazo de mar, a lo lejos y entre montañas, tras el suave disipar de la noche. Allí se percibía el inicio del valle, con su arenal jaspeado de caseríos y la intrusión mansa del río Barbadun. El bosque se dispersaba alrededor de los hombres y penetraron en una región minera, desolada, dormida en las tinieblas. Una compañía de ingenieros asomó cerca, más allá de los despeñaderos y graderíos, en avance silencioso entre vagonetas abandonadas. La vieron perderse tras una partida volante, de nuevo en el bosque.

El valle de Somorrostro debía de encontrarse cerca, al otro lado de las últimas cumbres y del tapiz esponjoso que envolvía las minas. Asomó de allí un resplandor rojizo, seguido de una columna de humo que estremeció la compacta fila de soldados. Y entonces llegó, apagado por la distancia, el primer tronido de la artillería.

Los cinco hombres conversaban en voz queda, bajo la luz mortecina del farol, entre cigarrillos que fluían como ríos mansos hacia la techumbre. Las miradas se entrecruzaban, ensombrecidas bajo las gorras, buscando una complicidad que mitigara la inquietud. Fuera, la barriada de Errekamendi se sumía en la noche, que amagaba con escurrirse ante el alba inminente.

—Cinco cartuchos con mecha para diez minutos —murmuraba el barrenero, el pitillo columpiado en sus labios.

—¿Será suficiente? —preguntó Gervasio Espejo.

—Lo oirán desde Bilbao. Y eso que allí les sobran petardos.

Gervasio se estiró los tirantes, en movimiento instintivo, mientras aspiraba con ahínco su cigarrillo. Caminaba en torno a la mesa, donde sucumbía una botella de vino, rodeada de vasos. El minero tenía los brazos en mangas de camisa, los pantalones de sarga erguidos hasta el ombligo, la frente chorreando sudor. La mirada se le escapaba, inquieta.

—Recordad —dijo una vez más—: en la base de los altos hornos. Donde más daño haga.

Los hombres asintieron, cada uno con su propio rumiar. Les angustiaba el olor del riesgo, el pánico incipiente de verlo aproximarse, lentamente, a pesar de que coexistieran con él día tras día, en el trabajo de las minas. La muerte rondaba la barriada como un lobo alrededor del rebaño. Desprendimientos inesperados, barrenos que estallaban, lluvias de pedruscos sobre las canteras, atropellos de vagonetas y el infatigable aporte humano con las riñas de taberna, los navajazos nocturnos, las disputas en los días de cobro y las protestas y manifestaciones de la masa enfurecida por la pobreza. Era una contienda perpetua, la del hombre contra la montaña y contra el propio hombre, cuyo fragor se ahogaba en las minas, de las que solo descendía el mineral hacia las villas y los descargaderos, limpio, sereno, silencioso, sin rastro alguno de la sangre derramada por él.

—Tenemos una hora —insistió Gervasio—. La fábrica se vacía con el cambio de turno. No podemos demorarnos, señores. Rapidez, rapidez y precisión.

Y continuó hablando, cada vez con más atropello. La voz muy firme, casi agresiva. La mirada, sin embargo, huidiza. Consciente de que era incapaz de controlar ambas. Consciente, tal vez, de que los demás lo percibían. Pero él no era de los que se amilanan en los momentos de verdad. Eso no. Eso no podía permitirlo. Él ladraba y mordía.

El plan se trazó por enésima vez en la imaginación de los mineros. La carreta de bueyes, los cartuchos envueltos en mortaja, bajo el mineral. La *txalupa* que aguardaba en la ría y que los encauzaría hasta los malecones de la fábrica, donde fondeaban los quechemarines y las barcazas. Los rieles aéreos que unían las embarcaciones con las entrañas de la fundición, el patrón cómplice que los esperaba, para introducirlos en vagonetas.

—Es la hora —dijo el barrenero, consultando su reloj de latón.

—Si no actuamos, no nos escuchan —añadió Gervasio, la voz cada vez más firme, más convencida, tanto que lindaba con dejar de serlo.

Alguien regó los vasos, vaciando la botella. Se alzaron, todos a una, y sus cuerpos vidriados fulguraron bajo el farol. Los agotaron al unísono, inundando las gargantas con aquel elixir salvaje, en brusco y fiero ritual, por enésima vez aquella noche. Mojando al miedo.

El viejo landó traqueteaba por la calzada de la ribera arenosa, tierra adentro. Félix Mendíbil se abandonaba al incesante mecer del carricoche, envuelto en la densa oscuridad de sus mimbres y manufacturas de cuero, ajadas por el tiempo. Afuera, en la intemperie nocturna, Tasio azuzaba a las yeguas isabelinas.

El empresario sellaba los ojos, con el cabello revuelto y la cabeza pendida sobre el pecho, inerte. Acostumbraba a dormitar, con la mente demasiado enredada para sucumbir al sueño. Había olvidado esa sensación de despertar renovado, de que los días se sucedieran limpios, sin traspasos de residuos, sin apilarse unos encima de otros.

Alzó la cabeza y miró por la ventanilla. Las luces de la fábrica titilaban en la oscuridad, sobre la ría. Dio tres pequeños golpes en el techo de la cochera, con la empuñadura del bastón.

—Déjame aquí, Tasio.

—Aún nos quedan unos metros, señor.

—Iré andando. Hace buena noche.

Las ballestas crujieron ante el salto del cochero, que desplegó el estribo antes de abrir la portezuela.

—Como guste usted. Le aguardaré donde siempre.

Félix posó la mano en el hombro del sirviente, que recibió el contacto en la penumbra, solemne y erguido.

—Gracias, Tasio.

Brotaba en irónico compás, a lo largo de la línea del parapeto, la neblina turbia de las descargas de fusilería. Parecía un órgano musical, tecleado por las casacas azules del ejército liberal, a unos cincuenta pasos pendiente abajo. Después se deshacía lentamente, en jirones que flotaban sobre el valle amanecido.

Las balas zumbaban en el paso de las Cortes, rozando las boinas rojas que descendían de las cumbres para retomar la posición perdida. A primera hora, la infantería enemiga había ascendido desde el río, vertiente arriba, desalojando de las primeras trincheras a varias compañías carlistas del 1.º de Guipúzcoa. Rozaban las cumbres de Galdames, en el flanco izquierdo, posición de vital importancia para la defensa carlista. El 3.º de Arratia había acudido en su auxilio, desde las alturas.

Arnaud apretaba los dientes, tras el parapeto de tepes, las manos crispadas en torno al fusil. Sus ojos fulguraban tras una máscara de pólvora, concentrados en la humareda gris, de donde llegaban las voces del enemigo. Ambas zanjas, enfrentadas entre sí, eran poco profundas, apenas hasta el pecho, y los obligaban a disparar de rodillas. Desde luego, Arnaud desconocía el nombre de aquel paso, desconocía el origen guipuzcoano de las compañías que auxiliaban y la vital importancia del flanco izquierdo. Desconocía toda posición, enemiga y propia, desconocía incluso que fuera un flanco lo que defendían, al igual que lo desconocían los hombres que gritaban a su lado.

El valle de Somorrostro languidecía bajo un cielo de plomo. Las nubes absorbían el fragor de la batalla, su aliento de humo, que velaba las aldeas y caseríos que orillaban el río. Retumbaba la artillería sobre las campas y los bosques, sobre los tajos de trincheras, con aquella aciaga musicalidad de notas graves que explotaban y se dilataban hasta morir en el silencio. Prendían los relámpagos de la fusilería, aquí y allá, de unos y otros, tapizando el valle con su urdimbre de pólvora. Asomaban, veladas por el cortinaje de humo, las masas compactas de hombres, azuladas y rojizas, que avanzaban por las pendientes agrupadas en líneas, en columnas, que se estremecían bajo los proyectiles enemigos.

Arnaud cebaba la cazoleta, con movimientos mecánicos que nutrían el Remington de retrocarga. Un rosario de labores absortas, repetidas, unánimes, que se extendían por la trinchera como en una fundición de obreros, que bregaban con la mente en blanco, imbuidos por la inercia del prójimo, de la manada, sin conciencia propia del propósito de su labor. Sus ojos penetraban en la humareda a través del malecón de tepes. Buscaba el blanco. Disparaba. El chispazo le escupía en la cara. La pólvora le escocía en la piel, se le infiltraba por los poros, por la nariz, y le detonaba en el cerebro con nuevos chispazos de barbarie. Después encogía la cabeza. Sonaban los fogonazos en las filas liberales. Las balas silbaban, impactaban en la tierra, en los cuerpos, levantaban volutas de polvo, salpicones de sangre.

Se oyó una voz ronca, desgarrada, al final de la trinchera.

—¡Segunda compañía del 3.º de Arratia! *Aurrera!*

Asomaron varias cabezas, alentadas por el empuje, zumbaron nuevos proyectiles. Los hombres se inquietaron, indecisos.

—*Nork deabru diño hori?* ¿Quién diablos dice eso?

Descendió el silencio a la trinchera, repentino. Hubo murmullos, soldados que miraban a oficiales, oficiales que evitaban miradas. Sonaron chasquidos de bayonetas, manos apresuradas, retardadas, que habían olvidado calarlas al cañón. Retumbó el tamborilero, en un parapeto vecino.

—*Aurrera, mutilak! Aurrera!*

Alguien corrió afuera, por empuje súbito. Dos pasos y un grito del alma, antes de que lo siguiera otro, y otro, antes de que las gargantas se enredaran en clamor confuso. Arnaud salió al vacío, por inercia. La mente le volaba en blanco, en una burbuja de ensoñación, de borrachera. Prendieron ante él ristras de fogonazos, que recorrieron el parapeto enemigo. Asomaron nuevas líneas, más atrás. Zumbaron las balas por todas partes, impactos sordos y desgarros de dolor. Algunos carlistas retrocedieron, pero la estampida los empujaba, como avalanchas de carne y hueso.

Corrieron por la ladera, miradas en órbita, bayonetas al frente. Al frente, huyendo al frente. A destripar casacas azules, a desbrozar el camino de enemigos, a impedir que les impidieran huir, volver a casa. Porque en eso consistía. Unos huían hacia arriba, otros hacia abajo. Podrían haberse cruzado, sin rozarse entre ellos.

Veinte pasos. El universo se reducía a una demencial acometida, a una bandada de cuerpos desatados, espumosos como animales, como toros de corrida, que buscaban alcanzar aquel muro erizado de fusiles y bayonetas. Las granadas retumbaban a lo lejos, las veían llegar, a velocidad inaudita, sentían su aliento candente, pasar rozando y quemarles la cara.

Diez pasos. Entonces hicieron fuego, de nuevo, más cerca que nunca. Arnaud selló los ojos, lo sintió llegar. Más impactos sordos, aquí y allá, boinas rojas que se sembraban sobre la hierba, como espigas de trigo. Lo envolvió la humareda densa, el laberinto de pólvora, su mundo de ensueño. Rechinaron bayonetas, chasquidos del acero sobre la carne, disparos sueltos, aullidos, gritos que vertían el alma. Entonces lo vio aparecer, el malecón de tepes, y tras él la mirada despavorida de un muchacho, más joven que él, encajonado en la trinchera, con las manos frenéticas, cargando un fusil al que, entre nervios y prisas, había olvidado poner la bayoneta. Arnaud saltó con su Remington al frente, sin saber que gritaba como un poseso, sordo y ciego, la mirada salpicada de barro y sangre, el ansia irrefrenable de aniquilar.

Un forcejeo sordo, breve, la sensación inaudita de sondear un vientre, de fluir en su interior acuático. Un vertido cálido, encerrado, que bañó sus manos, mientras contemplaba unos ojos azules, sorprendidos, abrirse en un suspiro de inocencia. Un último aliento compartido, íntimo, silencioso, mientras en la trinchera las masas de hombres se revolcaban en el barro.

Huían los liberales. Arnaud resollaba extenuado sobre el cadáver aún palpitante del muchacho. A su lado, un boina roja reía con estridencia, el rostro manchado de sangre, con ansia repentina y alocada de reír, de llorar al revés.

Y continuó riendo, en el lodazal de la trinchera. Rio entre lamentos de heridos, mientras los cascos de las granadas pasaban zumbando, rozando sus cabezas, antes de estallar en un ruido sordo, seguido de una lluvia metálica, casi tintineante. Rio hasta que le alcanzó una granada y salió volando por los aires, sobre la trinchera de hombres agazapados, hasta que cayó sobre Arnaud y los demás poco después, como un sirimiri tenue, de tierra rojiza y cálida.

Silencio. La fábrica reposaba de su fragor. Un suspiro de asueto que se extendía por las máquinas, los hornos, los tanques, las salas desérticas de pudelado, los gabinetes vidriados. Un suspiro que impregnaba cada recoveco engrasado, como un amante secreto de la fundición que la visitaba al amanecer.

Los pasos de Félix resonaban quedos. Amaba descubrirla en aquel instante, en aquella calma reflexiva, con los mecheros de gas ennegreciendo las paredes, los altos hornos dormidos, los tanques y las vagonetas ancladas en sus vías. Una tregua del tiempo, de su inexorable avance, para mostrarle los frutos de su más primitivo sueño detenidos de pronto, expuestos como en un museo de glorias remotas.

Los susurros se filtraron desde el taller principal, desde los altos hornos. Cinco hombres hurgaban bajo los zócalos de ladrillo, en las entrañas de las torres gemelas. Depositaban cartuchos de dinamita, con extrema atención, en los pequeños agujeros de la tierra ignífuga. Percibieron los pasos del patrón, que se había anclado en su sitio, como azotado por una catástrofe.

—¿Qué diantres hacen, señores?

Los mineros quedaron como él, anclados en la tierra ignífuga, la mirada petrificada por la sorpresa, por el pavor fulminante. Félix lo descubrió entre ellos, el cuerpo flaco y de miembros nudosos, la expresión grave, destilando sudor: Gervasio Espejo.

Se miraron y el obrero sintió, de golpe, ese empuje irracional que a veces experimenta el hombre débil y acorralado al que solo le queda la ofensiva, porque en aquel instante, a pesar de la camarilla que rodeaba al patrón, la verdadera presa era él.

Sucedió como en los sueños, donde las fatalidades se disparan con ligereza, mitigadas por una distancia extraña, de irrealidad. Gervasio dio unos pasos e introdujo la mano en el chaleco. Extrajo el revólver de pequeño calibre y presionó el cañón en el vientre de Félix, que ni siquiera se acordó de usar su bastón. Detonó el mecanismo, que alentó un eco inhóspito en la fábrica, silenciosa y recogida como una catedral. Brotó un aliento de fuego, como de lengua calcinada, mientras la bala cumplía su designio, traspasando a Félix y saliendo por la espalda, exhausta ya, tras desmenuzar sus entrañas.

Se miraron de cerca, en intimidad brutal, con la misma mirada lívida que los hizo separarse para contemplar el vientre, su brote de sangre, el espectáculo atroz de una vida que se escapaba, allí, ante sus ojos.

Miedo y frío. Se entrelazaban para cristalizar hondo en su mente. Le temblaba el cuerpo, no desde la piel, sino desde lo más insondable de su médula, como un seísmo.

La noche se cernía como una sombra fatal, sobre ellos, sobre la trinchera, sobre el valle agonizante. Los vivos se entremezclaban con los muertos, en aquella fosa enfermiza en la que estaban atrapados, que parecía sumergirlos bajo tierra. La letanía de los que aún lidiaban con la muerte rozaba cotas insoportables para el oído sano. Una ristra de gemidos, lamentos y sollozos que recorrían la trinchera, en la calma tras la tormenta, bajo un cielo estrellado, sereno, de noche primaveral.

La batalla se sumía en la tregua nocturna, a la espera del amanecer, donde los cascos de la artillería volverían a desgarrar el aire, donde volverían a tirotearse desde parapetos opuestos.

Arnaud pernoctaba allí, abrazado por cadáveres ya fríos, sin fuerzas para moverse, con la mirada anclada en las nubecillas que acariciaban el cielo. Sus labios lacerados también exhalaban un gemido ronco. Los liberales habían retomado posiciones. Los oían al otro lado, en la trinchera contigua. Llevaba así todo el día, atrapado en tierra de nadie, con temor al fuego cruzado, con la certeza de que moriría allí al amanecer, cuando las balas comenzaran a silbar, cuando los malecones de tepes estallaran en astillas.

Una bandada de golondrinas surcó el cielo, en fluir unánime, como lo hiciera un día antes, mientras hablaba con su padre. Su padre. Sintió en los ojos la calidez de las lágrimas. Humedecieron sus mejillas, lentamente, en avance silencioso por su piel de pólvora, hasta asomarse al abismo de su mentón y gotear, una a una, gráciles y serenas.

Se atrevió a mover las manos, que chascaron dolorosas. Retiró entonces el brazo inerte del muchacho liberal. Su cuerpo estaba rígido y frío, como la madera seca. Arnaud buscó dentro de su capote, en los bolsillos interiores, hasta sentir la libreta tapizada. El regalo de su padre. La abrió, torpemente, sobre sus ojos tumbados. Las páginas crujieron, desperezadas. Sintió el olor a polvo viejo, insólito allí, que le descendía como magia ancestral. Las palabras del diario susurraron en la noche.

Entonces volvió a llorar. Sus sollozos se oyeron en la trinchera.

—*Aita...*

VIII

Ensenada de Altzuri, verano de 1878

Volvió dieciséis años después de haberse ido. Gabriel Mendíbil se había convertido en un hombre esbelto y distinguido, con una sonrisa encantadora que lo prevenía, a buen seguro, de cualquier reprimenda femenina. Apareció de improviso, desde el puerto de Bilbao y en una cochera de alquiler, con abultado equipaje donde no perduraba nada anterior a 1862. Entró en el caserío con su chistera enhiesta, el bastón balanceándose con elegancia al compás de sus pasos, el chaqué de lino blanco sobre el pantalón a rayas y los botines de cordobán.

En Altzuri lo recibieron con honores de héroe bélico, pendiéndole medallas que no traía. Doña Hilaria, que rozaba una ancianidad prematura, con demencias religiosas cada vez más asiduas, anunció su llegada entre las principales familias del señorío, y ordenó un festín de campanadas, que resonaron por la ensenada en honor al retorno de su único vástago.

Se había instruido en los ingenios azucareros que su tío, Avelino de Zulueta, el hermano mayor de doña Hilaria, regentaba en Matanzas y La Habana. Pocos conocían el proceder auténtico de su negocio en la isla, el motivo de su éxito, solo que Avelino había desembarcado en 1848, consagrándose al comercio menudo de pacotillas, tejidos, harina y bastimentos, hasta poseer sus propias plantaciones de caña de azúcar. A los tres meses de su llegada a Altzuri, Gabriel recogía las riendas de la Sociedad Mendíbil. Las escrituras le otorgaban el ochenta por ciento de las acciones, el completo de doña Hilaria y la mitad heredada de su padre. Arnaud, que tras la guerra había reducido sus travesías anuales para gestionar los yacimientos, lo guio por las minas junto al infatigable secretario don Hermes, que manejaba los números de la empresa con el escrúpulo monetario de los usureros.

—Necesitamos técnicos que supervisen las nuevas canteras —anunciaba—. Hay dudas sobre la calidad del campanil.

Gabriel sonreía, asintiendo a los informes del secretario, consumiendo con placidez un habano de factura exquisita, sin aturdirse por su verborrea. Contemplaba las carretas con bueyes vascos, pequeños y de patas estrechas, con una piel de carnero que adornaba el yugo entre los cuernos.

—He oído que hay nuevas técnicas para el acarreo del mineral —mencionó.

Don Hermes asintió, preciso.

—Rieles tendidos en las cortaduras de las canteras, plataformas de madera y planos inclinados. Las vagonetas se deslizarían hasta la ría, sin tiro animal.

Gabriel exhalaba volutas de humo, entrecerrando los ojos. La corbata de plastrón le anudaba el cuello de la camisa, punteada por una aguja de perla. Los calcetines destacaban en el barro, blancos, finamente bordados.

—Sería conveniente valorar la inserción de rieles tendidos —propuso—. Nuestros métodos están obsoletos.

—Los bueyes no retrasan la exportación —irrumpió Arnaud—. La inversión es considerable y no obtendríamos tanto beneficio.

Gabriel lo miró, sonriéndole, con el habano en la boca. Le palmeó la espalda con la fraternidad confiada de una vieja amistad.

—Hermano mío, las principales compañías los han introducido en sus minas. No debemos perder su estela. Son ellos los que deben perder la nuestra.

Rio con desenfado, sin alentar el mismo júbilo en su medio hermano, mientras se adentraban en la callejuela de Erre-kamendi.

—Debemos avanzar con cautela —terció él—. Como hizo *aita*.

Gabriel se detuvo y volvió a incidir en su hombro. En aquella ocasión posó su mano, serio, con afecto solemne.

—Alabo lo que ha erigido nuestro padre. Pero los tiempos corren y no esperan a los que dudan.

Arnaud sintió su mirada gris, viva como un mareaje picado, infiltrándose en la suya con hondura, buscando su complici-dad. Sin duda alguna, el tiempo había moldeado a su medio hermano hasta convertirlo en otro hombre, tal vez, simple-mente, hasta convertirlo en un hombre. Lo percibía en sus retinas, que fulguraban como si les hubiera dado otro sol, como si portaran vivencias tan opuestas, tan distintas a las suyas, que parecían engendradas por otros mundos, muy le-janos a la burbuja discreta de Altzuri. Nada parecía sobrevi-vir de aquel niño que había crecido junto a él. Nada, salvo aquellas retinas, aquella expresión confusa, ladina, que pare-cía confeccionada con doble piel, que buscaba complacerle estando tan lejos.

Guardó silencio, asintiendo ante las palabras de Gabriel, ante su depurado talento de persuasión. Le volvió a palmear la espalda, satisfecho, convencido de que lo atraía a sus redes.

Retomaron el paseo por la callejuela hasta pasar junto a las letrinas, que emanaban de un cobertizo oscuro, al fondo de un callejón sembrado de agujeros y fangales aguados. Dis-tinguieron las sombras movedizas de varias mujeres, que compartían bromas y chismorreos mientras hacían sus nece-sidades, añadiendo a aquella cloaca infecta una asombrosa alegría. Arnaud la percibió a contraluz, recolocándose la fal-da de sarga negra para salir de allí, resuelta, con el contoneo grácil de sus caderas. Ella lo saludó con la cabeza, sin detener-se, como cada vez que se cruzaban en la barriada y él iba en compañía. Miró de soslayo a Gabriel, con su expresión de al-tiva dignidad, hasta alejarse calle abajo.

—¿Quién es esa mujer? —preguntó él.

—Trabaja en el transporte de mineral —respondió Arnaud.

—Eso ya lo imagino. ¿La conoces mucho?

Arnaud se encogió de hombros, la mirada dispersa en la vaguada.

—Hablamos alguna vez —murmuró.

—¿Cómo se llama?

Arnaud contuvo la voz. Sintió decirlo.

—Amelia Espejo.

En la playa de Altzuri la ola se aproximaba, rendida, exhausta ya, con su correteo espumoso.

—¿Sientes que ha cambiado?

—Perdura poco de lo que recuerdo sobre Gabriel.

Amelia dibujó una sonrisa expectante, con los ojos cerrados, zambullendo sus sentidos en los pies.

—Como también perdura poco de lo que recuerdas sobre ti mismo —mencionó.

Arnaud asintió, indeciso junto a ella, los ojos también cerrados.

—Pero sé lo que he visto durante estos años. Sé lo que he sentido. Lo que he hecho. De él no sé nada.

Amelia emitió un quejido de emoción. El mar les alcanzaba. Temblaron de frío, de vulnerabilidad más bien, ante algo tan inmenso, que rugía en la distancia y les acariciaba en los pies.

—¿A ti qué te parece? —preguntó entonces Arnaud.

—Me parece un galán de libro —respondió, deleitada ante el agua que la buscaba y la rodeaba deleitada en ella también—. Consciente de que lo es. Puede incluso que peligroso.

—¿Peligroso en qué sentido?

—Peligroso para una mujer. —Amelia sonrió, con ironía—. En el sentido elegante. De los que conocen los engranajes del sexo opuesto y los desmontan con minuciosidad de relojero.

—¿Tanto inspira él en una mujer?

—Se lo has preguntado a una.

La tierra, ebria de agua, cedía ante el peso de sus pies, dejándose explorar.

—Te consideraba menos impresionable.

—No te pongas celoso.

Arnaud levantó los pies y su huella se esfumó bajo el agua arenosa. Comenzó a andar, paralelo a la orilla.

—No me pongo celoso.

—¿Y por qué te vas? —Lo siguió, levantándose la faldilla húmeda, divertida.

—No me voy. Solo camino.

—Vamos, no seas ridículo. Te consideraba menos impresionable.

Se detuvo y la miró a los ojos. Temía que se les marchitara el amor. Temía que se les consumiera sin haberlo sentido, por aplazarlo demasiado tiempo. Ella le sonreía, socarrona, las mejillas enrojecidas como hojas de otoño. Sonrió él también, buscando su mano. Se entrelazaron una con la otra, los dedos deslizados con suavidad, secos por la brisa marina, sensibles al tacto. Y prosiguieron así, alejándose de la playa por el arenal de la ría, tierra adentro.

Cruzaron bajo el puente, a la altura de las ruinas salitrosas del astillero de los Hermanos Mikeldi. Lo habían abandonado durante la guerra, antes del fin de la República, carcomidos por la inactividad. Arnaud solía ver al armador José Mari partir solitario del puerto al amanecer, con su barcaza de pesca, buscando que no se le murieran las manos, ni la mente.

La República terminó como venía anunciando desde su nacimiento. Con los militares, expertos en la práctica de reprimir sublevaciones republicanas y liberales, irrumpiendo en el Congreso a principios de 1874, en plena guerra. Los diputados republicanos huyeron en desbandada, arrojándose incluso por las ventanas, diluido su espíritu revolucionario en el turbio pantanal de la política. Los confabuladores del otro extremo, pacientes hasta que todo se desmoronara por sí solo, adquirieron de nuevo el poder, cediendo su manejo a un experto político y conocedor de la historia: Antonio Cánovas del Castillo. Se auguraba un gobierno largo y estable, un retorno a los viejos tiempos de plácido letargo. Tras años de republicanismo, carlismo, caciquismo e insurrecciones coloniales, el país resoplaba al borde del desfallecimiento, dispuesto a aceptar la primera de las opciones que trajera calma, situación que Cánovas, hábil y perro viejo, supo aprovechar. Preparó el retorno de los borbones, concretamente Alfonso, joven de diecisiete años e hijo de Isabel II, aquella misma reina que tuvo que exiliarse al ver su integridad amenazada. Un hecho impensable poco tiempo antes.

Y sí, el tiempo estaba de nuevo ahí, siempre protagonista, velando el pasado y envolviéndolo en brumas, alejando los sentimientos hasta convertirlos en leves ecos de lo que una vez fueron. El tiempo, que moldeaba la memoria, como un alfarero con su arcilla, que la deformaba, la contraía y la expandía a su caprichoso antojo. El tiempo, que hace a un hombre maldecir a los borbones y acogerlos en la misma vida.

Cánovas, sin duda conocedor de las singularidades del tiempo, extendió la convicción de que la restauración monárquica era la única solución posible. Y así, la balanza se movió, volviendo a chirriar, desplazando su peso hacia el otro lado, de vuelta al pasado.

Acabó con las insurrecciones cantonales y lanzó el grueso de sus tropas sobre las resistencias carlistas, que con la monarquía restaurada y el apoyo de la Iglesia hacia esta, vieron su propósito sumamente debilitado. En febrero de 1876, Primo de Rivera tomó Estella y Martínez Campos penetró en el valle del Baztán, poniendo fin a la segunda guerra civil que sangraba el siglo. Selló la guerra cubana en 1878, tras diez años de hostilidades, en un extraño pacto conocido como la Paz de Zanjón, una mezcla de triunfo militar, así lo anunciaba la prensa de nuevo sobornada, y de concesiones políticas, así lo quisieron creer los insurrectos de la isla.

Avanzaban por los humedales de la ría, entre juncos y graznidos de espátulas migratorias. Amelia lo había visto aparecer entre la vegetación de algaidas. Gervasio Espejo los saludó con la cabeza, la camisa remangada, patinada por el verdín de los años bajo los tirantes del pantalón. Desde la guerra, parecía haberse consumido por una fiebre repentina, que se había quedado adherida a él, como un parásito que le succionaba la sangre. Ya no blasfemaba contra las leyes, ya no propagaba el espíritu revolucionario de las nuevas fuerzas sociales. Parecía reducido a un ser inservible, sin voluntad alguna más allá del mecánico encorvar sobre el pico y el azadón.

—Amelia, hija, me gustaría hablar con Arnaud.

La mirada le latía con un extraño centelleo. Amelia se cruzó de brazos, entre divertida y opuesta.

—¿Y a qué se debe este secretismo varonil? —preguntó con ironía.

Su padre la contempló mudo, su expresión tan severa y desalmada que parecía sedimentada con polvo férrico.

—Solo será un momento. Aléjate, por favor.

Amelia entrecerró los ojos, inquieta.

—¿Se encuentra bien, padre?

El otro asintió, mudo, desviando la mirada. Se mantuvo así, imperturbable, hasta que su hija decidió volverse y caminar hasta la ría. Esperó a verla lejos, mientras Arnaud aguardaba, perplejo ante aquel singular protocolo.

—¿Qué desea, don Gervasio?

Sus palabras brotaron mecánicas, como si las ensamblara un corazón de hierro.

—Maté a tu padre. Fui yo. Con una Colt de pequeño calibre. En la fábrica.

Una pausa. Mar, aire, sal, graznidos de gaviotas.

Habían pasado cuatro años. El cadáver de su padre, el orificio de bala. Anarquistas, dijeron. Jamás se supo la verdad.

—Le atravesé las entrañas. Le clavé el cañón en el vientre. Puedes matarme si quieres. Desde ese día, yo ya estoy muerto.

Amelia los observó de lejos, hablaban sin mirarse a la cara. Gervasio se volvió, perdiéndose entre los matojos incoloros de las dunas, sin despedirse de ella. Arnaud se quedó en pie, sembrado en el arenal, las manos enfundadas en los bolsillos. Se acercó a él, intrigada, con un siseo de inquietud hormigueando bajo su piel.

—¿Qué te ha dicho?

No le contestó.

—¿Te ha dicho algo sobre mí? —Arnaud evadía la mirada, amputado de voz—. Mi padre es un perro viejo. ¿Te ha dicho algo sobre nosotros?

Arnaud la miró, como alumbrado por un propósito, y ella sintió el golpe repentino de sus ojos, pardos e intensos.

—¿Quieres casarte conmigo?

Lo mantuvieron en secreto. Un secreto para ella. Dos para él.

Desfilaron los meses, idénticos a pesar de las estaciones, en rosario uniformado, como en marcha marcial. Esperaron. Lo dejaron suspendido en el limbo de los miedos sin afrontar, en esa región oculta, ignorada muchas veces. Arnaud cedió su cometido en las minas y retomó su cadencia oceánica, punteando con su bergantín goleta los muelles ingleses, entre tormentas y mares en calma, exportando mineral y comerciando con cabotaje. Tras el lapso de la guerra, sus escalas intermedias en Londres se habían sucedido en la más discreta clandestinidad. Breves fondeos de dos días, fugas inadvertidas en locomotoras de la compañía Great Western Railway y visitas a la ciudad de las agujas de ensueño, a la vivienda acurrucada entre frondas de sauces y abedules, la morada oculta del profesor Samuel Lowell Higgins.

De lo que urdieron allí durante aquellos años nadie sabía nada. Nadie. Ni siquiera Amelia, a pesar de que allí se fraguó la razón de esta historia. Allí, en la residencia de Iffley Road, entre sus muros de vidrieras ojivales.

El profesor Higgins había sucumbido al hechizo de su teoría, así la llamaba él, como a una hija. Una teoría desmedida que, según él, abarcaba todas las teorías, todas las conjeturas habidas y por haber. El matemático vivía de las páginas, dominaba la literatura, la filosofía, la historia, las vicisitudes de todos los países y de todos los tiempos. Un múltiple saber cultivado en jornadas desvanecidas, sin conciencia de un tiempo que no penetraba en su laboratorio, donde consumía sus pupilas entre libros, luces de candil y brumas de tiza. A medida que sucumbía al tejido absorbente de su propósito, sus ojos se ahondaban cada vez más en una reflexión perpetua, como si viviera dentro de sí mismo. El mundo discurría fuera, ignorante de la minuciosa exploración que le dedicaba Samuel L. Higgins, indagando en sus entrañas con la destreza de un cirujano, con la avidez de un anatómico que abre su primer cuerpo.

Arnaud, a pesar de su templanza poco dada al sobresalto, no tardó en rendirse ante la extraordinaria revelación que Higgins trataba de extirparle a la naturaleza. No tardó en claudicar como él y en contagiarse de aquella búsqueda de lo imposible, que los convenció a ambos de que causaría un debate inaudito entre los intelectuales del mundo. Durante muchos meses, lo visitó en cada viaje, forzando escalas en Londres cuando no debía, mintiendo a todos, forzando incluso travesías cuando no había suficiente mineral para transportar. Colaboró en su investigación con la mente entregada, llevándose consigo documentos por examinar, que ocultaba con recelo, y se acostumbró a las noches de vigilia, la mirada fija en el entramado del camarote, mientras se repetía a sí mismo preguntas insólitas, conjeturas sin resolver que arrastraba de su cobijo en Oxford. Y era allí, sobre su catre oscilante, donde no sucumbía al sueño hasta abrir el bolsillo de su chaquetón marino, hasta despertar la libreta vieja que le había regalado su padre. Hasta dormirse bajo ella.

No eran solo dos los secretos que ocultaba.

Las minas acogieron un progreso inesperado. Asomaban redes de ferrocarril, planos inclinados y el novedoso sistema de los tranvías aéreos, que cuarteó la vaguada con su maraña de cables colgados de postes, por los que se deslizaban tanques repletos de pedruscos rojos, volando sobre hondonadas y despeñaderos, descendiendo lentamente hacia los descargaderos del muelle fluvial. Se multiplicaban los contratos, las relaciones con sociedades extranjeras, las aperturas de nuevos hornos y las exploraciones de nuevos yacimientos; aumentaba la flotilla de vapores, con nuevas adquisiciones de botadura americana, clíperes construidos en Baltimore que comerciaban en travesías trasatlánticas donde Gabriel mantenía relaciones, entre África, América del Sur y las islas del Caribe. Su política audaz revitalizaba la *Sociedad Mendíbil* con ingresos nuevos y sustanciosos, ensanchándola en una burbuja de acero que parecía inmune al estallido.

Los asentamientos mineros se extendían, esparciéndose por las vaguadas y las montañas. Seguían alzándose con frecuencia, fieles a su naturaleza, iniciando protestas y huelgas fragorosas que se apagaban en concesiones tímidas o, si el asunto se extremaba, en represiones violentas. Surgían nuevas asociaciones de obreros, como el Partido Socialista Obrero Español, fundado por Pablo Iglesias, que colaboró en la confección de núcleos de resistencia para presionar a los propietarios industriales. Y así continuaban los avances sociales, que goteaban con laboriosa lentitud, logrando seguros ante enfermedades, ante accidentes, reduciendo las jornadas de trabajo de dieciséis a catorce horas, de catorce a doce, de doce a diez.

Tras el fin de la guerra civil, Cánovas había aprobado la ley de abolición del Régimen Foral, disolviendo las viejas diputaciones y extendiendo a las provincias vascongadas las obligaciones de pagar impuestos y acudir a quintas y reemplazos en el Ejército. Sin embargo, consciente de que no podía enemistarse con los sectores burgueses vascos, indispensables en el nuevo régimen, ideó una nueva relación que matizaba la abolición: los conciertos económicos. Un derecho de las diputaciones a cobrar y gestionar sus propios impuestos, que les otorgaba cierto grado de autonomía, y que les permitía adoptar políticas fiscales propias, entre ellas el aumento de los impuestos en productos de primera necesidad. Aquel ejercer repercutió con crudeza en los sectores más desfavorecidos, que veían aumentar el precio de los alimentos básicos, junto a los ingresos obtenidos por las diputaciones, un excedente que compensaba los impuestos que debían al Estado y que favorecía a la burguesía, a los patronos y a la incipiente industrialización.

En cada retorno de sus travesías, Arnaud observaba los derroteros que adquiría la vida de Gabriel, un modelo ejemplar de los capitalistas emergentes. Capitalistas. Habían existido desde los albores humanos, cuando aún no se conocían los discos de metal acuñado y las operaciones comerciales se saldaban con trueques e intercambios. Habían existido siempre, pero fue en aquellos años, en hombres como Gabriel Mendíbil, cuando empezaron a extenderse como una raza, para desplegar sus tentáculos por el mundo.

Gabriel se había asentado en una vida cómoda, monótona quizá, de beneficios y placeres insulsos, con distracciones como la caza, los banquetes, los juegos de mesa y las apuestas en juegos de pelota, de pruebas de bueyes y desafíos de barrenadores, que hacían cruzarse ingentes cantidades de dinero. Arnaud las presenciaba a menudo, tras ceder al insistir entusiasmado de Gabriel, que lo instaba a acompañarle. Solían organizarse en la barriada minera, mientras en las canteras tronaban las explosiones y repicaban las cuadrillas de peones. Los empresarios, contratistas e ingenieros apostaban miles de duros, atrayendo a los desocupados de las barriadas a presenciar los populares duelos. Los mozos de mina mostraban su fortaleza al atacar la piedra, cegados por el prestigio de una fama reservada para toreros y pelotaris. Formaban a su alrededor corros enardecidos, donde ricos y pobres se mezclaban entre jaleos y apuestas, unidos y alentados por sus más bajos instintos, por el culto a la brutalidad. Los empresarios los mostraban después en sus cenas, tentando la firmeza de sus músculos como si fueran gallos de pelea, exhibiéndolos por otros pueblos, lanzando retos a los propietarios de otras minas. Ansiaban el orgullo de ver a su ejemplar victorioso, y lo celebraban entre gritos de alegría y lanzamientos de boinas, importándoles bien poco el dinero embolsado.

Sucedió durante un desafío. Arnaud buscó a Gabriel tras la conclusión, que se había saldado en su beneficio. Le extrañó no distinguirlo entre la multitud, lanzando su chistera y felicitando al vencedor. Los hombres se dispersaban cuando lo vio al final de la calle, conversando con Amelia.

Él le sonreía, desplegando su oratoria gallarda, con su chaqué ceñido que le erguía la espalda y enaltecía su figura. Ella asentía, con su particular altivez de mentón y su expresión severa. La vio mover los labios, con esa resolución digna, descarada, que hizo sonreír más a Gabriel, como si la provocación, o la resistencia, o el carácter indomable en el sexo opuesto le excitara más que las apuestas de barrenadores.

Arnaud se mantuvo al margen, incapaz de apartar la mirada, imantado, ligado a ellos por un hilo invisible que desplazaba su iris cuando lo hacían ellos. Amelia encajaba sus encantos, imperturbable, sembrada en su sitio, sin ceder un ápice de terreno. Entonces Gabriel le rozó el codo, con levedad, y ella reculó, negando con la cabeza, tan reiterada como el insistir absorbente de él.

La terminó acompañando a la casucha de los Espejo, con la mano sutilmente dispuesta sobre su espalda. Arnaud los siguió, en la distancia, entre mineros que volvían al tajo. La madre de Amelia les abrió la puerta. Gabriel le obsequió una presentación solemne, la dentadura centelleante, que sin duda engatusó a la mujer, descolocada de pronto ante la presencia del patrón, pensando que tal vez, y por qué no, su hija, que ya tenía una edad, quizá no se quedara para vestir santos. «Disculpe, señor», se excusaría, sintiéndose indigna con su delantal de arpillera y su falda jalonada de remiendos. Vacilaría, sin duda, como vacilaba la expresión de Amelia, antes de invitarle a su mísera vivienda.

El almuerzo transcurría en plácida tertulia, entre criadas que servían caldos y rellenaban copas. Los invitados alababan las reformas que Gabriel había efectuado en el caserío: cortinajes isabelinos, muebles victorianos y empapelados orientales que lo adecuaban a los nuevos tiempos. Sin embargo, decía él, pronto erigiría una nueva residencia, en el otro extremo de la finca, con las influencias más modernas y el estilo ecléctico que aglutinaba todo el arte del mundo.

Las hermanas Esparza, herederas de uno de los principales comerciantes del señorío, asentían a sus palabras, las mejillas enrojecidas, exhibiendo sus escotes enmarcados por tocados y diademas de esmeraldas, con el descaro de la aristocracia joven, ansiosa por adornarse y proclamar sus riquezas, en busca de ese placer sombrío al despertar la envidia ajena. Mostraban un interés desmesurado en la figura de Gabriel, preguntándole por sus visitas a las minas como si fuera un expedicionario a la vuelta de un país bárbaro y lejano. Esas breves incursiones y sus comentarios posteriores constituían el único lazo que unía ambos mundos. Una morbosa curiosidad por el rudo trabajo de las canteras, las condiciones míseras de las barriadas, esos seres sucios, plagados de enfermedades, que constituían un mundo distante, una factoría aislada, concebida para enriquecer a las clases nobles.

El joven patrón, sin embargo, desoía sus atenciones con gentil regodeo, lo que enrojecía más las mejillas de las jóvenes. Su mirada se desviaba hacia la nueva criada, que aún se desenvolvía con torpeza, inhabituada a la servidumbre doméstica, a la tersura limpia del uniforme, la cofia y el delantal con chorreras de encaje. Ella le evitaba, consciente de sus ojos grises, felinos, deseosos, que la buscaban con el mudo insistir de los depredadores. Y Arnaud los observaba a ambos, desde el otro extremo de la mesa, consciente también de aquel furtivo cortejo.

—El populacho de las minas —clamaba don Silverio—, esos *maketos* inmigrantes de España, se extenderán como una plaga, ya lo veréis, contaminarán a la verdadera gente de los campos.

El viejo párroco, al que le temblaban los labios al hablar, temía perder a sus verdaderos servidores, los vecinos de las anteiglesias vascas, respetuosos con el señor y conservadores de las viejas costumbres. Las personas humildes de toda la vida, insistía, las de laya y pastoreo, sin más desahogo que beber en las romerías, y bailar el *aurresku* los domingos y la *ezpata-dantza* en las fiestas del patrón. Sus vidas eran tranquilas, alejadas de los vicios modernos, del vandalismo y el descontento revolucionario. Las huelgas, el exterminio de los ricos y las clases sociales, eran todas proclamas infecciosas, traídas del exterior.

—Hay que mantener la esencia de la raza vasca —decía—. Que las masas invasoras no entierren nuestra bella lengua.

El ingeniero-director de los altos hornos, un joven instruido en París que aún conservaba el idealismo de una mirada sin corroer, apostillaba ante las palabras del párroco.

—Ese rebaño de obreros que dice usted es el que trae prosperidad a nuestra tierra. Ellos se consumen en las minas, extrayendo el mineral que sostiene nuestras vidas.

—Lo que exijo —insistía don Silverio— es que no extingan la esencia de nuestra tierra.

—No la extinguen, padre. La transforman.

—Precisamente, la esencia que dice usted, padre, ya viene transformada —intervino entonces Gabriel, recostado, con un veguero entre sus dedos—. ¿O acaso piensa que ha perdurado así desde que alguien pobló esta tierra?

Arnaud contemplaba a su medio hermano sin escuchar sus palabras. Para él era un timbre de voz, un bigote de guías, depurado en sus gestos, en sus sonrisas de suficiencia, de quien se siente cómodo en su piel y en el mundo.

—Respecto a las clases obreras —continuaba el ingeniero, que agradaba al patrón por su sinceridad indomable—, es bien sabido que el beneficio no es el mismo para todos. El capital se engrosa con celeridad, pero los salarios continúan anquilosados y no vislumbran opciones de mejora.

—Siento discrepar, mi querido Joseph —terció Gabriel—. Pero la tendencia indica un descenso notable del interés del capital, a favor de los jornales obreros que suben gracias a las huelgas y sus movimientos sociales.

—Eso son futilidades del que maniobra con el dinero. Los aumentos del sueldo son alivios efímeros, enmiendas del momento que engañan al trabajador. Si aumentan los jornales, los productos lo harán después, y así retornamos al nefasto equilibrio de siempre.

Continuaron así, en un intercambio de palabras sobre las masas obreras que eludían hablar con franqueza. Porque franqueza hubiera sido incidir, por ejemplo, en el origen rebelde del obrero, en su temor, casi convicción, a que jamás avanzaría, a que, por más que trabajara, que ahorrara, que sacrificara su vida, jamás saldría de su pozo miserable. En el pasado, en los tiempos de la artesanía, de la industria doméstica, el oficio obstinado podía hacerle ahorrar y adquirir los útiles necesarios para convertir su casa en taller, para realizarse como patrono. Estaba a su alcance. Sin embargo, en aquellos tiempos que se modernizaban a velocidades inauditas, el armazón capitalista, ese mismo que evitaba su nombre para llamarse progreso, le prohibía, paradójicamente, progresar. Desaparecía el crecimiento humilde, el paso a paso. Nadie era capaz de invertir en acciones de fundiciones, de adquirir porciones de minas, con la desmesurada infraestructura que aquello requería.

—No reneguemos del progreso, amigos míos —pronunciaba entonces Gabriel, con veguero y mirada entrecerrada—. Los descubrimientos industriales, los avances científicos, la plenitud de esta época dorada que vivimos, convierten la tierra en dinero. La revolución moderna civilizará el mundo, engendrará nuevos capitales que impulsarán la ciencia, con hallazgos novedosos que multipliquen los productos y disminuyan su valor, disponiéndolos así al alcance de todos. El estado del bienestar, ese es el destino del progreso.

Los ojos de Gabriel buscaron a Amelia junto al aparador, donde había aguardado ella hasta poco antes, junto a la sopera de porcelana. No percibió la entrada de Cosme, que se deslizó con delicadeza a pesar de su tamaño, tras los invitados, hasta rozar con su vocecilla el oído de Arnaud.

—Un mensaje de Amelia.

Sintió el papel arrugado, que asomó repentino sobre su regazo, donde nadie pudiera verlo. El amo de llaves le sonrió enigmático, los ojos blancos, fugados dos años antes, una buena mañana en que se llevaron la vista. Arnaud lo vio marcharse, lentamente, navegando a tientas por el comedor. Era el hombre más silencioso de la casa, el hombre desapercibido que conocía todos los secretos, que había visto nacer a sus primeros moradores, el amo de llaves, el jardinero, el relojero que engrasaba la maquinaria invisible de los Mendíbil.

Arnaud abrió la nota, tenso, con el corazón en retumbe.

Por favor. Casémonos ya. Amelia.

Obviaré el resto de particularidades que siguieron al almuerzo. Tal vez albergaran cierto interés, pero el tiempo a veces es caprichoso y le agrada hacerse valer. La porción que nos ha concedido es limitada, por lo que escatimemos, entonces, como una familia humilde escatima en manjares que no faltaron en la mesa de los Mendíbil.

Gabriel decidió ausentarse, dejando la conversación, con la mente en un asunto que poco tenía que ver con las industrias siderúrgicas. Arnaud lo vio perderse en el umbral y no tardó en adquirir la certeza de que, tras la piel tostada de su medio hermano, borboteaba un mineral tan candente como las entrañas de un alto horno. Aguardó a que la tertulia se adormeciera, a que el sopor pendiera las cabezas de don Silverio y doña Hilaria, a que la ausencia prolongada de Gabriel aburriera a las hermanas Esparza. Se levantó él también. Buscó su estela a través de los pasillos en penumbra, sus pasos crujiendo en los tablones encerados, hasta que creyó percibir un atisbo de su voz en los antiguos establos.

Allí fue donde los encontró.

Hubiera querido creer que ella estaba acorralada, como un cervatillo asustado. Pero los ojos de Arnaud, fieles a su cometido e infieles a su dueño, le mostraron el cortés galanteo de un hombre incapaz de forzar a una mujer. Y le mostraron, por encima de todo, a una mujer que tentaba con la rendición, que cedía terreno ante aquella mirada gris, penetrante,

ante aquellas palabras de electricidad que se filtraban por su cuerpo. Gabriel aproximaba sus labios, sutil, silencioso, irreprimible. Y Amelia los veía llegar, temerosa, confusa, excitada, sin saber retroceder.

No le vieron acercarse. En aquella ocasión, fue su manaza de marino la que sostuvo el hombro de Gabriel. Él se volvió, sorprendido de encontrarse a Arnaud allí, mirándolo impasible, con las pupilas corroídas. Y más sorprendido aún cuando le estampó la palma de su mano en la mejilla izquierda, cuando descargó en él sus años de vida en el océano, las durezas de amarrar un cabo, de astillarse con madera húmeda, sus años de aferrarse a un fusil como si fuera su propia madre. Lo tumbó, arrojándolo al suelo, dejándolo tan aturdido que olvidó la dirección de las cosas.

—Amelia es mi prometida.

IX

Residencia Higgins, Iffley Road, Oxford,
primavera de 1883

El mundo se filtraba por las vidrieras de la residencia Higgins, reflejándose en ella como en una cámara oscura. El laboratorio parecía sembrado por un otoño repentino, miles de hojas apiladas, como un manto anárquico de papel y cuartillas, que tapizaban la corteza de la casa, cada poro, cada resquicio libre por el que pudiera respirar. Las dos figuras se movían en silencio, alentadas por diminutos designios que servían a un propósito mayor, entre libros, correspondencias y encerados empolvados con ideas de tiza.

—Los modelos de estimación fracasan —murmuraba Higgins.

—¿Con qué frecuencia? —preguntó Arnaud.

—Un tres por ciento de las veces. —El matemático se recolocaba los anteojos, insistente, con su cabellera erizada hacia la techumbre, como si la gravedad en él fuera del cielo y no de la Tierra—. Pero la variable es enorme —añadió—. Demasiado margen de error.

—Es un porcentaje ínfimo, profesor. Desdeñable. Lo reduciremos para el siguiente esbozo.

Asintió Higgins, con un refunfuño infantil, para sumergirse de nuevo en sus cavilaciones inimaginables. Vivía entre ecuaciones complejísimas, resolviendo teorías de juegos, de matemática aplicada, de estadística y de probabilidad. Garabateaba curvaturas de datos, histogramas, hipótesis y modelos de estadística inferencial. Formulaba análisis de varianza, estimaciones, pronósticos y correlaciones. La densidad de operaciones era tal que su figura parecía envuelta por nubes de ideas, agitadas, sacudidas de los libros como polvaredas. En lugar de aire, parecía respirarlas a ellas.

—Enviaré los modelos al profesor Barton —murmuró—. Para que los examine.

Higgins jugaba con las ciencias, las examinaba con la destreza del más versado, las descomponía en piezas y encontraba similitudes reveladoras entre ellas. Se carteaba con mentes lúcidas de la época, con matemáticos y expertos en estadística moderna, compartía sus inquietudes, sus preguntas, los misterios que le asolaban y que no resolvía con los libros. Era un visionario ignorado, que avanzaba en la vanguardia de la humanidad, imaginando el futuro y contagiando sus visiones a los mortales dispuestos a escucharle. Arnaud, para ser exactos. Hablaba con una convicción irrompible, embebido por la sucesión de innovaciones que alumbraba el siglo, por las revistas científicas de papel satinado e ilustraciones a color que las introducían en los ojos, por la literatura futurista de Jules Verne y Edgar Allan Poe, que excitaba todo lo anterior y caldeaba la fantasía de la gente, convenciéndola de que pronto domarían la naturaleza, de que domesticarían el día y la noche, el calor y el frío, transformando el cerebro hasta someter el destino y controlar el azar. Arnaud escuchaba al profesor, incapaz de comprender cómo se desoía aquella clarividencia tan abrumadora, sintiéndose un privilegiado que veía con otros ojos.

—Discúlpeme, Arnaud.

Higgins se ausentó, visiblemente malhumorado, dejando sobre su escritorio el extenso ensayo de dos volúmenes y más de mil páginas que comenzaban a ensamblarse. Asomaba entre la selva de cuartillas, encuadernado en piel color morapio y susurrando en letras doradas que llameaban a la luz del candil. El manuscrito de su teoría, bajo el título *Las notas del tiempo*.

«Tras el azar de la Historia se oculta un sentido profundo, Arnaud. Hay un ritmo acompasado, apenas un murmullo para el que sabe escuchar. El sonido de la Historia se repite, juega con agrupaciones de notas, como las sinfonías de Beethoven, como los chicos del coro, como los mirlos al amanecer.» Sí, lo había dicho el profesor diez años antes, tras la primera visita de Arnaud a Iffley Road. *Las notas del tiempo*, que descifraba los engranajes que subyacen a cada suceso histórico, los clasificaba y los introducía en modelos matemáticos de extrema complejidad, hasta extraer posibles patrones que predecían su comportamiento, descansaba allí, ante él. Aún incompleta.

Arnaud escuchó los quejidos de las escaleras y suspiró, viéndolo venir. Tras un breve silencio donde la casa pareció latir de pánico, comenzó la chirriante melodía. Una vez más, *Musica notturna delle strade di Madrid*, de Boccherini. El violín naufragaba en un sonido pintoresco, desmañado, traspasando los muros con una música que no alcanzaba a serlo, porque arañaba los oídos como uñas en encerados de pizarra. Desde niño, el profesor Higgins ejercía su devoción por el arte de los sonidos, diariamente, cada vez que suspiraba en su laboratorio, entre orgías de números. Desertaba súbitamente, sin dar explicaciones, y se evadía a veces durante horas, entrelazando notas con la tersura de un marino al tejer punto.

Arnaud trató de concentrarse en su tarea, pero las delicias del profesor le impidieron ordenar y clasificar aquel caos de listados inmensos, variables y datos estadísticos, que parecían danzar ante sus ojos con mordaz descaro. Campaneó el péndulo giratorio del reloj, anunciando la hora de su marcha. Reunió el cometido pendiente y lo introdujo en su costal de cuero, antes de subir las escaleras para despedirse del profesor.

El desacorde le golpeó los oídos al abrir la puerta. Higgins lo desplegaba en todo su esplendor, de pie y junto a la vidriera, los ojos sellados en sumo placer, la cabellera prendida, el ceño fruncido con felicidad onírica. Boccherini se agitaba bajo su tumba.

—Profesor —gritó Arnaud—. ¡Profesor!

Higgins se detuvo, como arrancado de un sueño. Lo miró, descolocado.

—¿Algún problema con los listados?

Arnaud negó con la cabeza, sonriente.

—Hay barcos que naufragan ante oleajes como el suyo.

—¿Cómo dice?

—Las ondas de su música —dijo Arnaud, señalando el violín.

El profesor lo miró con los ojos muy abiertos, inexpresivos, tratando de digerir la chanza.

—No le entiendo.

Rio Arnaud, restando importancia al asunto.

—He encontrado una simbología adecuada —añadió entonces.

Se le iluminó el rostro al profesor.

—Ah, ¿sí?

—Un fantasma. En el centro de un reloj de sol. La primera medición del tiempo.

Samuel L. Higgins se quedó absorto, el violín, un Lupot de principios de siglo, aún en el recoveco de su cuello, el arco con cerdas aún en su mano, en suspenso, a un palmo del cordaje.

—El fantasma del pasado —murmuró, sin moverse, alumbrado por una luz repentina.

—Y del futuro —añadió Arnaud—. Al fin y al cabo, son lo mismo. Tarde o temprano lo demostraremos.

Sonrió entonces el profesor, una sonrisa abierta, ingenua, complacida por las palabras de su discípulo. Se retiró el Lupot.

—*Las notas del tiempo* aún está incompleta para mostrarla al mundo.

Se miraron, conmovidos a pesar de la fatiga de una noche en vela, a la luz del candil. Arnaud se despidió, posando sobre un velador cercano la ilustración del fantasma.

—Espere, Arnaud.

Higgins había dejado su instrumento, para alivio de las vidrieras y los cristales esmerilados de las lámparas. Cruzó la estancia apoyado en su bastón, y descendió al laboratorio indicándole que le siguiera. Arnaud lo vio adentrarse en la estancia oscura, antigua despensa, que despertó descorriendo el grueso cortinaje de las ventanas. En el centro, con su trípode de madera como soporte y su ojo vidriado ocultando los misterios del universo, revivía la enorme máquina de fuelle. La caja donde se escondía la luz para escribir. El bien más preciado de Samuel L. Higgins. Se acercó a ella, lentamente, y acarició sus formas en silencio, con una ternura vieja, solemne, venerable. Bajo la intimidad de sus cejas, sus ojos también la acariciaban. Arnaud esperó una explicación y pronto adquirió la convicción de que no la tendría hasta que Higgins emergiera de su hechizo amatorio. Para fortuna de su billete de vuelta a Londres, el profesor se recompuso. A sus pies había un gran arcón metálico. Lo señaló.

—Es una caja estanca, resistente al agua —murmuró—. La carcasa es de latón, con juntas de caucho. Lo construyeron los alumnos de ingeniería del *college*.

Arnaud lo contemplaba sin entender.

—Tiene un compartimento interior, almohadillado para que los frascos no se dañen.

La espalda del profesor gimió al encorvarse para abrir el arcón. Arnaud esperó mientras liberaba los cierres metálicos, reforzados con goznes de hierro, que sellaban la caja en sus aristas. En su interior asomaron cuatro antorchas de magnesio, un trípode de repuesto, gavetas de revelado, estuches, placas de vidrio, frascos con colodión y los instrumentos imprescindibles para la técnica fotográfica de Scott Archer. Había un compartimento superior a los demás, con las dimensiones exactas de la máquina de fuelle.

—Hay espacio para los documentos y correspondencias que hace llegar a nuestros amigos de profesión. De hecho, me tomé la licencia de prepararle una para el señor Karl Marx.

—Señaló un sobre de papel, minuciosamente emplazado entre las placas de vidrio—. Espero que disponga de un momento al volver a Londres. Aguarda con impaciencia nuestros últimos resultados.

—¿Pretende que me lo lleve todo?

Higgins se levantó, con sus ademanes autómatas, sin atreverse a mirar a Arnaud.

—Me da miedo el agua —murmuró, nervioso—. Se come el papel y los números. Siempre se lleva consigo documentos importantes, mi querido Arnaud. Y usted navega por los mares con ellos. En la caja irán a salvo.

—¿Y la cámara?

Higgins dispersó la mirada, sin encontrar acomodo que le complaciera.

—La máquina de fuelle es para usted, si le parece bien. Por ayudarme a fotografiar el futuro.

Se filtraba una tenue claridad a través del postigo entreabierto. Era una irrupción silenciosa, desapercibida para los rendidos al cansancio, una ladrona de sombras y sueños incapaz de robarle el insomnio a Amelia. Temía volverse sobre la cama y aplastar su vientre hinchado, temía caer bajo el sopor y olvidarse de la vida que latía en su interior. Le sucedía en ocasiones, se despertaba en plena noche, asaltada por aquella sensación, la respiración ahogada y las manos palpando la cavidad que le nacía bajo los senos, esa piel tersa que le recordaba a los velámenes de las embarcaciones que salpicaban el horizonte. Y así se quedaba, acuciada por el desvelo, las pupilas fijas en las vigas enceradas y en las manchas de cal de la techumbre abuhardillada, en su nueva casa de Altzuri, vieja en realidad, tan cercana al puerto que se oían los susurros de los pescadores al desprender sus *txalupas* de los malecones. Contaba las horas hasta el amanecer, pensando en su madre cuando la tuvo a ella en el vientre, imaginándosela despierta, arrinconada en la cama, con su padre tendido a un lado, en la oscuridad, resoplando con las piernas separadas tras caer brutalmente dormido, sin fuerzas para concederle una caricia. Y entonces alargaba la mano, buscando la de Arnaud, temiendo su retorno a la mar y la soledad que la envolvería entonces, mientras la claridad penetraba en su alcoba y no le robaba el insomnio.

Oyó el roce de las sábanas y la sombra de él envolviendo a la suya desde atrás, en un abrazo cálido, con roce de yemas sobre su ombligo. Sonrió en la penumbra, y se agitó levemente ante el cosquilleo de sus dedos.

—¿Qué se siente? —preguntó él.

—Un hormigueo terriblemente risueño.

—No me refería a eso. —Introdujo el dedo en su ombligo, levemente, hasta que ella se lo apartó, divertida—. Me refería más adentro.

Escuchó su silencio, en la oscuridad.

—Es como una pecera —respondió Amelia al fin—. Con fluidos de peces y roces de aletas.

—Entonces, ¿tendremos una sirena?

Amelia se volvió, buscando su mirada.

—¿Crees que será una niña? —le preguntó.

—Quiero tener una hija que te cuide mientras yo esté en el mar.

Se contemplaron las pupilas, tan cerca una de la otra que palpitaban de atracción, de magnetismo humano.

—Si fuera una sirena se escaparía contigo —dijo ella—. Perseguiría a tu precioso *Elsa*, nadando tras su estela.

Arnaud la besó antes de incorporarse con brío, entre quejidos de camastro.

—No creo que sea una sirena, a pesar de tu pecera —murmuró—. Pero mantengo la duda. Siempre te he creído con cierto embrujo.

—¿Cierto embrujo? —Rio ella, desde la cama.

—Un misterio. —La miró, dramático y aparatoso en sus gestos, imitando a los artistas ambulantes que en verano teatralizaban obras de Lope de Vega bajo el pórtico de la iglesia—. Tal vez sea hora de que te sinceres y me cuentes tus incursiones secretas en el mar. —Se vistió, raudo y veloz, antes de dirigirse al umbral del dormitorio—. Podría llamarse Elsa, ya que será una niña.

Ella siguió riendo, y su risa lo acompañó escaleras abajo, contagiándole a él también. Aun sin saberlo, el tiempo y la felicidad lo habían moldeado, como lo moldearían de nuevo a partir de entonces. Hablaba diferente cuando estaba con ella, empleaba palabras distintas, vivas y desenvueltas, como si ambos hubieran hallado la clave de una lengua secreta, que solo existía entre los dos. Hubo mil conversaciones como aquella, en penumbras de alcoba, en anocheceres de invierno, en paseos sobre arena y hojas de otoño, durante los dos años que compartieron matrimonio, hasta 1883. Mil conversaciones que, a partir de entonces, solo podrían conservar en la memoria, durante mucho tiempo y con recuerdos de verdad, de los que no solo se recuerdan, sino de los que se sienten de nuevo con lágrimas en los ojos.

Arnaud se asomó al quicio de la puerta, impregnándose de la frescura del amanecer. Las gaviotas revoloteaban, entre graznidos y sombras de pesqueros que se deslizaban lentamente por las aguas en calma y bajo el lienzo azulado donde las estrellas desfallecían. Consultó su reloj de bolsillo y miró hacia las faldas de Mendíbil. Despertaban los andamiajes del nuevo palacio que Gabriel construía en la finca, al otro lado del jardín. Sus ostentosas formas, con las torres góticas punzando el cielo entre copas de castaños, empequeñecían al ventrudo caserío, que apenas asomaba con sus tejas enmohecidas.

Enseguida lo vio aparecer, punteando el empedrado del puerto con su bastón de cáñamo, buscando en su propia oscuridad. La figura de Cosme tanteaba el camino, solitaria en los malecones, entorpecida por los adoquines sueltos, con un golpeteo de madera que repicaba en la quietud de Altzuri.

—Cosme.

El otro se detuvo, la mirada desubicada, sonriente al oír su voz. Arnaud se acercó a él y lo sostuvo del brazo hasta guiarlo al umbral de su casa.

—Tengo curiosidad por saber lo que quieres enseñarme —murmuró el jardinero, excitado, mientras se dejaba llevar.

—Es para el Armario del Tiempo —le dijo Arnaud.

Su medio hermano lo mandó llamar a la finca Mendíbil. Su chistera se erigía entre los peones encorvados, que bregaban en las obras del nuevo caserón, bajo los andamiajes, las grúas y los sistemas de poleas que balanceaban dinteles de caliza. Gabriel Mendíbil caminaba con chaleco de seda y su levita de cola corta, balanceando también su bastón, entre martilleos de cinceles que resoplaban nubes calcáreas y tiznaban los rostros como en las minas de Errekamendi. Pero no solo de Errekamendi, porque sus yacimientos se dispersaban por la costa como una plaga que mordisqueaba prados y bosques, gracias al insospechado crecimiento que bajo su dirección vivía la empresa.

—El estilo ecléctico aúna todas las culturas del mundo y de la Historia. —Gabriel elevaba la voz sobre el fragor de los peones—. Una arquitectura universal, concentrada en mi nueva obra.

Deambularon por la estructura incipiente del palacio, mientras Gabriel encumbraba las delicias visionarias del arquitecto, un francés avalado por el barón Haussmann, artífice de la revolución urbanística en París bajo el gobierno de Napoleón III. Arnaud escuchaba en silencio, las manos enfundadas en los bolsillos de pana, bajo el chaquetón marino. Su medio hermano seguía sin mirarle. Le soltaba palabras con una frialdad profesional, como si no los uniera la sangre de su *aita*, como si no perdurara entre ellos un rescoldo mínimo de afecto familiar. Desde aquella tarde de 1879, desde aquella bofetada que le arrancó el orgullo y parte del alma ante Amelia, las venas de Gabriel parecían haber mutado, extirpándose de ellas todo fluido que las uniera a los Mendíbil, hasta pensar en cambiarse el apellido por el de su madre. Zulucta.

—¿Por qué me has hecho llamar? —preguntó Arnaud.

Gabriel se volvió, al final de la finca y alejados del fragor de las obras, que se perdían con la brisa marina. Se retiró la chistera, planchándose la crencha, que brillaba a juego con su bigote de guías. Su mirada gris lo buscó tras los años de ausencia. Por vez primera.

—El capitán Mentxaka ha enfermado con su nave en el muelle, presta para zarpar en tres semanas. Comercia con uno de mis negocios más lucrativos y necesito un hombre de confianza que lo sustituya en su ruta a Cuba.

Arnaud lo contempló en silencio, calibrándose ambos con la mirada.

—¿Cuánto tiempo? —preguntó con cautela, algo turbado.

—Cuatro meses.

—Es demasiado tiempo alejado de Amelia.

Gabriel se prendió un veguero, su mirada entrecerrada, pensativa a pesar de tenerlo todo muy pensado, con antelación minuciosa de empresario astuto y enriquecido.

—Te eximiré de viajar durante dos años. A partir de que ella dé a luz.

La oferta lo golpeó como un pecado. Sintió una tentación repentina, que le sacudió las entrañas con el sueño de un cariño entregado a diario, una ternura silenciosa, de padre enorgullecido con el regalo, muchas veces ignorado, de asistir con plenitud al crecimiento de un nuevo brote de su propia vida. Sintió también la incertidumbre de sentirse insatisfecho, sin la balanza del mar, que equilibraba su vida en la Tierra y la tornaba armónica. Sintió y temió una tempestad de imaginaciones, que se condensaron en su cabeza y la agitaron de pronto, en un acto instintivo, en un asentimiento breve y lacónico que le sorprendió incluso a él mismo, cuando ya era demasiado tarde y su temperamento reservado le impedía recapitular.

—¿Escalas de la ruta? —preguntó.

—Lisboa —respondió Gabriel, velado tras la nebulosa—. Después Dakar. Y de allí en cabotaje por Camerún hasta el puerto de Cabinda, en el Congo, donde realizarás el grueso de las transacciones.

—No conozco esos mares.

—Los pilotos sí, ellos te familiarizarán con las cartas de navegación.

—¿Mercancías?

Gabriel desvió la mirada, hacia el puerto y la desembocadura de la ría.

—Los detalles los recibirás a bordo —murmuró.

—¿Y tras cargar en Cabinda?

—De Cabinda partirás a Cuba. Procura hacerlo antes de Domingo de Ramos, mis socios de La Habana y Matanzas requieren su carga africana.

El viejo landó de su padre, relegado al fondo de las cocheras por los nuevos carricoches de Gabriel, traqueteaba de camino a Bilbao, hacia la Plaza Nueva y la oficina de Correos y Telégrafos. La voz inquieta de Amelia aún reverberaba en la cabeza del marino.

—No conoces esos mares, Arnaud. No sabes lo que ocultan.

—Quiero verla crecer. Prefiero irme ahora y volver para no tener que irme de nuevo.

Sus palabras arrancaban una leve sonrisa en el rostro de ella, a pesar del miedo.

—Tal vez sea un niño.

—Será una niña.

La ciudad se desplegaba en la ventanilla, sus casas ventrudas y apiladas en el cúmulo de las Siete Calles, exhalando al cielo columnas de humo. La mano de Arnaud se zarandeaba con frenetismo, desgastando el grafito del lápiz con palabras presurosas, intermitentes, apretujadas para el espacio acotado de las misivas telegráficas.

15 de marzo de 1883

De Arnaud Mendíbil, Oficina de Correos y Telégrafos, plaza Nueva, Bilbao

A Samuel Lowell Higgins, Iffley Road, Oxford

Viaje imprevisto a Cuba. Cuatro meses. Posibilidad desvío al MIT para contacto con Charles Barton.

Charles Barton. Profesor en el Instituto Tecnológico de Massachusetts, Cambridge, Estados Unidos de América, y experto en matemática estadística, programación lineal y teoría de juegos. Consagrado analista financiero y social, especializado en predicciones sobre sistemas económicos. Higgins se carteaba con él y albergaba esperanzas de que arrojara luces sobre los pequeños bancos de niebla que ensombrecían *Las notas del tiempo*.

La respuesta del profesor Higgins no tardó en llegar a Altzuri. Arnaud la recibió del funcionario de Correos, que distribuía desde Bilbao correspondencia por los pueblos del señorío de Vizcaya, que había dejado de serlo siete años antes, ante la abolición del régimen foral.

19 de marzo de 1883
De Samuel Lowell Higgins, Iffley Road, Oxford
A Arnaud Mendíbil, Oficina de Correos y Telégrafos, plaza Nueva, Bilbao
Manuscrito concluido. Dos copias. Envío inminente de la primera para entrega a Charles Barton. Conservar durante el viaje en caja estanca. Por favor.

Lo recibió tres días antes de emprender el viaje. Minuciosamente empaquetado en papel de estraza, con recubrimiento de lana para preservarlo ante posibles impactos. Un volumen desmedido, de casi un palmo de grosor, con letra pequeña y apretujada, ilustraciones, formulaciones, tablas, cuadros y gráficos con rótulos estrambóticos. Arnaud acarició la cubierta encuadernada, sintiendo los diez años de trabajo mudo e ilusión desbordante concentrados allí, en aquel preciso instante, en la huella invisible que desprendían las yemas de sus dedos. Un instante memorable, sin duda, a pesar de que no exista corazón con cavidad suficiente para condensar diez años de emociones en una sola caricia. Sin embargo, aunque no fuera el caso de Arnaud y tal vez sí el de Higgins, en su soledad de Iffley Road, ante instante de tamaña trascendencia, puede surgir el imprevisto de que broten las lágrimas. Y no hay mayor expresión de una vida viva que el llanto por decenas de emociones tratando, en vano, de entrelazarse en una sola.

En la cubierta del manuscrito, bajo el título *Las notas del tiempo*, los trazos dorados susurraban la silueta de un fantasma, en el centro de un círculo con numeración romana, un reloj de sol.

Arnaud partió de Altzuri una mañana brumosa, de silencio estancado y calma inquieta. La niebla envolvía el *Ikatza*, el bergantín goleta del capitán Mentxaka, que fondeaba en los muelles entre voces quedas de marinos y graznidos de gaviotas, con sus cuadernas quejumbrosas asomando de las aguas inmóviles, junto al borde adoquinado. De mayor tonelaje que el *Elsa* y también mixto, había sido botado en Baltimore en 1870, con casco de madera y hierro remachado, aparejo de dos mástiles, trinquete mayor y mesana, una chimenea de acero en el centro y dos cabinas en cubierta.

Distinguió las siluetas móviles, escurridizas entre la bruma, de los veinte marineros que formaban la tripulación, afanándose entre aparejos y cabos, disponiendo la nave para la partida. Todos eran vascos y curtidos en aquel viaje, además de los tres pilotos, los guardiamarinas, el contramaestre, el cocinero, el carpintero, el cirujano y un intermediario portugués que facilitaría las transacciones en Cabinda. Arnaud supervisó desde los muelles el embarque de la caja estanca, con sus efectos personales, una carta para Charles Barton y el manuscrito de *Las notas del tiempo*.

Lo recibió el primer piloto, algo más joven que él. Tenía un rostro curtido, labrado por mil mares, y un cuerpo nervudo y tostado de alguien madurado desde niño en la cubierta de un barco.

—Txistu lleva cinco años junto al capitán Mentxaka, realizando la derrota del Congo y Cuba —le informó Gabriel—. Él te pondrá al corriente.

Sintió una mirada tranquila e inteligente, que se arrugó al estrecharle la mano, en una sonrisa que a Arnaud le pareció taimada, casi insolente en un segundo oficial.

—No necesitamos tantos pilotos —le dijo a Gabriel, al retirarse Txistu de nuevo a cubierta.

—Son oficiales serenos, saben cómo sostener una disciplina rígida —terció Gabriel—. Será un viaje largo y necesitas hombres con experiencia.

—Tres oficiales y dos guardiamarinas son excesivos. No somos un buque de guerra, no deberíamos encontrar más peligros que los propios de la mar.

Fue entonces, tras cuatro años de expresión estéril, cuando Gabriel le palmeó la espalda.

—Os dejo solos —murmuró—. Buen viaje, Arnaud.

Lo dijo con los ojos fijos en la bruma, que se reflejaba en ellos sin necesidad de mutar de color. Después se fue, sin mirar a su medio hermano, tal vez por temor a encontrar el rastro de un padre que los vinculaba. Pasó junto a Amelia, que esperaba con los brazos cruzados, sujetos a la mantilla que le cubría los hombros, y la saludó con la chistera, brevemente, menos erguido y más encorvado de lo habitual. Ella se inclinó, con la expresión rígida e incómoda que el patrón aún seguía dibujándole en el rostro, solo con su mera presencia, con su voz, tal vez con su mirada, como si aún removiera algo en su interior, algo que ella deseaba que estuviera estanco. Arnaud lo había percibido durante aquellos años, pero se había acostumbrado a obviarlo, consciente de que la imaginación traiciona cuando juega con los miedos. Y Amelia, entre otras muchas cosas, siempre había sido el miedo. Por eso la quería.

—¿Por qué te ha elegido a ti? —le preguntó ella cuando se quedaron solos.

—Tal vez por lo que llevas dentro. —Arnaud le posó la mano en el vientre.

—¿Y por eso te vas cuatro meses?

Su mujer evadía la mirada, dolida, los ojos almendrados más vivos que nunca.

—Todo tiene un precio, Amelia. Ver crecer a mi hija tiene un precio.

—Eso son estupideces. Precio tiene el pan. Y ya es más que suficiente.

Arnaud la besó, largamente, como hacía los días de partida. Ella se dejó hacer, rendida al principio, entregada al final. Sintió la humedad tibia de sus lágrimas, que descendían hasta la comisura de sus labios. Se desprendieron, y se volvieron a enlazar en el vientre de ella, donde Arnaud depositó la huella de un nuevo beso.

—Hasta pronto, hija mía.

—Lo de hija ya lo veremos —murmuró Amelia, con una leve sonrisa.

Arnaud le rozó la mejilla, como si con ella atrapara el espejismo de su sonrisa. Y se fue así, sin decir nada más, tras aquel último gesto con el que siempre concluían sus rituales de despedida. Amelia lo vio embarcar, con la misma naturalidad de cada vez, tocando tres veces la panza de la nave antes de pisar la cubierta. Los signos evidentes de la rutina calmaron pronto sus temores. Aguardó allí como siempre, en los muelles, bajo la mantellina y con el cabello suelto y cepillado, aún embrujada por su ternura, sintiendo que solo se iba para volver un poco más tarde. Y se lo tragó la bruma. Y jamás lo volvió a ver.

No temas. O sí. La historia no acaba aquí.

13

Villa Zulueta, ensenada de Altzuri,
19 de febrero de 1914

Elsa esperaba.

Esperaba en el alféizar de la ventana, las yemas de sus dedos ateridas sobre el resalte de caliza, que rezumaba el frío de la noche. Su rostro rozaba el cristal, absorto en la negrura del jardín, que ocultaba el ramaje de los castaños y la casa vieja. A su lado, la cama seguía intacta, sin la huella de su cuerpo. Habían pasado tres días desde las sábanas rojas. Tres días de ensoñación despierta, rendida, exhausta, dormitando en el butacón de terciopelo que se arrinconaba en su cuarto, junto al escritorio.

«A tu padre se lo tragó el mar.»

Las palabras reverberaban en sus oídos, como los *dambolinas*, los tambores, y sus ecos vibrantes cuando era niña, tras las fiestas de Altzuri. Se las imaginaba en los labios de su madre, en sus silencios evasivos, en su temor casi maníaco de arrimarse a la costa: «Tu padre murió antes de que tú nacieras.» Aquello sí se lo había dicho, pero no le había confesado cómo. Jamás le había hablado de la pesadilla de todas sus noches, del cuerpo varado que traían las olas, el cuerpo desmadejado, carcomido por los peces, que Amelia veía cada vez que cerraba los ojos.

La pesadilla de todas sus noches. Elsa también las tenía.

Esperaba en la ventana, mirando a la nada, buscando en

ella, porque nada era lo que tenía dentro para mirar. Esperaba allí, vestida con la blusa y el abrigo, el camisón de dormir tendido en la cama sin deshacer, sin tocar. La máquina de escribir sobre la mesa, sin escribir. Los maletines de cuero bajo llave, dentro del armario de doble espejo. Sin abrir.

Esperó, consciente aquella vez sí de que esperaba, pensando en el Armario del Tiempo, y en la fotografía, y en las palabras de su padre muerto, en sus mensajes, que según su madre sabía que sería niña cuando nunca la vio nacer. «Me encanta la cicatriz de tu mejilla.» También sabía eso, lo de la mejilla. Y esperó así hasta que la negrura se quebró. Hasta que la ventana prendió en mitad de la noche: de nuevo, la luna cuadrada.

La leyenda del cuarto prohibido: «A veces se oían voces y pasos. A veces se prendían sus luces en mitad de la noche, cuando estaba cerrado y sin llama dentro de él. Pero nadie vio nada jamás.» «Los fantasmas están ahí, esperando a hablar con nosotros.»

Salió a las tinieblas de los pasillos y navegó en la oscuridad, con la certeza de no ser la primera vez que lo hacía. La casona dormía plácida y serena, sin sonidos foráneos. Solo, tal vez, la tempestad que comía a Elsa por dentro. Acarició las escaleras, con pasos sigilosos que contenían la impaciencia. En el vestíbulo la araña de cristal se colgaba boca abajo, con las patas enredadas en la techumbre. El portón vidriado chirrió bajo su empuje. El aliento gélido de la noche siseó por la rendija, antes de que Elsa se colara por ella.

Sus pasos se apresuraron, volando entre hojas huérfanas que levantaba la brisa del mar. Abajo, Altzuri parecía una masa informe, con casitas apagadas, encogidas bajo los riscos de Gazteluzahar, de donde llegaba el rumor del oleaje. Alrededor de la verja no se percibía la presencia silenciosa de ningún vigilante. La ventana pendía al final del jardín. Despierta. En aquella ocasión, esperándola a ella.

Apretó la mano derecha. Sintió la pequeña nota, sus pliegues doblados, que se arrugaban. La había escrito al hacerse de noche, antes de que la ventana se encendiera. Pensando en el Armario del Tiempo. En sus mensajes. Dispuesta no solo a recibir. Dispuesta a enviar.

Poco antes de alcanzar el portón del viejo caserío, poco antes de cruzar el umbral de aquel cobijo de hadas, sintió el magnetismo de una mirada. Miró ella también, hacia el follaje, con la certeza de que las miradas se sienten antes de verse. Y cerró el portón tras ella con solo haberla sentido. Porque las tinieblas del jardín impedían distinguir más allá de la finca, de la verja. Más allá de aquella silueta oculta, de aquella visera que encubría un rostro negro, una mirada de ámbar intenso, imperturbable bajo la noche.

Las llaves colgaban junto al fogón. La escalera crujió bajo sus pies, que sintieron la ondulación de los tablones encerados del pasillo. Avanzó una vez más, dejando atrás los cuartos cerrados hasta llegar al último. La rendija centelleaba bajo la puerta. Una luz cálida, de petróleo. Elsa insertó la llave, rozó el pomo. El corazón le vibraba electrizante, como una bobina contenida, y lo sintió capaz de encender los apliques dormidos de la casa. Abrió.

El quinqué encendido, las paredes salitrosas, el ventanuco que daba al jardín. Otra vez. El cuarto prohibido. La niña que una vez fue le susurraba al oído con voz de fantasía. La recordaba como si aún lo fuera, como si perdurara dentro de ella, como si crecer fuera un revestimiento de capas, de cortezas que se añadían cada vez más marchitas, y los años pasados no fueran pasados, sino enterrados. No la recordaba. La sentía. Sentía cómo aspiraba, cómo miraba, cómo encendía los sentidos para nutrirse de las cosas, que parecían murmurar en una lengua secreta, mágica, enterrada también, olvidada bajo el peso de la vida y su exceso de cosas.

Sus pasos la habían desplazado, guiados por el susurro de aquella niña. Alzó la mirada. El Armario del Tiempo la contemplaba desde su trono, incrustado en los muros de la casa. Elsa creyó encogerse, diminuta, sintiendo que el armario respiraba por su piel ajedrezada de cajones y gavetas, que exhalaba su alma ante ella, como una bestia anclada en el limbo de los tiempos.

«Me encanta la cicatriz de tu mejilla.»

Se la rozó, recordando las palabras de su *aita*, como alentada por un espejismo de ternura, antes de inclinarse para hacer gemir al último cajón de la izquierda. Antes de introducir la mano y rescatar del otro mundo el sobre lacrado, el fantasma y su aura numerada. Lo abrió, embrujada por el calor que manaba y que le ardía en las yemas, enredada en su hechizo hasta lo más hondo de su médula.

Sintió que le amarraban los latidos. Que se los encogían bajo el puño de la sorpresa.

Su padre, Arnaud Mendíbil, la miraba desde un lugar nuevo, que no era Altzuri. Junto a él, posaba un hombrecillo seco de carnes y de aspecto desaliñado, encorvado sobre un bastón, con la cabellera canosa y enmarañada en la coronilla. A sus espaldas se desplegaba un amplio bulevar de verdes parterres, con senderos de grava e hileras de árboles. Al fondo se dibujaba la ciudad serena, sus edificios de belleza neoclásica, recortando el cielo con sus tejados abuhardillados. Y ante ellos, como un centinela de hierro, la torre fascinante, inacabada, aún en construcción, sin la cúspide afilada que terminaría por puntear el cielo. La Torre Eiffel. París.

Todo había cambiado. Todo, salvo su padre y la cuartilla de papel grueso que sostenía en las manos.

Descubrirás la verdad en 1914. Búscame cuando llegue el momento.

—¿Qué te dice esta vez?

Como en calco de lo ya vivido, Cosme la observaba desde el umbral. Silencioso y encorvado, con las vértebras cansadas de sostenerle. Elsa lo miró, la lengua trabada, las palabras desmemoriadas, sin saber articularse. Él esperó, paciente, a que la respiración de ella se acompasara. Entonces se lo leyó, y se lo describió, sintiendo que la voz se le quebraba de conmoción. Ninguno de los dos dijo nada, ninguno reveló lo que ambos ya sabían. Que la Torre Eiffel, la edificación más alta del mundo, se construyó en 1889, seis años después de que Elsa naciera, para la Exposición Universal de París.

La silueta de Cosme se había acercado, sigilosa. Sus brazos la envolvieron como ramitas cubiertas de musgo cálido. Elsa le apoyó la cabeza en el hombro, mientras él le palmeaba la espalda, con ese compás innato que calma la tristeza de niños y mayores. Y Elsa se dejó hacer, sus lágrimas gotearon lentamente, en el suéter mustio del anciano.

—Deja que corran —murmuró él—. Dentro no sirven de nada.

Dejó que corrieran, que sonaran incluso, porque las lágrimas de verdad suenan cuando salen. Él esperó, con la expresión paciente de quien ha comprendido la inutilidad de la urgencia. Él, que no sabía lo de las sábanas rojas, que no sabía todo por lo que lloraba, esperó hasta que ella decidió desprenderse.

—*Aita* murió seis años antes —musitó—. En 1883. Lo dijo *ama*.

—Eso pensamos todos. —El jardinero hablaba con suavidad—. Se lo tragó la mar.

—Pero seguía vivo.

Elsa alzó la mirada, con la fotografía en las manos, y contempló el Armario del Tiempo. Sentía en lo más hondo una fe casi religiosa, en aquel armazón de roble ennegrecido. Sus grecas, sus hojas de acanto, sus símbolos marinos, parecían esculpidos con un embrujo de esperanza.

—1914 —murmuró—. Faltaban veinticinco años y supo que lo descubriría en 1914.

Sintió las pupilas de Cosme, descifrando en su propia oscuridad para mirarla a los ojos.

—¿Cómo lo pudo saber?

—Los mitos fueron Historia antes que mitos —pronunció el anciano—. Y la Historia fue la verdad antes que Historia. Habrá una verdad detrás del Armario del Tiempo.

—Dijiste que era un mensajero con el más allá. Con el pasado.

El invidente asintió, pausadamente.

—Creo que puede ser muchas cosas, Elsa.

—¿Aunque solo tenga una verdad?

—Aunque solo tenga una verdad.

Elsa contemplaba el armario, absorta en sus dibujos de espectros marinos y cielos estrellados.

—¿Aunque la verdad duela? —insistió.

—Todas las verdades duelen, Elsa. Pero eso no importa ahora. Importa lo que tú sientas.

Asintió ella, volviendo a la fotografía.

—¿Quién es el otro hombre?

Se lo describió, sin demasiadas dificultades, porque su aspecto discurría entre lo pintoresco y estrambótico.

—Creo que jamás lo he visto.

Guardaron silencio, ella sumergida en el retrato, él esperando. «Lo descubrirás en 1914. Búscame cuando llegue el momento.» Las palabras de su padre despertaban en su memoria nuevas palabras, que a pesar de todo aún chispeaban en su cabeza, en alguna concavidad ignota donde subsistía la esperanza alrededor de ellas. «Búscanos en la casa vieja.» El telegrama de Benjamin. El Armario del Tiempo podía ser muchas cosas.

—Cosme.

—¿Sí?

—¿Crees que nos abandonó?

Tardó en responder el invidente, la cabeza inclinada entre los hombros.

—Sucedió algo singular en aquella travesía —murmuró entonces.

—¿En 1883?

Cosme afirmó, abstraído en sus recuerdos.

—Se dijo que naufragaron a diez millas de Cuba, cerca de Matanzas. Son aguas traicioneras, los ciclones engullen las naves y nadie vuelve a saber de ellas.

Calló el anciano, buscando en la memoria. Sus arrugas se prensaron, en una mueca de dolor, dolor pasado, recordado. Espejismo de dolor.

—Zarpó una tripulación de treinta y un hombres —prosiguió—. Ninguno volvió jamás, pero sus familias desaparecieron dos años después.

—¿Desaparecieron?

—Una noche de invierno —precisó—. Sus casuchas, la mayoría en poblaciones de la costa, despertaron vacías, sin rastro de sus moradores. Nadie volvió a saber de ellos.

—¿Y mi madre?

—Vosotras fuisteis las únicas que no desaparecisteis aquella noche.

Cosme cerraba el cuarto prohibido. Tres vueltas, tres chasquidos metálicos, mientras el pestillo interior se atravesaba. Elsa avanzó por el pasillo, sintiendo los pasos del anciano, que la seguían. Los latidos aún le golpeaban con fiereza. Había colado la nota en el cajón, antes de cerrarlo. Descendieron hasta el zaguán del caserío.

—Asegúrate de que no haya nadie —le dijo él, abriendo una rendija en el portón—. Mira bien antes de salir.

—Cosme, quiero volver a subir.

El otro se volvió. Esparció la mirada, confusa, sorprendida, blanca en la penumbra. Temblequeó la pelusa de su mentón. Contempló a Elsa, se imaginó que la contemplaba. No preguntó.

—Claro —dijo.

Y alzó la mano, con las llaves tintineando.

—Gracias, Cosme.

Ascendió por las escaleras, hasta el cuarto cerrado. De nuevo las tres vueltas, el chirrido de los goznes, el quinqué apagado, la luz de la noche penetrando azulada por el ventanuco, el armario silencioso, en la oscuridad. El cajón.

El cajón se abrió vacío. Sin nota en su interior. Elsa lo contempló, absorta, sus latidos en danza tribal. Lo cerró de nuevo. El mensajero se había llevado su mensaje.

—¿Qué buscas, Elsa?

El anciano la inquiría desde el umbral, preocupado.

—Nada —dijo ella.

—Tienes que cuidarte, querida. Por el bebé.

Le amenazó la voz con derramar su secreto, allí mismo, ante su viejo amigo. Pero se sintió incapaz. Lo besó en la mejilla y bajó al jardín. Antes de volver a sentir la humedad en sus mejillas, y de sentirse cansada, ridícula, avergonzada de tanto llorar.

Serenada, repuesta, sin indicios de lágrimas ni ojos enrojecidos. Golpeteó la puerta varias veces, despertando solo al silencio. La impaciencia la incitó a empujarla, en leve susurro, hasta abrir un resquicio de penumbra.

—*Ama*?

Aguardó inmóvil, navegando en las tinieblas de su alcoba, que parecía sumergida en una quietud cálida, replegada en los sueños. Percibió entonces el roce de sábanas y una sombra que se desperezaba ante ella. Siseó la espita de gas, prendió el mechero y una luz añeja de petróleo iluminó el rostro de su madre.

La miró, más fatigada que sorprendida. El sueño desvelado se le congestionaba en los ojos, el cabello de acero azul parecía magnetizado por la almohada. Estaba sola, Gabriel volvía de Madrid a la noche siguiente. Desde que enfermara, y a insistencia de él, dormían en el mismo lecho.

—La última tormenta averió algunos apliques eléctricos —susurró, mientras se reincorporaba con dificultad—. Tu padre insiste en repararlos, pero yo prefiero los quinqués de antaño. Sabes de dónde procede la luz.

Hablaría de cualquier asunto salvo de las sábanas rojas. Lo obviaba porque, por vez primera en tres días, veía a su hija fuera de su alcoba. Se quedó sentada, los pies desnudos, pendiendo desde el lecho, sin rozar la alfombrilla turca. Sus sombras bailoteaban en la paredes empapeladas, al compás de la llama, embrujadas y silenciosas.

—*Ama* —dijo Elsa, de pie y con la fotografía en las manos—. Siento haberte despertado.

La vio alisarse el cabello mientras respiraba hondo, sus pulmones silbando marchitos, como globos arrugados. En la mesilla de caoba descansaban los remedios del doctor, un frasco vacío con aroma a vinagre de sidra. Sus manos se entrelazaron sobre su regazo, reposando sobre el camisón. Había una suavidad mansa en su forma de moverse, un fluir lento, delicado, que despertaba en Elsa el deseo de refugiarse junto a ella, bajo las sábanas, de apagar la luz y desvanecerse ambas en la calidez de los sueños. La mano de su madre palmeó el edredón, repetidamente, y Elsa acudió obediente, hasta sentarse a su lado.

Amelia la contempló de cerca, sin reparos, abierta como una ventana hacia su hija, que dudaba si descorrer las cortinas, si girar la manilla y abrir su ventana. Y así deslizó la fotografía y la dejó en el regazo de su madre. Lo hizo con la ternura pavorosa de saber que la dañaría, que rasgaría de nuevo la cicatriz de su vida.

Y ella lo vio venir. Alzó la mirada, con esa dignidad serena del condenado ante el pelotón de fusilamiento. Y la descendió, para contemplar la fotografía.

—*Aita* estaba vivo.

Amelia sostenía la placa, su mirada otoñal tornando de estación, perdiendo las últimas hojas.

—Creo que ha estado vivo todo este tiempo, *ama*.

Ella se mantenía inerte, sus pies colgando, muda.

—Pero no nos abandonó, *ama*. Sé que no lo hizo.

Los dedos de su madre rozaron el vidrio, leves, como ramitas mustias, perdido su tacto.

—El armario —musitó—. Los fantasmas del pasado asoman por él. Te lo dije. A veces los veo en sueños. Le veo a él. A Arnaud.

Elsa guardó silencio, las sombras danzaban tras ellas, en su *akelarre* mudo.

—Había algo entre los dos —susurró su madre—. No importaba el tiempo. No pasaba entre nosotros.

Lo miraba a través del vidrio, acariciaba su rostro como si reviviera el tacto de su piel.

—Nunca he sido yo. Desde entonces no he sabido, hija mía. —Calló, tragando su propia voz—. Solo lo fui con él.

Eran palabras duras, sinceras, tan sensibles que parecían no serlo. Elsa sintió una punzada de tristeza, de cruda verdad, al percibir la soledad de su madre. Creyó sentir que la entendía, pero no lo dijo porque aún tenía esperanza. Y a su madre la esperanza se le había muerto. O eso creía Elsa, que la veía frágil, sin fuerzas para creer, y sin embargo dudaba, porque a pesar de todo Amelia aún seguía amando, como visitante de una tumba, como reponedora clandestina de flores.

Su madre se volvió hacia ella. Sus manos la buscaron. Había soltado la fotografía.

—Yo también lo sé, hija mía. Sé que no nos abandonó.

—Descubriré la verdad, *ama*. Iré allí.

—¿Adónde, hija?

—A París.

Los ojos de Amelia se dilataron de pavor. Le prensó las manos.

—¿Tú sola?

Elsa asintió, silenciosa.

—Pero, ¿qué se te ha perdido allí, hija mía?

—El retrato, *ama*. Míralo. No es casualidad.

—Tiene más de veinticinco años. El tiempo se habrá llevado todo lo que hubo entonces. ¿Qué piensas encontrar?

—Benjamin siempre hablaba de París.

—Dijiste que no la había escrito él. Que Benjamin no podía ser el autor de esa carta.

Amelia le trabó el habla. Tan frágil, tan cándida, tan aprensiva, y sin embargo tan madre.

—No la escribió él, *ama*.

A Elsa le tembló la voz. Y sintió la necesidad de levantarse, con la fotografía en las manos, deshaciendo el rastro de su titubeo, esa punta de iceberg, de enorme bloque de temor, de incertidumbre, de impotencia, de tristeza que era ella por dentro.

—Entonces, ¿hija mía?

Elsa miró a su madre. La apresaba con su amor, con su protección, con su desengaño del mundo, la ataba a su propia parálisis de vida, ignorante de que tiempo atrás había sido precisamente como ella. Ignorante de que su hija se iba a París porque era lo único que tenía, a pesar de que no fuera nada. Ignorante de que se iba porque no podía dormir en su propia cama.

—Tomaré el primer tren a Hendaya, *ama*.

14

Palacio del Senado, Madrid, 20 de febrero de 1914

Manaba la retahíla de parlamentarios a la salida del Senado. Se desparramaban por la plaza de la Marina, a la sombra de la estatua de Cánovas del Castillo, entre rumor de conversaciones y roce de pisadas sobre el empedrado. Las nubes del cielo se desprendían sobre Madrid, con pozas de nácar donde reverberaba el sol tímido de febrero.

—¿Le complace el Lhardy, don Gabriel?

El ministro caminaba raudo, con el apetito prematuro de un hambre acomodada. Su estómago fantaseaba con las delicias del restaurante, filetes de lenguado y pavipollos a los berros, sus platos favoritos, insistió, para convencer al empresario. Asintió este, con ciertas reservas, absorto en pensamientos lejanos a Madrid.

—Sin sobremesa, si le parece bien. Vuelvo hoy a casa. Son días agitados hasta las elecciones.

Desfilaron en su pensamiento, fatigándole antes de tiempo: dos semanas de labor ininterrumpida. Mítines, discursos y visitas a pueblos y barriadas de la costa cantábrica, recolectando votos para el partido. Mientras Amelia estaba enferma. Mientras su hija Elsa estaba sola, sin su esposo, llorando a la criatura que había perdido.

—Faltaría más. —El ministro sonreía, resuelta la cuestión

de la comida—. Nos aguardan días intensos antes de las elecciones. ¿Cómo se encuentra su esposa?

—Cansada —murmuró el empresario. Discreto, incómodo, poco dado a hablar de su vida privada, y añadió algo más para, precisamente, ser discreto en su incomodidad—: Cansada de estar enferma, más bien.

Fue suficiente, a pesar de lo agregado, para que el ministro lo percibiera y retomara el debate de la sesión.

—Constituida la Mancomunidad Catalana —dijo—. Al fin lo han logrado.

—No es asunto cerrado, el de los catalanes —repuso don Gabriel—. Otras regiones como la vasca querrán sumarse a los privilegios de la Liga Regionalista. Más quebraderos de cabeza para el futuro gobierno de Dato.

—Y por ende, más beneficios para los intereses de nuestra facción.

—Beneficios para acceder al gobierno, pero no para gobernar —terció el empresario—. Los problemas de identidad nacional seguirán ahí.

—Eso ya será otro cantar. Lo primero es acceder a la presidencia, don Gabriel.

Ambos parlamentarios ascendían por la calle Torija, con sus figuras recias y oscuras, bajo el gabán y la chistera, seguidas por una pequeña escolta que se confundía entre la gente. Caminaban con solemnidad antigua, sus bigotes frondosos, sus espaldas erguidas ante el balanceo de los bastones. Contrastaban con los transeúntes, que les lanzaban miradas furtivas, los rostros encogidos bajo las viseras de hule y las pañoletas negras de encaje, intimidados ante el aire venerable que desprendían los políticos.

—Son demasiados brotes nacionalistas —insistía Gabriel de Zulueta—. En Europa y aquí.

Aludía a la reciente creación del Partido Nacionalista Vasco, fraguado en los *batzokis* y en la extensión de la ideología de Sabino Arana, que bebía de los antiguos rumiares carlistas, aunque sin reyes ni dependencias de Madrid. Había germinado lentamente, a lo largo de las mansas décadas de la Restauración, mientras crecía la inmigración industrial, la llegada al norte de castellanos, y se desvirtuaban el euskera y las viejas raíces vascas. Los nacionalistas se añadían a la ristra de nuevos partidos que irrumpían en el Senado, animados tras el descrédito colonial de 1898 y la falta de liderazgo de las dos principales agrupaciones políticas. Eran el vasco y el catalán nuevos ecos de la epidemia de brotes nacionalistas que asolaban Europa, en Irlanda, Alemania, Austria y los países balcánicos. Una Europa que parecía peligrar ante la partición, temblorosa de pavor, como si la fueran a despedazar con tajos fronterizos.

—El nacionalismo, precisamente, es uno de los puntales para su candidatura —terció el ministro—. Su fama en el norte y sus influencias empresariales en Cataluña facilitarán el posible gobierno de nuestra facción, ya verá.

—La rentabilidad de mi fama es discutible —murmuró el empresario, la mirada fija en las verduleras de la plaza de San Martín, con sus delantales polutos y sus cestas de legumbres y frutas—. A pesar de mi labor benéfica.

El ministro asintió, junto a él. Ambos sabían que don Gabriel, como cualquier otro empresario enriquecido, era acometido por las protestas y las huelgas de los movimientos socialistas, que atribuían a los de su clase las desigualdades del mundo. Pero él se evadía ante la certeza de haberse guiado siempre por un cometido digno. El dinero al servicio de la industria, permitiendo el acceso a los productos, facilitando la vida de todos, generando un bienestar social que la envidia de algunos encubría. Los emprendedores como él, los gestores del capital, decía, habían civilizado territorios bárbaros, disolviendo fronteras viejas y anquilosadas, abriendo el mundo al mercado global. Ellos unían países con los raíles del ferrocarril, agitaban océanos con cables telefónicos, conquistaban el cielo y las tierras más ignotas, reducían los azotes de la naturaleza, erradicando hambrunas, enfermedades y epidemias. Ellos regían la maquinaria dueña del mundo, obrando en la clandestinidad, silenciosos y ocultos tras los imperios gloriosos. Capitalismo, se había dicho más de una vez, el verdadero jugo de la vida. Una palabra malograda, maldecida por la envidia de muchos.

—¿Ha recibido nuevas amenazas del fantasma?

La pregunta del ministro lindaba con el susurro. A pesar de la evidencia. Negó el empresario, mientras rondaba con la mirada su entorno más inmediato.

—Nada después de la correspondencia que ya le facilité.

El ministro se alisaba el bigote, dejando paso a una calesa de doble tiro, que traqueteaba tras los gases de un Hispano-Suiza.

—Todos ocultamos turbiedades del pasado —dijo—. Lo que usted hizo tuvo su razón de ser cuando lo hizo. El problema es que los tiempos cambian, y con ellos la mirada de la gente. Lo lícito se torna ilícito y viceversa.

—Hace más de treinta años de aquello —murmuró el empresario, las pupilas grises imperturbables, volcadas hacia dentro mientras cruzaban la calzada. Continuó hablando el ministro, como convencido de que ambos sabían lo mismo y que no tenían nada que ocultarse, aunque distara mucho de ser así. Por ambas partes.

—Nos debemos a los negocios del pasado, don Gabriel. La industria se debe a los negocios que la hicieron florecer. No hay que dejarse embaucar por esa carta. Aunque tampoco desatenderla, no sé si me comprende.

Asintió Gabriel de Zulueta, calibrando su respuesta. Lo incomodaban los derroteros que adquiría la conversación.

—Entiendo que haya discrepancias dentro de la facción —mencionó.

—Temores, más bien —apostilló el ministro—. El contenido de ese sobre no debe salir a la luz. Ilegitimaría su candidatura. El partido no puede permitirse algo así. El público... el pueblo nos sancionaría, y como consecuencia el rey también.

Paseaban con la mirada entre los transeúntes, entre el público, repicando con los bastones sobre el adoquinado.

—Hago lo posible por descubrir el origen de esa carta, créame —respondió don Gabriel.

—¿Tiene idea de quién puede ser? ¿Algún cabo que dejó sin anudar?

Calló el empresario, y negó después. Por ese orden, y con breve pausa para callar. Fantasmas del pasado, lo decía Amelia y no lo dijo él.

Desembocaban en la carrera de San Jerónimo, con bajos salpicados de locales diversos, de ruidosos a serenos, y aceras saturadas por oleajes de transeúntes, que discurrían bajo los toldos desplegados con rótulos llamativos. Las palabras de los parlamentarios se ahogaban en el fragor de la calle. Gabriel de Zulueta desvió la atención hacia un niño que caminaba con su madre, delante de ellos, recién salidos del edificio de Telégrafos.

—Padre parecía metido en el teléfono, mamá. ¿Por qué no he podido verle?

—Porque sigue estando lejos, hijo.

—¡Pero he podido hablar con él!

—Porque hemos hablado por teléfono.

—¿Y cómo funciona el teléfono?

Se le atragantaba la voz a la madre, que buscaba en la imaginación lo que no encontraba en el conocimiento.

—El teléfono lleva cartas con voces. Y lo hace tan lejos y tan rápido que nadie sabe cómo.

—Pero mamá...

Ella tiró de su hijo para cruzar la calzada, y sus voces se ahogaron en el fragor de carruajes, autocares y quejidos de tranvía. Gabriel recordaba la irrupción del teléfono, un cuarto de siglo antes, cuando sembraron los tejados de Madrid con los primeros cables que conectaban la Estación Central y su ejército de telefonistas con el primer medio millar de abonados. El acontecimiento inundó los diarios y las habladurías de la gente, que se preguntaba por lo inexplicable del invento. Los vio alejarse, ella arrastrando las preguntas de su hijo, más allá de la calzada. Pasaban los años y el mundo se acostumbraba a lo inexplicable, hasta el punto de olvidar si tenía una explicación.

—Hay una novedad de la que no está al corriente —dijo el ministro—. Prefiero comentárselo ahora, antes de llegar al Lhardy.

Don Gabriel guardó silencio mientras se abrían paso, graves y altivos, con el cuello oprimido por la camisa y el corbatín.

—El gobierno ha recibido una misiva especial. Hay en ella cierta relación con la amenaza hacia usted.

—¿El gobierno?

—Llegó al despacho del presidente. Hace unas semanas.

—¿Y cuál es la relación? —preguntó don Gabriel.

—La misma simbología del espectro. París de fondo. La Torre Eiffel inconclusa. Los dos individuos posando con un letrero.

—¿Al mismo despacho del presidente?

Asintió con gravedad el ministro, y entonces hubo un silencio, percibido solo para ambos en la sinfonía caótica de la calle.

—¿Ha oído hablar de *La vida del profesor Livingstone*?

El empresario tardó en responder, consciente de la mirada del ministro, que aquella vez lo escrutaba con interés.

—La obra que fascina a los lectores de media Europa —dijo—. Cómo no.

—Traducida a todo idioma civilizado en apenas unos meses. Publicada en cinco fascículos por la revista londinense *The Fleet Magazine* y aún inconclusa, a falta de la quinta y última entrega. Nadie conoce a su autor, Arthur des Cars. Jamás ha sido visto. Los editores ingleses reservan su identidad.

—¿Y qué relación mantiene con nuestra cuestión?

—¿La ha leído? ¿Conoce la historia del matemático y su teoría *Las notas del tiempo*?

Lo miró el empresario, sus ojos grises diluidos en la luz del invierno, martilleando al ministro. Negó con la cabeza.

—Aún no.

—Debería. —El ministro dudó—. Hay evidencia de ciertos vínculos.

—¿Vínculos?

—Creemos que relata la vida de uno de esos dos individuos. El personaje de Livingstone se basa en Samuel Lowell Higgins. Natural de Aberdare, Gales, 1829. La identidad del otro, el que sostiene el letrero, es desconocida.

Florecieron en la mente del empresario, impregnaron sus retinas como pétalos de tinta, enturbiándole la visión de la calle. Habían llegado cinco amenazas, cinco cartas, una por semana, dirigidas a él. Arnaud Mendíbil, el individuo de identidad desconocida para el ministro, sostenía los letreros. El último concluía así: «El mundo sabrá lo que sucedió en 1883. Ellas dos lo sabrán.»

—¿Cómo han accedido a esa información? —preguntó.

—No somos los únicos que reciben sobres con fantasmas. Nuestras redes de informadores alertan de copias idénticas en las cúpulas de otros gobiernos de Europa. Las mismas placas vidriadas. Los dos mismos individuos.

Lo miró don Gabriel, incrédulo.

—¿También son amenazas?

—Usted es el único al que intimidan con destapar su pasado —respondió el ministro—. La naturaleza de las demás es ligeramente distinta.

Y desvió la mirada, entre el gentío. Abrió la boca, titubeó. Entonces lanzó un bufido, como una risa suspirada, entre sarcástica y confusa, antes de hablar al fin.

—Las demás son advertencias. Presagios, más bien. Presagios de lo que va a suceder.

Lo interrogaba don Gabriel con sus ojos grises, sin saber cómo calibrar el asunto, y volvió a reír el ministro, casi azorado.

—Suena burlesco, sí. Como una clase de juego, por catalogarlo de alguna forma.

Chirrió el pomo de la puerta, sigiloso, bajo la mano enguantada de Gabriel de Zulueta. Había sido un viaje inclemente, lluvioso, de caminos enlodados y descanso inviable. Le dolía hasta la médula de los huesos, por dentro, en un malestar griposo, enfermizo de humedad. Buscaba una irrupción desapercibida en la oscuridad de la alcoba, un desvestir silencioso, un cobijo de calor bajo el edredón humanizado, junto al cuerpo dormido de su mujer.

Le sorprendió la ausencia absoluta de penumbra. La silueta de Amelia se recortaba en la vidriera, con el cortinaje descorrido, bajo una luz tenue, de amanecer sombrío. Miraba hacia el jardín con expresión abstraída, el cabello revuelto, los pies desnudos y el rosario enroscado en sus manos como una culebra de perlas.

El entarimado crujió bajo la osamenta densa de don Gabriel, que se acercó a ella con la certeza de que estaba en trance, y de que no se volvería para recibirle. Se retiró la chistera y los guantes de cuero, los posó en el lecho, suavemente. Buscó entonces los hombros de ella, en un arrimo sutil de sus manos, que se deslizaron por sus clavículas, en apenas un roce, dibujando en su contorno el trazo de un violín.

—Estás fría, querida.

Ella selló los ojos, en íntima gratitud ante el contacto. Gabriel tomó del tocador el peine de concha de carey y se animó a deslizarlo por su cabello, que cedió rendido, dejándose domar.

—¿Inquietaba la noche en la cama? ¿Por eso te has levantado?

Eran preguntas incitantes, que no buscaban una sonrisa, pero sí una conversación que no fuera aletargada. Quedó suspendida en el aire, y el viejo empresario se entregó en su ternura, aceptando el silencio, hasta que la voz de ella lo rasgó con la tersura de un cuchillo en mantequilla.

—Elsa se va a París.

Las púas se detuvieron en su caricia.

—¿A París?

Amelia asintió, muda, frente a la vidriera.

—¿Por qué a París?

Ella no contestó y él interceptó su mirada, que permanecía anclada en el amanecer, abducida, el iris disperso, como si le hubieran extirpado el raciocinio.

—Dice que Arnaud está vivo.

—Prepara el Hispano-Suiza.

El chófer, que extraía brillo al cromado del automóvil como a una escultura de Miguel Ángel, se reincorporó ante don Gabriel, solícito y extrañado. La gorra de piloto y el guardapolvo aún chorreaban del viaje, colgados del murete de la cochera.

Se mordió su incomprensión y su nula apetencia de volver a la calzada deslizante, que pincelaba sus magníficos faros con salpicaduras de barro.

—¿Adónde le llevo, señor?

—A la Estación del Norte —respondió el empresario—. Date prisa, por favor.

—Como guste. Aguarde a que llene el depósito, que está desnutrido.

—Señor. —Una nueva voz requería la atención de Gabriel de Zulueta.

Se volvió, encontrando a Bittor Sagarna, encargado de la seguridad en la finca, que habían reforzado desde el atentado anarquista al presidente Canalejas y la huelga minera, portuaria y metalúrgica de 1910, la más violenta y espontánea que había acometido al emporio Zulueta.

—¿Alguna novedad, Bittor?

—Varias anomalías durante su ausencia, señor.

Se prensó la mirada gris del empresario.

—¿Anomalías?

—La presencia clandestina de un destacado espiritista, el 16 de febrero —informó Sagarna—. Requerida por la señora de la casa. Paseó por los jardines y pretendió supervisar el viejo caserío.

Gabriel lo observaba en silencio, el bigote decaído, a la vieja usanza.

—¿Ejerció su labor dentro del caserío?

Negó el otro, con firmeza castrense.

—Lo impidió el jardinero.

Ronroneaba el motor del Hispano-Suiza, con su sinfonía de pistones y cilindros.

—¡Cuando desee, señor! —gritó el chófer, con sus gafas de aviador.

—¿Algo más? —preguntó Gabriel a Bittor.

—Hemos percibido la presencia de un desconocido, en los aledaños de la finca —añadió el otro—. Tez oscura, tal vez un hombre de color.

—¿De color?

—Africano. Aunque no es información contrastada, señor. Lo han avistado de noche, junto al camino del monte.

Permaneció inmóvil el empresario, en lóbrego suspense bajo el gabán y la chistera.

—¿Frecuenta mi hija el viejo caserío?

Bittor Sagarna pareció encogerse en su entereza, descolocado ante la pregunta.

—No lo creo, señor. Nadie me ha informado de eso. Nada llamativo.

—Acentúen la vigilancia sobre el caserío —ordenó Gabriel de Zulueta—. Y llame a mi gabinete. Que anulen los compromisos de los próximos días.

Caminó hasta el Hispano-Suiza, y miró hacia la casa vieja, que asomaba al otro lado del jardín, cuarteada por el ramaje desnudo de los árboles.

—Regístrenla —añadió—. Y hablen con Cosme. Siempre ha callado demasiado.

Sonó el portón. Golpes con rudeza, que discordaron con el suave arrastrar de los pasos de Cosme. Sintió una luz tenue, de amanecer grisáceo, y el oscilar de los castaños sobre él.

—Buenos días, Cosme.

El viejo jardinero reconoció la voz de Bittor Sagarna, jefe de seguridad de la finca. Percibió la presencia de más hombres frente a él, en el umbral del portón. Silenciosos, algo tensos. Sonrió con cortesía.

—¿Qué desean, señores?

—Disculpe la hora. Tal vez le hemos despertado.

—Me despierta el ruiseñor. No se preocupe.

—El *urretxindorra*.

—El *urretxindorra*, sí.

—¿Podríamos entrar, Cosme?

Sonrió de nuevo el viejo jardinero, y abrió el portón, renqueante, con más dificultades de lo habitual.

—Claro. Pasen.

15

Estación del Norte, Bilbao, 21 de febrero de 1914

Rugían las locomotoras, entre silbatos y vapores de humo, bajo la telaraña de hierro que cubría la Estación del Norte. Pendía el reloj sobre los viajeros, que contemplaban el espasmo insistente de las agujas, malditas para siempre, condenadas a empujar al tiempo, a subir y a bajar, al mismo vaivén diario que regía en la estación. Elsa esperaba a la máquina de la Compañía del Norte, que la llevaría al transbordo de Hendaya y sus vías francesas, con un ancho diferente a las españolas. Europa aún era libre para transitar sin pasaporte, pero las inminentes tensiones diplomáticas, en especial con las autoridades de oriente, Rusia y Turquía, comenzaban a implantar restricciones.

Arrimó sus maletines de cuero, envuelta por brumas que olían a combustible. Pesaban por la máquina de escribir, y por los escritos de su nueva novela, aún sin acabar, que protegía dentro de un cartapacio con cierre. Sintió, en la estampa redundante de la estación, que parecía idéntica a cualquier otra, un calco de sensaciones pasadas. Como una vivencia ya vivida. Sus guantes, tejidos en crochet por su madre, se posaron sobre su vientre, sobre las botonaduras del traje de *tweed*. Permaneció así, inerte, la mirada perdida, sintiendo el calor de su estómago, mientras giraban las agujas de la estación, mientras golpeteaban sus resortes, imparables como en los recuerdos de Elsa, como en el reloj del dormitorio de

Avingdon Street, que se acompasaba a la respiración de Benjamin, dormido junto a ella. Se despertaba cada noche, desvelada por el cuerpecillo que se removía dentro del suyo, o se imaginaba que se removía, porque aún era demasiado pronto para sentir los roces acuáticos, como de pececillo deslizado por una piel interior. Se levantaba, vaciaba su vejiga y se acostaba de nuevo junto a Benjamin, sintiendo su calor y sonriendo en la penumbra, con una felicidad consciente, porque a su alrededor la vida se ensamblaba en una pieza impecable, maravillosa.

Las máquinas se desvanecían entre vapores, en la distancia de las vías. Llegaban nuevos pasajeros, rostros anónimos que fluían a su alrededor, entre rumores de conversaciones. Elsa miraba aún en sus recuerdos, las pupilas perdidas, inconscientes del individuo de piel azabache que la estudiaba desde el andén contrario, entre la multitud. Entonces ella parpadeó, mientras se frotaba el vientre, instintiva, como cerciorándose de su lisura. Se arrebujó el sombrero *cloche* y las solapas de lana áspera, sin percatarse de que lo hacía, de que se replegaba así del mundo que la rodeaba.

Por eso pensaba en el armario. En su embrujo. En su padre. Por eso le obsesionaba. Por eso se iba a París. Porque la vida, esa pieza impecable que la rodeaba, se había desencajado. Y ella se replegaba.

—Elsa.

Se volvió. La mirada acuosa de Gabriel la contemplaba, ensombrecida por cercos de insomnio bajo el oscuro gabán de piel.

—Acabo de hablar con tu madre.

—Me voy a París, *aita*.

Aita. Sonó extraño. Cuatro letras que nunca había sentido pronunciar, que siempre habían brotado naturales, fluidas, sin ser percibidas, sin aquel rastro confuso, amargo, que le dejó en aquel instante.

—Esta vez no irás sola, hija.

—Creo que sí. Creo que debo hacerlo sola.

Gabriel se retiró la chistera y se encorvó ante Elsa, corpulento. Sus ojos grises se diluyeron con la luz. A sus pies depositó el maletín de viaje.

—Te acompañaré.

—Las elecciones son enseguida. No puedes marcharte ahora.

—Eso no importa, acabo de llegar de Madrid. Encontraré la forma de ausentarme unos días.

Elsa guardó silencio mientras crujían ejes y silbaban los jefes de la estación. Su padre esperaba, paciente, a que ella asintiera. Temía la soledad que había envuelto siempre a su madre, aunque ella lo hubiera desconocido. Temía no volver a ser la que fue junto a Benjamin. Temía que su carta, la que le había hecho despertar sin su hijo, no fuera una pesadilla.

—Arnaud Mendíbil es mi padre —dijo, doliéndose al decirlo—. ¿De verdad quieres venir?

Gabriel desvió la atención entre las corrientes de pasajeros. Su solemne distinción destacaba en el andén, algunos lo reconocían y murmuraban a su paso. A sus espaldas aguardaban dos de sus hombres, sombríos bajo sus gabardinas. Elsa lo vio masticarse la voz, la misma que desplegaba en mítines y discursos, esa voz de empresario enriquecido, de tiburón de la industria, de afamado benefactor.

—Sé por lo que pasó tu madre —murmuró—. Hemos compartido lecho durante treinta años.

Titubeó, dejó palabras en el abismo de la lengua, indeciso. Elsa esperó. Pero él había renunciado a seguir, por vergüenza tal vez, a desentrañar ante su hija sus desdichas más íntimas, su despertar diario junto a Amelia, que le miraba cada mañana con los ojos hacia dentro, hacia sus recuerdos.

—No quiero que te atrape el pasado, hija. Si necesitas esto para continuar, iré contigo.

Callaron ambos, durante un instante donde solo habló la estación.

—Gracias, *aita*.

Elsa había adelantado la mano, y sus guantes en crochet rozaron los de su padre, que pareció agitarse, sorprendido ante el contacto.

—Ellos no vendrán, no te preocupes —dijo, algo nervioso, señalando a sus hombres—. En París nadie me conoce.

Elsa asintió, restándole importancia.

—Creo que hay una relación —se sinceró entonces—. Entre 1883 y 1914. Entre Arnaud Mendíbil y Benjamin Craig.

Gabriel de Zulueta alzó los pliegues del entrecejo.

—¿Qué quieres decir, hija?

—Las dos estábamos embarazadas cuando ellos desaparecieron.

Llegaba una nueva locomotora, con su tempestad de vapor. El reloj apuntaba la hora, en los andenes se voceaba el destino a Hendaya. Gabriel no se inmutó.

—¿Has recibido una nueva carta con fotografías?

Elsa sintió sus pupilas grises perforarla con sutileza. Asintió, enredada en el engaño que comenzó días antes, cuando descubrió, junto a Gabriel, la tumba falsa de su padre. Asintió pese a sospechar que él sabía que su hija le mentía al decirle que recibía las cartas por correo, y que no sabía de dónde procedían. La paradoja de los engaños, que persisten aún destapados.

Buscó redimirse abriendo el maletín, buscando entre sus prendas, entre sus libretas de notas, entre su cartapacio con cierre y su máquina de escribir. Extrajo el sobre, con el lacre grabado con el fantasma y su aura del tiempo.

—¿Qué significa el símbolo? —preguntó su padre, mientras lo abría.

El Armario del Tiempo. Burbujeó en la boca de Elsa. Pero la selló, sintiéndose atrapada en el limbo de la mentira, que la hundía en sus profundidades como un torbellino de agua.

—No lo sé —musitó.

Gabriel contemplaba la fotografía, abstraído.

—¿Sabes quién es su acompañante?

Ella negó.

—¿Sabes cómo supo que lo descubrirías ahora? —insistió él, con la mirada en 1914.

Elsa negó de nuevo. Y se mordió el labio inferior. Guardó para sí la anterior fotografía, y la anterior. Guardó para sí el embrujo de su secreto. La magia excéntrica, inexplicable, que la envolvía como a una niña. Se sintió horrenda al hacerlo.

—Hay algo que debes saber —dijo Gabriel, devolviéndole la fotografía.

—¿Qué, *aita*?

—Arnaud y yo éramos medio hermanos. Nacimos del mismo padre.

Era territorio de la noche. El jardín dormía más allá de la vidriera, bajo un cielo azulado, de luna creciente. Amelia también dormía, o creía dormir, a pesar de estar de pie y frente al tocador de su dormitorio, con los ojos muy abiertos, anclados en la espesura sombría de ahí fuera, que se mecía en silencio. Mirando. Esperando.

Se movió. La mirada vidriosa, el andar hechizado, que le llevó a través de la puerta, del pasillo, de la escalinata y del vestíbulo con su telaraña y su portón acristalado. Fuera hacía frío, y la noche y el jardín sonaban, con susurros y silbidos. El sendero la guio con dulzura hacia la casa vieja, mientras el corazón se le rejuvenecía y sentía que estaba despierta, porque las lágrimas le quemaban en las mejillas.

X

Cabo Finisterre, océano Atlántico, primavera-verano de 1883

Finisterre. *Finis Terrae.* El fin de la Tierra. Así lo bautizaron los romanos, que imaginaban el desborde del océano al otro lado del horizonte. Se erigía solitario, bajo el sol espléndido, como una extensión de la península abrupta, de acantilados salvajes, que irrumpía con insolencia en la región vedada del mar. El faro parecía una mano humana, emergida de la tierra con la ambición de rasgar el cielo azul.

Arnaud revisaba la bitácora, en la regala de proa, que tintineaba cada cuarto de milla. Tras él gemían los escotines y los obenques, bajo el soplo de una brisa enérgica, que espoleaba al *Ikatza* por encima de los siete nudos, mientras rebasaban el cabo. La tripulación bregaba en el velamen, henchido con gallardía y apurando su momento, que daba reposo a las calderas de vapor. Nuestro capitán avanzó por el entrepuente, instintivo en su acomodo al oscilar del bergantín goleta. Sus tareas se apilaban como nuevo oficial al mando y le consumían los pensamientos. El mar Cantábrico había desfilado como una sombra entrevista mientras se familiarizaba con las obligaciones de los oficiales, con las guardias y la supervisión de la ruta, con el consumo del agua, de los víveres, del diario de a bordo y del botiquín.

Percibía una osadía inusitada en la tripulación, una sensación insólita, que no se daba desde que realizara su primera derrota con el *Elsa* diez años antes. Sentía la presencia de un respeto frágil hacia el nuevo capitán, bisoño en aquellos mares, que irrumpía de golpe para situarse al mando, sin méritos logrados a ojos de los marineros. Sus órdenes se acataban en silencio, pero rumiaba el rastro de tareas que seguían su propia inercia, de oficiales que no le informaban de sus cometidos, como si el *Ikatza* se gobernara a sí mismo, como si avanzara con un timón oculto.

Al rebasar el cabo de Finisterre, comenzó con la tarea pospuesta de revisar el barco, desde la quilla hasta el tope, tanto el casco como la arboladura. Empleó dos días en inspeccionar cada minucia, anotando deficiencias y necesidades que solventar en Dakar. Había carencia de alambiques, de filtros y de coys, deterioros en las sirenas de mano, en las bombas y en las palanquetas. El bodeguero le mostró el cobertizo de los víveres, abastecido para dos meses con doscientas pipas de aguada, con dulces, conservas, cecinas, mermeladas, vinos y licores.

—¿Y los géneros de comercio?

—De eso se encarga el intermediario Da Silva.

Descendió a la bodega, y en su penumbra salitrosa encontró al portugués, deliberando acaloradamente con el carpintero y el primer piloto.

—Quiero espacio para doscientos bultos de ébano —exigía el portugués—, uno sobre cada barrica de aguada.

El carpintero parecía inmerso en plena faena, construyendo un sollado de tablas sobre los toneles mientras atendía las indicaciones de los oficiales. Interrumpieron su discusión al verle llegar y Da Silva, un hombre de mediana edad, panzudo y de buen beber, se retiró su sombrero de ala ancha, mostrando una coronilla estéril, empapada en sudor.

—Capitán Mendíbil.

Arnaud observó sus manos, pequeñas e inquietas, sosteniendo el sombrero con la avidez de los usureros.

—¿Bultos de ébano? —preguntó.

El portugués vaciló, algo confuso, y buscó la mirada de Txistu, el primer piloto.

—Es la mercancía que cargaremos en Cabinda, señor —dijo este.

Su respuesta fue escueta, con ese aire burlón e insolente que percibía en el resto de la tripulación. Los calzones le colgaban a media pantorrilla, con la camisa de manga corta, desgastada, y el sombrero de ala ancha con cenefa de piel de serpiente. Arnaud sintió una vaga inquietud al sostener la mirada del piloto, que parecía un océano frío, manso, con esa quietud afilada que precede a la tormenta.

—Desconocía la construcción de este sollado.

—Órdenes de Mentxaka —precisó Txistu—. Para la porta del ébano. Tiene que ir debidamente clasificado, en óptimas condiciones.

—Muéstrenme los géneros de comercio.

—Por supuesto, capitán.

Se arrinconaban al fondo de la bodega, apilados en la oscuridad, como si temieran ser descubiertos. Había fardos de algodón, los llamados «guineas» por su función de intercambio en la costa africana, había cajas de abalorios, útiles de carpintería y herrería, fusiles, barriles de pólvora y entre todos ellos, colonizándolos como una epidemia embriagadora, treinta pipas de aguardiente.

—Llevamos un exceso de alcohol —apuntó Arnaud.

—En África adoran el aguardiente —le informó Txistu con cierta sorna—. En las orillas del Congo lo llaman *malafo*, los jefes tribales y las personalidades más ilustres intercambian reliquias por él.

—Nos lo traen de Cazalla de la Sierra, en Sevilla —se atrevió a precisar Da Silva, en referencia al elixir—. Pocas gargantas lo soportan.

Arnaud señaló hacia la oscuridad, más allá de las pipas, en las entrañas insondables de la bodega.

—¿Y esos arcones? —preguntó.

Da Silva se revolvió, inquieto junto a él.

—Las fijaciones del ébano, capitán. —Txistu se adelantó,

con templanza gélida—. Es mercancía frágil y requiere ir bien sujeta. Con las inclemencias del Atlántico corremos el riesgo de que se deteriore.

Arnaud sorteó entre las pipas con la argucia de un indígena de las selvas amazónicas. Alcanzó el primer arcón, que se arrastró con la resonancia pesada de un ataúd lleno de piedras. La tapa cedió, apenas sujeta por un cordaje, mostrando en su interior serpientes enroscadas de metal, rosarios de esclavitud.

—¿Qué diablos es esto?

—Las fijaciones del ébano —repitió Txistu—. Trescientos pares de grilletes dobles, dos barras de justicia y cien pares de esposas.

Sus palabras sumieron a Arnaud en un silencio lúgubre, al fondo de la bodega, entre los arcones.

—Mi navío no será un negrero.

Coleteaba el oleaje en las cuadernas, que parecían un calabozo enorme, rezumante de humedad y silencio. Las sienes de Da Silva chorreaban gotas de sudor. Arnaud se había vuelto, asumiendo la mirada cruda y tranquila del piloto, acercándose a ella hasta sentir su irradiación.

—Volveremos al puerto de Altzuri.

—Eso no lo decide usted, capitán.

Arnaud se recluyó en su camarote. Sin ceder en su solidez ante el intermediario y el piloto, con cierto heroísmo romántico en su postura, a pesar de que esta no sea una historia de héroes, pero sí, tal vez, de personas que lo fueron en algún momento. Y reflexionó sobre su situación crítica, sin duda, que bien podía obstruirle la mente, paralizarle los pensamientos y compensarlos con caudales de temor, de exudación desbocada y tiritera corporal. O bien podía despertarle el instinto primitivo de supervivencia, ese con el que se movían los primeros antepasados, alrededor del fuego y corriendo tras ciervos y jabalíes, esos mismos antepasados a los que la humanidad moderna, tan en su progreso, despreciaba porque balbucían y gateaban como simios.

Tal vez fuera esa, intuición primaria que catapulta la mente hasta cotas inauditas, la razón por la que, aquella primavera de 1883, la humanidad siguiera en el mundo, despreciando a los primeros humanos. Porque no existe maquinaria más eficiente que la mente de un individuo sintiendo el desborde inmediato, no el del horizonte medieval que figuraban los romanos, sino el de una tripulación amotinada, cansada de soldadas míseras, que persigue con la trata de negros una fortuna rápida que los retire del mar.

Y era este último el caso concreto que encerró a Arnaud en su camarote, mientras oscilaba la cortinilla de su litera, mientras se contorneaba la lamparilla del mamparo, trazando círculos sobre el balancín de cardán, mientras repicaba la puerta, azotada por ráfagas de viento. Mientras su mente bullía, como una máquina de vapor, de ideas, exudando algo más que sudores de tensión.

Su mirada estaba fija en la caja estanca de Higgins, donde conservaba sus pertenencias y el manuscrito de su teoría *Las notas del tiempo*. Oyó el tropel de pasos, en el pasillo de la bodega, hasta que la puerta del camarote se abrió a sus espaldas, sin toques ni avisos, chirriando brusca hasta el golpeteo final.

—Su postura se considera desacato —dijo la voz de Txistu—. Si la mantiene, como segundo oficial de a bordo, me veré obligado a inutilizarlo de sus funciones como capitán.

Se oyeron chasquidos de percutores, de fusiles que punzaban el bajo techo del camarote. Arnaud se volvió ante la masa de hombres que irrumpían en la puerta y el pasillo, oficiales y marineros, nerviosos todos ante el intruso que navegaba contracorriente.

—¿Mantiene su postura, señor Mendíbil?

—Me retracto.

—¿Cómo dice?

—Me retracto de mis palabras —dijo Arnaud—. Asumo la responsabilidad de esta nave durante su derrota a Cuba.

Txistu prensó el entrecejo, confuso, con la mirada dislocada.

—Si continúan con el motín —añadió el capitán—, cumpliendo yo mis órdenes, asumirán las consecuencias de su infracción al retornar a Altzuri.

Los fusiles se erguían inmóviles, silenciosos. Las lenguas trabadas por la sorpresa.

—Primer piloto. Le exijo la documentación al completo sobre el cometido real de esta nave. Todo lo concerniente al tráfico de negros que le haya facilitado Gabriel Mendíbil, el patrón de esta flota.

No fue un síntoma de cobardía, de falta de principios, lo que le llevó a retractarse. Fue el instinto de supervivencia, el que le hizo virar de rumbo y asumir el verdadero designio del *Ikatza*. Su última exigencia: la documentación de las transacciones en Cabinda, por la expedición de África a Cuba del bergantín *Ikatza*, flota de la Sociedad Mendíbil, año 1883, la guardaría semanas después dentro de su caja estanca.

XI

Estuario del río Congo, primavera-verano de 1883

Bultos de ébano. Aquel era el contenido del *Ikatza*. Uno de los negocios más lucrativos de Gabriel Mendíbil, que colaboraba con viejas relaciones de Cuba, la mayoría *sacarócratas*, propietarios de ingenios azucareros y algunas casas de comercio peninsulares con ramificaciones en la isla, entre ellas la Compañía de Avelino de Zulueta, su tío, con sede en Cádiz y sucursales en Matanzas y La Habana. Los *sacarócratas* buscaban socios financieros en Europa, empresarios e industriales de pujanza económica, dispuestos a arriesgar cuantiosos capitales en el negocio más lucrativo y arriesgado de la época: la trata de esclavos.

Y aquel fue, durante décadas, el origen del irrefrenable brote de nuevas industrias, de bancos y sociedades españolas, de las principales fortunas del país. Las inversiones de capitales indianos erigían nuevas fábricas, nuevos ferrocarriles y minas, nuevas flotillas de comercio, amasados gracias al tráfico de esclavos y las plantaciones de azúcar y tabaco. Los grandes propietarios de estas haciendas, la *sacarocracia*, la oligarquía cubana, no solo dominaba la política española en Cuba, sino también, mediante sobornos, la de Madrid. Una estrecha y reservada relación, que emparentaba a hijas de negreros con ministros de Fomento, de Gobernación y de Ultramar. Incluso el presidente del Gobierno, Cánovas del Castillo, había situado a su hermano José como director del Banco Español de Cuba, donde mantenía estrechas relaciones familiares, entre ellas su propia cuñada, procedente de una ilustre estirpe de negreros.

El tráfico de esclavos en América era un ejercer viejo, que importaba infelices africanos desde los tiempos de Colón. Durante siglos, los ingleses se habían lucrado con ingentes fortunas como proveedores de las colonias españolas y portuguesas, pero en 1814, debido a su incipiente desarrollo industrial, les interesó más abolir la esclavitud y despacharon órdenes a la Royal Navy para que patrullara los océanos interceptando y confiscando todo barco negrero. Una práctica fructífera, con embarcaciones requisadas y decenas de negros que desembarcaban en las posesiones británicas del Caribe, con destinos diversos, siempre bajo la gracia de la ley. Unos, los más robustos, terminaban alistados en el ejército colonial, enviados a guerras lejanas en África y Asia; otros, los más débiles, mujeres y ancianos, concluían sus días en trabajos míseros, en los que jamás superaban la calificación de aprendices.

A pesar de las prohibiciones abolicionistas, la España de Ultramar permitió a Cuba y Puerto Rico continuar con sus negocios lucrativos, que sustentaban el auge de sus plantaciones y de la industria en la península.

La travesía del *Ikatza* al estuario del río Congo, con escalas en Tenerife, Dakar, Freetown, Grand Basssam y Libreville, se alargó hasta las dos lunas llenas. Durante un tiempo vicioso que parecía no avanzar, la costa de África se deslizó en el horizonte, como una ola de espumoso verdor, recta e infinita, una selva colosal que parecía evaporarse bajo el sol abrasador. Los días pasaban y ella permanecía allí, eterna, bordada por el burbujeo de la resaca, como una dama inhóspita y salvaje que les seducía desde la distancia. Cada varias millas, asomaban pequeños asentamientos coloniales, con sus banderas ondeando en la inmensidad del paisaje. Su presencia, lejos de afirmar el dominio imperial, manifestaba la ridícula pequeñez del esfuerzo humano, recluido en la costa, desbordado por la enorme superficie virgen que se extendía tierra adentro.

Fondearon cerca de las costas de Cabinda, salpicadas de calveros en la selva, la mayoría puestos comerciales, campamentos madereros y fábricas para el proceso de refinado del aceite de palma. El intermediario Da Silva, encargado de las transacciones, partió a tierra en una barcaza de vela latina; allí negoció clandestinamente con comerciantes portugueses, la mayoría colaboradores de las tribus nativas, para sellar un acuerdo de reunión a los tres días, en la selva y quince millas río adentro.

El río Nezere. El río que se bebe todos los ríos, como lo bautizaron en lengua kikongo los habitantes de sus riberas, antes de que llegara el hombre blanco y reemplazara su nombre, con la misma brillantez poética, por el de río Congo. Antes también de que lo recorriera Joseph Conrad en 1890, siete años después del punto en que se encuentra nuestra historia, para escribir *El corazón de las tinieblas*.

Las aguas del Nezere descendían mansas y voluptuosas, inmersas en una bruma amarillenta que ocultaba los despojos de la selva, manglares, maderos y cabelleras de jacintos que arrastraba la corriente. Parecían cadáveres de animales, que asomaban de pronto junto a islotes deshabitados y se precipitaban contra el casco del *Ikatza*. Más allá de las orillas, asomaban colinas selváticas y altos palmerales que, lejos de nacer de la tierra, parecían evaporarse en el vaho de las aguas.

Arnaud, que jamás había descendido del Ecuador, sentía una humedad tal que las bestias del río parecían a punto de emerger y desfilar por la cubierta del bergantín. Como si navegar hacia el sur fuera sumergirse en una pecera, y por eso lo llamaran descender, aquella decisión histórica, ya antigua, que situaba la Tierra en un sentido y no en otro. Norte arriba y sur abajo.

La asfixia de Arnaud, inhabituado a aquellas latitudes, se

acentuaba ante las profundidades desconocidas del río, que tentaba con caricias de naufragio a la quilla del *Ikatza*. Apoyado en el guardamancebos y con la camisa chorreante de sudor, había derivado su gobierno al primer piloto, Txistu, que conocía las zonas traicioneras del río. A veces se acercaban grupos de pescadores, impulsando de pie sus estilizadas canoas, de cinco varas y talladas con el tronco de un solo árbol. Aguardaban alejados de la embarcación, estudiándola en silencio, y entonces remaban con ahínco hasta arrimarse al casco. Comerciaban con aguardiente, huevos, gallinas y peces pequeños, y les proporcionaban la información que pululaba sobre el estuario: últimos negreros en zarpar, el número de bultos que cargaban, el precio al que se cotizaba la mercancía, las guerras de tribus que sangraban la región y la presencia de buques ingleses y canoas de *curmanes*, gente de Liberia y Sierra Leona, contratada por la Corona británica para ejercer de espías e informadores sobre el tráfico negrero.

A medida que avanzaban, avistaban las aldeas bantúes, la tribu predominante de la región, asentadas en calveros de tierra rojiza. Parecían perturbadas por el rastro del hombre blanco, que se adhería a la vida indígena como una sanguijuela, con barracas de madera y campamentos improvisados junto a las aldeas. Hombres barbudos, salvajes, mugrientos, arrinconados en aquel confín del mundo, donde explotaban las minas y pululaban ahogados en algo más que la humedad y las fiebres, porque pocos viven en el corazón de las tinieblas sin sopores de ebriedad.

Ronroneaba el motor del *Ikatza,* perturbado de vez en cuando por el repiqueteo lejano de las nuevas líneas de ferrocarril. Las construían los coloniales, con la ayuda de nativos africanos considerados criminales, que asomaban en rosarios encadenados cuando se abrían calveros en la selva. La región del Congo era un suculento manjar para las avaricias coloniales. Desde 1879, las expediciones imperialistas remontaban el río abriéndose a golpes de dinamita, en su carrera por repartirse el mundo. Por un lado, el monarca belga Leopoldo II, que pretendía firmar tratados con los caudillos locales y anexionarse los extensos y ricos territorios que orillaban el río, y por el otro, la Francia republicana, buscando acuerdos que le cedieran los derechos a explotar las regiones al norte hasta la confluencia con Ubangui, cien leguas corriente arriba.

El río, sin embargo, parecía despegarse de la siniestra expresión humana que bullía en sus orillas. Y Arnaud se amparaba en él, en la belleza portentosa de sus aguas, para evadirse en el recuerdo de Amelia, que parecía formar parte de un mundo muy lejano, más lejano aún que las millas navegadas. Se la imaginaba con el vientre incipiente, caminando con aquella belleza torpe, maravillosa, de un embarazo que avanzaba. Se la imaginaba en la soledad de su casucha, dándole al pedal de la Singer, mientras hablaba, alegre y en voz alta, con la vida que crecía en su interior. Era aquel un ejercicio constante, que le recordaba a su servicio en la guerra civil. Como la columna del 3.er Batallón de Arratia, la tripulación del *Ikatza* avanzaba entre brumas, con la lengua dormida y la mente siempre en otro lugar, volando lejos, en recuerdos íntimos donde la vida continuaba su curso natural.

Colgaba en el firmamento la luna llena, como reina madre de todas las estrellas. Parecía enredada con el tejido de la selva, una bóveda fantástica de cocoteros y bananos que cubría el encuentro clandestino. Los hombres aguardaban tensos, con sus calzones enfundados en botas de caña, pertrechados con rifles Remington y dobles cananas. Podía percibirse la cercanía del río Congo, sus aguas dormidas donde fondeaba el *Ikatza*, oculto entre islotes, con el hierro echado por proa y el trapo recogido.

Arnaud presenciaba el encuentro en silencio, entre la tripulación. A su alrededor zumbaban los insectos, como enjambres movedizos a la luz de las antorchas y los fanales. Su presencia era de tamaña opresión, que todos habían sucumbido a ella, resignados a pesar de untarse con vinagre y otros remedios locales, que no hacían nada por ahuyentarlos, a pesar incluso del temor a la malaria y la mosca tsetsé, que propagaba la enfermedad del sueño y enloquecía a los nativos con su lento dormir hasta la muerte.

El caudillo bantú era un hombre imponente, de mediana edad, con el cuerpo sembrado de símbolos, los genitales al descubierto y la cabeza adornada con un penacho de plumas coloridas. Penetró en el círculo iluminado con andar solemne, escoltado por media docena de hombres pintarrajeados. Se apoyaba en un bastón con remate de calavera hueca, que repiqueteaba como un sonajero.

El primer piloto Txistu lo invitó a sentarse junto a la improvisada mesa de campaña, dispuesta en el centro del círculo. La acompañaban tres banquetas primitivas, donde aguardaban el contramaestre, el cirujano y el intermediario portugués, excitado, con un cartapacio abultado entre sus manos. Le ofrecieron el *cabala*, el lote de cortesía, acordado por Da Silva dos días antes: seis garrafones de aguardiente, un barril de pólvora, un fusil y seis piezas de guinea. Después, se sirvieron dos botellas y todos, copa en mano, aguardaron respetuosos a que el caudillo iniciase la ceremonia. Antes de beber, el bantú vertió parte de su contenido en el pequeño recipiente que pendía del bastón, donde asomaba una particular mezcolanza de tierra, hierbas, barbas de elefante y cortezas de distintos árboles. Allí, en aquel revoltijo tan venerado, habitaba su dios, al que el caudillo suponía amigo del alcohol, y al que sació antes de saciarse él mismo.

Una vez satisfecho, el caudillo dio la orden. Asomó de la penumbra selvática, entre restallares de látigos y gemidos dolientes, la masa oscura, las miradas brillantes bajo la luna. Los guiaban hombres de semblante crudo, pistola en faja y fusta en mano, comerciantes y capataces de origen portugués que colaboraban con los bantúes.

Los negros avanzaron hacia la luz de la antorcha, muchos sumisos, cabizbajos, arrebatada la dignidad por el maltrato continuo de los capataces. Algunos mostraban el rastro de un cautiverio largo, con el rostro lívido, las costillas marcadas y las uniones de sus miembros como nudos de cuerda. Se alinearon frente a la mesa, todos esclavos, hombres y mujeres, ancianos y niños, muchos captados por la astucia de los comerciantes, otros prisioneros del caudillo, criminales, ladrones y adúlteros que la tribu vendía. Había también prisioneros de guerra, esclavos nacidos de madre esclava, y algunos de origen libre que, impulsados por la pasión del juego y la bebida, se jugaban a sí mismos y a sus familias. Muchas de las niñas habían sido vendidas por sus padres alcohólicos, a espaldas de sus madres y a cambio de una barrica de aguardiente.

Algunos hombres, los más insurrectos, sufrían una vigilancia estrecha. Sus brazos colgaban de los extremos de una caña de bambú, cruzada sobre sus hombros, con un cordel de bejuco atado a la cintura y tirado por los capataces, que los guiaban como vacas al mercado.

—¿Cuánto carbón han traído? —preguntó Txistu, la mirada calmosa sobre la masa negra.

—Ciento cincuenta bultos —respondió un capataz, entre tirones del cordel—. Noventa machos y sesenta hembras, alguna parece llena.

El primer piloto asintió, pensativo, mientras aspiraba de la pipa y entrecerraba los ojos.

—Bonita mercancía —murmuró—. Nuestros clientes de Cuba quedarán satisfechos, habrá buena puja. Que vayan desfilando.

Sonrieron los de la mesa, y arrancaron una sonrisa fácil al caudillo bantú, que no entendía la lengua de los blancos. Bebió más, agitando el recipiente y contagiando con su gozo a la comitiva tribal, que sonrió al unísono como un banco de peces adiestrado, que bien podía sonreír como lanzar su lluvia de flechas envenenadas.

—Don Gabriel comercia con los grandes propietarios de Camagüey y Manzanillo, al sur de Cuba. —El tercer guardiamarina, un joven de cabello rizado y rubio, con más acné en las mejillas que primaveras en los ojos, se inclinaba hacia Arnaud—. Muchos son hacendados de segunda generación, algunos criollos, y todos están al corriente de la carestía actual del ébano, con los riesgos y contrariedades que conlleva la trata, los temporales y las banderas extranjeras que bloquean el comercio y dificultan las subastas clandestinas. Hoy en día, un buen macho alcanza los cien pesos.

Arnaud escuchaba en silencio, con la barba rociada de humedad. Su mirada palpitaba bajo una lámina acuosa, en un imperceptible deambular sobre la línea de esclavos.

—Cuando arribemos a Cuba —murmuraba el guardiamarina—, Da Silva se encargará de presentarlos dignamente, para atraer a los plantadores y hacendados.

—¿Dignamente?

—Se les enjabona y se les unta en grasa, para que sus pieles brillen lustrosas. A las hembras se las engalana con telas de colores y tocados en la cabeza. Y si es preciso, se les realza los atributos.

Les retiraron los andrajos y los negros fueron avanzando, uno a uno, deteniéndose sobre el tablado y frente al listón de madera, donde aguardaban el cirujano y el intermediario Da Silva, que anotaba con celeridad codiciosa los atributos de cada ejemplar. Los examinaban con miramiento, como a bestias salvajes, registrándoles el cuerpo desnudo, el pecho, la tersura de los músculos y las piernas, obligándoles a correr alrededor del claro para destapar lesiones ocultas, un balazo de posta o tajos de machete, secuelas habituales de los salvajes del bosque, cazados por el caudillo y su tribu.

—No sería la primera vez que nos estafan —apostillaba el guardiamarina con un hilillo de voz, aún informe y adolescente, como el de una muchacha—. Cuando las tribus salen de caza, disparan siempre a las piernas, para no dañarlos del todo. Sin embargo, los dejan lisiados y no sirven para trabajar. Parecen fuertes, y cuando los desembarcas en Cuba y les quitas los grilletes descubres la inutilidad de su tronco inferior. Los caudillos les dan una oportunidad; si no son vendidos, les cortan la cabeza.

Hablaba con desenfreno, excitado, lanzando miradas de reojo a Arnaud, como si buscara con urgencia un asentimiento que no llegó.

Al final del proceso de inspección, los mandaron erguirse

junto al listón, con marcas hasta los siete pies de altura, los dos últimos divididos en pulgadas. A mayor altura, mayor precio.

—Seis pies y dos pulgadas. Veinte piezas.

Las transacciones se realizaban a la vieja usanza, negros por piezas de ropajes, abalorios, pólvora, fusiles y barricas de aguardiente, en lugar de pesos, moneda que se emplearía después, al otro lado del océano, en las subastas con los propietarios de haciendas.

Cuando concluyeron con el ganado macho, desfilaron las mujeres, muchas niñas, todas desnudas, cuya valoración residía en la amplitud de sus caderas y la fecundidad de sus vientres. Sus cuerpos temblaban sobre el tablado, bajo la luz de la luna, expuestos a la intemperie y a la mirada lasciva de los hombres. Las más jóvenes se encogían, como queriendo replegarse ante aquella vulnerabilidad horrenda, escondiendo su sexo entre las piernas y tras las manos, coraza que el cirujano retiraba con suavidad y paciencia, entretenido, sin la presteza mostrada con los hombres.

—No se exceda con el examen, doctor, que la fruta se estropea.

La exploración en las mujeres fue densa y exhaustiva. Hubo llantos, rezos, miradas evasivas a la luna, mientras el cirujano se demoraba, la mirada dilatada en las lentes, auxiliado, cuando se oponían pequeñas resistencias, por la rudeza de los capataces. Al concluir la ceremonia se enredaron los ciento cincuenta esclavos, un instante de confusión que aprovecharon los maridos, las mujeres y los niños, los abuelos y las abuelas, para vestirse y abrazarse, para dedicarse palabras o simplemente para sentirse juntos, antes de que los separaran de nuevo.

Y así lo distinguió Arnaud. El hombre negro, que se inclinaba entre la multitud para entregar a su hijo, un niño raquítico, de orejas separadas, una pequeña libreta de cuero y sellada por un cordel, que extrajo de entre sus ropas. Se la ocultó en el mandil, mientras le hablaba con premura, mientras le miraba a los ojos y le prensaba las mejillas entre las manos, insistiéndole con una severidad que asustaba al niño, obligándole a asentir. Y así estuvieron, en aquella solemne y fugaz unión, padre e hijo, hasta que los separaron, hasta que los clasificaron, como a ganado.

—*Pasya. Pasya.*

Su última palabra. Se lo había repetido, mientras lo zarandeaba con insistencia y le miraba a los ojos, como si así entraran mejor las palabras. Arnaud parpadeó, sacudiéndose el recuerdo de un hombre blanco, en un campamento enlodado, muy lejos de allí y en 1874, hacía ya nueve años, entregando a su hijo un último legado.

Desfilaron azuzados por los látigos, en rítmico avance hacia la orilla del río. Arnaud los vio llegar, arrastrando los pies, como infantes al frente. Cuando la fila de los niños pasó ante él, sujetó al pequeño del hombro, requisándole la libreta oculta.

—Te lo quitarán en el barco, cuando te desnuden.

Fue un susurro, que terminó ahogado bajo las protestas del niño, que no entendía.

Porque gritó y pataleó, abalanzándose sobre el capitán, el hombre blanco que le había arrebatado su preciado objeto. Arnaud sintió una furia endeble, de huesos livianos que buscaban con desesperación el legado recibido, una cólera infantil que presentía, tal vez, que aquel sería el último gesto de su padre hacia él. Sintió una lengua extraña, una voz de niño que le maldecía con palabras de nigromante indígena, y que le sacudió en lo más profundo de la médula a pesar de su expresión fría, imperturbable, mientras contemplaba cómo lo maniataban en la fila.

—Algunos saben escribir, aunque suene disparatado —murmuró Da Silva junto a él—. Símbolos salvajes, eso sí, como los hombres de las cavernas.

El intermediario sostenía entre sus brazos el cartapacio con las transacciones y la liquidación de las mercancías. Miraba el acompasado desfile, satisfecho, con visible alivio.

—Deme esos documentos —dijo Arnaud—. Yo los guardaré.

XII

Océano Atlántico, veinte millas al este de Cuba,
verano de 1883

Amanecía. El bergantín goleta suspiraba sobre el mar, con susurros de olas aún somnolientas. Los gavieros ascendían como arañas por el entramado de vergas y cabos, cruzándose con el vigía, que concluía su guardia.

—No hay novedad —informó al contramaestre.

Su labor era delicada; la Royal Navy y las patrullas americanas rastreaban el océano en busca de negreros, con singular presencia en aquellas aguas, en torno al meridiano del Trópico, entre Santo Domingo y Cuba. Durante las noches, se ordenaban guardias de cuartillo, de dos horas y con mayor rotación. La vigilancia era exhaustiva, con seis centinelas y el oficial de guardia, uno a proa, otro en cada portalón, dos en popa y uno en cada escotilla, paseando entre los marineros y oficiales sanos, que dormían en cubierta bajo lonas y velámenes, aunque lloviera. El barco se vestía de espectro, la luz de la bitácora se cubría, los fogones de la cocina se apagaban y no se permitía fumar a nadie. La nimiedad de una brasa en la inmensidad de una noche sin luna podía avistarse a leguas de distancia.

Arnaud ascendía de su camarote, insomne, tras pasar la noche entre cartas de navegación. El segundo piloto murmuraba *zortzikos* al timón, llevados por la brisa que acariciaba la cubierta del *Ikatza*.

—Anoche rebasamos las ventolinas variables, capitán.

—Tres grados sur-suroeste, piloto. Hoy avistamos Cuba.

El timonel ejerció la orden, de buen grado al percibir la cercana tierra, haciendo virar el compás de bitácora bajo la toldilla con lumbrera que le protegía del sol. Arnaud se apoyó en la regala del pasamanos, en las alturas del castillo de popa, y evadió la mirada por la cubierta. La tripulación sana bregaba adormecida, lacerada por el sol y las noches a la intemperie. No había rincón para ellos en las entrañas del barco, empachadas de esclavos negros y marineros febriles.

—¿Hay recibo esta noche? —preguntó al piloto.

—Creo que dos niños y una hembra, capitán. Los han lanzado por la borda antes del amanecer.

Asintió Arnaud, con apatía rutinaria, mientras deambulaba la mirada creyendo ver de nuevo la doliente ristra de esclavos en la cubierta del *Ikatza*, cuarenta días antes, cuando los subieron a bordo. Les afeitaron la cabeza para que no se distinguieran viejos y jóvenes, costumbre que facilitaba su venta en Cuba ante los propietarios y capataces de las haciendas. Los desprendieron de sus ropas, dejándolos desnudos para el resto del viaje. La primera ley de un barco negrero dictaba que todo cuerpo, cuando se apelotonaba como ganado, debía estar siempre visible.

Estibaron a los africanos bajo cubierta, en el sollado construido por el carpintero, estrujados entre sí para explotar cada pulgada. Aislaron a las mujeres, disponiéndolas desde la arcada de las bombas hasta la popa, separándolas por mamparas. Nadie podía tocarlas, ni siquiera la propia tripulación, a riesgo de perder el sueldo. Los niños fueron destinados a la cámara, encerrados bajo llave, y las escotillas fueron selladas con barras de hierro, cruzadas en las brazolas. La codicia del intermediario Da Silva, presionado al mismo tiempo por los armadores de Gabriel y los propietarios de las haciendas, obligaba a los negros a posicionarse de costado, replegados sobre sí mismos en la penumbra de la bodega, sintiendo el sudor y el aliento del vecino, desnudos y vulnerables, con la dignidad arrebatada. Sufrían el oscilar del barco sobre la dureza del tablazón, sin poder extender los miembros, que terminaban ulcerados por los hierros y las cadenas que los ataban. Los días de tempestad se prensaban entre ellos, sofocados por el calor de su propio hacinamiento, por la exhalación nauseabunda que emanaban sus cuerpos en aquella cloaca infecta. Los marineros escuchaban el murmullo amortiguado de los lamentos, de los gritos, que pedían auxilio y que terminaron con el carpintero perforando sobre cubierta cinco pequeños escotillones para ventilar la bodega.

La mercancía negra requería de gran atención. Abundaban hombres de diferentes tribus, con odios ancestrales y antepasados asesinados entre ellos, y no eran extraños los tumultos, los gritos, y la aparición de cadáveres estrangulados. Algunos, los de principios férreos, donde no cabía la indignidad de la esclavitud, iniciaban huelgas de hambre, buscando la muerte, aprovechando cualquier desliz para arrojarse al mar, ahogarse con una cuerda o clavarse astillas sueltas.

El *Ikatza* era un nido de enfermedades, con especial mortandad la temida *bicho*, una inflamación del recto, con ulceración y gangrena. Cada mañana se abrían las escotillas y se vertían grandes barreños de agua, que empapaban a los esclavos y se extendían por la bodega como desbordes de ríos.

Aquel amanecer, Arnaud supervisaba las órdenes del contramaestre, que dirigía a los gavieros como director de orquesta. El cielo se esclarecía sobre la cubierta del bergantín, como un lienzo combado, como un ataúd abovedado y cristalino donde pincelaban las luces del día. Encerraba al *Ikatza* y se desplazaba a su ritmo, como imantado por él, manteniéndolo siempre en el centro, atrapado en la inmensidad del océano y condenado a no alcanzar jamás ese horizonte móvil. Arnaud conocía la naturaleza de aquella sensación, que se acentuaba tras días de calma, sin avistamientos. Era el embrujo de los desiertos y los mares sin nada, el limbo en suspenso donde sucumbía la cordura de los marinos.

—Que suban para la limpieza —ordenó al oficial de bodegas.

El saneamiento de los esclavos se acentuaba cada tres días. Emergieron durante más de media hora, uno a uno, como hormigas sumisas y desenterradas, bajo la custodia estrecha de la tripulación. Se alinearon en cubierta, cegados por el sol a pesar del amanecer, mientras eran examinados por el cirujano. A los que presentaban síntomas del *bicho,* se les aplicaba una pasta de vinagre, pólvora y trozos de limón, que solía atajarla con notable eficacia. Mientras tanto, el pañolero y dos hombres limpiaban a fondo la bodega y el sollado, rascando con cuchillas.

La cercanía de la borda y el riesgo de una sublevación endurecía la vigilancia de las revisiones. Entre las piernas de los esclavos, atadas con grilletes en los pies, se había ordenado pasar una cadena de hierro, enlazada con un robusto sistema de poleas. A la menor agitación o bulla, tensaban la cadena y se elevaba de golpe a dos varas de altura, dejando a los negros cabeza abajo. En otras embarcaciones negreras, la intimidación se ejecutaba con perros antropófagos, los llamados devoradores, que se alimentaban de carne y bebían sangre humana.

Arnaud contempló la inspección en la distancia, desde la altura de popa. Tenía el cabello recogido en coleta, las manos unidas a la espalda, sobre el chaquetón marino, y la mirada fija en el niño raquítico de orejas separadas. De vez en cuando se contemplaban en silencio. El pequeño alzaba la cabeza, y sus ojos tiernos buscaban los suyos, los del capitán. El hombre blanco que le había robado la libreta de su padre.

Arnaud también lo distinguía a él, al padre, entre los demás hombres. Buscaba a su hijo en la fila opuesta, donde se alineaban los niños. Buscaba su mirada para que el pequeño no viera a su madre, desnuda y encogida, ceder el peso de su bebé a la mujer que aguardaba junto a ella, para que el cirujano inspeccionara sus intimidades.

Desfilaron de nuevo a las entrañas del bergantín, y no cerraron las escotillas hasta mediodía, cuando Arnaud descendió al camarote para fijar el punto de estima. Bailoteó el compás en sus manos, bajo la luz oscilante del farol, mientras calculaba la nueva posición. Una vez más, el grafito del lápiz dejó su estela sobre la carta de navegación, guiado por la regla y por las decenas de líneas que lo precedían en el mapa. Otra línea, otro mediodía, otra rutinaria tarea en aquel limbo acuoso donde no existía el tiempo, donde los sueños se confundían, los despiertos y los dormidos, donde la voluntad y el raciocinio quedaban tras la estela espumosa de las paletas.

Solo los recuerdos evitaban la demencia. Solo el rostro de Amelia, limpio en su memoria, era capaz de arrancarlo de aquel temor a perecer de locura. A terminar como aquellos hombres, que hablaban como pastores de mar, de ganado negro, cada vez más feroces e inhumanos, hasta el extremo de desfigurar la vida en el *Ikatza*, de forzarla hasta convertirla en una pesadilla, en una existencia delirante, de emanciparla de lo que ellos consideraban su verdadera vida, la que les esperaba en sus hogares, no porque perdieran el sentido de la realidad, sino porque necesitaban convencerse de que su vida en el *Ikatza* no era la realidad.

Y fue en aquel instante de trastorno, con aquel miedo atroz a sus espaldas, cuando Arnaud se sorprendió a sí mismo sonriendo igual que lo hacía su *aita* cuando lo abrazaba, cuando compartían los recuerdos de *ama,* entre cuchicheos nocturnos. Lo hizo ante la carta de navegación, al sentir, en aquel preciso instante de 1883, que nacía una vida lejos de allí, una vida que amaba más que la suya propia. Al sentir la certeza absoluta de que se entregaría por ella, sin el menor atisbo de cobardía.

Sonrió de amor, de alivio, de comprensión. Sonrió por tres veces, en ese orden, cada motivo despertando al siguiente, en una cadena de sentimientos. Tal vez recuerdes este instante, ya hablamos de él. Lo que no te anticipé fue que se rompería sin piedad.

—Un velamen por la mura de estribor, capitán.

Arnaud alzó la vista, de súbito. El contramaestre asomaba en la puerta, impregnado en sudor.

—¿Pabellón?

—Bandera británica, señor. A unas cuatro millas.

Las noches estrelladas, los marineros sin guardia se calmaban en cubierta, sentados sobre cofres y paquetes de cabos, mientras fumaban, cosían botones y remendaban sus prendas salitrosas. A veces se formaban tertulias, en las que brotaban nostalgias del hogar y anécdotas placenteras de los bailes y las casas de juego que les aguardaban en La Habana. La mayoría, cansados de soldadas míseras, perseguían con la trata una fortuna rápida que los retirara del mar, que les permitiera cumplir el sueño de todo marinero: volver para siempre al hogar idílico, junto a su familia. Extendían la vigilia hasta bien entrada la noche, contemplando cómo la Osa Mayor y Casiopea se enredaban en la arboladura. El contramaestre, un joven de excesiva gallardía para la reclusión de un barco, desplegaba entonces una voz fascinante, un dulce murmullo que parecía lamer la cubierta, perdiéndose en la oscuridad enigmática del océano. Envolvía a los marineros con canciones de amor, con historias colmadas de ternura, con idilios de cabaña y bosques de cocoteros. Algunos hombres lloraban en silencio, aovillados como los niños africanos de las bodegas.

Aquella noche no hubo canciones de amor.

El *Ikatza* era cebado por su propio nombre. Por *Ikatza*, por carbón. Por carbón de verdad. Los fogoneros nutrían las bocas de las calderas, expuestos a la incesante oscilación de los motores, incapaces de rebasar los cuatro nudos. El bergantín resollaba con sobrecarga, sus flancos demasiado hundidos, demasiado ahítos de avaricia.

El estruendo de la sala de máquinas quedaba enterrado bajo la cámara de popa, en un rumor sordo, profundo, como si estuviera bajo el agua. Solo los cigüeñales de las paletas quebraban el silencio de la cubierta, aquel silencio de patíbulo, de noche inquietante, de mar mudo salvo el espumado del agua. La tripulación, hasta la sacudida por las fiebres, se asomaba a la mura de estribor y murmuraba conteniendo el grito.

Había estrellas aquella noche. Un crepúsculo inmenso, centelleante, una plaga de luces que danzaban en círculo, imantadas por la diosa Polar. Pero la tripulación del negrero no contemplaba el cielo, no soñaba con idilios de cabaña y bosques de cocoteros. La tripulación del negrero presenciaba, muda de pavor, la constelación terráquea, marina más bien, que parecía magnetizada por ellos.

Los seguía en la distancia, una luciérnaga al principio, una serie de faroles, de luces de bitácora y de fogones de cocina después. Asomaban contornos de velámenes y cabos, siluetas sombrías y movedizas bregando en la cubierta y en los aparejos, llegaban voces de contramaestre y pitidos de zafarrancho. La fragata de la Royal Navy exhalaba sobre el *Ikatza* su aliento de verdugo.

—Menos de mil varas, capitán.

—Hay que vaciar la carga, capitán. Al agua con grilletes.

—No tenemos tiempo. Alguno resistirá a flote para cuando lleguen los ingleses.

—Encadenados se ahogan enseguida. Sin pruebas no nos pueden apresar.

—La costa cubana a tres millas, capitán.

Se entrecruzaban los murmullos de los marineros, alrededor de Arnaud Mendíbil, como las voces de niños asustados. El capitán esperaba en silencio, mientras la patrulla inglesa se hacía grande ante ellos, por ellos.

—Capitán, hay que hacer algo.

—Descender la falúa.

No lo dijo él. Lo dijo Txistu, el primer piloto, que ascendía del sollado bajo cubierta, junto a Da Silva y el bodeguero. Arnaud percibió su mirada cruda, en breve destello bajo el crepúsculo. Nadie esperó su confirmación.

—A la costa y con pies en polvorosa —precisó Txistu.

Los hombres sucumbieron a la impaciencia, como si aquella orden rompiera sus pulmones, que parecían bolsas de ansiedad tentando con el estallido. Comenzaron con las maniobras, en bregar sigiloso y raudo. La cubierta se tornó en un tamborileo inquieto de pies desnudos, un vaivén resbaladizo de respiraciones agitadas y órdenes susurradas. La falúa de vela latina osciló bajo los calzos del aparejado, mientras gemían los cabos, en apresurado descender hacia las aguas negras.

Entonces se lanzaron por la borda. Imagina el descalabro del embarque, la estampida descabezada, casi animal, los hombres que chapoteaban antes de llegar a la falúa. Imagínatelo, porque nosotros seguiremos a Arnaud, que se había alejado de la turba hacia la toldilla del timón, para descender a las entrañas de su camarote. Prendió el farol del mamparo y cogió dos libretas. Una escrita en euskera, la otra en lengua lingala. Las envolvió con un paño de caucho impermeable, que las protegiera del agua. El manojo de llaves tintineó con pesadez en sus manos. No miró bajo su catre, no miró a la caja estanca, la caja de latón con remaches metálicos, donde dormían, ignorantes de que sería un sueño largo, el primer manuscrito de *Las notas del tiempo,* la carta a Charles Barton y los documentos de las transacciones en Cabinda.

No la miró. Y la abandonó allí, sintiendo que renunciaba a un miembro de su propio cuerpo. Avanzó por el pasillo, con el farol del mamparo trazando círculos en el camarote, aún prendido.

El portón de la cámara se perforaba en una pequeña lumbrera, a la altura del rostro, sellada con barras de hierro. Aguardó a que las pupilas se le acomodaran a la penumbra del ventanuco. Entonces las distinguió: decenas de raquíticas siluetas, trazadas en las tinieblas de aquel cuartucho. Sus ojos se volvieron hacia él, lo punzaron como lunas brillantes, hundidas en la miseria de aquel pozo pestilente. Arnaud recordaba el sonido. La última palabra de su padre.

—¿Pasya?

Los niños lo miraron en la oscuridad, silenciosos.

—¿Pasya? —repitió.

Los dedos se entrelazaron en las barras, unos dedos huesudos que se amarraron con fuerza. Los ojos diáfanos del pequeño emergieron junto al ventanuco, a un palmo de Arnaud. Sus orejas separadas, su cabellera rapada, el contorno acentuado de su clavícula, asomaron a la luz azulada del pasillo. Sintió su aliento, cerrado, denso, tierno aún, exhalar recóndito a través del hierro enrejado. Arnaud extendió la mano e introdujo por el resquicio la libreta escrita en lingala. El niño lo miró, su expresión tensa diluida de pronto, sorprendida, confusa. Aguardó, mirándola, desconfiando. Entonces desplazó la mano, lentamente, y tomó la libreta con la serenidad impropia en un niño esclavizado, tratado como una fiera, como una bestia salvaje, infrahumana. La sostuvo entre sus dedos, con la misma solemnidad del día en que la sostuvo ante su padre, por vez primera. Entonces miró al hombre blanco.

Y el hombre blanco lo miró a él, mientras introducía una llave por el resquicio de la cerradura, virando el mecanismo interior.

—Mi padre también me dio una. Él me enseñó a querer saber.

Lo dijo sabiendo que no le entendería, incluso aunque comprendiera su lenguaje. La puerta cedió, a la espera de un leve empuje para que sus goznes chirriaran. Y así la dejó Arnaud, antes de subir de nuevo a cubierta.

Lo inquietó el silencio nocturno, la brisa que soplaba con placidez, acariciando su rostro, burlándose de él. Porque ella, que movía todos los olores, que los conocía a todos y los portaba en su carro invisible, percibió el aroma a pólvora aún por prender, en la proa del *Ikatza*. Ella, al contrario que Arnaud, sí sabía lo que estaba a punto de suceder.

Y sí, subió a cubierta, con el manojo de llaves tintineando en sus manos, mientras sentía el rumor de voces agitadas bajo sus pies, en la bodega. Podría haber descendido, podría haber liberado a los ciento veinte esclavos adultos. Miró a la tripulación del *Ikatza*, que se alejaba del bergantín, remando con ahínco porque la cercanía de los ingleses era tal que podían entender las voces de los oficiales.

Y entonces se lanzó al mar, a las oscuras aguas del Caribe. Porque Arnaud, al igual que las almas del negrero, algunas desalmadas sin retorno, también temía las prisiones británicas, también deseaba fugarse hacia aquella costa y buscar una vía de volver a su hogar, a la calidez de un amor que parecía más amor en la lejanía y la soledad, al sueño, superior a cualquier otro, de sentir junto a él aquella nueva vida que amaba más que la suya propia.

Nadó con brazadas desesperadas, con un estupor de animal perseguido, hasta alcanzar la falúa con la vela latina. Los remos volvieron a chapalear, en ritmo acompasado, mientras

Arnaud recobraba el resuello y las luces de la Royal Navy se hacían grandes junto al bergantín goleta.

—¿Cuándo prenderá? —murmuró una voz.

—Ya debería.

Y lo hizo. La proa del *Ikatza* estalló como si manara de sus entrañas un nuevo sol. Rugió el mar, en bramido colérico, dañado en su dormir. Volaron lluvias de astillas, de aparejos, de cabos sueltos. En la falúa los rostros se encendieron, en una estampa, en una instantánea que, de haber sido capturada, robaría más de mil palabras a esta historia.

Un aliento de humo cubrió al barco negrero, envuelto en silencio y en llamas, hasta que la brisilla, cómplice desapercibida, aligeró la bruma. La explosión había dañado el mascarón de proa, el trinquete y el bauprés, que se inclinaban como troncos caídos, con las colgaduras de lona hundidas en el agua. Y entonces, como por un embrujo repentino, el bergantín se precipitó hacia allí, hacia el frente, como si las profundidades tiraran de su cicatriz. Las aguas negras lo lamieron, ágiles y briosas, mientras lo arrastraban a los abismos, a la fría y eterna oscuridad del fondo marino.

Todos oyeron la sinfonía de la muerte. Decenas de almas, eslabonadas a la embarcación maldita, gritaron, aullaron, gimieron, se pronunciaron en lenguas graves y recónditas, se aunaron en una sola voz que pareció hechizada y que evocó en los hombres de la falúa a las quemas inquisitorias de las *sorgiñas*. Se hundieron, fueron desapareciendo una a una, desintegrándose como las partículas de un cometa, engullidas por las aguas, hasta que no quedó ninguna. Solo unas siluetas móviles, desapercibidas, que manaron bajo la toldilla de popa, la única parte indemne a la explosión, y se lanzaron al mar antes de que el *Ikatza* se desvaneciera.

Nadie en la falúa las percibió, nadie salvo Arnaud.

Y entonces lo sintieron: el silencio de la noche. Y remaron, perseguidos por la fragata de la Royal Navy.

No eran las únicas esclavas las almas que se hundieron aquella noche.

16

Rue Saint Dominique, París, 22 de febrero de 1914

Chillaban las nuevas cafeteras expreso, alineadas tras el mostrador, sus manivelas de latón fulgurando bajo la luz cálida del café. El rumor de la clientela se distendía entre las sombras blancas de los camareros, que se deslizaban por los veladores con elegancia, en un vaivén servicial y sonriente.

Elsa sorbió su infusión y contempló la calle, a través de la cristalera. Prendían luces ambarinas, mágicas, palpitando en el corazón de los edificios neoclásicos, enseñando al mundo sus interiores de ensueño. La noche despertaba, vibrando en los cenáculos y cabarés, llenos de clientela y voces de *chanson*, que diluían sus reflejos en el empedrado mojado. De vez en cuando, cruzaba el traqueteo adormecido de algún vehículo, con sus grandes focos perdiéndose en la distancia. Allí, sobre los áticos de tejas azuladas, despuntaba la Torre Eiffel, serena y fascinante, rozando un cielo que parecía acostarse recién aseado tras la lluvia.

—¿Desean algo más los señores?

—Por favor —indicó don Gabriel, desplazando la tacita de porcelana.

El camarero, un joven con bigote de guías y francés sedoso, miró a Elsa, que negó en silencio, abstraída en el acento plácido de la clientela, que se enredaba con el tabaco y flotaba sobre los veladores del local. Parecía en comunión con las vestimentas *à la bohème,* aquel estilo despreocupado, de pantalones y chaquetas amplias, de blusas y faldas campestres, aquella desfachatez de las mujeres, que acompañaban a los hombres del brazo y les quitaban el cigarrillo de la boca cada vez que les apetecía dar una calada.

—Tu padre naufragó al sur del meridiano del Trópico, entre Santo Domingo y Cuba.

Elsa sintió la mirada insomne de Gabriel, fija en ella. Su habano languidecía en el cenicero, consumido. El camarero se había retirado, tras inclinación servil.

—Recibimos la noticia un mes después. Los ciclones tropicales son habituales en esa región.

Sus pupilas grises se agitaron en un reflejo fugaz, imperceptible, cuando Elsa alzó la mirada.

—¿Por qué me lo cuentas ahora?

Gabriel guardó silencio, reculando ante el matiz severo de su hija.

—Era el principal accionista de la sociedad —murmuró—. El patrón de la flotilla Zulueta. Tu padre pilotaba esa embarcación porque yo se lo había pedido.

—La flotilla Mendíbil.

Asintió el empresario.

—Entonces Mendíbil, sí.

—¿Por qué cambiaste el apellido?

—Fue la última voluntad de tu abuela, doña Hilaria de Zulueta —respondió—. Antes de fallecer en 1887, cuando tú tenías cuatro años.

Elsa lo vio sorber, con cautela, mientras las espesuras de su bigote temblaban ante la infusión candente. Sus manos, antaño robustas como manoplas, se veteaban con manchas pardas de vejez.

—¿Supisteis si sobrevivió alguno?

Buscó la mirada de su padre, la buscó para penetrar en ella y sondear en sus profundidades, persiguiendo cualquier atisbo de agitación, mientras le dedicaba una respuesta. Chirriaba en su cabeza la revelación de Cosme: las treinta familias de la tripulación desaparecidas de Altzuri dos años después del naufragio. Todas salvo la del capitán, salvo ellas.

Gabriel negó con la cabeza.

—No hubo supervivientes. Eso nos dijeron al menos.

—¿Quién informó del naufragio?

—Una patrulla británica. De la Royal Navy. Hallaron restos en la costa cubana, cerca de Moa, en la provincia de Holguín.

—¿Se lo dijiste tú a *ama*?

Elsa vaciló al imaginárselo. La pregunta sonó extraña en su boca, y por vez primera en su vida sintió extraño a su padre, a su padrastro, a Gabriel de Zulueta. Había irrumpido en universo ajeno, en la familia concebida por otro hombre, y se había adueñado de todos sus frutos, como un ladrón de vidas. El pensamiento la sacudió por dentro con una lucidez estremecedora, de infinita tristeza. Su mundo se volteaba, de pronto pisaba cielo y llovía tierra.

—Mi deber era comunicárselo, Elsa.

Gabriel había erguido su rostro, con un orgullo viejo, también afligido. Se ajustó la corbata de raso bermellón, bajo el cuello opresor de la camisa.

—Yo la quería. —Entornó la mirada, prensando su corteza de arrugas en un espasmo de dolor—. La he querido todo este tiempo. Más que a mi propia vida.

Dolor. Aquel pequeño espasmo de dolor. Pareció colmar de entereza sus palabras. Elsa escrutó su rostro, consciente de que la verdad se sufre más que la mentira. Gabriel desvió la mirada hacia la calle, con expresión dispersa, indescifrable, como si la vida desfilase ante sus ojos sin entrar en ellos.

Y tal vez fuera aquella, precisamente, la razón por la que Elsa no lo viera venir.

Gabriel de Zulueta se movió, como activado por un resorte, y, en un alarde inesperado, desplegó de su boca la historia de un empresario incipiente, destinado a erigir un gran emporio, que se enamoró irremediablemente de la mujer de su medio hermano. Se desnudó allí, ante su hija, destripando con palabras los entresijos de su alma. Y lo hizo con una voz herida, casi un lamento, que destapó, sin él saberlo, el entramado frágil de su orgullo. Habló de sus visitas diarias a la casucha de Altzuri, durante los meses siguientes al naufragio, habló de la pensión de viudedad, de los rechazos de Amelia y de su tormento nocturno, que le robaba el sueño y le desgarraba el corazón con la memoria ultrajada de Arnaud. Habló de una batalla encarnizada, de un dilema lacerante, de su fragilidad humana que se alió con el paso del tiempo, para olvidarse de un hombre perdido en la mar y convencerse de que entraría en aquel universo ajeno, en aquella familia desamparada. Habló de aquella última palabra, desamparada, porque se amarró a ella para limpiar su conciencia, para actuar con la persuasión de un titán de los negocios, para rendir a una mujer solitaria, que amamantaba a su bebé teñida de luto. Y habló, con un desconsuelo apagado, viejo ya, de una viuda que aceptó desposarse por su hija, de una viuda que lo sería toda la vida, de un amor lisiado, de sentido único, que moría en otro amor.

«París es demasiado joven para alguien como yo.»

Lo había murmurado Gabriel, con una fatiga profunda impresa en el rostro, antes de retirarse al hotel. Elsa lo había visto marchar, secundado por una estela silenciosa, que le perseguía como una sombra de condena. Le había mentido, o no le había contado toda la verdad. Las treinta familias. De esas no había hablado.

París. Lo miró de nuevo. Miró a los transeúntes de la rue Saint Dominique, sintiendo su corazón brincar inquieto, cada vez que creía distinguir el rostro de Benjamin. Se lo dijo antes de desaparecer, treinta y siete días desde entonces, cuando le habló de aquella ciudad que parecía una mujer vestida de noche, de aquella ciudad que seducía con su elegancia, con su vida hechizante. Era una sirena terráquea, que atraía a mujeres y hombres en busca de fortuna, a escritores, poetas, pintores y artistas de cualquier índole, mostrándoles sus bulevares glamurosos, sus cafés delicados e inspiradores, mientras devoraba sus bolsillos y los abocaba a un mísero cuchitril sin estufa. Era un arriendo invisible, una pequeña tortura, silenciosa y divertida, por dejarse acoger bajo el amparo de sus faldas de muselina.

El mundo suspiraba por París, donde hasta el comer era arte, donde bullían las corrientes más dispares, a pie de calle, al alcance de cualquiera; el impresionismo de Monet, de Renoir, de Cézanne; el realismo de Van Gogh, de Gaughin; el cubismo de Picasso, de Braque; era la capital del baile, del pasional Moulin Rouge, abierto a todos, a los pies de Montmartre, accesible a sus ritmos de vals, de galop, de cotillón, de la contradanza, de los lanceros y polcas; era la perdición de la mente, con sus cines ocultos, sus obras de teatro libre, la Ópera de Garnier, el estreno del Ballet Ruso en el Teatro del Châtelet; era la ciudad del Metropolitano, el tren que la surcaba bajo sus cimientos con celeridad pasmosa, desde Vincennes a Maillot, inaugurado en 1900 con motivo de los Juegos Olímpicos; era la ciudad del ejercicio como placer físico, de la equiparación de fuerzas en la novedosa manifestación del cuerpo, el deporte, con el pugilismo, el fútbol, el tenis, el golf e incluso las carreras de bicicletas en el ya afamado Tour de Francia. París dejaba acariciar lo mejor del ser humano, y la gente se rendía bajo sus encantos, a pesar de su rostro oculto, el de la miseria, el del frío y la hambruna.

Benjamin no la había abandonado. Lo sabía, a pesar de aquella carta que hablaba con su letra y no con su voz. A pesar de que su corazón brincara con cada silueta esbelta, apuesta, que cruzara la calle. Su mano se introdujo en el bolso de baquelita y el velador de mármol acogió los tres sobres, las tres fotografías que había exhalado el Armario del Tiempo.

Hola, Elsa. Soy tu padre.

La verdad sigue oculta. Estaré ahí. Aunque tú no lo sepas. Aunque te sientas sola. Me encanta la cicatriz de tu mejilla. Nadie te abandonará, Elsa.

Descubrirás la verdad en 1914. Búscame cuando llegue el momento.

Se lo había preguntado a Gabriel, durante el viaje a París, mientras traqueteaba el tren y ella evadía la mirada por el exuberante valle del Loira, con sus *châteaux* punzantes asomando entre la bruma.

—¿Cuándo se derribó el campanario de la iglesia?

—¿Qué iglesia, hija?

—La de Altzuri.

—La derribó un rayo allá por 1886. Se reconstruyó diez años después.

Elsa acarició la piel vidriada de los dos primeros retratos, bajo la luz cálida del local. Altzuri asomaba detrás de su padre, al fondo, pendiente abajo. Entre la maraña de casitas, de tejados, de chimeneas y nubes de humo, confundido en la imagen, asomaba el campanario de la iglesia, calcinado, mordido por la electricidad del cielo.

Elsa. Su cicatriz. La había visto. Arnaud Mendíbil estuvo en Altzuri después de que ella naciera.

Observó la tercera placa, sus pupilas reflejaron la Torre Eiffel, aún en construcción, antes de su inauguración en 1889. La respiración se le aceleró. Había una verdad oculta tras aquel disparate de entramado, tras aquel hechizo que entendía de fe y no de razón, una verdad sencilla y clara. ¿Cómo pudo predecirlo?

—¿Se encuentra usted bien?

Alzó la mirada. El mismo camarero, su bigote de guías en gallarda sonrisa.

—¿Desea algo más? —insistió él—. Invita la casa.

—¿La casa?

El camarero amplió su sonrisa, de gallarda a nerviosa.

—Bueno, invita su servidor, para ser más precisos.

La sonrisa de Elsa fue efímera, apenas una contracción fugaz de moderada cortesía. Desvió la mirada y buscó en la calle, en la clientela, en las cafeteras expreso. Rodeó con ella al camarero, la evitó como si quemara.

—Discúlpeme.

Se levantó, las placas recogidas, sus manos aferradas al bolso, con fuerza.

—Perdone si la he importunado.

—No se preocupe.

Salió al exterior, boqueando, con el pecho contraído, buscando un aire que no deseaba entrar. Las mejillas le irradiaban, como paredes de estufa. No volvió la vista, no miró a las vidrieras del local, desde donde intuía que el camarero la seguía mirando.

La calle se perdía en la distancia, con su festín de luces. Caminó hacia allí, presurosa, pensando de nuevo en Benjamin, en los treinta y siete días que llevaba desaparecido. Pensando en la lista de los principales galeristas y marchantes de arte, con sus direcciones, que le habían facilitado en el Hotel Ritz nada más llegar. Pensando en los ojos azules, prestos, entregados, sugestivos, del camarero.

En París la Navidad siempre parecía a punto de llegar.

Desde el cielo parecía una capital de ensueño. Por encima de los edificios, se desplegaba un laberinto de recovecos, de azoteas, de terrazas, de chimeneas y áticos con tejas azuladas. Una ciudad oculta dentro de otra ciudad, ignorada por la vida en las aceras, que rozaba las estrellas con su oleaje de miles de buhardillas, cada una con su ventanuco encendido, con su universo interior, con su cálido y dulce hogar.

Gabriel de Zulueta las contemplaba como si no estuviera en una de ellas. Ignorante de que anhelaba esa misma visión que tendría otro al contemplarle a él, en la *suite* del Hotel Ritz y asomado a la terraza, fumando bajo las estrellas. Se ondulaban las cortinas, mientras él aspiraba con mansedumbre, la mirada tan insomne que parecía desmemoriada, sin recordar lo que era estar dormido, lo que era no mirar.

Arnaud Mendíbil. Sus cartas, sus amenazas, sus fotografías del futuro. «El mundo sabrá lo que sucedió en 1883. Ellas dos lo sabrán.» Ellas dos.

Sus ojos permanecían impávidos, como si se hubieran volteado hacia el interior. Él lo sabía, era la mirada de la vejez próxima, saturada de pasado, indescifrable para el ojo ajeno.

Indescifrable hasta para su hija. Porque a sus años él sabía cómo no contar la verdad, cómo hablar sin mentir.

Anhelaba el sosiego de una vida sin resentimientos. Sus párpados se cerraban, fatigados, y en la oscuridad se trazaba el universo del pasado, tan pesado y extenso que asfixiaba al presente. El hoy libraba una batalla perdida, en la que cedía dominios lentamente, hasta extinguirse. Gabriel de Zulueta lo sabía: moriría comido por su pasado. Jamás encontraría la paz del alma, único atisbo de felicidad a que la imperfección humana, especialmente en el ocaso, podía aspirar. Era el escarmiento de la vejez, de la sabiduría demorada, que llega cuando ya no sirve de nada. Cuando ya no existe el margen de enmendar una vida terrible.

XIII

Río Medway, Chatham, condado de Kent,
Inglaterra, invierno de 1885

Era un buque fantasma.

Asomaba sobre la bruma aceitosa, que cubría con un falso mar el río oculto en sus entrañas. Su contorno espectral, desmantelado y tajado de palos, parecía desvanecerse en el vaho, que lo envolvía con ternuras de cautiverio. Porque esa era la condena del navío, de la época de Trafalgar, que en sus tiempos había tenido nombre y más de setenta bocas de fuego. El cautiverio.

Estaba perdido en el corazón de un laberinto de ríos, de ciénagas y de pantanales negros, donde solo revoloteaban bandadas de pájaros y donde los remos se hundían en pozos de aceites humeantes. Parecía una región encantada, varada en el tiempo, un paraíso de humedad y silencio, aislado del mundo civilizado. Solo a veces, en los días claros, emergían colinas grises en la orilla lejana, perfiles de torreones y castillos, barcazas y trazos sombríos de otros pontones perdidos en la distancia, como espejismos mudos.

La pequeña falúa remaba con mansedumbre, goteando con cada palada viscosidades de algas. Gabriel Mendíbil escudriñaba en la niebla, turbado por la melancolía del lugar y por algo más, algo peor y más profundo, mientras le acercaban al viejo pontón. Parecía un arcón ciclópeo, un poblado de madera flotante, recargado de añadidos, de cobertizos, de tejavanas, de barracas y galerías, que lo convertían en la parodia ventruda del navío que una vez fue. Se anclaba al fango con amarras y cadenas, cubierto su casco por una coraza de rémora y musgo tierno, con ventanucos de donde colgaban ropas andrajosas y chimeneas de donde manaban columnas negras de humo. Sus faroles colgaban como gotas de luz mortecina, evocando a un árbol de Navidad podrido, naufragado entre tinieblas.

—Por la escalerilla, señor —murmuró el remero, cuando la barcaza punteó las faldas del pontón. Lo rodeaba una galería baja, a flor de agua, con aperturas tan próximas entre sí que era imposible que nadie descendiera sin ser visto por los centinelas.

Gabriel asintió, cediéndole el bastón y recogiéndose las faldas de la levita. La niebla parecía traer una noche prematura. Le sacudió una inquietud naciente en la boca del estómago, mientras percibía una miasma estanca y ascendía los treinta pies hasta la cubierta del buque prisión.

Sintió adentrarse en una barriada de mineros. Allí, sobre el tablado de cubierta y bajo la toldilla con lumbrera de popa, se condensaba un villorrio en miniatura. Había cobertizos y barracas, algunos de dos pisos, callejuelas estrechas con colgaduras y piltrafas, barriles de enseres y pilones de agua. Incluso el suelo se perforaba con escotillas selladas con barrotes, evocando al alcantarillado de los nuevos ensanches, aunque estas dieran a un inframundo donde sí se vivía, el de los sollados inferiores, con sus almacenes y sus celdas. Y avivando el entablado pululaban los moradores del pontón, como palomas grisáceas, con pantalones raídos y chaquetón numerado. Avivándolo a medias, porque la vida allí parecía inválida, de moribundo postrado para siempre en su cama.

—La población pontonera se distribuye entre la galería baja y las barracas de cubierta —le informaba el oficial de guardia, que lo había recibido previa inclinación castrense—. La oficialidad y los soldados de guardia, en las cámaras de proa y popa.

Continuó precisando el teniente pontonero, señalando hacia la niebla, hacia los otros tres buques prisión que se anclaban en un contorno de varias millas de amplitud. Rondaban falúas armadas por la noche, dijo, en las proximidades de los navíos. La inmensa región, serpenteada por los regueros del río Midway y próxima al mar del Norte, se orillaba por pantanales fangosos, inviables para el nado o la evasión a pie. La Royal Navy destinaba allí a condenados por piratería y comercio ilegal, en navíos olvidados, la mayoría retirados del servicio tras la guerra estadounidense de 1812. La actividad pontonera, sin embargo, caía en desuso ante las leyes abolicionistas y la ausencia de conflictos marítimos, que minimizaban las capturas de la armada británica y el Tribunal de Presas.

—¿Cuántos de mis hombres están aquí? —preguntó Gabriel.

El oficial consultó el registro de reclusos, que amarilleaba de humedad bajo un cartapacio de cuero.

—Diecinueve, señor. Los otros doce fueron destinados al *HMS Orionis*, en Portsmouth.

Asintió el empresario, severo, mientras extraía de su chaleco un pequeño veguero.

—Antes de proceder, me gustaría hablar con Arnaud Mendíbil.

Buscó en la lista el oficial, arrimándose a un farol enclavado en la regala del pasamanos.

—Recluso número siete —murmuró—. En la barraca de proa, señor.

Caminaron hacia allí, atrayendo la atención de los pontoneros, que consumían el tiempo entre remiendos de ropas, tallas de utensilios y monólogos retraídos con pájaros, conejos, ardillas y una sarta variopinta de animales domesticados.

—La cabeza se pierde sin entretenimientos —comentaba el oficial, que lo guiaba como por un circo, entre aquellos hombres sentados en el suelo, encorvados y con las piernas cruzadas, como monos argollados que alzaban la mirada para verlos pasar.

Consumir el tiempo en un lugar donde no parece transcurrir. Era la paradoja de los reclusos, que solo veían espejismos de sol y luna, bajo aquella bruma eterna, putrefacta como el pontón de tanto estancamiento. Gabriel asentía, entre aspiraciones de habano, sin comprender en su integridad las palabras del oficial. Porque su vida, al contrario que la de los reclusos, proseguía su curso natural sin la obsesión constante de consumir el tiempo. Tal vez suene a ejemplo manido, pero el pontón asomaba pintarrajeado por todas partes con trazas de tiza, ejércitos interminables de rayitas, de días sorteados, redibujadas tras los borrones de las lluvias con un esmero maníaco. Los reclusos necesitaban percibir el tiempo fuera de sus cabezas. Y aquellas rayitas eran el tiempo.

Lo encontraron en la penumbra de la barraca, tras un golpetazo nauseabundo de humanidad que nadie salvo el empresario parecía percibir. Estaba arrinconado sobre el jergón, las piernas recogidas, leyendo bajo la lumbre de una mecha de estopa, que consumía las grasas de la última porción de tocino repartido en el rancho. *La tragedia de Macbeth*, de William Shakespeare. En su regazo descansaba otro tomo, arrugado por aquel remojo permanente del aire: *Veinte mil leguas de viaje submarino*, de Jules Verne.

—Mendíbil —exclamó el oficial con rudeza.

Gabriel le vio alzar la cabeza, bruscamente, como un animal de presa. La luz mortecina escarbó en un rostro distorsionado, de barba crecida, cabello agreste y piel apergaminada. Sintió la punzada de una mirada salvaje, que le pareció esclarecida por noches de catacumba, como si de tanto soñar con el día, este hubiera brotado a sus retinas. A las espaldas de su medio hermano, en el tabique, en las techumbres y en el armazón del lecho, asomaba un interminable cultivo de rayitas de tiza, cientos de ellas, colonizando cada resquicio libre, rodeando su cabeza como si solo rezumara eso, rayitas.

—Veo que conservas tus mejores vicios —murmuró una voz honda, tragada por la penumbra.

Gabriel encogió la cabeza, retirándose de los labios el veguero encendido.

—Ayuda a calmar los nervios.

Se retiró el oficial, y asomó entonces un enjambre de siluetas móviles, raquíticas, que se arrimaron al empresario atraídas por la fragancia del habano.

—Fuera de aquí todo son vicios —insistió Arnaud—. Nos nutrimos de ellos como del agua. Si de algo sirve este lugar es para percatarse de eso.

—Usted, caballero, es un vicio que viene de fuera —susurró un recluso, entre las risas de otros hombres que rodeaban a Gabriel, seducidos por el aroma.

—Si no les importa, me gustaría cierta intimidad —solicitó él, cediendo el veguero a uno de los reclusos, que lo amarró sintiendo su calor humeante, entre palabras sumisas de agradecimiento.

—Faltaría más, señor.

Se retiraron, todos tras la estela de humo, y se agruparon al final del barracón ansiosos por repartirse las caladas.

—Dispongo de un permiso para sacaros de aquí —dijo entonces Gabriel—. A los diecinueve del *Ikatza*. Hoy mismo.

No precisó los detalles, tampoco Arnaud los requirió. No es difícil imaginárselo: contactos en la Cámara de los Lores, amistades entre los parlamentarios *tories*, tráfico de influencias y concesiones discretas, derechos en minas y fundiciones mediante, para hacer ceder a los tribunales de Plymouth. Una condena sumaria, con deportación de cinco años a presidios flotantes de Portsmouth y Chatham, reducida a los casi dos años que ya habían transcurrido.

Se enredó un silencio denso entre ellos, un silencio que parecía condensar las seiscientas rayitas que danzaban alrededor de Arnaud. Gabriel no recordaba haber temido tanto un instante como aquel, no recordaba haber sentido un miedo tan atroz, tan diáfano, tan severo que parecía oler a muerte. El miedo de verse ante su medio hermano, como un juzgado ante el tribunal, el miedo de sentirse destapado en su engaño, en su gran engaño, desprotegido, sin nada más que la verdad.

—¿Cuántas travesías? —preguntó Arnaud—. ¿Cuántas derrotas a Cuba antes que yo?

Gabriel titubeó, y evadió la mirada hacia los reclusos que esquilmaban el veguero con ansiedad.

—Unas veinte. Ninguna llegó a naufragar, ni fue capturada. Nunca perdimos a tantos.

—Ciento veinte inocentes —murmuró Arnaud—. Ciento veinte almas que se ahogaron en el mar.

Gabriel permaneció inmóvil, la mirada vuelta a la penumbra, en algún recoveco del jergón, incapaz de mirar a los ojos de Arnaud mientras escuchaba su voz.

—Los encadenamos con grilletes y argollas. Los encerramos en la bodega y dejamos que se hundieran dentro de la nave.

Los ojos de Arnaud brillaban, como dos perlas de ámbar, bajo la luz grasienta. No buscaba compasión, ni indulgencia, buscaba herir la burbuja incólume de Gabriel. Buscaba partirla con palabras, penetrar en su mundo distante, protegido, donde no se veía la sangre, donde el terror llegaba atenuado por las cifras, escritas en papel con eufemismos cobardes que las convertían en mercancías que no olían, ni hablaban, ni miraban, ni sentían, ni vivían. Veinte viajes. Tres mil bultos de ébano. Más de trescientos mil pesos.

—Manchamos de sangre el patrimonio de nuestro padre. Mancillamos su memoria con el asesinato de inocentes.

Buscaba rociarlo con su dolor, con su rabia, con su pesadilla de cada noche, ese cántico de muerte, lamido por las aguas hasta desaparecer.

—Necesito tu silencio, Arnaud. —Su voz quedó en suspenso, en la penumbra, en la barraca del pontón, en la región anclada de los pantanos—. No podrás hablar de lo que sucedió cuando te saque de aquí.

Rio Arnaud, con desvergüenza, abriendo las espesuras de su barba.

—Desenterraré lo que sucedió, tarde o temprano.

Lo miró Gabriel, suspirando. Al fin lo dijo:

—A nadie le importará, Arnaud. El *Ikatza* solo es una gota en la lluvia de la Historia. Ciento veinte muertes en los confines del mundo. ¿Cuántas hubo antes? ¿Cuántas vendrán después?

Volvió a reír Arnaud, mientras se frotaba las sienes. Ahí le retumbaba, insistente, un tambor de palabras: «Bultos de ébano. Bultos de ébano. Ébano. Ébano.» Las palabras siempre habían ocultado el mal: en las piedras, en las tablillas con jeroglíficos, en los libros, en las novelas, en los diarios y revistas, en los registros de transacciones de mercancías. El mundo necesitaba saberlo. Aunque solo fuera una gota, en la lluvia incesante.

—El mundo necesita saberlo —dijo.

—Lo necesitas tú, hermano.

—Desde luego que lo necesito. Más incluso que los vicios de ahí fuera.

—El mundo no sabe escuchar, no tiene memoria. —Gabriel se acercó, sintiendo el aliento pútrido del catre—. Deberías saberlo mejor que nadie, arrinconado como estás aquí, olvidado por él.

Arnaud permanecía inmóvil, con las piernas cruzadas, los pies envueltos en harapos sobre el jergón.

—Tu esperanza es una ilusión —insistió Gabriel—. En el mundo no se confía, es más infiel que las doncellas de alcoba.

El mundo es infiel. Si algo sabía Arnaud, tras seiscientas rayitas, tras dos inviernos sin ver más allá de aquel mar áspero, sin oír nada más que el graznido de las gaviotas y de los patos salvajes, sin más amistades que el frío, la humedad, las fiebres y los rumores de fugados que sucumbían en el fango, como pasto de los cuervos y las aves de rapiña, si algo sabía él, que deshacía lápices en los márgenes de sus dos libros, escribiendo conversaciones imaginarias con la familia que le esperaba en casa, era, precisamente, que el mundo es infiel.

Y así lo fue en aquel instante, cuando Gabriel desplegó su despedida, con las palabras sedosas de un sentenciador distinguido. Porque eso hacía él, desde sus alturas, desde su burbuja incólume. Sentenciar. Para bien y para mal, como un emperador romano.

—Abogaré para que te trasladen a tierra. A un presidio más soportable.

Caminó hacia la puerta. La luz húmeda de los pantanos penetró en la barraca.

—Cuida de ellas. Diles que volveré en tres años.

Sonó a desgarro, a lamento herido. Arnaud se había movido hacia su medio hermano. Lo miró desde la oscuridad, erguido al borde del jergón, consciente de su postura implorante, que masticaba lo que le quedaba de dignidad.

La puerta chirrió, hasta el golpetazo final.

—¿Informamos a los diecinueve de su libertad?

Gabriel Mendíbil dispersaba la mirada por la niebla, hacia aquellos pantanales siniestros, mudos, que desprendían alientos fétidos de azufre.

—El número siete se queda —murmuró.

Asintió el oficial de guardia, antes de informar a los centinelas de los reclusos que concluían pena. El empresario buscó en su chaleco un nuevo habano. Maldijo al no encontrarlo, y posó sus manos en la regala del pasamanos, sintiendo la aspereza de una madera astillada. La guardia pontonera descendía a las aguas la barcaza de cubierta, haciéndola oscilar bajo los calzos del aparejo.

—¿Volvemos a casa?

Sintió el aliento cerrado de un recluso. Txistu, el primer piloto, lo observaba de cerca, su tez tostada sembrada de nuevas arrugas y de rastros de viruela. La mirada cruda se le había amansado, como si, al extirparle la honra en aquella ciudad de reclusos, de argollados, de bestias salvajes como las del Congo, le hubieran dejado también sin insolencia.

Gabriel negó, mientras el anochecer prematuro le sombreaba el rostro.

—Viviréis en otro lugar. Oficialmente, estáis muertos.

XIV

Ensenada de Altzuri, primavera de 1888

Habían pasado cinco años.

Arnaud Mendíbil lo vio trazarse en el horizonte, oculto entre peñones e islotes, en un recodo de la ensenada. Tal vez fuera la ensoñación de volver a navegar, o el burbujeo del mar picado, o la bruma que levantaba el sol, lo que desdibujaba Altzuri a lo lejos y convertía sus casuchas y la escabrosa cima de Gazteluzahar, donde se asomaba la ermita, en espejismos acuosos, desubicados en su memoria. Porque los sueños y los recuerdos se le habían enredado de tanto componer en la imaginación con ellos, de tanto crear historias en la región encantada de Chatham, mezclando unos con otros, buscando un vicio, un gozo en la figura de su familia, con esa adicción a las sonrisas tristes y solitarias de quien solo se tiene a sí mismo.

En aquel preciso instante, mientras el quechemarín de cabotaje penetraba en los muelles, adquirió conciencia de que el tiempo le había mutilado por dentro, con heridas tan profundas que no podría reparar. No podría sanarlas con un simple zurcido, como había hecho con las heridas de fuera, al finalizar condena. Dos semanas alojado en Portsmouth, en una pensión mugrienta del puerto, conteniendo su alma al ver cómo partían los vapores, algunos con destino a Bilbao, mientras procuraba desprenderse de los rastrojos de un condenado y recuperar la dignidad. Dos semanas para recobrar el viejo porte, con los pucheros tonificantes de la pensión, con la destreza de un barbero, con las reclusiones continuas ante el espejo para quitarse esa mirada salvaje, de animal de presa, de noches de catacumba, que se le había sedimentado en las retinas.

Sintió el crujir pesado, lento, del amarraje a las vastas anillas de los malecones. El puerto de Altzuri. Las casitas de pescadores y sus tejados ennegrecidos, llenos de piedras y hierbajos, los balcones y galerías de madera, jaspeadas de camisas, de medias, de impermeables, de aparejos y corchos.

Nada había cambiado, y aquella percepción despertó en Arnaud un vértigo de vida, de emoción. De miedo. Se alisó su chaquetón marino, nuevo, con hilera de botones lustrados. Le venía grande.

Reinaba el silencio en el muelle. Era demasiado tarde para el partir de los *arrantzales* y demasiado temprano para el hormigueo de las rederas y *neskatillas*. Goteaban sonidos aislados, lejanos, filtrados por las callejuelas tortuosas: cacareos de gallos, traqueteos de carretas y campaneos de cencerros que cruzaban el pueblo hacia nuevos pastos.

Había fantaseado con aquel instante tantas veces como noches habían pasado. Pisar aquel empedrado, alzar la vista y contemplar su casita en todo su esplendor, la vida rezumando por las ventanas y las galerías, con racimos de magnolias y lirios, con ropas puestas a secar, con las voces sesgadas de una niña, que correteaba por el entarimado de los pasillos. Sí, las voces de una niña. De una madre. Ignorantes de que él había llegado.

Podrían entrelazarse. Lo fantaseado y lo vivido. Podrían entrelazarse con extraordinaria armonía, idénticos uno y otro, como en un milagro de soñadores. Podrían desenfocarse, sutilmente, como las cámaras fotográficas ante el leve temblor. Y podrían trastornarse, hasta el punto que lo vivido pareciera un negativo de lo soñado.

No había vida en el hogar de Arnaud.

Brotaba de la neblina, sumida en la más profunda dejadez, como si la hubiera cubierto durante siglos. Los postigos de las ventanas estaban cerrados, los paredones negruzcos, las techumbres de los aleros con nidos y telarañas. El portón sellado con algo más que una cerradura.

La contempló inmóvil, con el costal de cuero suspendido en su espalda. La contempló largamente, como si aguardara el marchar de la neblina y su hechizo engañoso. El tiempo pasó, hasta que asomaron algunas voces de vecinos, y Arnaud se arrebujó la gorra de paño y las solapas del chaquetón, para que no lo reconocieran. Entonces su mirada se volvió hacia las faldas boscosas de Mendíbil, que resplandecían bajo el sol. La casona Zulueta se erigía sobre la infinita urdimbre de los árboles, con sus torreones góticos, sus vidrieras ojivales, punteando el cielo azul.

Ascendió hacia allí, el rostro oculto, sin más pensamiento que el del adoquinado del sendero, los cantos rodados que desfilaban bajo sus pasos. Al llegar arriba, una verja de hierro remachado con puntas de flecha le obstruyó el camino. Cercaba la finca, acometida por helechos y matojos. La bordeó, escrutando a través del enrejado como un furtivo silencioso. El jardín despertaba bajo soplos de luz, que se filtraban entre las copas de los castaños. La brisa mecía el follaje tierno de flores silvestres, donde surgían estatuas de mármol, fuentes cantarinas, bancos empedrados y arriates coloridos. Aquello sí había cambiado.

Entonces oyó la voz. La risa dulce. Y el correteo de unos pies descalzos, que parecían entrelazarse con el susurro de la hierba.

La voz de sus sueños.

La vio abalanzarse en los brazos de su madre. La carita inmaculada, la pequeña cicatriz de la mejilla, el cabello aún dorado, tan abierto al sol, que parecía convertirse en hilos de luz. Ella la abrazó, sonriente, con aquella mirada otoñal que Arnaud conocía hasta la médula, en toda la paleta de colores entre el ocre y el verde. Estaba sentada en el pórtico de la casona, sentada en un balancín, algo impedida porque el vientre le nacía con un enorme mundo en su interior, redondo, terso, como una estrella al borde del estallido. Junto a ella, una nodriza uniformada acunaba entre sus brazos a una criatura llorosa, mientras le canturreaba al oído, con voz dulce de ensueño.

> *Loa, loa txuntxurun berde.*
> *Loa, loa masusta.*
> *Aita guria Gasteizen da*
> *Ama mandoan hartuta.*

Y lo vio a él, con el chaleco de seda color crema, el pantalón a rayas de paño inglés, haciendo reír a la niña mientras acariciaba el cuello de su madre, que se dejaba hacer, sonriendo con una mirada que rozaba el verde.

Arnaud se quedó allí, su figura imperceptible en la floresta, la mirada inerte a través del enrejado, sintiendo que aún soñaba desde el presidio.

«Gran Fotografía Artística de la viuda de Arregui.»

Se enclavaba en la calle Postas, en el corazón de las Siete Calles de Bilbao, con un rótulo floreciente, lleno de guirnaldas y ribetes. El estudio era amplio, con paredes tapizadas de retratos, una enorme cámara de fotografía y el telón de un crepúsculo selvático pintado con óleos artesanales. Un cartel anunciaba retratos en tarjetas de visita, positivadas del colodión al papel por copia de albúmina, a quince reales la unidad. Melinda, la mujer oculta tras «la viuda de Arregui», salió al mostrador tras el tintineo de la campanilla, las manos enrojecidas de mezclar claras de huevo con sales y nitratos de plata.

—¿Qué se le ofrece?

El individuo, con gorro de lona y chaquetón marino, señaló el anuncio del cartel.

—Necesito treinta cuartillas, en tamaño tarjeta. Y treinta placas de colodión.

La mujer miró al extraño, confusa ante el requerimiento, inédito en sus veinte años de profesión.

—¿Piensa hacer treinta retratos?

Asintió el hombre, su rostro impávido, moviéndose como por un resorte del cuello.

—¿Y dispone de los útiles necesarios?

17

Municipio de Levallois-Perret, afueras de París,
22 de febrero de 1914

El Seine Theatre era un cine pequeño y lóbrego, improvisado en un antiguo teatro y alejado de los modernos palacios de cromo y cristal que empezaban a alumbrar en París, como el Gaumont y el Pathé Palace. Se enclavaba en los sótanos de Levallois-Perret, un municipio aislado al noroeste de la ciudad, de empedradas calles y apacible vida que bebía de las aguas del Sena.

El público aguardaba en las butacas, sus nucas perfiladas sobre la pantalla, exhalando brumas azuladas de Scaferlati, a pesar de la prohibición de fumar. La proyección se inició con sucesos del mundo: regatas inglesas, desfiles militares, exploraciones en el Ártico y reuniones entre dirigentes que entretenían al público, gente sencilla, obrera, que aguardaba silenciosa el inicio del film. Los fotogramas mostraron el rostro de Guillermo II, con su bigote enhiesto y los galones de emperador alemán, descendiendo de un vagón en la estación Oeste de Viena para reunirse con sus aliados, las autoridades austríacas. Como animada por un resorte visual, la oscura sala despertó en un estallido de abucheos, pitidos y pataleos. Todos, mujeres, hombres y niños, silbaron y gritaron con estrépito al ver la figura del monarca alemán, como si les hubiera enojado personalmente. Una locura espontánea, contagiosa, que llenó de insultos las bocas más tiernas y se esfumó en apenas un instante, del mismo modo que había irrumpido, con la desaparición del káiser Guillermo II y el inicio de la película *Ganándose el pan,* protagonizada por un tal Charles Chaplin, que debutaba en la pantalla con secuencias estrambóticas y ocurrentes que hacían las delicias del público. Pronto resonaron las carcajadas, los comentarios jocosos, las rodillas golpeadas con fruición, como si no existiera transición entre un extremo y otro, como si el olvido fuera espontáneo, como si entre el público, recogido en la sala como un rebaño, el pensamiento razonado fuera tan mudo como la película proyectada.

—Solo ha sido un instante.

—Suficiente para darse cuenta.

El resplandor del cinematógrafo arrancaba breves destellos en el perfil distinguido de los dos individuos, inadvertidos en las tinieblas de la última fila, entre trazos de tabaco. Ellos no reían. Sus expresiones graves contemplaban el film, impávidas, reservadas, con la mente distante, lejos de las peripecias de la comedia.

John Bell buscó en los bolsillos de su gabardina Burberry, con el cigarrillo humeando en la mano, y extrajo su libreta de notas. El grafito del lápiz se desintegró sobre el papel, a tientas en la oscuridad. «Suceso cine Levallois-Perret, París, 22 de febrero. Nueva confirmación del estado social francés frente al militarismo alemán.»

El agente inglés sintió miedo. Un miedo naciente, al percibir las cotas de intoxicación que habían alcanzado años de propaganda de odio, de instigación contra las naciones rivales; incluso allí, entre aquellas gentes de barrio, que solo sabían del mundo por las páginas de los diarios. En caso de crisis diplomática, pensó, la provocación entre los pueblos estallaría con la misma demencia. Enloquecerían en un suspiro.

Él lo había visto. En Sudáfrica, en los Balcanes, en la rusojaponesa de 1904. En las guerras, la prensa culpaba al enemigo de toda crueldad, porque la pluma, como la munición y los aviones, también servía en los arsenales bélicos. La guerra vivía de la exaltación sentimental, del entusiasmo por la causa propia y del odio por la opuesta. Los intelectuales, los poetas, los escritores y los periodistas inyectaban dosis de guerra en la conciencia colectiva, como marionetas del Estado y sus oscuras ambiciones.

Desde la derrota de Napoleón en la Gran Guerra, como era denominado el último gran conflicto mundial de cien años antes, no existían enfrentamientos directos entre las grandes naciones. La distancia, los años de paz, habían convertido la guerra en leyenda. Pocos en Europa la recordaban y muchos jóvenes incluso temían más no vivirla, como había sucedido siglos antes a generaciones que tampoco la conocían. La guerra era inmune a la corrosión del tiempo y empleaba sus letargos para teñirse de romanticismo, para seducir a los nuevos brotes de la humanidad con promesas de falsa gloria, para jugar con su credulidad ingenua, como hacía siempre, en ciclos interminables.

—En Berlín, el Estado Mayor del Ejército calcula que una posible guerra económica dañaría más a Gran Bretaña que a Alemania —susurró Markus Weigan, sin desviar la vista del film.

Encargado de la Oficina de Telégrafos de la embajada alemana en París, Herr Weigan disponía de una fuente de información en el Sektion IIIb de Berlín, nombre en clave del Servicio de Contrainteligencia Militar alemán. Se habían conocido tras la guerra de los bóeres, en 1903, al infiltrarse John Bell entre los *afrikáans* y las fuerzas coloniales alemanas de África del Sudeste. En aquel conflicto, Markus había perdido a su hermano, fusilado por sus propios compañeros de regimiento, falsamente acusado de traición al Reich. Años después, el agente contactaba con John de *motu proprio,* para suministrarle información sobre movimientos navales de la *Weltpolitik* alemana.

—El Almirantazgo en Londres espera lo contrario —terció el agente inglés, su voz camuflada entre las risas del público.

—*Selbstentmannung* —pronunció Herr Weigan—. Así lo

llama el canciller Bethmann: autocastración. Si Alemania se mantiene incólume ante un conflicto, perderán el estatus de gran potencia. La potestad amasada durante estos años perderá su credibilidad. Y no es el único: según fuentes de la embajada en Rusia, el ministro Sazónov prefiere arriesgarse antes que el sometimiento. Irán a la guerra por miedo. Por miedo a perder lo alcanzado.

Asintió John Bell, su expresión angulosa iluminada por los fotogramas. Los imperios amasaban años de prosperidad, de poder, de acelerado progreso y dinamismo interior. Colonizaban el mundo, sometían regiones primitivas, las sembraban de avances, de ciencia, como si solo los precediera el mero afán del saber, y no los turbios intereses que hacían y deshacían al servicio del capitalismo industrial. El verdadero propulsor del conocimiento era el orgullo nacionalista, la superioridad racial, la búsqueda de la riqueza, el provecho propio.

—En el Foreign Office temen más una guerra civil —dijo el inglés—. El ministro Asquith enflaquece ante las protestas sociales y la crisis nacionalista de Ulster.

—Parecen las epidemias del siglo —pronunció Herr Weigan con sorna—. Bendito el día en que la máquina unió al pueblo disperso, para crear riqueza donde no la había.

—Riqueza mal repartida, Herr Weigan.

Asintió el alemán, mientras tosía humo.

—Fue un día perverso, más bien. Porque algo de maldición tiene.

—Parece el origen del problema —murmuró John—. Aunque es difícil precisar cómo hemos llegado a esto.

—El origen de la enfermedad, señor Bell. Porque lo de Europa es una enfermedad.

Markus Weigan se recostó en el asiento de gutapercha, pensativo, buscando acomodo.

—Permítame el atrevimiento —pronunció entonces—. Algunos sostienen que Gran Bretaña prefiere el conflicto europeo antes que el civil.

—No es idea descabellada. Sofocaría las discrepancias internas.

—Y relanzaría a la nación, en caso de victoria, hacia su antigua hegemonía imperial. En Alemania es bien sabido que su monopolio colonial languidece.

Asintió brevemente el agente inglés, mientras aspiraba savia Lucky Strike de su cigarrillo.

—Y también en Londres —murmuró—. Como también es bien sabido que la estructura de alineamientos es desfavorable al gobierno del *káiser*.

—Cierto, Alemania se sabe aislada —confirmó Herr Weigan—. Y no solo por británicos y franceses. Su interés en los Balcanes no agrada a Rusia. La mitad de su comercio exterior atraviesa el mar Negro y alcanza el Mediterráneo a través de los estrechos.

Reposaron los dos individuos mientras John Bell prendía un nuevo cigarrillo. El público reía ante las peripecias de Chaplin, ante sus andares patosos bajo el bombín y el bigotillo.

—Saben de él —murmuró Markus Weigan—. Alguien ha informado al Grosser Generalstab del káiser. Los franceses también están al corriente.

—¿A quién se refiere? —preguntó John Bell.

—A Samuel Lowell Higgins. Natural de Aberdare, Gales, 1829. Actualmente en paradero desconocido. Posiblemente fallecido.

El agente inglés permaneció en silencio tras la veladura del pitillo.

—¿Cómo lo sabe? —inquirió al fin.

—Accedí al informe del registro que hicieron en su residencia: Iffley Road, Oxford, el 18 de diciembre de 1913 —respondió el alemán—. Elaborado por ustedes, por el SIS. Accedí a una copia exacta. Sé que no encontraron lo que buscaban.

—La residencia estaba abandonada, el profesor ya no estaba allí. El informe lo redacté yo mismo. ¿Dónde lo recibieron?

—Alguien de su oficina lo envió directamente al Grosser Generalstab, el Estado Mayor General. Se remitió después a las oficinas del Sektion IIIb. —Weigen suspiró—. Me temo, señor Bell, que tienen un infiltrado en el SIS.

—Entonces, saben que lo buscamos —dijo el inglés, las pupilas negras ancladas al film—. Saben que la teoría de Higgins existe, *Las notas del tiempo*, y que la novela de Arthur des Cars es, en realidad, una biografía del profesor.

Asintió Herr Weigan, consciente del éxito de la novela, cuya resolución mantenía en vilo a media Europa.

—*La vida del profesor Livingstone*, la afamada novela por fascículos. Lo sospechan desde hace cinco meses. Cuando recibieron el primer sobre con el fantasma.

—¿En Berlín también los han recibido?

Asintió el alemán, bajo la mirada intensa del inglés, que inquirió más allá.

—¿Y qué piensan al respecto?

—Lo mismo que ustedes, supongo. Han decidido abrir una investigación.

—Un asunto singular —murmuró John Bell—. ¿No le parece? El de las predicciones de esos dos individuos.

—Extravagante, diría yo.

Asintió el inglés, conforme, mientras Weigan reflexionaba, la frente fruncida.

—¿Cómo establecieron en el SIS la relación con esa obra? —preguntó—. Su protagonista, el profesor Livingstone. ¿Cómo supieron que se refiere a Samuel Lowell Higgins?

Calibró la respuesta John Bell, mientras sacudía ceniza hacia la negrura de los butacones.

—Al igual que ustedes, hace cinco meses comenzamos a recibir las cartas con el sello del fantasma.

—El fantasma —murmuró Weigan—. El grabado que hay en el sello. Parece el dibujo de un niño.

—Admito que no es hábil la mano del dibujante. Todo este asunto tiene un cariz extravagante, burlesco, un juego de lunáticos, como usted prefiera denominarlo, pero nos inquietó la exactitud de las predicciones. La diplomacia actual es sensible en materias de conflictos. Se percibe tensión, ya sabe usted. Y la tensión, el miedo, la excitación, ven fantasmas donde no los hay.

—En este caso sí parece haberlos. Aunque suene ridículo.

John Bell sonrió con mesura.

—Optamos por iniciar una línea de investigación, para archivar el asunto cuanto antes —continuó—. Nuestros agentes reconocieron al profesor en las fotografías. Una vez identificado, registramos su residencia en Oxford. Entonces establecimos los vínculos con *La vida del profesor Living-stone*, y el asunto se tornó más serio. Como bien sabrá, sus cuatro primeros capítulos, ya publicados por una revista londinense, «Mis primeros años en Aberdare», «Oxford y el tullido marginado», «Los chicos del coro y la melodía del fonoautógrafo» y «El solitario que fotografía el futuro», relatan la vida de tristeza, espantosamente humana, y sin embargo tan alejada de todo lo humano, del profesor arrinconado por el mundo.

—«El solitario que fotografía el futuro» relata cómo concibe su teoría. Pero jamás menciona lo que contiene ese trabajo.

John Bell asintió.

—«Las notas del tiempo.» Así titulan los editores al quinto capítulo, el que aún está por publicar.

—¿Cree que sacarán a la luz la teoría del profesor?

—Eso es lo que más atrae a los lectores, Herr Weigan. Que revelen su contenido. El título coincide con el nombre que Higgins empleó para bautizar su teoría.

—¿Cree de verdad que contiene la respuesta a los presagios?

—Aún no lo sabemos. Es posible.

Suspiró Markus Weigan.

—Es una estupidez —murmuró.

—¿Qué clase de medidas han tomado en el Grosser Generalstab? —inquirió John Bell.

—Al igual que ustedes, les interesa acceder al manuscrito de *Las notas del tiempo*. Para archivar el caso. Lo consideran una chanza de embaucadores.

—Una chanza... —murmuró Bell—. Pero al igual que en el SIS quieren asegurarse de que lo sea.

—Y si son los únicos en hacerlo, mejor, ya sabe usted.

Sonrió John Bell, sarcástico.

—La galopada de las naciones. Como galgos corredores. El poder huele, señor Weigan.

—¿Considera poder un simple hatajo de papeles escritos por un profesor excéntrico?

—Usted dirá, entonces, por qué galopamos.

Suspiró de nuevo el alemán, y se sostuvo la cabeza con las manos, como si temiera perderla, él también.

—Demasiada rapidez la nuestra —murmuró—. Demasiada para pensar.

John Bell lo observaba, cauteloso, expectante. Hasta que Weigan, en visible esfuerzo de encontrar convicción, retomó el asunto.

—¿Quién es Arthur des Cars?

—En el SIS no sabemos nada. El editor de la revista donde publica, *The Fleet Magazine*, dice desconocerlo.

—¿Cree que Des Cars es el artífice de esta plaga de misivas?

—Podría ser. —John Bell suspiró, alisándose la crencha abrillantada—. Tal vez alguno de los dos individuos de las fotografías. Aunque no hay nada que lo confirme.

Correteaban los créditos del film, como las habladurías del público, que compartían con entusiasmo las andanzas de Chaplin. La luz del proyector surcaba la oscura sala, desvelando la urdimbre brumosa de los fumadores.

—Se han registrado varias anomalías —murmuró entonces el inglés, mientras se calaba su sombrero Borsalino—. La desaparición de Benjamin Craig. En paradero desconocido desde mediados de enero.

—¿Y cuál es la relación?

—Su esposa, Elsa Craig, es hija legítima del principal colaborador de Samuel Lowell Higgins.

—¿El que aparece junto al profesor en las fotografías?

Asintió John Bell, cruzándose las solapas de la gabardina.

—El otro individuo de las predicciones —respondió, levantándose—. Me esperan en Londres, Herr Weigan. Mi tren sale en una hora. Manténgame informado.

—¿Conocen la identidad de ese hombre? —inquirió el alemán.

Lo miró el inglés, antes de que las luces se encendieran.

—Arnaud Mendíbil. El medio hermano de Gabriel de Zulueta.

18

Restaurante Maxim's, rue Royale,
París, 24 de febrero de 1914

El Maxim's envolvía a los comensales con rumores invisibles de floresta. El estilo *art nouveau* rezumaba en los vitrales selváticos, en las paredes empapeladas, en la marquetería curvada de las puertas y los ventanales. Chisteras y levitas, bigotes enhiestos, turbantes de fantasía y vestidos de talle alto, brillaban glamurosos sobre las mesas, salpicadas por lámparas de tulipa y candelabros vegetales.

—Buenas noches, caballeros.

Se despedía el *maître*, solícito y servicial, junto a un botones uniformado que les cedió los abrigos. Los tres individuos salieron a la calle, suspirando de empacho, y caminaron por la rue Royale. El de acento alemán extrajo de la gabardina una pitillera de carey y ofreció un cigarrillo a sus contertulios.

—Peculiar, lo del Maxim's, ¿no les parece?

Alzó la vista Gabriel de Zulueta, dormido en sus pensamientos.

—¿A qué se refiere?

—Al *art nouveau*, amigo. El arte nuevo que busca en lo viejo. Huye del adorno industrial y escarba en los orígenes del mundo, en la belleza misteriosa de la naturaleza. —El alemán exhaló el humo, plácido—. Modernidad que huye del progreso. Paradójico, sin lugar a dudas.

Asintió el empresario, dispersa la mirada en la bulliciosa place de la Concorde, al final de la calle. Asomaban siluetas aisladas de serenos, entre los portales y los rumores eléctricos de los faroles.

—Miramos al pasado con arrogancia —continuaba el alemán—. Nos creemos rozando la excelencia, el culmen de nuestra evolución como especie. Y sin embargo volvemos a él. Siempre volvemos a él.

—Es lo único que tenemos.

Rio Otto Kaufman, abriendo con rudeza la boca, bajo el bigote engomado. Era asistente del ministro de guerra en el Grosser Generalstab, el Estado Mayor General del káiser en Berlín. Y por ende, comisionado y recadero de los asuntos confidenciales del gabinete que requerían una implicación personal. Su silencioso acompañante, Markus Weigan, era encargado de la Oficina de Telégrafos en la embajada alemana. Kaufman continuó hablando sobre los cavernarios y primitivos orígenes de la humanidad, sobre ese salvajismo animal de épocas anteriores, con sus guerras, hambrunas y revueltas.

—Temo por nuestra fe incondicional en la razón, ¿sabe usted? Todos creen que evitará cualquier desvarío entre naciones, que los ferroviarios volarán las vías antes de conducir camaradas hacia el frente como animales al matadero, que las madres se negarán a entregar a sus hijos. Idealizamos la moral de Europa, mi querido amigo.

Desembocaban en el Obelisco de Lúxor, traído en 1834 desde el lejano Egipto. Parecía una bestia pétrea, enjaulada y hostigada por el traqueteo de lo nuevo y lo viejo, de los vehículos y tranvías a motor, y los nostálgicos carruajes del pasado. Tan idénticos a pesar de todo, con sus mismas ruedas redondas, con sus mismos ejes y radios, con su mismo avance hacia el frente.

Buscaron el sosiego de las Tullerías. Las aguas del Sena oscilaban mansas, como cobre líquido donde titilaba el reflejo de los faroles. Ronroneaban los *bateaux mouches*, con sus toldillas alumbradas y las risas lejanas de los pasajeros.

—¿Ha traído los telegramas? —inquirió Herr Kaufman.

Asintió Gabriel de Zulueta, extrayendo de su chaleco un sobre abierto. Los escondía Amelia en el dormitorio de Villa Zulueta, en un pequeño cofre oculto bajo el entarimado, junto a recuerdos de su medio hermano, cartas de amor, copias de otros telegramas, objetos personales y baratijas y joyas discretas que le traía de sus viajes antes del incidente. Analizó su contenido el diplomático alemán mientras se atusaba el bigote, cigarrillo en mano.

15 de marzo de 1883
De Arnaud Mendíbil, Oficina de Correos y Telégrafos, plaza Nueva, Bilbao
A Samuel Lowell Higgins, Iffley Road, Oxford
Viaje imprevisto a Cuba. Cuatro meses. Posibilidad desvío al MIT para contacto con Charles Barton.

19 de marzo de 1883
De Samuel Lowell Higgins, Iffley Road, Oxford
A Arnaud Mendíbil, Oficina de Correos y Telégrafos, plaza Nueva, Bilbao
Manuscrito concluido. Dos copias. Envío inminente de la primera para entrega a Charles Barton. Conservar durante el viaje en caja estanca. Por favor.

—¿Se refiere a la teoría del profesor?

Asintió el empresario mientras aspiraba su cigarrillo.

—*Las notas del tiempo.*

—¿Está usted convencido?

—Existieron, al menos, dos copias del manuscrito —precisó don Gabriel—. Una se encuentra en el fondo marino, a unas cinco millas de Moa, en la provincia de Holguín, Cuba.

Lo sabía con exactitud. Arnaud se la había llevado a bordo del *Ikatza*. Y no figuraba entre sus pertenencias cuando lo deportaron al presidio de Chatam. El manuscrito se había quedado allí, en el fondo marino.

—El paradero de la segunda se desconoce —informó Markus Weigan, embriagado en las aguas del río—. Tal vez haya sido destruida.

—¿Cómo conoce esa información? —le preguntó don Gabriel.

—Recibimos el informe de un registro del SIS, el Servicio de Inteligencia Británico, en la residencia del profesor en Iffley Road. Sin resultados concluyentes.

Cruzaban paso con transeúntes de conversación adormecida, bajo la arboleda mordida por el invierno. Cuarteadas por las ramas, asomaban las cúpulas acristaladas del Grand Palais, sede de la segunda Exposición Universal de París del año 1900.

—Menciona una caja estanca —murmuró Otto Kaufman, absorto en los telegramas—. ¿Cree que tolerará las inclemencias del lecho marino?

—Debería —murmuró don Gabriel.

—¿Conoce su localización exacta?

Negó el empresario, disperso en el paseo.

—¿Hay alguien que lo sepa?

—Tal vez Arnaud Mendíbil —respondió—. Asumía las fijaciones del punto de estima.

—El hombre de las predicciones —añadió, reflexivo, Markus Weigan.

—¿Han recibido nuevas cartas? —preguntó don Gabriel.

Negó Herr Kaufman, guardando el sobre en el interior del chaleco.

—Y usted, ¿ha recibido la visita del fantasma?

Desvió la mirada el empresario, entornándola en las embarcaciones del río, a través del tabaco.

—Continúo recibiendo amenazas, si es a lo que se refiere —murmuró.

—¿Con qué frecuencia?

—Semanalmente.

—¿Todas sobre el mismo asunto?

Asintió don Gabriel, lanzando el meteorito de su cigarro a las aguas del Sena.

—¿Qué saben de Arthur des Cars? —preguntó.

—Menos que en el SIS. Es decir, nada. Arthur des Cars es humo parlante.

—Letra parlante, más bien —apostilló Weigan—. Hay cierto alboroto respecto al quinto y último fascículo. El que llevará el título de «Las notas del tiempo». Lleva semanas de retraso. Algunos piensan que contendrá el propio manuscrito de la teoría.

—¿Creen que Des Cars es alguno de ellos? —insistió don Gabriel.

—Es posible.

Otto Kaufman detuvo sus pasos, mientras esquilmaba las brasas de su cigarrillo y lo prensaba bajo el zapato. Sus ojos, de azul hielo, miraron con gravedad al empresario vasco.

—Procure encontrar a ese individuo, señor Zulueta. Arnaud Mendíbil, o Samuel Lowell Higgins, o Arthur des Cars, o quien sea necesario para conseguir ese manuscrito antes de que salga a la luz o de que lo encuentren en el SIS. Solo así compartiremos intereses.

El silencio pendió entre los tres contertulios. Concesiones y licencias comerciales en caso de una posible guerra. Cañones, puentes, navíos de guerra, armas y explosivos, las fundiciones de Gabriel nutrirían al titán alemán a cambio de aquel manuscrito, de aquella teoría desconocida que predecía el futuro, aquella teoría ansiada por todos y no vista aún por nadie, salvo por los dos individuos que la habían concebido. La misma teoría que temían que Arthur des Cars publicase, concediéndola al mundo, en el quinto y último fascículo.

Herr Kaufman arqueó su grueso bigote, modulando una sonrisa abierta, dura, algo rupestre. Extrajo de nuevo la pitillera de carey y mostró su dentadura de boquillas doradas.

—La noche no es para gravedades, caballeros. Conozco un local en la rue Chabanais, de los que llaman casas de fantasía, con habitaciones temáticas.

—Una delicia —mencionó Weigan—. Si le agrada lo exótico, señor Zulueta, la de Oriente le roba a uno la decencia.

Sonrió con pesadez el empresario, cansado como las puntas de su bigote, en otros tiempos engomadas y enhiestas. Negó con la cabeza, antes de estrechar la mano de sus contertulios.

—Les deseo una agradable noche.

Lo miró Otto Kaufman mientras se despedían.

—Es lo más parecido al cielo que encontrará en este mundo donde todo se pudre, señor Zulueta. Empezando por la belleza y acabando por la memoria.

Se descolgaba una noche brumosa sobre la oficina de Whitehall Court, en Westminster, sede del cuartel general del SIS. Las negruras del Támesis envolvían Londres con vapores de humedad. Solo algunas vidrieras perduraban insomnes, como islas cuadradas de luz, en las fachadas neogóticas. El despacho de Seguridad y Contraespionaje alumbraba una de ellas.

—Quién diablos filtró esa información.

Era una pregunta afirmada, casi escupida, por el director del SIS, sir Mansfield Cumming. Prensaba con hastío el monóculo de su ojo derecho, la camisa remangada bajo los tirantes, la calva perlada de sudor. John Bell se levantó del asiento y desvió la mirada a través de la ventana, hacia el Támesis.

—Lo desconozco, señor.

—El informe del registro era confidencial. Somos pocos en este gabinete, alguien falsea su lealtad.

Mansfield Cumming paseaba por el despacho su cuerpo robusto, haciendo crujir el entarimado. Señor «C», conocido así por su firma en tinta verde, que sellaba cada documento mecanografiado de la oficina. Oficial retirado de la Armada, no apto para el servicio por su tendencia a la indisposición en alta mar, había sido destinado a la dirección del SIS cuando se creó en 1909 con la necesidad de contrarrestar los rumores sobre redes de espías y saboteadores alemanes en Gran Bretaña.

—Todos falseamos nuestra lealtad —murmuró John Bell—. En eso consiste nuestra labor.

—No se burle, señor Bell. —Mansfield continuó su paseo—. La opinión pública inglesa desconfía del Imperio alemán. El Home Office exige respuestas y nosotros se las filtramos al káiser.

John Bell suspiró mientras el director se explayaba en su parlería habitual, escéptica, escrupulosa, obsesiva, idónea para su cometido, con esa adicción al trabajo que le llevaba a cruzar el umbral de Whitehall Court siempre de noche. Incidió, una vez más, en los intereses de la *Weltpolitik* alemana, su Plan Schlieffen de ocupar Bélgica en caso de guerra, lo que amenazaría el estuario del Támesis, su gran producción de acero, sus cañoneros Krupp y la agitación suscitada por los *dreadnoughts* en 1908. Habló de la batalla de Tsushima de 1905, donde la artillería japonesa aniquiló a la armada rusa, insistiendo, al contrario que los ministros británicos, en que no serviría de precedente para los conflictos navales. Las últimas innovaciones, dijo, los torpedos, las minas y el submarino, esa nave que avanzaba bajo el agua, vulnerarían la hegemonía de los buques de guerra. Habló de los Balcanes, de la decadencia del Imperio otomano, que atraía manadas de estados, Serbia, Croacia, Bulgaria, Montenegro, Rusia y la alianza austroalemana, que buscaban repartirse el vasto dominio turco, ampliando su hegemonía. Habló de asuntos inconexos para el oído ajeno, trabados con precisión en su mente incansable.

—La coyuntura se complica con esta filtración —exclamó al final, vacío de aire—. Maldito sea ese fantasma.

Mansfield tomó asiento, sofocado. Había solicitado un estudio grafológico de los mensajes en los carteles que mostraban los dos individuos y de los fantasmas, que se grababan diferentes en cada sello, como pintarrajeados por un niño, algunos achatados, otros espigados, torcidos, tristes, alegres, enfadados.

—No es asunto tan grave —terció John Bell con voz pausada—. Todos están al corriente de la teoría y sus predicciones. El fantasma ha visitado cada gabinete europeo. El informe de Iffley Road no revela detalles de importancia.

—Las identidades de los dos sujetos retratados. ¿Le parece un detalle trivial?

Irrumpió en el despacho el nuevo secretario del departamento, acallando al director. Barrett Calamy, el viejo recadista de habladurías y chismorreos, continuaba con las patillas tudescas, la mirada ladina y la lengua desvergonzada y precisa de un extractor profesional de información, con particular eficacia en ambientes nocturnos de ebriedad. Lo que sí había cambiado era la alternancia de sus trajes, que abundaban en su armario, y las mangas de sus camisas, que ya no tenía que blanquear con tiza.

—Disculpen, caballeros.

Se aproximó al escritorio con inclinación servil, y depositó una misiva entre la hojarasca caótica de documentos.

—Otro telegrama para usted, señor Bell. —Alzó la vista, buscando la complicidad de su inmediato superior, que se había vuelto en la vidriera—. De París.

El agente la hojeó, desplazando sus retinas negras con presteza apática.

De Markus Weigan, embajada alemana, París
A John Bell, Whitehall Court, Westminster, Londres
Elsa Craig en París. Búsqueda de los sujetos implicados. Gabriel de Zulueta en contacto con Alemania. Confirmo situación de La Teoría. Fondo del mar, a cinco millas de Moa, Holguín, Cuba. Sin localización exacta.

—¿Algo nuevo? —inquirió Mansfield Cumming.

John Bell asintió. «Otro telegrama para usted, señor Bell», había dicho Barrett Calamy. Otro. El director del SIS lo había pasado por alto. Descansaba en el bolsillo del chaleco del agente inglés, arrugado, conciso, con apenas cuatro palabras y una firma: «Elsa Craig en París. A.M.» La misma información de dos fuentes.

Mansfield lo escrutaba, impaciente, con demasiados pensamientos y demasiado poco tiempo para pensar, como un galgo de cabeza pequeña y largas patas corriendo tras la liebre, como Europa. John Bell sonrió para sí, irónico.

—Vuelvo a París, señor.

La noche se había escurrido ante el amanecer grisáceo. El boulevard Clichy despertaba con el empedrado húmedo, los restaurantes y cafés acogiendo a los primeros clientes, y el cabaret Moulin Rouge habiendo expulsado a los últimos, con deseo ya de dormirse. En la *place* Blanche, bajo los álamos sin hojas, se reunían grupos de jóvenes modelos, italianas y francesas, esperando como cada mañana a que las contrataran los pintores de Montmartre y Pigalle.

Elsa se apeó del ómnibus motorizado, frente a los álamos y los faroles apagados, como el día anterior. Extrajo del bolso la polvera de metal y se contempló en el pequeño espejo, mientras se retocaba la pintura rosa de las mejillas. Un rostro leve, sutil, desapercibido bajo el sombrero *cloche*, en contraste con el maquillaje de extrema palidez y los labios carmesí de las modelos, la mayoría más jóvenes que ella. Descendió por la *rue* Pierre-Fontaine, buscando entre los comercios, oteando los números, hasta detenerse frente al enésimo festín impresionista que visitaba en los dos últimos días.

Galerie Ambroise Perrault. *L'Exposition Toussaint. 15 Janvier-8 Mars.*

El escaparate tan pigmentado como los demás, ostentoso, atiborrado de paisajes y desnudos con precios gravosos, demasiado para Elsa, que de tanto ver galerías arrastraba indigestión de la vista. Entró. La sala plácida, silenciosa, con rumor de visitantes a pesar de ser tan temprano. Más de lo mismo. Su presentación hasta entonces: coleccionista interesada en la obra de un pintor inglés.

—¿Quién le interesa?

—Benjamin Craig.

—¿Impresionista?

—Sí.

Y enseñaba su retrato.

—No hemos oído hablar de él, ni le hemos visto por aquí. Pero le ofrecemos un magnífico Laffitte. O un Fontaine. O un LeDuc.

Alivio, y de nuevo a la calle, a respirar aire libre, lejos de óleos y aceites de linaza. Lejos de olores a Avingdon Street. Benjamin no había escrito esa carta. Benjamin no estaba en París. Y así, a la siguiente galería, a por más alivio, a consumir todo el alivio que le quedara dentro.

En la Galerie Ambroise Perrault, sin embargo, el proceso se trastornó desde el principio. Jerome Toussaint, un viejo alto y encorvado, de antiparras gruesas y levita raída, realizaba bocetos al fresco, para deleite de los visitantes. Necesitado, sin la suficiencia distante de otros pintores, que ni siquiera asomaban por sus exposiciones. Elsa se aproximó al galerista, que ensalzaba el ojo visionario del pintor, incomprendido hasta el momento, decía, mientras desviaba la atención hacia sus trazos, temblorosos de artrosis y de hambre. El temblor le gustaba a la gente. Volvía al viejo más centenario, más consumado, lo enterraba bajo tierra. Y la única verdad del arte, la única que todos conocían, es que se convierte en tesoro con el artista bajo tierra.

Hubo mucho entusiasmo, halagos, cuchicheos y afirmaciones serias de entendido. Nadie compró. Cuando la sala volvió a vaciarse, a la espera del siguiente aluvión, porque así funcionaban las exposiciones, en aluviones, o lleno o vacío, Elsa preguntó.

—¿Benjamin Craig?

Ambroise Perrault le respondió con otra pregunta, mientras fruncía la frente, recordando. Elsa sintió un vértigo en el pecho, repentino, porque tras tantas negaciones, la tensión se le había descuidado. Asintió, pavorosa.

—Aguarde un momento.

Volvió poco después, desenrollando un viejo lienzo, acartonado de humedad, con los bordes gastados, mal conservado. A Elsa se le revolvió el estómago cuando el galerista esbozó una sonrisa amarilla, de usurero, y le mostró primero la obra al viejo Toussaint, que sonrió con dientes parduscos, de usurado. Ambos deleitosos, relamidos, mirando al lienzo y después a Elsa, y así repetidamente.

—El señor Craig me lo envió por correo, hace siete meses. Como muestra de su obra. Le pedí un desnudo.

Elsa se vio a sí misma, tumbada y de costado, en el sofá inglés de Avingdon Street, bajo la luz recogida de la chimenea y junto a una mesita donde reposaba su máquina de escribir. El cabello suelto, rozándole el cuello, cayéndole sedoso por la clavícula, por los pechos, como una lengua de cascada. La sonrisa tenue, en apenas perceptible insinuación, solo para él. La curvatura de su cadera, «el trazo más placentero que existe», había dicho Benjamin, mientras lo repetía, deslizando el grafito con sumo gozo, haciendo reír a Elsa, haciéndola callarse cuando contemplaba cómo él se quedaba absorto, serio, hechizado, estudiando sus formas. «Cuantos menos cuadros se vean mejor —decía—. Porque a fuerza de ver cuadros acaba uno por no ver la realidad sino encerrada en un marco. Los cuadros, para los marchantes de arte. Yo me quedo contigo.»

Lo había olvidado. Ella había accedido a ser pintada, a pesar de que fuera para un galerista de París. Benjamin le enseñó a quererlo a él y a quererse a ella misma, a querer a su propio cuerpo, a sentirse cómoda bajo su piel, que ya no tenía cardenales, ni heridas invisibles. Le enseñó a sentirse bella, porque el amor hacia uno mismo necesita a los demás.

—Colores toscos, ¿no le parece? —expuso el galerista, atrayendo al viejo pintor, que se hubo de aproximar mucho, con las lentes bien incrustadas, para distinguir la indicación de Perrault.

—Modelo mal colocada —afirmó—. Las pinturas son chillonas, como de juguete sencillo de feria.

—Las pinturas, sí. Lo rechacé por eso.

Toussaint alzó la vista, y miró a Elsa sonriente, con sombrío placer.

—A pesar de la edad, uno no deja de sorprenderse con los

desnudos —se relamió, retozón, la barba desaseada. Volvió a mirar al cuadro—. Mujeres a las que crees bien hechas y que luego no ofrecen nada. Y mujeres grises que al desnudarse se convierten en diosas. Si me permite la observación, ese es su caso, señora.

—Devuélvame eso.

Lo enrolló el galerista, de nuevo, negando con la cabeza.

—Quinientos francos, señora.

—O un posado para mí. Bien colocada —se aventuró el pintor.

Elsa buscó en el bolso de baquelita, mientras sonreía el galerista, complacido ante la ganancia inesperada. Para su sorpresa, no hubo billetera, ni cheque en blanco. El pequeño espejo de la polvera se desmontó con facilidad. Lo dobló, hasta partirlo en dos trozos punzantes, que quedaron uno en cada mano, entre los guantes tejidos en crochet. La voz alarmada del galerista:

—Señora, ¿qué piensa usted hacer?

Se acercó a las primeras pinturas, junto al escaparate, y seleccionó entre ellas la más costosa: mil doscientos francos, el sueldo anual de Benjamin. El extremo más afilado rozó el lienzo, que pareció temblar como por una corriente de aire, de miedo. El galerista alzó los brazos, en señal instintiva que incitaba a la calma.

—Por favor, señora, sin alarmismos. Aléjese de ahí.

Elsa señaló el lienzo enrollado que sostenía Perrault.

—Déjelo junto a la entrada y vuelva después a su sitio.

El galerista titubeó, buscando una respuesta en el viejo Tousssaint, al que, con su edad, tamaña turbación le venía grande, y se encorvó aún más, impotente. El extremo del espejo prensó el lienzo coloreado, sin llegar a rasgarlo.

—Haga el favor, señora, no se exceda.

Tintineó la puerta. Entraba una pareja, en conversación risueña que se silenció en el umbral, sorprendida ante las miradas de espanto de galerista y pintor. Contemplaron a Elsa y se volvieron al unísono, sin necesidad de hablar. La puerta se cerró, tintineando de nuevo. Se quedaron al otro lado, en la calle, atrayendo el siguiente aluvión de curiosos, que en aquella ocasión se agolparon frente al escaparate, sin llegar a entrar.

—Está bien, señora, está bien. No montemos un espectáculo.

Alivio.

XV

Iffley Road, Oxford, primavera de 1888

La vivienda de Samuel L. Higgins continuaba acurrucada entre sauces y cercos de muérdago, en Iffley Road, a las afueras de Oxford, anclada al suelo por regueros de trepaderas. El mundo se filtraba por sus vidrieras ojivales, reflejándose dentro como en una cámara oscura. Al igual que su infatigable morador, ella jamás cambiaba.

Arnaud lo encontró en el mismo lugar que cinco años antes: perdido en su estudio, entre selvas de papel y cuartillas. Aún parecía un territorio inabarcable, anárquico, sin orden ni sentido, a pesar de los desplazamientos certeros del profesor, que se movía como bibliotecario avezado.

Se volvió al oír la puerta abrirse. Arnaud conocía el escondrijo de las llaves, bajo el florero sin flores de la entrada. Le sonrió, distendido, idéntico al Higgins de 1883, como si fueran meses y no años los que se interponían entre ellos. El mismo matojo erizado de la coronilla, las mismas antiparras en el abismo de la nariz, las mismas cejas carbonizadas de exposición al quinqué de petróleo. El profesor y su particular pacto con el tiempo.

—Se ha demorado más de lo que creía, mi querido Arnaud. —Mostraba su dentadura blanca bajo el reflejo de las lentes, lo que simbolizaba, como en los cachorros, una gran alegría—. ¿Algún imprevisto?

Arnaud paseó por el laboratorio, descubriendo una nueva hornada de formulaciones, listados y datos estadísticos. Se apoyó en el canto de un escritorio atiborrado de correspondencia, dejando a un lado su costal de cuero. Miró a Higgins.

—Las cejas le tientan con arder. Continúa aproximándose en exceso a la luz, profesor. Aléjese o terminará como la última vez.

Amplió su sonrisa el matemático, de visible buen humor.

—Me acerco por si me alumbra algo, ya sabe. Que el Siglo de las Luces ya pasó.

Arnaud también sonrió, levemente, mientras desviaba la mirada por los encerados, que continuaban con sus nubarrones de tiza.

—Veo que ha afinado su sensibilidad hacia la ironía. Espero que con el Lupot suceda lo mismo.

—¿Con el Lupot? —Higgins entornó las cejas, alarmado—. ¿Le parece que el Lupot no está afinado?

Arnaud suspiró, estudiando la expresión intranquila del profesor, cuyos conciertos continuaban sin audiencia, salvo Boccherini y los compositores que, para su tormento, le agradaba resucitar. Abrió su costal y extrajo de él un grueso fajo de tarjetas fotográficas, encordadas en cruz, y dos tomos desgastados y mugrientos.

—Naufragamos —murmuró—. En la costa de Cuba.

Se irguió en su banqueta el profesor, recolocándose las antiparras, que se le habían deslizado.

—¿Y la caja estanca de latón?

—En el lecho marino.

—¿El manuscrito también?

Asintió Arnaud, grave, temiendo apenar en exceso al profesor, que se había levantado con sus espasmos de androide averiado. No dijo nada, y se recluyó en sus documentos, ordenándolos como impulsado por un designio repentino. Danzaron ecuaciones, curvaturas de datos, histogramas y modelos de estadística inferencial, como nieve flotante. Asomaban gráficos de ciclos con títulos estrambóticos, ya conocidos por Arnaud: «Morfología comparativa de la Historia

Universal», «Culturas y organismos biológicos», «Análisis del azar en su contexto histórico», «Correlación política entre civilizaciones».

—Los modelos de estimación fracasan —mencionó entonces, eludiendo la noticia de Arnaud—. Ya sabe, la misma variable de dispersión que trastoca la ecuación. La teoría está inconclusa. No es perfecta.

Arnaud guardó silencio, contemplando al profesor escarbar en las frondosidades de su gabinete. Se recluía en él como un niño en su cuarto, en su guarida de fantasía. La morada de Iffley Road era su universo, tan denso como un astro al borde del estallido, tan idéntico al universo de fuera que parecía su hermano pequeño. Aunque tratara de reproducirlo en forma de infinitas estrellas de papel, y no de vida.

Samuel Lowell Higgins amaba cada recoveco de aquel mundo recogido, desgastado de recorrerlo con la mirada, donde dormían los recuerdos imprecisos de una existencia monótona, tan iguales los días que apenas se distinguían entre sí. Tal vez fuera aquella la paradoja del profesor, que comprendía los entresijos desconocidos del tiempo y no sabía advertir su avance.

Sin duda se percibió su desengaño ante el hundimiento de la caja estanca. Dos décadas de estudio ininterrumpido, de vida entregada, para ensamblar las mil páginas de *Las notas del tiempo*, su colosal estudio sobre la macroestructura de la Historia Universal. Y el primer manuscrito se había ahogado. La teoría de Higgins descifraba los engranajes que subyacen a cada suceso histórico, los clasificaba y los introducía en modelos matemáticos de extrema complejidad, hasta extraer posibles patrones que predecían su comportamiento. Lo había dicho él, en aquella lejana primavera de 1873, cuando un joven Arnaud, con exigua experiencia aún como primer piloto, decidió presentarse en la residencia de Iffley Road:

—Tras el azar de la Historia se oculta un sentido profundo, Arnaud. Sentí la intuición el gran día, hace ocho años, escudriñando las civilizaciones conocidas. Hay un ritmo acompasado, apenas un murmullo para el que sabe escuchar.

El sonido de la Historia se repite, juega con agrupaciones de notas, como las sinfonías de Beethoven, como los chicos del coro, como los mirlos al amanecer.

—Se refiere a los números.

—Exacto. Están en todas partes. Usted está hecho de números. Solo hay que encontrar su sentido. El eslabón que ordena el caos. ¿Se da cuenta de la relevancia de todo esto?

—No exactamente.

—Comprendo. Los alumnos suelen decir lo mismo.

—¿Lleva ocho años trabajando en una idea?

—Así es.

—¿Y qué es lo que busca?

—Entender el compás de la melodía y continuar la partitura. Antes de que suene por sí misma.

—¿Pretende fotografiar el futuro?

—La ciencia no tiene horizontes, es nuestro deber explotar sus facultades.

Veinte años analizando hasta la médula todas las cosas de la realidad, extrayéndoles matices y gradaciones tan sutiles, tan desapercibidas, que lo único que lograba era la certera sabiduría de saber menos. *Las notas del tiempo* analizaba el discurrir de la Historia. Profundizaba en los entresijos de su naturaleza y extraía, como cirujano de tumores, los factores que la habían moldeado. Distinguía cada variable, cada dato estadístico, desde las minucias de los pobres, desde las lluvias y las hambrunas y su influencia en las cosechas, hasta las guerras, los tratados de paz, las alianzas, los desvaríos de alcoba y las políticas de las altas esferas. Después las ordenaba y las clasificaba en listados inmensos, introduciéndolas en la construcción de posibles patrones, ecuaciones y formulaciones matemáticas, con las variables aleatorias que podían alterarlos.

Higgins esbozaba la Historia como una infinita partitura. Cada cosa de la realidad, cada suceso, cada extracto de las vidas que habían existido, simbolizaba una nota, y las notas, a pesar de haber miles de tipos, se repetían, y tendían a agruparse en compases, en combinaciones de notas, y los compases se podían distinguir, con pequeñas variaciones, porque también se repetían. Y todos ellos danzaban sobre el pentagrama, que no era otro que el tiempo, formando, como cualquier melodía, una melodía redundante. Y así formulaba sus listados, con miles de notas tipo, de agrupaciones y de compases.

El sonido de la Historia caminaba en ondas, en un constante vaivén, como cualquier sonido, como el fonoautógrafo y la melodía de los chicos del coro. Los economistas llevaban años percibiéndolo. Dramáticas caídas de la actividad económica a intervalos variables de siete a diez años. Lo había identificado el matemático Clement Juglar en 1863, demostrando con pruebas estadísticas que las crisis no eran fenómenos aislados, sino parte de una fluctuación cíclica de la actividad comercial, bursátil e industrial. Y aquellos ciclos, aquellas ondas, componían a su vez fluctuaciones mayores, ondas largas, las llamaban, con periodos de hasta cincuenta años. Ambos ciclos se superponían, como olas de mar. Al ampliar la escala del gráfico, se observaban las ondas cortas, las de Juglar, formando parte de ese ente superior, un ciclo más longevo, con ondas de mayor recorrido. 1815-1847, crisis fuertes, 1847-1867, auges duraderos de innovación tecnológica, con la economía capitalista adueñándose de nuevas regiones y ramas de producción, y 1867 en adelante, el agotamiento de los efectos de las conquistas.

Higgins trazaba sus propios ciclos, y entrelazaba los económicos con los sociales, los culturales y los políticos. Y así entendía el lenguaje oculto, como en la transcripción de la piedra Rosetta. Y descubría que las notas tendían a seguirse unas a otras, en orden captable, al igual que los compases. Al compás tipo numerado como el 183, variación 1.3, tendía a seguirle el compás número 15. Y el compás 15, a su vez, se componía de las notas número 6, 7, 10 y 12, respectivamente. Y la nota número 12, que correspondía a revueltas sociales en ciudades de provincia tras plagas, epidemias o hambrunas, a veces variaba, sustituyéndose por la nota 17, componiendo así una nueva variación, el compás 15.1.

Y así había determinado la existencia de veintiuna civilizaciones y nueve culturas. Cada una con sus exaltaciones religiosas, con sus periodos de expansión, de creatividad, de apogeo tecnológico y decadencia. La civilización occidental se remontaba a la Edad Media, donde era posible reconocer su encuentro con otra civilización distinta, la helénica del Imperio romano.

«Entender el compás de la melodía y continuar la partitura. Antes de que suene por sí misma.» Lo dijo entonces. Higgins escudriñaba con ahínco la melodía de su siglo, de los años más recientes, trataba de discernir un orden oculto en las últimas notas, en los últimos compases, un orden que ya se hubiera dado en la partitura con anterioridad, una estructura tipo que estuviera registrada en sus listados. Y así pretendía continuar la partitura, predecir las notas futuras antes de que sonaran por sí mismas.

—Los modelos de estimación fracasan. La misma variable de dispersión que trastoca la ecuación. La teoría está inconclusa. No es perfecta.

Y tal vez no lo fuera nunca. Porque *Las notas del tiempo* sufría una parálisis congénita, como su progenitor. Porque al compás número 183, variación 1.3, tendía a seguirle el compás número 15. Concretamente el 75% de las veces. Porque del 25% que restaba, el 15% de las veces le seguía el compás 15.1. El 7% le seguía el 15.2. Y porque el 3% restante, el dichoso 3% restante, era la gran dolencia de *Las notas del tiempo.* Una cantidad inabarcable de compases tipo, de notas sueltas, sin orden ni sentido, imposible de predecir, que entraba en ese pequeño porcentaje. El 3% asomaba en todas las probabilidades. Higgins los llamaba los «datos extraviados». Aparecían en todos los documentos del laboratorio del profesor, como un virus que trastocaba los estamentos de probabilidad, que convertía el pronóstico en quimera.

Sin lugar a dudas, *Las notas del tiempo* era un título atinado, porque contenía tantas notas como la vida del tiempo puede contener. Era tan pesada y enorme como la esfera de la Tierra, y se sostenía con bracitos de carne y hueso. Tal vez fuera el título lo más atinado del estudio, y tal vez fuera aquella imagen esperpéntica su ilustración más idónea.

—Tratamos con el fenómeno más complejo que existe, Samuel: el comportamiento humano.

Arnaud revisaba análisis de variabilidad, infectados por los «datos extraviados». Encorvado en su gabinete, apenas visible entre la fronda de documentos, Higgins se sumía en un silencio de frustración.

—Pero la humanidad camina con ciclos, lo hemos reconocido cientos de veces, la teoría debería funcionar. —Y entonces giraba el dedo índice, trazando en el aire círculos invisibles, en la misma teatralización de siempre, exponiendo el mismo ejemplo de siempre, porque Higgins se repetía, como la humanidad—. Como la rueda de un carruaje —decía—, que gira invariable, en continuo altibajo de radios, sin alcanzar su destino por sí misma. Sirve a un fin mayor, el de trasladar su carga.

La alegoría de la rueda. Siempre aludía a ella, al vaivén de las estaciones, de los ciclos lunares, de los tiempos de paz y de guerra, de las generaciones, de las vidas que se sucedían unas tras otras. Sí, servían a un bien mayor, el de avanzar, el de trasladar a la humanidad.

—La humanidad... —murmuró Arnaud, absorto en los documentos—. Hablamos de ella como si no tuviera alma.

En sus momentos de mayor desánimo, Higgins tendía a bosquejar la Historia, el discurrir de la humanidad, como una obra teatral. Los humanos podían intercambiar papeles, e incluso nombres, en un continuo suplantar que no trastocaba el guion, la única pieza incólume, imperecedera, que atravesaba el tiempo. Los humanos formaban las notas, los compases, pero no decidían cuál formar, no decidían su melodía, porque solo seguían el guion. Cuando Higgins se rendía y pensaba aquello, Arnaud habituaba a tildarlo de simplista, de analista resignado ante la severidad de la Historia. Era un pensamiento atrayente para la mente humana, complacida ante la regularidad y lo conocido. Sin embargo, el profesor Higgins era un ser tan inescrutable y enrevesado que las contradicciones se le amontonaban como las palabras. Un día caía en el derrotismo, y al siguiente se alzaba como el David bíblico ante la fuerza de la naturaleza. Arnaud, con su solidez casi indolente, encajaba a la perfección en aquel engranaje discontinuo, también cíclico, para mitigar el vaivén descalabrado del matemático.

—¿Se puede cambiar la Historia, profesor? ¿Es ella la que nos escribe o nosotros la escribimos a ella?

Buscaba la mirada de Higgins, que se encogía en su gabinete. En sus momentos de mayor caída, Arnaud habituaba a recurrir a preguntas retóricas, de provocación barata, casi infantil, para despertar aquella maravillosa mente de niño viejo. Y el profesor siempre cedía al engaño.

—Pensar en la Historia como un libro interminable, de escritura viciosa, supone adoptar el cometido impuesto por ella.

—Supone dejarnos escribir por ella —insistió Arnaud.

Higgins se recolocó las antiparras.

—Es una profecía siempre consumada que hay que romper.

Arnaud asintió, consciente de que encauzaba al profesor.

—Jamás aprenderemos del pasado —añadió, buscando incitarle—. A no ser que lo veamos saltar ante nuestros propios ojos para esperarnos, de pie, convertido en futuro.

Higgins había dejado los documentos y se amarraba con temblores al puño del bastón.

—Como un fantasma —exclamó, casi enrabietado.

—Como un fantasma.

—Yo quiero hacer saltar al pasado. Quiero convertirlo en futuro y mostrarlo a todos. Un fantasma que asuste al mundo. Es la única forma de poder cambiarlo.

—Pues hagámoslo.

Higgins lo miró, desconcertado.

—*Las notas del tiempo* es una ilusión, mi querido Arnaud. Su dolencia es irresoluble. Sucumbirá al olvido. No podremos emplearla para escribir en la partitura, para cambiar el mundo.

—Tal vez sea una ilusión lo que necesitamos.

Las cejas fecundas del profesor se prensaron, en nuevo grado de desconcierto.

—¿Cómo dice?

—¿Recuerda el Fantasma de Pepper? ¿El secreto oculto tras su aparición?

El marino depositó junto al profesor el fajo de tarjetas fotográficas. «Estudio de la viuda Arregui», ponía en el reverso de la última. No dijo que fueran treinta autorretratos, frente al pueblo de Altzuri, positivados del colodión al papel por copia de albúmina. Tampoco aludió al pequeño laboratorio fotográfico, regalo del propio Higgins, que había empleado durante la semana que se ocultó en la ensenada, tras salir del presidio, y que le había guardado Cosme desde su partida en 1883.

No dijo nada de eso. Simplemente los dejó allí, sobre la mesa, al igual que hizo con aquellos dos tomos que le habían acompañado durante sus cinco años de presidio, colonizados en los márgenes con una historia dirigida a su familia, una historia que Arnaud aún seguía escribiendo. Las cubiertas, arrugadas por la humedad y con restos disecados de grasa, apenas alumbraban los títulos de letras doradas. *La tragedia de Macbeth*, de William Shakespeare. Y *Veinte mil leguas de viaje submarino*, de Jules Verne.

Higgins, incapaz de contener la curiosidad, alzó la última tarjeta, y desveló impregnada en ella una fotografía de Arnaud, en la que posaba con un cartel en sus manos.

HOLA, ELSA. SOY TU PADRE.

—Un poco extravagante, ¿no le parece?

—En su proceder, profesor.

—¿Cuál es su cometido?

—El mismo de siempre, profesor: fotografiar el futuro.

Higgins sonrió, resignado.

—Si de algo han servido estos veinte años, mi querido Arnaud, es para cerciorarme de que eso es imposible.

—Tal vez sea así, profesor. Pero no para el mundo, que se cree capaz de viajar a la Luna, de alargar la vida hasta los doscientos años. Y por qué no, de predecir el futuro.

—¿A qué se refiere?

—Me refiero a una ilusión. A un engaño. A presagios de brujas.

—¿De brujas?

—De brujas, sí. De brujas que asustan al mundo hablando del futuro.

—¿Para cambiar el mundo?

Susurró entre ambos la estela de un deslizamiento, por el escritorio de caoba. Arnaud le había aproximado *La tragedia de Macbeth*, de William Shakespeare.

Tal vez lo recuerdes, no es la primera irrupción del genio inglés en esta historia. «Saber o no saber. He ahí la cuestión.» La primera pregunta trascendental en la vida de Arnaud. A pesar de que, por alguna razón, chirriara en su memoria en aquel verano de 1862.

Samuel L. Higgins, en cuyo cuerpecillo desanimado burbujeaba la necesidad de recurrir a las delicias del Lupot, no tuvo más remedio que estudiar la cubierta acartonada de la obra.

—¿Qué pretende? —murmuró.

—¿Conoce el primer acto, profesor?

El primer acto de *La tragedia de Macbeth*. La primera escena se inicia con las maquinaciones hechizantes de las Hermanas Fatídicas, las tres brujas que desencadenarán la historia. La segunda escena muestra a Duncan, rey de Escocia, alabando la valentía de Macbeth, barón de Glamis, en el rechazo del reciente intento de invasión sajona. Su recompensa será el título de barón de Cawdor. El propio Macbeth aún no lo sabe, pero las brujas sí. En la tercera escena, Macbeth cabalga hacia Forres desde el campo de batalla, hasta que le interceptan en el camino las tres brujas, que se postran ante él primero como barón de Glamis, después como barón de Cawdor y finalmente como rey, porque le vaticinan que pronto llegará a ser las dos cosas, en ese orden. Espantadas por las preguntas del barón, que desconoce aún la concesión del título de barón de Cawdor, las brujas desaparecen, como sombras huidizas. Entonces irrumpe el enviado del rey, que le notifica la concesión real del título de barón de Cawdor, confirmando así la primera profecía de las brujas. En la última escena del primer acto, aleccionado por el primer presagio cumplido de las brujas, Macbeth comienza a ambicionar el trono de Escocia hasta urdir, con ayuda de su esposa Inverness, el asesinato del rey.

Las Hermanas Fatídicas aprovechan su misticismo, o sus artimañas no tan místicas, para hacerle creer que predicen el destino. No le dicen que mate al rey, le tientan sutilmente diciéndole que será rey.

XVI

París, primavera de 1889

Aquel 5 de mayo de 1889, los periódicos se convirtieron en monográficos de la Exposición Universal en París. «Hoy, todo ser posee dos patrias, la suya y la de París. La capital del mundo.»

Y el mundo, encaramado a las vistas de la Torre Eiffel como un niño con juguete nuevo, se conmovía al contemplar tamaña agitación concentrada en un solo lugar. Por primera vez, el hormigueo humano le regalaba la hermosa visión de su cuerpo unido, con un fin complaciente y alejado de la tendencia habitual hasta entonces: contiendas bélicas, éxodos masivos y revoluciones sangrientas.

Una época bella. *La belle époque.*

El mundo. Me lo imagino sonriente, encaramado a la Torre, susurrando esas tres palabras.

La ciudad palpitaba de entusiasmo. Las calles parecían arterias fluctuantes, que bombeaban atascos de transeúntes, carros y tranvías. El Sena era surcado por decenas de embarcaciones a vapor, adornadas como galeras venecianas, que transportaban pasajeros a la Exposición. Aquel día el corazón de la Tierra se erigía sobre el Campo de Marte. Así llamaban a los jardines centrales del evento, el eje atrayente de aquella enorme circulación, que se agolpó en las veintidós puertas de entrada, impaciente ante la apertura oficial, a la una del mediodía.

La multitud se apretujaba entre gritos y empujones, sofocada por el calor. Muchos alzaban la vista, aturdidos, fascinados ante aquel ser descomunal, aquella puerta hecha de hierro pudelado y vacío, con sus cuatro patas en suave curva, unidas a trescientos metros de altitud. Desde allí abajo, trazaban un dibujo sublime, una escultura dinámica, atrapando un movimiento extraño que evocaba la estela de un despegue, como en las novelas extravagantes de Jules Verne. Arnaud, que junto a Higgins también se desnucaba entre la multitud, se imaginó una estrella terráquea, hecha de mineral de hierro, emergida de las profundidades con la fuerza de una erupción, despedida hacia el cielo en busca de su familia centelleante.

La Torre, construida en dos años y finalizada pocos días antes, había sido diseñada por Maurice Koechlin y Émile Nouguier, dos ingenieros de la empresa de Gustave Eiffel. Encabezaba la nueva revolución arquitectónica, que ya resonaba al otro lado del océano, en ciudades como Chicago y Nueva York, donde empezaban a erigirse construcciones con esqueletos de acero, vidrio y hormigón armado. Pocos días antes, en una cafetería próxima a la pensión donde se alojaban, Arnaud y Higgins habían contemplado una serie fotográfica de su construcción: el nacimiento de los pilares, el ensamblaje de las vigas metálicas, los bosques de andamiajes, las grúas y los ascensores de Otis, que se elevaban en diagonal y que permitían el acceso a las plataformas superiores, inaccesibles de no ser por ellos. Simbolizaban una nueva forma de crecimiento, ligero, ágil, de huesos que se enlazaban como en las entrañas de un cuerpo.

Arnaud revivió su primer viaje a Londres, en 1862, cuando su padre aún sembraba su vida de secretos. Recordó sus palabras cuando presenciaron el invento de Henry Bessemer: «Los puentes volarán sobre los ríos, los edificios rascarán el cielo.» Sintió la lucidez de la revelación: allí, ante sus ojos, se manifestaba la entrega de un testigo. Atrás quedaban los monumentos del pasado, las pirámides de Egipto, la catedral de Notre Dame, su lento apilamiento, su desfasado proceso de crear refugio, de encontrar belleza.

Nacía el *Art Nouveau*, la nueva corriente, joven y moderna, que rompía con los estilos dominantes y anquilosados, el academicismo y el realismo, buscando inspiración en la naturaleza y en los nuevos recursos industriales. Sin embargo, a pesar de su radicalismo, de su avance hacia el futuro, hacia la perfección humana, continuaba con el instintivo acercamiento hacia lo ya existente, hacia esa belleza invencible y misteriosa, que existía antes que cualquier civilización.

Las puertas se abrieron y un oleaje de excitación recorrió la multitud, que comenzó a estrujarse en las entradas, entre empujones y gritos. Arnaud amarró a Higgins, que trastabillaba sobre su bastón, incapaz de acoplarse a la cadencia de aquel rebaño agitado.

—¡Qué angustia la de la gente! —exclamó, tan excitado como el que más.

La obstrucción se liberó al traspasar la verja, y desembocaron en los jardines como la corriente de un río amansado. El paseo hacia los pabellones era un campo multicolor de sombrillas bordeadas de encajes, de sombreros de seda, que se mecían como las amapolas bajo la brisa de primavera. Los visitantes se dispersaban por los pabellones, con sus cestas para almorzar en los jardines, lejos de los cafeteros de la Exposición, que los esquilmarían con sus precios onerosos. Asomaban con placidez las fuentes de cascada, el arbolado joven, y las guirnaldas de luces que prenderían al anochecer. A ambos lados, como escoltas de cristal, se erigían los diferentes palacios, envolviendo el Campo de Marte y delimitando el camino hacia el padre de todos, el gran Palais des Machines, la Galería de las Máquinas, la otra gran obra del evento.

—¿Lleva lo necesario para nuestra pequeña ilusión?

Arnaud asintió, mostrando el cartapacio de cuero, con las anotaciones del discurso que el profesor ofrecería aquella noche en uno de los innumerables congresos que salpicarían los cafés y restaurantes de la Exposición.

—¿Los cincuenta folletos también?

—Los cincuenta folletos también. —Arnaud abrió su costal de cuero, donde asomó el grueso fajo de impresos—. Con sus fotografías y predicciones correspondientes. Esperando ser repartidos.

—Compruebe que estén todos —insistió Higgins, engalanado con levita y chistera de manufactura nueva, tan inquieto como un prometido el día de su boda. No era su única transformación: había renovado sus lentes, incluso se había domado el cabello, en la medida en que se deja amasar un matojo de alambres fosilizados. «Es el precio por agradar al público», había dicho frente al espejo con la indecisión de un profesor malogrado en sus aulas, que llevaba doce años sin hablar más que a sus alumnos.

Arnaud lo revisó por tercera vez, desde que salieran con el alba de su hospedaje en Batignolles. Llevaban allí siete semanas. Disponiéndolo todo con la precisión que tenían prevista. Acumulando decenas de retratos, en aquella extravagancia fotográfica que había ideado Arnaud tras su retorno del presidio, un disparate de ilusión shakesperiana, de Brujas Fatídicas, que al mismo capitán le parecía tan disparate como una teoría que adivinara el futuro o una Exposición Universal que pretendiera reunir todas las cosas del mundo. Y así habían estado, fotografiándose frente a la Torre para los cincuenta folletos que repartirían en la Exposición. Fotografiándose frente a la Torre para la hija de Arnaud.

Como todos los hoteles y casas de pensión de París, su hospedaje en Batignolles estaba atestado de clientes, la mayoría viajeros extranjeros y familias burguesas en busca de entretenimiento, un concepto nuevo que se extendía con brío. También abundaban comisionados de los países visitantes, técnicos empeñados en anticiparse al porvenir, inventores en busca de inspiración y delegados secretos de las coronas europeas, preocupadas por el aniversario que celebraba la Exposición: la decapitación de un rey un siglo antes.

París los recibía con damas instruidas, de encanto discreto y desperdigadas por todo alojamiento, encargadas de dar la bienvenida a los extranjeros y justificar así la fama de la ciudad, que vivía en constante transformación, desde que en 1852 Napoleón III ordenara al barón Haussmann revivir sus callejuelas estrechas y laberínticas, aún medievales. La Tercera República y el largo periodo de paz tras la guerra con Prusia de 1870, que coincidía con una paz común a toda Europa, una paz que aún sería mucho más larga, inquietantemente larga, habían permitido varias décadas de demoliciones, de trazados de amplias avenidas y bulevares, de rehabilitaciones de fachadas, parques y redes de alcantarillado.

—Ya estamos, ya estamos.

Higgins caminaba con premura, repicando en el adoquinado con la puntera acerada del bastón. Parecía atraído por un imán, que aceleraba sus pasos a medida que se acercaban a él. La Galería de las Máquinas rugía ante ellos, al final del Campo de Marte, con mil motores ensordeciendo sus entrañas.

—No somos tan pequeños —murmuró al llegar, temblando de fascinación.

Desde luego que lo somos.

Se adentraron en un espacio descomunal, un gigante de hierro forjado y acero, un palacio de cristal donde los rayos del sol desvelaban la miríadas de polvo que flotaban en el aire. Parecía el armazón de un coloso, con arcos triangulares que volaban sobre las máquinas, reproduciéndose cientos de metros en la distancia, hasta perderse, hasta confundirse unos con otros en una fuga infinita. La ingeniería se pronunciaba allí con un nuevo grito de sublevación, atrapando el estupor de los visitantes, incapaces de asimilar aquel trastorno de la construcción, que multiplicaba las dimensiones conocidas hasta entonces. Sintieron sumergirse en un eco solemne, de invernadero monumental, entre chirriares de grúas transportadoras y rumores de máquinas que funcionaban sin descanso, ensordeciendo el débil murmullo de la gente.

La Exposición pretendía reunir en París las cosas del mundo. Máquinas de reciente invención que convivían con templos, palacios, pagodas y catedrales, y con reproducciones de viviendas autóctonas de lugares inhóspitos y salvajes. Había iglús chorreantes, cabañas y chozas de la más diversa variedad, construidas por los propios indígenas, que vagaban entre la multitud con aire extraviado mientras los visitantes admiraban sus atuendos de plumas, alabándolos como a monos de feria.

—No entiendo el empeño de los enciclopedistas —mencionó Arnaud, ensordecido por las máquinas—. Pretenden organizar el mundo con el orden alfabético.

—Lo que pretenden es solucionar el mundo —respondió Higgins, con andares de hechizado—. Son los avances de la ciencia, que amplía sus dominios sobre los misterios de la naturaleza. Fíjese de lo que somos capaces, del espectáculo del ingenio humano. Hoy asistimos a su gran pronunciamiento, mi querido Arnaud.

El profesor paseaba entre la multitud con la felicidad impresa en el rostro, admirando los pabellones y los ingenios más novedosos. Se detenía frente a los artefactos de funcionamiento más enigmático, acariciándolos con la mirada, perdiéndose entre las chimeneas de bronce, entre los engranajes lubricados, entre las palancas y los relojes de agujas vibrantes que medían presiones, velocidades y temperaturas. Escrutaba sus recovecos y extraía de ellos análisis críticos, comentarios recelosos que cuestionaban las máquinas a pesar de su visible perfección, como si le acompañara una insatisfacción perpetua, esa necesidad de pensar que lo más importante no es lo que se muestra a los ojos, sino lo que se esconde más allá. Sin pretenderlo, su vida era la búsqueda de un secreto al que jamás daría alcance, un secreto que caminaba al ritmo de sus pasos, como una sombra adelantada. El secreto de *Las notas del tiempo*, que cojeaba como su progenitor.

La multitud se abrió con un murmullo de exaltación y asomó la enorme cabeza de un dragón, seguida por una cola de seda, que se contorneaba en una coreografía de gran belleza, habitada por la delegación china. El entusiasmo era tal, que los visitantes reían y aplaudían a pesar de verse derribados por los movimientos ciegos de la bestia.

—Mire, Arnaud, mire. El triciclo de Carl Benz.

Se exhibía junto al Serpollet-Peugeot a vapor y el americano Daimler con llantas de acero, los primeros coches autopropulsados. Brillantes, esmaltados, rodeados de visitantes que los observaban con la admiración pavorosa de una maravilla del futuro. A simple vista parecían pequeñas calesas de tres ruedas y capota plegable, pero rehusaban las riendas y los estribos. Su tiro, decían, se escondía en sus entrañas. Se impulsaban por la energía mecánica que producía la gasolina al arder, un combustible que, al parecer, se vendía en las boticas con fines médicos.

La condena de la Exposición era aunar genialidades en un mismo día y en un mismo lugar. No existía corazón con suficiente entusiasmo para admirarlas como merecían, tal vez el de Higgins y el de algún quinceañero prendado se aproximara a las dosis de pasión requeridas. Más allá del triciclo de Benz, la gente se agolpaba sobre el nuevo ingenio de Thomas Alba Edison: el fonógrafo, un cilindro de cartón parafinado que, como una caracola terráquea, absorbía los sonidos y los repetía después con una exactitud asombrosa. Muchos lo catalogaban como el invento de la Exposición, igualándolo con el teléfono de 1878. Algunos, incluso osaban adelantarse y vaticinaban «la visión a distancia» como la nueva invención para el futuro.

El de Edison mejoraba el fonoautógrafo de Léon Scott, y lo catapultaba al mundo como había hecho Graham Bell con el teléfono, o mejor dicho, con el teletrófono de Antonio Meucci. Su patente en 1860 había pasado desapercibida, al contrario que la de las industrias Bell de 1876, cuando registraron el mismo ingenio con otro nombre, tal vez sabedores de que la documentación registrada por Meucci había sido perdida.

El teléfono se exhibía en una reproducción de la Estación Central, con la cabina de una señorita telefonista que, frente a su tablero de cables, simulaba atender a los abonados a la línea. Dos caballeros de chaleco rayado y bigote de guías, aparato en mano, facilitaban al público sus instrucciones de uso, mientras colaboraban con la telefonista en la representación de una llamada.

—Se tomarán los teléfonos —exclamaban—, se aplicarán a los oídos, y después de oír la palabra «central», se aproximará la boca a la tablilla amarilla, esta misma que ven ustedes, sobre el pupitre que forma la caja del aparato. Entonces podrán manifestar lo que deseen.

—El telégrafo parlante —murmuraba Higgins, entre los curiosos del público—. Tan simple como las ondas. Aunque el sonido es más desorganizado. No es como la luz, que no extravía sus ondas por el camino. El sonido necesita un medio conductor que las encauce hasta su destino. Extraordinario, ¿no le parece?

—Desde luego.

Le respondió la voz de un desconocido, absorto como él en los misterios del ingenio. El profesor se volvió, buscando a Arnaud, que había desaparecido.

—¿Arnaud?

Él había avanzado por la arteria principal de la galería, medio centenar de pasos más allá. No era la suya una deriva fortuita, la que le había anclado ante la muestra del ingeniero español Isaac Peral. Era una búsqueda deliberada, el seguimiento de una estela atrayente que percibía desde varios años atrás, desde las catacumbas de su presidio, un sonido embriagador que colmaba su mente como la flauta de Hamelín. Había comenzado a trazarse en su cabeza, mientras absorbía la imaginación de Jules Verne en *Veinte mil leguas de viaje submarino*, mientras se impregnaba de sus visiones estrambóticas de hombres bajo el agua, en las profundidades del océano, caminando entre algas y peces desconocidos, con armazones y escafandras de latón.

Se había informado debidamente, en las revistas más prestigiosas de la comunidad científica. Los rumores hablaban de un barco que navegaba bajo el agua. Lo llamaban «submarino», un diseño de Isaac Peral, que utilizaba la electricidad como energía motriz, con estructura de acero y dos motores de propulsión de más de treinta caballos. Se exhibía una breve muestra al final de la galería, con una decena de planos, ilustraciones, secciones estructurales y varias maquetas. Los documentos explicativos del proyecto informaban de su botadura en septiembre de 1888, en el Arsenal de la Carraca. En aquel momento, se hallaba en periodo de pruebas, en las costas de Cartagena.

En el extremo final del expositor, junto a grabados de diferentes ingenios marinos, se mostraba la ilustración de un buzo emergiendo del mar. Arnaud se inclinó, acercando la mirada como si buscara un trazo oculto en el dibujo, un detalle desapercibido que requiriera lentes de aumento.

—El modelo de Augustus Siebe es el más fiable —murmuró el encargado, que se le había acercado—. El traje es impermeable, de tela con caucho, peto metálico enroscado a la escafandra, tres mirillas acristaladas y conducto de aire hacia la superficie.

—¿Qué profundidad alcanza?

—Unos ochenta pies.

Arnaud asintió, absorto en la ilustración. Lo desatendió el encargado, al que requerían junto a la maqueta estructural del submarino.

—Usted buscaría el mar hasta en el centro de la Tierra. —La voz de Higgins asomaba junto a él, inclinada sobre el bastón.

Arnaud sonrió, con aquella mansedumbre triste que le mutilaba cada gesto, cada expresión de posible alegría, desde aquella semana que pasó en Altzuri tras ser liberado, antes de que volviera a Iffley Road; en aquella ocasión, para quedarse. Y Higgins, temeroso de perturbar la compañía prolongada de su amigo, callaba, sin preguntar.

—Ya estamos en el centro de la Tierra —murmuró Arnaud, divertido, señalando alrededor.

—¿Y qué es lo que busca? —insistió Higgins con interés, recolocándose las antiparras nuevas frente al grabado.

—Curiosidad.

—¿Curiosidad? Eso no se busca, mi querido Arnaud.

Desvió la mirada el marino, algo incómodo ante la insistencia del profesor.

—Es la hora de iniciar el reparto de los folletos.

Higgins asintió, revolviéndose sobre el bastón, inquieto. El discurso de la presentación al mundo de *Las notas del tiempo* le pesaba como si realmente el mundo fuera a posarse sobre él.

—Necesitamos tiempo para distribuirlos bien, antes de la noche.

Las fiestas y las galas centellearon bajo las estrellas. Los cafés y restaurantes acristalados envolvían El Campo de Marte con melodías de violín y rumores de glamour hechizante. Cientos de veladores alumbrados, caballeros de crenchas abrillantadas y levitas con faldón, damas de sombreros emplumados y corpiños adornados con pecheras y encajes, se distendían con gracia entre tintineos de copas y servidumbres de camareros. En los fumaderos reservados a varones, sin embargo, el ambiente se enredaba entre nebulosas de tabaco, más tirante y exaltado. Se propagaban discursos y tertulias de la más diversa índole, infectas casi todas por la exaltación febril de la Exposición, que parecía catapultar el genio humano hasta cotas insospechadas.

Se hablaba de hijos diseñados antes de nacer, de médicos que permitían decidir sobre su sexo, su tamaño y el color de sus ojos, de vestimentas de invisibilidad, de vidas alargadas hasta los doscientos años, de viajes por el aire a velocidades inauditas, de exploraciones a la Luna, de interacciones con seres de otros planetas y cuerpos celestes, de una civilización robótica, con humanos eximidos del trabajo.

Componían todos el horizonte de la inventiva, que en aquel París de 1889 parecía más llano y desbrozado que el mayor de los desiertos. Sin embargo, tras el ruidoso entusiasmo, comenzaba a germinar una vaga inquietud, la de sentirse en un viaje vertiginoso hacia lo desconocido. La Iglesia, los reyes y todo aquel con demasiado que perder, veían en aquel trastorno la grieta por la que se filtraría la subversión de todos los principios, el fin de una era.

—El mundo vive gracias al secreto, al misterio. Si París es mágica, es gracias a eso, y ahora pretendemos iluminarla con la luz eléctrica, con el positivismo y ese símbolo de la Exposición.

El caballero dueño de la palabra señaló más allá de los cristales, hacia la muchedumbre que se agitaba como un hormigueo fascinado, entre los pabellones iluminados con guirnaldas de gas y focos eléctricos. Parecían insectos atraídos por la luz, todos ellos al amparo de la Torre Eiffel, con sus destellos de bengala y las lentes teñidas de azul y rojo.

—Esa insolente Torre —añadió—, pretende mostrarnos la ciudad entera.

Era miembro de las sectas espirituales que se encaraban abiertamente a la Exposición. Uno de esos gnósticos, médiums, rosacruces o nostálgicos de la alquimia que abundaban en París, refugio durante años de los saberes esotéricos.

Samuel L. Higgins ordenó sus apuntes ante la lluvia de críticas, que empapaban su frente y la hacían gotear sobre el estrado. Le palpitaba el párpado izquierdo, aumentado tras la lente. Su discurso había traqueteado entre rumores y cuchicheos, entre risas bajas y comentarios jocosos, a pesar de los cinco meses de preparación exhaustiva, casi enfermiza. Tras dos décadas de estudio ininterrumpido, había presentado al mundo *Las notas del tiempo*. Una breve sinopsis de su funcionamiento, con gráficos y ejemplos ilustrados repartidos entre los oyentes.

—Hemos repartido entre los visitantes a la Exposición un pequeño folleto informativo —anunció—. Los cincuenta afortunados encontrarán en su interior una predicción, como muestra de lo expuesto esta noche.

Para entonces, su voz era un gorgoteo ahogado por el murmullo del público, incrédulo hasta la burla ante aquel individuo esmirriado y tartamudo que pretendía predecir el futuro. Pocos le escucharon.

—Peca de analogía, doctor Higgins —intervino otro oyente, un individuo grueso, de patillas pobladas y mirada viva tras un monóculo de concha—. Traza semejanzas entre imperios, entre las grandes urbes de toda civilización y toda época. Clasifica cada extracto de sus existencias en lo que usted denomina notas y compases. Y créame, le comprendo. A poco que observemos, los vínculos brotan ante nuestros ojos ávidos de exploración, como flores seductoras. Sí, tal vez la Historia se dé un aire. La cuestión es, doctor Higgins, si esas semejanzas son significativas o se hacen significativas cuando las consideramos como tal.

—Soy consciente de mi huella —tartajeó Higgins. Su esmerado discurso, sujeto entre sus manos, temblequeaba como la máquina de un vapor—. Soy consciente de que escribo la Historia con mi puño y letra...

—Se cree actuando tras un velo —terció el oyente—, hurgando en el pasado con discreción, creyendo no contaminarlo. La Historia nos necesita para existir, doctor Higgins, se concibe con la palabra escrita, aunque mancille la verdad de la propia Historia. Y usted se aprovecha de ello.

Asintió el profesor, el cuello enrojecido bajo la corbata opresora, las sienes chorreantes de sudor.

—Sufro limitación histórica, como todos ustedes. Examino el pasado desde el presente, y percibo desde ahí la delineación futura... por esa razón, ideé un método que disminuye el impacto personal...

—¡Chanzas de embaucador!

—... una continua revisión de mi proceder. Evalúo cada paso y retrocedo si lo considero infeccioso... me limita y enlentece el avance, pero apuntala con firmeza la ruta despejada.

—¡Melodía farsante de la Historia!

—¡Se imagina usted lo que oye!

—¡Oídos embusteros!

Se aliaban todas las voces, incluso la suya propia, para entrecortarle como en un traqueteo de telégrafo. El médium se había alzado, entre las sillas de mimbre y alentado por sus compañeros, con un dedo acusador encañonando a Higgins.

—Usted y la camarilla de iluminados de la Exposición representan la enfermedad del positivismo —exclamaba—. Su deseo de conocerlo todo, de esclarecerlo todo, es el mal de nuestra época. El mundo sin misterio se condena a sucumbir.

Higgins se encogía en su caparazón invisible, encorvado bajo su espalda contrahecha, oculto tras el estrado. Buscaba la mirada de Arnaud, que lo contemplaba con su indolencia silenciosa, en primera fila. Parecía no sufrir las críticas, que troceaban a machetazos el proyecto al que él también había dedicado un tercio de su vida.

—Y lo que ustedes acaban de mostrar —sentenciaba el médium— es la ciencia convertida en disparate. Les agradezco su torpeza, caballeros, acaban de bufonear con una teoría de escándalo, de risa, todo lo que aquí se exhibe.

—Dijo que causaríamos un debate inaudito —murmuró Arnaud—. Creo que acertó, profesor.

Un farolero iluminaba la silenciosa calle, manejando con presteza la pértiga y el chuzo entre los transeúntes que paseaban con placidez. Tras él quedaba la vaporosa estela de las luces, perdida en la distancia, que proyectaban su débil claridad sobre el adoquinado.

—No se burle, Arnaud. La irritación del público es otra forma de interés, y la prefiero a la indiferencia.

Caminaban con mansedumbre cansada, de vuelta a la pensión. En los bajos de las casas, de vez en cuando, asomaban albergues y locales lóbregos, ocultos por la organización de la Exposición, donde se permitía a los vagabundos dormir en los suelos para liberar las calles. El marino reculó ante el comentario, guardando silencio, consciente de la invalidez del profesor para la autocompasión chistosa.

—Hemos provocado a los asistentes —observó entonces—. Eso está bien.

Higgins asintió, frunciendo las cejas con gravedad, encorvado sobre el bastón.

—Ninguno ha abandonado la sala.

—Y nuestro principal cometido ha sido todo un éxito.

Asintió de nuevo el profesor, satisfecho.

—Hemos repartido los cincuenta folletos entre individuos al azar. Como estaba previsto.

—Se hablará de nuestro presagio, tarde o temprano. Ya lo verá, profesor.

Calló Higgins, cojeando sobre el bastón, pensativo.

—Aunque, si le soy sincero, me preocupa que nuestra ilusión fotográfica sea tan extravagante como *Las notas del tiempo*. Temo que el público se burle como esta noche, mi querido Arnaud. Al fin y al cabo, la ilusión no es más que un remiendo para algo que no funciona.

—El público se rendirá a los pies de nuestra ilusión fotográfica. Precisamente por eso, porque es extravagante. Porque en este mundo lo extravagante se convierte en deidad, profesor.

Se apartaron de la calzada ante el traqueteo de un landó, que los sobrepasó con estela de risas y rumor de doncellas. De su techumbre se zarandeaban varios armazones de polisón, como en una carreta con jaulas vacías de pájaros. Ambos transeúntes lo vieron alejarse, en silencio mientras se imaginaban un interior cálido, de pieles sonrosadas y enaguas flojas.

—¿Puedo hacerle una pregunta indiscreta, profesor?

—Como guste, Arnaud.

—¿Ha besado a alguna mujer?

Calló Samuel L. Higgins mientras arrastraba su pierna atrofiada y torcida, balanceándose sobre el bastón.

—Por supuesto —respondió—. Y más que eso. ¿Qué se piensa usted?

—Disculpe, profesor. No pretendía ofenderle.

Se había erguido Higgins, todo lo que su espalda le permitía. El bastón repicaba en el empedrado. Su voz se amansó.

—No lo hace.

Arnaud guardó silencio, temiendo haberle incomodado. El landó se desvanecía más allá de los faroles de gas. Aquella luz vieja parecía heredera de las velas y de la luna, porque iluminaba solo su contorno y permitía los misterios de la penumbra.

—Si yo no le pregunto por su familia, es porque sé que la añora. Sepa usted que no es descortesía.

La voz del profesor había brotado de golpe, con lo espontáneo de las palabras contenidas, de esas que se impacientan en la sala de espera y fuerzan el momento oportuno. Miró de soslayo a Arnaud, que perdía la mirada en la distancia, en las estrellas centelleantes de gas. Caminaron de vuelta a la pensión, en silencio, hasta su cuartucho sin estufa, hasta sus jergones ásperos de sábanas frías.

19

Rue Saint Honoré, París, 26 de febrero de 1914

El cielo pendía sobre París como algodón plomizo. Y París, con la sonrisa recompuesta tras la noche festiva, le respondía con un resplandor tenue, matinal, de luz serena y elegante. Elsa paseaba por sus aceras, prendada por las tiendecitas y pastelerías repletas de *macarons* y trufas cubiertas de copos de oro. La ciudad había hurtado un pedacito de ella. Tal vez fuera por el hechizo de sus calles, o por el encanto ilusorio que reflejaban los transeúntes. O tal vez fuera por las palabras amantes de Benjamin, cuando fantaseaba sobre París frente al ventanal de Avingdon Street.

Recordaba su perfil distinguido meses antes de marcharse, en el otoño de 1913, de pie ante el atril, recortado por la luz desnutrida de Londres. Acariciaba su lienzo con el pincel, captando el paseo del Támesis y las siluetas que lo transitaban. Irradiaba pasión por la boca, hablando de las personas como si no fuera suficiente con pintarlas. Elsa lo escuchaba, con los dedos rozando las teclas de la Smith Premier, sonriente de verlo sonreír. «Nuestras vidas componen un Támesis interminable —decía—, un Sena interminable más bien, que solo el artista captura en la única eternidad conocida, la del arte.»

Elsa se sabía embriagada, a pesar de su certidumbre sobre la sonrisa engañosa de la ciudad. París asomaba en su memoria con palabras de Benjamin, palabras de sueños que desoían toda sospecha sobre la miseria oculta tras el esplendor de sus calles.

Y por eso observaba a las parisinas, sus maquillajes palidecidos en contraste con el rojo intenso de los labios, sus chaquetas a la moda, de fino encaje, con faldas cortas y sombreras envueltas en papel de celofán, acompañadas por caballeros refinados, que les cedían el paso en restaurantes y cafés donde, con gesto reverencial, los acogía un engalanado *maître*. París era el reinado de la mujer, ella vivía de la ciudad, y la ciudad vivía de ella. Los modistas y decoradores trabajaban con ahínco para realzar sus encantos, los joyeros producían lentejuelas deslumbrantes, telas labradas, bordados en perlas, boas de plumas, sombreros con pájaros, arabescos en los broches y pendientes. Todo, porque la ciudad lo exigía.

Elsa la percibió cerca, al sumergirse en los jardines de las Tullerías. Asomaba a lo lejos, entre regueros invernales de olmos y castaños: la silueta de la Torre. Sostuvo su bolso, que le pendía en la cadera, donde guardaba las fotografías de su padre. Una fe irracional la persuadía a seguir sus mensajes, como si los sobres de los fantasmas le hubieran susurrado palabras embrujadas que inyectaban en ella la extraña certeza de que Benjamin y Arnaud compartían su rastro. Y lo hacía a pesar de aquella carta tóxica que le envenenó media vida, a pesar del eco de aquellas palabras que aún pululaban en su interior, como seres desalmados que la sembraban de dudas y la hacían negar a veces con la cabeza, a solas y en gesto instintivo, sorprendiéndose al hacerlo incluso a sí misma. Benjamin no había ido a París. Benjamin no escribió eso. No lo hizo.

Y así se había recorrido el distrito de Montmartre, en dos días intensos, con despliegues de preguntas y retratos de su esposo entre los galeristas y marchantes de arte que podían haber entrado en contacto con él. Buscando alivio. Buscando que nadie lo hubiera visto. Sonrió fugazmente, mientras reproducía en su memoria la escena de la galería Perrault. Su desnudo descansaba en su habitación de hotel, lejos de oscuros desvanes de galerías donde había compartido espacio con desnudos de otras desconocidas.

El estómago le hormigueó de inquietud mientras atravesaba los amplios bulevares de parterres. Bordeó las pequeñas lagunas, rodeadas por columnas corintias con hiedras trepadoras de elegante follaje. Bajo la atenta mirada de las nodrizas, los niños jugaban en el agua, deslizando pequeños barcos de vela. Caminó por los senderos de grava, hasta emerger a la superficie bulliciosa de la place de la Concorde, dejando atrás aquel oasis de paz. Los vehículos y tranvías a motor envolvían el Obelisco, con sus ronroneos de combustible.

Elsa buscó la placidez del Sena, que descendía manso bajo la vigilancia de la Torre Eiffel. Se estiraba a los cielos a medida que se acercaba, cada vez más vasta, más alta, más agresiva al punzar las nubes. Cruzó el puente Alejandro III y se internó en la explanada de los Inválidos.

Los vendedores de periódicos voceaban por el bulevar las publicaciones del día: «Nueva crisis en los Balcanes. El caso del general Von Sanders. Los espías del káiser conspiran contra la Triple Entente.» Los interceptaban las manos ávidas de los transeúntes, que se alejaban con los papeles abiertos o se reunían en corros, comentando los rótulos que encabezaban las primeras páginas. Una inquietud común parecía abarcar a todos, mujeres y hombres, extraños de diferente posición, lengua, raza y religión que cruzaban sus impresiones con voces exaltadas. Elsa lo había percibido en Londres, donde la opinión pública inglesa desconfiaba del naciente Imperio alemán. Pululaban libros, noticias y artículos alarmistas sobre una hipotética invasión, sobre los intereses de la *Weltpolitik*, su Plan Schlieffen de ocupar Bélgica en caso de guerra, y la polémica de los *dreadnoughts* en 1908. Eran todos rumores y pequeñas porciones de la inmensa relación económica entre las potencias de Europa, más complementaria que competitiva, puntas visibles del gran iceberg empleadas por la prensa para exacerbar a la población.

Elsa había especulado sobre ello en revistas y diarios británicos, cuando escribía reportajes y crónicas de sociedad, antes de embarcarse en su gran proyecto, la novela que llevaba meses sin tocar. Acumulaban años de crisis diplomáticas, que separaban países y unían a las gentes diversas de una misma nación. Eran habituales las escenas como aquella, donde parecía haber desaparecido la indiferencia y el recelo que separan a los habitantes de las grandes urbes. Esa ignorancia mutua, esa rivalidad medida con la mirada al cruzarse por la calle, desvanecida por espontáneos sentimientos de fraternidad. Las crisis entre naciones despertaban un extraño sentimiento de comunidad, unían a seres diversos, hasta los más desfavorecidos, y los convertían en masa, en pueblo. Las existencias más corrientes adquirían, de pronto, un nuevo sentido, un orgullo bello e inquietante de pertenecer a una nación.

El Campo de Marte se abrió ante ella. La luz llegaba moribunda, tras un filtro enrarecido del cielo, que parecía una cúpula de nebulosas. Extirpaba el verde de los jardines, más próximos que nunca al astro que les daba el nombre. Sus botines de cuero crujían sobre el sendero de gravilla, en compás cada vez más lento, hasta que se detuvieron frente a la Torre, a unos doscientos pies.

Extrajo el sobre con la última fotografía del Armario del Tiempo.

«Descubrirás la verdad en 1914. Búscame cuando llegue el momento.»

Arnaud Mendíbil y su misterioso acompañante posaban en aquel mismo punto, veinticinco años antes. El sol brillaba, la Torre aún crecía sin haberse concluido, con sus cuatro patas a un suspiro de unirse en la cúspide, poco antes de inaugurarse la Exposición.

—Resplandecía más en 1889.

Elsa se volvió. El hombre contemplaba la Torre, junto a ella, mientras extraía un cigarrillo de la pitillera con movimientos mecánicos que no requerían la atención de una mirada. Guardó la fotografía en el bolso, recelosa.

—No me refería al retrato, señora —añadió el desconocido ante su gesto—. Resplandecía más hasta en los días de lluvia.

Encendió el cigarrillo, y una bocanada de humo se replegó bajo el ala de su sombrero, retrocediendo como una ola. Entornó la mirada, dos pupilas negras que continuaban absortas en la Torre, serenas. Era alto y de porte distinguido, frisando los cuarenta, con el mentón pulcramente rasurado sobre las solapas de la gabardina.

—El tiempo lo tiñe todo de romanticismo —respondió Elsa, erguida y con las manos tensas sobre el bolso.

—Ojalá fueran ilusiones de la memoria —terció el otro—. Pero no tuve el gusto de conocer la Torre en 1889. No, no me refiero a eso.

Elsa reanudó el andar, algo intimidada ante el abordaje del desconocido.

—No pretendo seguirla, Elsa Craig. Me gustaría hablar con usted.

Su nombre la golpeó en el pecho, como un tambor interno. Se volvió de nuevo, estremecida.

—¿Me conoce?

El individuo la contemplaba, la mirada de una extraña gentileza, lúgubre, difícil de calibrar.

—Notablemente —respondió—. A pesar de que usted no me conozca a mí.

Se acercó, y cada crujir de sus zapatos sobre la gravilla irguió más el mentón de Elsa, envolviéndola de altivez distante, hasta que se detuvo a un palmo de distancia y sintió su corazón tan encogido como una cría de jilguero.

—Sería justo nivelar las condiciones —añadió entonces ella.

Él trazó una leve sonrisa, apenas un espejismo de labios arqueados con elegancia. Le estrechó la mano, desenfundándola del bolsillo derecho de la gabardina. Elsa sintió un tacto agradable, suave y cálido.

—John Bell. Trabajo para el gobierno británico.

Lo escrutó con atención, mientras se desembarazaba de su mano.

—¿Diplomático?

—Home Office. Asuntos internos.

—¿Y París es un asunto interno?

Sonrió moderado, aseverando enseguida los labios, con una mirada que destacaba sobre cualquier sonrisa.

—Usted es un asunto interno, señora Craig.

—¿Se está burlando de mí?

—De ningún modo.

—¿Y qué es lo que quiere?

John Bell aspiró una bocanada, lentamente, mientras la estudiaba a través de la bruma. Buscó entonces dentro de su gabardina y extrajo un pequeño folleto de papel grueso, descolorido y arrugado por el tiempo.

—No pretendía ser indiscreto al contemplar su fotografía —dijo, tendiéndoselo—. Pero verá usted que albergo mis razones.

—¿Qué es esto? —preguntó Elsa.

—La primera de mis razones.

Sostenía un pequeño impreso explicativo, con textos ilustrados y un encabezamiento de letras viejas, floridas en demasía. Elsa sintió un leve chirrido en su cabeza, como una puerta que se abría. Leyó el encabezamiento.

¡Atrévase, intrépido visitante! He aquí la presentación al mundo de *Las notas del tiempo*. Descubra el sonido de la Historia, entienda su partitura antes de que suene por sí misma. Conviértase en uno de los pocos afortunados y conozca la primera fotografía que le mostrará el futuro.

—Se repartieron en mayo de 1889 —precisó John Bell—, durante la inauguración de la Exposición Universal. Una breve sinopsis, con una fotografía adjunta en el reverso. Tal vez le resulte familiar.

Elsa le dio la vuelta y allí la encontró. Su fotografía. La misma que protegía en su bolso de baquelita. Idéntica, exacta en sus detalles, en el emplazamiento, en el ángulo, en la exposición a la luz. Su padre y su misterioso acompañante, la Torre Eiffel de fondo, aún en construcción. Solo un elemento, un ínfimo desatino, que discordaba en el centro del encuadre: la cuartilla que su padre, Arnaud Mendíbil, mostraba en sus manos.

Sintió un vahído en el estómago, que invirtió su curso y le ascendió por el esófago. John Bell le robó las palabras.

—«La isla de Cuba se emancipará del Imperio español en 1898» —recitó—. Como ya sabrá, sucedió realmente como vaticina el impreso. El levantamiento de 1895, el grito de Oriente, la explosión del acorazado *Maine* y, finalmente, la rendición en 1898 del ejército colonial español ante el avance de las tropas estadounidenses.

Elsa estudiaba la fotografía, absorta en ella, como si aún estuviera fresca y desprendiera vapores de colodión.

—¿Cómo llegó a usted? —musitó.

—Veo que no le sorprende. Deduzco que ya está familiarizada con este singular proceder.

Elsa guardó silencio, sin llegar a responderle.

—Se publicó un pequeño artículo en el diario *Le Petit Parisien* —informó entonces el inglés—, hace dieciséis años, en 1898, cuando se cumplió la profecía. El redactor, Matthieu Hinault, aún conservaba el folleto; lo repartían en la Galería de las Máquinas el primer día de la Exposición. Una edición limitada, creemos que unos cincuenta ejemplares. Fue uno de los afortunados en adquirirlo.

—¿No hubo revuelo tras la publicación?

—El cruce de siglos inquieta a la gente. Plagas apocalípticas, fantasías de futuro, invasiones extraterrestres... las conjeturas se solapan. El artículo quedó silenciado al ver la luz.

Elsa tenía los dedos ateridos de frío y apenas sentía el roce del folleto. Parecía un ardid del invierno, que mantenía el papel lejano, al otro lado de un manto de insensibilidad, de un estrato del tiempo que, a pesar de tenerlo en sus manos, ella no podía atravesar.

—Parece original —murmuró.

John Bell consumió su cigarrillo y lo lanzó al empedrado mojado. Una quimera en el Campo de Marte.

—Nos lo facilitó la viuda de Matthieu Hinault —añadió, recogiendo el documento—. Hace cinco meses.

—¿Por qué hace cinco meses?

Sonrió de nuevo el inglés, guardándose el impreso en el bolsillo de la gabardina. Lo secundó al instante un pequeño sobre, que también extrajo del bolsillo como un ilusionista de los teatros, que convierte el papel en paloma sin mostrar los dos cuerpos a la vez.

—He ahí mi segunda razón —dijo—. Deduzco que también le resultará familiar.

Le tamborileó el corazón a Elsa, en un redoble *in crescendo*, como si tuviera dentro una orquesta en miniatura. El sobre, sellado con el mismo lacre, con el mismo grabado de la silueta etérea: el fantasma, en el centro del reloj de sol.

—No se abrume, señora Craig. Las familiaridades llegan así, en familia.

Lo abrió, con la certeza absoluta de lo que iba a encontrar. Lo hizo sin el desconcierto de la sorpresa, a pesar de su corazón musical, porque hacía tiempo que se sabía dentro de un juego, de un embrujo de lo inverosímil.

Había corrido el tiempo respecto a la anterior fotografía, marchitando el rostro de los dos retratados, que florecían de arrugas y bolsas de cansancio. El escenario también había cambiado. Una planicie adoquinada, un edificio neoclásico en construcción, acometido por marañas de andamiajes y obreros, donde asomaban pilastras pétreas y monumentales. Manaban de sus entrañas vías de locomotora, elevadas de la calle por un puente de granito y hierro colado. Al fondo, tras las brumas de la construcción, se dibujaba el perfil de los tejados, y las dos torres de aguja de una iglesia gótica, con sus arquerías ojivales y sus bóvedas de crucería.

—Estación de Josefstadt, Viena, 1897 —precisó John Bell—. Aún en construcción. Pocos meses antes de la inauguración del Wiener Stadtbahn, el ferrocarril metropolitano de Viena. Una vez más, al igual que con la Torre Eiffel en 1889, nuestros dos individuos se aseguran de que sepamos el año exacto de la fotografía.

El mismo procedimiento. La misma cuartilla en las manos de su padre, manifestándose ante la cámara. Un nuevo presagio que tembló bajo los pies de Elsa, como un seísmo subterráneo, como un espejismo del metropolitano que parecía a punto de emerger de aquella estación.

HABRÁ GUERRA EN 1914.

—El Foreign Office ha recibido una serie de misivas en los últimos cinco meses —le informó John Bell—. Las remitieron a mi departamento. Esa que sostiene fue la primera. Llegó acompañada de un recorte del artículo de Matthieu Hinault, fallecido hace tres años. De ahí que accediéramos al folleto de 1889 a través de su esposa, como ya le he dicho.

Soplaba un viento húmedo en el Campo de Marte. Paseaban los transeúntes por los senderos de gravilla, entre conversaciones lejanas.

—No somos los únicos que reciben sobres con fantasmas. Nuestras redes de informadores alertan de copias idénticas en las cúpulas de otros gobiernos de Europa.

Elsa alzó la vista y la entornó en la mirada del señor Bell. Le fluían briznas de cabello bajo el sombrero *cloche*. Parecía una isla de piel pálida y dulce, varada en la explanada gris, rodeada de invierno.

—¿Dice que han recibido alguno más? —inquirió.

—Similares al que sostiene. Aunque en ellos posan con letreros grandes, en lugar de con cuartillas, y precisan los detalles del conflicto que vaticinan.

—¿Qué clase de detalles?

Bell guardó un silencio reflexivo, mientras buscaba un nuevo cigarrillo en su pitillera de carey.

—¿Ha oído hablar de *La Guerre Future*, de Ivan Bloch?

Elsa asintió, vagamente.

—Bloch era un oligarca ruso —relató John Bell—, pionero de la industria ferroviaria, que fundó un grupo internacional de expertos en diferentes áreas con el interés de pronosticar las guerras futuras. Y lo hizo hace veinte años, cuando no existían los fusiles automáticos ni los aviones, cuando los ejércitos aún se desplazaban con tácticas de los tiempos de Napoleón. El resultado fue una obra de seis volúmenes, publicada en San Petersburgo en 1898, sin reconocimiento de la crítica, que consideraba a Bloch un multimillonario excéntrico. Sin embargo, un año antes de morir, en 1901, obtuvo una nominación al Nobel de la Paz, premio que recayó en el suizo Henri Dunant, el fundador de la Cruz Roja Internacional.

—¿Y cuál es su relación con todo esto?

—Nuestros dos individuos trabajaron en la concepción de *La Guerre Future*, entre 1893 y 1898. Disponemos de seis fotografías con escritos diferentes, y en todas ellas aparece de fondo la estación de Josefstadt en construcción. Los letreros precisan aspectos de una guerra que, según ellos, estallará este mismo año. Y los anuncios coinciden con la obra de Ivan Bloch, que aún no se había publicado cuando se tomaron esas fotografías.

—¿A qué aspectos se refieren?

John Bell expulsó el humo de la nariz, como dos surtidores de aire.

—Hablan de aparatos voladores, de aeronaves, que acribillan desde lo alto a los ejércitos enemigos. Hablan de armas químicas, de gases nocivos y asfixiantes, de fusiles automáticos con aleaciones de nuevos metales, de armazones de acero móviles y desplazados a motor, provistos de cañones e invulnerables a las balas y las granadas ligeras. Hablan de explosiones imprevistas de acorazados y buques de línea, hundidos por bandadas invisibles de submarinos. Hablan de frentes interminables, sembrados de trincheras y alambres de espino, de una Europa fragmentada, sumida en ruinas. Pronostican una guerra mundial, una guerra sin precedentes, un cataclismo de perdedores, largo, masivo, con millones de muertes y un trastorno profundo de la humanidad.

Calló el inglés, sereno, tras el tropel de palabras.

—¿Y eso les inquieta? —pronunció Elsa, inmune a la sarta apocalíptica que acababa de oír.

—¿Cómo dice?

—¿Les inquieta que pronostiquen algo que ya saben? —reincidió—. La industria bélica, las crisis diplomáticas, es evidente que sugieren la tendencia hacia una guerra.

John Bell agitó su cigarrillo, en fugaz nevada de ceniza.

—Nos inquieta que lo pronosticaran hace diecisiete años. Que señalaran 1914 como hicieron en 1889 con el vaticinio de la independencia cubana en 1898. Nos inquieta el juego de números. Nos inquieta tanto como a usted, que también conserva sus propias predicciones.

—De ahí el interés, entonces.

De nuevo, un leve atisbo de sonrisa en la mirada opaca del inglés. Había un deje irónico en su voz, como si, más allá de su gravedad, le divirtiera todo aquello.

—Nos enviaron la primera predicción con un recorte del artículo de Matthieu Hinault. Se aseguraron de hacernos saber que habían acertado antes. Y que lo volverían a hacer.

—Quieren saber cómo diablos fotografían el futuro, ¿no es así? El origen de todo esto.

Sonrió el otro con los labios, mientras los abría para inhalar sabia Lucky Strike.

—Siempre hay un interés en todo desplazamiento meditado, señora Craig. El mundo es un tablero gigante de ajedrez. Piezas que se entrecruzan. Números que hacen que se entrecrucen. Mentes que piensan en los números como si los conocieran todos.

—¿Sabe dónde se encuentra mi padre?

—Arnaud Mendíbil se encuentra en paradero desconocido.

—¿Y Benjamin?

—El caso de su esposo es el mismo: desaparecido desde mediados de enero.

Elsa escrutó el semblante del inglés y le acercó el retrato de Viena, señalando al acompañante de su padre.

—¿Quien es él?

—El artífice de *Las notas del tiempo*. Samuel Lowell Higgins.

Tembló el retrato, suspendido entre ambos.

—Conocerá *La vida del profesor Livingstone*, de Arthur des Cars —mencionó entonces el inglés—. Publicada por fascículos en la revista londinense *The Fleet Magazine*. Tan aclamada por el público.

Elsa irguió el mentón, sin abrir la boca. Asintió.

—¿Sabe usted que en realidad narra la vida del profesor Higgins? —insistió él.

Elsa agitó el retrato, con insistencia, hasta que John Bell lo recogió antes de que el temblor de sus manos se descontrolara.

—¿Se encuentra usted bien, señora Craig?

—Por supuesto —dijo con las manos ya liberadas, alisándose el traje sastre de *tweed*.

—Entonces, ¿conoce usted la novela?

Asintió Elsa, algo aturdida.

—Desconocía que retratara la vida de ese hombre. El que aparece junto a mi padre.

John Bell la estudió, silencioso.

—La coincidencia resulta de lo más singular, señora Craig. Comprendo su confusión. ¿Tiene algo donde apuntar?

Ella lo miró, algo desubicada, mientras repetía para sí la pregunta, hasta entenderla.

—Claro —respondió, extrayendo de su bolso una libreta de cuero, con un lápiz apresado bajo el cordel.

—Rezuma dotes de periodista —observó el inglés con sorna.

Elsa alzó la mirada mientras abría la libreta, la palidez de sus pómulos ligeramente encendida.

—Y usted de agente secreto.

Aquella vez sí, enseñó la dentadura John Bell, y su semblante estoico soltó una carcajada.

—Dos direcciones —dijo complacido, mientras señalaba la libreta—. Berggasse 19, distrito urbano de Alsergrund, Viena, número 2176. Pregunte en la entreplanta. Y lago Hallstatt, distrito de Salzkammergut, Alta Austria. Pregunte en la última casa del pueblo, pasando la iglesia parroquial.

Elsa apuntó, al ritmo de la voz, como una experta recolectora de información. Después preguntó:

—¿Qué significa esto?

—*La vida del profesor Livingstone* —insistió el inglés.

—¿Como dice?

—Como ya le he dicho, la obra que mantiene en vilo a los lectores de media Europa. A falta del quinto y último fascículo, como ya sabrá.

Elsa entrecerró los ojos, confusa.

—¿Se refiere a la revelación de *Las notas del tiempo*?

—Así titulan los editores al último capítulo. Todos esperan el desenlace —agregó John Bell, de nuevo con su deje irónico—. La entrega final donde el profesor Livingstone resolverá su teoría. El secreto oculto tras la melodía de la Historia.

—Tras los presagios de mi padre y de Samuel Lowell Higgins.

—Así es. Ahora usted lo sabe, señora Craig. Los presagios de su padre van más allá de las fotografías que usted conserva. Y Livingstone y su teoría no son ficticios. Pero eso solo lo sabemos unos pocos. El mundo aún no conoce las predicciones de la estación de Josefstadt. Como le digo, el artículo de Matthieu Hinault pasó desapercibido. Ya nadie lo recuerda.

Elsa asintió, comprendiendo.

—Y ustedes temen que Arthur des Cars publique el manuscrito de *Las notas del tiempo* —observó—. Temen que el secreto de sus predicciones emerja a la superficie, a dominio público.

—¿Cómo sabe usted que ese manuscrito existe?

Se contemplaron, brevemente.

—Usted mismo lo ha dicho, señor Bell: *La vida del profesor Livingstone* es una biografía.

El agente sonrió, mientras desviaba la mirada hacia la Torre.

—Algunos consideran que no es asunto propicio para el dominio público, señora Craig.

—Los lectores lo consideran una ficción. Seguirán creyéndolo si se publica el propio manuscrito en el último capítulo.

—No lo crea del todo —terció el inglés—. Vivimos años

de progreso desenfrenado, donde todo parece posible, hasta los viajes a la Luna. No hay tiempo para detenerse, para pensar. *La vida del profesor Livingstone* es extravagante, burlesca, condenadamente triste, por eso gusta a la gente. El éxito de esa obra no es casual.

—Siempre se ha fantaseado con lo inverosímil.

—Lo inverosímil y extravagante, señora Craig. ¿Acaso no somos eso? ¿Acaso no somos una gran burla encerrada en un gran globo?

Elsa sonrió, contemplando la mirada jovial del inglés.

—Es posible que junto al manuscrito se publiquen las fotografías, y el artículo de Matthieu Hinault —insistió este—. Esa obra actúa de cebo. Pretende atraer la atención de miles de ojos, para después sembrar el pánico ante una posible guerra. La gente sabrá lo que usted sabe, lo que nosotros sabemos: que ya acertaron antes. Y murmurarán, y comentarán, y los medios hablarán de ello, todos juntos, como bandadas de pájaros. Le aseguro que no resultará tan inverosímil.

—En ese caso, sería una excelente noticia.

—¿Por qué lo dice?

—La prensa exacerba a la población con artículos nacionalistas —precisó ella—. Una dosis de temor ante lo bélico equilibraría la balanza. «Habrá guerra en 1914.» Tal vez serviría para lo contrario, para que no la haya, para cambiar el rumbo de nuestra vieja Europa.

John Bell meditó en silencio, mirándola desde la sombra de su sombrero *Borsalino*.

—No solo su pluma es afilada, si me permite la observación —murmuró.

—Hace tiempo que no escribo. Y no se burle de mí. Usted me ha conducido a esa reflexión.

La miraba el agente, algo más grave, en aquella ocasión con sincero estupor.

—Leía su columna dominical en el *Daily Courier*. La consideraba impecable. Siempre me agradó.

Elsa alzó la libreta, con las tapas aún abiertas.

—Aún no me ha respondido. ¿Por qué las direcciones?

—Ahora ya lo sabe. Tras el personaje principal de Arthur des Cars, el profesor Livingstone, se oculta la identidad de Samuel Lowell Higgins, cuyo principal colaborador era su padre, Arnaud Mendíbil.

—El capitán Kipling —musitó Elsa.

—Exacto. Un personaje secundario en la obra de Arthur des Cars. Un personaje cuya historia nadie conoce. Tampoco usted.

Elsa sintió una corriente de aire que la destempló bajo la piel con un cariz griposo. Prensó la mandíbula bajo el empolvado rosa de las mejillas. John Bell la escrutaba a través del pitillo, con visible atención.

—No me responde con franqueza, señor Bell.

—Usted misma lo ha indicado: soy un agente secreto. La franqueza no es parte de mi trabajo.

—No juegue conmigo.

—Usted también sabe cómo jugar. No me culpo al hacerlo.

—Benjamin —insistió—. Dígame lo que sabe de él.

—Lo mismo que usted.

Elsa cerró la libreta, anudando de nuevo el cordaje, con el lápiz bajo él. La guardó en el bolso.

—Sus acertijos me aburren —dijo, dando la espalda al agente—. Guárdeselos para usted mismo.

Sus pasos crujieron en la gravilla del Campo de Marte, la voz de John Bell sonó tras ellos.

—Esas direcciones son lo único que tiene. El tablero de ajedrez, señora Craig. Movemos las piezas del mismo color.

—Las piezas no tienen color, señor Bell.

Elsa insertaba la llave en la cerradura de la *suite* que su padre había insistido en adquirir para ella en el Hotel Ritz, con cuarto de baño propio, teléfono, electricidad y vistas a la place Vendôme. Titilaban los candelabros eléctricos del pasillo, decorado con óleos, frisos y alfombras persas. No solo fue la suya la puerta que se abrió.

—Hija, ¿dónde has estado? —La voz de Gabriel asomaba del resquicio abierto en la habitación contigua, envuelta en penumbras.

Elsa percibió la mirada insomne a través de la humareda de un habano encendido.

—Buscando en Montmartre, *aita*.

—¿Has descubierto algo?

Elsa negó, abriendo su puerta, con amago de entrar. Guardó silencio, pensativa.

—Podría acompañarte, hija —insistió Gabriel—. Dos pares de ojos...

—Mañana nos vamos, *aita*.

Chirrió la puerta y asomó el cuerpo de su padrastro, aún vestido, la corbata desabrochada, la piel pálida y sudorosa.

—¿Adónde?

—A Viena.

El empresario entornó la mirada, más arrugada que el día anterior, más ojerosa.

—¿Sabes algo nuevo?

—Estoy cansada, *aita*. Iremos a primera hora a la estación.

—Espera, hija.

Gabriel desapareció y asomó poco después, con un telegrama en las manos.

—Ha llegado para ti. Remitido desde casa. Recibiste en Altzuri un telegrama de tu editor en Londres.

—¿Hastings?

—Winston Hastings, sí. No sabía que escribieras para el *The Fleet Magazine*.

Sintió la mirada de Gabriel, escrutadora, suspicaz, tal vez conocedora. Elsa sostuvo la misiva, y prefirió refugiarse en la intimidad de su habitación antes de leerla.

—Gracias, *aita*.

—De nada, hija.

Cerró la puerta y prendió la lamparilla del velador de noche. La chimenea crepitaba al otro lado de la estancia, prendida por el servicio del hotel. Dejó sobre el velador el bolso de baquelita, donde guardaba las fotografías de su padre y la libreta con las direcciones anotadas de John Bell. El corazón le retumbaba mientras desplegó el telegrama de Winston Hastings, sintiéndose una niña descubierta en su travesura. Tal vez su padrastro la había leído. Tal vez lo supiera.

He hablado con Robert Boyle, del *Daily Courier*, con quien se entrevistó antes de desaparecer. Se ha visto muy sorprendido al descubrir a lo que usted se está dedicando. Me he visto obligado a contárselo. A cambio él me ha revelado lo de su esposo, y que usted ha vuelto a la casa familiar. Me dirijo hacia allí. La presión pública es máxima. Los lectores hacen cola frente a las oficinas de la revista. Desde la serie *Sherlock Holmes* ninguna novela por fascículos ha sido tan exitosa. No podemos demorarlo más. Cumpla con su contrato.

Firmado: Winston Hastings. Editor del departamento de ficción de *The Fleet Magazine*.

Caminó hacia la chimenea, la misiva de papel fino pendiendo de su mano. La luna llena también pendía, en el cielo nocturno, más allá de la vidriera y el balcón, sobre los tejados de París. La dejó caer, y ni siquiera miró cómo levantaba mariposas de luz, mientras la calcinaban las llamas. Se acercó al ropero de caoba, abrió sus puertas y buscó con la mirada los maletines de viaje. Asomaban en la penumbra, abiertos, con la ropa sin sacar y minuciosamente doblada, con la máquina de escribir protegida por la funda, con el cartapacio de cuero y su pequeño cierre, resguardando sus escritos. Llevaba semanas sin abrirlo, desde el 2 de febrero, el día que Benjamin debía haber vuelto. Buscó en su bolso, en la libreta, en el bolsillo oculto tras las guardas, y extrajo de allí la pequeña llave del cartapacio. Lo abrió. Cuatro pequeños tomos, sin encuadernar, anudados por un cordaje.

«Mis primeros años en Aberdare.»

«Oxford y el tullido marginado.»

«Los chicos del coro y la melodía del fonoautógrafo.»

«El solitario que fotografía el futuro.»

Allí estaban. Los cuatro manuscritos originales de *La vida del profesor Livingstone.* El pseudónimo: Arthur des Cars.

Ella.

XVII

Iffley Road, Oxford, invierno de 1900

La Historia se escribe en una hoja de papel condenada a un vuelo permanente. El viento la ondula, la hace fluir entre corrientes, la detiene y la maneja a su caprichoso antojo. El viento, que no es otro que el tiempo, es capaz de unir dos palabras escritas en cada extremo de la hoja.

Dicen que el tiempo no tiene forma. Los niños dibujan relojes cuando piensan en él. Dibujan agujas grandes, ignorantes del empuje maldito al que están sometidas hasta la eternidad, como pequeñas hijas de Sísifo. Tal vez el tiempo naciera sin forma, y por eso la adquiere en los cuerpos de las cosas, en las vivas y en las muertas.

Se había adueñado del cuerpo de Arnaud. Se moldeaba a sí mismo en el rostro del marino, acicalándose con serranías de arrugas, con mechones de ceniza en el cabello y las cejas. El tiempo campaba a su caprichoso antojo, imprevisible, capaz al mismo tiempo de voltear la vida, de sacudirla hasta conjurar lo inimaginable, y de paralizarla como las glaciaciones en los ríos del Pleistoceno.

Un río del Pleistoceno. Así era la vida de Arnaud, que continuaba anudado al mar, como piloto de primera en mercantes y navieras de cabotaje, que veía pasar el tiempo con la ensoñación de los días interminables sobre cubierta, días que sin embargo, al sumar y acumularse en años, parecían volar, esfumarse entre los dedos como por una especie de artificio arenoso. También lo veía pasar en las pensiones de las ciudades portuarias, absorto en la ventana nocturna de un mísero cuartucho, con esa mirada indolente, silenciosa, mientras la tripulación se desahogaba en las paredes contiguas, entre sofocos de vino y enaguas levantadas. Y lo veía pasar en la morada de Iffley Road, en tardes lluviosas de lectura plácida, entre anaqueles de biblioteca y braseros palpitantes, mientras el profesor Higgins rezumaba nubes de ideas y deshonraba con su Lupot a los más ilustres compositores de la Historia.

Su vida era un río en suspenso. Se le había detenido como un corazón cansado, en 1883, negado a vivir una historia que no llevaba su nombre. Acumulaba los diecisiete años de glaciación. Allí, como nuevo morador de Iffley Road, junto a Samuel Lowell Higgins.

El caso del profesor no era diferente, a pesar de su caudalosa vida cerebral, que parecía la única región vedada a los estragos del tiempo. Le depositaba los años encima, como las cestas de pescado en los hombros de las *neskatillas,* y lo hundía lentamente bajo tierra, en un aviso de lo que terminaría por hacer. Más menudo, más encorvado, su rostro caminaba paralelo al suelo, su piel se marchitaba sobre los huesos, arrugada, como en un tubérculo disecado. Miraba a Arnaud alzando los ojos grises, ensombrecidos por las cejas. Había adquirido una nueva costumbre, se prensaba las antiparras en el entrecejo, porque su ladeo era tal que no era suficiente con dejarlas en el borde nasal. Precisamente era su prominencia la que rozaba las páginas de sus libros. Se acercaba a ellas como si ocultaran un mensaje secreto, el quinqué a medio palmo y el dedo índice siguiendo las líneas, como un niño aprendiendo a leer.

Se había suscrito a las revistas más prestigiosas de la comunidad científica, y pasaba las horas leyendo lo que no podía vivir, admirando en silencio las páginas ilustradas del *National Geographic Magazine,* del *Nature,* del *Science* o del *Physical Review.*

—La nueva Exposición es un calco barato de su predecesora —rumiaba, revisando los reportajes más recientes de la Exposición Universal que aquel año volvía a organizar París—. Sus innovaciones concluirán sus días desechadas en algún almacén, rebasadas por nuevos inventos o desmanteladas por mal funcionamiento. Esplendor extinto, el de 1889.

Arnaud lo miraba desde su escritorio, al otro lado del estudio, atestado de globos terráqueos, mapas y cartas de navegación. Era visible la frustración del profesor, que desprestigiaba el nuevo certamen por no poder presenciarlo. Habituaba a despotricar con juicios como aquel, críticas de viejo que parecían sobornadas por el pasado. Desde que dejara de impartir clases, Higgins se recluía en su madriguera como marmota en invierno, y salvo insólitos seminarios e intrépidas salidas, su invierno alcanzaba la duración de toda una vida.

Sin embargo, y a pesar de no manifestarlo, o de manifestarlo con lo opuesto, envidiaba el progreso irrefrenable que la ciencia parecía experimentar fuera de Iffley Road. Persistía una fiebre epidémica por el conocimiento, por el desvelo de los misterios de la naturaleza, que infestaba los artículos que el profesor consumía con los ojos. Los descubrimientos de la naturaleza de la electricidad, por parte de Hendrik Lorenz, los rayos X de Roentgen, con fotografías que traspasaban la piel y mostraban el esqueleto humano, el *radium*, el primer cuerpo radiactivo hallado por Pierre y Marie Curie, o la revelación, por parte del francés Louis Pasteur, de unos seres invisibles llamados microorganismos. Como seducidas por el entusiasmo, eclosionaban también cientos de sociedades para financiar expediciones a los lugares más recónditos del planeta. Y Higgins, que jamás hubiera podido desbrozar una selva con su parálisis congénita, envidiaba las vidas de aquellos exploradores que pretendían conocer, oliendo, palpando, sintiendo con la mayor precisión posible, los entresijos del mundo. Conquistas de nuevas tierras y pueblos, estudios etnográficos, arqueológicos, florales, alimentaban la revistas, los museos científicos y la envidia del profesor. Era el suyo un profundo y secreto lamento, de sentirse lector y visitante, incapaz de tocar la ciencia más allá de su refugio de Iffley Road.

—Los años demuestran que la verdadera exposición, el verdadero escenario de la técnica y genialidad humana, no es otro que la guerra, sus campos calcinados y tajados de trincheras.

Y desataba desesperanzas como aquella, que más parecían un recital escrito. A decir verdad, su frustración torpemente oculta no desteñía la verdad de las cosas. Al contrario, las radicalizaba con una lucidez espantosa. Tras la casta naturaleza de la ciencia, tras su afán por el saber, se escondían los turbios intereses de las pujanzas imperialistas, que pretendían extender su dominio a todas las áreas existentes. El verdadero propulsor del conocimiento era el orgullo nacionalista, la superioridad racial, la búsqueda de la riqueza, el provecho propio.

La ciencia impregnaba cada movimiento humano y las tensiones diplomáticas que comenzaban ya a germinar la atraerían hacia la industria bélica. Los países, inmersos en carreras armamentísticas, la exprimirían en pocos años con ferocidad, extrayéndole el jugo con innovaciones inquietantes, cada cual más destructiva, más salvaje que la anterior. Surgirían los explosivos químicos, los telescopios y cañones de tiro rápido, la ametralladora Maxim, los torpedos, minas y submarinos, esas terribles naves que navegaban bajo el agua, como asesinos silenciosos, y que revolucionarían el conflicto naval. La guerra, esa enfermedad ancestral que destruía pueblos, recibiría pronto regalos de la humanidad. Y en breve revuelta a su reclutamiento forzoso para fines bélicos, la ciencia, madre de los juguetes, concebiría también carabinas de retrocarga, con la palabra «retroceso» discretamente insertada en el nombre, sutil alusión al progreso del que formaba parte.

Desde luego, ni Higgins ni el propio Arnaud, en aquel invierno de 1900 y a pesar de los comentarios clarividentes del profesor, preveían con exactitud aquellos ingenios de la ciencia, muchos de ellos aún en fase embrionaria. Podían atisbar su inminente nacimiento, pero la certeza solo la adquirirían con la espera. Y todo ello a pesar de *Las notas del tiempo,* con su incapacidad de predecir el futuro. A pesar de las fotografías que acumulaban en sobres lacrados con fantasmas, algunas en Josefstadt, algunas en París, algunas en Altzuri, algunas para los que gobernaban el mundo, algunas para un empresario ladrón de vidas, algunas para una hija que no conocía a su padre. A pesar de aquella ilusión shakespeariana, de aquel juego de Brujas Fatídicas, tan extravagante como los iglús y los dragones chinos de las exposiciones universales, que urdían nuestros queridos amigos lentamente, en su particular espera.

—Mañana me ausentaré durante todo el día —murmuró Arnaud, mientras consultaba una antigua carta de navegar, con indicaciones de corrientes y dibujos de sondas.

—¿A la sede en Fenchurch Street? —preguntó Higgins, sin alzar la vista del *National Geographic*.

Asintió Arnaud, recostándose en la silla mientras suspiraba de cansancio. Habitualmente, sus viajes a Londres se limitaban a burocracias en la Sociedad Mercantil de Patrones de Barco, donde lo contrataban para servicios en vapores. Sin embargo, en aquella ocasión el cometido era diferente, y por eso la leve afirmación de su cabeza compuso, con todas las de la ley, la línea vertical de una mentira.

Y no era su única mentira. Diez años de glaciación en Iffley Road habían cristalizado su coexistencia de secretos, por ambas partes. Ahora bien, no eran secretos dañinos, sino bocas selladas por respeto, por aprecio, por miedo a hurgar en las heridas del otro. Hay mentiras con alma de verdad, que se sacrifican por amor.

La de Higgins y Arnaud era una amistad ya vieja, excéntrica, como un matrimonio longevo que dejó hace mucho de ser universal, con sus propias manías y leyes, con su propia idiosincrasia labrada con la lentitud de miles de días. Era un entrecruce diario de silencios, de costumbres y rarezas consabidas, de breves destellos de complicidad, humor y riñas, de palabras austeras y reducidas a lo indispensable, porque el suyo era un lenguaje propio, armónico, de solo dos hablantes, exclusivo de aquella residencia oculta entre sauces y cercos de muérdago.

El gran secreto de Higgins lo descubrió Arnaud una gélida noche de 1892, cuando irrumpió por vez primera en el cuartucho del profesor. Lo había oído a través de las paredes, en plena madrugada, delirando las incongruencias febriles de una pulmonía. Junto al enfermo, en la mesita de noche, descubrió un viejo daguerrotipo enmarcado. Posaba el profesor, más joven y atildado con elegancia, solemne con su bastón y erguido gracias a los corsés de los antiguos estudios de fotografía. Junto a él, sentada sobre un taburete, miraba al futuro una joven de nariz aguileña y mirada de búho, con un bebé entre sus brazos.

Lo rezaba el reverso: «Matrimonio Higgins, 1868.»

Pasó dos semanas en cama, ignorante de todo, con una grave fluxión en el pecho y a base de jarabes y emplastos de Arnaud, que anuló su inminente travesía y lo acompañó día y noche junto a la cabecera. El marino jamás volvió a entrar en su cuarto. Jamás preguntó al profesor por el paradero de su mujer y su hijo.

Matrimonio Higgins. El gran secreto del profesor, la vida oculta de la que nunca hablaba. Aquella mañana de 1870, solo dos años después de su casamiento, en la que despertó sin su mujer, que se había fugado con su hijo porque Higgins vivía dentro de su cabeza con otra mujer que se llamaba ciencia.

Lo que el profesor no tocaba más allá de su refugio de Iffley Road no era la ciencia. Era el alma humana, lo que precisamente la ciencia tampoco podía tocar. Y Arnaud, que por sus viajes y su vida conocía la verdadera definición del mundo, aquel lugar donde no había luz ni sombras, sino una mezcla indefinida entre ambas, sabía que tal vez fuera aquella ignorancia, y no su parálisis congénita, la mayor lisiadura del profesor. Tal vez también de *Las notas del tiempo*. Que pretendía controlarlo todo, definirlo todo en notas y compases, en números y subnúmeros, hasta las cosas más inexplicables como el amor.

El gran secreto de Arnaud lo descubrió Higgins aquel

mismo año de 1900, en el verano de unos meses antes, en la parcela vedada de su cuarto durante una travesía del marino. El profesor perseguía el aleteo de una paloma, que había irrumpido por la ventana y se coló por el resquicio de la puerta abierta del dormitorio. Encontró allí una selva íntima con olor a mar, como un bosque de algas y corales. Había antiguas cartas de navegar con extraños dibujos de ballenas, delfines y monstruos marinos, la mayoría reincidentes en las costas septentrionales de Cuba, con planos auxiliares de corrientes, vientos e indicaciones de calado. Había tratados de ingeniera náutica, abiertos y colmados de anotaciones, con ilustraciones de diferentes ingenios marinos y visiones estrambóticas de hombres caminando bajo el agua, con armazones y escafandras de latón. Y sobre su lecho, como un imán atrayente, los dos viejos tomos de Jules Verne y William Shakespeare en cuyos márgenes Arnaud escribía todos los días la intimidad de sus pensamientos.

El profesor Higgins sufriría noches de insomnio y remordimiento por haber irrumpido en la intimidad del marino. Las sufriría hasta confesárselo un mes después, con cercos negros de desvelo y un tartamudeo agudo en la voz. Arnaud lo miró con la expresión disecada, durante largos minutos, impasible, mientras el profesor se descomponía de arrepentimiento ante él, hasta que se vació por dentro y se calló con el vigesimotercer «lo siento».

—Lo siento, mi querido Arnaud.

—Lo escribo para ellas. Para Amelia y para Elsa.

—Lo sé, mi querido Arnaud. No debí hacerlo. Lo siento.

—Lo escribo para ellas porque las quiero. Usted, profesor, solo escribe para la ciencia. Por eso está solo.

La locomotora del Great Western Railway llevó al marino hasta la estación londinense de Paddington. Recordaba con claridad el día posterior a la confidencia del profesor, en el verano de meses antes, donde también viajó a Londres. Dejó a Higgins sumido en un silencio profundo, vagando abstraído por la casa, deteniéndose de pronto para mirar cosas que no tenían nada que enseñar. Por primera vez en años, no había despertado antes del alba para trabajar. No se había sentado en su gabinete, entre libros, para leer y seguir las líneas con los dedos. Por primera vez en años había despertado para no hacer nada.

Claro que Arnaud también estaba solo, aunque escribiera por amor y no para la ciencia. «Usted, profesor, solo escribe para la ciencia. Por eso está solo.» Habían transcurrido varios meses y sin embargo, aquel invierno de 1900, todavía se le repetía en los oídos, mientras la locomotora chirriaba en la estación. Como si él mismo no estuviera solo. Tal vez por eso se lo había dicho. No porque le hubiera enojado la violación de su mayor intimidad, sino porque en alguien tenía que aliviarse, en alguien tenía que desahogar todo lo que llevaba dentro. Y el único al que tenía era al profesor. El único al que hacer daño.

No podía evitarlo. La veía durante las noches de insomnio, como una pesadilla despierta. La expresión de Amelia, rendida, confusa, temerosa, excitada, sin saber retroceder. Su boca abierta, su mirada que descendía, hacia el aliento de él, de Gabriel, de su medio hermano, hacia sus labios que se acercaban con sutileza, en los establos del caserío Mendíbil, aquel verano de 1879. La expresión rígida de Amelia, molesta, incómoda en el puerto de Altzuri antes de la marcha de Arnaud en 1883, como una máscara de protección ante la mirada gris de Gabriel. Como una máscara de protección. Cuando estaban casados, cuando iban a tener una hija, cuando él se iba, sin saberlo aún, para tardar demasiado en volver.

«Es peligroso», le dijo ella una vez.

«¿Peligroso en qué sentido?»

«Peligroso para una mujer.»

Verla, recordar sus palabras, le carcomía por dentro. Le rompía el alma. Le intoxicaba con tinta líquida de la memoria, y con tinta líquida se recomponía él después, se limpiaba los malos recuerdos, escribiendo, extrayendo la tinta hacia fuera.

Se apeó en la estación de Paddington. Corrían brumas, corrían pasajeros. Salió a la calle. No muy lejos de allí, el pulmón boscoso de Hyde Park respiraba para la ciudad. Desde que la industria comenzara a engullir el aire limpio un siglo antes, toda metáfora anatómica sobre Londres había situado aquel inmenso parque como el principal órgano de la ciudad, tal vez en dura pugna con el cerebro maquiavélico de Westminster Palace.

Una bruma grisácea se enredaba entre las ramas desnudas y suplía las copas de los árboles centenarios. A pesar de la mañana húmeda, el paseo era un plácido oasis de conversaciones adormecidas y crujidos de gravilla. Los desocupados caballeros caminaban balanceando sus bastones, distraídas sus miradas en las mujeres distinguidas con las que se cruzaban. Había nodrizas uniformadas que charlaban en corrillos, sentadas en sillas de reja mientras vigilaban a los niños corretear entre la niebla.

El viejo capitán de la Royal Navy sir Charles Aubrey, retirado del servicio en 1890 para timonear una tripulación de nietecillos amotinados, despotricaba bajo su sombrero de copa y su bigote frondoso sobre el nuevo imperialismo de la Corona británica.

—Nuestro imperialismo amenaza con devorar el mundo si antes no devora a la propia Inglaterra.

Arnaud asentía, las manos terciadas en la espalda, sin sombrero y con el cabello anudado en la nuca. Se presentía el inicio del declive inglés, estancado ante el ascenso de las economías emergentes de Alemania y Estados Unidos, con productos y exportaciones más competitivas. Para revertir la parálisis, las cámaras de comercio británicas exigían nuevos mercados de Ultramar, protegidos y vinculados al mercado nacional con aranceles y controles aduaneros. Un negocio viejo y lucrativo que se volvía a exprimir con ferocidad, engullendo nuevas colonias que ofrecían una boca para las exportaciones y materias primas baratas para el apetito insaciable de las metrópolis. Y así florecían los motines, como el de los cipayos indios, o rebeliones tribales como la de los pastunes en Afganistán, o guerras africanas como la de Sudán en 1898 y la de los bóeres del África austral iniciada a finales de 1899 y aún vigente, resonando en los diarios del mundo con tintes de escándalo y titulares que la encumbraban como el mayor conflicto colonial conocido por el Imperio británico.

—La guerra de los bóeres nos destapará ante Europa —murmuró Arnaud—. Demasiada sangre.

Asintió con la cabeza el viejo capitán, aunque rumiando por lo bajo.

—Ante los europeos que allí combatan, tal vez. Porque la Europa de verdad bebe de la prensa, y la prensa en el África austral es un filtro enrarecido.

Las derrotas en la guerra surafricana ante los colonos bóeres cobraban proporciones de calamidad nacional. La Semana Negra, así se había denominado a las derrotas de Colenso y Spioenkop, había exacerbado a la opinión pública británica, que instigaba al War Office a enviar contingentes para socorrer a la madre patria. Las calles voceaban «¡A Pretoria!» con el raciocinio dormido, con esa costumbre casi romana de haber nacido en un imperio en constante expansión, tan profunda y establecida que nadie tenía conciencia de su existencia, ni siquiera de las preguntas que ahogaba dentro de cada uno. ¿Por qué se luchaba?

El capitán retirado sir Charles Aubrey lo tenía claro. Las jóvenes generaciones se perdían como las libras esterlinas de la Tesorería ante los intereses comerciales de una selecta minoría. El ministro de las Colonias, Joseph Chamberlain, había seleccionado a Alfred Milner para el alto comisionado del África del Sur, opción aprobada por unanimidad entre los líderes del Partido Liberal en una cena privada de despedida, presidida por el futuro primer ministro sir Herbert Asquith. La familia Chamberlain, afamada por su emporio industrial y principal proveedora del War Office, poseía un importante paquete de acciones en la Chartered, la compañía surafricana del megalómano Cecil Rhodes, que explotaba los yacimientos de oro y diamantes en África del Sur. Tanto él, como Milner, como muchos de los comensales de aquella cena, tejían vínculos silenciosos con aventureros de la banca, que sobornaban a la prensa surafricana y envenenaban así las fuentes de información de los diarios británicos.

—Inglaterra es la irrisión del mundo —mascullaba sir Charles Aubrey, la mirada encendida bajo el sombrero de copa—. Por cada muchacho que cae sube una décima el valor de la Bolsa, y los millonarios de Park Lane se revisten con nuevas capas de capital, como cebollas de oro. Y el mundo nos cree civilización, cuando los crímenes contra ella son nuestros.

Calló el capitán, inmerso en sus exaltaciones de hombre fogueado. Era la suya una singular paradoja. Hallaba en su retiro una indignación por la humanidad que jamás había sentido, ni siquiera en sus años de mayor fricción con lo humano, mientras recorría el globo con la Royal Navy. Tal vez fuera la burbuja de la inactividad, de sentirse una pieza retirada del tablero y con inercia aún para moverse por su piso ajedrezado, lo que le empujaba a enojarse por lo que sucedía en el mundo, cuando había decidido apartarse para descansar fuera de él.

La bruma se aligeraba, llenándose de luz. Dejaron paso al traqueteo de un cabriolé, que asomó con placidez entre los paseantes. A un lado del paseo, se desvanecían las lagunas del río Serpentine, como láminas de plata líquida. Arnaud guardó silencio, buscando alargar la pausa para cambiar de asunto. A los hombres como el viejo capitán había que dejarlos calmarse por sí mismos, porque a veces los años envician las conversaciones hasta convertirlas en gobiernos de un solo timón.

—He consultado su requerimiento, capitán Mendíbil. —Charles Aubrey balanceaba su bastón, mientras se atusaba el bigote. Su voz se había amansado.

—Le agradezco el favor, capitán.

Osciló la mano el inglés, como restándole importancia.

—Nuestra raza es singular. Somos muchos en el mar y pocos en tierra. Y como bien sabe usted, no hay banderas fuera de cubierta.

Arnaud asintió, agradecido y respetuoso. A pesar de que fuera él, sir Charles Aubrey, capitán de fragata de la Royal Navy, el hombre que divisó en 1883 un bergantín goleta de sospechosa procedencia llamado *Ikatza*, a escasas millas de las costa de Moa, en Cuba. Fue él quien capturó a los treinta y un negreros que intentaban huir en una falúa de vela latina, quien rescató a la bandada de niños esclavos que chapoteaban en la negrura del agua, quien invitó al capitán apresado a una cena en su propio camarote, para descubrir en su silencio indolente la dignidad de un hombre esclavo del mar, antes de embarcarlo en un crucero con destino a Inglaterra y el Tribunal de Presas.

—Pasya Mukwege —anunció—. Ese es su nombre.

Avanzaban por la gravilla, prensándola con pasos acompasados.

—¿Conoce su paradero? —inquirió Arnaud.

—Tras el rescate, los desembarcamos en la isla de Tórtola, Vírgenes Británicas. Las niñas se quedaron allí, como recolectoras y aprendices de costurera. Los niños fueron enrolados como grumetes, en cruceros de segunda y tercera clase.

—¿Su destino fue la Marina?

El capitán negó, mientras caminaba erguido, con el cuello opresor y la capa de esclavina hondeando al aire.

—La mayoría fueron alistados en el Ejército Colonial —le informó—. Al adquirir la edad mínima. Era la práctica habitual con los esclavos liberados.

—¿Reclutamiento forzoso?

—Técnicamente no se les forzaba —murmuró el viejo marino—. Pero nos llegaban con la voluntad perdida, ya se imagina usted. A un esclavo se le hace. La persecución de negreros era un artificio lucrativo de la Corona británica. No hay justicia voluntaria sin interés, capitán Mendíbil.

Arnaud asintió, silencioso, mientras recordaba una vez más la mirada del niño raquítico de orejas separadas. Sus ojos como lunas, brillando a través de los barrotes. La libreta que le cedió su padre, en la selva del Congo, antes de que los embarcaran y los separaran para siempre.

—¿Conoce su destino actual? —preguntó.

—Compañía número 4 de Camilleros, destinada en África del Sur. Estuvo en la sangría de Spioenkop, atendiendo a las brigadas del teniente general Warren.

Afirmó de nuevo Arnaud, la mirada absorta, mientras retenía la información.

—Se lo agradezco, capitán.

Charles Aubrey inclinó el mentón, con solemnidad castrense.

—Le facilitaré los permisos pertinentes para embarcar —murmuró—. Aún dispongo de influencias en el ejército.

Resplandecía un sol tenue, grisáceo, en los parterres blancos de rocío.

—¿Qué pretende con todo esto? —preguntó el viejo capitán.

Guardó silencio Arnaud, mientras desviaba la atención hacia los niños con uniformes de marinero, que desplegaban en el Serpentine sus veleros de juguete. El *Ikatza* no parecía de juguete cuando soñaba con él, mientras se hundía, mientras arrastraba consigo aquel cántico embrujado, de las ciento veinte almas que se ahogaban.

—Algunos lo llaman dormir por las noches —murmuró.

—Usted es un esclavo de la historia que le tocó vivir. No se sienta demasiado culpable.

Rio con desgana el marino, irónico.

—Esclavo —dijo.

Avanzaba la locomotora por la campiña inglesa, sumida ya en la noche invernal, de vuelta a la ciudad de Oxford. Arnaud recordaba, inmerso de nuevo en aquel día de verano, pocos meses antes, cuando el profesor descubrió su secreto. «Usted, profesor, solo escribe para la ciencia. Por eso está solo.» Aquel día, Samuel L. Higgins miraba por la ventana cuando el capitán regresó a Iffley Road. El objetivo de sus antiparras: una vieja escoba, acometida por cercos de muérdago, que alguien, seguramente el profesor mismo, olvidó en el jardín muchos años antes. Continuaba como le había dejado. Mirando a cosas que no tenían nada que enseñar.

—¿Día fructífero, profesor?

Se volvió, absorto, los recuerdos aún frescos en sus ojos grises. Sin duda, aquel había sido un día de recuerdos en la vida del profesor. Un día especial. Porque Higgins no habituaba a recordar. Porque se empachaba de ciencia, precisamente, para no recordar.

—Día extraño —murmuró soñoliento, como recién levantado.

—¿Ha comido algo?

El profesor se pasó la mano por el cabello, erizándoselo aún más, con aires de vidente alumbrado.

—Creo haberlo olvidado.

—Le prepararé huevos con beicon, como a usted le agrada.

Higgins tomó asiento en su gabinete, visiblemente cansado.

—Gracias, mi querido Arnaud.

Oyó su voz desde la cocina, entre ruido de cacerolas.

—Disculpe si le he ofendido antes, profesor.

XVIII

Línea de ferrocarril Port Elizabeth-Kimberley,
África del Sur, verano austral de 1901

La locomotora traqueteaba como una bestia achacosa, con vagones acorazados de acero oxidado. Sus carrillos desprendían una línea de algodón negro, paralela a las vías, el único rastro móvil en la inmensidad del *grassveld,* la pradera surafricana. El 3.ᵉʳ Batallón de Fusileros Reales se hacinaba en los contenedores sin techumbre, entre sacos de trigo y barricas de agua, camino al frente más allá de Pretoria.

Arnaud asomaba la cabeza, su cabello flameando bajo el humo del tren. El paisaje desfilaba ante él, infinito y desolado, con una tierra rojiza y desecada bajo el sol, como si la hubieran teñido de sangre mucho tiempo antes. Crecían espinos, acacias y árboles candelabros, una vegetación tímida que dejaba al descubierto el suelo arcilloso, como un contrapeso a la insolente espesura del hemisferio norte que lo cubría todo.

Atravesaron un río de aguas caudalosas, que se contorneaban en la distancia como una serpiente de espejos.

—El río Riet. Faltan diez millas para Kimberley.

—¿Conoce a fondo esta región?

—Los ríos de aquí son como líneas en mi mano. Diez años buscando filones nuevos, imagínese. Ni los propios bóeres conocen tanto el país del Veld.

Junto a Arnaud, charlaban los otros dos civiles del vagón, un corresponsal del *Morning Leader*, que había desembarcado en Port Elizabeth, y un *uitlander*, un colono británico en tierra bóer, con el sueño de lucrarse en los diamantíferos de Kimberley.

Los bóeres. Significa «campesinos» en holandés. Habían fundado la Ciudad del Cabo en el siglo XVII, cuando se descubrió la ruta marítima de las especias. Por su situación estratégica, el África austral seducía a la vieja Europa, con disputas comerciales entre ingleses, holandeses, alemanes y franceses, que a su vez lindaban con las tribus nativas, bosquimanos y hotentotes. Pronto creció la colonización, con emigrantes que huían de la miseria en Europa en pos de una porción de tierra africana que cultivar. Los colonos bóeres, fervientes calvinistas holandeses aislados del mundo, considerados a sí mismos como el pueblo elegido por Dios, se alejaron de los asentamientos europeos y se extendieron hacia el interior, colonizando tierras a punta de fusil. Se dispersaron por el *grassveld* surafricano, en remotas granjas de familias numerosas. Eran hombres duros, libres, racistas, obtusos e ignorantes, honestos con los blancos e inflexibles con sus sirvientes negros, buenos padres y maridos, casi analfabetos salvo para leer la Biblia, profundamente religiosos y dispuestos por mandato divino a inundar África de blancos. Durante décadas, sembraron la tierra con sangre nativa, en guerras constantes con los clanes zulúes que aún no habían sido exterminados. En 1795, Gran Bretaña ocupó la colonia para atajar la expansión francesa, y bañó sus costas con desembarcos de *uitlanders*, «extranjeros» en la lengua *afrikáans* de los bóeres. Comenzaba así una larga mezcolanza de barbaries, de guerras incesantes entre británicos y bóeres, entre británicos y xhosas, entre británicos y sotos, entre bóeres y tsotsas, entre bóeres y ndebeles. Nombres exóticos y siempre diferentes, sucesos inhumanos y sin embargo siempre iguales, que llegaban a Londres, es decir, a la civilización, como lo hicieron a Tebas, a Alejandría, o a Roma muchos siglos antes, agrupados en cinco palabras doradas. La propagación de un imperio.

Los bóeres, reacios a postrarse a la soberanía británica, emprendieron en 1830 el Great Treak, la gran emigración hacia el interior, para fundar tres repúblicas en el corazón de África: Natal, Transvaal y el Estado Libre de Orange. Los británicos, sin interés de incurrir más allá de la costa, les dejaron proclamar su independencia. Todo cambió en marzo de 1869, cuando un pastor de la tribu griqua le canjeó a un bóer un pesado pedrusco cristalino por un caballo, diez bueyes y quinientas ovejas. La Estrella de Suráfrica. Así se llamó al primer diamante, que deslumbró al mundo y lo atrajo hacia África con el magnetismo de un imán. En pocos años, las repúblicas bóeres recibieron riadas de buscadores de oro, veteranos mineros, desertores de barcos, aristócratas arruinados, excombatientes de la guerra civil americana, jóvenes de escuelas elitistas y familias sin recursos que huían de las barriadas industriales europeas. Nacieron ciudades mineras como Kimberley y Johannesburgo, brotaron fortunas descomunales como la de Cecil Rhodes, que compró licencias de explotación hasta aglutinar la mitad de las acciones de los yacimientos diamantíferos. Los *uitlanders* rebasaron a los bóeres en la población de la República de Transvaal y pronto la situación perdió toda lógica política: mientras las minas de oro y diamantes eran control de los magnates británicos, el Estado donde se encontraban pertenecía a la independencia bóer. En 1898, el recién nombrado alto comisario británico sir Alfred Milner planteó a Paul Kruger, presidente de la República de Transvaal, una exigencia de difícil salida: la concesión del derecho a voto a todos los *uitlanders* con más de cinco años de residencia en Transvaal. Y como aderezo, situó a diez mil hombres en la frontera de la república. Kruger se negó, consciente de que permitir tal sufragio suponía arriar la bandera bóer que ondeaba en la capital, Pretoria. Y así había comenzado la guerra.

—Allí está: Kimberley —dijo el *uitlander*.

La Ciudad de los Diamantes se perfiló a lo lejos, bajo un cielo azul, metálico. Miles de chozas de arcilla y zinc, con planchas de madera, apiñadas en mitad de la llanura del *grassveld,* que solo se interrumpía por los montículos rocosos de las minas. Había una melancolía tediosa envolviendo la población, como si flotara con las partículas de polvo.

—¿Usted también se apeará aquí? —preguntó el *uitlander.*

Negó el periodista, mientras dibujaba en una libreta el contorno anodino de la ciudad.

—Voy a los campos de internamiento del norte, en el Transvaal.

—Las ciudades de reconcentración de civiles, dice usted.

—Así las llaman. —El corresponsal señaló a Kimberley—. ¿De verdad hay palacios allí?

Sonrió el colono británico, mostrando una dentadura amarillenta bajo su sombrero de ala ancha, con cenefa de piel de serpiente.

—En Kimberley los magnates británicos tienen a los negros y los bóeres para enriquecerse. En Londres, París y Berlín los palacios, los lujos y las mujeres para arruinarse.

La locomotora orilló las simas rojizas de una mina explotada. Penetraba en la hondura de la tierra, carcomida por la codicia del hombre, hasta profundidades casi insondables. A fuerza de cavar, se había hecho imposible la extracción de más mineral. Cada minero había vaciado sus concesiones hasta la línea vertical de las calzadas, que separaban las diferentes áreas. Estaban suspendidas a más de trescientos pies, como terraplenes raquíticos, y parecían a un suspiro de resquebrajarse. No sería la primera vez, en palabras del *uitlander,* que las lluvias cebaban la tierra para sepultar a cientos de obreros. Volaban cables metálicos, rieles de vagonetas y carretones abandonados, que tejían sobre el abismo enormes telas de araña. El colono británico, alentado por los apuntes del periodista, fantaseó con la fiebre extinta de aquella mina, años antes de la guerra, cuando hormigueaban en el fondo muchedumbres de blancos, negros, europeos, africanos y chinos medio desnudos y armados con picos y palas, que llenaban de tierra los cubos de cuero, que explotaban todas las tierras y desviaban arroyos para examinar sus lechos. Y Arnaud, que escuchaba en silencio, pensaba que si algún día se alcanzaba el centro de la Tierra, como novelaba Jules Verne, no sería con los fines científicos del profesor Lidenbrock, sería en busca de diamantes.

—Los comandos bóeres pululan por ahí, seguro.

El corresponsal del *Morning Leader* se revolvía inquieto en el vagón, al ver que los oficiales del 3.º rastreaban el horizonte con prismáticos. Hacía horas que habían dejado atrás la ciudad de Kimberley. El cielo seguía azul, con archipiélagos de nubes blancas. La locomotora penetraba en las llanuras desérticas del Transvaal, con rocas aisladas que parecían caídas del cielo, crestas rojizas y montículos pequeños donde anidaban las hormigas. El paisaje se sucedía en una repetición eterna, salvo cuando asomaban los esqueletos calcinados de las granjas bóeres, solitarias en la lejanía.

—Los convoyes son fáciles de ver —terció Arnaud—. Y más en planicies como la surafricana.

—Odio la guerra a la española.

La *Tweede Vryheidsoorlog*, «Segunda Guerra de la Liberación» en lengua *afrikáans*, o «guerra de los bóeres», como la llamaban los británicos, alcanzaba los catorce meses de contienda, sin visos de resolución. Un puñado de comandos bóeres, que no alcanzaba los treinta mil efectivos, sembraba el *grassveld* de uniformes caquis británicos. Tras las derrotas de Colenso y Spioenkop, el ministro Chamberlain envió a los generales Roberts y Kitchener, que desembarcaron en Durban con riadas de regimientos. La guerra volteó entonces con brusquedad: casi trescientos mil soldados movilizados, la toma de Kimberley, de Bloemfontein, de Johannesburgo y Pretoria, los británicos avanzaron hasta consumar la invasión y forzar la huida del presidente Kruger, que embarcó a Europa emprendiendo una inútil campaña contra el imperialismo inglés. Sin embargo, la guerra volvió a trastocarse, como si residiera en el interior de una bola de nieve en manos infantiles, aquellas esferas acristaladas con miniaturas navideñas, que deslumbraron a los niños en la Exposición de 1878. El ejército bóer se dispersó en pequeños comandos y emprendió una eficaz lucha de guerrillas, que asomaban tras las líneas británicas y las emboscaban en fugaces enfrentamientos. A pesar de su enorme superioridad, la táctica británica fracasaba con estrépito ante la ágil movilidad del jinete bóer. Un calco de lo vivido un siglo antes, en la piel del viejo Imperio francés, la Grande Armée de Napoleón, durante la guerra española. Se enfrentaban a un enemigo nuevo, evasivo, criado en las inclemencias del *grassveld,* apenas equipado de provisiones y munición, con rifles máuser cedidos por los alemanes, que los apoyaban en la clandestinidad. Un contraste absoluto con el vasto ejército británico, que se desplazaba con provisiones en los macutos para dos jornadas, con provisiones en ferrocarriles, caballos, mulas y burros para veinte jornadas, con cañones navales y ametralladoras Maxim, con ingenieros que tendían cables telegráficos, con heliógrafos, con hospitales móviles de campaña, con acompañantes de diversa índole y animales de propiedad privada.

—Mire, ya aparecen: los campos de reconcentración.

El corresponsal del *Morning Leader* señalaba hacia el horizonte. La llanura parecía pincelada con salpicaduras blancas, a lo lejos, como si las nubes fueran de pintura y alguien las hubiera sacudido sobre el paisaje, hastiado de monotonía. A medida que las vías se aproximaban, fueron perfilándose en miles de tiendas de lona, alineadas en calles de fugas infinitas. Desfilaron ante la locomotora, en ritmo frenético, las alambradas de espino que cercaban el campo, a cuyo enrejado se asomaban figuras desdibujadas de niños y mujeres.

—¿No se apeaba usted aquí? —le preguntó Arnaud.

Negó el periodista, entrecerrando la mirada ante el sol austral, que desconcertaba a los europeos porque alumbraba desde el norte.

—Hay otro más adelante, junto al río Vaal —respondió.

—¿Cuántos campos hay en total?

—Más de cuarenta, según los últimos informes.

Arnaud asintió, mientras contemplaba el campo, que se

empequeñecía en la distancia. La «reconcentración» de ciudades civiles que pudieran abastecer a los rebeldes era de reciente ocurrencia, y cercana a sus raíces. Había aflorado en la guerra de Cuba, bajo la firma del general español Valeriano Weyler, cuyo ingenio ocultaba un exterminio de escándalo, por lo que el término «reconcentración» resultaba un tímido eufemismo. Y era precisamente en la guerra de los bóeres, donde tenía a su más fiel seguidor, el general Kitchener. Con la aprobación del alto comisionado británico, y bajo la ética cegada de «la guerra es la guerra», había diseñado una eficaz estrategia para sajar el conflicto. Sembraba la región del Transvaal con recintos alambrados a lo largo de las líneas de ferrocarril, donde se encerraba a todo civil bóer que pudiera sostener a las guerrillas, incluidos caballos, ganado, mujeres y niños.

El sol descendía hacia el oeste, cada vez más sangrante, mientras las vías rozaban el serpenteo del río Vaal, que centellaba caudaloso. Lo alcanzaron dos horas después. El segundo campo de exterminio. Ahora sí, llamémoslo por su nombre.

Desde lejos, parecía gozar de un gemelo al otro lado de la línea de ferrocarril, como si las vías lo reflejaran en una especie de ilusión óptica. Dos campamentos enfrentados. El traqueteo del convoy cedió en su ritmo, entre chirriares de ruedas, crujir de ejes y alientos de vapor. El 3.º de Fusileros se irguió en los vagones, prestos para descender.

—¿También se apea usted aquí? —le preguntó el periodista mientras recogía el maletín de una Kodak Brownie.

—Voy con ellos —dijo Arnaud, señalando a los soldados—. Al campamento británico.

—¿Y cuál es su razón? —inquirió el periodista, mientras trepaban por el contenedor acorazado y saltaban al andén—. No parece reportero, ni buscador de fortunas.

Recogió Arnaud su costal de cuero, cubierto de polvo rojizo y hollín de locomotora.

—Busco a alguien de la 4.ª de Camilleros.

Asintió el reportero, mientras suspiraba satisfecho y desviaba la atención hacia el campo de reconcentración.

—Tenga usted suerte, entonces.

Y marchó, con el macuto zarandeándole en su costado, a cuestas con la cámara y el trípode. Desde luego, las vías componían una singular ilusión óptica, un reflejo engañoso en la distancia, digno del maléfico espejo de Blancanieves. No eran campamentos gemelos, ni siquiera hermanos, ni primos lejanos. De haber seguido al corresponsal del *Morning Leader*, que buscaba destapar los rumores de un genocidio oculto, Arnaud habría descubierto los horrores de una jaula para humanos, con miles de tiendas cercadas por alambres de espino, donde se apiñaban las familias bajo tórridas calorinas que atraían enjambres de moscas, bajo gélidas noches que impregnaban de rocío hasta los huesos y los pulmones. Habría descubierto un nido de enfermedades, de tifus, de cólera, de sarampión, bronquitis y neumonía, donde el jabón era un lujo, donde se dormía gracias a la fatiga profunda, que distanciaba del pensamiento un estómago habituado al vacío. De haberlo seguido, habría presenciado cómo disponía sobre el trípode la Kodak Brownie, en el hospital de campaña, frente a una niña enferma de inanición, que se aferraba a su osito de peluche entre sábanas mugrientas. Habría visto aquella mirada insólita, contra natura, aquella mezcla de anciana consumida y de niña implorante. Habría visto aquel cuerpo macilento, tan contraído que parecía un esqueleto con la piel adosada, donde solo resaltaban el cráneo y los pies, lo único que la escasez de alimento no podía menguar. Y entonces, al igual que el corresponsal, al igual que los miles de lectores del *Morning Leader* que meses después se escandalizarían ante aquella instantánea, Arnaud se habría preguntado por la sucesión prolongada de días, de noches, de meses donde nadie hizo nada, tal vez por indiferencia, tal vez por resignación, mientras aquella niña se habituaba de tal forma a no comer, que su cuerpo alcanzó en vida un extremo de no retorno, de daño incurable, aunque la nutrieran a partir de entonces con todo lo negado.

Al final de la guerra, de los veintiséis mil fallecidos en los campos de reconcentración, veinticuatro mil eran niños.

Aquel día veraniego de 1901, mientras Arnaud seguía al 3.er Batallón de Fusileros Reales, cincuenta como aquella niña perdían su batalla particular.

Levantaron nubes de polvareda entre las tiendas blancas, donde soldados veteranos desplegaban cazuelas y sillas plegables alrededor de rescoldos de lumbres que pronto volverían a prender. En el horizonte, el sol parecía sumergirse en los vapores de un fogón, y se teñía de rojo, como en la forja de un disco de hierro. El 3.º de Fusileros formó en compañías bajo las voces de los oficiales, que solo se distinguían por las hombreras y los cinturones Sam Browne donde pendía el revólver y la espada. Arnaud los vio dispersarse hacia diferentes sectores del campamento británico, en recio compás, con las guerreras y polainas caqui, con el escudo escarlata del batallón cosido en los cascos salacot, mientras los bañaba una luz violeta que descendía imperceptible por las lonas blancas.

—¿La 4.ª de Camilleros?

El soldado, sentado frente a su tienda, en camisa y pantalón de tirantes, arrancaba brillos imposibles a las herrumbres del fusil. Alzó el mentón, indiferente, y su mostacho pajizo señaló hacia el este, donde la luz menguaba.

—Los ladrones de cuerpos al final del campamento.

Arnaud asintió. Más allá de las últimas tiendas, las compañías de ingenieros tendían un cable telegráfico, paralelo a la vía, reponiendo las últimas comunicaciones cortadas por los bóeres. Asomaba entre sus pertrechos una pequeña camarilla de heliógrafos, indispensables en las batallas del soleado *grassveld*, con sus espejos movibles para transmitir los reflejos de las señales telegráficas. Arnaud trazó una fugaz sonrisa, de memoria revivida: Samuel Morse traqueteaba hasta en los confines del mundo.

Los ladrones de cuerpos se prestaban a cenar, arrimando a las hogueras los guisos enlatados. Así los llamaban los soldados, con su habitual ingenio mordaz, ese mismo que algo tenía que ver con la expresión «reírse por no llorar». Junto a las tiendas asomaban los listones de las camillas, ordenados como fusiles de madera. Las lonas colgaban de cordeles tendidos entre mástiles, puestas a secar tras el enésimo lavado, con manchas de sangre inextinguible a pesar de todo el jabón ausente al otro lado de las vías.

—¿Pasya Mukwege?

Se había arrimado a un corrillo de soldados con las insignias de la cruz roja. Despuntaba la tez blanca y el bigotillo fino.

—¿Nos ve con porte de llamarnos así?

—Busque fortuna entre las tribus ndebeles. Si no le descabellan antes.

Rieron mientras la humareda de los guisos correteaba hacia el cielo, que ya centelleaba de estrellas a pesar de la claridad.

—Ignore las chanzas de un soldado. Y más si es británico —le dijo uno de ellos, con insignias de teniente en la hombrera. Alzó la mano, atrayendo la atención de un mozo negro.

—Llama a Pasya.

Salió corriendo el zagal, hacia los corrillos de una hoguera próxima.

—¿Tiene hambre? —le preguntó el teniente—. El guiso es de nabos y zanahorias, a falta de aceite lo condimenta el óxido de la hojalata.

Negó Arnaud con la cabeza, la mirada retenida por los corrillos donde buscaba el mozo negro.

—Tal vez luego.

El teniente sonrió, mientras tomaba asiento sobre su casco de salacot, donde asomaba el nombre de John Bell, escrito con carbonilla.

—El hambre es una certeza, no existe un «tal vez» —terció—. Le guardaremos el rancho, porque dudo que lleve el suyo en el costal.

No le llegaron las palabras del británico. Arnaud lo vio caminar hacia él, acompañando al zagal. Allí estaba, el niño raquítico de orejas separadas, convertido en hombre. Le sorprendió el salto del tiempo, diecisiete años desde 1883, que había adquirido su forma más esplendorosa en el cuerpo ensanchado del camillero. Percibió las insignias y condecoraciones de su hombrera caqui. Percibió la mirada de ámbar intenso, que flotaba en su rostro azabache con la mansedumbre cansada de un soldado.

No les fue sencillo calibrarse. Tal vez por eso cayeron en el prejuicio, que también viene de serie, como el cerrojo Lee-Metforf o el cuchillo bayoneta en los fusiles de la infantería británica. Arnaud prejuzgó a Pasya Mukwege, y con bastante atino a pesar de ignorarlo todo sobre él, porque la barbarie del *Ikatza* sentencia la vida entera, la define en un solo instante, como si toda vivencia posterior se fundiera en la mayor de ellas.

Una cumbre lamida por el viento, alzada sobre el paisaje infinito de África. Una noche gélida, que desciende sobre el atroz lamento de las trincheras, tras consumirse el día entre hurtos de vidas. Un vasto panorama que cubre el alto, con cientos de cuerpos mutilados de británicos y bóeres, todos mezclados, todos muertos y moribundos, entre cascotes y cajas de munición.

Así comenzaba el nuevo siglo en la cumbre de Spioenkop, enero de 1900, un año antes de que Arnaud llegara al África austral. Como en todo nuevo siglo, siempre había quien lo celebrara así. Tras el exterminio mutuo, cuando llegó la noche, solo quedaban los ladrones de cuerpos de la 4.ª Compañía, que ascendieron con sus camillas al atroz escenario donde se había acechado a la muerte, buscando quien todavía la acechara.

Pasya Mukwege estuvo en la batalla de Spioenkop y en las incontables limpiezas de los asentamientos bóer del Transvaal. También sabía quemar granjas y cosechas, sabía reconcentrar a niños y mujeres junto a la línea de ferrocarril, sabía enjaularlos entre campos alambrados. Pasya Mukwege fundía fragmentos de su vida en la barbarie del *Ikatza*, como muchos hombres, como el propio Arnaud.

—¿Qué busca el hombre blanco esta vez?

Aquella fue su pregunta, cuando llegó hasta Arnaud. Porque sin duda reconoció al hombre blanco, a pesar del tiempo, que también acampaba en el rostro de él. Nuestro capitán abrió entonces su costal de cuero, y como un padre con su hijo muchos años antes, extrajo de él una libreta vieja, pequeña, anudada con un cordel.

Tal vez recuerdes aquel otro campamento de 1874, muy lejos de allí, en otro confín del mundo que llamaban civilización. Tal vez recuerdes las palabras de aquel padre. «Hace años te prometí que algún día te lo contaría. El secreto del Armario del Tiempo está entre esas páginas.»

Y lo estaba, con una nueva acompañante. Encajada entre las páginas, había una vieja carta de navegar, con indicaciones de calado y la estima precisa de una posición: la tumba marina de ciento veinte almas, en la costa de Moa, provincia de Holguín, Cuba. Arnaud se lo había dicho a su medio hermano Gabriel, antes de que le abandonara en aquel barco prisión para robarle su vida. «Desenterraré lo que sucedió. El mundo necesita saberlo.» Y se lo diría en unos años, en una amenaza sucinta que tenía fotografiada desde 1889, en París, frente a la Torre Eiffel en construcción. «El mundo sabrá lo que sucedió en 1883. Ellas dos lo sabrán.»

«¿Qué busca el hombre blanco esta vez?»

—Busca lo mismo que el hombre negro.

20

Berggasse 19, distrito de Alsergrund, Viena,
27 de febrero de 1914

Viena, la vieja capital del Imperio de los Habsburgo.

El pintor Gustav Klimt captaba el alma de la ciudad en sus óleos tapizados de oro. Damas de belleza clásica, envueltas por ornamentos de colores tan vivos que parecían las escamas de peces iridiscentes. Componía lienzos de una singular delicadeza, oculta tras la coraza hechizante que protegía a sus musas, que en función del observador, parecía a un suspiro de quebrarse.

Viena era la ciudad de la burguesía austriaca, que rozaba su apogeo tras décadas de plácida existencia. Era la ciudad del vals en la Ópera Nacional, de los cafés refinados, de los grandes carruajes paseando por las avenidas. Era la ciudad del arte y de la cultura europea, de Mozart, Beethoven, Schubert y Strauss, que palpitaban en todo rincón y contagiaban hasta al más pobre, que, como el aristócrata, también tenía su propio instinto de amor por la belleza.

Viena practicaba la convivencia y la tertulia más tolerante, a pesar de las razas y las diferencias sociales, a pesar de las ambiciones colonizadoras y de los partidos nacionalistas que empezaban a surgir, a pesar del salvajismo de algunas corporaciones de estudiantes que apaleaban a compañeros judíos y extranjeros. Viena vivía y dejaba vivir, ignorante de que la vida es aquello que sucede mientras miras hacia otro lado.

Traqueteaba el Panhard-Levassor por los vericuetos de Alsergrund, en la periferia de la ciudad. El rostro de Elsa se desvanecía en los edificios historicistas, que desfilaban más allá de la ventanilla, bajo un cielo empachado de nubes negras. En la penumbra del automóvil, sus guantes en *crochet* se aferraban a la libreta de cuero, con las dos direcciones facilitadas por el inglés John Bell. A su lado, en el asiento contiguo, Gabriel de Zulueta perdía la mirada en la orilla opuesta, silencioso, con la respiración mansa.

—*Es ist hier,* es aquí.

Chirriaron los frenos frente al número 19 de Berggasse. Gabriel abonó los *kronen* del taxímetro, y el chófer descendió con presteza para abrirles la portezuela cromada del Panhard. Goteaba sobre la acera el preámbulo de una tormenta, lenta y pesada, como si fuera de un líquido férreo. Los pocos transeúntes de la calle apresuraron sus pasos. Elsa sintió un torbellino desapacible que correteaba entre las casas y le destempló el cuerpo. Una nodriza uniformada empujaba el carrito de un bebé, sonriendo ante la manita sonrosada que emergía de las mantellinas. Desplegó la capota, que chirrió pesada bajo el armazón de cobre y mimbre, y se perdió en la distancia de la calle, hasta refugiarse en un portal cuando la tormenta arreciaba.

Gabriel la cubría solícito con el paraguas desplegado. Elsa sintió su mirada cansada, fija en ella con preocupación. La lluvia le había acariciado el sombrero *cloche*, empapándoselo, sin que ella se percatara.

—Gracias, *aita.*

Asintió el empresario, con aquella mudez distante que parecía habérsele sedimentado en la mirada. Durante el viaje desde París, el paisaje había desfilado ante sus ojos sin entrar en ellos. Solo Elsa, con alguna observación, era capaz de alentar alguna chispa en su iris grisáceo.

La tormenta se llevó los colores de la calle. La clínica de Sigmund Freud se enclavaba en la entreplanta, con las luces prendidas. Lo habían descubierto al llamar al número de su consulta, facilitado por John Bell. Había accedido a recibirles al escuchar el nombre de Samuel Lowell Higgins, aquel viernes de febrero y fuera de su horario de visitas, de dos a cuatro de la tarde.

Sus pasos resonaron en el refugio del portal, con ecos que ascendieron por las escaleras hasta la cúspide remota del edificio. Rugieron truenos en la lejanía y una noche precoz se hizo en el vestíbulo, reduciendo a fantasmal la luz solitaria del único globo eléctrico.

—Hija mía. —Gabriel se había detenido al pie del balaustre.

—¿Qué, *aita*?

La observaba tras las marcas de insomnio, como dos cráteres de luna. La chistera entre las manos, el recio gabán empapado en las hombreras, de cubrirla a ella y no a sí mismo.

—¿Estás bien? —preguntó él.

Elsa lo miró desde la altura del rellano, sintiéndolo encogido en el vestíbulo, a pesar de su corpulencia.

—¿Por qué me lo preguntas ahora?

Lo vio desviar la mirada hacia la claridad de un ventanal. Doblaba la chistera con desazón, el paraguas colgando de la manga del gabán. Inició el ascenso, y su voz se redujo al crujir de sus zapatos sobre los peldaños de roble. En otros tiempos habría dado una respuesta.

Les recibió en la antesala una joven criada, de sonrisa servil bajo la cofia blanca. Se hizo cargo de los abrigos y, tras un leve balbuceo en alemán, les cedió el paso a la sala de espera.

Más allá de las puertas se intuía un laberinto de cuartos sombríos, donde se entremezclaba la clínica y la vivienda de los Freud. Había un silencio recluido entre las paredes en tono pastel, empapeladas con motivos florales. Parecía atrapado en el eterno compás del péndulo giratorio de un reloj, que rumoreaba lejano en algún recoveco de la casa. Olía a madera vieja, a polvo y a encierro. Ninguno de los dos tomó asiento en los sillones tapizados en terciopelo carmesí. Aguardaron, deambulando la mirada por la sala, por las obras en alemán de los anaqueles, por los adornos taraceados de la estufa de cerámica que irradiaba en un rincón, por los títulos y condecoraciones del psicoanalista que colgaban para goce del paciente, como dosis preliminar de confianza.

Sigmund Freud había asombrado al mundo con su cartografía del inconsciente. El descubrimiento de una mente oculta en toda mente. Una inteligencia proscrita que urdía en la clandestinidad, infectando la vida y los actos racionales del ser humano, un rostro desconocido del pensamiento que procedía con libertad. «Lo inconsciente», como lo llamaba él, había irrumpido como un ciclón en la vida cotidiana de la sociedad europea. Todo sucedía como si ya no existiera la posibilidad de sumergir el sueño en el dormir, de refugiarlo en lo recóndito de una existencia nocturna. El mundo parecía adentrarse en un tiempo donde ya no se soñaba, porque el ser humano en sí era el sueño.

La figura de Freud había adquirido la dimensión planetaria de atraer enjambres de habladurías. Trabajaba diecisiete horas por jornada, se desplazaba en calesa para visitar a los pacientes que lo requerían y exigía al servicio de su casa una estricta observancia de los horarios de comidas. Recibía a ocho pacientes por día, en sesiones de cincuenta minutos, sin tomar notas y guiándolos en lo que él denominaba la iniciación a un viaje, como el Virgilio orientado por Dante en *La divina comedia*. Le atribuían una vasta erudición y una inteligencia excepcional, con gran dominio de lenguas y un humor negro, a pesar de carecer de encanto y de no tolerar ni blasfemias, ni vestimenta ordinaria, ni a pacientes de excesiva corpulencia.

—Pueden pasar.

Una figura encorvada los observaba desde el umbral, junto a la puerta abierta sin aviso. La barba recortada con pulcritud, el traje meticuloso, con pajarita y cadena relojera asomando del chaleco. Elsa percibió la mirada grave, que flotó sobre ella en un escrutinio absorto.

Los recibió en la sala de consulta, que parecía un caprichoso museo de provincia. Florecían como en un invernadero cientos de estatuillas, jarrones, escarabajos y anillos de antiguas deidades y civilizaciones, que esquinaban al diván de los pacientes e infestaban cada recoveco, cada estantería, cada resquicio libre de su escritorio. Sigmund Freud se acomodó en su sillón, bajo la luz mortecina del ventanal, y les ofreció asiento. Enfundaba una mano en el bolsillo, y mantenía la otra erguida sobre el pecho, con un veguero humeándole entre los dedos. Parecía aquella una postura permanente, anquilosada en su cuerpo.

—Mis viejos dioses me sirven como pisapapeles —murmuró con seriedad, su figura acometida por las reliquias, al otro lado del gabinete—. Preservan mis ideas de la desaparición.

Continuaba observando a Elsa, aun sabiéndose observador descubierto. Lo hacía con una insistencia paciente, casi rutinaria, como si supiera averiguar con la mirada secretos invisibles al ojo humano, como si supiera leer en el rostro las geometrías ocultas del alma. Elsa se revolvió, incómoda, desviando la mirada por la consulta. Olía a polvo viejo, a pensamientos viciados. Parecía suspenderse entre ellos un ambiente enrarecido, como si allí respiraran demasiadas personas al día y todas con el aire enmarañado. Las dudas le hormigueaban en el pensamiento, sin palabras para explicar la razón de su visita. Aguardó a la voz del psicoanalista, pero él se mantuvo incólume, observándola a través de sus nebulosas, plácido en el silencio de la espera.

—No sé por qué estoy aquí, Herr Freud.

—Ninguno de mis pacientes lo sabe. —Pronunciaba un inglés correcto, con claro acento vienés—. No se angustie, señora Craig.

—No soy una paciente, Herr Freud.

Asintió él con apatía rutinaria, ignorando la postura de Elsa.

—¿Sabe usted? —murmuró, fiel al caudal de sus propios pensamientos—, mis enfermos nunca reparan en su enfermedad. La mente avisa de las dolencias del cuerpo, pero no de las propias.

La voz de Gabriel emergió severa, atrayendo la atención del psicoanalista:

—Nuestro caso es de índole distinta. Se lo precisamos por teléfono.

Freud consumió los rescoldos del veguero, y se entretuvo en prensarlo con desidia, en un cenicero con forma de efigie faraónica.

—Toda mente es sugestiva de estudio —pronunció—. No se incomode.

—Samuel Lowell Higgins —dijo Elsa—. Accedió a recibirnos cuando oyó su nombre.

El psicoanalista se mantuvo inmóvil, sin trastocar un ápice su expresión, mientras extraía de la gaveta un estuche humidificador de puros Don Pedro.

—Nos carteamos durante varios años —mencionó, satisfecho con su elección, mientras cerraba el estuche sin ofrecerles su contenido—. Antes de que viniera a la clínica, hará quince años. Un acto que me sorprendió, si les interesa saberlo. El profesor Higgins sentía demasiado afecto por su residencia de Oxford. No parecía hombre de expediciones.

—Lo visitaron en 1897 —precisó Elsa, recordando la fotografía de la estación de Josefstadt, pocos meses antes de la inauguración del Wiener Stadtbahn, el ferrocarril metropolitano de Viena, y su mensaje: «Habrá guerra en 1914.»

El psicoanalista asintió, prendiendo su placer y el veguero Don Pedro, ambos a la vez, entrelazados de la mano veinte veces al día, según los rumores.

—Es posible.

—Con un acompañante —añadió Elsa.

Afirmó de nuevo Freud.

—Tez curtida y mirada indolente de marino. Densa y penetrante como pocas. Con un cosmos de considerable vejez en su interior, a pesar de su edad, que alcanzaría los cincuenta. —Expulsó con dulzura el aliento de su amante caribeño.

Elsa sintió un revoltijo de ansiedad al percibir la presencia lejana de su padre, allí, enredada entre muchas otras, en el ambiente sedimentado de la consulta.

—¿Cuándo supo de ellos por última vez?

—Ese mismo año.

—¿Y por qué lo visitaron?

—Cuestiones diversas —respondió Freud—. Psicología de masas, métodos de persuasión, predicciones de comportamiento. Lo inconsciente se oculta tras todas ellas.

—¿Le aclararon el motivo de su interés en esas materias? —inquirió don Gabriel, cuya pesadez corporal martirizaba la silla y al psicoanalista, a dosis iguales.

Sigmund Freud suspiró tras sus huestes egipcias, que lo cercaban y parecían rendir culto a la humareda del Don Pedro. Se levantó con cierta desgana, no sin antes lanzar una mirada desdeñosa al empresario, y buscó entre los anaqueles de su biblioteca, donde reliquias y tratados de psicología rivalizaban en cantidad. Los fascículos, cuatro números publicados entre junio y diciembre de 1913 por la revista *The Fleet Magazine* en páginas de papel satinado y con ilustraciones a color, cayeron sobre el tapiz de cuero del escritorio. Elsa los reconoció, a pesar de la traducción alemana.

—La obra más exitosa de los últimos años. El célebre profesor Livingstone y su teoría aún por desvelar en *Las notas del tiempo* —Freud buscó la última página del cuarto fascículo, titulado *El solitario que fotografía el futuro*, y citó con su voz ronca—: «Descubra el sonido de la Historia, entienda su partitura antes de que suene por sí misma. Conviértase en uno de los pocos afortunados y conozca la primera fotografía que le mostrará el futuro. Descubra la presentación al mundo de *Las notas del tiempo*. Próximamente.»

Alzó la vista y sus ojos fúnebres se posaron en Elsa, de nuevo, con su paciente insistencia.

—La nota final es del editor. Mis hijas conservan otra copia en la biblioteca familiar. Se rindieron a la vida del profesor, lloraron cuando fue abandonado por el mundo y su familia, cuando sus alumnos se bufonearon de él, haciéndolo trastabillar de vuelta a casa, apedreando sus vidrieras. Fantasearon con el relato de cómo concibió su colosal estudio sobre la macroestructura de la Historia Universal. La teoría que predecirá el futuro. Ahora desean saber cuál es la respuesta. El contenido de su gran trabajo. El propio manuscrito de *Las notas del tiempo*. La esperada conclusión del último fascículo.

Elsa irguió el mentón con altivez, conteniendo la verdad oculta tras Arthur des Cars. La verdad que solo ella conocía. Su cuello se tensó, crujiendo como las hebras de una pilastra de madera, mientras sostenía el examen visual del psicoanalista.

—Los lectores lo consideran una ficción, Herr Freud.

—No lo crea usted del todo, señora Craig. —Señaló hacia las estanterías, con un leve ademán de la mano—. En 1899 revelé mi descubrimiento de lo inconsciente, como deduzco sabrá.

—*La interpretación de los sueños* —agregó Elsa, atisbando el título entre la colección de encuadernaciones.

Asintió Sigmund Freud, sin jactancia, entrecerrando los ojos mientras aspiraba el veguero.

—Antes soñábamos en el recogimiento nocturno —murmuró—. Ahora nos creemos viviendo en el sueño mismo. Un cambio notable para una simple teoría.

—Habituamos a extremar las cosas, Herr Freud.

—Las extremamos a veces —afirmó el psicoanalista—. Psicología colectiva. El individuo se vuelve estúpido cuando piensa en masa. La mayor dolencia de la humanidad, señora Craig.

Elsa se recostó sobre la silla, reflexiva.

—Entonces, ¿cree usted posible la teoría del profesor Higgins?

Por vez primera, una fugaz sonrisa afloró en la barba del psicoanalista. Volvió a alzar el veguero, encajonado con destreza entre sus dedos, y señaló con él hacia un artilugio metálico, dispuesto sobre una mesilla.

—El micrótomo realiza cortes de tejido para análisis histológicos —aclaró, con cierto deje irónico en la voz—. Los pacientes se intimidan ante el examen, ignorantes de que su utilidad apenas roza lo simbólico. El micrótomo es un vaso de agua recogiendo muestras del océano. Una ilusión que hace creer a los pacientes.

Sigmund Freud desprendió la mirada lóbrega por los recovecos de la consulta, como si el caudal de sus pensamientos flotara entre las reliquias y no en su cabeza. Habló entonces con las dos caras del científico: con el regocijo de sentirse ante la inmensidad de lo desconocido y con la frustración de saberse un escarabajo en la selva, tan minúsculo que su avance era imperceptible hasta para una vida entera. Jamás había podido sondear la mente a nivel biológico. Jamás había penetrado en las nebulosas inciertas del cerebro. Intuía algo instintivo e irracional en el comportamiento humano, pero lo ignoraba todo sobre él. Lo llamaba «lo inconsciente» porque era una hipótesis, un centelleo de estrella para alguien que contempla la inmensidad del cielo, fantaseando con descubrir los entresijos del universo.

La sociedad que aclamaba los hallazgos de Freud desconocía, precisamente, su desconocimiento. Y mientras él empleaba el micrótomo consciente de su inutilidad, los pacientes, intimidados ante los cortes de su artilugio estrambótico, se creían entregando un pedazo de su alma. Y entonces, en la intimidad al margen de sus consultas, ante visitas como la de Elsa y don Gabriel, el científico Sigmund Freud incidía en *ella*, como si todo derrotero condujera hasta sus pies. *Ella.* El alma.

—Lo que se dirige al alma escapa a nuestras mediciones. Escapa a la ciencia.

Gabriel señaló hacia los fascículos de *La vida del profesor Livingstone.*

—¿Se refiere a la teoría del profesor Higgins?

—Me refiero a toda ciencia —terció Freud—. Porque la ciencia se extravía en las regiones del alma.

La dulzura cortante de Elsa irrumpió en el entrecruce de voces varoniles, ásperas de fumar:

—¿Sugiere que *Las notas del tiempo* es una farsa? ¿Como su micrótomo?

Sigmund Freud ancló su mirada en ella, el entrecejo en permanente fruncido, como si bregara tras su frente una máquina de vapor.

—Existen métodos de persuasión muy efectivos en la psicología de masas: fe, imaginación, misticismo. El profesor Higgins y su acompañante mostraron gran interés en algunos de ellos.

Elsa se alisó la falda plisada en gesto instintivo, mientras contenía la expresión grave, casi insensible, del psicoanalista.

—Le agradecería menos rodeos, Herr Freud.

—No me exija respuestas categóricas, señora Craig. No soy un impostor.

—Los circunloquios carecen de franqueza.

—No siempre —la cortó él—. Y usted no es franca al afirmarlo. Sacrifica la enmarañada verdad para ser concluyente. Le sugiero que aparte sus temores, o su presunción, y se enrede en ella.

El psicoanalista calló, estudiándola. A pesar de su rigurosa postura, manifestaba cierto goce sombrío en lo más hondo de sus pupilas, donde podía percibirse, de muy cerca, la figura reflejada de Elsa.

—Tal vez sea una ilusión. Un sueño despierto —dijo él entonces.

—¿A qué se refiere?

—*Las notas del tiempo.* La teoría del profesor Higgins. Tal vez sea una ilusión.

Elsa entrecerró las pestañas, en leve atisbo de comprensión.

—¿Se lo dijeron ellos?

—No exactamente. Aunque mencionaron cierta obra, un pasaje en concreto, que tal vez tenga relación. El primer acto de *La tragedia de Macbeth*, de William Shakespeare. ¿Lo conoce?

Elsa asintió, mientras le venían los años de universidad y las jornadas sumidas de lectura en la biblioteca del *college*. El genio inglés había pasado bajo su escrutinio. Podía recitar frases de memoria.

—¿Por qué lo mencionaron?

—Se interesaron por mi percepción clínica. La psicología de la obra es intensa. Hablamos del misticismo de las Brujas

Fatídicas, o sus artimañas no tan místicas, que aprovechan para hacer creer a Macbeth que predicen el destino.

—Encauzan su destino —murmuró Elsa, que asentía, absorta en reflexiones—. Lo convierten en rey.

—Siembran en Macbeth la semilla de la ambición —dijo Freud—. No le dicen que mate al rey, le tientan sutilmente diciéndole que será rey. La más astuta de las persuasiones, señora Craig.

A Elsa se le iluminaron los ojos, como abiertos por dentro, a través de las pupilas, con pensamientos que se inflaban, que entendían, que pretendían salir.

La historia de Escocia, escrita por las brujas.

Y siguió asintiendo, mientras comprendía, mientras comparaba: el primer presagio de Higgins y Arnaud, repartido en la Exposición Universal de 1889, en la fotografía del impreso explicativo de *Las notas del tiempo*. Señalado públicamente por un artículo de Matthieu Hinault, cuando se cumplió la profecía nueve años después: «La isla de Cuba se emancipará del Imperio español en 1898.» El segundo presagio, aún por cumplir, de la estación de Josefstadt en 1897. Que al igual que las brujas, se amparaba en el acierto del primero: «Habrá guerra en 1914.»

La historia de Europa, aún por escribir.

Las brujas depositaban en Macbeth la semilla de la ambición.

Higgins y Arnaud hacían lo contrario: depositaban en Europa la semilla del temor.

—Parece de chiste —murmuró, alumbrada.

Sonrió Sigmund Freud.

—Somos de chiste, señora Craig.

Rumoreaba la plácida clientela del Hotel Imperial, en la Ringstrasse, dispersa entre los sofás y los veladores del salón. Palpitaban las luces de las arañas vidriadas, bañando de calidez áurea los tapices y las paredes de mármol. El servicio realizaba su cometido en silencio, al compás de un violinista que interpretaba sonatas de Johannes Brahms.

La mirada de Gabriel de Zulueta se perdía en su propio reflejo, ante la exposición de bebidas alineadas frente al mostrador. Su rostro ojeroso se propagaba hasta el infinito, deforme en cada frasco vidriado, como si todos, Bourbon, Courvoisier, Hennessy, Frapin, lo miraran a él. Resonaban en su cabeza las voces recientes de Freud y Elsa, entremezcladas con las de los dos franceses añosos que conversaban junto a él en el mostrador, trajeados con levita y corbata, entre copas y suspiros.

—¿Recuerda usted a mi mujer de soltera?

—Cómo no hacerlo, amigo mío. Una dama imponente, con altivez de nación.

—Era grácil en su figura, en el porte del corsé y las enaguas. Mire ahora a las jóvenes, exhibidas sin pudor en piscinas mixtas. Demasiada confianza en sus vidas.

—Demasiada placidez.

En la memoria de don Gabriel reincidía la mirada de Elsa, bajo la lluvia, antes de entrar en la clínica, absorta en el carrito de bebé que se perdía en la distancia. La veía una y otra vez, repetida, como en una película con el film obstruido, como si en su mente se ocultara un archivador secreto e inclemente, que lo castigaba con sus recuerdos más dolorosos. Tal vez fuera una venganza tardía, servida con la frialdad de la espera, por entregarle una vida deshonrosa, un pasado indigno de archivar. Y allí estaba, escarbando junto a su hija en el pasado, ella para encontrar una respuesta, él para volverlo a enterrar.

—Tiempos de gloria los pasados.

—Entonces aún quedaba todo por construir.

Rechinaron las copas, en viejo y cansado brindar. Don Gabriel escuchaba a los contertulios, que se recreaban en sus particulares nostalgias, y podían hablar de ellas con una sonrisa de placentera ensoñación.

—Ya tiene línea, señor.

Gabriel alzó la cabeza, desubicado. El encargado telefonista del hotel aguardaba junto al mostrador, solícito. Sus ojos descendieron a las manos trémulas del empresario, donde asomaba un pequeño frasco, con líquido oscuro y sin etiqueta. Asintió, agradecido por el servicio, y se aproximó a la cabina telefónica del hotel. El rumor de la clientela se desvaneció en el silencio del cubículo acristalado. La voz de Lope zumbó en la lejanía, a través del auricular.

—Hola, *aita*.

—Hola, Lope. Ponme a tu madre.

—Ha tenido mal día, está en la cama. Hablas con ella todas las noches, *aita*.

—¿Habéis llamado al doctor Etxenike?

—Vendrá mañana. Ha insistido en el tratamiento del sanatorio.

—Niégalo. No la enviaremos a un refugio de montaña.

—De acuerdo, *aita*. No te demores, quedan nueve días para las elecciones. En el partido les preocupa tu ausencia. Has anulado demasiados compromisos.

—Volveré pronto.

—Ha venido alguien preguntando por Elsa. Un editor londinense. Se aloja en Bilbao.

—¿Winston Hastings?

—Sí. Ha dejado recado para que le avisemos cuando volváis.

—No será dentro de mucho.

Sonaron estridencias en la línea, como si la azotaran tempestades lejanas.

—*Aita*.

—Qué.

—Siento lo que hice. Debíamos buscar una solución. Elsa no puede volver a hablar con Benjamin.

Don Gabriel guardó silencio, la respiración de su hijo irradiándole a través del auricular. La vista se le nubló y volvieron las represalias de archivador. Se imaginó a Lope una vez más, entrando en el cuarto de su hermana, buscando entre sus intimidades, robando la última carta que conservaba de su esposo, contratando después a un falsificador para que tejiera una historia con las palabras de otro hombre.

—Mataste la vida que llevaba dentro.

—Debíamos hacer algo, *aita*. Tú mismo me lo dijiste. No puede descubrir la verdad.

Colgó el auricular, y apoyó su mano en el armazón dorado de la cabina acristalada. El corazón le sucumbía de fatiga, con la sangre encogida. Esperó a que le retornara a la cabeza, a las extremidades del cuerpo. Tanteó con tambalearse. Y entonces emergió al salón imperial, a su rumor distendido, que discurría en su burbuja palaciega, sin mirar a la calle. Buscó al encargado telefonista.

—Necesito una nueva conexión.

Dormía el bosque clausurado del Retiro, frente al balcón de la calle Alfonso XII, en Madrid. Dormía la mujer del ministro, acostada temprano por rutina de jaquecas, hasta que el teléfono rasgó el silencio de la casa.

—¿Dónde diablos se ha metido?

El ministro consumía su magnífico veguero, agitado, mientras escuchaba la voz que llevaba días esperando oír.

—Haga el favor de volver inmediatamente —insistió.

Brotaba su aliento en nubes de humo, como los carrillos de una locomotora. La casa guardaba silencio, como si también escuchara lo que se decía al otro lado de la línea.

—Una semana, señor Zulueta. Lleva una semana anulando compromisos.

Tosió el ministro, con el veguero atragantado.

—¿Cómo dice?

Tosió de nuevo.

—¿Se ha vuelto usted loco?

Calló.

—No puede hacer eso. No puede descuidar su cometido.

Se le escurrió el veguero, sobre la alfombra, aún humeante.

—El Partido le necesita. No puede hacer eso.

Hotel Imperial. Ringstrasse de Viena. Flotaba un silencio nocturno en el pasillo ostentoso de las *suites* superiores. Los pasos de don Gabriel avanzaban lentos, con suavidad mullida, sobre las alfombras persas y ornadas con guirnaldas de flores. Sentía en la cabeza el sopor del somnífero, un barbitúrico comercializado con el nombre de *Verona,* inventado por dos químicos alemanes, uno de ellos fallecido por adicción a su propio fármaco.

Se detuvo ante la puerta de su hija y la miró con ojos flemáticos. Acercó el oído y trató de escuchar, ignorante del grosor estanco de la hoja. Entonces se inclinó, con achaques de huesos y una torpeza morfinómana. Buscó la rendija de la luz, pero las junturas estaban selladas con rigurosidad de carpintero. Volvió a incorporarse, la cabeza embotada, y caminó hasta su habitación.

La puerta desveló una nota mecanografiada, como sorpresa del umbral.

Recordatorio: nuestro acuerdo comercial adquirirá validez cuando encuentre la localización exacta del manuscrito. Mantenga la atención. No se desvíe de su cometido.

OTTO KAUFMAN

Gabriel cerró la puerta y la huella de sus mocasines dejó su impronta sobre la misiva. El manuscrito de *Las notas del tiempo.* La caja estanca. El lecho marino de la provincia de Holguín, Cuba. Arnaud Mendíbil. Sus cuerdas vocales se sacudieron, emitiendo una risotada rasgada, que derivó en un estertor profundo, de fumador viejo, antes de tumbarse en el lecho.

—Ilusos —murmuró, dilatando la palabra, como si se sumergiera también en el sueño.

No era la de don Gabriel la única cuerda vocal que vibró aquella noche. Se conectaron más voces, más auriculares, más cables telegráficos, en un contagio masivo de ondas sonoras, que sembraban Europa con ejércitos de palabras corredizas. En la embajada británica de Viena, el agente John Bell establecía contacto con las oficinas de Whitehall Court. La lengua desvergonzada y precisa de Barret Calamy, el viejo recadista de chismorreos y nuevo secretario del departamento, le tiroteaba con la frecuencia de una Maxim, en cargas densas de información.

—La ruptura de la paz será tan destructiva que nadie vencerá, señor.

Aludía al último informe del Servicio Secreto en la embajada rusa. Se había filtrado el pronóstico de que una posible guerra acabaría en derrota y en convulsión catastrófica para el país. Como el austrohúngaro, el Imperio ruso era un conglomerado plurinacional, con finlandeses, bálticos, polacos, rusos blancos, ucranianos, judíos de Occidente, musulmanes y caucásicos de Asia central y meridional, que sumaban la mitad de la población en las provincias más valiosas. El rumor se había extendido como la pólvora, avivando los nacionalismos emergentes y las huelgas generales del movimiento social que ya de por sí azotaban la estabilidad zarina.

—Los Estados Mayores comprenden que una guerra europea, con la globalización, la prosperidad, la industrialización y el armamento científico, sería extremadamente sangrienta y larga, tal vez abocada a no tener final.

—No me revela nada nuevo, señor Calamy.

—Hay indicios de que el fantasma se oculta tras la filtración.

—¿Está usted seguro?

—Sí, señor. Los rusos también recibieron las siete predicciones de la estación de Josefstadt, como ya sabe. Al parecer, han inquietado a quien no debían, y se les ha ido de las manos. Aquí, en las oficinas, también están nerviosos. El director no cesa de bramar ante el teléfono. El estudio grafológico de los sobres afirma que el trazo irregular, impulsivo, garabateado, de los fantasmas, corresponde a un trastorno paranoico, de carácter agresivo. Dicen también que los alemanes han tomado medidas para contener posibles filtraciones. El mismo káiser está al corriente, y ya conoce usted su diplomacia impulsiva. El ambiente está tenso, señor. Europa parece un matrimonio gastado, tanta crisis, tanta discusión de alcoba, que ya no se sabe ni por qué se discute. Cualquier minucia, hasta un fantasma con cuentos para niños, y todo se descalabra. El matrimonio al garete.

Callaba John Bell, su respiración en suspenso.

—¿Y usted qué piensa de todo esto, señor Calamy?

—¿Mi parecer particular?

—¿Cuál si no?

—No habitúo a moderarme, ya lo sabe.

—Por eso le pregunto. Adelante, no se amilane, ¿qué diablos piensa?

—Que la estupidez se contagia, señor. Como la peste. Deberíamos tener leones, y malabaristas, y montábamos aquí el Gran Circo Mundial.

La respiración del secretario parecía agitada. Volvió a hablar.

—Hoy es noche de filtraciones, señor.

—¿Qué pretende decir?

—Concédame unos días para asegurarme y le entregaré un informe preciso.

—Adelánteme algo, señor Calamy.

—La sospecha aún es embrionaria, señor.

—No tenga piedad. Tirotéeme.

—Samuel Lowell Higgins, señor. Indicios de que mantenía contacto con alguien del SIS. Tal vez la fuente de la filtración del registro en Iffley Road.

Guardó silencio John Bell, al otro lado de la línea.

—¿Señor?

—¿Insinúa que Higgins accedió a los gobiernos por mediación del Servicio Secreto Británico?

—El fantasma del tiempo, señor. Las predicciones. Creo que salieron de la oficina. Higgins se las entregó a su contacto para que las extendiera. Ya ve que también estoy metido hasta el cogote. El payaso que hace reír a los niños.

—¿Se sospecha de alguien?

—Puede que venga de arriba.

—Esa es una acusación grave, señor Calamy.

—Usted me ha forzado. Deme unos días y seré más preciso.

Se interrumpió el entrecruce de voces. John Bell guardaba silencio, reflexivo. Podía percibirse el sonido de sus pensamientos, a través del zumbido de la línea.

—Está bien. Manténgame informado —sentenció el agente.

—Un asunto más, señor.

—Dígame.

—Samuel Lowell Higgins falleció en noviembre de 1913. Poco antes de que se iniciara el envío de esta plaga de fantasmas adivinos.

Nuevos zumbidos, como si el cable contuviera un presidio de insectos.

—¿Cómo lo saben?

—Han encontrado la sepultura, señor. En el camposanto familiar del matemático en Aberdare, Gales.

XIX

Iffley Road, Oxford, invierno de 1913

Aburrirse es besar a la muerte.

Lo parafraseó nuestro querido profesor, mientras reflorecían las bayas de sus muérdagos en Iffley Road, en la primavera de 1873.

—La magia alberga sus secretos, Arnaud.

—Descubrirlos tiene un precio.

—Y un regocijo oculto. Quien se acostumbra a mirar detrás de las cosas no se aburre tan fácilmente. Y aburrirse es besar a la muerte, amigo mío.

Samuel L. Higgins jamás se aburriría. En el invierno de 1913 era el tiempo quien lindaba con el aburrimiento. El profesor se encogía en su gabinete, como de costumbre, acometido por papeles y cuartillas que lo envolvían como los matojos con las bordas abandonadas. Su osamenta se reducía a la de un niño, encorvada, la piel disecada como si le hubiera hervido durante años. Sumergía la mirada en sus memorias, en *La vida del profesor Livingstone*. Así las llamaba desde que las iniciara años antes, desde que Arnaud le dijera que solo escribía para la ciencia. Desde que le dijera que no escribía por amor. Y que por eso estaba solo.

Livingstone. Cuando Arnaud le preguntaba por el uso de ese nombre y no del suyo, él no respondía, o daba evasivas. Higgins temía que su historia se adosara a su apellido, a su persona, tal vez porque se avergonzaba de sí mismo, de la huella que había dejado. Tal vez porque temía la compasión de quien pudiera leerla. Y sin embargo la escribía, fiel a sus recuerdos, a pesar de que hurgar en los archivos de la mente sea lidiar con las trampas del tiempo, que tergiversa los recuerdos a su caprichoso antojo, sin que uno se percate. Sus cataratas eran tales que en lugar de escribir parecía oler las cuartillas. Trabajaba con una mansedumbre absorta, trazando las letras con la lentitud del aprendizaje, gracias, eso sí, a sus antiparras nuevas de lupa, anudadas a su cráneo por una banda de caucho. Inflaban sus ojos grises hasta proporciones inauditas, ojos infantiles, despiertos y luminosos, a pesar de las cejas lanudas por las que siempre despotricaba en una amenaza eterna de afeitárselas, porque le emborronaban la tinta fresca de las líneas superiores.

—Desgana de cultura. Lo dijo Sigmund Freud.

Y expulsaba sus pensamientos de golpe. Arnaud alzaba la mirada, desde su escritorio, y contemplaba la figura senil del profesor recortada en las vidrieras ojivales, donde el invierno descolgaba su festín de polvo helado. Tal vez fuera eso, polvo, lo que palidecía en su piel.

—¿Cómo dice, profesor?

—Desgana de cultura. La distancia, los años de paz, han convertido la guerra en leyenda. Son cien años desde la Gran Guerra. Eso es lo que le pasa a la gente, que está harta de una época tan bella.

Con aquel nombre se conocía a la derrota de Napoleón de 1815. La Gran Guerra. Arnaud asintió, consciente de lo que traslucían sus palabras. Pocos en Europa recordaban los estragos de la guerra, y había jóvenes que incluso temían más no vivirla, como había sucedido siglos antes a generaciones que tampoco la conocían. Freud, que sondeaba el alma humana en su clínica de Viena, lo había llamado «desgana de cultura». La monotonía burguesa, el hastío de la placidez, los viejos instintos de sangre que se cocían con el tiempo, lentamente, hasta brotar con furia. Todos alardeaban del progreso, de la excelencia alcanzada como especie humana, un orgullo peligroso, arrogante e ingenuo al mismo tiempo, que los devolvería, precisamente, al inicio del progreso.

Aquello debía de pulular en la mente laberíntica del profesor, cuyos entresijos solo Arnaud conocía. Lo contempló largamente, a través de su escritorio infestado de mapas y cartas de navegar.

—Cincuenta pies, según las nuevas indicaciones de calado.

Pasya Mukwege bregaba junto a él, entre planos auxiliares de la costa septentrional de Cuba. Comparaba cartas actualizadas, extendía líneas, aplicaba métodos gráficos y desvíos de abatimientos y corrientes, hasta extraer diferentes puntos de estima con sus coordenadas de latitudes y longitudes, dispersas en un área de cinco millas cuadradas junto a la costa de Moa, en la provincia de Holguín, Cuba. De novicio a teórico de navegación solvente, un aprendizaje raudo bajo la tutela de Arnaud, aunque el bantú solo hubiera saboreado el mar entre grilletes y fusiles.

—Será una búsqueda compleja —añadió Pasya—. Demasiado margen de error.

Sus ojos brillaban como fósiles de ámbar, bajo la luz del quinqué. Fósiles porque no quedaba juventud en ellos, ámbar porque aún tenían dignidad exótica, a pesar de una vida obcecada en quitársela.

—Si el mar fuera fácil, la mitad del mundo estaría desperdiciado.

—Todos lo navegaríamos, capitán.

—Sí, pero ninguno por amor.

Así le llamaba: capitán. Respetuoso para el oído ajeno, afilada insinuación a un pasado común para los dos. Porque, para Pasya Mukwege, Arnaud era el hombre blanco, el capitán negrero que permitió el genocidio de su familia, el hombre, al fin y al cabo. A pesar de que ambos buscaran lo mismo: la documentación de las transacciones en Cabinda, por la expedición de África a Cuba del bergantín *Ikatza*, flota de la Sociedad Mendíbil, año 1883, que Arnaud guardó con sumo esmero dentro de su caja estanca antes del hundimiento, junto al manuscrito de *Las notas del tiempo*. Desenterrar lo que sucedió. Emergerlo del mar, mejor dicho. Publicar, en todos los periódicos, el genocidio oculto del empresario Zulueta. Mostrárselo al mundo. Dormirse sin los gritos de los esclavos que se ahogaban. De los padres que se ahogaban.

Por fin, tras años de espera, aquel invierno de 1913 la residencia de Iffley Road estaba a un suspiro de iniciar su ilusión shakespeariana. Y así fue, porque Higgins suspiró, con el reflejo súbito de quien respira por última vez. Aunque aún no lo fuera.

Se levantó de su escritorio, tras haber anudado con paciencia las cincuenta cuartillas del cuarto capítulo de *La vida del profesor Livingstone*, titulado *El solitario que fotografía el futuro*, tras forrarlas en papel de estraza, tarea que se demoró durante toda la mañana. Miró al reloj pendular de la pared por enésima vez aquel día, y entonces caminó hasta su cuarto, que se había trasladado a la despensa de la planta baja por la enemistad del profesor con las escaleras. Efectos del tiempo, que le enemista y le reconcilia a uno con las cosas.

En el centro del cuarto, junto al jergón monacal y el daguerrotipo antiguo de su familia, lo aguardaba un carrito de latón, con ruedas de caucho y correas de amarre. Allí apiló los escritos, sobre los demás sobres y paquetes, todos ellos agregados con instrucciones de extrema precisión. Y entonces contempló el torreón de envoltorios, con la extrañeza de quien contempla la vida de uno fuera de sí mismo. El legado de una vida, para ser más exactos.

Allí estaban. La plaga de envíos que pensaban distribuir. El remiendo de *Las notas del tiempo*, que jamás prediciría el futuro. Ese truco de ilusionista que les había mostrado William Shakespeare, a través del tiempo, a través de sus letras, a través de sus personajes, a través de las Brujas Fatídicas y sus predicciones no tan místicas.

Varios sobres idénticos, con sellos de lacre grabados con diferentes fantasmas pintarrajeados por el profesor, cada uno con siete fotografías y un pequeño recorte de periódico en su interior, con destino para los hombres más poderosos: ministros, reyes, káiseres, zares y emperadores. Los hombres que, al contrario que Higgins y según él, podían escribir la Historia de Europa. Las fotografías tomadas en la estación de Josefstadt, Viena, 1897. Todas con carteles diferentes y vaticinios atroces de una futura Gran Guerra, en el año 1914. Los recortes extraídos de un artículo del diario *Le Petit Parisien*, publicado por Matthieu Hinault en 1898, sobre un folleto repartido en la Exposición de París en 1889, que hablaba de una futura guerra en Cuba que más tarde se cumpliría.

Cartas con amenazas sucintas de propagar la matanza del negrero *Ikatza*. Dirigidas a Gabriel de Zulueta.

Un paquete con cincuenta cuartillas del cuarto capítulo de *La vida del profesor Livingstone,* escritas por amor y no para la ciencia. Dirigidas a un hijo que se le había escapado muchos años antes, en brazos de su madre, porque él, Samuel Lowell Higgins, no había sabido darle amor.

Instrucciones con fechas y direcciones de envío para los sobres, las cartas y el paquete con sus memorias.

Sonaron los cuartos a lo lejos, en el campanario del Christ Church College, y el profesor respingó en su sitio, acuciado por el tiempo. Ahorraré los pormenores de su vestir, que fue lento y pausado, con el achaque habitual de su parálisis congénita. Se acicaló con sus más distinguidas prendas, pasadas de moda y algo deslustradas, y se contempló en un espejo arrinconado, alineándose con esmero el matojo mortecino que aún le perduraba en la coronilla.

Y así se ausentó de su pequeña morada, mientras Arnaud y Pasya discutían sobre escafandras y buzos, ajenos al leve chasquido del portón. Su figura se desvaneció con el carrito, en la ventisca de Iffley Road, que parecía un túnel del tiempo, un reino glacial de árboles blancos, casitas entrevistas y copos de nieve que revoloteaban con inquietud.

Lo ideal sería dejarlo así, desvanecida su figura en el invierno, pero su destino aquel día encierra un peso relevante en esta historia. Caminó con extrema lentitud, apoyado en un bastón de roble retorcido, con la misma curvatura que su cuerpo. Parecía un rastreador de suelos, que solo alzaba la mirada para ubicarse, mientras arrastraba su carrito de latón.

Alcanzó la pequeña estación de Oxford a la hora convenida. Desértica, sin atisbos de estudiantes, ni profesores, ni siquiera jefes de estación.

Solo el hombre esbelto de la gabardina y el sombrero Borsalino. Su silueta desvanecida bajo la tempestad, con la lumbre de un cigarrillo entre sus guantes de cuero. El profesor Higgins se aproximó a él, lentamente, con pasos cortos y arrastrados. Llevaban siete años viéndose en secreto, desde que él le escribiera para decirle que se había muerto su madre, aquella misma que había abandonado a Higgins para casarse con otro hombre y formar una familia feliz de seis niñas y cuatro niños. El individuo de la gabardina ya no era el bebé del daguerrotipo: «Matrimonio Higgins, 1868.»

—Hola, padre.

—Hola, hijo.

Su hijo. El teniente inglés que cenaba con los camilleros, doce años antes, en los confines del África austral. Su nombre se inscribía en su casco de salacot.

—Está en el carrito —dijo Higgins, que miraba a su hijo sin pestañear, orgulloso y feliz de poder mirarle, de poder estar con él, de poder hablar. A pesar de que no se abrazaran, y que no hubiera entre ellos muestras de cariño.

John Bell recogió el carrito, que pesaba más que el propio anciano.

—Recurriré a mis contactos para hacerlos llegar arriba —murmuró.

Asintió el profesor, agradecido, y señaló el último bulto de la torre de envoltorios. El cuarto capítulo de *La vida del profesor Livingstone*. Los anteriores tres ya se los había dado, a medida que los escribía.

—El último paquete es para ti. Falta un capítulo, el quinto, pero no tiene importancia.

—El primer caso registrado de la parálisis de los buzos —mencionó Pasya, sumido en el tratado de Paul Bert *La presión barométrica*.

—Rescate del *HMS Royal George*, a sesenta pies de profundidad, 1839 —lo intercedió Arnaud, apoyado en el escritorio, con un té humeante entre las manos—. Buceadores con escafandras y trajes impermeables de lona cauchutada, del ingeniero August Siebe.

—El golpe de ventosa, la subida del balón, las burbujas en los tejidos. Es un rosario de enfermedades por descompresión.

Arnaud tanteaba con la infusión candente, la taza ahumándole el cabello sembrado de canas. Sus ojos se desviaron a las ilustraciones de los tratados subacuáticos, con referencias a la muerte de veinte operarios en las cimentaciones submarinas del puente de Brooklyn, en 1870. Trabajaban en *caissons*, cajones sumergidos bajo el agua como habitáculos estancos, abiertos por abajo para acceder a los cimientos y presurizados con aire bombeado desde la superficie, para que no se inundaran. Hasta la invención del buzo impermeable de August Siebe, las escafandras primitivas se abrían por debajo al igual que los *caissons*, para la expulsión del aire espirado por el buzo. Una simple caída, una leve inclinación, y el agua penetraba en la escafandra.

—Desde luego, el riesgo es elevado —afirmó el marino—. Descenso brusco de la presión corporal, burbujas e inflamación subcutánea, parálisis transitoria, muerte aguda... La lista intimida.

Rescatar una caja estanca del lecho marino. Sin duda era una tarea espinosa. Tal vez una muerte probable. Los miedosos tendían a enumerar las desventajas, en alimento mutuo que busca convencerse de lo inviable de la faena sin dañar su virilidad. Los valientes, o miedosos honorables, callaban, en mudez reflexiva, con desventajas tragadas por miedo a dañar su propia virilidad. Los convencidos insensatos como Arnaud y Pasya enumeraban los inconvenientes, sin ocultar el miedo, porque no hay virilidad en entredicho cuando no se duda.

—Pasya.

—Sí, capitán.

—Esta es mi elección.

Arnaud le tendió una pequeña tarjeta, ribeteada en los bordes. El bantú la sostuvo, juicioso.

ZWEIG PAULS & CO.

Ingenieros submarinos & Manufacturas exclusivas para artefactos de buceo.

Lago Hallstatt, distrito de Salzkammergut, Alta Austria.

Establecidos desde 1870.

—¿Cree que son los adecuados?

—Es el adecuado —precisó Arnaud—. Wolfgang Zweig, sesenta años. Al filo del retiro. Es discreto y no trabaja para los gobiernos.

El portón chirrió, e irrumpió en la casa el rugido de la ventisca. Una corriente gélida siseó en el laboratorio, acallando la conversación. Tras un breve silencio, los pasos avanzaron con susurros entrecortados. La figura encorvada del profesor emergió ante ellos, rociada por la tormenta, con un temblor colérico que sacudía la escarcha de su cabellera. Solo el temblor lo mantenía vivo.

Sus pulmones languidecían con el invierno dentro. Silbaban como globos marchitos, tosían y expulsaban al mundo estertores agónicos. Anochecía en la ciudad gélida de las agujas de ensueño. La figura de Samuel Lowell Higgins se encogía entre las sábanas, inofensiva y asustada bajo la luz del quinqué, como recién nacida. Había salido a la nieve a buscar lo que ya presentía, el desenlace de una vejez demasiado larga. En su caso, adquiría el nombre de pulmonía. Y la había buscado sin pensarlo, tal vez con ese pensamiento desapercibido, llamado lo inconsciente, que habitaba en el reino de Sigmund Freud. Tal vez con esa llamada de la muerte, que a veces espera sin entrar en las casas.

Arnaud lo acompañó junto a la cabecera, a base de jarabes

y emplastos tribales que rememoraba Pasya de su infancia en África. El profesor, consciente de que las fiebres lo sumirían pronto en delirios de muerte, amarraba la mano del capitán, con la angustia de sentir aún demasiadas palabras por conceder al mundo.

—Arnaud, Arnaud.

—Estoy con usted, profesor.

—Deben marcharse. El fantasma del tiempo ha sido liberado. Pronto vendrán a Iffley Road en busca del manuscrito. Quémelo, Arnaud. Quémelo antes de que lo encuentren.

Aunque no sirviera para nada. Salvo para sembrar la codicia de los que ya no tienen razones para tenerla, aquellos hombres del poder que tras el envío de su pequeño truco de fantasmas, según Higgins, creerían al manuscrito de *Las notas del tiempo* capaz de predecir el futuro. Precisamente por eso, no debían encontrarlo. Para que su codicia se mantuviera viva, para que todos creyeran que sí, que predecía el futuro. Para que creyeran aquella extravagancia que sonaba a chiste, en aquel siglo de progreso alocado, de exposiciones universales que pretendían reunir todas las cosas del mundo, por orden alfabético, donde todo, hasta conquistar la Luna y domesticar el tiempo, parecía posible.

Y el profesor Higgins, que había destripado la Historia sin conclusiones claras, albergaba la esperanza de que sí, de que lo creerían. Como niños ingenuos. Como él mismo, que también era algo niño, y algo ingenuo, y que tal vez por eso había necesitado media vida de estudio para descubrir que había creído mal.

Existían dos copias de *Las notas del tiempo*. Una con encuadernación sin título, en los anaqueles de la biblioteca del profesor. La otra en el lecho marino del Atlántico. Arnaud contempló a Higgins, que tiritaba sin lentes, sus cejas de castor viejo, los ojos vidriosos y dispersos como los de un invidente.

—¿Ha enviado las cartas? —le preguntó.

Asintió Higgins, lentamente, arrebujado entre las sábanas que le rozaban las pelusas de la barbilla. Sus ojos se desviaron hasta enlazarse con el daguerrotipo de su mesilla, a través de un hilo invisible de amor frustrado. Tembló en un sismo de recuerdos tristes, y los ojos se le desbordaron con lágrimas de lava cristalina.

—Mi hijo lo hará por nosotros.

El marino lo observó con la mirada silenciosa, fija en su llanto débil.

—¿Ha optado finalmente por el año 1914, profesor? —preguntó.

Afirmó Higgins con la cabeza. Desde luego, era la más previsible de las opciones. Aquel invierno de 1913, las crisis diplomáticas se apilaban como encinas en la hoguera. Alemania se sabía aislada por la Triple Entente, que intensificaba su cerco tras la guerra de los Balcanes, temerosa de la expansión imperialista del káiser. Como medida defensiva, Berlín había reconsiderado su política armamentística aprobando, aquel mismo año, una Ley del Ejército, la más sustancial de su historia en tiempos de paz. Sufragada gracias a una considerable carga fiscal, había incitado a Francia, que respondía a su vez alargando el plazo del servicio militar de dos a tres años, y a Rusia, que ampliaría su ejército un cuarenta por ciento en los tres siguientes años. El rearme alemán alcanzaría su cenit en 1914. A partir de entonces, su margen de maniobra se estrechaba.

Si debía producirse una guerra, 1914 sería el año. Ni Higgins ni Arnaud eran visionarios al intuirlo en aquel instante, mientras nevaba a finales de 1913. Muchos lo vaticinaban, desde los informes confidenciales de las oficinas en Whitehall Court, hasta los diarios más sensacionalistas que pululaban por las calles. Pero existía una diferencia considerable con predecirlo dieciocho años antes, desde una estación en Viena, precisando un número, una fecha concreta, junto al artículo de un diario francés que anunciaba la predicción asombrosa y acertada de otra guerra.

—Debería cambiar de aspecto, Arnaud —murmuró Higgins—. Tal vez de identidad. Su rostro será conocido entre los que quieran encontrarle. Mi hijo me lo ha aconsejado.

Su hijo. Lo pronunciaba con orgullo, a pesar de su voz débil, la frente perlada de sudor. El profesor trató de añadir algo, pero se le cortó la respiración y expulsó las flemas de su pecho en una tos extenuante.

—Al final será un truco de ilusionista —susurró, recuperado el aire—. Un simple remiendo de sueño frustrado.

—Será magia, profesor. Como el Fantasma de Pepper.

Arnaud lo miraba, con su expresión estática, mientras el profesor liberaba lágrimas aisladas. Entonces movió la mano, hasta depositarla en el hombro de su amigo, que respingó de sorpresa ante el contacto.

—Temo que no resulte, Arnaud. Temo que no asustemos al mundo. Que no escribamos la Historia de Europa. Que no evitemos una guerra. —Sollozó, como si sus palabras le dolieran—. Jamás aprenderemos del pasado. La memoria es olvidadiza.

—A no ser que lo veamos saltar ante nuestros propios ojos, amigo mío. —El capitán sonreía—. Para esperarnos, de pie, convertido en futuro.

Higgins se descompuso en una sonrisa rendida, entremezclada con lágrimas, como si ambas emociones fueran mellizas.

—Yo quiero hacer saltar el pasado. Quiero convertirlo en futuro y mostrarlo a todos.

—Asustar al mundo —lo incitó Arnaud.

—Asustarlo, sí. Es la única forma de poder cambiarlo.

—Pues hagámoslo.

Sonrió el profesor, sellando los ojos con un regocijo cansado. Arnaud lo arropó, a pesar de que las sábanas le cubrieran hasta la barbilla. Después, insatisfecho, sin saber cómo ayudar, le alisó los pliegues de la cama.

—Arnaud, necesito que haga algo por mí.

—Lo que usted desee, profesor.

—Tráigame el fonoautógrafo. Me gustaría escuchar a los chicos del coro.

Arnaud observó al anciano, que musitaba con los ojos cerrados.

—Ahora mismo se lo traigo.

Desapareció del cuarto, inclinando la cabeza para no golpearse con la panza de la escalera, que invadía las techumbres y contraía el ambiente. Entonces el profesor abrió los ojos.

—Pasya.

El bantú, que había presenciado la escena desde el umbral, se acercó al anciano.

—Dígame, profesor.

La mano del moribundo emergió de las sábanas. Pasya sintió la fragilidad de sus dedos, que se aferraron a su muñeca como ramitas disecadas. Hubo un leve apretón, y una mirada de aeróstato que se abrió ante él, suplicante.

—Pasya, he de requerirle algo. Será mi última voluntad. Solo usted es capaz de llevarla a buen término.

La solemnidad de sus palabras intimidó al bantú. Asintió, silencioso, aproximando el oído al aliento recóndito del profesor.

—Benjamin Craig —oyó.

Y siguió escuchando: Pasya Mukgewe debería viajar a Londres. Abordarle cuando estuviera solo, sin Elsa. Mientras descargue en las traseras de los almacenes Harrods, le propuso Higgins, que sabía de él por Arnaud, porque los había visto en la capital y a veces hablaba, cuando le visitaba el buen humor y el orgullo paternal. Y entonces, cuando Pasya lo viera solo, debería hacerlo. Contarle la verdad. La gran mentira de un empresario. El robo de una vida. La historia de un padre al que su única hija no conocía.

—¿Por qué no directamente a ella? —preguntó el bantú, que algo sabía de la hija del capitán.

—No traicionaré a mi querido Arnaud, Pasya. Él jamás se lo ha contado. Jamás se ha acercado a ella.

—Y aún así la observa, entre el gentío, cuando viaja a Londres. ¿Por qué no se lo cuenta él mismo?

—El capitán puede hacer muchas cosas. Pero no eso. Nunca ha podido. Sus razones tendrá. Si hay alguien, aparte de él, que debe contárselo, es su propio padrastro. Gabriel de Zulueta.

—Él no lo hará. Usted mismo lo acaba de decir: la gran mentira de un empresario. Lleva años ocultándolo.

—La única manera es forzándole a hacerlo, Pasya.

—¿Y cómo pretende usted forzarle, profesor?

Higgins pestañeó, fatigoso, dejándose el aliento en un último empeño.

—Coacción, Pasya, coacción. Desplazando una pieza clave del tablero. Una pieza demasiado relevante, con influencia directa sobre Gabriel de Zulueta: el esposo de Elsa, el señor Craig.

La última voluntad de un moribundo. Así hablaron por última vez, antes de que Arnaud irrumpiera en el cuartucho, con el fonoautógrafo entre los brazos.

Una luz cósmica, de noche glacial y despejada, escarbaba en las sombras de la despensa. Susurraba el fonoautógrafo sobre el alféizar del ventanuco, con voces tenues y bellas. El cuerpo del profesor reposaba en una calma expectante, perfilado bajo las sábanas, tan menguado que Arnaud creyó, en un pensamiento fugaz, que para morirse de viejo primero había que perder muchas cosas.

—Arnaud, Arnaud.

La voz emergió de las sombras, entremezclada con los chicos del Christ Church College.

—Dígame, profesor.

—Los datos extraviados...

—¿Cómo dice?

—Los datos extraviados, mi querido Arnaud. La pobre lisiadura de *Las notas del tiempo*. La razón de su incapacidad para predecir el futuro. ¿Sabe usted cuál es?

Guardó silencio el marino, consciente, desde hacía muchos años, de cuál era la respuesta. La mayor lisiadura del profesor no era su parálisis congénita. Su mayor lisiadura, como no, era la misma de su gran y única obra.

—La ciencia se extravía cuando se acerca al alma humana —dijo Higgins, en un largo suspiro—. Era ella, la muy dichosa. La impredecible alma humana. Ella se ocultaba tras la incógnita de los datos extraviados.

Asintió Arnaud, en la penumbra del cuartucho. La luz nocturna traía algo de las estrellas, porque centellearon en las lágrimas del profesor.

—Mi mujer me abandonó, ¿sabe usted?

—Lo imaginaba, Samuel.

—Se llevó a mi hijo. Se lo llevó porque soy como la ciencia. Me extravío cuando me acerco a las personas.

Se le extinguió la voz. El marino lo observó con sus ojos indolentes y silenciosos, fijos en su llanto débil. Permaneció así, durante un tiempo que pareció trastocarse, corretear años atrás, hasta revivir al hombrecillo de lentes resbaladizas que preguntó a un niño si quería saber, si quería descubrir la magia detrás de las cosas, si quería recibir el regalo de la luz, la escritura oculta en una caja que inmortalizaría su rostro para siempre.

Y fue entonces cuando se inclinó sobre el anciano, con el instinto de un padre al acostar a su hijo. Y depositó sobre su frente el beso de un hombre impotente, con treinta y un años de ternura reprimida.

21

Lago Hallstatter, distrito de Salzkammergut,
Alta Austria, 1 de marzo de 1914

Las aguas gélidas del Hallstatter se replegaban con placidez ante el lanchón. El motor ronroneaba con suavidad, en un avance silencioso. La proa hendía el reflejo de las montañas Dachstein, que encerraban el lago en una región de ensueño, en un mundo glacial de pinares y faldas nevadas. Parecía un cráter oculto en el corazón de Europa, un oasis de silencio al que solo se accedía por túneles de montaña. Su belleza era tal que las aguas, complacidas de haber caído allí, le regalaban una segunda existencia con su acuarela invernal.

El pueblo de Hallstatt se apretujaba bajo las pendientes, como un desprendimiento de casitas de tonos pastel, caídas de la roca y agolpadas en la orilla. Sus tejados pizarrosos y con grueso manto de nieve eran tan picudos que parecían golondrinas con las alas desplegadas, deseosas de escapar de sus anclas pétreas para emprender el vuelo.

El lanchón, que enlazaba Hallstatt con la estación de Obertraun, en la orilla opuesta del lago, crujió al arrimarse al embarcadero. Lo rodeaban pintorescas *zilles* y *plattes,* las pequeñas barcazas de los lugareños. Elsa se amarraba a su maletín de cuero, las solapas del abrigo hasta los labios, la piel pálida a pesar del empolvado rosa. Sintió la mano enguantada de don Gabriel, que la auxilió para desembarcar en la plazoleta del pueblo, junto al resto de pasajeros. Descendía un viento frío de las montañas, que desde los muelles parecían murallas verticales sin final.

—La última casa —murmuró Elsa con la voz aterida—. Después de la iglesia parroquial.

—Pareces indispuesta, hija. El viaje ha sido fatigoso.

—Me encuentro bien.

—Antes deberíamos buscar alojamiento.

Elsa negó con la cabeza, severa, asiendo la manija del maletín. «Me encuentro bien, *aita*.» Las había abandonado, aquellas cuatro letras, en alguna cloaca de palabras residuales. Y tenía la certeza de que Gabriel lo percibía, porque para él, oírlas en la voz de su hija era como encontrar pepitas de oro entre la gravilla de los bateos. Su padrastro dejó de insistir, guardando su voz preocupada, y se encaminaron por los vericuetos de las callejuelas empedradas.

Las casas dormían con los postigos cerrados. Repicaba el campanario de una iglesia gótica, con su torre de aguja, que punzaba al cielo más allá de los tejados. Pequeños regueros de deshielo atravesaban la calle, como venas cristalinas que fluían de las montañas. Sus cumbres escondían galerías recónditas de hielo y sal, las más antiguas del mundo, decían, anteriores incluso a la Edad de Bronce, cuando la sal se llamaba «el oro blanco» porque preservaba los alimentos de la putrefacción.

Durante el viaje, el traqueteo eterno de la locomotora había vaciado las horas, y las horas vacías destapan el vacío de uno mismo. Elsa lo acarreaba consigo como si fuera otro peso, otro maletín de viaje, como si la soledad, o el miedo a la soledad, entendiera de libras y de quintales. «Búscanos en la casa vieja.» Así había comenzado todo, con el embrujo del Armario del Tiempo, con los sobres del fantasma y aquella fe irracional que la persuadía a seguir los mensajes de su verdadero padre.

Benjamín. Necesitaba su presencia. La necesitaba tanto que se había cansado de contener las lágrimas y las derramaba antes de dormirse, en el refugio desamparado de la noche. La necesitaba a pesar de aquella carta de abandono, de aquella voz tóxica que flotaba en su memoria, inaudible porque ella se negaba a escucharla, porque la arrinconaba en las profundidades de su cabeza, en esa región de lo inconsciente donde todo eran malos sueños y no recuerdos reales.

—Creo que es allí —murmuró.

El cobertizo se enclavaba en la orilla, con los maderos salitrosos, entre hiedras y zarzales. A su alrededor se extendían los restos de una factoría en decadencia, con armazones de metal corroído, ingenios náuticos abandonados y carriles de botadura que descendían al agua. Al fondo, tras la densa vegetación, se percibía el ventanuco iluminado de una casucha, adosada al cobertizo. En la entrada al recinto, que parecía entregado a los vicios del tiempo, un letrero casi ininteligible anunciaba en alemán e inglés los servicios prestados.

ZWEIG PAULS & CO.
Ingenieros submarinos & manufacturas exclusivas para artefactos de buceo.
Lago Hallstatt, distrito de Salzkammergut, Alta Austria.
Establecidos desde 1870.

Penetraron en la fronda salvaje por un sendero que lindaba con dejar de serlo, antes de que asomara la voz de un hombre, tan húmeda que pareció un gorgoteo.

—Dichosa mi fortuna, señores, dos visitas desde Navidad. Cubren la asistencia de todo 1913. ¿Desean un *Glühwein*?

—No somos clientes.

Wolfgang Zweig, mestizo anglo-alemán, antiguo ingeniero de artillería, calderero, reparador de máquinas y fabricante de ingenios subacuáticos, los escrutaba desde sus pupilas glaucas, las lentes de aviador sujetas en la frente. En extremo delgado y frisando los sesenta, parecía modelado por su propia labor, con los pantalones atirantados sobre la camisa remangada, las manos nervudas y engrasadas de aceite hasta en lo más recóndito de las uñas.

—Me lo imaginaba —murmuró.

—Pagaremos bien —terció Gabriel.

—Clientes que no pagan, es posible. Pero no clientes que pagan... —El ingeniero soltó una risotada—. Debería presenciar un invierno sin nieve, y entonces lo creería.

Elsa deambulaba la vista por el taller, sus manos sosteniendo la calidez aromática del *Glühwein*, vino caliente y delicia nacional, que se entremezclaba con el olor a lubricante y combustible. Abundaban trajes y buzos de telas cauchutadas, petos metálicos, escafandras de formas estrambóticas, conductos de aire, máquinas experimentales de inmersión y un incontable rosario de fotografías e ilustraciones de submarinistas. La luz invernal penetraba por ojos de buey, infectados también de salitre.

—Ha mencionado que cubrimos la asistencia de todo 1913. —Mojó los labios en el *Glühwein*—. ¿Con quién compartimos el honor?

—Eso es información confidencial, señora.

Gabriel extrajo su billetera de piel y depositó sobre la mesa de faena un pequeño fajo de billetes en *kronen*.

—Uno conserva sus principios —murmuró el ingeniero.

Llovieron nuevas hojas de soborno, como en un otoño repentino.

—Lo virtuoso se valora a mi edad, señor. Demasiados años inmune a la tentación del dinero sucio.

Siguió lloviendo, hasta que la hojarasca se acumuló, presta para que se la llevara el viento.

—Joseph Spengler y Pasya Mukwege —dijo Zweig—. Así se presentaron.

Elsa ancló su atención en el ingeniero, que recogía satisfecho los billetes en *kronen*.

—¿Qué aspecto tenían? —preguntó.

—El primero con aires de náufrago. Por la barba ensortijada que le cubría el rostro y las callosidades de marino. Anudaba cabos con soltura de experto. El segundo era uno de esos demasiado tostados por el sol.

—¿Un hombre de color?

Asintió Zweig, guardándose el dinero, de visible buen humor.

—Como los mirlos.

—¿Qué servicio les prestó? —preguntó don Gabriel, la atención fija en el ingeniero.

—Instrucción acelerada de inmersión a cincuenta pies. Alojamiento para dos semanas. Y el equipo completo de buceo.

—¿Podría concretar? —insistió el empresario.

—¿Concretar?

—Respecto al equipo de buceo —precisó don Gabriel—. Los elementos que se llevaron.

Suspiró Wolfgang Zweig, evadiendo la mirada hacia sus pensamientos, como si desfilara en ellos una innumerable y compleja retahíla de aparatos inexplicables.

—Lo habitual: traje cauchutado, peto metálico, escafandra de tres mirillas, zapatos de lastre, bomba modelo Siebe& Gorman, conductos de aire a la presión requerida, manómetro, cabos de conexión con la superficie, válvula reguladora del aire viciado y el cordaje necesario para izar al buzo. Si los introduzco en las vísceras de la bomba el asunto se complica.

Los ojos de don Gabriel se diluían de interés a pesar del cansancio, que no se le iba.

—Joseph Spengler —murmuró—. ¿A su edad lo vio capacitado para el buceo?

—¿Los conocen? —inquirió el ingeniero, con un chispazo perspicaz—. Si la memoria no me falla, no he mencionado su edad.

Entornó la mirada el empresario, prensando con severidad los surcos de fatiga.

—Le he gratificado para no hacer preguntas, Herr Zweig.

El ingeniero asintió, algo inquieto, y se inclinó entonces sobre una primitiva escafandra de cobre con el peto metálico incorporado. La alzó, tensando sus brazos hasta parecer nudos de cuerda, antes de soltarla sobre la mesa, que escupió una polvareda.

—Veinte libras la escafandra —añadió entonces—, veinte los zapatos y los escapularios de plomo para vencer la flotabilidad, y diez el traje y las fijaciones de cobre. Cincuenta libras en total, un peso considerable, señor. Por no hablar de las leyes fisiológicas de descompresión, que tampoco ayudan.

—¿Lo vio capacitado, Herr Zweig? —insistió don Gabriel con la voz seca, intolerante, bajo el bigote grueso.

El ingeniero se resituó, nervioso, los tirantes de los pantalones.

—Exponerse al fondo marino es aventurado —terció—. El agua pesa y comprime a los buzos. Se absorbe un exceso de nitrógeno y el cuerpo requiere tiempo para expulsarlo vía respiratoria. Si la inmersión se acelera, el nitrógeno se aglomera en el tejido subcutáneo con burbujas nocivas que rompen los vasos sanguíneos hasta provocar la muerte instantánea. En el caso que nos concierne, mis clientes se interesaron en profundidades de sesenta pies. Tres bares de presión. Treinta minutos para descender. Ambos superaron la instrucción, satisfactoriamente.

Elsa observaba al ingeniero, absorta y con el *glühwein* intacto, humeándole aún en las manos.

—¿Por qué requirieron sus servicios?

—No me lo dijeron. Aunque sabían a lo que venían. Estaban familiarizados con las teorías de buceo. Algunos me visitan fantaseados por Jules Verne y su excelso capitán Nemo, ya se imaginan. El galo se enamoró del aparato de inmersión Rouquayrol-Denayrouze en la Exposición Universal de 1867, ese mismo que ven ahí. —Señaló una barrica de roble, que colgaba de la tejavana—. Como comprenderán, no se resistió a mencionarlo en *Veinte mil leguas de viaje submarino*. Aunque, consciente de la aburrida realidad de un hombre bajo el agua, lo mejoró considerablemente, y lo dotó de horas infinitas de autonomía a cualquier profundidad.

El ingeniero calló, los ojos alzados hacia las cejas, como rebuscando entre sus pensamientos.

—Mencionaron aguas templadas, por lo que no será en este lago —añadió, riendo en solitario—. Algún rastreo del lecho marino, imagino. Restos naufragados, tal vez. No tenían facha de biólogos.

Chasqueó el bolso y su cierre de baquelita y Elsa buscó entre los sobres del fantasma. Extrajo el de 1889, frente a la Torre Eiffel. «Descubrirás la verdad en 1914. Búscame cuando llegue el momento.» Sintió la mirada silenciosa de su padrastro, que escarbaba con avidez en las sombras del bolso. Gabriel desconocía la existencia del retrato en la estación de Josefstadt. Desconocía incluso el folleto de *Las notas del tiempo* repartido en la Exposición de París, y el artículo de Matthieu Hinault en *Le Petit Parisien*. Desconocía el encuentro de Elsa con John Bell, a pesar de las dos direcciones que habían surgido de la nada. Lo desconocía todo y sus preguntas, sin embargo, eran intermitentes. Tal vez por el tono lacónico de las respuestas de Elsa. Tal vez porque no lo desconocía todo y era ella, en realidad, la que desconocía los secretos de él.

—¿Reconoce aquí a Joseph Spengler?

El ingeniero se aproximó al retrato, con la expresión entrecerrada.

—La mirada es eterna, señora. Sin duda es él.

Señaló a Arnaud y retornó a su posición tras la mesa, encorvado y con las manos unidas sobre las lumbares, contemplando de reojo a Gabriel.

—¿Cuándo se fueron?

—A mediados de enero.

Elsa guardó el sobre y asió la manija del maletín.

—Gracias por su tiempo, Herr Zweig.

El ingeniero se inclinó, en sutil reverencia.

—Líbreme Dios, señora. Gracias por el suyo. Si desean algo más, servidor en su modesta factoría.

Los condujo a la salida, no sin antes disculparse por la dejadez del recinto, cuyos matojos se enredaban en el sendero y a punto estuvieron de hacer trastabillar a don Gabriel. El silencio correteó tras ellos de vuelta al pueblo de Hallstatt, como un fiel acompañante.

—Faltan siete días para las elecciones —mencionó Elsa.

Gabriel esbozó una sonrisa decadente, como las punteras

de su bigote, en otros tiempos engomadas y enhiestas. Cambió de asunto.

—El doctor Etxenike insiste en un sanatorio para tuberculosos —murmuró.

Elsa se detuvo, mirando a su padrastro.

—¿Has hablado con el doctor?

—Con tu madre.

—¿Y qué dice ella?

—Que el aire es limpio en Altzuri. No quiere irse. Tu madre es obstinada, ya lo sabes.

De pronto se miraron. Llevaban días compartiendo presencia, mirando a todo lo visible salvo a sí mismos, repelidos como los polos de un imán. Había cristalizado entre ellos una línea divisoria, mientras compartían las horas del viaje y se demoraba el silencio, esa intuición dañina de que se ocultaban cosas. Y en aquel instante, atrapados precisamente por el instante, por el entrecruce de miradas que se había detenido, sintieron un respingo de pavor, que se fue tiñendo de profunda lástima, mientras irrumpían en el alma ajena. Ella porque había sido incapaz de mirarlo, ignorante de la razón y consciente de que él se había replegado silencioso, sintiéndose culpable de que ella no le mirara, incapaz también de mirarla porque la quería demasiado. Y él porque se dejó penetrar a través de su cosmos grisáceo, aun sabiendo que su hija descubriría un abismo atroz, una nebulosa de vida tan dañada, tan corroída por las mentiras de un hombre frágil, que huiría despavorida, creyéndose en una pesadilla.

Y así se esfumó, como una estrella fugaz, el último instante que los entrelazó a ambos. Retomaron el camino hasta que él, tal vez inquieto por lo que acababa de suceder, terminó respondiéndole.

—He renunciado a mi posición en el partido.

Quince minutos. Entre la primera y la segunda llamada. El tiempo necesario para que avisaran al portero Walter Raleigh desde el único establecimiento con teléfono de Avingdon Street. Elsa aguardaba junto a la cabina enrejada. Los lugareños del mesón la exploraban sin reparos, entre cervezas Märzen y vinos pimentados. Avanzó el mecanismo de orfebrería del reloj hasta alcanzar la hora convenida. La operadora de la centralita estableció de nuevo la conexión y la voz del viejo portero anidó en el aparato.

—Señora Craig.

—Querido Walter.

—Siempre es un placer oírla. Aunque me llame cada tres días.

—Espero no incomodarlo.

—Faltaría más. Por usted, lo que haga falta.

—¿Qué tal los nietos?

—Le roban a uno la vitalidad y se la dan de nuevo, ya se imagina usted.

—¿Y la artrosis?

—Sin retorno, señora. Llevo el Támesis en los huesos.

Se interrumpió el cruce de voces y cobró protagonismo el zumbido de la línea.

—¿Alguna novedad, Walter?

—Lo siento, señora. Ojalá pudiera decirle algo nuevo. Ni sobres con fantasmas como usted me avisó, ni signos de Benjamin. Solo telegramas de su editor, que ocupan una gaveta entera. Ya se lo dije, ese tal Winston Hastings vino varias veces preguntando por usted.

—Usted no sabe nada, Walter.

—Nada para los demás, señora. Para usted lo sabría todo.

—Gracias de nuevo, querido amigo. Le llamaré pronto.

Salió del mesón, atrayendo las miradas de los lugareños que, en rebaño viril y fuera de casa, se envalentonaban ante el contoneo de una forastera. Emergió a la plazoleta de Hallstatt, protegiéndose bajo el abrigo, y se perdió de nuevo por las callejuelas. Soplaba una brisa gélida que le ardía en las mejillas y en la punta de la nariz. Emergió a las orillas pedregosas del pueblo, entre rincones de casas. Más allá de las pintorescas barcazas, que merodeaban a lo lejos entre rederas y bandadas de gansos, flotaba sobre el lago un silencio recogido, una calma invernal que parecía embrujar al tiempo.

—¿Me permite? —Asomó la voz grave de un hombre, en inglés y sin acento alemán.

Elsa percibió su presencia, junto a ella, contemplativa ante el lago.

—No le impediré disfrutar del paisaje.

—Es demasiado bello, ¿no le parece? —respondió él.

Elsa lo miró de reojo y entonces sintió el golpetazo, en el pecho y desde dentro, como los puños insistentes sobre una puerta. El individuo tenía la piel azabache como los mirlos. Como los mirlos. Y la mirada de ámbar intenso, imperturbable ante las aguas del lago. Se le anudó la garganta.

—Morirá de belleza cuando lo descubra el mundo —murmuró él.

Elsa se volvió hacia el individuo, el corazón aporreándole el pecho, deseoso de salir.

—Sé quien es usted. Me sigue desde hace semanas.

—El señor Zweig les habrá revelado mi nombre, supongo.

Elsa contuvo el temblor de su voz, que le cimbreaba el esófago.

—Pasya Mukwege.

—El último lanchón a la estación de Obertraun partirá en treinta minutos. Le sugiero que recoja su equipaje. Hoy no dormirá aquí.

Elsa tragó saliva, calmando su inquietud.

—Se precipita demasiado para sugerir cosas, señor Mukwege.

—Ha llegado el momento, señora Craig.

—¿El momento de qué?

—De conocer lo que le queda de la verdad.

Elsa sintió sus ojos de resina, que se habían despegado del lago para mirarla.

—¿Qué verdad? —musitó.

—La única que busca, señora Craig. La historia de su padre. Porque usted quiere saber, ¿verdad? —El individuo la observó, impávido, aguardando una reacción. Una reacción que no llegaba—. Tomemos un tren, señora Craig. Y hablaré de todo lo que usted merece oír.

—Estoy cansada, señor Mukwege. Solo quiero encontrar a Benjamin.

Le salió un hilillo de voz, de niña desvalida. El bantú lo percibió y su tono se ablandó.

—Hablé con su esposo antes de Navidad. Una noche lluviosa, mientras él descargaba perfumería de mujer en los almacenes Harrods.

Elsa sintió un respingo, y su memoria trazó el recuerdo de aquella noche lluviosa y fronteriza a la Navidad de 1913. El retorno ausente de Benjamin. Su silencio evasivo, sus caricias abstraídas en cavilaciones lejanas. Aquella noche un mecanismo oculto en su cabeza se activó para dejar de ser él mismo. Y entonces todo se inició. Entonces le pidió irse a París. Cumplir su sueño. Hasta que lo vio marcharse, en la locomotora de Waterloo Station.

—¿Qué diablos le dijo?

—Le conté la verdad, señora Craig. La historia de su verdadero padre, Arnaud Mendíbil. Y Benjamin, qué le voy a decir a usted, hizo lo que supuso tenía que hacer. Aunque corriera un elevado riesgo, y tal vez se equivocara.

—Entonces, ¿no se fue a París?

Negó el bantú.

—Se fue a Altzuri, para hablar con su padrastro. Con Gabriel de Zulueta. Para convencerle de que fuera él quien le contara a usted la verdad. Porque solo él, o Arnaud, tienen derecho a hacerlo.

Pasya Mukwege buscó en su gabán de ante y extrajo de él un pequeño papel doblado. Una lista de nombres.

—La tripulación del bergantín goleta *Ikatza*. Flotilla de la Sociedad Zulueta, antigua Mendíbil, en la expedición de África a Cuba de 1883. Arnaud Mendíbil figura el primero, como capitán de la embarcación.

Elsa la contempló, absorta.

—¿Qué pretende enseñarme?

—Zarparon treinta y un hombres y ninguno volvió jamás. Pero sus familias desaparecieron dos años después. Todas salvo la del capitán. Salvo usted y su madre.

Miró al africano, muda. Recordaba la conversación con Cosme.

—Ambos, tripulación y familias —prosiguió Pasya—, fueron destinados a una vida placentera en la colonia española de Fernando Poo, en el golfo de Guinea, como mayorales en las plantaciones de cacao. Sus bocas fueron silenciadas porque conocían la masacre del *Ikatza*.

—¿Qué masacre?

—Las ciento veinte almas que se llevó el mar.

Pasya guardó silencio y sus ojos merodearon en el lago, abstraídos en su belleza.

—La tripulación del *Ikatza* fue liberada de un buque prisión en el río Medway, condado de Kent, por mediación del patrón de la Sociedad Zulueta.

—Mi padrastro.

—Liberó a todos salvo al capitán, señora Craig.

Se volvió, para mirarla a los ojos. Ella los apartó, antes de escucharle. Ambos miraron al lago.

—Gabriel de Zulueta les ha ocultado un gran secreto. A usted y a su madre. Arnaud Mendíbil no murió en el mar. Y él lo sabía.

La bandada de gansos revoloteó. La vieron planear con sosiego sobre las aguas mientras jugueteaban con las barcazas de los lugareños.

A Elsa le tembló la voz.

—Entonces, ¿dónde está Benjamin?

—El último lanchón partirá en treinta minutos —dijo Pasya—. Le sugiero que recoja su equipaje. Sin que la vea él.

Y señaló hacia lo lejos, hacia la barcaza de Wolfgang Zweig, que se había internado en el lago y oscilaba ante la inmersión bautismal de Gabriel de Zulueta.

XX

Lago Hallstatter, distrito de Salzkammergut,
Alta Austria, enero de 1914

Y así nos acercamos al presente.

Danzaban las lenguas crepitantes del fogón. Arnaud perdía la mirada, sentado sobre la banqueta y embrujado por el festín de luces púrpura, que parecía un *akelarre* de leña y papel. El maletín de cuero se abría entre sus pies, mostrando el tesoro oculto de un hombre que vivía dentro de sí mismo, entre la memoria y la imaginación. Apreciaba tanto sus recuerdos, que había decidido replicarlos fuera de su mente, porque desconfiaba de su fidelidad y temía que un día le abandonasen.

Decenas de fotografías en Altzuri, París y Viena, con predicciones dirigidas a su hija, a su medio hermano y a los hombres que podían cambiar la Historia de Europa. La libreta que le regaló su padre, con el diario del tío Vicente y el secreto del Armario del Tiempo. Y entre todo ello, las dos viejas amistades de su presidio en el río Medway, de lomo grueso y piel encuadernada, que aún olían a papel ancestral y susurraban tres historias encantadas. La del rey escocés Macbeth, el gran personaje histórico de William Shakespeare. La del intrépido capitán Nemo, del fantasioso Jules Verne, que surcaba los océanos en el submarino Nautilus. Y la del no menos capitán Arnaud Mendíbil, escrita con grafito de lápiz despuntado, que invadía cada recoveco libre de los márgenes y los espacios entre capítulos.

Arnaud rebuscaba en la hojarasca de fotografías. Algunas, las ya inservibles, caían al fogón. El manuscrito de *Las notas del tiempo* había ardido al principio, como le pidió Higgins. La lumbre devoraba las fotografías y deshacía en cenizas los mismos rostros, los mismos escenarios, repetidos una y otra vez. Samuel L. Higgins y Arnaud Mendíbil. Samuel L. Higgins y Arnaud Mendíbil. Samuel L. Higgins y Arnaud Mendíbil. Estación de Josefstadt. Estación de Josefstadt. Estación de Josefstadt. «Habrá guerra en 1909.» «Habrá guerra en 1910.» «Habrá guerra en 1911.» «Habrá guerra en 1912.» «Habrá guerra en 1913.»

«Habrá guerra en 1914.» Esa no estaba. Esa revoloteaba por toda Europa.

Caían también los viejos impresos que se quedaron sin repartir en la Exposición de 1889. «He aquí la presentación al mundo de *Las notas del tiempo*. Descubra el sonido de la Historia, entienda su partitura antes de que suene por sí misma. Conviértase en uno de los pocos afortunados y conozca la primera fotografía que le mostrará el futuro.» Y así era, por las fotografías adjuntadas en el reverso del impreso. Samuel L. Higgins y Arnaud Mendíbil. Samuel L. Higgins y Arnaud Mendíbil. Torre Eiffel. Torre Eiffel. «La isla de Cuba se emancipará del Imperio español en 1893.» «La isla de Cuba se emancipará del Imperio español en 1894.» «La isla de Cuba se emancipará del Imperio español en 1895.» Se repartieron cincuenta copias en la Galería de las Máquinas, el primer día de la Exposición. Siete de ellas anunciaban el año de 1898. El resto deambulaban perdidas en un periodo de quince años, desde 1891 hasta 1906. De las cincuenta, algunas concluyeron sus días como alimento de fogones. Otras terminaron desechadas en algún cesto de papeles inútiles, sin salir siquiera de la Exposición. Otras aún sobreviven, olvidadas en cajones, entre páginas de libros, arrugadas en las profundidades de algún bolsillo.

Te confesaré un detalle.

Matthieu Hinault, el redactor de *Le Petit Parisien* que publicó el artículo de la profecía, no estuvo en la Exposición Universal de 1889. Recibió la visita de una antigua empleada del servicio de limpieza de la Galería de las Máquinas, nueve años después de la Exposición y con un folleto acartonado entre las manos, que anunciaba la predicción asombrosa de una guerra colonial. Tras la publicación del artículo, aparecieron otros cinco folletos: dos certificaron la profecía; tres la revelaron como una farsa. Matthieu Hinault los conservó sin rectificar su primer artículo, el único indicio de que el folleto existió, que se inmortalizó para la posteridad. Años después, a finales de 1913, su viuda se los mostró a un comisionado británico llamado John Bell, que los compró por veinte francos para quemar las profecías falsas poco después, frente a una hoguera, al igual que Arnaud.

Y así, lentamente, morían los vestigios de la ilusión shakespeariana. *Las notas del tiempo*, las fotografías con predicciones falsas y no servibles, desaparecían del mundo, tras ayudar a sembrar su semilla de temor, como hicieron las Brujas Fatídicas con su semilla de ambición en Macbeth. Desaparecía el remiendo de un sueño frustrado, como dijo el profesor Higgins, cuya mayor lisiadura no fue su parálisis congénita, ni su incapacidad de predecir el futuro, sino la de descubrir su más primaria necesidad: la cercanía humana.

Arnaud los soltaba, calcinando su gran mentira al mundo. Una mentira con forma de fantasma, dibujado a mano sobre decenas de sobres, con trazos temblorosos e infantiles. Y lo hacía allí, en el cobertizo de Wolfgang Zweig, con la luz invernal del Hallstatter filtrándose por el ojo de buey, rodeado de ingenios submarinos y manufacturas exclusivas para artefactos de buceo.

—Señor Spencer.

El ingeniero asomó del taller, las manos revolviéndose en un pingajo mugriento de grasilla y aceite de motor.

—Ha llegado su compañero. Reanudamos la instrucción en quince minutos. No se relaje.

Se esfumó de nuevo y en su lugar apareció Pasya, con su maletín de viaje y la gorra de *tweed* ensombreciéndole la expresión. Arnaud se levantó, la barba tan crecida que apenas dejaba a la luz un resquicio de su rostro. Contuvo las punzadas de dolor, que asomaban con cada gesto como sutiles recuerdos de la escafandra y su peso desproporcionado. Era el 5 de enero de 1914. Tras diez días de instrucción, la fatiga del buceador le rechinaba hasta en los huesos.

—Joseph Spencer —dijo Pasya—. No parece usted el mismo.

Sonrió distraído Arnaud, cerrando su maletín con una mueca de dolor.

—El agua fatiga demasiado cuando está por encima —murmuró—. Prefiero flotar sobre ella.

—Ya lo imagino, capitán. —El tono de Pasya se rebajó.

Arnaud caminó hasta él, con la lentitud de un hombre recién apaleado. El bantú había llegado de Londres, tras resolver en el War Office asuntos burocráticos pendientes de antiguo militar. «Me retrasaré varios días, capitán.» Se lo dijo cuando abandonaron Iffley Road, con destino Hallstatt, tras el funeral de Higgins en Aberdare, Gales, donde Arnaud conoció por segunda vez a John Bell, la pieza clave que Higgins, como ilusionista ante el público, se había sacado de la chistera. Por segunda vez, sí, tras aquel fugaz encuentro en el África austral, cuando el agente inglés aún era teniente, antes de que lo reclutaran en el SIS como responsable del departamento de Seguridad y Contraespionaje.

—Cámbiese, Pasya. Debe recibir su instrucción. Herr Zweig aguarda en los malecones.

—No disponemos de tiempo, capitán.

Pasya Mukwege se retiró la gorra y se irguió con altivez, con ese reflejo instintivo de quien solo así conserva su dignidad, que le sobrevivía desde la infancia. Arnaud lo percibió en su mirada. El mismo desafío de aquel niño raquítico de orejas separadas, a quien robó su libreta para devolvérsela poco antes de que él y los demás hombres blancos dejaran hundir el *Ikatza* con sus padres dentro. Una libreta con magia, había dicho Pasya una vez. Con la única magia que puede fabricar el hombre: cuentos escritos.

Cuentos en lingala, la lengua de los bantúes, para ser exactos, que alguna vez le había contado su padre, escritos en la libreta para siempre.

—He hablado con Benjamin Craig. Conoce la verdad.

El marino lo observó con su mirada silenciosa. El maletín en sus manos, el cabello agreste, las cejas crecidas.

—¿Se lo pidió Samuel?

—Fue su última voluntad —respondió el bantú.

La voz de Wolfgang Zweig los exhortó desde la orilla, cerca de la casa, con advertencias de instructor despiadado si no se presentaban puntuales.

—Me habló de su secreto, capitán —añadió Pasya, señalando el maletín—. De esa historia que escribe desde que estuvo preso. La verdad sobre usted que su hija debe saber.

—Usted no sabe la verdad sobre mí, Pasya. Y mi hija no debe saberla. Debe decidir si quiere saberla o no.

—Sé lo que hizo Gabriel de Zulueta. Sé su gran mentira. Fue suficiente para Benjamin.

Las pupilas de Arnaud irradiaban una luz recóndita, chispeante.

—¿Se lo contará Benjamin a Elsa? —inquirió.

Negó el bantú, severo.

—El profesor quiso respetar su silencio, capitán. Si usted no se lo contó, él tampoco pensaba hacerlo. Dijo que tenía sus razones.

—Pero aun así recurrió a usted. Y usted lo hizo a Benjamin.

—Las instrucciones del profesor fueron claras: o usted o Gabriel de Zulueta. El derecho a decir la verdad les concierne solo a ustedes.

—Muy hábil, el profesor. ¿Y cuál será el proceder del señor Craig?

—Piensa viajar a Bilbao con un pretexto, sin que Elsa lo sepa. Mediará con Gabriel de Zulueta y volverá a Londres después. Quiere que sea el propio empresario quien se lo cuente, en verano, cuando vayan a visitarlos a Altzuri tras haber dado ella a luz. Según él es lo mejor para Elsa, y para la familia. La única manera de que no se rompa. Y después desea que ustedes se conozcan, capitán.

—¿Mi hija y yo?

Asintió el bantú.

Arnaud se alisó las cejas, absorto y sonriendo levemente, casi con sorna, como si aquello le hiciera gracia.

—No lo conseguirá —murmuró.

—Le coaccionará con revelárselo él mismo.

—Gabriel no lo permitirá. Lleva tres décadas ocultándoselo a su familia.

Su familia. Le dolió unir aquellas dos palabras. Y le dolió aún más hacerlo en acto instintivo. Pasya no lo percibió, porque la mirada de Arnaud era un espejo mirando hacia dentro. Un muro de contención. Un iceberg con la cumbre emergiendo del rostro.

—Me agradó el esposo de su hija, capitán. Obstinado en cuanto a amor se refiere. De los que mueren con la lealtad por delante.

Arnaud guardó silencio. Benjamin Craig. Un hombre que extraía el esplendor de las cosas sin sustancia. Un hombre que pintaba la campiña inglesa cuando mayor era su fealdad, absorto durante horas ante su lienzo y el paisaje más anodino. Un hombre con el cometido tenaz de extirpar el jugo insondable de la vida. Un pintor fracasado. Los había visto a los dos caminar por los parterres de Hyde Park, enrojecidos por el amanecer, tras un empacho de estrellas. Los había visto infinidad de veces enlazarse con sonrisas y besos, en las orillas del Támesis, en los almacenes de Brompton Road, en las ventanillas de la Royal Opera House, siempre oculto tras la clandestinidad del gentío.

—Pues así concluirá sus días si viaja a Bilbao y se entrevista con Gabriel —dijo Arnaud.

Se contemplaron ambos, con la certidumbre de lo que traslucían sus palabras. El imperio empresarial de los Zulueta alcanzaba lugares ignotos del globo, pero era en la costa cantábrica, en la ciudad de Bilbao, en los gabinetes que regentaba, en las fundiciones, en las minas, en los hoteles, en los establecimientos donde su hegemonía se volvía opresora. Bajo la figura de don Gabriel, bajo la burbuja que protegía su mundo familiar, se ocultaba el entramado vasto de una organización que en algunas zonas lindaba en poder con los miqueletes y la Guardia Civil.

La burbuja familiar, a la que jamás llegaba la turbia estela del poder. Ese era el gran logro de Gabriel de Zulueta. Una vida feliz. Una vida de secretos, de mentiras, de miedos. Una vida de condena.

Y así seguiría siendo. Porque a su edad, no sabía vivir de otra forma.

La costa Cantábrica emergía a lo lejos, bordada por el burbujeo de la resaca y el aliento del mar. El sol del atardecer enrojecía los acantilados salvajes, los quebraba en franjas iluminadas, extraía viveza a la roca milenaria. Paseaban por cubierta los pasajeros del vapor de la Compañía Trasatlántica, entre conversaciones adormecidas bajo la brisa marina. Algunos se arremolinaron en primera línea de proa, hipnotizados por la luz en su última función. Era el 12 de enero de 1914. Poco antes de que Benjamin saliera de Londres. No a París, sino a Bilbao.

Arnaud se mecía en la soledad de popa, en el otro extremo del vapor, donde solo quedaba el mar ya visto. Su barba agreste tremolaba como las banderolas de los cabos, con el maletín de cuero silencioso entre sus pies. Sostenía el tomo encuadernado de *La tragedia de Macbeth.* Sus manos pasaban las páginas con la diligencia extrema de quien se encuentra ante un tesoro frágil, el lápiz entre los dedos, buscando resquicios libres donde liberar sus palabras. Porque así sentía su cabeza, burbujeando con palabras de lo recién vivido, deseosas de brotar hacia fuera. El grafito se desprendió con lento esmero, dejando tras de sí la estela de una frase.

«Y así nos acercamos al presente.»

Para Arnaud, el presente sería cuando ella lo leyera. Porque es entonces cuando las historias cobran vida, cuando empiezan a existir. Al ser leídas por aquellos en los que el escritor piensa cuando escribe. Y en aquel vapor sentía que se acercaba al presente de su historia.

—Habla de usted mismo como si fuera otra persona.

El viento trajo la voz de Pasya, que se había acercado a Arnaud, silencioso.

—Es la historia de un padre. Escrita para su hija.

—Para su propia hija, capitán.

Guardó silencio Arnaud, cerrando el libro con sumo cuidado, temeroso de que se descascarillara su piel, más vieja de humedad y salitre que de años.

—¿Por qué escribe su historia así? ¿En tercera persona? —insistió el bantú.

—Porque la empecé a escribir cuando me sentía otra persona.

—¿Durante su presidio?

Asintió el capitán, el iris diluido de atardecer.

—Mi vida quedó allí.

Y señaló hacia el horizonte, hacia la distante costa cantábrica. Lo hizo con la cabeza, en un vago gesto de indolencia.

Ambos callaron con la vista hacia allí, hacia el oeste, como los pasajeros en proa. Porque nadie se resiste al hipnotismo de un atardecer en el mar, ni siquiera los de la mirada carcomida de atardeceres.

—Jamás conocí a mi madre —dijo Arnaud—. Antes de morir, le hizo prometer a mi padre que jamás me obligaría a saber.

Lo miró el bantú, sin llegar a entender.

—¿A saber qué?

Arnaud no contestó, absorto en sus recuerdos.

—Le dijo que no me obligara, que solo me enseñara a querer saber. Y mi padre lo hizo. Lo hizo bien. Sembró mi infancia de secretos.

Lo había imaginado mil veces, de mil formas diferentes, con mil conversaciones, con mil gestos de su madre, de su padre, con mil llantos de bebé, mil cobertizos, mil noches y mil lluvias diferentes. El primer día de su vida. «Jamás le obligues, Félix. Jamás le obligues. Solo enséñale la curiosidad. Enséñale a querer saber.»

—Mi madre se llamaba como ella.

—¿Como quién?

—Como Elsa.

Asintió el bantú, mientras degustaban los últimos coletazos del sol.

—Higgins dijo que usted albergaba sus razones.

—¿Mis razones para qué?

—Para no contárselo, capitán. —Señaló el libro—. Pero no le entiendo. Porque aun así lo escribe para ella.

Arnaud rozó la tapa encuadernada, ensimismado en el grabado de las letras.

—«Saber o no saber.» Lo decía William Shakespeare.

—Creía que dijo «Ser o no ser», capitán.

Sonrió Arnaud, brevemente, su barba tremolando como las banderolas.

—Tal vez fueron las palabras de mi madre. Que aún las recordaba. Y se mezclaron con Shakespeare dentro de mi memoria.

El bergantín goleta *Elsa* se encallaba en los márgenes del Nervión, junto a los muelles de Olabeaga, entre despojos navieros y cadáveres de quechemarín. El aparejo y la chimenea se erigían en temerario ladeo, sobre el casco corroído de óxido, cubierto a su vez por corazas de rémora y musgo tierno. Se anclaba a las mamposterías hidráulicas del dique seco, entre amarras, grúas y la caseta de bombas de achique. Más allá, se extendían las orillas fabriles de la ría, con los astilleros, las fundiciones y el bosque de chimeneas y ladrillos de Bilbao.

Limitado de carga y achacoso ante los buques modernos impulsados por turbinas y motores diésel, había sido destinado en 1897 a labores de cabotaje, realizando escalas en los puertos de la costa, desde Bilbao a Sevilla, hasta que sus reiteradas averías lo retiraron en 1912.

—Volverá a nacer.

Lo dijo Gregorio Mikeldi, el último descendiente de la familia de armadores. Aquel mismo niño que correteaba tras su padre, tras Félix y tras el propio Arnaud una soleada mañana de 1867, en la ensenada de Altzuri, cuando el *Elsa* parecía un titán en nacimiento, con las costillas al aire, sujetas por puntales y martilladas por la cuadrilla de calafates que bullía a su alrededor. Desde la extinción del astillero familiar, Gregorio Mikeldi bregaba en la Compañía Euskalduna de Construcción y Reparación de Buques, la principal de la ría bilbaína, en cuyo capital, y junto a otros navieros de renombre, invertía la Sociedad Zulueta, en un cuantioso paquete de acciones.

—¿De qué plazo hablamos? —preguntó Joseph Spencer.

—Unos cincuenta días, señor.

Gregorio Mikeldi inspeccionaba el viejo bergantín, sudoroso y con las perneras remangadas hasta la pantorrilla. Sus ojos chispeaban de avidez ante el cometido, que junto a la venta del buque esquilmaría en su integridad la fortuna del profesor Higgins, una considerable suma heredada muchos años antes, cuando no quedó nadie de su familia en Aberdeen. Y lo hacían con la misma pasión que su padre, José Mari Mikeldi, mostrara en 1867, al revisar el armazón del bergantín junto a Félix y Arnaud.

—Durante un tiempo fue el orgullo de la ribera —murmuró, orgulloso él del viejo mundo de madera—. Lo navegó el joven de los Mendíbil. Hasta que un día se lo tragó la mar.

—Sin duda honraría la obra de su padre allá donde le llevara —dijo Spencer.

Asintió el armador, visiblemente emocionado, ignorante de con quién compartía sus más íntimas nostalgias. Y por esa razón continuó hablando, junto al señor Spencer, ambos con una sonrisa de agridulce ensoñación, invocando un pasado querido que jamás retornaría. Aunque lo desearan los dos.

16 de enero de 1914. Acumulaban los tres días de espera. Arnaud consumía las páginas de William Shakespeare con sus memorias más recientes, como un trampero del tiempo que escribía con la urgencia de quien teme olvidar, consciente de que, cuanto más las dejara aposentarse, mayor sería el grado de embuste.

La luz grisácea, enredada con la bruma de Bilbao, se filtraba por el ventanuco del Hostal Maroño, en el número 21 de la calle del Correo. Los transeúntes pintaban reflejos efímeros en el empedrado mojado de las Siete Calles, donde chispeaban las nubes. La puerta del cuartucho, enclavado en la buhardilla del quinto piso, resonó ante los golpes de Pasya.

—Benjamin Craig ha llegado —dijo al entrar.

—¿Sabes dónde está?

—Si no lo supiera no estaría aquí —respondió el bantú—. Lo he visto en los muelles de Uribiarte, en el pasaje de un vapor procedente de Portsmouth. Lo esperaba un Hispano-Suiza. Al parecer, se ha citado con Gabriel.

—¿Adónde lo han llevado?

—A los gabinetes del Hotel Zulueta. Los he seguido en un automóvil de alquiler.

El Renault Tipo AG ronroneaba por las calzadas arenosas del Ensanche. La Gran Vía, que enlazaba las Siete Calles y el puente del Arenal con la ciudad moderna, surcaba la avanzadilla siempre inconclusa de Bilbao, entre parquecillos de arboledas jóvenes, edificios neoclásicos, hoteles y caserones desparramados por el campo.

El Hotel Zulueta se erigía solitario, bajo la lluvia y cercado por geometrías rígidas y paseos embarrados, como un islote palaciego del Beaux Arts parisino. Siete plantas de sillería caliza, con arquerías abovedadas y miradores con balaustres de hierro, que poco envidiaban a los lujosos Ritz, Carlton y Palace que invadían las ciudades europeas.

—Ya hemos llegado, señores —anunció el chófer.

Pasya ensombreció su rostro bajo las solapas del abrigo y la gorra de *tweed*, ceñida hasta las cejas.

—No tardaré —murmuró.

—Recula si lo ves difícil. Esperaremos en la trasera.

Abrió la portezuela, exponiéndose a los cielos de plomo y a su lluvia persistente, y chapoteó hasta perderse en las fauces del hotel. Su figura reverberó en la mirada de Arnaud una vez desvanecida, a través del vidrio de la portezuela, como un espejismo acuoso. Allí marchaba, el soldado bantú de la 4.ª de Camilleros, que había recuperado cadáveres y heridos en el cementerio vivo de Spioenkop, que había quemado granjas y cosechas para reconcentrar a los niños y mujeres bóeres del Transvaal. Arnaud confiaba en él, confiaba en su adicción al riesgo, ese trastorno secreto del soldado tras su retiro, que no sabe cómo vivir en paz.

Porque corría riesgo entrando en aquel vestíbulo, ovalado y de vidrieras policromadas. Corría riesgo buscando entre los salones de reuniones y conferencias, entre los *restaurants* y las *grill-room*, las salas de billar, entre los gabinetes de Comercio y las más de cien habitaciones donde podían recluir a Benjamin Craig tras su encuentro con el empresario. Porque, si había hablado, seguro que lo recluían. Seguro que lo destinaban a no volver con Elsa.

—Vaya usted a la parte trasera —dijo Arnaud.

El chófer agitó el cigüeñal y despertó el motor. Los faros del Renault perforaron la lluvia, que se desplomaba densa sobre las planicies del Ensanche. Los hombres de don Gabriel pululaban en los soportales del hotel, silenciosos bajo las gabardinas y los sombreros Fedora de fieltro. La lluvia vaciaba la acera de huéspedes y transeúntes. El taxímetro goteaba. Tres pesetas.

—Espere aquí.

Aguardaron en la trasera del hotel, entre hileras de plátanos y abedules. La imaginación de Arnaud avivaba su inquietud. Pasya merodeando en los pasillos. Pasya inspeccionando los salones. Pasya recurriendo a su Colt del calibre 45, oculto en el bolsillo interior de su gabán. El tiempo hubiera pasado veloz y desapercibido de no ser por la dichosa imaginación. Y embistió a Arnaud con su pasado de trincheras, con sus años de mar y de vicisitudes incesantes, con sus años de presidio y de muerte cercana, le embistió con todo ello reconcentrado, en un solo instante, que despertó también su secreto de hombre perdido en su propia paz.

Y así cometió la estupidez de abrir la portezuela y caminar hacia el hotel. Aun sabiendo que la cometía. Aun sabiéndose doblemente estúpido, por percatarse y ser incapaz de evitarlo.

—¿Adónde va usted? —inquirió el chófer—. No me ha pagado.

—Volveré enseguida.

Nadie distinguió los dos fogonazos que alumbraron en la quinta planta. Ni siquiera Arnaud. Porque él pensaba en su propio rostro, en su propia mirada que ni siquiera una barba crecida y una identidad falsa podían cambiar. Pensaba en su medio hermano, aquel mismo que le había abandonado en un purgatorio flotante, aquel mismo que le había robado la vida, con el que estaba a un suspiro de compartir edificio.

Y se quedó así. En un suspiro.

Pasya emergió del vestíbulo glamuroso junto a un individuo de mirada encubierta por el sombrero y la gabardina. Sus expresiones palidecían por el sobresalto. En un alumbre de lucidez, tan repentina como inexplicable, Arnaud se desvió hacia los dos vigilantes del soportal del hotel, que miraban hacia el exterior y aún no reparaban en ellos.

—¿Tienen lumbre?

—Claro.

Buscó en los bolsillos, en los pantalones, consciente de que no había cigarrillos, palpando el abrigo en una farsa que solo consumía tiempo y atención.

—Vaya, me he dejado la pitillera.

—Descuide.

El más joven, con bigote de guías y mentón rasurado, ofreció la dentadura de su cigarrera.

—Es usted muy amable.

Arnaud se dejó prender. La lluvia hostigaba las charcas, más allá del soportal, velando la ciudad vieja, hacinada a lo lejos tras humaredas de carbón. Entornó la mirada, en una sonrisa de aromático placer, mientras expulsaba el humo.

—El gusto es mayor cuando llueve —murmuró.

—Mejor cuando no le llueve a uno encima —dijo el joven.

Oyó la portezuela del Renault cerrarse a su izquierda, a treinta pasos. Sus ojos se complacían ante el paisaje brumoso de la villa. Lo oteaban todo salvo el Renault.

—Dios me libre de otro día de la lluvia. Me voy a ella, caballeros.

Y lanzó el cigarrillo, tras dos caladas fariseas, como un meteoro azulado que se extinguió en las charcas. La lluvia le golpeteó insistente, calándole el cabello hasta adherírselo al cráneo. Sus pasos resonaron sobre el lodazal, en un chapoteo rítmico, seguro hacia fuera, agónico hacia dentro. El fragor de las nubes ahogaba su respiración, y el tamborileo de su corazón, y la vivacidad de un hombre apagado en tierra. Sintió las miradas de los vigilantes, irradiándole en la espalda con apatía, con curiosidad, con desconfianza, con alarma.

Se refugió en la quietud del Renault, que sintió como un cobijo de inusitada calma.

—Lo que ustedes traman no me gusta.

El chófer retorcía las palmas sobre el volante, contagiado de inquietud. En los asientos traseros, las respiraciones parecían en suspenso, obstruidas por el sobresalto. Los ojos de Benjamin temblaban tras una máscara de pavor, perdidos en el techo forrado del automóvil. Los ojos de Pasya deambulaban por la ventanilla, amarillentos, pensativos. Enfundaba la mano en el bolsillo del abrigo, donde se percibían las formas del Colt 45, que aún exhalaba la humareda candente de las detonaciones.

—¿Qué diantres ha pasado? —preguntó Arnaud.

—Será mejor que nos vayamos.

Las palabras de Pasya emergieron como una premonición. Porque enseguida les llegó la algarabía del hotel, el desconcierto de los soportales, las voces de alarma.

—Señores, ahora sí. Bájense.

Los ojos del chófer se abrieron como globos de espanto. Para quien se atreviera a mirar por la ventanilla, y desde luego él lo hizo, la visión de los soportales era poco alentadora.

—Me importa poco lo que me deben. Bájense.

—Arranque —dijo Pasya cuando el Renault, el único automóvil de la planicie, con cuatro individuos en su interior, comenzó a focalizar la atención de los hombres del hotel.

—Bájense, por la Virgen del Carmen.

Pasya extrajo el revólver y presionó su cañón en la sien del chófer.

—Ninguno de los dos haremos tonterías.

El taxista quedó paralizado ante el volante, sintiendo el orificio metálico, que le pareció con ganas de recalentarse. Y así prendió el Renault su sinfonía de cilindros y patines de rueda, antes de que salieran de allí con urgencia forzosa, quién sabía por qué, si por sus perseguidores o por el Colt del calibre 45 que Pasya devolvía a su bolsillo.

—Lo tenían retenido en la 63 —murmuró.

Arnaud, con la mirada absorta en la piel del chófer, que aún palpitaba con la huella del cañón, se volvió hacia el bantú.

—¿Cuántos?

—Dos hombres, custodiando la puerta.

Se extraviaron por montañas y valles lúgubres, por calzadas abovedadas de hayedos y robles, que chorreaban cribas de la tormenta. A veces asomaba la costa, entre claros de la fronda, con arenales y acantilados ocultos en la lejanía. El silencio los acompañaba en el cobijo del Renault, como un fugitivo más. Solo los juramentos y el llanto pavoroso del chófer, que ya había remitido, perturbaban el suspense rígido de los cuatro individuos.

—Tengo familia, caballeros. Cuatro bocas que alimentar. No las desamparen.

La varilla del parabrisas se sobreponía al goteo de la lluvia. El trayecto, que oscilaba al automóvil con sus socavones, comenzó a iluminarse con rayos de sol.

—Pare aquí —dijo Arnaud.

La tormenta remitía cuando abrieron las portezuelas. Arnaud aspiró el aire húmedo, los vapores de la calzada, que parecía una catedral boscosa. Benjamin salió tras él, aturdido, con el color y el habla fugados de su rostro. Pasya se aproximó al chófer y le abonó cincuenta pesetas, el doble de lo que rotulaba el taxímetro.

—Por las molestias.

El hombre las guardó, mudo y tembloroso. El Renault Tipo AG viró en la calzada y se perdió de vuelta a la villa, con la misma urgencia que en la evasión del hotel.

—Hablará, no les quepa duda —murmuró Pasya—. Lo retendrán de vuelta a Bilbao. Deberíamos abandonar la calzada. Espero que lo haya pensado bien, capitán.

Se descolgó sobre ellos el epílogo de la tormenta. Una calma silenciosa, que se distinguía a través del follaje, en las tierras de pastos que envolvían la calzada. Les llegaban los mugidos de las vacas y el aroma leñoso de los caseríos humeantes.

—¿Es usted Arnaud Mendíbil?

Benjamin Craig lo escrutaba con la razón repuesta. Se percibía un matiz intuitivo, astuto, en su mirada penetrante de ojos castaños. Arnaud sostuvo su expresión, silencioso, bajo el goteo retardado de la tormenta. Asintió.

—¿Habló con Gabriel de Zulueta, señor Craig?

Benjamin asintió, su mirada entrelazada con la del capitán.

—Y con su hijo Lope.

—Cometió una temeridad presentándose aquí, sabiendo lo que sabe.

—Y haciéndoselo saber a Gabriel de Zulueta —agregó Pasya.

—¿Qué esperaba que hiciera, después de lo que me contó? —terció Benjamin—. Además, usted me instó a ello, señor Mukwege.

—Usted también cometió una temeridad, Pasya —dijo Arnaud—. Viendo la naturaleza resolutiva, y ligeramente ingenua, del señor Craig.

—Pesaba más la última voluntad del profesor, capitán.

Las gotas residuales acariciaban el rostro de Arnaud. Se alisó las cejas, grises y frondosas, y miró al bantú. La última voluntad del profesor. Condenado y dichoso profesor.

—Batirán la zona. —Benjamin oteaba la calzada, inquieto—. Me buscarán hasta en las criptas de las iglesias.

—No lo dude —dijo Arnaud—. Usted simboliza el miedo para Gabriel de Zulueta. Si lo encuentran le pegarán un tiro en el monte. Por mucho que sea el esposo de Elsa. Terminará en alguna sima, entre otros desgraciados.

—Si no vuelvo a Londres ella vendrá aquí —dijo entonces el inglés.

Lo miró el capitán.

—¿Está usted seguro?

—Me he cerciorado de ello. No podía dejarla sola.

—Ella no sabrá de usted durante un tiempo, señor Craig. Correría un gran riesgo exponiéndose a verla. Hágase a la idea.

—Corrí el riesgo viniendo aquí. Y lo hice por ella. Y por usted.

Lo miró el capitán, sorprendido. Después rio, divertido ante el comentario del inglés.

—No sabe usted nada, señor Craig.

—No soy yo quien debe contárselo a su hija, señor Mendíbil. Es usted o el señor Zulueta. Por eso he venido.

Arnaud desvió la mirada hacia los pastos verdes, hacia el mar grisáceo que dibujaba el horizonte, o se dejaba dibujar por él.

—No se lo contaré —murmuró—. No la obligaré a saberlo. Es ella la que debe decidir.

Pasya, que había presenciado el diálogo en silencio, observó la expresión del capitán mientras pronunciaba aquellas palabras. Lo hizo con la mirada fugada, perdida, refugiada en el horizonte infinito del mar, con cabida para todas las miradas sobre la Tierra. Al contrario que Benjamin, el bantú supo a qué hacía referencia. A esa última frase, a ese último legado, a ese único recuerdo que el capitán tenía de su madre, y que su padre repitió también antes de morirse, y que solo por ser último, y por ser único, se había convertido en la columna vertebral de su vida.

—¿Adónde iremos, capitán?

—Al único lugar donde no nos busquen.

XXI

Villa Zulueta, costa cantábrica, enero de 1914

Los mitos fueron Historia antes que mitos. Y la Historia fue la verdad antes que Historia. Hay una verdad detrás de esta historia.

Tal vez los recuerdes. Al hijo y al padre, cuando trepaban por las montañas que rodeaban Altzuri, cuando disfrutaban de la quietud del amanecer y hacían preguntas al mundo. Aquel hijo necesitaba escarbar, necesitaba explorar en las entrañas y en el corazón de todo aquello que pareciera vivo. Necesitaba buscar lo que no se veía y se escondía detrás de todo. Aunque doliera.

Tal vez lo recuerdes poco tiempo después, ante aquel hombrecillo de aspecto desaliñado y antiparras al borde de una nariz torcida. Ante aquella pregunta trascendental sobre la verdad detrás del Fantasma de Pepper, aquella representación que en 1862 asombraba al mundo, y que, como la escritura de la luz o la electricidad, escondía una ilusión oculta en sus entrañas.

—¿Quieres que continúe? —le preguntó el hombrecillo—. ¿Quieres saber la verdad?

«Saber o no saber, he aquí la cuestión.» Lo decía un Shakespeare desafinado en la por entonces tierna cabeza del niño, que había presenciado la tragedia de Hamlet en el Opera Hall. Y él le respondió, con esa seguridad inequívoca de quien aún no sabe nada, ignorante de que su respuesta marcaría para siempre el discurrir de su vida.

—Claro.

Tal vez lo recuerdes doce años después, entre vaivenes agitados de jinetes con despachos, entre oficiales y reclutas que apagaban hogueras, entre las tenduchas fangosas del campamento carlista que despertaba de su letargo para inmolarse en Somorrostro.

—Espera, Arnaud.

Era la voz vieja de su padre, que ya no hablaba tanto como en las trepadas nocturnas, que ya no se sentía con respuestas para todo. Se había detenido, sobre el fango. Bajo la mirada de su hijo, extraía de su levita una libreta vieja, pequeña, tapizada con cuero. Sus manos la sostuvieron con solemnidad, mientras sopesaban aquel objeto ínfimo, que parecía encogerse de insignificancia ante el arsenal bélico desplegado en la pradera.

—Esto es para ti.

Se lo tendió.

—¿Qué es? —preguntó Arnaud.

—Es el diario de tu tío Vicente. Hace años te prometí que algún día te lo contaría. El secreto del Armario del Tiempo está entre estas páginas.

—Gracias, *aita*. Me había olvidado.

—No dudes en emplearlo alguna vez. Cuando lo necesites.

—¿Por qué me lo das ahora?

Su padre sonrió. Le vibraron las palabras antes de salir.

—Tu madre me hizo prometer algo antes de morir, hijo. Me dijo que te enseñara a querer saber.

Tal vez recuerdes el insomnio de Amelia siete años después, su temor a volverse sobre la cama y aplastar su vientre hinchado, su temor a caer bajo el dulce sopor y olvidarse de la vida que latía en su interior. Tal vez recuerdes la sombra de Arnaud al despertarse, envolviendo a su esposa desde atrás, en un abrazo cálido, con roce de yemas alrededor de su ombligo. Ella sonrió, en la penumbra, y se agitó levemente ante el cosquilleo de sus dedos.

—¿Qué se siente? —preguntó él.

—Un hormigueo terriblemente risueño.

—No me refería a eso. —Introdujo el dedo en su ombligo, levemente, hasta que ella se lo apartó, divertida—. Me refería más adentro.

Escuchó su silencio, en la oscuridad.

—Es como una pecera —respondió ella al fin—. Con fluidos de peces y roces de aletas.

—Entonces, ¿tendremos una sirena?

Amelia se volvió.

—¿Crees que será una niña?

—Quiero tener una hija que te cuide mientras yo esté en el mar.

Se contemplaron las pupilas, tan cerca una de la otra que palpitaban de atracción, de magnetismo humano.

—Si fuera una sirena se escaparía contigo —dijo ella—. Perseguiría a tu precioso *Elsa*, nadando tras su estela.

Arnaud la besó antes de incorporarse con brío.

—No creo que sea una sirena, a pesar de tu pecera. Pero mantengo la duda. Siempre te he creído con cierto embrujo.

—¿Cierto embrujo? —rio ella, desde la cama.

—Un misterio. —La miró, dramático y aparatoso en sus gestos, imitando a los artistas ambulantes que en verano teatralizaban obras de Lope de Vega bajo el pórtico de la iglesia—. Tal vez sea hora de que te sinceres, y me cuentes tus incursiones secretas en el mar. Podría llamarse Elsa, por cierto, ya que será una niña.

Tal vez recuerdes cómo ella siguió riendo, y cómo su risa lo acompañó escaleras abajo, contagiándole a él también.

Ninguno de los dos la percibió. Ni Benjamin Craig, ni Pasya Mukwege.

Emergió serena, como un extracto de su retina, y se deslizó grácil por su rostro de arrugas y cicatrices, hasta asomarse al abismo del mentón y desaparecer en la oscuridad. Arnaud la derramó sin percatarse, tan hundido en su memoria, tan olvidado de cómo era llorar, que se le escapó en la ignorancia aquella lágrima desapercibida.

Se encubrían en la floresta oscilante del jardín, tendidos en la tierra húmeda, entre repliegues de ramas y arriates de flores. El aliento de la noche invocaba a las hojas huérfanas, que susurraban en vuelo bajo sobre los senderos. Más allá, se erigía el caserón de los Zulueta, con sus vidrieras ojivales reflejando la calidez interior. De vez en cuando se avistaban siluetas efímeras, vaivén de cortinajes, luces que prendían y postigos que se cerraban. Arnaud absorbía cada gesto, cada indicio, cada rastro humano de la vida interior de la casa, como una cámara fotográfica, como un ojo vidriado que captaba los instantes al igual que el pintor en su lienzo. Y lo hacía con la avidez silenciosa de un viejo al sentirse niño, que reconstruía después la escena percibida, imaginando a una mujer en su alcoba, en camisón y frente al tocador, tal vez derramando una lágrima, tal vez como él, acostumbrada a vivir en el recuerdo.

—A la boca del lobo —murmuró Pasya—. Muy hábil, capitán.

—¿Qué pretende, señor Mendíbil?

Arnaud desenredó su mirada de las vidrieras encendidas. Alrededor de la finca pululaban las figuras aisladas de los hombres de Gabriel, entre la vegetación que acometía la verja, escudriñando hacia fuera, hacia las sombras colindantes de la villa. Escudriñando hacia fuera y no hacia dentro. Pronto avisarían del Hotel Zulueta y buscarían por allí también. En las casas de Altzuri, en la iglesia, en la ermita, en los riscos cavernosos de Gazteluzahar y en las alturas que envolvían la ensenada. Removerían la zona, discretos, contundentes, hasta cubrir cada posible escondrijo, conscientes, gracias a las más que probables indicaciones del taxista, de que iban a pie y de que no podían llegar demasiado lejos.

El capitán miró a la casa vieja, que parecía una borda abandonada, con grietas y trepadoras que serpenteaban por los muros y las techumbres. Se enclavaba en el otro extremo del jardín, lejos del caserón nuevo, engullida por el follaje.

—Pasya, usted no vendrá con nosotros. A usted no le conocen.

—Le aseguro que el taxista sí.

El bantú sintió la mirada de Arnaud a través de la penumbra.

—No se deje ver, Pasya. Sabrá cómo actuar. Le necesitamos fuera.

—Usted dirá, capitán.

—Cuide de mi hija cuando llegue de Londres.

—¿Quiere que me presente a ella?

Negó el capitán.

—Usted vigílela. Y sea discreto. Que no repare en su presencia.

—¿Y cómo pretende que lo haga? —preguntó Pasya, algo sarcástico, señalándose el color de la piel—. No habitúo a pasar desapercibido.

—No bromee, Pasya. Limítese a no exponerse demasiado. Yo me ocuparé del Armario del Tiempo.

—¿El Armario del Tiempo? —inquirió Benjamin.

Pasya dibujó una leve sonrisa, que el inglés no llegó a distinguir. El Armario del Tiempo. Miró el maletín de cuero que Arnaud llevaba consigo. Los dos libros, las fotografías dirigidas a su hija que aún no había quemado.

—Veo que nuestra pequeña ilusión aún no ha terminado, capitán.

—No se aleje de ella, Pasya.

Asintió el bantú, reculando su sonrisa.

—¿Y ustedes qué harán? —preguntó.

—Esperaremos hasta que reparen el *Elsa*. Cincuenta días. Hasta principios de marzo.

—¿Esperaremos? ¿Dónde? —preguntó Benjamin.

Arnaud miró al antiguo caserío.

—En la casa vieja.

Sus palabras se enredaron con el rumor del oleaje, que les llegaba desde la ensenada oscurecida. La brisa marina flirteaba con las hortensias y los avellanos de brujas, que bailoteaban sobre ellos, entre susurros. Benjamin había extraído un pequeño papel de su chaleco. Escribía en él, apresurado.

—Señor Mukwege. Es un telegrama para Elsa. Envíelo a Portsmouth, por favor. Le adjunto la dirección bajo el mensaje.

El mensaje:

> Siento que sea así, querida. Lo he intentado. Ahora tendrás que hacerlo por ti misma. Ten cuidado, no son lo que parecen. Búscanos en la casa vieja. Benjamin Craig.

Se lo tendió.

—Asegúrese de que ella vuelva a Altzuri —insistió Benjamin, algo abrumado—. Por mi parte, me he cerciorado de que así sea.

—Lo sé, señor Craig.

—Pero usted asegúrese, ¿de acuerdo? Que esté con su familia y no sola. Hasta que todo se calme y pasen los cincuenta días.

El bantú ojeaba la misiva.

—¿«Búscanos en la casa vieja»? Un poco arriesgado indicar su escondrijo, ¿no le parece?

—Tal vez podríamos vernos... —propuso Benjamin, con la voz encogida—. En la clandestinidad. Dentro de la casa nadie nos verá.

—¿Y si alguien la ve entrar? ¿Y si alguien descubre el telegrama? ¿No puede esperar cincuenta días para volver a verla?

—Envíe el telegrama, Pasya —terció Arnaud—. Correremos el riesgo. Él sabrá qué hacer.

Y señaló hacia la casa.

—¿Él? —preguntó Benjamin—. ¿Vive alguien en la casa vieja?

Miraron hacia la achacosa construcción, desde cuya techumbre manaba un reguero humeante que se enredaba con las estrellas. Arnaud afirmó con la cabeza, su rostro pardusco asilvestrado entre la fronda. Sus labios se arquearon de nostalgia en la oscuridad.

—Un viejo amigo —respondió—. Ahí vivieron los Mendíbil desde tiempos muy antiguos. Ahí crecí yo. Si viene Elsa, él se ocupará de ella.

Arnaud se sintió su padre, porque extrajo del maletín la libreta que le regaló la última vez que se vieron, cuarenta años antes, y la sostuvo con la misma solemnidad, con el mismo respeto venerable, como si encerrara el sentido de una vida entera. Allí estaba, el diario del tío Vicente.

Y entonces sí, entonces les contó la historia que le contó su padre. La historia del Armario del Tiempo.

XXII

Armario del Tiempo, enero-febrero de 1914

Diario del tío Vicente. Los ocho extractos que leyó Arnaud, entre susurros, bajo las frondas del jardín:

Día 1. La noche ha pasado y aún no me atrevo a cerrar los ojos. Volverán hoy a por mí. [...]

Día 3. Hoy he comido por primera vez desde que vinieron a buscarme. Madre me alimenta a través del portillo. [...]

Día 5. Ayer volvieron. Los oí hablar en mi cuarto. Los sentí muy cerca, creí que me descubrían.

Día 30. Anoche se tirotearon en el pueblo. Algunos sonaron cerca. [...] Ojalá termine pronto esta matanza demencial. [...]

Día 50. Ayer sentí que me moría. [...] Las fiebres me sumieron en sopores agitados. Escribo por primera vez en tres días. [...]

Día 74. Madre me deja salir cuando Altzuri está calmado. Charlo hasta tarde con padre y Félix frente a la lumbre del fogón. Aunque siempre vuelvo aquí. [...] En el pueblo sospechan que me oculto en casa. [...]

Día 130. He adquirido costumbre de salir a mi cuarto durante la noche. Enciendo la luz de mi quinqué y paseo, de pared a pared, sin asomarme a la ventana. Madre dice que no es buena costumbre. Pero estoy cansado de vivir encerrado y mi cuarto es más espacioso, me siento más libre que en este mísero cuchitril. [...]

Día 205. Madre dice que isabelinos y carlistas firmaron un convenio en la villa de Oñate. Dice que pronto saldré de aquí.

La guerra es como la peste. Siempre llama a la puerta. Represalias. Fusilamientos. Los pelotones incurren en las casas, los fugitivos se esconden en desvanes, en sótanos, en cuartos ocultos, sus vidas se encierran en cubículos donde no cabe la vida. El tío Vicente no murió fusilado porque los carlistas tropezaron con su cuarto vacío. Se lo tragó la galerna siete años después, mientras pilotaba un quechemarín de cabotaje, en las orillas revueltas de Gazteluzahar.

La leyenda del cuarto prohibido. A veces se oían voces y pasos. A veces se prendían sus luces en mitad de la noche, cuando estaba cerrado y sin llama dentro de él. Pero nadie vio nada jamás. El tío Vicente se ocultó durante doscientos veinte días, hasta que terminó la guerra. Se ocultó en el Armario del Tiempo.

Día 1. 18 de enero de 1914
Lo habían dispuesto en la clandestinidad, antes del amanecer. El armario perforado, desprovisto de su piel ajedrezada de cajones y gavetas, parecía una puerta abierta. Benjamin había cruzado y esperaba al otro lado, organizando el mísero cuartucho. Arnaud depositó la mano en el hombro de Cosme, que sonrió, invidente.

—Nos encerraremos unos días. Hasta que todo se calme. Saben que nos escondemos en la zona.

—Es probable que busquen aquí también.

—Pero no en el Armario del Tiempo, amigo mío.

Cosme asintió, pensativo.

—¿Por qué en la propia casa de Gabriel?

—Esta es la casa de los Mendíbil. Los Zulueta viven al otro lado del jardín.

Sonrió el viejo jardinero.

—Sé que ha venido por ella, Arnaud. Sé que por eso ha decidido ocultarse aquí.

Lo observó el capitán, y su expresión insondable pareció reflotar, expuesta, abierta ante su viejo amigo, ante el invidente que siempre supo cómo mirar al niño que una vez fue.

—Saldré al jardín, Cosme. Algunas noches.

Se contemplaron en silencio, y el viejo jardinero afirmó con la cabeza, comprendiendo.

—Correrá un gran riesgo saliendo de la casa.

—Solo quiero verla.

Chispeaba la mirada del capitán, en la penumbra del caserío. Cosme lo miró, con tierna y vieja complicidad.

—¿La ha perdonado?

Ocultó la cabeza Arnaud, aunque el invidente no lo viera.

—Vendrá Elsa, ya lo sabe —dijo sin contestar—. También he venido aquí por ella. Para enseñarle el armario.

—Le mostraré el cuarto prohibido. No se preocupe.

—Hágala creer en lo inexplicable —insistió Arnaud con firmeza, las cejas contraídas, queriendo unirse.

—Será usted quien se lo haga creer, Arnaud.

—Será el Armario del Tiempo.

El capitán miró a Benjamin, que disponía mantas sobre los jergones.

—Él no sabe nada —añadió—. No debe enterarse de que ella estará al otro lado.

—Ella tampoco sabrá nada.

Arnaud asintió, suspirando con fatiga, y se acercó al armario. Contempló los dibujos de espectros, de naufragios, de cielos estrellados. Pensó en su infancia, pensó en su padre, pensó en los secretos que le enseñó a descubrir, en los misterios que le señalaba, que le dejaba explorar, en el mapa de una vida que comenzaron a dibujar juntos. «Jamás le obligues, Félix. Jamás le obligues. Solo enséñale. Enséñale.»

Pensó en su hija. En la hija de cuya infancia lo desconocía todo. En la hija de la que no había podido ser padre. Y miró el armario. La magia del Armario del Tiempo que, años atrás, su padre le señaló como un nuevo misterio por explorar.

—Ella debe decidir. Debo enseñarle a querer saber.

Día 35. 22 de febrero de 1914
La aguja de luz perforaba las tinieblas del cuartucho. Su halo escarbaba en los meandros del techado, de donde pendían cordajes con ropas puestas a secar. Bajo el ventanuco del tragaluz, se alineaban los dos jergones de palanquín, separados por una mesita de noche atiborrada de libros, vajillas sucias y un orinal de loza entre sus patas. En un extremo del cubículo, aprisionada bajo la inclinación de la viguería, había una vasija con jabón y agua, y un escritorio de consola, junto a un butacón que apenas se distinguía entre las colgaduras.

No había nada más en el cuartucho. Nada salvo los dos individuos hastiados de quietud tras un mes de encierro, y el enorme armazón de madera que se incrustaba en los muros de un rincón.

Benjamin Craig exploraba sus hebras temblorosas, de pie y rozándolas con los ojos. Las imaginaba como miles de filamentos al enredarse en las trenzas de una mujer, o como miles de riachuelos al enredarse tras la lluvia, o como miles de vidas, de historias, al enredarse unas con otras, cada una con su curso intrincado, hasta componer la urdimbre inabordable de todas las historias sobre la Tierra. Así pasaba las horas Benjamin Craig, al igual que las pasaba en las campiñas de Surrey Hills, indagando en los entresijos de las cosas, descubriendo en ellas el trazo inconfundible que las hermanaba a todas.

Así mantenía él la cordura. Como mejor sabía, sin pensar demasiado en el otro lado, en la soledad de Elsa, en su embarazo, en los cincuenta días en los que no sabría nada de él. Sin pensar demasiado porque si no perdería la cordura.

Arnaud Mendíbil, que conocía los estragos psicológicos de un encierro, desmigaba grafito de lápiz sobre los últimos márgenes de *La tragedia de Macbeth*. Escribía con frenesí, como si las palabras escritas empujaran a las que estaban por escribir. Sus ojos enrojecían de insomnio, y se ahondaban en una memorización perpetua, como si vivieran dentro de sí mismos. Había acoplado su cuerpo al butacón del escritorio, donde pasaba el tiempo en la soledad de sus pensamientos, arropado con mantas. Benjamin lo observó. Su barba montuna apenas se percibía entre las colgaduras de la techumbre. Tras treinta y cinco días de encierro, sus conversaciones se reducían a lo imprescindible.

—Señor Mendíbil.

—Espere.

Benjamin lo contempló escribir en un delirio casi desenfrenado, y aguardó paciente, aunque la paciencia en el cuartucho carecía de mérito. Se tendió en el jergón, bajo mantas de lana gruesa, y cerró los ojos mientras la luz discurría sobre él, entre calzones y camisas. Creyó dormirse y despertó de nuevo para vaciar su vejiga en el orinal. Las horas cayeron, lentamente, hasta que languideció el cielo más allá del tragaluz. La pequeña trampilla del armario se abriría pronto. Cosme era puntual, aunque invariable con la comida. Guiso de ternera y verduras. Desde la irrupción inesperada de los hombres de Gabriel, que habían registrado la casa dos días antes, no habían salido del cuartucho. Hasta entonces, durante los primeros treinta días, se habían acostumbrado a pasear por la casa, discretos, durante dos horas y con periodicidad diaria. A veces comían junto a Cosme en el fogón. Dormían al otro lado del armario, y solo Arnaud salía algunas noches, sin aclarar los motivos a Benjamin, que le dejaba marchar, confiado por naturaleza. Tampoco le hablaba de los sobres que introducía en el pequeño cajón. Tres sobres hasta el momento, en el silencio nocturno, mientras el inglés dormía. Los extraía de su maletín de cuero. Sobres con fantasmas.

—Lo he alcanzado.

—¿A quién ha alcanzado?

—Al presente. A nosotros.

—¿A nosotros?

—A nosotros en este instante, a este lado del armario.

El grueso tomo reposaba en su regazo, las tapas abiertas, como una gaviota con alas de páginas y sueños. Arnaud había dejado de escribir, y lo miraba con las pupilas encendidas, casi ilusionadas, como un niño con piel de viejo. Por un instante, le brotó a los párpados un atisbo de humedad, pero se la tragó enseguida, de nuevo hacia dentro. Cerró el libro, para guardarlo en su maletín.

—¿Lo ha terminado?

El viejo capitán desvió la mirada hacia el Armario del Tiempo. Contempló la trampilla, enmascarada en la piel de roble ennegrecido.

—Las historias nunca terminan. Tampoco empiezan. Son como el agua.

—Es su historia, ¿verdad? —insistió Benjamin.

Arnaud se atusó la barba, tan encrespada y montuna que siempre retornaba a su ser, indomable.

—Es para Elsa —murmuró—. Solo si ella quiere.

—Podría leérmela, señor Mendíbil.

—No es para usted.

—Le daría mi opinión sobre lo que sentirá su hija.

Arnaud se alisó las cejas, en un gesto instintivo y absorto en pensamientos lejanos, más allá de las colgaduras.

—Pasya le dio a usted mi fotografía. De cuando era niño.

Abrió los ojos Benjamin, descolocado ante la afirmación, que en cierto modo preguntaba. Asintió.

—Una placa vidriada, sí. En Londres, cuando me contó la verdad sobre usted.

—¿La tiene ella ahora?

Benjamin inclinó la mirada, reflexivo.

—Es posible —murmuró—. Ya se lo dije. Dejé un pequeño rastro en una pensión de Portsmouth. Por si las cosas se torcían y no podía volver a Londres. Cosme asegura no haberla visto, pero yo creo que debe de haber llegado, debe de estar aquí, con su familia. Le dije que nos buscara en la casa vieja. No entiendo por qué ella aún no ha aparecido. Tal vez no recibiera el telegrama. ¿Usted qué cree, capitán?

Arnaud contempló al inglés, que abría los ojos con inquietud, desplazándolos de un rincón a otro, incapaz de contenerlos. Apartó la mirada, antes de que sintiera lástima por su compañero y la mentira se le revolviera por dentro.

—No se preocupe, Benjamin. Elsa estará bien. Pasya cuida de ella.

—Hay algo que no sabe, señor Mendíbil.

Aguardó Arnaud, silencioso desde su butacón. Benjamin vaciló.

—Elsa está embarazada. Vamos a ser padres. Usted va a ser abuelo.

Se apagaba la luz del invierno, más allá del ventanuco. Las sombras se desparramaron sobre Benjamin, ocultando la incertidumbre que le comía por dentro. Habían sido cuidadosos en ocultárselo. Ni siquiera conocía el último informe de Pasya, que Cosme había facilitado a Arnaud en su última salida nocturna: «Elsa se va a París. No he podido impedirlo.» El bantú la siguió, partiendo un día después, tras avisar a John Bell por orden de Arnaud: «Elsa Craig en París. A.M.»

«Usted va a ser abuelo.»

Arnaud se quedó sembrado en su sitio, fulminado por una tormenta, por un rayo, por un río de electricidad. Sintió miedo. Miedo de haberse equivocado. De haber cometido una estupidez con la magia del armario. Y todo por querer sentirse como su padre.

—¿Se encuentra usted bien, capitán?

Miró a Benjamin, sin decir nada, y se compadeció del hombre que tanto amaba a su hija. Porque ese era el secreto tras el armario. No los sobres, ni las predicciones, ni los trucos de ilusionistas, ni los fantasmas de Pepper y su engaño de reflejos. El amor. La única magia sin verdad para entender.

Y entonces prendió el único quinqué de petróleo, que reposaba sobre el escritorio, más allá de las colgaduras. Se oyó el chasquido del maletín, y el roce de uno de los libros, y el quejido ancestral de las páginas al desplegarse de nuevo como alas de sueños. Se oyó la voz de Arnaud, y se inició la historia de un padre, de un niño, cuyo mayor propósito en la vida era buscar lo que no se veía y se escondía detrás de todo.

Y así termina esta historia.

—Presta atención.

22

Casa vieja, costa cantábrica, 3 de marzo de 1914

La casa vieja era dominio de la noche, que engullía la luz del farol y apenas insinuaba los trazos inmediatos del pasillo. Oscilaba el balancín prendido, aseverando el rostro de Cosme, que los guiaba de nuevo por aquel laberinto de puertas cerradas y cuartos desvalidos.

Elsa suspiró, sintiendo su aliento, que le humedecía el rostro y se desvanecía en la oscuridad. El corazón le palpitaba al borde del desfallecimiento, demasiado ahíto de emociones. Pasya se lo había contado todo mientras huían de Hallstatt, entre transbordos y estaciones sombrías, cruzando media Europa. Sus palabras aún le hormigueaban en la cabeza, mezcladas con el traqueteo del tren, como rescoldos de una catástrofe, de un temporal bíblico que trastocaba el orden natural de las cosas. Era una especie de tributo, de sacrificio apocalíptico, de arca renacida tras la inundación. Escarbar en las impurezas del mundo hasta dejar la verdad. Saber dolía por eso.

Las llaves despertaron la cerradura y el farol de petróleo arañó la penumbra del cuarto prohibido. Paredes infectas de salitre, tablones combados, el ventanuco que daba al jardín, emergieron ante los intrusos como murciélagos durmientes. Una vez más.

Elsa perdió el dominio de su mirada, que temblaba pavorosa, que lo miraba todo salvo a él. De nuevo aquel susurro, aquella lengua secreta que hablaba a la niña que aún era, enterrada bajo capas de vida, bajo excesos de cosas y de años. Se olvidó de Cosme, se olvidó de Pasya. Sus pasos se deslizaron de nuevo, como guiados por un embrujo, hasta alzar la mirada, hasta mirarlo a él.

El Armario del Tiempo se erguía ante ella, imponente, con sus símbolos de fantasmas marinos y cielos estrellados. Elsa volvió a encogerse, sintiendo que el armario exhalaba un vaho recóndito por su piel ajedrezada de cajones y gavetas, sintiendo que susurraba una historia, un leve murmullo, de caracola varada en la playa.

«Dijiste que era un mensajero con el más allá. Con el pasado.»

«Creo que puede ser muchas cosas, Elsa.»

«¿Aunque solo tenga una verdad?»

«Aunque solo tenga una verdad.»

«¿Aunque la verdad duela?»

«Todas las verdades duelen, Elsa. Pero eso no importa ahora. Importa lo que tú sientas.»

Los recuerdos de su conversación con Cosme alentaron su cuerpo, hechizado por el embrujo de aquella bestia. La magia del armario. Encerraba un secreto. Encerraba una verdad. Como todas las magias.

Se inclinó hasta el último cajón de la izquierda. El corazón le palpitaba, con un tamborileo marcial, liberando tropeles de palabras que le corretearon por el cuerpo, como hordas de emociones. «Búscanos en la casa vieja.» «La verdad sigue oculta. Estaré ahí. Aunque tú no lo sepas. Aunque te sientas sola. Me encanta la cicatriz de tu mejilla.» Lo arrastró hacia sí, sintiendo su roce quejumbroso, sintiendo que despertaba, hasta el golpeteo final.

—Está vacío —murmuró.

La voz de Cosme emergió desde el umbral. Allí aguardaba, junto a Pasya, ambos silenciosos.

—Sigue tirando, Elsa.

Sintió el trabazón interior, los recodos ocultos de la

cajonera, que se resistían al tiro de sus dedos sobre la manilla. Sintió el leve ceder, y el peso íntegro del cajón al liberarse del cubículo, que dejó perforado al Armario del Tiempo.

Y así le llegó. Como las estrellas que surcan el universo durante miles de años, convertidas en fantasmas, contando una historia que sucedió hace mucho tiempo.

Un resquicio de luz.

Salieron todos los cajones, hasta dejar desnuda la piel ajedrezada del armario, hasta dejar solo el armazón de la cajonera. Acudieron las manos de Cosme, las manos de Pasya, y la ayudaron a extraerla hacia fuera, en pesado arrastre. El armario quedó abierto, destripado, con un orificio que perforaba el muro, que descubría el paso hacia una estancia secreta. El armario tenía otra cara, una cara oculta. El armario era una puerta.

Les llegó el aliento de encierro humano, desde el otro lado, desde el pequeño cuartucho. Los dos individuos tenían aires de espectro. La barba crecida, el cabello agreste, la mirada esclarecida por demasiadas noches de reclusión, como si de tanto soñar con el día, este hubiera brotado a sus retinas. Elsa. Benjamin. Ninguno sentía las lágrimas cuando ella cruzó el armario. Ninguno recordaría los pasos que los unieron, porque nadie recuerda el preámbulo de un abrazo cuando se llora sin saberlo.

No hubo palabras que afearan su amor.

Elsa no tardó en pensar en él. En su presencia silenciosa, de pie y apartada junto a un escritorio de consola, que ocultaba su mirada porque de pronto la sentía un estorbo. El hombre que volvía del pasado. El hombre muerto que había amado Amelia de Zulueta. El hombre muerto que vivía amando a Amelia de Zulueta. Su padre.

Allí estaba. Tras muchas cosas que ella no sabía. Tras haberla conocido en la imaginación porque en vida no podía. Tras haber esperado durante treinta y un años, escribiendo más de cien mil palabras, para una esposa, para una hija. Un padre encogido, abrumado ante la realidad que lo golpeaba de pronto, que no sabía cómo mirarla, que no sabía cómo decirle una sola palabra.

—*Aita*...

Arnaud Mendíbil alzó la mirada. Y la ancló en los ojos de Elsa, que también eran los suyos. Lo hizo como un héroe griego, como Ulises cuando ancló su trirreme al volver a Ítaca.

—A veces los fantasmas vuelven a casa, hija.

—Elsa.

La voz de Benjamin. Y sus ojos, que le miraban el vientre. Que le preguntaban en el vientre, porque él, al contrario que Cosme, podía ver que no había crecido. Ella también se lo miró, y se pasó las manos, abstraída, como cerciorándose de su lisura. Alzó la cabeza, los miró a ambos. No lo sabían. Al igual que Cosme y Pasya, que miraban desde el umbral del armario. Y así pensó en la carta, en la sangre que la despertó para decirle que ya no tenía un hijo. Pensó en la ventana encendida, en los sobres del fantasma, en el Armario del Tiempo, pensó en el temor a la soledad, en sus lágrimas antes de dormirse, en el refugio desamparado de todas las noches. No faltó dureza en sus palabras.

—¿Por qué todo esto?

A Benjamin le faltaron las palabras. Fue Arnaud quien las buscó dentro de sí, porque era el único que las tenía. Las dijo y se quedó en nada, allí, ante su hija, como si no llevara sesenta y dos años en el mundo. Equivocado.

—Lo siento, hija.

23

Villa Zulueta, costa cantábrica, 4 de marzo de 1914

Despuntaba el alba más allá de los castaños, rasgando las nubes con heridas escarlata que salpicaban los murales de Villa Zulueta. La noche huía entre las frondas del jardín, rociando el rostro de Arnaud, que apenas era una sombra entre plantíos y bancales de flores.

Sus ojos perforaban la alcoba de Amelia, cuya vidriera aún dormía con la noche cristalizada. El capitán sentía su respiración expectante, que se desvanecía por hojas y bayas, como un vaho que manaba de la tierra.

«Segunda planta, bajo la aguja del torreón sur. Esa es su ventana. Pasea por el jardín cada amanecer, cuando el tiempo y los bronquios se lo permiten.»

Así se lo había dicho Elsa antes de abandonar la finca, mientras los guiaba Cosme a través de una salida oculta de la casa vieja, más allá del enrejado y de las miradas entumecidas de los vigilantes. Arnaud los había visto alejarse hacia los malecones de Altzuri, entre las tinieblas de un sendero pastoril, mientras sentía un orgullo íntimo, una felicidad regalada por aquella hija suya que deseaba el reencuentro de sus padres. Él había asentido, agradecido, sin saber qué decir, sintiendo que se deshacía por dentro ante la sonrisa de su hija, que le había abrazado poco antes, al pedirle él perdón, que había llorado al sentir su olor viejo, su olor de padre, y que le había hecho llorar a él al sentir su olor nuevo, su olor de hija. «Tu padre es un necio, hija. Tu padre es un necio.» Se lo repetía, y ella le abrazaba aún más, como si solo así, con más abrazo, él pudiera calmar su dolor.

Aún se le saltaban las lágrimas. Allí, mientras esperaba en el jardín.

«No se demore, capitán», le había dicho Pasya.

Había estructurado un partir clandestino. Los aguardaba un quechemarín de cabotaje, con orden de abandonar Altzuri hacia Bilbao al campanear las Tercias. El *Elsa* fondeaba en los astilleros del Nervión, presto para partir, con diez tripulantes a bordo y reparado en su integridad en el aparejo, en la chimenea, en la caldera, y en las panzas corroídas de la quilla y el pie de roda.

A sus pies descansaba el maletín de cuero, con el diario, las fotografías y los dos gruesos tomos. Había consumido los márgenes de *La tragedia de Macbeth* pocos días antes de que apareciera Elsa por el Armario del Tiempo. Había completado el ciclo, con él y Benjamin dentro del cuartucho.

«Y así termina esta historia. Presta atención.»

Sí, había completado el ciclo. Como el agua. Como todas las historias. Sin inicio y sin final.

«Segunda planta, bajo la aguja del torreón sur. Esa es su ventana.»

Aguardaba, oculto en las frondas, mientras el alba despuntaba más allá de los castaños. Desde luego, sabía cuál era su ventana. Sabía cuándo salir al jardín, cuándo mirar, cuándo esperar. Y Amelia sabía cuándo asomarse, y sabía dónde mirar, dónde encontrarle. Sabía seguirle a través del jardín, en plena noche, hasta la casa vieja. Amelia lo creyó un fantasma, una visión de sus sueños, hasta que Elsa y Gabriel se fueron a París, y ella descubrió que lo veía despierta. Y que existía, y que estaba allí, oculto en la casa vieja, esperándola más allá del portón.

La primera noche ella le tocó el rostro, delicada, con dedos frágiles, rozando las costras de su piel bajo la luz de la palmatoria, contemplando entre lágrimas los estragos del tiempo. Lo olió, y lo miró desde muy cerca, y muy dentro de la mirada, como queriendo reconocerle. Él la dejó hacer, de pie y silencioso, hasta que ella le soltó de golpe, y tomó asiento en la banqueta del fogón, cerrando los ojos con fatiga. No se dijeron nada, no rompieron la mudez de aquella ensoñación, como si quisieran amarrarse a la incertidumbre de continuar dormidos, temerosos ambos de trastocar así, de pronto, en una sola noche, treinta y un años de realidad.

La segunda noche ella no le tocó el rostro. Se quedó en la banqueta, con la mantellina sobre los hombros, sin decir nada. Crujía la osamenta del caserío, rozaban los árboles, golpeaban los postigos de las ventanas, la palmatoria danzaba sobre el fogón. Hablaron. Y lo hicieron como si no hubieran pasado los años, como si continuaran lo hablado poco antes, una conversación trivial iniciada en el jardín. Amelia dijo cosas de Elsa, habló de su infancia, y de su carácter a veces indómito, a veces frágil, y continuó así la tercera y la cuarta y la quinta noche, mientras Arnaud escuchaba, silencioso.

Y sí. Salieron sin previo aviso. Flechas de sinceridad, con sustancia del alma, que no hablaban de su hija sino de ellos dos, con palabras que salían desde el corazón como desde saeteras de un fortín, espontáneas, solitarias, sonoras en el aire, hasta llegar al otro lado y atravesar el corazón.

Y así salieron y se esfumaron. Salieron y se esfumaron. Como espejismos. Como secretos entre ellos dos.

La ventana se encendió. Y Arnaud irguió su cuerpo entre el follaje, ignorante de que se rociaba de escarcha, desviando su mirada hacia la puerta vidriada del caserón. La que daba al jardín. Esperando para verse una vez más. Esperando aunque ya lo supiera, aunque ambos lo supieran después de todo lo que se habían dicho, y lo que no se habían dicho. Que era demasiado tiempo, y que ya nada podía cambiar.

Irrumpió el ronroneo de un Hispano-Suiza, con sus ruedas mojadas salpicando en los charcos sembrados por la llovizna. Sus frenos de tambor chillaron frente a la portezuela de la finca, a la izquierda de donde se encontraba Arnaud, antes de que acudieran desde el pórtico dos individuos con gabardina y sombrero. Abrieron las puertas cromadas, solícitos ante la severidad lúgubre que emergió del interior.

Arnaud Mendíbil lo distinguió. Su perfil corpulento, la chistera y el recio gabán, el bigote arcaico y aquellos ojos acuosos, de un gris plateado que parecía diluirse con el día. Le pareció la mirada antagónica de un preso. O eso quiso pensar. Tal vez su medio hermano también viviera en su propia prisión, de las que le encadenan a uno por dentro.

La ventana se apagó, con el cortinaje aún en balanceo. Arnaud pudo sentir la presencia de un rostro recién escurrido, de una mirada otoñal, que había asomado ante la llegada del automóvil.

Gabriel de Zulueta entró en la casa nueva.

Arnaud Mendíbil se inclinó para reptar entre hojarasca y hierbajos húmedos, hasta la casa vieja y su salida secreta. El corazón, vuelto a envejecer.

La voz de Lope lo acogió en el vestíbulo, donde olía a las castañas de los braseros, encendidos por el servicio que despertaba antes del amanecer.

—No puede renunciar ahora, padre.

Gabriel alcanzó la escalera, con pasos lentos que dejaban su impronta sobre las alfombras persas con rosetones y flores de lis. Su mano rozó el balaustre de hierro, antes de volverse, con ojos flemáticos y respiración cansada.

—Ya lo he comunicado —murmuró—. Se hará público tras las elecciones.

Lope lo miró, frunciendo la frente, con un desengaño melancólico, casi infantil, de hijo avergonzado de su padre.

—Padre, por favor. Reconsidérelo.

Las palabras del empresario se rasgaron en un estertor profundo, de viejo fumador.

—¿Cómo está tu madre?

Lope lo miró, negando para sí, comiéndose las palabras y la impotencia. Se obligó a responder.

—Si despierta con apetencia, saldrá a pasear enseguida.

Se volvió don Gabriel y ascendió las escaleras con morosidad plomiza, su figura perfilada por las vidrieras, hasta perderse en la oscuridad del piso superior.

—No le veo a usted bien, padre.

La voz de Lope quedó suspendida tras los pasos de Gabriel de Zulueta.

Abrió la puerta con el sigilo de toda una atención, que buscaba penetrar inadvertida en la penumbra cálida de la alcoba. El entarimado crepitó bajo su cuerpo, a pesar de su propósito. Hubo un roce de sábanas, y una sombra movediza que cambiaba de posición. Amelia estaba despierta.

Gabriel se desvistió, sintiendo la fatiga inmensa del viaje y animado por el alivio de un cobijo inminente, bajo el edredón humanizado por su mujer. Dos años antes, ante sus primeras dificultades respiratorias, que se agravaban durante la noche, había insistido en dormir junto a ella, que ofreció resistencia al principio, proclamando su propia suficiencia hasta que la enfermedad se tornó evidente. Habían cedido a la nueva y extraña costumbre, con mayor agrado para Gabriel que para Amelia. El lecho se abrió como las páginas de un libro, mullidas y calientes, como si encerraran una historia de amor. Se acurrucó, con la exploración gozosa del descanso, mientras se ensamblaba con el cuerpo de Amelia, que le daba la espalda. Ella rehuyó el contacto.

—¿Dónde está Elsa?

—Te creía dormida.

Amelia calló, consciente de que había lanzado una pregunta y que aún flotaba entre ellos, en un silencio doliente, adherido al nubarrón negro que llevaba Gabriel consigo.

—Ha decidido seguir buscando a Benjamín —respondió él.

Creyó que le temblaría la voz. Pero le manó convincente, con la inercia de una fábrica de palabras y silencios, de mentiras y verdades no contadas, que manufacturaba en su propia inconsciencia, porque él se sentía un dueño sin manos ni voz.

—¿Y por qué no sigues con ella?

—Quería venir a verte.

—Lope me dijo que la traerías contigo.

Amelia se levantó, y el frío se coló por las páginas abiertas, donde solo quedó Gabriel abrazando un cuerpo invisible, grabado sobre las sábanas como un fósil de amor. Aquella era su historia.

—Quédate conmigo un poco más.

Lo imploró.

—El doctor Etxenike insiste en los paseos matinales.

Ella volvía a mirar por la ventana, hacia las frondas del jardín y la casa vieja. Se vistió mientras pensaba. Mientras recordaba palabras con el fantasma.

—Os quería de un modo diferente. A ti te necesitaba.

—¿Y a él?

—En él pensaba.

—¿Y ahora?

—Ahora es al revés.

Se alojaba en el Hotel Arana de Bilbao, en la calle Bidebarrieta, junto al Teatro Arriaga. Elsa aguardó en el vestíbulo mientras el recepcionista, solícito ante su petición, acudía a su llamada. Había ajetreo de actores, prestos y engalanados para su próxima función. El Arana era lugar predilecto de las compañías teatrales, que convertían sus habitaciones en camerinos particulares.

Elsa extrajo del bolso la polvera de metal y se contempló en el pequeño espejo mientras se retocaba la pintura rosa de las mejillas. Piel pálida, labios carmesíes. No se retiró el sombrero, que le protegía la mirada.

Lo vio descender al vestíbulo, sin aliento, con la sorpresa en la cara y la tensión de treinta días sin saber de ella. Winston Hastings. Editor del departamento de ficción de *The Fleet Magazine*, revista mensual de historias ficticias y artículos objetivos. Brillante en su trabajo, que le consumía el tiempo y la posibilidad de una mujer a quien ver más de una vez. Distinguido como siempre. Fijador en el cabello, bigote de guías, corbata de raso bermellón y chaleco de seda. Con el aire apurado, como si le persiguiera un mundo cada vez más rápido, a quien tenía que nutrir de historias porque de lo contrario se lo comía a él.

—Señora Craig. Usted pretende acabar conmigo.

—Le aseguro que ni siquiera he pensado en ello.

Winston se prendió un cigarrillo, con apremio, y empezó a oxigenarse mientras entrecerraba la mirada.

—Lo entiendo, lo entiendo —murmuró—. Sé por lo que ha pasado. Pero tres semanas de retraso, señora Craig. La presión pública es máxima.

Y las enumeró con atropello. Diarios, agencias, editoriales extranjeras, cartas de lectores, colas de expectación frente a las oficinas de la revista. Incluso el gobierno, dijo, las sanguijuelas del Home Office, que también habían preguntado. Un tropel de angustia que saturó la cabeza de Elsa.

—Aún no tengo el manuscrito.

Le cortó la voz.

—¿Cómo dice?

—*Las notas del tiempo.* Aún no lo tengo.

El cigarrillo en suspenso, en la mano, desprendiendo nebulosas que velaban la mirada de Winston, también en suspense.

—Eso no es posible. Usted me dijo que lo tenía.

—No del todo.

Elsa miró a su editor, al que de golpe parecía habérsele consumido media vida.

Su historia: se incendió su casa cuando él era un niño, con sus padres y sus hermanas dentro. Y así se le cercó el pensamiento con lo primero que encontró: un trabajo. Su ascenso había sido meteórico: de chico de los recados en el *Daily Telegraph* a aprendiz de redactor, a redactor, a redactor jefe, a editor de ficción en la más laureada revista de historias y artículos objetivos.

—Sincérese, señora Craig.

—Recibía un capítulo cada dos meses.

—De eso ya estoy al corriente. Lo adaptaba a su lírica y lo convertía en gran literatura. Su pluma enamora, lo supe antes que miles de lectores. Es mi trabajo.

—Después se lo enviaba a usted.

Asintió Winston Hastings, aspirando su cigarrillo, impaciente.

—El quinto capítulo aún no lo he recibido.

—No me asuste, señora Craig. Usted me dijo que habría un quinto. Y que se titularía *Las notas del tiempo*. Y que sería el propio manuscrito de esa teoría. Informamos a la prensa de ello. Se volvieron locos al oírlo. La gente se volvió loca. Yo me estoy volviendo loco, señora Craig.

—Aún lo estoy esperando.

Suspiró Hastings, mirando a su alrededor, a la compañía de teatro que salía a la calle, como en una comitiva de disfraces.

—¿Quién se los envía?

Sobres sellados con fantasmas, sin remitente, con *La vida del profesor Livingstone* en su interior. El primer capítulo, recibido a principios de 1913 en cincuenta cuartillas y titulado «Mis primeros años en Aberdare», llegó con instrucciones de que recibiría cinco capítulos. Una historia fantástica, y sin embargo escrita con mano torpe, que no encontraba empatía con el lector. Esa había sido su labor: convertir una historia fantástica en gran literatura. Un tesoro de historia, como un diamante aún arcilloso, que ningún escritor podía obviar la tentación de escribir.

Y por eso lo había hecho. Demasiado seducida por lo que tenía entre manos. Aun desconociendo quién lo enviaba, ni con qué intención, aun desconociendo que en realidad escribía sobre su padre, el capitán Kipling, hasta que se lo revelara John Bell en París.

—No sé quién lo envía —respondió Elsa.

Winston Hastings consumió su cigarrillo de una aspiración.

—¿Qué está diciendo?

—No lo sé, señor Hastings.

Suspiró el editor, conteniendo una voz que amenazaba con gritar.

—Me dijo que protegía su identidad, señora Craig.

—Le mentí. Desconozco quién los envía.

—Entonces, no puede exigirle *Las notas del tiempo*.

Negó Elsa, inquieta ante el cariz agónico que adquiría el rostro del editor.

—Pues invéntese algo, señora Craig. Un final deslumbrante, que satisfaga a todos. Invéntese algo y resolvamos esto.

—Son las memorias de un hombre. No voy a manipularlas.

—El profesor Livingstone predecirá el futuro, señora Craig. Y le enseñará al mundo cómo lo hace. La gente quiere saberlo.

—Eso es una estupidez.

—¿Cómo dice?

Elsa miró al editor, que a su vez la escrutaba a ella, aguardando una respuesta, insistente. *Las notas del tiempo*. El Armario del Tiempo. Los hombres que adivinaban el futuro. Se guardó sus palabras.

—Parto enseguida en un vapor. Desde los diques de Olabeaga.

Winston Hastings pareció desquiciarse.

—De verdad que usted pretende acabar conmigo. ¿Adónde se va ahora?

—A por *Las notas del tiempo*.

El editor prensó el cigarrillo en el primer cenicero que encontró en el vestíbulo. Llamó al recepcionista.

—Línea con Londres, por favor.

Después se dirigió a Elsa.

—Aguarde un momento. Me voy con usted.

El bergantín goleta *Elsa* se desprendía de los malecones de Olabeaga, en las orillas del Nervión. Las cuadernas alquitranadas, el aparejo enderezado, los hierros remachados y relucientes, la caldera cilíndrica sustituida. Parecía renacido como el Frankenstein de Mary Shelley, con la diferencia de que preservaba la belleza exterior. Tras cincuenta días en el dique seco número 2 de la Compañía Euskalduna, reflotaba en las aguas esmeralda de la ría, ávido de mar, con una tripulación pequeña que bregaba a las órdenes del capitán Mendíbil, también renacido.

Elsa se apoyaba en la regala del pasamanos, cubierta por la toldilla de popa, mientras sentía bajo ella el traqueteo espumoso del bergantín. Le tembleaba en los pies y en el estómago, como un guiño de excitación ante lo inhóspito del viaje, ante lo desconocido del horizonte por surcar. Dispersó la vista por los astilleros de la Euskalduna, con sus bosques de chimeneas y techumbres fabriles, donde hormigueaban cuadrillas de armadores entre humaredas. Más allá, discurrían las vías del ferrocarril a Portugalete, y el ensanche inconcluso, con las pendientes del asilo de San Mamés y el nuevo campo de fútbol del Athletic Club.

—¡Elsa Craig!

Le llegó con el viento, atenuada por los fragores de la industria, desde los muelles que rodeaban las piscinas de los diques. La vocecilla de un rapaz. Lo vio agitar los brazos, entre cuadrillas de obreros, junto a las anillas de los malecones. El niño armó el brazo y lanzó una pequeña esfera, que rebotó en la cubierta del bergantín. Después salió corriendo, hasta perderse entre martilleos y rociadas de chispas. Elsa se volvió para recogerla; era una bola de cera, con el extremo punzante de una cuartilla emergiendo como la aleta de un cetáceo. Tiró de ella y desenterró una pequeña nota mecanografiada. La hoja onduló al desplegarse y Elsa sintió el tirón del viento, que pretendía hurtársela. Sus ojos se deslizaron, una y otra vez, de línea en línea, abriendo en su rostro el dibujo de una sonrisa.

Querido Arthur des Cars:

Embarca usted en busca del último capítulo, la fuente final de su inspiración. El manuscrito desaparecido de *Las notas del tiempo*. Todos esperan el desenlace de su obra, todos creen que el profesor Livingstone resolverá su teoría, que presentará al mundo el secreto oculto tras la partitura de la Historia.

Me alegró su decisión de publicar mis envíos, aun desconociendo la identidad del remitente. Imagino que usted también lo presintió. La genialidad latente de esta historia, su hechizo inexplicable para robar el corazón humano. Su labor reescribiéndola ha sido fabulosa, una lírica que enamora, que seduce como el canto de una sirena. Sin duda alguna, la historia del profesor Livingstone requería las atenciones de su pluma. Siento no haberla informado en su debido momento, pero como ya sabrá, el último capítulo, el esperado *Las notas del tiempo*, no está en mi posesión.

Permítame aclararle el motivo principal de este designio. Mi padre, Samuel Lowell Higgins, escribió su historia para mí. Lo hizo porque alguien le dijo una vez que solo escribía para la ciencia, y que por eso estaba solo. Mi padre se fue a la tumba olvidado en su refugio de Iffley Road, y por eso accedí a usted, para que se lo haga saber al mundo, para que conozca al hombre que un día decidió olvidar.

La vida del profesor Livingstone ha llegado al mundo, ese era su designio. Ahora todos creen en los dos individuos que predicen el futuro. La fiebre por lo inverosímil está encendida. Aunque siempre lo ha estado. Sin embargo nadie, ni siquiera los gobiernos que, como usted, ya han recibido la visita del fantasma, conoce la inutilidad de *Las notas del tiempo*, que no pudo predecir el futuro porque se olvidó del alma humana. Nadie conoce la gran farsa, la ilusión shakespeariana que tramaron nuestros padres. Lo dijo el genial dramaturgo inglés. El futuro no se predice. El futuro se escribe. Suena a burla, sí, pero de burlas se construye el mundo.

Le sugiero que junto a *Las notas del tiempo* publique adjunto el artículo de Matthieu Hinault, con referencias a *La Guerre Future*, de Ivan Bloch, y las seis fotografías confidenciales de la estación de Josefstadt. Muestre a todos que ya se acertó. Plante la semilla del temor por la guerra, señor Des Cars. La voz es suya ahora, el mundo le presta atención. Por muy absurdo que suene, tal vez crea lo que usted diga. Voces más absurdas se han creído.

O le sugiero, por el contrario, que olvide esta pequeña farsa, que olvide la teoría y sus fotografías, que olvide a sus lectores, a sus editores, a la presión de miles de ojos fijos en usted, y cuente lo que nadie espera. Cuente el secreto oculto tras *Las notas del tiempo*. Cuente su terrible dolencia, la lisiadura heredada de su progenitor, que se extravió en vida ante el alma humana.

Hable del personaje secundario cuya historia nadie conoce: hable de su padre.

Atentamente, su exclusivo proveedor de *La vida del profesor Livingstone*,

JOHN BELL

Elsa alzó la mirada, los labios carmesíes en fina curvatura. Rastreó entre el hormigueo industrial y la encontró más allá de las vías del ferrocarril, en las pendientes de San Mamés que descendían hasta la ría y los diques secos, la silueta enclenque del niño. Recibía la segunda parte de su retribución, con las palmas abiertas como feligrés ante el pan ácimo del cura. Un cura que distaba mucho de serlo, porque eran pesetas y no obleas de eucaristía lo que repartía, y porque era una gabardina, y un sombrero Borsalino, y tal vez una pitillera de cigarrillos *Lucky Strike*, lo que llevaba consigo. Lo vio perderse a lo lejos, tras la humareda de una locomotora. John Bell. Su exclusivo proveedor. La mano oculta tras aquella trama. El hijo desconocido del profesor Higgins. Sonrió, recordando su encuentro en París. «El tablero de ajedrez, señora Craig. Movemos piezas del mismo color.»

Sintió la ternura de un abrazo, que la envolvió por detrás con manos inscritas con la huella de un solo nombre: Elsa Craig. Se enlazaron en su vientre, y se sintió atraída por una fuerza planetaria, hacia atrás, hacia el aliento de Benjamin, que estaba allí para cautivarla en el oído.

—¿Me permite irrumpir en su soledad, señora Craig?

Su soledad. Su temor a la soledad. Elsa rio de alivio, o de alegría aún miedosa. Porque el miedo reverbera aun habiendo pasado, como las locomotoras en las vías. Y porque no hay mejor alegría que esa, cuando uno escucha la tierra y siente desaparecer el temblor, lejos, en la distancia.

No dijo nada, pero sí plegó el cuello ante el cosquilleo, impidiéndole a Benjamin incurrir más allá. Y él sonrió, incurriendo precisamente más allá, consciente de la tímida fuga, del repliegue risueño, que no hacía sino pedir más ternura.

—Volveremos a empezar —le susurró.

—Claro —dijo ella.

Benjamin jamás lo diría. La acariciaría, la besaría, se mostraría ante ella como el hombre más feliz sobre la Tierra, pero jamás se lo diría. Que se acusaba a sí mismo por no haberlo impedido. Lo de aquella carta. Lo de aquel despertar con sangre. Pero él era Benjamin. El hombre que enseñó a Elsa a vivir de nuevo. El hombre que pintaba los paisajes más anodinos. El hombre que creía en los milagros, consciente de que los milagros viven de la perspectiva. Por eso no lo diría. Por eso ella tampoco lo diría. Porque ambos sabían no insistir en los daños que hace la vida. Porque uno dijo: «Volveremos a empezar.» Y porque la otra respondió: «Claro.»

—Tienes a un padre que no sabe cómo hablar con su hija —le susurró de nuevo—. Y un editor que te vigila como si fueras una niña a punto de escapar.

Elsa sonrió.

—Veré qué puedo hacer.

—¿Qué piensa usted que hará ella?

—No hablará de absurdeces.

Sonrió Barret Calamy ante la respuesta del agente inglés.

—Nuestra postura se considera traición, señor Bell. Usted por ocultárselo al SIS y servidor por cómplice ocultador.

Se lo había confesado John Bell, cuando el astuto Calamy lo destapó como fuente de las filtraciones del informe de Iffley Road. Un pequeño apoyo para la trama urdida por Higgins y Arnaud, que gracias a los contactos del agente inglés accedían a los gabinetes europeos con la información que revelaba la existencia del manuscrito de *Las notas del tiempo*: un sutil anzuelo, el registro del SIS en la residencia del profesor. John Bell había filtrado su propio informe, como todo lo que le cedió su padre, como los sobres, con sus pintarrajos de fantasmas y sus vivos colorines.

—Si es por evitar una guerra, el fin justifica los medios —le había dicho el informador al descubrirle—. Aunque sea una guerra, el preludio de una posible guerra más bien, lo que me esté dando de comer.

El pequeño rapaz se alejaba más allá de las vías, de nuevo hacia el fragor de los diques secos. Ascendieron ambos ingleses por las faldas boscosas de San Mamés, por los jardines de la Casa de la Misericordia, cuyos muros orillaban las vías del ferrocarril. La pendiente concluía en las llanuras del Ensanche, que salía denso de Bilbao, con casitas firmes y asentadas a lo largo de la Gran Vía, y se desperdigaba hacia las praderas y terruños de San Mamés, cada vez más disperso, como en un lanzamiento de dados. Vibraba de animación el campo nuevo del Athletic Club, que jugaba un amistoso contra el Racing Club de Irún.

—¡Alirón, Alirón, el Athletic campeón!

—*All iron* —dijo Barret—. «Todo hierro.» Canción de fiesta minera, señor Bell. Cuanto más hierro en las minas, más cobran los mineros.

La pradera del Ensanche asomaba a la ría del Nervión, que discurría bajo ellos, entre montañas e industrias, como un espejo fluctuante. El bergantín goleta *Elsa* avanzaba imperceptible hacia el horizonte, hacia la salida al mar.

—He recibido un telegrama de nuestra red en Berlín —informó Calamy.

—¿Y qué dice?

—Los alemanes preparan a la opinión pública para una guerra en dos frentes: Francia y Rusia.

—Más de lo mismo —respondió John—. Todos lo hacen.

—La crisis del fantasma se ha solapado con nuevas crisis —añadió Calamy—. Aunque continúa vigente. Mansfield ha solicitado nuevos estudios grafológicos. El del trastorno paranoico no le convencía. Además, hay indicios de nuevos registros en la residencia de Iffley Road, algunos sospechan de la red de espionaje rusa, que llega tarde, porque Berlín ya envió a la suya hace quince días. Y, como ya sabe, la semana pasada se avistaron patrulleras alemanas en la costa de Holguín. —El secretario señaló hacia el bergantín *Elsa*—. Tal vez encuentre compañía nuestra particular expedición.

Asintió John Bell, consciente del último informe. Callaron, abstraídos en la ría del Nervión, mientras cogían ambos de la pitillera del agente inglés.

—¿Cuál será el pretexto para que Europa se desahogue? John Bell prendió su cigarrillo, entornando la mirada.

—Cualquier absurdez, señor Calamy. Nos aburrimos con la paz. Y aburrirse es besar a la muerte. Lo decía mi padre.

—Dudo que eviten una guerra, señor Bell. Nuestros dos individuos de las predicciones. Ya se lo dije, el Gran Circo Mundial no se desmantela así de fácil.

Asomó a los labios del agente inglés una vaga sonrisa, tras el cigarrillo humeante. Y así se quedó, en vaga. Ni resignada, ni nostálgica, ni impotente. Vaga.

—La galopada de las naciones —murmuró—. A quien lo descubra, a quien consiga el manuscrito, alemanes, británicos, rusos o franceses, le dará lo mismo descubrir que es una comedia. Habrá sido el único en descubrirlo, y con eso será suficiente.

Sacudió su pitillo el secretario del Servicio de Contraespionaje. Sonrió también, irónico y divertido.

—Garabatos infantiles de fantasmas. Jamás lo hubiera dicho.

Se alejaba el bergantín goleta *Elsa*, sus carrillos exhalando humo, la arboladura aún sin desplegar.

—Pero no creo que lo descubran —agregó John Bell—. Ella no hablará de *Las notas del tiempo*. No hablará de absurdeces.

Gabriel de Zulueta exploraba su propio rostro, en el reflejo de la vidriera, donde se mezclaba con las vistas de la ensenada. Estudiaba el bigote espeso y decaído, se miraba sus pupilas grises, hundidas bajo una bolsa de agua, que más bien parecía una lágrima enorme, incapaz de desbordarse. Indagaba en sus propias formas, expectante, con la certeza de que encerraban la respuesta a la pregunta de su vida entera, ese mensaje encriptado que debía emerger entonces, cuando se sentía próximo al final.

—Señor Zulueta.

El mayordomo Aezio irrumpió en el despacho y depositó una misiva sobre el escritorio, entre el cúmulo de documentos.

—Un telegrama para usted, señor. De Berlín.

Se retiró, sin alzar la vista, hasta cerrar la puerta con un chasquido leve. Gabriel se volvió con la desidia de saber lo que iba a encontrar.

De Otto Kaufman, Ministerio de Guerra del Grosser Generalstab, Estado Mayor General, Berlín
A don Gabriel de Zulueta, Villa Zulueta, Altzuri, Bilbao
Nuestro acuerdo quedará invalidado si no encuentra la vía de acceder a ese manuscrito. Perderá la posibilidad de grandes beneficios. Responda con urgencia.

Gabriel caminó hacia la chimenea, con pasos narcotizados. Miró las lenguas crepitantes del fuego, que danzaban con avidez. La vía para acceder al manuscrito descansaba en su escritorio, junto al frasco de barbitúricos y las cartas selladas con el dibujo infantil de un fantasma, con amenazas sucintas de propagar la matanza de un negrero, de ensuciar su vida pública, de arruinar la vida que había construido, su hermosa y aprisionada vida.

Y sí, allí estaba, en su escritorio, junto a todo aquello. Su vía para acceder a la caja estanca, al manuscrito de *Las notas del tiempo* que ambicionaba media Europa, a los documentos del *Ikatza* que ambicionaban él y su medio hermano, uno para destruirlo, el otro para mostrarlo al mundo: el último informe de sus gestores en Bilbao, con los registros de las transacciones realizadas durante el mes de febrero. La venta y reparación de un bergantín mixto de su propiedad, botado en primavera de 1868 para envíos de carbón y labores de cabotaje, hasta su retiro en 1912. El nombre del adquisidor: Joseph Spencer. El cliente de Wolgfang Zweig. El nombre del bergantín: *Elsa*.

Arnaud Mendíbil partía hacia la costa de Cuba. De saberlo, Otto Kaufman, el SIS británico, los franceses, los rusos y los austriacos, no dudarían. Correrían hacia allí, en desorden, como con instinto perruno, tras el dibujo de un fantasma y sus notas del tiempo.

«Parta ahora mismo tras ellos —diría Herr Kaufman—. Enviaremos un buque de apoyo. Mendíbil es nuestra vía para acceder al manuscrito.»

Pero claro, ellos no estaban allí. Ellos no tenían el último informe de sus gestores en Bilbao. Y a él, Gabriel de Zulueta, que amaba a una viuda aún de luto, que amaba a una hija que le había abandonado en Austria porque sabía la verdad sobre su padrastro, su terrible verdad, le venía sin cuidado. Su vida ya era una prisión.

«Responda con urgencia.» Se rio de todos y de sí mismo, mientras dejaba planear el telegrama de Otto Kaufman, mientras esperaba a que lo mordisqueara el fuego.

24

Cinco millas al noreste de la bahía de Nipe,
Holguín, costa septentrional de Cuba,
2 de abril de 1914

La mar rizada se dejaba hendir con ternura. Parecía una llanura tejida con filamentos de espuma, que se abrían dóciles bajo la roda del bergantín. El cielo los cubría desnudo, sin nubes, solo con el azul vivo que llevaba su nombre. Soplaba una brisa cálida, que había rolado al sur-suroeste poco antes, para convertirse en terral.

—Doscientos ochenta y tres grados, punta de Mulas.

La costa septentrional de Cuba se deslizaba por la banda de babor, recta e infinita, como un cordel selvático sobre la línea del mar. Arnaud la escudriñaba con la lente del catalejo, distinguiendo las formas geográficas, repasándolas una a una hasta encontrar las registradas por él mismo treinta y un años antes, en las tres demoras simultáneas que hizo en su antigua carta de navegación. Punta de la Vieja, bahía de Levisa, puerto de Cáñamo, cabo de Burro... desfilaban en la suave mareja-da, bordadas por el burbujeo de la humedad.

—Doscientos quince grados, bahía de Nipe.

Las reconocía, y tomaba después la demora a tierra, su posición respecto a la línea del norte, haciendo virar la alida-da sobre el compás del magistral.

—Ciento diecisiete grados, cabo de Moa.

—Ya está. Aún no coincide.

A su lado, sobre la regala de babor y lápiz en mano, Elsa anotaba las observaciones, recién instruida en el oficio. Arnaud la siguió de nuevo en el descenso al camarote, para fijar el punto de estima. La contempló calcular la posición, bajo la luz oscilante del quinqué, la mirada fija en la carta cuadriculada con meridiano de Cádiz, mientras trazaba líneas de grafito guiada por la regla articulada de latón. Las líneas se superponían a las anteriores, en leve desplazamiento, cada vez más arrimado al cálculo de 1883.

—Estamos cerca —murmuró.

Regueros de sudor le recorrían el rostro, a pesar del invierno que terminaba, que en torno al meridiano del Trópico parecía una quimera, porque la primavera allí parecía eterna. El balanceo del barco hacía oscilar las puntas de su cabello, que se desprendían húmedas de la pañoleta que le anudaba la cabeza. De aprendiz a teórica de navegación solvente en apenas dos lunas llenas de travesía. Escuchaba sus lecciones en silencio, bajo cielos nocturnos donde las estrellas se enredaban con la arboladura, nutriéndose de sus palabras como una niña al abrirse al mundo, con la diferencia de que sus preguntas eran concisas y apuntaban con astucia a todo lapso que Arnaud tuviera en sus instrucciones. Sabía que ella dudaba, y que se mordía a veces la lengua, guardando para sí cierto temor cuando se mencionaban en cubierta los asuntos más espinosos de la arriesgada misión del *Elsa*. Pero sus ojos la delataban, sinceros, claros, incapaces de callarse: «Eres demasiado mayor para eso.» Arnaud la contempló meditar, el vértice de su lengua en leve asomar, con gestos instintivos que le liberaban la frente de mechones dispersos, concentrada en su tarea.

—¿Vamos? —insistió ella, volviéndose.

—Sí, vamos.

Arnaud desdibujó la leve sonrisa de su rostro. Lo hizo al igual que treinta y un años antes, en aquella misma región del océano, al sentir que nacía una vida lejos de allí, una vida que amaba más que la suya propia. Y lo hizo al igual que lo hacía su *aita*, Félix Mendíbil, cuando le abrazaba siendo Arnaud un niño, mientras compartían juntos los recuerdos de *ama*, cuando no le abrazó la última vez que se vieron, en un campamento carlista, porque su *aita* le quería tanto y le admiraba tanto y se sentía tan mayor que le asustaba abrazarle.

Ascendieron de nuevo por la cubierta inclinada en eslora.

—Dos grados sur-suroeste, piloto.

El timonel ejerció la orden, bajo la toldilla con lumbrera de popa, haciendo virar el compás de bitácora. El *Elsa* merodeaba a tres nudos, con el trapo recogido y las calderas en suave ronroneo. Arnaud volvió al magistral e incrustó el ojo en la rendija del alidada, para situar su posición nueva respecto al norte. Le llegó la voz tensa de Pasya, que bregaba junto a la tripulación. Desde que avistaran la costa de Cuba, dos días antes, se había vuelto un hombre de silencios hoscos y palabras solitarias. Parecía un islote abrupto y aislado en la cubierta del *Elsa*, sin playas ni costas donde desembarcar. Durante la noche, con el mar en calma y el silencio de las aguas lamiendo los faldones del bergantín, Arnaud lo había percibido: la sinfonía de la muerte. El eco inhóspito de aquel cántico hechizado, de aquellas voces encadenadas a la bodega del *Ikatza*, que desaparecieron una a una, hundiéndose lentamente, arrastrando consigo el alma de Arnaud, y de Pasya, y del resto de niños que sobrevivieron, y de los treinta negreros. Y a la mañana siguiente, al descubrir los cercos de insomnio que ensombrecían al bantú, adquirió la certeza de que no eran sus oídos los únicos que sucumbían al embrujo de aquellas aguas. En algún rincón desconocido del lecho marino persistían los rescoldos de la matanza, los grilletes y las argollas, los esqueletos corroídos, la caja estanca con refuerzos de latón, concebida para tolerar las impiedades del mar.

Por eso estaban allí. El hombre negro y el hombre blanco. Para enseñarle al mundo lo que pasó treinta y un años antes. Para honrar la memoria de la familia del hombre negro. Para zurcir la urdimbre deshilachada de la vida del hombre blanco. Para que ambos pudieran dormir sin el canto de una matanza.

—Es aquí —murmuró.

El auxiliar de buzo, con experiencia en rescates de pecios, giraba las manillas de las ruedas, accionando la bomba modelo Siebe&Gorman para comprobar su correcto funcionamiento. El ingenioso artefacto volteaba los cigüeñales, engarzados a su vez con los émbolos de los cilindros, que subían y bajaban, aspirando el aire del exterior para expulsarlo después, vía válvulas y colectores de salida, hasta los tubos de las escafandras y los pulmones de los buzos.

El bergantín goleta *Elsa* oscilaba a siete millas de la costa, con la cadena del fondeo cayendo tensa desde la roldana. La tripulación se agolpaba en la mura de babor, bajo el sol punzante, absortas las miradas en los engranajes lubricados, en las palancas, las bielas y las agujas del manómetro que se agitaban con los indicadores de profundidad, aún a cero.

Arnaud y Pasya aguardaban en el centro, con altivez marcial y sentados sobre banquetas, blindados con los trajes cauchutados, los petos metálicos, los zapatos de lastre y los escapularios de plomo. Los destellos del oleaje reflectaban en las pupilas del capitán, inertes a pesar de la mirada fija de Elsa, que apretaba la mano de Benjamin con la presión de un océano, como si solo así pudiera calmar su inquietud.

Desapareció el rostro del capitán bajo la escafandra de tres mirillas que los operarios acoplaron al aro del peto, tras enroscarla un octavo de vuelta. Arnaud sintió que lo privaban de la extensión del mundo, que se lo contraían solo para él, hasta reducirlo a la opresión rígida de aquella cápsula de bronce. Sintió sobre los hombros el peso de un yunque, y su propio vaho al humedecerle la nariz y las cejas, porque estaba apresado y le volvía nada más brotar. Sintió el zarandeo de la escafandra, y el encaje de la manguera de aire en la estaquilla de acoplamiento. Circuló entre ronquidos y Arnaud miró de reojo la entrada del conducto, por donde se filtraba un soplo mortecino, su único lazo con el exterior. Buscó el aire, lo buscó hasta encontrarlo para respirar, porque así funcionaba allí. El aire se buscaba. La respiración se pensaba. Y lo hizo pausadamente, calmando la ansiedad de sentirse recluso, mientras su aliento se escabullía por la válvula del aire viciado. Miró al mar, a la costa distante, a la portezuela izada de la borda, a los cabos y cordajes que pendían de la arboladura, como lianas de selva. El rostro grave de un operario asomó en la mirilla frontal, esperando la aprobación. Arnaud alzó la mano. Todo estaba en orden.

—Treinta minutos. Sesenta pies.

La voz le llegó distante, antes de que lo alzaran de los brazos para situarlo en pie. Y entonces lo sintió. Rechinó cada gramo de su cuerpo, cada brizna de carne y hueso, los sintió prensarse uno encima de otro, así infinitamente, en el universo en miniatura que era él. Se balanceó bajo el peso desproporcionado, levemente, manteniendo el equilibrio y tensando la mandíbula, escurriendo sudor como una esponja. El androide de Pasya, porque eso parecían, torpes imitaciones de humanos, se adelantó lentamente, con pasos seguros de portento físico, y comenzó el descenso al agua por la escalerilla del bergantín. Arnaud se apresuró a seguirlo, reaprendiendo a andar, calmando sus dolores con el más efectivo de los sedantes: negarse a sentirse demasiado viejo.

Y así avanzó por la escalerilla, olvidado de su tortura porque suficiente tenía con imaginar la estupidez mayor de todos los hombres, esa misma que los mataba rápido y los dejaba morir tranquilos: su honra en entredicho.

Se le erizó la piel. El agua lo envolvió fría, a través del traje cauchutado. Flotó con la cabeza en la superficie, liberado del peso en la ingravidez del océano Atlántico, y osciló en la suave marejada que golpeaba los faldones del bergantín. Moteaban la borda los rostros de la tripulación, tras la maraña de tubos y cordajes que pendían de cubierta y se unían a las escafandras. Arnaud respiró hondamente, comprobando el suministro de aire. Buscó a su hija, y desvió la mirada antes de encontrarla. Entonces se dejó hundir, mientras el agua burbujeaba a su alrededor, dominándolo todo, resonando en las concavidades de la escafandra, ascendiendo por las tres mirillas hasta cubrirle bajo su manto silencioso.

Una calma que perturbaba. Así se le había quedado la mar, grabada en sus retinas, tras una vida entera lindando con su belleza. Era ella la sirena, la única y gran sirena, que cantaba en todas las costas, que atraía a miles de hombres en busca de sirenas que no existían. La sintió invertida, de llanura acuosa a techo oscilante. Le rozaba en la cumbre del casco, limpia, movediza, silenciosa, con un festín de jirones por donde se filtraban rayos de luz. La figura de Pasya descendía a quince pasos, lentamente, con el farol submarino de arco eléctrico aún apagado. Arrastraba consigo el tubo de aire y los cordajes de izada, que se contorneaban sobre él, como serpientes ingrávidas. Arnaud miró abajo y comenzó a dejarse caer.

El aire resonaba en los conductos, mientras la bomba de cubierta, con las indicaciones de las agujas del manómetro, lo ajustaba a los cambios de presión. Números, tablas y reglas de descompresión, desfilaban en la mente de los buzos, mientras descendían lentamente por aquella región oscura y pausada, donde el tiempo se dilataba como en el espacio, como en las teorías estrambóticas de Albert Einstein.

La figura de Pasya era engullida bajo sus pies por la negrura del fondo marino. Sus burbujas ascendían como níscalos etéreos, en líneas paralelas a los cordajes y los tubos de aire. Arnaud las siguió, mirando hacia el azul luminoso de arriba, donde se entrelazaban ambas estelas de espiración bajo el casco del *Elsa*. Y de nuevo miró hacia abajo, hacia el frío líquido, hacia la nocturnidad hostil.

Continuaron el descenso, y pronto la penumbra comenzó a trazarse con dibujos del lecho marino, que comía todos los colores salvo el verde azulado. Una planicie de arena, tapizada por matojos de algas y anémonas que se ondulaban entre bancos de peces y seres invertebrados. Arnaud se posó sobre el lecho. Soplaba una corriente fría, que fluía mansa, como el curso de un río marino que arrastraba consigo la deriva de pequeños organismos y limpiaba de sedimentos la corteza del fondo. Respiró pausadamente, tratando de serenarse, sintiendo sus pulmones como globos atrapados bajo los tres bares de presión.

Pasya caminaba a treinta pasos de distancia, rastreando por la pradera de algas, unido a la superficie por hilos tan imperceptibles y etéreos que parecían a un suspiro de desintegrarse. Arnaud consultó las agujas de la brújula y, según lo estimado, se dirigió hacia el sur. Más allá, la pradera se desvanecía en arrecifes coralinos. Las sombras se perfilaban a través de la mirilla, y pronto se perdió en un laberinto de canales y esqueletos pétreos. Corrían de sus escondrijos camarones y pececillos escurridizos, como mariposas de agua, que volaban entre los tentáculos del coral. Evocaban a un bosque de pilastras flameantes, que envolvían a Arnaud en una región de ensueño y lo obligaban a escudriñar cada forma, cada indicio de arquitectura naval que se hubiera desprendido de la superficie. No distinguió la única pilastra rígida, inmune a las corrientes porque no se movía, encubierta por la misma membrana calcárea del coral. No la distinguió, a pesar de que se arqueara con naturaleza extraña, a pesar del rostro angélico, del busto de mujer y de la cadera escamosa de sirena. El tajamar de un buque.

Y caminó así, sin distinguirlo, hasta que llegó al otro lado del arrecife, a una nueva pradera, tapizada de algas y filamentos ondeantes. Porque así era el lecho marino, una vasta sucesión de bosques, crestas, ríos y praderas.

Y aquello sí lo distinguió. Se posaba en el lecho como el cadáver de una bestia marina: el contorno espectral de un naufragio.

Los cordajes los izaban, paralelos a la cadena de fondeo, entre burbujas que ascendían hacia el edén de todas las burbujas. Pasya lo seguía más abajo, con el farol recién apagado tras la primera inspección al pecio del *Ikatza*. La luz celeste le devolvía los colores. La ascensión se detuvo a treinta pies de la superficie, según tablas de descompresión. Arnaud alzó la vista, y la mirilla frontal mezcló su rostro con el reflejo luminoso del techo marino. Sus ojos se abrieron, mientras oscilaban en ellos dos manchas negras. El casco del *Elsa*. Y el casco desconocido de otra nave, que descendía su cadena de fondeo.

El *Hilaria* era un vapor moderno, de mayor tonelaje que el *Elsa*, sin aparejo, con turbinas diésel y hélices sumergidas. Aún ronroneaban cuando emergieron a la superficie, entre chorreos de tubos y trajes cauchutados. La expectación de los tripulantes, lejos de paliarse tras el retorno de los buzos, se había acentuado ante la presencia del buque desconocido. Se calibraban la mirada en silencio, desde ambas bordas, que se balanceaban en un encarado equilibrio, a veinte pasos de distancia. No era un monitor con torreta de la Royal Navy, ni una patrullera americana, ni un navío alemán, era un vapor de transporte, con alumbrado eléctrico y artillado ante piraterías y asaltos con dos cañones Hontoria en el castillo de proa.

Los operarios los auxiliaron en la escalerilla, y no fue hasta desplomarse en la banqueta cuando Arnaud sintió el retardo de una honda fatiga. El corazón le pesaba como una escafandra interna, incluso le dolía en el pecho, como si aprisionara sus pulmones cuando le retiraron la escafandra de verdad.

—Compañía inesperada, capitán.

Arnaud paseó la mirada por los rostros lacerados de la baranda opuesta, que también lo miraban a él y a Pasya como si fueran expedicionarios lunares. La paseó silencioso y aún goteando, con ese augurio súbito que a veces le llega a uno antes de tiempo, porque las sorpresas se huelen y dejan de serlo un poco antes de manifestarse.

Gabriel de Zulueta le esperaba con la mirada lúgubre, en el castillo de proa, junto al primer piloto y al capitán. Las manos unidas bajo el faldón del chaleco, la camisa opresora sobre el cuello, que le erguía el mentón y la fronda desteñida del bigote.

Arnaud encajó su presencia con un gesto apático, mientras el operario le prendía la pipa de barro y aspiraba una larga bocanada. El humo le caldeó el pecho, que sentía tembloroso tras la inmersión, con el frío marino refugiado en él. El silencio se dilató mientras fumaba, hasta que decidió ser el primero en hablar, veintinueve años después de que lo hicieran por última vez, en la cloaca infecta de un buque prisión.

—Recuperé algunos de mis vicios.

Y alzó la pipa de barro, que humeó entre los dos.

—Me la regaló *aita* —añadió—, cuando me llevaron a la guerra.

—La última vez solo fumé yo.

La voz del empresario sonó queda, en el silencio de las dos cubiertas, entre lengüetazos de agua y chirriares de cuadernas. Arnaud asintió, sentado en su banqueta, mientras exhalaba con placidez otra bocanada.

—La última vez necesitabas mi silencio. Supongo que has venido a buscarlo.

—Es demasiado tarde para eso.

Y Gabriel desvió la mirada hacia los velámenes del *Elsa*, porque el bergantín era el único con aquel nombre que no le miraría con ojos de lástima, con ojos de hija avergonzada, tal vez incluso de hija incapaz de mirarle. Y por eso se quedó así, sin mirarla, sin mirarse a sí mismo, con demasiado miedo para saberlo. Como un padre que ama a sus hijos, y que a veces se convierte en lo que ellos piensan.

—¿Habéis encontrado el *Ikatza*? —preguntó.

Arnaud lo escrutó desde el otro lado, la mirada entornada. Asintió, con la boquilla en la boca.

—Aún no hemos sacado la caja estanca.

—Me gustaría verlo —dijo entonces el empresario.

Los rumores corretearon por cubierta, entre bisbiseos curtidos de marinos. Arnaud se alisó las cejas, absorto, mientras expulsaba volutas dispersas de humo.

—Lo que pasó aquí saldrá a la luz —murmuró—. Para bien y para mal de todos. Sacaré esa caja de ahí abajo.

—No lo impediré —dijo Gabriel—. Solo me gustaría ver el *Ikatza*.

Había partido en el *Hilaria* a la medianoche del 5 de marzo, tras la estela del *Elsa*, sin pensar en Otto Kaufman y sus concesiones comerciales, sin pensar en las amenazas, en el Partido Conservador, en su figura pública, sin pensar en nada porque ya no importaba. Y estaba allí, con su mundo despedazado, por alguna razón que no conocía y que aún no tenía respuesta.

—*Las notas del tiempo* es una farsa —dijo Arnaud.

—No tengo interés en ella.

—Entonces, ¿qué buscas?

Sintieron mirarse, aquella vez sí, en una mudez que solo dejaba sitio a las miradas.

—Supongo que lo mismo que tú.

Guardó silencio el capitán, con el humo esculpiendo su respiración y tal vez sus pensamientos, que parecían enredados como nebulosas por las palabras de su medio hermano.

—Sin instrucción previa te expones a un elevado riesgo —insistió.

—Lo correré de buen grado.

—Será un placer que vea lo de ahí abajo.

La voz de Pasya irrumpió entre ellos. Se había levantado, liberado de sus zapatos de lastre, con los brazos en alto para que le retiraran el traje. Al fin y al cabo, él era el nudo tensor, el engranaje de aquella maquinaria que los había devuelto allí, treinta y un años después de que la vida rotara, de avance a retroceso. Él y los suyos, que esperaban ahí abajo.

—No lo soporto.

Elsa soltó la mano de Benjamin, que la miró con inquietud, mientras los dos buzos sumergían sus cuerpos en el mar.

—¿Qué vas a hacer?

—No estar quieta.

Se le inflaron los ojos de sorpresa cuando ella se retiró la camisa y la falda plisada, allí, en la cubierta, ante la mirada del resto de la tripulación, que se había vuelto porque la creían a punto de quedarse en faja y ajustador. Asomó el traje de baño, un mono de punto de algodón, ceñido como el de las nadadoras. Se había contenido durante el viaje, callando cuando revisaban los equipos de buceo, cuando se enumeraban los riesgos de la inmersión. Callando inquietud, hasta reventar de ella.

Winston Hastings, que sudaba copiosamente y seguía la inmersión con el mayor de los nerviosismos, también se había vuelto, alarmado.

—Pero, señora Craig, ¿se ha vuelto usted loca?

Elsa se acercó a la escalerilla, decidida, asustada, sin escuchar a Benjamin, ni a Hastings, ni a la vocecilla interior que le decía que aquello era absurdo, sin saber qué hacer con la impotencia de estar quieta, de estar solo viendo.

Gabriel no se bautizaba. Arnaud lo supo cuando lo vio sumergirse, recio e impasible bajo la escafandra del bantú. Había visto las enaguas de otros mares. O de otras aguas. No era un buzo primerizo. Lo supo mientras se dejaban hundir al mar insonoro, para no decirse nada y para mirarse sin ser vistos desde la mirilla.

Volvieron al universo azul, a su silencio, y se encontraron con una procesión de medusas, que avanzaban por la corriente como lágrimas de mar. Sintieron el roce de manubrios y tentáculos, sus descargas tóxicas, casi electrizantes, que no penetraban en el traje cauchutado. Las dejaron atrás, mientras se sumergían en la penumbra marina, lanzando miradas inquietas hacia el techo luminoso, hasta que las medusas avanzaron y dejaron de enredarse con los tubos de aire y los cordajes de izada.

Ninguno vio la silueta que se zambulló tras ellos, y que nadó junto a los dos buques, su cabello suelto fluyendo en el agua, las piernas estilizadas, vigilando desde la superficie la inmersión de los dos buzos. Como una sirena.

Tocaron fondo junto al arrecife coralino. Caminaron por la planicie arenosa de guijarros, hasta los restos del *Ikatza*. Se encallaba en la oscuridad del arenal, tapizado por filamentos de anémonas y algas coralinas, con las cuadernas al aire como un costillar prehistórico. Lo alcanzaron por la mura de estribor, junto al cabestrante y el castillo de proa. Arnaud sintió la inmensidad de su casco, ladeado hacia babor, con parte de la quilla desenterrada. Palpó las cuadernas, cubiertas por una pátina herrumbrosa y resbaladiza, que se curvaba hacia las alturas de cubierta. Había incrustaciones calcáreas y un verdín fecundo en las junturas de calafateo. Caminaron hacia la popa, sin acercarse en exceso al pecio, cuidadosos de no enredar los tubos de aire en los tablazones sueltos del casco.

Una gran hendidura, probablemente el foco de la explosión, lo quebraba a la altura del mástil mayor, que había desaparecido en su integridad. La arena había irrumpido por la tablazón podrida, destapando las entrañas de la bodega. Gabriel titubeó, y cedió el paso a su medio hermano, que ascendió primero al sollado abierto al aire. Había desaparecido el tablazón de cubierta, y volaban desnudos los baos y las vigas, sobre el interior del negrero. Arnaud detuvo sus pasos en el umbral del agujero, hasta sentir la presencia de Gabriel junto a él. El aire del conducto los ensordecía en las escafandras. Prendió la luz del farol, y entonces se trazó el contorno de la hendidura, y las siluetas perfiladas de los buzos, nítidas en la boca iluminada, minúsculas en la inmensidad lúgubre del espectro marino.

Despertaron al color. La luz del arco eléctrico destiñó el verde de las profundidades. Flameaban con sutileza algas pigmentadas, que tapizaban de verdín los restos de la bodega. La luz no tardó en descubrirla.

Emergía de la arena. Una necrópolis en desentierro, sin monolitos fúnebres, solo la maraña de huesos, cadenas y grilletes dobles.

Arnaud se adentró con el aliento estancado, empañándole el interior de la cápsula. Se sintió hombre abrumado y desvalido, que caminaba por su propia condena, obligándose a sentir porque la reunión de sentimientos era tal que se comprimían unos a otros y le impedían sentir.

Erraron por los restos, por los huesos articulados en posturas precisas, que dibujaban la escena atroz de un ahogamiento masivo. Mandíbulas desencajadas, radios y tibias anudados por esposas corroídas y aún eslabonadas al sollado y a los toneles que el carpintero había construido durante la travesía a Cabinda. El esqueleto de una mujer, en posición fetal, con una pequeña masa vertebrada bajo sus costillas. El cráneo de un bebé, aún en formación, que buscaba acurrucarse bajo una calidez que se había desvanecido hacía muchos años.

Gabriel caminaba retrasado. Él jamás oiría los gritos, ni los aullidos, ni los gemidos al pronunciarse en lenguas graves y recónditas, al aunarse en una sola voz embrujada, que se desintegró después voz a voz, una a una, como si el agua, que engullía implacable, también supiera contar. Él solo escucharía el silencio atroz. El silencio de la imaginación. La imaginación terrible. Allí estaban. Los ciento veinte bultos de ébano.

El castillo de popa estaba intacto, a pesar del tablazón petrificado. Se percibía arriba el armazón de la toldilla, y el contorno del compás de bitácora, oxidado y envuelto por incrustaciones marinas. Desecharon el acceso al camarote desde la bodega. Un suicidio de pasillo, con demasiados meandros de madera podrida y remaches punzantes de hierro que, de no cortar los cordajes y el tubo de aire, los enredarían como en hilos de araña. Optaron por el acceso desde arriba, desde el timón, y ascendieron al castillo de popa por la escalerilla, sintiendo un tablazón de papel quebradizo que gemía bajo sus zapatos de lastre. La estructura pareció oscilar mientras la atravesaban, como alentada por una corriente. Arriba, junto al timón, el tambucho a la cámara del capitán estaba abierto. Así lo había dejado Arnaud cuando entró para liberar a los niños. Así lo había dejado el mar, o el tiempo disfrazado de mar, para que Arnaud lo reviviera mucho tiempo después.

Asomó la cabeza por la pequeña abertura del tambucho, con el farol encendido al frente. Despertó su camarote, que apenas se distinguía en la oscuridad turbia. Flotaban residuos de verdín y pececillos asustadizos que correteaban ante el intruso. Reconoció el farol del mamparo, mohoso, sobre un banco de arena. Persistía la mesilla podrida, con cascajos de lozas y pedruscos rojizos de corrosión, que envolvían los objetos metálicos, el viejo compás, la regla articulada y los útiles de medición que sembraban la pequeña estancia. La puerta al camarote se había desprendido de sus goznes y se abría al largo pasillo que daba a la bodega, por donde habían desechado entrar.

Y allí la vio. Junto a la puerta, en un rincón del camarote, oculta bajo el armazón desnudo del catre, como un mero silencioso. La caja estanca de latón.

Sintió un tirón en el traje, desde atrás, y al volverse encontró la escafandra de Gabriel, y su rostro tenue en la penumbra marina. Alzaba el dedo índice, señalando a la superficie. Se consumían los treinta minutos de inmersión. Asintió el viejo capitán, y penetró por el tambucho lentamente, con movimientos cuidadosos, como si anduviera por un castillo de naipes. Buscó los peldaños descompuestos, apenas espejismos de lo que fueron, y dejó que su peso se asentase en ellos, mientras sentía ceder las hebras marchitas. Y así descendió, seguro de que no sería el propio sollado del camarote el que finalmente le traicionaría.

Se desintegró ante el roce de sus zapatos, como si anhelara una razón para desaparecer y convertirse, por fin, en polvo. Arnaud cayó, sintiendo el golpe. Quedó incrustado en la hendidura que su peso había abierto, entre las dos vigas que habían sostenido el sollado, que aún resistían, aprisionándole el peto metálico. Esperó inmóvil, en la polvareda de sedimentos que la caída había levantado, y que lo envolvían como nieve flotante. El camarote había quedado sin un fragmento del sollado. La respiración se le obstruyó, y sintió de pronto cómo el silencio lo envolvía, más profundo, más sepulcral que nunca. Volvió a respirar, y las mangueras resonaron. El silencio le asustaba. Trató de respirar fuerte, trató de hacer ruido, trató de moverse con angustia, como alentado por un miedo repentino. Forzó, impulsándose por los brazos, hasta que el corazón dejó de seguirle porque se moría de cansancio, hasta que sintió una leve rasgadura de la viga astillada, y temió deshilachar el traje cauchutado. Entonces calló, y miró alrededor.

Gritó por inercia, por simple fastidio, aun sabiéndose rodeado por un mundo sordo. Los residuos de verdín fluían a su alrededor, asentándose en la parte del sollado que aún resistía. Pronto dejó de nevar, y pudo ver la abertura del tambucho, sobre él, con la escalerilla por donde había descendido. Pudo ver el recorte azulado, el fragmento luminoso del techo marino, allí arriba, a treinta metros de distancia, en la superficie.

Gabriel no estaba. No vio su rostro, ni sus cordajes, ni la estela de sus burbujas. Arnaud adquirió de pronto una lucidez brusca, allí, en el fondo marino, en su camarote. Le venía una muerte absurda, inmediata, irrevocable, que le hizo sentirse tan vivo como el día en que nació. Allí se encontró, atrapado, con medio cuerpo al aire, inmovilizado por su propio buque, por su propio pasado, que lo anclaría allí hasta el fin de los tiempos.

Lo vio aparecer por el pasillo que daba a la bodega. Lento y pesado, su escafandra rozando los extremos punzantes de la techumbre. Sus cordajes ondulando con placidez, como filamentos de un cabello extenso que jugaba tras él, tentando con el picotazo del pasillo, con sus meandros de madera astillada y hierro cortante que de no rasgar el tubo de aire, lo enredarían para siempre.

Entró en el camarote. Sus pasos crujieron sobre el tablazón, ondularon el agua, levantando al verdín, a la nieve, como en las esferas acristaladas de Navidad. Arnaud dejó de verlo, intuyó su movimiento, que le llegaba a través del agua, a su alrededor. Sintió entonces sus brazos, que asomaron del verdín, que palparon en su cintura, que buscaron los extremos del tablazón. Sintió su forcejeo con el maderamen podrido, sus tirones, sus golpes amortiguados por la ingravidez. Sintió su mano izquierda, aprisionándole el pecho a través de la ventisca de sedimentos, mientras manipulaba con la otra el enredo de las astillas, mientras las desintegraba en pedazos de materia verde y gris. Sintió en su cinturón el nudo de un cabo, y el peso de la caja estanca, y cinco tirones bruscos, en su cordaje de izada, que avisaban a los de arriba de que podían llevárselo. Sintió el silencio, y la quietud, y miles de copos de verdín que caían unos sobre otros. Y entonces percibió el destello bronce de su escafandra, apenas entrevisto, a un palmo frente a él. Y lo miró. Y se miraron, a través de las mirillas. Sin decirse nada porque no podían, y porque de haber podido tampoco lo hubieran hecho.

Y así lo vio quedarse ahí, quieto, mientras los cordajes se tensaban, mientras Arnaud sentía el tirón de allí arriba, mientras ascendía, alejándose de su medio hermano, que le miraba en silencio, con demasiado por decir para que mereciera la pena. Su rostro iluminándose, como un último amanecer en la Tierra, mientras seguía a Arnaud con sus ojos grises, que salía del camarote y se alejaba con la caja estanca anudada a su cinturón, que flotaba sobre él, con tirones lejanos que venían del cielo oceánico, de la luz.

Y así lo vio quedarse ahí. Engullido por las sombras, por la abertura del tambucho, por el bergantín fantasma que lo ataba para siempre, a través de un tubo que se enredaba, que se rasgaba, en la negrura del fondo marino.

25

Océano Atlántico, 3 de abril de 1914

El bergantín goleta *Elsa* surcaba el océano de vuelta a casa. Cabeceaba con sosiego, en el vaivén de la marejada nocturna, de las crestas espumosas que rociaban la cubierta. Había rumor de pies descalzos, mugir de viento en las arboladuras, amarres de brazas para virar este cuarta al nordeste. Nubes dispersas se deshacían hacia el horizonte, bajo las estrellas, como algodones de azúcar.

Se mecían las dos siluetas en la soledad de proa. El cabello de ella bailaba con el viento, en un juego ágil donde se esculpían formas, y donde ambos eran imprescindibles porque ninguno sabía bailar solo. El cabello de él se recluía bajo la gorra de lona, y su barba agreste hubiera tremolado como las banderolas de los cabos de no ser porque se la había rasurado con la paciencia de una hora, la noche anterior, poco después de emerger en solitario del mar. Había algo en él que lo convertía en hombre distinto. A pesar de la tez tostada y desecada, a pesar de la miríada de arrugas, de los cortes viejos de navaja y del chaquetón azul marino con hileras de botones oxidados. A pesar de lo mismo de siempre y de todo lo que no cambiaba. Tal vez fuera la mirada, que no parecía indolente, ni abierta por instinto, o tal vez fuera su postura, escorada hacia el horizonte, como queriendo acercarse a él, al viento que hendía como la sirena del mascarón.

Elsa guardaba silencio, porque así se entendía su padre con el mundo. Y sí, él callaba, mientras se complacía junto a su hija, mientras buscaba palabras demasiado difíciles para decir lo más sencillo: que le iba a entregar su vida en miles de palabras ya escritas. Ya dichas y aún por escuchar.

Abrió su maletín, que descansaba silencioso bajo sus pies, junto a la caja estanca que había sacado del mar. Elsa vio las entrañas del cofre, su tesoro de cartón, del que su padre jamás se separaba. Vio las fotografías, las cartas, las predicciones, la libreta de cuero viejo. Vio los dos lomos viejos y de piel encuadernada, que Arnaud recogió con la diligencia extrema de quien recoge un tesoro frágil. Lo miró, con el intervalo solemne de una despedida, mientras sus manos lo rozaban por última vez.

—Es mi historia —dijo.

Y así se la entregó. Aquella historia insertada entre dos historias, que aún olían a papel ancestral, a polvo humedecido y a magia. Elsa sintió el peso de las páginas, y el sutil repliegue de su padre, que miraba al océano nocturno y cerraba la pequeña puerta de su alma.

—Gracias, *aita*.

—Mi letra es pequeña y apretada —murmuró él—. No es fácil de leer.

—Verne y Shakespeare no dejan mucho sitio.

Arnaud sonrió, mientras miraba a su hija. Sus ojos buscaron la cicatriz de su mejilla.

—Benjamin fue una agradable compañía. A pesar de los cincuenta días en el Armario del Tiempo. Y de que sea pintor impresionista.

Elsa contempló a su padre, bajo la luz de las estrellas, entre alarmada y socarrona.

—¿Impresionista? A mí me gusta cómo mira las cosas.

—Demasiado poeta —respondió él—. Y demasiadas pocas cosas que mirar durante cincuenta días.

—Seguro que se contuvo.

—Le vi morderse la voz más de una vez.

Sonrieron ambos, en el rumor del oleaje, que rompía contra el casco en miles de quejidos. Benjamin pululaba por la cubierta, desubicado en el bregar adormecido de la tripulación, mientras respetaba, paciente, la intimidad de padre e hija.

—¿Os visteis *ama* y tú?

Asintió su padre, silencioso, mientras se escoraba hacia el horizonte, mientras miraba hacia él.

«¿Os volveréis a ver?»

Le tanteó en los labios, pero no se lo preguntó. Por alguna razón, Elsa decidió esperar a descubrir la respuesta. Entonces Arnaud señaló la caja estanca, donde se resguardaba, junto a la documentación del negrero, otro titán de más de mil páginas, acartonado, mohoso, superviviente del fondo marino. El manuscrito de *Las notas del tiempo*.

—También es para ti.

Elsa asintió, y en lugar de a la caja estanca miró hacia el maletín de Arnaud, inadvertido en las sombras de la baranda, aún abierto. Entonces pensó en los tres sobres, en las tres fotografías que había exhalado el Armario del Tiempo.

Hola, Elsa. Soy tu padre.

La verdad sigue oculta. Estaré ahí. Aunque tú no lo sepas. Aunque te sientas sola. Me encanta la cicatriz de tu mejilla. Nadie te abandonará, Elsa.

Descubrirás la verdad en 1914. Búscame cuando llegue el momento.

—¿Cómo supiste lo de mi mejilla?

—Os vi después de que nacieras. Aunque vosotros no me visteis a mí.

—¿Y lo de 1914? —insistió Elsa, mirando de nuevo al maletín abierto, donde se percibían decenas de fotografías, casi idénticas—. ¿Y el resto de las predicciones?

Arnaud se volvió hacia ella con los ojos vibrantes, corroídos, silenciosos, demasiado idénticos al mar. Vacíos por fuera, llenos, muy llenos por dentro.

Tenía una verdad, una verdad fea, como el Fantasma de Pepper, como las Brujas Fatídicas, como todas las magias donde la ciencia al final entraba, sin extraviarse. Pensó en su madre, y en su padre, que sembró su infancia de secretos. Y entonces, al igual que un profesor mucho tiempo antes, ante los misterios de la fotografía, le formuló aquella pregunta trascendental, imprescindible para continuar, cuya respuesta anodina marcó para siempre la vida del niño que aún llevaba dentro.

—¿De verdad quieres saberlo?

Y ella sintió el peso de la pregunta, intimidada como si fuera el propio armario quien le preguntaba. Y por un instante, un instante fugaz y olvidadizo, pensó en él. Pensó en la verdad que ocultaba, que no era más que una ilusión, porque la magia del armario no existía, salvo si la creaba ella con la imaginación. «¿De verdad quieres saberlo?»

—No —dijo.

Y así se fugó su respuesta, y la pregunta, y el pensamiento. Como una estrella fugaz, que surcó el universo y cortó los cordajes del *Elsa*.

—Tienes su historia —dijo Benjamin.

Elsa la sostenía entre sus manos, en dos tomos que susurraban los títulos de otras historias, con letras de plata bajo la luz que destilaba la noche. Acarició las pieles momificadas, con la yema de los dedos, asintiendo en silencio. Bajo ellas, había un tercer tomo, mucho más grueso, mucho más pesado.

—Y también *Las notas del tiempo*.

Benjamin se apoyaba en la regala del pasamanos, en la soledad nocturna de la mura de babor. Ayudó a Elsa con la pila de libros. Se quedó con los dos primeros, ella con el tercero. Y entonces sintió, en la mirada de su esposa, el brillo de una lágrima, contenida ante su padre, que le recorría la mejilla a través de la penumbra.

—No necesito el manuscrito —dijo ella, sosteniéndolo.

Y él, que sabía por qué lloraba, la envolvió con la ternura de un abrazo.

—¿Y qué hay del último capítulo, señor Des Cars?

—El último capítulo no hablará de esto.

Lo miró. *Las notas del tiempo*. Pensó en Winston Hastings, que pululaba por la cubierta del bergantín, vigilándola, custodiándola a ella y al manuscrito que tenía que reescribir. Pensó en aquella pequeña farsa shakespeariana, en la teoría y sus fotografías, en los lectores, en los diarios, en la presión de miles de ojos fijos en ella. Pensó en todos ellos y tiró el manuscrito. Lo tiró por la borda. Dejó que cayera, que espumara el agua, que flotara sobre ella, que se rezagara con la estela del bergantín, hasta que se lo comió la penumbra de la noche, bajo el reflejo de las estrellas sobre el mar.

Benjamin la besó, con los dos libros que aún sobrevivían.

—Entonces, ¿no hay secreto tras *Las notas del tiempo*?

Elsa guardó silencio, y cogió de sus manos el primer libro, que compartían Jules Verne y Arnaud Mendíbil. Pensó en el padre que dormía bajo el mar. Pensó en su historia. Y después pensó en el otro padre, en el que soñaba sobre el mar. Su silueta rodeada de estrellas, en la proa del bergantín, escorada como el mascarón hacia el horizonte, hacia su verdadero hogar, hacia el extravío de la ciencia, hacia la única magia sin verdad para entender. Y entonces abrió el libro.

—Sí hay secreto —murmuró.

—¿Y qué piensas escribir?

—Una historia de amor.

Nota del autor

Un insólito y común artificio. Así son los libros. Pinochos de tinta y papel, seres creados que sobrevivirán a sus creadores, seres que uno desearía saber cómo están hechos por dentro, seres que mienten y que generan ilusiones en los niños que buscamos ser. De su interior, de esa maquinaria oculta, de esa simulación de organismo humano, solo diré una verdad. Que su corazón son los lectores, sin ellos no palpita.

En la nota final de *La mujer del reloj*, mi primera novela, me obsequié con el placer de mostrar los entresijos de su documentación, la satisfacción del trabajo realizado, la frontera invisible (invisibilidad a la que aspira todo escritor) entre lo real y lo ficticio. Retiré la piel y enseñé su interior. Mis disculpas de antemano ante quienes disfrutaron con ello, o lo valoraron. Porque con *La sinfonía del tiempo* no lo haré.

Mi pequeño artificio, como muchos de su especie, no fotografía la vida, o la Historia, no es un retrato fiel de lo que sucedió. Para eso ya están las labores periodísticas, o los libros de Historia. Una novela reconstruye la realidad, se rebela ante ella, la transgrede, la desafía y juega con sus piezas. Crea algo único, un nuevo universo, una ilusión tan verdadera y tan mentirosa como la memoria, un regalo que enriquece la vida y nos hace soñar, y tal vez entender un poco más. Por eso ha existido siempre; mitos, leyendas, historias, por eso sobrevive junto a los seres humanos, desde las cavernas hasta la era de Internet. Por eso es un artificio insólito y común.

Sin embargo, y como espero se haya traslucido, el esfuerzo ha sido grande por documentarla con el requerido rigor. Contextualizar a los personajes, envolverlos de un mundo creíble, contar la Historia como algo que aún sucede, algo en lo que uno puede detenerse y mirar, mirar como desde un mirador, hacia el flujo imparable y enloquecido del presente, son ingredientes y obligaciones esenciales para que el lector sienta que la lectura ha merecido la pena. Un viaje de doscientas mil palabras, un océano laberíntico donde coexisten verdades huidizas y evanescentes, licencias históricas, artimañas literarias, incluso imprecisiones involuntarias, claro que sí. Mientras uno olvide que está leyendo, mientras la historia exista y ya está, solo eso, habré cumplido con mi trabajo. Así que mis disculpas por no revelar el último misterio de esta historia.

Mis agradecimientos hacia los que mostráis lo mejor de todo esto: que la ilusión porque escriba no es solo mía.

A Pello Salaburu, por su presencia constante, siempre ahí, siempre solícito y dispuesto a ayudar. A todo el equipo de Ediciones B y Penguin Random House, con el que estoy deseando iniciar esta aventura. A Lucía Luengo, mi editora, por creer tanto en mí.

A mi familia y amigos. A mis abuelas. A ese rincón rural de los Arbina Ozaeta donde soy feliz, a los Corres Benito, a los Larrauri Monterroso y ese hogar que quiero, por tantas y tantas cosas.

A Lander y a *ama*.

A Sara.

A *aita*.